殷国明文集③

中国现代文学流派发展史

殷国明————

著

九州出版社
JIUZHOUPRESS

图书在版编目（CIP）数据

中国现代文学流派发展史／殷国明著 . ﹣﹣北京：
九州出版社，2022.11
ISBN 978﹣7﹣5225﹣1496﹣3

Ⅰ.①中… Ⅱ.①殷… Ⅲ.①中国文学流派—文学史
—研究—现代 Ⅳ.①I209.99

中国版本图书馆 CIP 数据核字（2022）第 230142 号

中国现代文学流派发展史

作　　者	殷国明　著
责任编辑	王　佶
出版发行	九州出版社
地　　址	北京市西城区阜外大街甲 35 号（100037）
发行电话	（010）68992190/3/5/6
网　　址	www.jiuzhoupress.com
印　　刷	唐山才智印刷有限公司
开　　本	710 毫米×1000 毫米　16 开
印　　张	29
字　　数	416 千字
版　　次	2023 年 8 月第 1 版
印　　次	2023 年 8 月第 1 次印刷
书　　号	ISBN 978﹣7﹣5225﹣1496﹣3
定　　价	178.00 元

代序　导师钱谷融给作者的一封信

国明：

两个多月过去了，还没有回你的信，心上一直记挂着，时常感到不安。但我实在太忙，去年下半年和今年之初先后去了好几个地方。近两个月总算没有外出，中间夹了一个春节，又忙着要为国家教委委托我编选的《中国现代文学作品选》（大学中文系本科用）确定选目，此外杂七杂八的事还很多；特别是来访者和来信不断，有些应接不暇。这样，你的信就只能搁一搁了。说实在的，我是想为你的书的出版多少写几句话的，要是不准备写，只是回你一封信，还不简单？好几次，当我拿起纸笔准备写时，总有人或者其他急事来打岔，写不下去，所以一拖再拖，要请你多多原谅。

今天我又把你的提纲拿出来反复看了几遍，觉得很有新意，一扫过去那套陈陈相因的看法。虽然因为只是一些小标题，不很清楚内容究竟是怎么展开的，其间自然也难免会有不很妥当，难于让人接受的地方。但这些都无妨，学术问题，本来就是无法归于一律，使所有的人都普遍接受的。如果这样，这种学术的生命也就完了，它不会有任何价值。我们过去就因追求这样的一律，不但使学术园地恶草丛生，还使许多真诚的学术工作者无法逃脱悲剧的宿命，这是万分令人叹惋的事。你这本著作能跳出过去设下的陈规旧章，独出心裁，另辟蹊径，这是十分可喜的。不管它还有多少粗疏和不够周密的地方，在目前问世，不能不使人感到耳目一新，启发人们的思考，去作进一步的更深的探讨，这是很有价值的。你说，这是在原有基础上略加增补而成，实在已大为改观了。这几年你成绩还是不少，可见你还是相当努力的。我很赞赏，并且感到欣慰。至于写序，我想还是免了吧，因为我实在静不下心来，也没有多少话说。而且，我的序文，并不能使你的书增光，你的东西，也无需我的推介。你所以想到我，无非是一种念旧的情怀。我们的友谊，其实是不在这些形迹方面的。

谷融

1988 年 3 月 14 日

目 录
CONTENTS

第三编　文学流派的百川归一流

绪　论

一

在文学研究中，对文学思潮和流派的研究愈来愈引起人们关注。

这不是偶然的。

文学是一部永远活着的历史。它是一条流动着的波澜壮阔的大河，百舸争流，千帆竞进，呈现出人类心灵创造的丰富性，同时它也是一幅色泽多样，涵括万千的巨大画卷，记录了人类感情活动的历史进程，并伴随着岁月风尘的变迁和浸染而显示出深浅不一的色调和曲折线条。文学史从简单而神秘的图腾崇拜，到各具风采的部落神话；从鲁迅说过的"杭育、杭育"派的原始文学创作，发展到现代泾渭繁多的文学流派，凝结着人类不断发现生活，同时发现自己并丰富自己的艺术结晶，造就了人类精神文明的一大奇观。在其中，各种流派的发展变化最引人注目，它们摇曳多姿，变化万千，犹如花开春日，争香斗艳，给人留下了深刻的记忆。

在文学发展中，文学流派是其中重要的组成部分，占据着一个独特地位，它以各种姿态出现在文学史上，开拓文学的疆域，以自己独具的风格丰富了文学自身。应该说，整个文学史就是不同的文学思潮、流派和风格创作的总汇。在中国文学史上，从《诗经·国风》清新健康的现实主义风韵，到屈原《九歌》天上人间的浪漫主义创作；从诸子百家纵横千古的雄辩气势，到司马迁《史记》一字千钧的遒劲笔力；从绮丽堂皇的汉赋文采，到慷慨悲歌的建安风骨，无不是种独特的精神创造，它们各自都包含着因时代、地域和社会环境不同而相异的内容。纵观古代文坛，有李白"蜀道之难难于上青天"的瑰丽想象之奇境，还有杜甫"会当凌绝顶，一览众山小"的现实主义绝唱；有"大江东去"，"铁马金戈"的豪放气魄，也有"绿肥红瘦"，"寒蝉凄切"的婉约情调；有的作家以"怒发冲冠""留取丹心照汗青"的壮气留名，有的则以游仙访道于山水之间和闲情逸致传世；有《西游记》变化多端的神话世界，也有《红楼梦》大观园人情世态炎凉的境界；这一切无不体现着不同的艺术理想和美学追求，代表着某一代人，一批人，或者一群人的文学趣味和审美倾向，它们随生活发展层出不穷，各有千秋，装点着文学的大千世界。从文学史的角度来说，文学流派就是在一定的社会生活条件下，和整个文学发展有密切关系的作家群体的组合，它由一批有大体相同的文学志向和美学追求，在文学主张和艺术风格上相同或相近的作家集成，代表某一种文学倾向，体现某种文学潮流。

当然，在理论上对文学流派确立一种明确定义，或者用某种理论上的定义去确立某个文学流派的存在，是十分困难的，这也会大大地限制我们的视野，从而把文学流派的现实存在限定在过多的主观界定之内，甚至强调其中人为的和主观的因素。其实，从整体文学来说，文学流派属于一种社会生产的自然现象，具有其历史存在的合理性和必然性，它既不属于作家们的随意创造，更不是文学史家中某种主观的假定。

我们承认，文学创作是一种完全个人化的精神劳动，但是它毕竟首先是一种社会现象，是在某种群体意识之中突现出来的；文学作品作为人感情性精神劳动的结晶，是社会生活各种因素相互融合的结果，是作家和自己所处的各种社会关系进行交流的一种形式，而且具有和一种特定的社会生活相互系结的血缘关系。这种关系绝不是抽象的。因为任何一个作家生存的环境，接触的生活关系乃至思想影响，都是具体的，有自己独特的范围和内容。这些具体的、各种各样的社会关系、思想关系和艺术关系，就形成了作家创作的独特氛围，构成了作家创作的群体关系。不论一个作家是否意识到了，他的创作都在创造着一种群体的文学，或者在补充、迎合着一种群体的文学；他在对各种生活和各种文学进行自我选择的时候，同时也在进行着一种群体的选择。文学流派产生和存在的客观性，其实就包含在个人化的艺术创作过程中。

任何一个文学流派都隐含着丰富具体的社会内涵，这是不可否认的事实。因此，对文学流派的理解，不能局限于创作个性的范围内，对文学现象作单一的艺术探讨，必须从实际历史生活出发，把握它和整体生活发生的各种具体奇妙的联系，其中包括与各种各样的经济、政治、哲学和道德的关联。文学流派的确立是主动的、内在的，这是指作家们一种能动的自我表达，同时它又带着被动的性质，各种外在的社会条件和社会力量会形成一种特殊的挤压力，把一些作家引导或者挤压到同一条轨道上去，同一种氛围中去，进行群体的塑造。例如：理解欧洲文艺复兴时期的人文主义文学，假如放弃了对当时欧洲各种具体历史条件综合的考察，是不可想象的。社会经济的巨大变革，自然科学发展对神学的冲击，哲学思想的新发现，把文学推到了一个新的境界之中，打开了心灵的枷锁，冲破中世纪教权的束缚，崇尚人类的自由发展和自我觉醒，从中世纪梦幻的彼岸世界解脱出来，重视人现实存在的一切需要，集中了当时人们情感活动的主要内容，成为人文主义文学产生的摇篮。于是，我们在但丁的《神曲》中能够明显地感觉到，由于教会势力和新生的社会力量的冲突，但丁只能行进在那么一条幽深狭窄的山谷里，人的感情和欲望奔涌在双方的冲突之间，向地狱出口处的光亮扑去。反之，我们可以在薄伽丘《十日谈》中，感受到人们从黑暗梦幻和痛苦的忏悔压迫下解放出来，开始享受世俗幸福、天伦之乐的无限喜悦。历史生活的发展在无意识之中塑造着不同的文学流派，使不同作家个人风格和兴趣相同或相近的偶然结合的事实成为一种必然。

随着生活发展，这种必然性愈来愈从较小范围内向较大范围扩展，作家群体开始在更大的范围内进行组合。目前，很多人都赞同这样的看法，应该把文学流派看作是一种国际性的文学现象，这也许是将来描写一部统一的世界文学史的思想出发点。不言而喻，世界性的文学交流对历史的影响将越来越大，而且愈来愈发展为一种非个人的群体之间的交流，它们互相影响，互相冲突，使文学创作不断获得新的突破和新的生命活力。可以设想，随着这种交流更加广泛和更加直接，文学创作受到某一国度和民族文化限制的局限愈来愈小，而走向一种广泛联系的世界性组合。这样，文学作为一种最开放的意识系统，它的内容将不再以某一民族和国度来划分，而只是以不同的文学流派和风格类型来划分。文学流派的研究和评述也将成为任何一本文学史的主体部分。我对于这个设想的实现，满怀极大的信心。

然而，这里我们强调的是，这种社会文化的广泛交流对于文学流派本身所产生的某种定型作用。各种不同精神文化的交结，在文学史上形成了不同意识网络，任何一个作家的创作都纠缠在这种具体的意识网络之中，并通过这些网络吸取文学的营养来造就自己。而这个网络并不是作家能够随心所欲创造的，他只能掌握一半的主动性。一定的社会条件和具体的生活环境，往往给作家提供了可供选择的有限空间，作家只能在这种可供选择的范围内进行选择。因此，一个作家受到某一种文化的影响较深，在某一种文学中得益较多，成为很自然的现象。一个作家的创作趋同于某一思潮流派的联系，常常就是在这种不知不觉状态中形成的。这种联系有的是十分明显的，甚至有的显示出一定的外在形式；有的则是比较隐蔽的，甚至被一些纷繁的生活现象所遮掩，直到过了一段历史时期后才被人们所认识。

因此，应该提及的是，决定一个作家趋同某一种文学思潮流派的重要原因，是对于特定的历史文化的继承与革新。马克思曾在《路易波拿巴的雾月十八日》中说过一段话："人们自己创造自己的历史。但是他们并不是随心所欲地创造，并不是在他们自己选定的条件下创造，而是在直接碰到的、既定的、从过去继承下来的条件下创造。"一个作家的创作同样是这样。任何一种个性创造，都无法摆脱与一种历史意识的纠缠，与一种"共有的"历史文化遗产产生千丝万缕的联系，而这往往是文学流派产生的基础。不同作家会在某种历史文化血缘之中聚积起来，找到共同的道路。例如，文艺复兴最早在意大利兴起，在那里产生了但丁的诗歌和拉斐尔、达·芬奇的绘画，而在英国产生了莎士比亚的戏剧，在法国出现了伏尔泰和拉伯雷的小说，不能不说有一定的历史文化原因。即便是面对同一种历史文化遗产，当它和作家个人不同气质和爱好发生具体联系，仁者取仁，智者取智，也会形成多样的群体文学的趋向。

其实，每一个作家的创作都在创造或者趋从着群体。从整体文学观点来说，任何个性的文学创作都不能最终自己肯定自己，仅仅在个体范围内实现自己的价值，它必须通过一种社会化的过程，通过他人来肯定自己和证明自己。从这个意义上来说，作家创作的生命一开始就和某种审美群体连在一起，适应着人的某种艺术趣味的需要，进行着一种群体的文学活动。纯粹单独的文学活动是不存在的。随着文学创作的发展，文学的社会化也在不断地强化，也就意味着作家创作中某种群体的审美意识的逐渐增强，促使他自觉地去分析人们普遍的审美要求，并把自己的创作和这种要求结合起来，由此就形成了文学活动中星罗棋布的不同的审美群体，造就各种各样文学创作的小圈子。显然，接受美学理论就揭示了文学创作活动中一个重要事实，这就是文学接受的存在和其对文学发展的特殊意义，这也使得我们能够在一个更大范围内完整地理解文学流派的产生和发展，肯定其客观存在的必然性。文学流派在整体的文学活动中，就是以不同的审美群体和艺术圈层为基础的，有的甚至是它们客体存在的一种变体形式。

我认为，对很多作家至今还未能从流派角度进行研究的原因是多种多样的，但其中重要原因之一，就是忽略甚至割舍了接受群体的存在，因而一批实际存在的文学追随者的影子也销声匿迹了，作家因此被单独地陈列起来，由文学史家代替他进行自我陈述。

在文学活动中，审美群体的形成表达了一种生活的艺术化过程。一个审美群体的形成当然是和社会生活中特定的阶级阶层，特定的历史文化背景和各种政治思想要求密切联系在一起的，同时又是超越了这种阶级阶层和文化政治关系而存在的。它具有自己独特的美学属性，构成自己独特的王国。一切政治经济的要求，阶级的意志以及其他非艺术的因素，都不能直接进入这个王国，它们必须转化成一种艺术情愫才能够容身。因此，用非艺术观点来分析和评价审美群体文学流派的存在，往往会削足适履，失去艺术本源的意义。从这个角度来说，文学流派具有很大的宽容性，它可以容纳不同的阶级，不同的政治理想和历史态度的人，它所包含的历史的和美学的内涵也是非常丰厚的。

这也许是人们对研究文学思想和流派感兴趣的原因之一。

二

但是，文学流派不仅是一种重要的文学现象，而且也是一种文学研究方法，它的意义并不是去确定某种文学现象，而在于为我们研究和把握文学史提供了一个新的角度和新的途径。

文学史的内容极其丰富，它犹如一座大花园，鲜花野草，莺歌燕舞，里面有冠冕堂皇的大厅正殿，也有造型别致的亭台楼阁和微露羊肠的通幽曲径，它一方面是微观的万千作家的个性创造，另一方面是由这些不同的创造共同构成文学史的整体面貌，这二者虽然是相互依存的，但是实际上却相距遥远。一个文学史家梦想能够在整体面貌上一览无余，同时在个别现象上面面俱到，犹如在鱼翅与熊掌之间，难以兼得。有些人迷恋于对作家作品的微观分析，沉耽于十字交叉的迷津之中，留下的是"不识庐山真面目，只缘身在此山中"的遗憾；有些人醉心于"会当凌绝顶，一览众山小"，达到极尽全貌的目的，获得的却是"东边日出西边雨，道是无晴却有晴"的朦胧景象。为此很多文学史家都在这二者之间感到苦恼，并在苦恼之中寻求着新的桥梁，把二者紧紧联系在一起。

在某种意义上，文学流派就是天然的艺术桥梁，它一端联系着各种不同风格的万千作家与作品，在另一端则从不同的方面反映着文学的整体面貌。如果我们把一个时代的文学比作大树，把作家作品比作树叶的话，那么，文学流派就好比树枝，它从树干上长出，又连带着许多小枝小叶，一脉相承，同生共长，而又各不相同。在文学史上，对不同的文学流派进行整体性的分析研究，把对它们兴衰盛亡发展历程的理解纳入一定的历史范围和美学范围，必然有助于我们更好地把握和理解文学发展的整体面貌。

文学流派的研究作为一种文学研究方法，是建立在宏观分析和微观分析相结合基础上的；它对具体的作家作品进行一种综合的美学分析，从中引申出整体文学中某一种倾向，某一个侧面甚至片段的分析，并挑选出有独特意义的稳定的和不稳定的美学因素。如果把整体文学看成"面"，把具体的作家作品看作"点"，那么，流派的方法就特别注重"块状"分析。在这个"块状"结构内，各个作家个性之间的吸引力，是一个饶有趣味的课题，作家个性之间的风格、志趣和爱好是一方面；整体文学发展中各种不平衡状态以及所造成的机缘是另一方面。作家个性创造力的发挥甚至魅力，都与这种个性之间吸引力有很大关系，有时这种吸引力远远超越了个人文学志趣的意义，包含着社会其他生活因素的综合作用，甚至表现为某种社会生活发展的共同趋向。

这时，作家们向某一方向的趋同，本身就显示出一种力量甚至魅力。因此，在文学活动中，作家向某一思潮流派的靠拢，有时也是作家向社会显示出自己力量的一种需要，由此，个别的作家进入了社会，在整个文学史上充当一个正式角色。文学史上大多数作家都是通过借助某种思潮与流派进入文坛的，他们或以文会友，招摇于文坛；或者崇拜宗师，而后脱颖而出；或者是路遇知音，传为佳话。所以有阮籍嵇康，有"竹林七贤"；有屈原宋玉，还有"王（褒）扬（雄）枚（乘）马（司马相如）之徒，词赋竞爽，而吟咏靡闻"（钟嵘《诗品序》）。可以设想，一个作家的文学地位是和他与某种思潮流派的关系密切关联的。在历史生活中，也许还有许多文采横溢，但未能入"流"的作家文人未被重视，他们只能静静地等待，等待着文学史家去发现文学历史发展中新的流派，把他们从历史记忆的冥冥之处解救出来。当然，文学史家也存在着这种期待，希望从个别作家的创作中发现思潮流派群体的痕迹，进一步把握文学史的整体面貌。

因此，文学流派的研究方法是把历史的深度与广度结合起来的方法，它需要把对文学的横向研究与纵向研究融为一体，把任何一个作家作品或文学现象，都放在历史纵向发展与横向联结交叉的坐标点上，进行综合分析，把文学的横向联结——它表现在不同文化的互相交流、影响和交融过程——作为文学发展中纵向突破的重要缘由之一，同时，把文学发展的历史传统理解为文学横向联结的基础。它决定着一种文学流派的生存价值，而且对外来文化文学影响，起到某种天然的"过滤器"的作用，依照一定的审美价值标准去各取所好。

在这个过程中，对传统文化本身的理解也在不断更新。传统文化不是一条冰冻的河流，静止而毫无变化，它自身也是在不断变化和增新，通过学习和吸收其他民族与国度的文化不断丰富自己，形成与其他文化相互影响、自身前后承继的生命系统。这个生命系统在发展中不是在不断地收缩，而是在不断地扩展，不断地"拿来"。文学在这样一个不断变化的母体中生长，它对传统文化的选择是多向的，有类有别的，例如在中国现代文学创作中，我们从鲁迅作品中可以看到建安文学的刚直和锋利；郭沫若的《女神》中有屈原、李白浪漫主义文学的传统血液。同时，作为一种生命创造活动，文学创作和传统文化的继承关系，不仅在于它从传统文化中吸取了什么，而且在于它给传统文化带来了什么，拿来了多少。文化（包括文学）横向联结的历史意义正是在这里表现出来的。没有这种横向联结，文学中历史的继承性只能流于一种师传的模仿，缺乏新的生命创造。

把历史的纵向发展与横向联结结合起来，其实反映了一种新的历史观。人类文化从低级向高级发展，越来越趋向世界化，经历着一种从小文化形态向大文化形态转化的过程。人类最早的文化也许是群落文化，群落之间不断结合造就成部落文化，部落文化通过各种形式的融合，才构筑了初级的国家与民族文化形态。我们从希腊神话与传统中，从中国历史神话与传说中，能够寻找出人类几乎一致的历史进程。中国传统文化实际就是在和各种小文化不断交流和交融中形成的，其中很多少数民族的文化被吸收进来，成为中国传统文化中的重要组成部分。它们已经溶解在人们日常生活之中，由此形成了中国传统文化丰富的历史遗产。在文学史上，一个文学流派与传统文化的关联固然耐人寻味，但是它在横向的文化联结中的关系，具有更丰富的内容。

这实际上是一个整体。文学发展总是根据某种传统文化的内在需要，来吸收外来文化营养的；而又是通过和外来文化的交流和比较，来发展自己的。对一个作家来说，他对自己本民族传统文化的认识，同他学习和借鉴外国文化思想是一个相辅相成的统一过程，他只有在丰厚的民族传统文化基础上，才能够吸收和消化更多的外国文化思想和艺术营养，同时也只有进入一个更开阔的境界，把本国、本民族的传统文化和整个人类文化联结在一起，才能更深刻地理解本民族的历史文化，发现传统文化中的瑰宝并发扬光大。一个文学流派的特点和生命发展过程，也总是凝结着历史发展与横向联系的双重内容，师承与创新，历史文学的变革与复兴，总是交织在一起。文学流派的发展包含着时间的延伸，也包含着空间的扩展，而后者随着现代世界文化的发展，日益显示出自己的魅力。

实际上，对文学史仅仅做单向和静态描述的时代已经过去。文学流派的研究方法就是基于对群体的考察，用把文学的静态描述与动态描述结合起来的方法去考察和体验文学作为一种生命过程一切悲喜哀乐和发展变化。因为一个流派本身最丰富的内容就体现在其生命过程中的光华，它的存在不是单一的、封闭的，而是不断同各种社会生活进行着川流不息的交流，也进行着连续不断的搏斗，时代生活中各个领域的风波或多或少，或明或暗地影响着它的发展变化。

一般来说，一些文学流派的兴起，一些文学流派的消亡，最明显地体现文学发展中新质与旧质的更换。但是，这种更替大多数并非风平浪静，新的文学因素总是在矛盾与冲突中成长起来，而且总是要面临来自各方面思想观念的挑战。一种新的文学流派的产生与发展，也往往和一些旧的文学班底产生冲突，通过一番搏斗才能肯定自己。于是，在文学史上，各个不同文学流派之间的互相冲突、交流、影响和合作，是推动文学自身向前发展的重要动力。

　　为此，对文学史上不同文学流派之间的比较研究，是我们认识文学发展历史的重要内容。这种比较能够使我们在运动状态中把握文学史，从文学各种因素相互关系中理解文学变迁的前因后果。文学史是一个整体，但它不是混沌一片的历史表象，而是由众多单元构成的有机整体。在这个整体中，不同风格流派的存在是必然的。一方面，它们之间存在着矛盾和冲突，使得它们各自能够真正地意识到自己，不断地加强自我的个性追求，使自己不被整个文学所淹没；另一方面，这种矛盾和冲突又使得它们相互映照、补充和融合，使整个文学生辉。因此，百花齐放，百家争鸣，是文学发展的一条根本规律。文学发展过程的风采就表现在这"齐放"与"争鸣"之中。文学史家的一个重要任务，不是给某一个文学流派下历史的断语，而是再现这个纷争的历史过程。在这个过程中，很多流派在向自己的对立面走去，不同的流派会向一起靠拢，形成文学流派发展中的分化与新的群体组合现象。

　　不仅如此，就一个文学流派生命过程来说，其内容也非常丰富。在不同社会环境中，同一流派会有不同的命运；在同一社会环境中，不同的流派会有不同的演变过程。一个文学流派的生命发展过程，总是有相对稳定的艺术品格，在其各个作家之间，也有相互类同的文学基础，以相对于其他文学流派；同时它又有自己极其不稳定的一面，即在各个文学流派之间的交流中，不断调整自己，加强自己。文学流派变异性的过程，是我们研究中不可忽视的一个方面，这种变异包含着一个流派中各个作家之间风格的差异和相互作用，它们最终影响着各个文学流派之间的分化和融合。

　　文学流派在不同历史条件下，变异的方式和内容也是多种多样的，一种类型是文学流派在发展过程中，不断增加新质，在原来的基础上又产生出新的文学流派。例如，西方现代主义文学中，从"达达主义"到"超现实主义"，从"立方主义"到"构成主义"，都有一脉相承的血缘关系。中国古代文学中屈原、宋玉的创作到汉代枚乘、扬雄的汉大赋，自有历史演变过程。这都明显地体现为一种纵向的文学发展成果。还有一种类型是在一种文学流派中异军突起，形成自己明显的特征，成为"派中之派"，从某一方面突出自己的艺术风格。文学发展中横向联结会给这种"派中之派"的产生创造很多机会。这两种类型大约都可以称为"能产型"的文学流派。当然，也有一些流派属于"非能产型"，它们大多处于一种封闭状态，拒绝变异，或者以模仿因袭开始并以因袭模仿告终，恪守于某种教条的束缚而陷入僵化。这在一些为某种政治做御用工具的文学流派中最为明显。

综上所述，文学流派的研究方法是一种把宏观和微观研究结合起来的方法，它从文学发展的纵向历史发展和横向文学联结中建立自己的观点，并把对文学史的静态描述和动态描述融为一个整体，以达到对文学发展整体的和动态的把握。我相信，文学流派的研究方法是一座桥梁，只要我们勇敢地踏上这座桥，并坚持不懈地走下去，一定能够在文学史研究中达到一个新的境界。

三

但是，尽管如此，方法的提出只是研究和探索的开端，和具体的研究实践还有很大的距离，当我开始描述中国现代文学流派发展过程的时候，仍然感觉到巨大的困难性。

这种困难性在很大程度上也许来自我所要描述的那个文学时代。

中国现代文学（1919—1949）是中国文学发展中的一个特殊阶段，它发育成长在中国历史文化演变的一个独特时期。十九世纪末、二十世纪初以来的中国社会生活，在社会经济政治和文化意识领域，呈现出纷繁复杂的情形。与世界潮流相隔绝的封闭状态被打破了，中国特殊国情和它在世界中的位置，使其在一个开放情景中成为一个多种文化交流和竞争的场所。大量外国文化思想涌入中国，从横向来说，它们来自四面八方，带着不同国家和民族的历史特点和生活情调，以各种方式进入了中国的文化生活；从纵向来看，它们不分先后，从古到今，包括从古希腊文化到二十世纪兴起的各种现代文化思潮，它们和中国传统的文化意识不断进行着冲突和搏斗，同时也产生着一种奇妙的结合，在中国社会中形成了一个多层次的动态的文化意识结构。从"五四"新文学革命到中华人民共和国成立，短短的三十年间，中国社会经历了一次历史大变动。在这个变动中，各种政治力量，各种思想主义和理论纲领都以各种形式抛头露面，扮演一个历史角色，它们互相竞争，中原逐鹿，有的枯萎了，有的陷落了，有的变种了，有的淘汰了。它们的沉浮兴衰也牵动了文学发展。各种文学流派此起彼伏，各自标新立异，呈现出异常纷繁的景象。这些文学流派之间互相影响，互相斗争，在时代生活中有的昙花一现，有的随波逐流，有的日益受到尊崇，但是昙花一现者，并非无一可取之处，随波逐流未必毫无创造，它们的经历各有所长，亦各有所短，不能做简单的分析和评价。

这种复杂的文化背景一方面把我们对文学流派的研究，带到了一个广阔的文化空间之中，充分感觉到文学创作的丰富性和差异性，从整体上把握文学；但是另一方面则为文学研究带来了极大困难性，文学史家陷身于一个多样化繁复的文学世界，受到来自各种力量的牵制，很难选择一个稳固的基点来描述文学史。面对如此繁复的文学世界，即使是非常有才气的文学史家，也难免常常感到迷惑和困顿，产生错觉和失误。这是由于，当他愈是进入一种广阔的文学世界，就会愈充分地感觉到来自各方面意识力量的挤压，就愈需要在多重冲突造成的间距中不断调整自己的位置，例如在通俗文学和纯文学之间，在写实主义和现代主义之间，在主观与客观之间，甚至在戴望舒与艾青之间，革命与恋爱之间等等，似乎都构成了一种二难选择。在文学史上，仿佛在任何一种文学流派中，都隐藏着一个文学陷阱，它用大量的客观生活事实来证实自己，用自己的创作编成漂亮的花环，吸引文学史家去下断语，但是当批评家一旦完全接受这种诱惑，陷入某一个圈子不能自拔的时候，那些漂亮的花环又是那样的弱不禁风，被文学泛起的其他新派新潮所冲散。在这种情况下，一个研究者也许很难维持一种稳固的以不变应万变的批评方法和态度。

其实，中国现代文学历史发展的一个重要特点，就是从一种选择开始走向多种选择，尽管这种选择受到了传统文化中各种力量的牵制，道路并不是平坦和平直，但作为一种文学发展的必然趋势已日益被人们所接受。这种发展趋势是同一种文化开放的情景联系在一起的。和中国古代文学流派形成发展轨迹有所不同的是，中国现代文学流派之形成发展主要是通过横向的文化联结，首先是接受了外国文化的影响而实现的，而不是主要沿时间轨道，通过纵向的对某种传统继承和发扬的过程来达到某种风格流派确立的。由于各种历史生活条件的安排，中国现代文学流派的发展始终处于一种变幻势态中，困难与犹豫不决常常并非产生于无可选择而是难于选择。一种情形是，由于中国文学长期处于封闭状态，而且受封建礼教禁锢之久，浸染之深，形成了中国现代文学发展的多种需要。从某种意义上来说，外国文学中的各种因素对于中国文学都是有益的，中国文学发展不是需要学习和吸收一种思想、一个主义和一种流派的文学，而是需要多种文学：需要文艺复兴时的人文主义，也需要尼采、叔本华的超人意识；需要古典主义戏剧的"三一律"，也需要现代主义文学中的意识流等等，不一而足。而另一种情形是，在这一历史时期，西方现代主义文学也正处于严重的被怀疑时代，战争和饥饿的瘟神破坏了人们对自由平等和民主的信仰，资本主义经济暂时的危机也感染了文学，给它带来了一种普遍的悲观失望的情绪。在这种情形下，中国现代作家很难长久地、毫无保留地崇尚一种文学思潮和流派，他们的选择常常是不稳定的，间歇性的和有所保留的。例如，茅盾早期深受左拉自然主义方法的影响，但后来又自感不足，转向革命的现实主义文学创作；徐志摩深受英国文学熏陶，对哈代的作品推崇备至，他后期诗歌的感伤悲观的情绪超过李金发的象征诗；而新月派很多稳健的诗人不久就成为"现代派"失望的诗人了。

中国现代文学流派中这种分合聚散，首先表现了一种文学的不断进步，不过，这种进步是在一种动乱的、近乎无政府主义的社会意识形态中进行的，因而显得格外复杂；由于战争而造成的文学迁徙，更使得它踪迹难觅。当然，这种动乱的社会条件，对中国现代文学的发展并非全然没有益处，它在客观上造就了文学的流动，多少打破了一些社会因袭的陈规戒律，为文学家进行自我选择提供了更多的机会和可能性。

在对中国现代文学流派研究的诸种困难中，也许最使人感到难堪的是文学与政治斗争的关系——因为对中国现代文学中任何一个流派的考察，都无法回避这样一种事实，在中国现代社会中，文学活动本身带着某种政治色彩，不可避免地受到政治力量的挤压和左右，企图完全摆脱政治斗争而进入纯艺术境界，几乎是不可能的。而且，一个文学流派所带的某种政治色彩，所表达的某种社会要求，往往是它在社会生活中最引人注目的部分。现代文学中一些重要的文学流派几乎都这样那样地和政治纠缠在一起的。

显然，这不仅是现代文学中的一个事实，而且也是一种传统。从新文学一开始兴起，就包含着一种关切国家和民族前途的责任感和命运感，带着强烈的社会功利性。这几乎成了一切文学家共有的道德意识，投笔如投戎，视文学为改造社会的利器，文学家大多无须掩饰这一点，只有很少作家能够例外。因此，虽然用阶级观点来划分中国现代文学流派有削足适履之弊，但是完全不顾及当时政治斗争形势、回避文学流派的政治倾向也是不明智的。从某种角度来说，对政治的关注并参与其中，同时也包含着文学的一种战斗姿态，其对整个社会的对抗也是对政治的对抗，包含着文学争取民主和自由，反对专制压迫的内容。在整个现代文学发展中，用政治的文学反对专制的政治，用社会的文学对抗社会黑暗，是文学一种特殊的形态，也是一种特殊的优点。

但是，这种特殊的文学势态也会把文学史家引向歧途，使人们看不到文学是一种不同于政治法律那样的意识形态，简单地用政治观点或者阶级观点来解释文学流派现象；更看不到强调文学政治性和阶级性对文学发展所产生的弊害。由此，文学史家容易被一般的历史表象所迷惑，把文学流派视同于一般的政治团体来评价，把文学家首先看作是某阶级的代表。其实，在现代文学诸作家中，用阶级方法来划分是很难的，他们大多脱离了原来的经济地位，成为中国社会生活中独特的一群。他们在不同程度上都受到了来自当时社会各方面的压迫。只是他们做出的反应不同，并根据自己思想状态得出了不同的结论。这种结论通过各种各样社会化过程的折光，在客观上可能比较适合某一阶级或者政治集团的口味，但是这绝不能代替对作家个性的评价。某一阶级或者政治集团的目的并不就是某一作家的艺术目的。有时候它们是直接抵触的，有时候它们是貌合神离的。我甚至认为，文学流派和风格之间绝对的势不两立情形，往往并不是先天就有的，而是后天由众多的政治家、道学家，当然也包括一时糊涂的批评家和文学史家臆造出来的。也许臆造得很精彩，不仅臆造者们也不再认为是臆造，甚至连一些文学家自己也接受了这种事实的臆造，并且无形中左右了自己。

一些文学研究难题正是包含在一种纷乱和混沌的历史表象之中，而这种表象恰恰参与了人们认识历史的主观意识和倾向性，形成了一种知识的构架，使我们难以突破。本来，在现代文学发展中，各种文学流派的生生息息是一种自然现象，但是和中国传统文化体系以及中国社会具体情景联系起来，就不那么简单了。假如仅仅在三十年间做了总结，似乎是容易的，但是扩大一下历史视野，拉长时间间距，做个总结就不那么容易了。因为在文学发展中，由于各种情况的限制，很多东西会潜伏下来，所谓销声匿迹只是一种假象；而很多东西会迅速膨胀起来，形成风气，以领风骚。随着生活的发展，很多"销声匿迹"的东西会重新复活，被人们所记起，所称道；而一些风靡一时的东西被人们渐渐遗忘，在历史生活中又可能悄悄地潜伏下来。实际上，在中国现代文学历史发展中，各种不同流派和风格文学相互构成一种整体存在，它们互相弥补，共生并存，百家争鸣，百花齐放，是现代文学流派形态的基本事实。往往有这种情况，一个文学流派在某个文学圈层或者社会生活层次上，意义并不那么明显，但在另外一个圈层上具有某种突出的意义。但是，这种不同圈层上的意义又并不是那么一目了然，而且常常会自行互相遮蔽。在一种多元化文学形态中，仅仅从某一方面去评价某一种文学流派的价值，并不明智。而且，过去由于某种偏狭的、单一的思想方法的局限，我们已经习惯于一种简单地判断是非的思维方式，常常在两种或数种文学流派同时存在的情况下，用既定标准把一种和另外一种或者数种文学流派直接对立起来，肯定某一种文学必定否定另一种或数种文学流派，造成对文学整体历史面貌的侵害和误解，人为地制造了文学的对立和隔阂。现在，尽管我们已经对这种文学批评方法的危害有所认识，但是从中彻底解脱出来并不是轻而易举的。也许它已经浸透了我们的心灵深处，成为一种我们自己也无法察觉的潜在的批评意志，有时在冥冥之处指挥着我们的阐释活动。

在本书卷首，我历数以上种种困难（也许还远远不是全部），目的并不是为本书中可能出现的错误和纰漏预先做一些解释和辩解，而是提醒能够读到这本书的诸位（谢谢诸位），能够始终保持一种彻底的怀疑态度，可以不信，但绝不可全信，努力对中国现代文学流派的历史发展提出自己的观点，做出自己的判断。我想，这不仅有益于读者和本书的作者，而且有益于整个中国现代文学史的研究。

第一编　从一种选择到多种选择

虽然现代中国文学的历史变革十九世纪末就已开始，但是本书关于中国现代文学流派发展过程的回顾，仍然是以"五四"新文学运动为起点。之所以这样做，并非对以往旧的分期方法一往情深，或者对于学术界新近有人提出的"二十世纪中国文学"设想不感兴趣，而是出于种种考虑，给自己的叙述以各种便利的条件。

其一，文学语言形态的变革。"五四"新文学运动之后，白话文成为正宗文学语言，给人一种面目全新的感觉。高尔基曾经说过，文学是语言的艺术。不论从文学的客体、主体或者本体意义上来说，语言都是最重要的艺术中介，也是相对来说最稳定、最难以改变的物质外壳，因此在中国文坛上延续了几千年的文言文正宗地位，一旦被改变，在文学史上自然形成了一条明显分水线，后人也比较容易把握。本来，确定历史时间的一些概念和单位，都是人为的，和历史发生转机的内在发展轨迹并无多少直接联系，更不好用来做历史分期分段的剪刀，顺着某个时间环节一剪为快。要真正把握历史分期的契机，重要的是建立一种重要的历史事实基础。同时，这种语言形式本身为本书的叙述提供了方便，起码在叙述者和被叙述的对象之间提供了语言上的亲缘关系，在行文上给人以一贯的风貌。

其二，因为是从流派角度叙述现代文学发展过程，所以本书需要在文学历史环节中找到一个承前启后的群体作为起点，而直至"五四"新文学运动之前，这一点很难如愿以偿。"五四"以前也有很多要求变革和改良的文学群体，但很难说从根本上改变了文坛面貌。因此，从本书所确定的立意出发，起点也自然而然地落在了"新青年"群体上。

其三，在有关现代史的研究中，以往大部分著述都是以五四运动为起始的，这已经成为一种被普遍接受的范畴概念。当然，这并不意味着"从来如此"就是不可改变的。但是这会成为一种普遍的心理模式，因势利导，也会使人们比较容易理解本书的内容。对此，毛泽东同志在四十多年前就曾经指出：

在"五四"以后，中国产生了完全崭新的文化生力军，这就是中国共产党人所领导的共产主义的文化思想，即共产主义的宇宙观和社会革命论。……这支生力军在社会科学领域和文学艺术领域中，不论在哲学方面，在经济学方面，在政治学方面，在军事学方面，在历史学方面，在文学方面，在艺术方面（又不论是戏剧，是电影，是音乐，是雕刻，是绘画），都有了极大的发展。二十年来，这个文化新军的锋芒所向，从思想到形式（文字等），无不起了极大的革命。其声势之浩大，威力之猛烈，简直是所向无敌的。其动员之广大，超过中国任何历史时代。而鲁迅，就是这个文化新军的最伟大和最英勇的旗手。①

这段最引人注目的论述，对整个现代史的研究产生了很大的影响。

为此，从"新青年"开始，我们步入现代中国文学流派发展这条长河。

在这一时期，文学最突出的走向是从一种选择走向多种选择。

在这个时期内，新文学与旧文学还持续着激烈搏斗。文学在旧的规范中禁锢得已经够久，迫切需要冲破旧框框，到自由的天地中去，吐露长期被压抑的心声。这并不一帆风顺。由于几千年根深蒂固的思想传统，新文学的成长受到各种守旧和保守力量的阻碍。在当时文坛，不仅存在着"桐城""江西"等旧文学的遗老遗少，而且还有许多打着各种旗号反对新文学的群体和团体。例如，1919 年初，刘师培、黄侃创刊《国故》，后又有林琴南出来攻击新文学运动。1922 年初又有吴宓、梅光迪、胡先啸为代表的"学衡派"，1923 年有章士钊为代表的"甲寅派"出现，鼓吹复古，反对白话，反对新文学运动。

这时候，新文学要在文坛上站稳脚跟，图得发展，必须借助各种新思潮的力量，以一种群体的力量开辟道路。这种情形一方面为新的文学流派产生创造了条件，同时也在一定程度上限定了流派的面貌。在同旧文学对

---

① 毛泽东：《新民主主义论》，新华日报华北分馆，1940 年，第 43—44 页。

立的环境中，文学流派的群体构成不可能过多地顾及不同作家之间的个性差异，只要求在大致相合的思想基础上集合起来，图谋共同发展。

"新青年"群体就是这样。严格地说来，这并不是一个纯然的文学团体，而是一个综合的文化团体。但是这正是我们感兴趣的地方。在当时情况下，也许一个纯然的文学团体，根本无力担负起开拓文坛新局面的扛鼎重任。不仅如此，"新青年"群体同时好比一颗饱满的新文学发展的种子，本身包含文学创作中各种枝芽。其中各个成员在提倡新文学方面是一致的，但是并不意味着美学倾向、艺术爱好方面的一致，在合适的文学条件下，这颗种子就会抽芽，分茎分权，使各种不同的个性因素得到发展，形成不同的文学群体。

新文学初期产生的文学流派在不同程度上都具有这种特征，在某种社会力量的压力下，它们企求于大的方面的认同，求大同存小异，但是，随着新文学战果扩大，逐渐站稳脚跟，流派的分化现象就明显了，新的文学流派往往产生于某种个性因素的增长。例如文学研究会和创造社这两大流派的发展就是如此。所谓现实主义和浪漫主义只是这两个流派各自大概的基础，其中每一个流派中都存在多种不同的因素，蕴藏着形成各种文学流派的意向。所以"文学研究会"中有"问题小说"，有学习泰戈尔的"小诗群"，"创造社"中有"沉沦文学"，还有王独清等人的"象征主义诗歌"等等。可以说，随着文学发展，文学流派面貌也在发生变化，仅仅是某种笼统的文学主张和思想倾向的一致已嫌不足，开始追求更细致的思想、艺术趣味和感情方面的认同。这时候，个性得到了更充分的尊重，文学也朝着更多样化的方向发展。这时期"语丝派""现代评论派""湖畔诗人""象征诗派"等流派的产生，都反映了这方面的变化。我们看到，从一种选择到多种选择，是一种文学发展过程。在这个过程中，文学流派的发展呈现出一种多元状态，派中有派，派中生派，呈现出一派生机勃勃的景象。我们也许从中会感觉到，即使在新文学最初产生的文学流派中，已经包含着向未来发展的一切艺术萌芽。

显然，这种流派发展情势是和新文学冲破传统藩篱，具有毫无拘束、畅所欲言的品格分不开的。新文学要发出人们心中的"真"的声音，就有各种各样不同的展演，所以我们能够看到新文学冲破一切传统束缚，勇于表达自己的最精彩的表现，看到文学在时代感召下的多样化的追求。在这个过程中，为了使我们不至于眼花缭乱，针对中国现代文学流派发展中一个重要现象，我专门设置了专题——"鲁迅与中国现代文学流派"一章。

第一章

走向突破:"新青年"的崛起

1840 年鸦片战争以来,中国社会进入了一个新的变革时期,中国文化也开始酝酿一场巨大的历史变革,它一方面因袭着旧文学的规范,另一方面不断地进行革新,创造着新的形式和内容,以日益更新的面貌进入了二十世纪。

这种变革是中国文学历史发展的一种必然。文学作为一种艺术活动,是充满活力的,但是中国传统的正统文学发展到晚清,局限于封建正统思想的格局之内,已经成为一种极端规范化的、僵化的文学。旧的文体,旧的语言形式,旧的文学风范,千篇一律,一成不变,已经成为隔绝生活与文学密切交流的高墙,也成为人与人之间用文学形式自由表达自己感情、交流思想的障碍。因此胡适在《文学改良刍议》一文中曾说:"更观今之'文学大家',文则下规姚、曾,上师韩、欧,更上则取法秦、汉、魏、晋,以为六朝以下无文学可言,此皆百步与五十步之别而已,皆为文学下乘。即令神似古人,也不过为博物院中添几件'逼真赝鼎'而已,文学云乎哉!"在这种情况下,中国文学要打破徘徊不前的僵局,就要从旧文学巢穴中解救出来,赋予新的思想、新的形式和面貌,走向生活,面向未来。这不仅是时代对文学的要求,也是文学自我发展的必然趋向。在开放的文化势态中,各种新思想涌入中国,打开了一个新的艺术世界,中国文学已按捺不住自我发展的深切欲望，也无法抵御来自现代世界生活的诱惑，开始向一个更广阔的文学世界迈进。在这之前，它必须打破旧的形体上的束缚。

"五四"新文学运动之前，就有很多文学的革新者在旧文坛上"揭竿而起"，开始探索中国文学的出路和未来。黄遵宪（公度）就是一个富有世界知识和时代眼光的诗人，也是少有的主张实行民主，在各方面实行改革和开放的革新人物。他在创作中反对因袭模拟，主张写"古人未有之物，未辟之境，举吾耳目所亲历者"。① 其有诗云："我手写我口，古岂能拘牵。即今流俗语，我若登简编。五千年后人，惊为古斓斑。"② 故钱锺书在《谈艺录》中说："近人论诗界维新，必推黄公度。"③ 把黄遵宪称为"诗界革命的霸王"的梁启超，同样是一个新文体的创造者，他最精彩的革新言论也许是就小说而言的：

> 今日欲改良群治，必自小说界革命始，欲新民，必自新小说。……故欲新道德，必新小说。欲新宗教，必新小说，欲新政治，必新小说。欲新风俗，必新小说，欲新学艺，必新小说，乃至欲新人心，必新小说，欲新人格，必新小说。何故？小说有不可思议之力支配人道故。④

这种对小说价值过分的夸大，实际上反映了文学要求自强、自立和真正参与生活的内在呼声。钱玄同给陈独秀信中说，"梁任公实则为创造新文学之第一人"，是有道理的。这种文坛的革新之势，当然是和当时翻译

① 黄遵宪：《〈人境庐诗草笺注〉跋》，黄遵宪《人境庐诗草笺注》，钱仲联笺注，古典文学出版社，1957年，第389页。
② 黄遵宪：《杂感》，黄遵宪《人境庐诗草笺注》，钱仲联笺注，古典文学出版社，1957年，第15—16页。
③ 钱锺书：《谈艺录》，中华书局，1984年，第24页。
④ 梁启超：《论小说与群治之关系》，梁启超《饮冰室文集全编（第二版）》，上海新民书局，1933年，第17页。

界的努力分不开的，严复、林纾、苏玄瑛等人对外国文学的翻译对改变人们文学观念颇有影响。特别值得一提的是林纾。他虽然后来极力反对过白话文，但作为翻译家，有人统计，自 1899 年至 1919 年，林纾共翻译了 171 种书，出版的有 132 种，其中最多的为英国作家作品，共 99 种；法国 33 种；美国 20 种；俄国 7 种；还有希腊、挪威、比利时、瑞士、西班牙、日本诸国的作品，还有 5 种是未注明国籍和作者的。①

由此说来，文学变革是一种综合现象，它不仅表现在诗歌、小说、散文方面，也表现在戏剧方面；不仅涉及了文学一般文体方面，也触及了文学的内容、思想和风格问题；不仅意味着文学形式将有一次更大的变革，而且意味着在文学观念上的重大突破。这一切都不可避免地触及了中国文学语言形式的变革问题——毫无疑问，文言文已经成为束缚文学发展最坚硬的一层外壳，它积几千年之建造，根深蒂固，不打破它，真正的新文学不可能脱颖而出。在文坛革新之势冲击下，文学语言其实已开始向白话演变，不理古文义法，为文不加检点的文人日益增多，新词新句在作品中出现已成见多不怪之事，而且亦有人开始主张改文言为白话，例如章太炎在民国元年就提出过“语言统一后，小学教科书，不妨用白话来编”，② 就连一些保守的文人也不得不开始赞同“文言合一”。文言文一统天下已经无法维持下去。

但是，在“五四”新文学革命之前，文学变革并没有彻底突破旧文学的篱笆。这里面的原因当然多种多样，有历史的、时代的、政治的、心理的等等。但就文学本身来说，固然一方面显示了旧文学势力还很强大，另一方面则表现了新的文学力量的幼小以及当时文学变革者自身还有很多局限性。就后者而言，往往被人所忽视的一个事实是，在“五四”以前文学变革中，还没有形成强有力的新的文学群体，集思广益，用群体的力量打破旧文学的禁锢，开辟一个新的天地。

“五四”新文学革命的磅礴气势来自一个各种新文化、新文学团体风

① 司马长风：《中国新文学史》，昭明出版社，1980 年，第 21—22 页。

② 任访秋：《中国近代文学作家记》，河南人民出版社，1984 年，第 169 页。

起云涌的时代。通过一定的文学群体，分散的新文学的力量被集中起来，个人有了群体的依托，相互认同和鼓励，自然会发挥出更大的力量。

在"五四"文学革命之前，中国文学界各种学习和研究的团体并不多见，但在"五四"新文学运动中，各种文化团体的出现已如雨后春笋形成风气。尤其在学生之间，组织了很多公开的或秘密的小团体，例如：北京除了"新青年"之外，还有"新潮社""国民杂志社""工学会""同言会"等等。它们属于学生组织，各有特点，但在反对旧文学方面都有认同感。五四运动的组织者其实就是这些社团的领导者。其他还有多种多样的团体，例如：家庭建设研讨会、中国哲学会、新教育共进社、社会主义研究会、罗素学会、新学讲演会、实际教育调查会、通俗教育学会、尚志学会等等。还有各种各样的小社团，例如少年中国学会、曙光社、社会实进会、青年进步社、真社，天津的觉悟社，长沙文化书社、复社、人道社等等。这些小社团的中心思想不大一样，但都表现出了对改革社会、建设新文化的极大热情，具有各种各样理想色彩。它们构成了各种新思想、新文化的"摇篮"和"堡垒"，团结了一批人，影响了一批人，也培育了一批人。而且，随着各种新的文化团体的兴起，新的刊物也相继出现。据史料所载，在五四运动发生后半年内，全国就有近四百多种白话文刊物出现，形成了名副其实的"期刊热"。这些期刊都带着鲜明的新时代的气息，我们仅从名字上就能有所感觉，例如，《新青年》《新潮》《曙光》《社会新声》《新社会》《新中国》《新生》《新气象》《新人》《光明》《自由》《新文化》《新妇女》等等。当然，这些刊物大多数并非纯文学杂志，而且很多昙花一现。但是从各方面传达出了一种新的文学精神。

在"五四"文学革命时期，于形形色色的社团的刊物之中，最富有革命性、最有影响的当数《新青年》杂志。《新青年》（原名《青年杂志》，第二卷后改名《新青年》）是陈独秀创办的。1915 年 9 月在上海创刊，1917 年迁到北京出版。由于编者具有鲜明的反封建的民主倾向，《新青年》一开始就呈现出新的思想姿态，它接受了科学和民主思想的浇铸，散发着新时代的气息，对封建的儒教孔道进行了猛烈的抨击，并召唤着一个新的理想的中国。在当时来说，《新青年》犹如在黑暗中点燃的一把思想火炬，以耀眼的光亮刺破了黑暗，一切向往着光明，自己又不甘心被毁灭在黑暗中的知识分子，自然而然地聚集在它的旗下。他们从各个方向集拢而来，在反对旧文化、旧文学的事业中获得了认同感，逐渐构成了一个战斗群体，成为"五四"新文化运动中的中流砥柱。陈独秀、胡适、吴虞、蔡元培、李大钊、钱玄同、鲁迅、周作人、刘复、高一涵等，都是这个群体中成员。以后成立的"新青年社"，就鲜明地表现了这个群体的自觉意识和倾向。

这种群体的自觉意识在 1919 年冬天发表的《新青年杂志社宣言》中表达得最为清楚。这个宣言开首一段便是：

> 本志具体的主张，从来未曾完全发表，社员各人持论，也往往不能尽同。读者诸君或不免怀疑，社会上颇因此发生误会。现当第七卷开始，敢将全体社员的共同意见，明白宣布。就是后来加入的社员，也共同担负此次宣言的责任。但"读者言论"一栏，乃为容纳社外异议而设，不在此例。①

这个宣言散发着时代的进取和变革精神。这群"新社会的新青年"，要破除一切阻碍进化而且不合情理的旧观念，打破"天经地义""自古如斯"的成见和旧习，创造"政治上道德上经济上的新观念"；他们反对一切虚伪、保守、消极、因袭的东西，反对一切虚无的、助长惰性、没有信仰的思想态度，而向往着一个"诚实的、进步的、积极的、自由的、平等的、创造的、美的、善的、和平的、相爱的、互助的、劳动而愉快的、全社会幸福的"新时代。为了实现这个时代的理想，他们还指出："我们因为要创造新时代社会生活进步所需要的文学道德，便不得不抛弃因袭的文学道德中不适用的部分。"

---

① 《新青年杂志社宣言》，《新青年》1919 年第 7 卷第 1 期，第 1 页。

值得注意的是，这篇宣言强调了一种"全体社员的共同意见"，体现了一种群体的统一意志和思想出发点。而且，这种群体的思想意志和一切旧的文化思想不同，它是面向世界和面向未来的。他们不仅反对封建主义的旧制度、旧文化、旧观念，而且也反对军国主义和金力主义，和世界各国人民一道面对人类前途理想的重大问题，做出自己合理的选择。这篇宣言所散发的理想主义色彩，无疑也是国际性的，它几乎集中了世界各种思想、各种文化中一切美好自由的设想，描绘了一幅乌托邦式的社会生活图画。从这篇宣言中我们能够感到，中国新的文学开始走向世界，它正在从一种封闭状态中彻底解脱出来，以开放的姿态加入世界文学潮流。

无疑，"新青年"群体不是一个纯然的文学群体，而是一个综合的文化群体。其实就当时来说，在旧的文化意识重重包围之中，在未彻底打破文言文一统天下之前，一个纯然用白话写作的新文学团体也是难以存在的。换句话来说，打破文言文学的一统天下，代之以白话文学，是一个牵动整个文化势态的事情，仅仅在文学范围内不可能完成。因此，在新文学初创时期，"新青年"同时作为一个文学群体，在文学方面有重大突破，领文学革命风气之先，也是在文化意识各个方面互相呼应，齐心协力建设新文化条件下进行的。反对旧文学，建设新文学，无疑是"新青年"作为一个群体，所完成的最重要的历史功勋之一。

其实，在《新青年杂志社宣言》发表之前，"新青年"作为一个文学群体的力量就显示出来了。

在《新青年》上，首先向旧文学发难的是胡适，他的《文学改良刍议》于1917年1月发表。当时胡适正在美国哥伦比亚大学做研究生。当时单单靠一个人的努力，要反对文言文，鼓吹新文学，是不可能成功的。胡适在1952年12月的一次演讲中曾回忆过1915年在美国读书写诗的情景。据胡适回忆，他之所以要提出"文学改良"，是因为在写作中感到了"活字"和"古字"的矛盾，当时很多在美国的留学生喜欢写诗，形式当然还是四言、五言、七言的古体形式，但是词句不免夹进了一些现代词字，和古词语混在一起，显得不统一。为此胡适和当时一些留美学生展开了讨论。很多人反对胡适有关"活字""死字"的说法，其中他的同乡梅光迪就是一位。胡适在哥伦比亚、哈佛、康奈尔几个大学为自己辩护，但是越辩别人越不认同，胡适单枪匹马鼓吹活的语言，不仅收效甚微，而且已经陷入尴尬的境地。

但是胡适是幸运的，因为他很快在《新青年》中找到了知音和依托。《新青年》一群人当时对反对旧文学、建设新文学早有思想准备，正在寻找突破口。于是胡适的文章当时一石激起千层浪，立即获得了一种群体的共鸣。胡适的《文学改良刍议》发表之后，陈独秀立即发表了《文学革命论》一文，继胡适文学改良的"八事"，提出文学革命的"三大主义"，即"曰，推倒雕琢的阿谀的贵族文学，建设平易抒情的国民文学，曰，推倒陈腐的铺张的古典文学，建设新鲜的立诚的写实文学，曰，推倒迂晦的艰涩的山林文学，建设明了通俗的社会文学"。当时积极写文章，参与新文学运动的还有鲁迅、钱玄同、刘半农、蔡元培、傅斯年、周作人等人。胡适后来编了《建设理论集》，所收录的文章多是民国六年到九年之间（1917—1920）的文学革命时期写的，多是从《新青年》《新潮》《每周评论》《少年中国》几个杂志里选择出来的，因为这几个刊物都是中国新文学运动的急先锋，都是它的最早的主要宣传机关。

正因为有了"新青年"这一群体，每一个个体的力量才得到了最大限度的发挥。在当时条件下，旧文学势力还很大，在较短的时间里创造一种新文学，并不是每个人都有充足的信心。就拿胡适来说，刚开始也并没有这种信心，他在 1917 年 4 月 9 日给陈独秀的信中还在说："此事之是非，非一朝一夕所能定，亦非一二人所能定，甚愿国中人士能平心静气与吾辈同力研究此问题，讨论既熟，是非自明。吾辈已张革命之旗，虽不容退缩，然亦决不敢认吾辈所主张必是，而不容他人之匡正也。"① 还表现出一种忐忑不安的态度。但陈独秀在《新青年》三卷三号上答道："鄙意容纳异议，自由讨论固然为学术发达之原则，独至改良中国文学当以白话为正

---

① 胡适：《寄陈独秀》，陈立寿编《中国现代文学运动史摘编（上）》，北京出版社，1985 年，第 13 页。原载《新青年》1917 年第 3 卷第 3 号。

宗之说，其是非甚明，必不容反对者有讨论之余地，必以吾辈所主张者为绝对之是，而不容纳他人之匡正也。"① 这无疑给了胡适继续进击的巨大力量。可以设想，如果没有"新青年"这一群体存在，就不会取得文学革命的成功。任何处于分散状态中个体的力量，都很容易被旧的思想文化所吞没。

文学在中国现代社会中最伟大的突破，正是依靠群体的力量实现的。

中国是一个诗国，从旧文学走向新文学，中国现代文学向新境界的突破，首先表现在诗歌创作方面。就此来说，《新青年》造就了中国新文学发展中第一个诗群。胡适、陈独秀、刘半农、鲁迅、李大钊、周作人、沈尹默等都是重要的诗人。他们用自己大胆的探索和试验，用自己的智慧和才华，开了中国新诗创作的先河。他们诗创作的共同的努力方向是，把诗歌从旧的艺术框架中解放出来，赋予它新的形式和活的语言，赋予它自由活泼的形态，使诗更接近生活，更接近人性需要。

胡适无疑在这个诗群中成绩斐然，他也是最早尝试用白话作诗的人之一。在创作中，他有意脱出了旧格式的枷锁，把诗带到自由广阔的天地，舒展开自己的形体，带着一种自由清新的意味。请看他作于 1916 年 8 月的《朋友》：

> 两个黄蝴蝶，双双飞上天。
>
> 不知为什么，一个忽飞还。
>
> 剩下那一个，孤单怪可怜。
>
> 也无心上天，天上太孤单。②

这首诗显然是从旧诗词中脱化而来。但是新诗的"蝴蝶"终于从原来格局中飞出去了。它如果真的还觉得"孤单"，那么也是暂时的，很多新

---

① 陈独秀：《答胡适》，陈立寿编《中国现代文学运动史摘编（上）》，北京出版社，1985 年，第 14 页。原载《新青年》1917 年第 3 卷第 3 号。

② 胡适：《尝试集》，亚东图书馆，1920 年，第 5 页。

诗的"蝴蝶"会飞来和它结伴。李大钊的《山中落雨》就是其中的一首：

> 忽然来了一阵烟云，
>
> 把四山团团围住。
>
> 只听着树里的风声雨声，
>
> 却看不清云里是山是树。
>
> 水从山上往下流，
>
> 顿成了瀑布。
>
> 这时候前山后山，
>
> 不知有多少樵夫，迷了归路。①

玄庐的《海边游泳》表达了一种诗人的胸怀，诗人愿意把自己一切显露在光天化日之中，坦露出真实的躯体和真实的心灵：

> 赤裸裸的天，赤裸裸的地，赤裸裸的人，
>
> 蹬开岸，大踏波云，一切感想都平。
>
> 天光照着海底，沙线一稜稜，
>
> 睁开眼孔看，周围光线平均。
>
> 天也碧青青，海也碧青青，
>
> 何处藏身？不必藏身，便是藏身；
>
> 藏身处，不知道是天是海，只是光明。②

这群诗人虽然才情各不相同，但是都愿意在诗中表现出真实的生活和心灵，打破旧文学的陈规戒律。傅斯年有一首诗写得好，题目是《咱们一伙儿》：

---

① 李大钊：《山中落雨》，《少年中国》1919 年第 1 卷第 3 期。

② 玄庐：《海边游泳》，《星期评论纪念号》1919 年 10 月 10 日第 2 张。

春天杏花开了，

一场大风吹光。

夏天荷花开了，

下阵大雨打光。

秋天栀子开了，

十几天的连阴雨把他淋光。

冬天梅花开了，

显他那又老又少的胜利在大雪地上。

杏花、荷花、栀子、梅花——

你败了，我开。

咱们的总名叫"花"，

咱们一伙儿。

太阳出了，月亮落了，

星星出了，太阳落了，

月亮出了，星星落了，

阴天都不出，偏有鬼火照。

太阳、月亮、星星、鬼火——

咱们轮流照看，

叫他大小有个光，

咱们一伙儿。①

当时诗坛崛起的也就是这"一伙儿"诗人，他们在当时《新青年》《新潮》《星期评论》《少年中国》等刊物上发表诗作，共同摸索和开拓新诗的道路。1920 年，上海亚东图书馆出版了中国现代文学第一部新诗集，作者胡适名之曰：《尝试集》，表示他的新诗是尝试之作，并在集子自序中

---

① 傅斯年：《咱们一伙儿》，《新潮》1919 年第 1 卷第 5 号。

说："我生求师二十年，今得尝试两个字。作诗做事要如此，虽未得到颇有志。"① 其实，当时尝试作新诗的并非胡适一人，而是一群。因为打破了旧的诗词格律和形式之后，新诗到底应该怎样作，当时并没有现成的路径和方法，也没有一致的标准和规范，所以人人都在探索和尝试。正因为这种探索和尝试把旧文学送上末路。传统文学中一些僵化的偶像也因此被破坏了，一度被正统束缚成教条和自满自足的文学开始焕发出新的生命。今天人们也许还可以从胡适的《威权》一诗中感受到这股新生命的力量：

> 威权坐在山顶上，
>
> 指挥一班铁索锁着的奴隶替他开矿。
>
> 他说，"你们谁敢倔强？
>
> 我要把你们怎么样就怎么样！"
>
> 奴隶们做了一万年的工，
>
> 头顶上的铁索渐渐的磨断了。
>
> 他们说，"等到铁索断时，
>
> 我们要造反了！"
>
> 奴隶们同心合力，
>
> 一锄一锄的掘到山脚底，
>
> 山脚底挖空了，
>
> 威权倒撞下来，活活的跌死！②

当然从艺术方面说，这些新诗尝试不免幼稚。很多新诗人其实都是从旧诗人转变过来的，他们作起新诗来，于无形之中，都仍受到旧诗词的影响，尽管运用了白话，长短自如，但诗中仍有很重的旧诗词的气味，如胡

---

① 胡适：《〈尝试集〉自序》，陈金淦编《胡适研究资料》，北京十月文艺出版社，1989年，第405页。
② 胡适：《威权》，北京大学等编《中国现代文学史参考资料·新诗选》，上海教育出版社，1979年，第106页。

适所说，可以用"放大了的小脚"来比喻。而我们从大部分诗作中都能感觉到，诗人作为抒情主人公的自我，还没有从描摹事物圈子里完全跳出来，形成独立的、鲜明的自我性格，因此新诗群中人才济济，但显示出自己独特风格的创作并不多。这里，我们应该注意的是，"新青年"作为一个文化群体，思想并不千篇一律，他们各自所接受的新思想多种多样，有社会主义，有各种各样的个人主义、自由主义哲学思想，是中国现代文化多元化形态的一个雏形，其中隐藏着向多种选择和多种方向发展的可能性，在文学上也同样如此。

应该指出，"新青年"作为一个群体，并不限于"新青年社"和《新青年》杂志范围内。除了陈独秀 1918 年 12 月创办的《每周评论》之外，还有《新潮》《少年中国》和《星期评论》等社团刊物。1919 年 1 月主要由北京大学一些学生成立了新潮社，并创办了《新潮》周刊（英文刊名为 *The Renaissance*，即文艺复兴之意），成员有罗家伦、傅斯年、徐彦之、毛准、汪敬熙、吴康、康白情、杨振声、潘家洵、顾颉刚、叶绍钧、高尚德、孙伏园、朱自清、周作人等近 40 人，他们受到"新青年"直接影响和支持，其中大多数人是新文学运动的后起之秀，创作自然又有新的发展，从而扩大了新文学的实绩。具体而言，《新潮》更注重于文学创作，涌现了一些优秀诗人。其中康白情和俞平伯就是当时成绩比较突出的二位，康白情后来出版了诗集《草儿》，俞平伯出版了《冬夜》《西还》《忆》三个诗集，影响较大。至于很多从《新潮》走出来的作家，都将在以后叙述的文学创作中继续被提到。

除《新潮》之外，《少年中国》月刊（1919 年 7 月—1924 年 5 月）也引人注目。"少年中国"学会是一个很庞杂的团体，但其成员中有许多人后来成为中国现代历史的重要人物，例如李大钊、毛泽东、邓中夏、恽代英、张闻天等。《少年中国》中重要的诗人有宗白华、田汉、周太玄等，其中宗白华的抒情小诗写得清新透亮，非常优美，后来辑成《流云小诗》由亚东图书馆 1923 年出版。

当然，"新青年"群体的创作成就并不只表现在诗歌方面，在小说、散文（包括杂文）、戏剧方面也有所表现。特别是在小说创作方面，"新青年"诸作家开拓了新文学创作的天地。除了鲁迅白话小说成绩显著，另作讨论外，还有很多作家作品值得称道，例如陈衡哲的《小雨点》，杨振声的《渔家》《贞女》，汪敬熙的《一个勤学的学生》《雪夜》，俞平伯的《花匠》，罗家伦的《是爱情还是苦痛？》，央庵的《一个贞烈的女孩》，叶绍钧的《这也是一个人？》等，这些作品取材于现实生活，表现了多方面生活内容，有的笔触伸到了下层劳动人民生活之中，揭露了社会黑暗，触及了一些现实问题，在艺术上显示出新的风貌。

综上所述，我们可以看到，"新青年"在创作方面的成绩是多方面的，用自己的创作实践突破了旧文学的界定，开拓了新文学天地，显示了新文学充沛的生命力。就当时来说，虽然大部分作者在艺术上还比较幼稚，但是由于出自真情实感，没有虚伪造作之态，作品真诚感人。

不过，作为新文学第一个文学群体，"新青年"引人注目之处不仅仅表现在文学创作上，更显著表现在文学思想方面，即这些文学作品所体现出来的文学精神，这种文学精神犹如金色的种子，一直存活在中国现代文学历史发展中，构成了中国新文学的优秀传统和精神生命。

首先是新文学的人道主义精神，也许最引人注目的是周作人关于"人的文学"的提出。周作人认为，所谓"人的文学"是指：（1）这文学是人性的，不是兽性的，也不是神性的。（2）这文学是人类的，也是个人的；却不是种族的，国家的，乡土及家族的。① 实际上，人道主义文学精神并不是周作人的发明，是贯串整个新文学运动的基本精神，我们从陈独秀要求打破封建传统禁锢的呼唤中能够感受到它的气息，也能从鲁迅早期思想中看到它的光亮；能够从刘半农的诗《相隔一层纸》中体会到它的温情，也能从刘大白《卖布谣》之中听到它的旋律和音符。对此，朱自清说得好："民七以来，周氏（作人）提倡人道主义的文学；所谓人道主义，指'个人主义的人间本位主义'而言，这也是时代的声音，至今还为新诗特

---

① 周作人：《新文学的要求》，赵家璧主编《中国新文学大系》（第2集），上海良友图书公司，1935年，第142页。

色之一。胡适之诗《人力车夫》《你莫忘记》也正是这种思想，不过未加提倡罢了。"① 新文学一开始就包含着人道主义精神，这种精神成为中国现代文学的基本之一。

其次是文学的自由与探索精神。反对旧文学，建设新文学是一种文学的进步，它表现了文学从过去束缚的不自由状态中解放出来，向更自由境界的跃进。"新青年"群体的文学创作一开始就表现出这种文学冲破一切的自由精神，敢于在没有路的地方探索新路。陈独秀在《新青年》创刊号发表的《敬告青年》一文，提出了六项主张，其中第一项就是"自由的而非奴隶的"，提倡革命精神和对传统彻底的破坏精神。胡适当时很重要的一个主张，就是建立"活的文学"，能够自由自如地表达自己的感情，使文学成为有生命的。这种文学的自由气息，在"新青年"诸人的创作中，都有所表现，他们歌颂自由自在的生命，体验破坏传统规范的快感，追求文学自由表达自己的形式和技巧。这种自由的文学精神使他们敢于进行探索，说前人没有说过的话，作前人没有作过的诗，突破传统僵化的文学规范而后快。这种文学的自由和探索精神表达了一种文学的现代意识，和一切守旧的、循规蹈矩的创作思想相对立，也是和任何一种单一化的思想模式不相容的。

"新青年"在文学创作中所体现的这些精神品格，深深影响了整个新文学的发展，从"新青年"这个文学群体中走出了很多著名的作家，在中国现代文学流派发展中扮演很重要角色，其中鲁迅——被毛泽东同志誉为革命家、思想家和文学家——的文学活动，对整个现代文学流派及其主潮的历史走向，产生了巨大影响。他巨大的文学成绩以及其超群的独立意志，使他成为一个超离任何流派群体的孤独的个体，然而他和很多文学流派所发生的客观上和主观精神上的联系，又使我们在很多历史的文学现象之中看见他的身影，感觉到他的精神存在。为此，我们把鲁迅和中国现代文学思潮及流派发展联系起来，进行一章专门的探索。

---

① 朱自清：《〈中国新文学大系·诗集〉导言》，上海良友图书公司，1935年，第2页。

第二章

鲁迅与中国现代文学流派

让我们先举出文学史上一个简单的事实。1939 年，在全国人民浴血抗战之时，在被称为"孤岛"的上海文坛，出现了一个名为《鲁迅风》的刊物。《鲁迅风》就体现了一种战斗的文学精神，上面发表的许多作品特别是杂文，对于有意识地承继和学习鲁迅的文学风格，以锋利的笔锋，针砭时弊，暴露黑暗，追求光明，激励民心，产生了一定的影响。

这时，鲁迅离开人世已经三年。他生前曾经担心，他死后只是留给人们"加添些饭后闲谈的材料，多破费宝贵的工夫"，[①] 甚至青蝇来寻做论的材料，后来竟有许多人打着他的文学大旗前进，也许是他未及料到的。周扬先生曾指出："鲁迅逝世以后，他的老友沈钧儒所题的'民族魂'三个字正好代表了人民对他的崇高评价。鲁迅以其杰出的创造才能和富于民族特色的风格，表现了我们民族内在的最宝贵的品格，最高尚的思想情操和坚韧的战斗精神。在鲁迅身上和著作中，可以看出我们民族的极其丰富的思想精华，找到半殖民地半封建社会中国人民的智慧、热情和创造力，

---

① 鲁迅：《野草·死后》，鲁迅《鲁迅全集》（第一卷），人民文学出版社，1973 年，第 521 页。

找到我们民族的真正灵魂。"①

因此，我并不想停留在《鲁迅风》这个简单的事实上，而注意的是，在这小小名称之后，隐藏着一个文学时代的灵魂。我很想借用"鲁迅风"来概括鲁迅所体现的文学精神——它构成了中国现代文学发展中的一种活的灵魂。如果在世界范围内写一本现代文学流派发展史的话，那么最大的"中国派"无疑应该是"鲁迅派"，在鲁迅的身后，云集了一大批作家，创造了丰厚的文学财富。

鲁迅是中国新文学的奠基者和开拓者，是最早注意到文学问题并开始探索文学新路的人。早年鲁迅就和兄弟周作人合作，翻译介绍外国文学，编出《域外小说集》两集。1907 年，鲁迅与周作人、许寿裳等想在东京筹办一个文学杂志《新生》，结果没有办成。但鲁迅并没有间断文学活动，不仅写了文学论文，例如《文化偏至论》《摩罗诗力说》等，还创作了小说《怀旧》，这说明对于新文学运动鲁迅早有所准备。其实，正如王铁仙先生所说的，"在《新青年》上最有力地显示了文学革命的实绩的作品，是鲁迅的白话小说。《狂人日记》是第一篇，即发表于《新青年》开始完全改用白话的那号（即四卷五号），问世稍后于新诗。但它以其反封建的深刻性和艺术表现的新颖独特，震动了《新青年》内外，并对后来整个新文学创作产生了巨大的影响。之后，他又在《新青年》上陆续刊出《孔乙己》《药》《风波》《故乡》，都堪称新文学史上现实主义的奠基之作。"②对于鲁迅的小说创作，郁达夫曾经有一段深刻的评价："鲁迅的小说，比之中国几千年来所有这方面的杰作，更高一步。至于他的随笔杂感，更提供了前不见古人，而后人又绝不能追随的风格，首先其特色为观察之深刻，谈锋之犀利，比喻之巧妙，文笔之简洁，又因其飘溢几分幽默的气

① 周扬：《在纪念鲁迅诞辰一百周年纪念大会上的讲话》，西安地区纪念鲁迅诞生一百周年大会编《西安地区纪念鲁迅诞生一百周年文集》，陕西人民出版社，1984 年，第 19 页。
② 王铁仙：《〈新文学的先驱〉前言》，《新文学的先驱》，华东师范大学出版社，1985 年，第 3 页。

氛，就难怪读者会感到一种即使喝毒酒也不怕死似的凄厉的风味。当我们看到局部时，他看到的却是全面。当我们热衷去掌握现实时，他已把握了古代与未来。"①

鲁迅出生于中国传统文化意识浓厚的家庭，从小受到了传统文化的熏陶。在中国，这种个体的家庭教育环境，往往是代表中国传统文化的一个小独立王国，"麻雀虽小，五脏俱全"。依靠这种牢固的家庭文化单元，中国传统的文化，得以在漫长的历史时期传宗接代。在这样的家庭生活氛围中，鲁迅所接受的影响，不止于一般传统的道德规范和行为准则，还包括由传统价值观念所决定的做人的理想道路。由此，鲁迅很小就以一种"大人"的姿态来塑造自我，承担一种传统世袭的家族荣誉感和责任感的重负，去考虑和履行不属于一个小孩所承担的问题和道德义务。在这种情况下，鲁迅曾经是一个合乎规范的传统子弟，他很小就有意识地模仿古人的治学之道，在自己书桌上刻下了一个"早"字，来勉励自己刻苦读书，抑制和克服自己天真好动的天性。当鲁迅进入一个广阔的生活天地之后，这种传统的责任感转化成一种济世救民的思想，促使鲁迅以"我以我血荐轩辕"气概，走上了用文学改变"风雨如磐"社会的道路。

和民族的生存命运紧紧联结在一起，对祖国和人民满怀深情，是鲁迅文学精神的基本特征。这种深刻的民族责任感和对祖国深厚的爱，促使他对历史进行深刻的分析批判。在鲁迅的作品中，人们可以感受到切近生命的生死搏斗，理解深刻的历史精神。鲁迅第一篇白话小说《狂人日记》就从落叶缤纷的历史表象深处，揭示出了封建正统意识最深层的内容，这就是在歪歪斜斜的"仁义道德"背后，满本都是"吃人"二字。鲁迅谈其小说时说过："以此读史，有多种问题可以迎刃而解。后以偶阅《通鉴》，乃悟中国人尚是食人民族，因此成篇。此种发现，关系亦甚大，而知者尚寥寥也。"② 也许正因为如此，鲁迅发出热切的"救救孩子"的呼声，要唤

---

① 郁达夫：《鲁迅的伟大》，郁达夫《郁达夫文集》（第七卷），花城出版社，1983 年，第 27 页。

② 鲁迅：《鲁迅书信集·致许寿裳》，人民文学出版社，1976 年，第 18 页。

醒久久呆在封建社会铁屋子里的人——非他们不能动弹，亦不想动弹——一起来冲破黑暗的牢笼，彻底推毁"人肉的厨房"，建造一个"容不得吃人的人"的社会。鲁迅在小说中对于黑暗现实整体性的批判，无疑比一般传统小说，包括十九世纪很多批判现实主义小说深刻得多，他没有把社会的黑暗归罪于某个具体人物甚至政治集团，而是把一切社会罪恶的根源转化成了一种普遍的，人们无法摆脱的沉重的压抑感。鲁迅高尚的民族情感和战斗的人道主义精神，交织着现实生活的深刻内容，成为鲁迅突破旧的艺术规范，向新的美学境界行进的力量源泉。

用一种模式来衡量鲁迅的创作往往是困难的，在鲁迅的作品中，充满了恨，也充满着爱，鲁迅是一个冷峻、沉静到了极点的社会解剖者和分析者，又是一个激愤的，不受拘束的热血男儿。说鲁迅的文学精神是冷峻的、沉静的，是因为他能够在任何时候都保持着清醒的头脑，能够从生活平静的水面上，看到水底湍急的水流，能够在死寂的沉默中预示即将爆发的惊雷。当很多人满足于辛亥革命表面胜利的时候，鲁迅在《阿Q正传》中透过辛亥革命轰轰烈烈的景象，敏锐感觉到了其内在的相对停滞或缓慢运动的状况，从生活表面的急促变化之中，看到了内在的徘徊。未庄这只社会风浪中的小船，处于搁浅的状态。当新思潮席卷社会，易卜生的剧作风行一时之时，很多青年初出茅庐，向往恋爱幸福的境界，鲁迅却提出"娜拉走后怎样"的难题，并写了小说《伤逝》，描写了一对青年男女的悲剧。当1927年北伐革命胜利进军之时，很多人为之陶醉，鲁迅却洞察秋毫，一到广州就看到革命策源地的广州是"红中夹白"，挥笔写下了《庆祝沪宁克服的那一边》，指出了革命胜利中隐藏的危机。

同时，鲁迅又是一个充满激情的人，一个不顾一切的热情的探索者。他崇尚真的心灵，主张打破一切传统的束缚，他说过："只有真的声音，才能感动中国的人和世界的人，必须有了真的声音，才能和世界的人共在世界上生活。"[①] 为了实现自己的理想，他情愿"站在沙漠上，看看飞沙

---

① 鲁迅：《三闲集·无声的中国》，鲁迅《鲁迅全集》（第四卷），人民文学出版社，1973年，第28页。

走石，乐则大笑，悲则大叫，愤则大骂，即使被沙砾打得遍身粗糙，头破血流，而时时抚摩自己的凝血，觉得若有血纹，也未必不及跟着中国的文士们去陪莎士比亚吃黄油面包有趣。"① 他宁愿被别人看成一个疯子，也要大声呐喊，也要举起投枪，永远不再回到"没一处没有名目，没一处没有地主，没一处没有驱逐和牢笼，没一处没有皮面的笑容，没一处没有眶外的眼泪"② 的丑恶旧世界中去。鲁迅的作品总是蕴含着那么一种浪漫的音韵，从《狂人日记》到《故事新编》都有所表现。

正像冰冷的水和通红的铁相遇，才能淬炼成坚硬的钢一样，鲁迅理想的激情和冷峻的现实态度彼此碰撞，激励和熔铸，共同构成了鲁迅独特的文学精神。鲁迅曾在《野草·题辞》中写过："地火在地下运行，奔突，熔岩一旦喷出，将烧尽一切野草，并以及乔木，于是无可腐朽。"鲁迅的作品，就像一座座巍峨的高山，山顶上白雪皑皑，冰峰林立，而山底下却蕴藏着、运行着奔腾炽热的地火，这是一种不可遏止的生命欲望和能量，显示出永恒的魅力。

无疑，鲁迅表现了一种开放的现代文学精神和胸怀，它在中国文学走向世界的历史进程中形成，具有多元化的文学特征。它其中隐含着中国传统文学和外国文学多种奇妙的结合，历史性表现了在中西文学各种思潮相互交融背景下新旧艺术因素的转换，以及它们连贯性的历史承继关系。鲁迅正是在中外优秀文学遗产基础上，采用良规，融合新机，大胆创新，创造出自己独特的文学世界。在中国文学走向世界、走向现代化的历史过程中，鲁迅同胡适、林语堂等人是有所不同的，鲁迅始终把中国现实生活作为自己的思想基点，维持着一种自我选择的独立意识。因此，鲁迅虽接受过许多西方文化因素的影响，但他始终不是某种思想、某个思想家的信徒。鲁迅文学创作所显示出的独特价值，表现在显示和唤醒中国人民摆脱

---

① 鲁迅:《华盖集·题记》，鲁迅《鲁迅全集》（第三卷），人民文学出版社，1973 年，第 13 页。
② 鲁迅:《野草·过客》，鲁迅《鲁迅全集》（第一卷），人民文学出版社，1973 年，第 497 页。

愚昧、贫困和封建专制统治斗争中的历史作用。鲁迅用他的文学实践显示了中国现代文学中的一种品格：人生追求和艺术追求的统一，忠实于人生与忠实于文学合为一体。鲁迅明白地说自己从事文学是为了变革人生。他嘲笑某些人把革命和艺术当作两条船，一会儿站在革命的船上，一会儿跳到艺术的船上。在鲁迅的文学实践中，革命和艺术始终是一条船。在茫茫的生活海洋中，这只船负载着鲁迅全部人生的负荷和对社会生活全部的深刻理解，向人生理想的彼岸驶去。

鲁迅对文学中的流派现象很早就给予了注意。他所写的《〈中国新文学大系·小说二集〉序》就是从流派的角度，对新文学第一个十年中的部分小说创作进行了分析，既抓住了文学创作中某些共同的特征，也照顾到不同作家的个性特点。鲁迅不仅对于创作群体的文学特征十分注意，而且充分注意到了文学群体在发展中的变化，采取了灵活的分析方法，他指出："文学团体不是豆荚，包含在里面的，始终都是豆。"① 鲁迅始终注重从具体情况入手来考察流派现象。实际上，鲁迅的创作一直与一些文学派别发生着密切的关系，并有意识或无意识地在造就、推动着文学流派。

鲁迅对中国现代文学流派的发展产生了深刻影响。二十年代初出现的"乡土文学"流派，就深受鲁迅小说的影响。很多作家，例如王鲁彦、黎锦明、蹇先艾、裴文中、许钦文、李健吾、魏金枝、李霁野、台静农等，他们把笔触伸向自己的故乡，伸向了农村生活，形成了中国现代文学中富有生气的一个小说群体。

鲁迅无疑是开"乡土文学"先河的作家。鲁迅早期很多小说都是以乡土生活为题材的，例如《明天》《风波》《故乡》等，这些作品带着浓郁的农村乡土生活气息，把人们带到一种民族生活的氛围中，去体验中国民族生活的人情世态，感受中国传统的文化氛围，理解在这种氛围中农民的心态。在这些作品中，读者一方面能够感受到作家和中国农村生活、中国传统文化深刻的历史联系，另一方面看到作家对于农村封建愚昧生活状

---

① 鲁迅：《且介亭杂文二集·〈中国新文学大系·小说二集〉序》，鲁迅《鲁迅全集》（第六卷），人民文学出版社，1973年，第265页。

态，尤其是对农民落后麻木的精神状态的揭露。在这二者之间，能够看到传统文化和现代意识在社会生活中，也在作者的心灵中所发生的深刻冲突，作者仿佛在对曾经养育自己的农村生活进行一次彻底的否定，但背后又藏匿着一种无法斩断的眷恋之情。于是，在《阿Q正传》中，能够看到被抛弃的阿Q和被亲近同情的阿Q的双重叠影，而在《故乡》中，我们不得不面临着这种情形：由于蕴藏在作者内心的，历史和现实的巨大感情冲突，把乡村中一幕平淡无奇的相会，推向了历史生活矛盾冲突的广阔舞台。在作品中，"我"是抱着与具体历史生活恒常联系进入生活的，这种联系使画面充满恬静的诗意，美丽的故乡、蓝天、明月、银制的项圈、五色的贝壳，都使人迷恋……但是，这种诗意的图景，在作品中还没有完全舒展开的时候，就已经被现实生活的力量冲破了。"我"与闰土的重逢，成为中国现代小说中表现人物感情突转的最精彩的一幕。人类最美好的感情及它在历史生活中的悲欢离合，都聚集在由不公平、愚昧和落后、苦难和磨折所建造的巨大的现实生活高壁之前，终于由闰土一声软弱的称呼"老爷"表现出来。

就当时来说，也许全部"乡土文学"作家都面临这种现实的高壁，他们大多和农村生活有着千丝万缕的联系。这是一种浸透到精神世界深处的血缘关系。然而现代资本主义的冲击，农村生活的日趋败落，让他们已经无法对故乡再怀抱一种美好记忆，同时，新思想的影响又促使他们用一种批判的眼光来审视过去的生活，审视中国的农村生活，巩固刚刚建立起来的自我世界。所以，鲁迅在《〈中国新文学大系·小说二集〉导言》中评价蹇先艾反映自己家乡贵州乡村的作品《水葬》时，曾一语道破当时"乡土文学"作家的共同心境，"但如《水葬》却对我们'展示了老远的贵州'的乡间习俗的冷酷，和出于这冷酷中的母性之爱的伟大，——贵州很远，但大家的情境是一样的。"① 一语中的的是破折号后面的一句话。

"很远"，不仅表达着一种地理上的距离，而且隐含着一种心理上、感

---

① 鲁迅：《且介亭杂文二集·〈中国新文学大系·小说二集〉序》，鲁迅《鲁迅全集》（第六卷），人民文学出版社，1973年，第252页。

情上的距离，其中有怨恨、有眷恋、有冲突、有隔膜。没有这种距离，或许对故乡不可能产生新的感情和认识。许钦文（1897—1984）所写的短篇小说《父亲的花园》，就突出了这种对故乡的情感意象。这篇小说鲁迅收入《中国新文学大系·小说二集》，并发议论说："许钦文自名他的第一本短篇小说为《故乡》，也就是在不知不觉中，自招为乡土文学的作者。"①在这篇小说中，昔日的花园与现实的花园形成了强烈反差，在昔日茂盛的花园里，各种各样花的姿色，有关花的情趣，被裹挟于一种怀乡念旧的情绪之中，深深活跃于记忆里，并且随着离家日久而显得更为珍贵，而在今日现实的花园里，繁花盛开的景象已不复存在，作品中写道："走到阔别的花园，只有从前不注意的西湖柳和白石榴还是枝叶癫稀稀的存着，地上满是青草，盆中无非是枯枝。"实际上，这里表现出的并非仅仅是花园的变化，更重要的是作者对故乡情感的变化。美好的情感是保持在记忆中的，而面对现世久别的花园，失去的不仅是昔日生长的花草，而且还有昔日才有的那种愉快的心境。

其实，大多数"乡土文学"作品都笼罩着一种沉重感，它们不同于当时文坛上胡山源、赵景深的一些作品，甚至不同于废名《竹林的故事》那样的小说。优雅的意境早已被现实的苦难冲破。"乡土文学"的作家们再也难以写出这样的话来："是的，在慈母的怀里，安心睡罢！一切都没有了，只有安心的睡罢，在母亲的怀里，啊，母亲，我们爱你。"（胡山源《睡》）他们感受最深的是乡村悲凉的生活，愚昧的乡风乡俗，被扰乱了的乡村家庭状态，被金钱侵害和腐蚀的人心。在台静农的《天二哥》《红灯》《新坟》中，人们会感受到一阵紧似一阵的死之压迫，王鲁彦的《黄金》把城市里的金钱带到了偏僻冷静的乡村，也带来了人心的骚动和感情的变化，许钦文的《石宕》在描写一个沉重的悲剧的同时，也揭示了乡村打石工悲惨的命运。在这些方面应该提及的作品还有王任叔的《疲惫者》、黎锦明的《出阁》等作品。

---

① 鲁迅：《且介亭杂文二集·〈中国新文学大系·小说二集〉序》，鲁迅《鲁迅全集》（第六卷），人民文学出版社，1973年，第253页。

在"乡土文学"诸作家中，我觉得应该特别提及的是许杰。如果说许钦文注意刻画人的内心世界，作品带有诙谐含蓄的特色；李霁野的小说是"以敏锐的感觉创作，有时深而细，有如数着每一片叶脉"；[1] 台静农是"能将乡间的死生，泥土的气息，移在纸上的"[2] 作家，那么，许杰则把人生放在严酷的乡村生活场景中进行表现，让优美的感情发出长长的叹息，展示出人性的悲剧。在《惨雾》中，作者表现了一场村仇的厮杀，由愚昧野蛮造成的杀气，无情地蹂躏着人善良美好的感情。香桂眼睁睁地看着自己心爱的丈夫残忍地战斗，然后悲惨地倒在血泊里。这是一场残忍的悲剧，作者在小说中写道："恶魔穿着黑暗之夜的魔衣，在一切的空气中，用粗厉的恐怖之网笼罩人生，和尖利的死神之刀对待人生。"[3] 作品值得称道之处在于，在描写乡村生活悲剧过程中，许杰毫不回避人性和人的良心在现实中被蹂躏毁灭和不得以堕落的过程，写出了人在同现实搏斗中进行的深刻自我搏斗。《赌徒吉顺》同样深刻表现了这一点。在吉顺堕落过程中，伴随着的是人生责任和感情的挣扎，正如作品中写的："他的心如磔在十字架上受刑，血痕狼藉，一块块撕得粉碎的四裂。"[4]

"乡土文学"流派是中国现代文学流派中富有生命力的一个流派。中国大批现代作家都是从乡村走出来的，他们生活感情的基点是在中国农村，而对中国社会来说，最深刻的现代化过程无疑将是触动中国农村生活的大变动，同时也将是触及人们深层意识的文化大变动。这一切都无疑在造就各个时期不同类型的"乡土文学"，作家或者在农村生活中进行历史的反思，探究现实的道路；或者寻找出生活深处理想的根苗，加以发扬光大；或者从自然生活中获得精神上的慰藉，借以肯定中国的历史文化等等。我们可以列出很多作家作品，都带着"乡土文学"流派的气息和倾

---

① 鲁迅：《且介亭杂文二集·〈中国新文学大系·小说二集〉序》，鲁迅《鲁迅全集》（第六卷），人民文学出版社，1973 年，第 264 页。

② 同上。

③ 许杰：《惨雾》，文学研究会丛书，1933 年，第 67 页。

④ 许杰：《赌徒吉顺》，赵家璧主编《中国新文学大系·小说一集》，上海文艺出版社，1935 年，第 412 页。

向。茅盾、沙汀、艾芜、姚雪垠、萧红等都写过这类作品。而当代文学中的刘绍棠、古华、韩少功，以及台湾六十年代的"乡土文学"作家群，更应该是"乡土文学"的历史延续和发展。在这方面，鲁迅的小说将会不断地被人们所记起。

除了小说创作之外，鲁迅一生大部分精力用于杂文创作。早在新文学运动初期，鲁迅的杂感就引起了人们的注意，当时写杂感的人不仅仅是鲁迅，还有李大钊、陈独秀、钱玄同等人，但鲁迅的杂文独树一帜，锋芒毕露，尤其在反对"学衡派""甲寅派"斗争中，更显示出其"匕首"和"投枪"的威力，傅斯年在 1919 年 5 月《新潮》第 1 卷 5 号上评价："新青年里有一位鲁迅先生和一位唐俟（亦鲁迅的笔名——本书作者注）先生是能做内涵的文章的。我固不能说他们的文章就是逼真托尔斯泰、尼采的调头，北欧中欧式的文学，然而实在是新青年里的一位健者。"[1] 鲁迅独特的杂文创作创造了一种文体，同时也开创了一个名副其实的中国杂文流派。鲁迅式的杂文几乎风行于整个现代文学文坛，成为很多作家模仿和追求的对象。很多刊物由于鲁迅的影响，开辟了杂文阵地，形成了在风格上相近、相类的杂文作家群。例如《语丝》以鲁迅、钱玄同、刘半农、孙伏园等为一群，"任意而谈，无所顾忌，要催促新的产生，对于有害于新的旧物，则竭力加以排击"，[2] 形成了一种风格泼辣幽默，笔触尖利深刻的"语丝文体"。在现代文学史上，我们还可以列出一个很长的名单，把他们归于鲁迅式的杂文派，例如瞿秋白、陈望道、唐弢、夏衍、宋云彬、孟超、秦似、巴人、孔另境、周木斋、柯灵、聂绀弩、胡愈之等等，他们关注现实斗争，以杂文为武器抨击黑暗，针砭时弊，漫谈文艺问题，揭露社会问题，创作无不受到鲁迅的影响。后来，鲁迅式的杂文几乎成为中国现代杂文唯一的模式，人们提起杂文必言鲁迅，这当然也是鲁迅生前所不能

---

① 傅斯年：《随感录》，王铁仙编《新文学的先驱——〈新青年〉、〈新潮〉及其他作品选》，华东师范大学出版社，1985 年，第 320 页。

② 鲁迅：《三闲集·我和〈语丝〉的始终》，鲁迅《鲁迅全集》（第四卷），人民文学出版社，1973 年，第 172 页。

料及的。

鲁迅式杂文体现了一种深刻而偏激的思维方式，它之所以长期风行于世，是和时代生活，和中国政治文化状况连在一起的。瞿秋白对此曾经有一个很好的说明，他在《〈鲁迅杂感选集〉序言》中说："谁要是想一想这将近二十年的情形，他就可以懂得这种文体的原因。急剧的剧烈的社会斗争，使作家不能够从容的把他的思想和感情熔铸到创作里去，表现在具体的形象和典型里；同时，残酷的强暴的压力，又不容许作家的言论采取通常的形式。作家的幽默的才能，就帮助他用艺术的形式来表现他的政治立场，他的深刻的对于社会的观察，他的热烈的对于民众斗争的同情，不但这样，这是反映着'五四'以来中国的思想斗争的历史。"[1] 我这里所要补充的是，鲁迅杂文那种尖刻，那种"提刀向木，直刻下去"，一刺见血的笔力，对于精神长期受到压抑，希望得到一种痛快的满足、破坏的满足的国人来说，无疑具有一种强烈的吸引力。至今这种深刻而偏激的思维方式仍然受到很多人喜欢。我们从当今台湾作家李敖、柏杨的文章中也许能继续看到鲁迅杂文风格的影子。

实际上，在整个现代文学发展中，鲁迅的影子无处不在。而鲁迅在用文学的武器和旧社会作战时，总是团结和吸引着一批同人一起战斗。在这个过程中，鲁迅对培育青年作家十分尽心，给予真诚的指导和帮助。例如冯至、赵景深、李霁野、许钦文、黄源、柔石、巴金、楼适夷、陈学昭、陈炜谟、沙汀、艾芜、以群等都和鲁迅有过友好关系。据巴金回忆，鲁迅发出爽朗的笑声时，总是和青年在一起，他很喜爱年轻人，爱他的朋友们，而在鲁迅的朋友中间，还是比他年轻的占多数。这确是一个非常有趣的现象。也许鲁迅在这些青年人身上能获得一种真正慰藉。这种事实本身反映了一种文学的群体意识。他们中很多青年，不仅是鲁迅的学生，也是鲁迅的同伴和战友。柔石就是其中一位，他从1925年就开始追随鲁迅，他觉得和鲁迅在一起，使他快乐和增长知识。他的小说创作就深受鲁迅影

---

① 瞿秋白：《〈鲁迅杂感选集〉序言》，鲁迅《鲁迅杂感选集》，青光书局，1933年，第2页。

响。在《二月》中，作者展示了一幅活动着"冲锋的战士，天真的孤儿，年青的寡妇，热情的女人，各种主义的新式公子们，死气沉沉而交头接耳的旧社会"①的图画，在写实笔法中流露出鲁迅《伤逝》似的忧郁的诗情。鲁迅在为这部小说写的"小引"中进行了精当的评价，说作者用了工妙的技术，写出了生动的人物。在柔石《为奴隶的母亲》之中，作者写出了中国劳动妇女另一种"祥林嫂"式惨淡的人生，使人们不能不重新想起鲁迅《祝福》中的情景。

在新一代作家中，和鲁迅思想精神切近的还有巴金。鲁迅和巴金在文学精神方面有一种内在联系。巴金在《一点不能忘却的记忆》中曾谈到过他悼念鲁迅逝世时的情景，其真情流露使人非常感动。他把鲁迅看作自己的导师，是"这十年来我暗暗崇拜着的一个老人"。②因为在鲁迅身上具有一种彻底反抗黑暗的巨大热情，一种毫无造作的真实胸怀和从不随波逐流的坚强意志。认真比较一下鲁迅和巴金的文学创作就能感受到这种精神联系。巴金在《家》中所表现出的彻底反封建的热情，持续着"五四"新文学的叛逆精神，而作品揭露出的封建家族制度血淋淋的事实，又显示了一种力透纸背的力量。在文学追求上，巴金显示了和鲁迅一样的执着和坚定，在三十年代的文坛上，各种文派主义林立，但巴金不赶时髦，不为一些口号标语所迷惑，从不做表面的革命文学，而是坚持自己的文学追求，踏踏实实，写出了像《憩园》《寒夜》那样的杰作。巴金无疑是继鲁迅之后中国最优秀的作家之一。

在整个现代文学中，鲁迅和他的追随者构成了一个独立的世界，也构成一种潮流。我们看到，现代中国为鲁迅提供了一个文学活动场所，鲁迅的文学精神并不仅仅属于他个人，而是属于那个文学时代，虽然这个时代并不十分完美，但鲁迅无疑是依赖自己辛勤耕耘和创造力的发挥，在现代

---

① 鲁迅：《三闲集·柔石作〈二月〉小引》，鲁迅《鲁迅全集》（第四卷），人民文学出版社，1973年，第158页。

② 巴金：《一点不能忘却的记忆》，鲁迅纪念委员会编《鲁迅先生纪念集》，文化生活出版社，1937年，第119页。

文学流派中确立了自己不可动摇的历史地位，为我们提供了很多超越其个体意义的文学财富。

第三章

新文学运动的一对双生子

——文学研究会和创造社

现在我们该重新回到新文学初期的情形中了。

也许连"新青年"群体诸人都没有料想到白话文运动进展得如此迅速，竟在很短的时间里就能取得完全成功。因为就在1919年4月以前，中国期刊大多还是文言的，但经过五四运动洗礼，白话文期刊开始空前增多，仅仅在半年内，全国就约有四百种白话文的新刊物出现。旧的也大多数进行改革，开始采用白话文。1920年，当时教育部就颁布了小学教科书一、二年级一律用国语的命令。从1917年《新青年》发表《文学改良刍议》到1920年，仅三年时间。随着白话文代替了文言文，"新青年"似乎已完成了自己的使命，开始分化。人们自觉的个性追求，对文学创作进行多种选择，根据不同的文学需求，自由地走向了不同的文学方向。新的选择机会每个人都获得了一次，而这次选择更接近文学主体的要求。因此，新的文学群体组合很快实现了。

不久，"五四"新文学运动孕育的一对双生子便相继呱呱坠地——这便是"文学研究会"和"创造社"两个文学流派，它们的诞生标志着中国现代文学流派纷争局面的形成。

"文学研究会"和"创造社"是在新的文化势态中产生的，接受过各种新思想的洗礼，具有新文学运动反帝反封建的血统，充满着进取和建设精神。它们是"五四"新文学运动的产儿，也是新文学真正的继承者和开拓者，在文学自我追求中丰富了时代文学。然而，正如一切不是偶然的巧合一样，历史也赋予了这一对双生子以不同的性格，不同的选择和不同的发展道路。为更好地了解它们不同的特点，我们不妨在比较中对它们进行考察。

"文学研究会"于1920年11月在北京酝酿，1921年正式成立，是中国新文学最早的文学团体之一。据王晓明先生对文学研究会历史考察所示："它最初的发起人就有十二个人：周作人、朱希祖、耿济之、郑振铎、瞿世英、王统照、沈雁冰、蒋百里、叶绍钧、郭绍虞、孙伏园和许地山。随后更有许多人陆续参加，仅在会员名册中登记的，就有一百七十二人。其中包括俞平伯、朱自清、徐玉诺、庐隐和冰心这些一直被视为文学研究会中坚的作家，还包括当时文学界的其他重要人物，譬如诗人刘大白和刘半农；剧作家熊佛西和陈大悲；翻译家谢六逸、傅东华、李青崖、梁宗岱和曹靖华；散文家丰子恺以及顾颉刚、陈望道和周予同这样一些学问家。不少在二十年代后期崭露头角的年轻人，例如老舍、鲁彦、许杰、黎烈文和李健吾都是文学研究会的成员。即便像徐志摩、朱湘、王以仁和李金发这样在风格上似乎应该属于其他社团的作家，也都在会员名册上留下过自己的名字。作家是不同于士兵，他们是不习惯排成方队的，新文学又才诞生不久，刚开始有人陆续来投奔文学；可文学研究会的旗帜竟能招引来如此众多的参加者，单从这一点，也可以看出它的确是二十年代影响最大的文学社团了。"① 在这里，我们看到了许多熟悉的名字，例如刘大白、刘半农、俞平伯、叶绍钧等，他们曾是"新青年"群中人，现在他们又进行了新的文学选择。1921年11月，在新改革的《小说月报》第12卷第1号和《新青年》第8卷第5号及北京好几种报刊上登载了《文学研究会宣言》，这个宣言表明了文学研究会对文学的基本态度：

---

① 王晓明编：《现实主义的初潮》，华东师范大学出版社，1986年。

将文艺当作高兴时的游戏或失意时的消遣的时候，现在已经过去了。我们相信文学是一种工作，而且又是于人生很切重的一种工作。治文学的人也当以这事为他终身的事业，正如务农一样。所以我们发起本会，希望不但成为普通的一个文学会，还是著作同业的联合的基本，谋文学的工作的发达和巩固：这虽然是将来的事，但也是我们的一个重要的希望。①

文学研究会一开始就显示了对人生严肃和冷静的态度，提出为人生的文学价值观念，因此，文学研究会一般被称为"人生派"。

《文学研究会宣言》还与众不同地提出了三种请大家注意的意见：一是"联络感情"；二是"增进知识"；三是"建立著作工会的基础"。这三点表现了文学研究会求实的文学精神。在创作方法上，他们提倡写实主义，并且认为："写实主义的文学，不仅是随便地取一种人生的或社会的现象描写之，就算能事已完。他的实质，实在于：（一）科学的描写法与（二）谨慎的有意义的描写对象之被取，而以第二特征无比重要。"② 茅盾在《什么是文学》一文中还强调："新文学的写实主义，于材料上，最注重精密严肃。描写定要忠实；譬如讲佘山，必须去过至少一次，必不能无的放矢。"③ 因此，他们在创作中注重观察和实感，写自己熟悉的生活，写有关社会的重大题材。同时，他们积极介绍外国文艺理论和作品，尤其是介绍被压迫民族的文学。在《小说月报》上，曾编印过《被损害民族的文学》《俄国文学研究》《法国文学研究》《中国文学研究》等专号或增刊，做了很多切实"增进知识"的工作。

如果说文学研究会一开始就显露出冷静、现实的态度，那么创造社刚一露面，就表现出奔放浪漫的性格。假如说同样要填平一个海，"人生派"

---

① 周作人：《文学研究会宣言》，茅盾《〈中国新文学大系·小说一集〉导言》，上海文艺出版社，1935年，第3页。
② 郑振铎：《文艺丛谈》，《小说月报》第12卷第3期。
③ 李何林编：《近二十年中国文艺思潮论》，陕西人民出版社，1981年，第86页。

会说："让我们抬土吧，用一筐筐的土来填平它。"而创造社则说："不！让我们把喜马拉雅山抬来倒吧，让它一下子把海填平！"

　　创造社成立于 1921 年 7 月，由在日本留学的郭沫若、郁达夫、田汉、成仿吾、郑伯奇、张资平、陶晶孙等人主持，他们先在国内（上海）泰东书局出版创造社丛书，次年起又先后创办了《创造季刊》《创造周报》《创造日》《洪水》《创造月刊》《文化批判》等刊物，发表他们的文学主张和文学作品。郭沫若在《创造季刊》创刊号上发表了《创造者》一诗，大歌创造的狂欢和光耀。之后又在该杂志第一卷第二期《编辑余谈》中表现出他们和文学研究会不同的姿态来：

　　　　但在我们这个小社，并没有固定的组织，我们没有章程，没有机关，也没有划一的主义。我们是由几个朋友随意合拢来的，我们的主义，我们的思想，并不相同，也未必强求相同。我们所相同的，只是本着我们内心的要求，从事于文艺的活动罢了。朋友们！你们如是赞同我们这种活动，那就请来，请来同我们手儿携着手儿走罢，我们也不要什么介绍，也不给什么评议，朋友的优秀作品，便是朋友超飞过时空之限的黄金翅儿，你们飞来，飞来同我们一块儿翱翔罢！①

　　这里，且不说那种"随意合拢"的漫不经心的自由潇洒，那种"内心的要求"的主观色调，就是那"超飞过时空之限的黄金翅儿"，"同我们一块儿翱翔"，已足见想象丰富，浪漫奔放的气势了。郭沫若所说这"超飞过时空之限的黄金翅儿"，不是别的，就是创造社所追求的"全"和"美"的文艺，从中他们找到了力量和斗争精神，去创造理想的太阳和理想的社会，因此他们认为："除去一切功利的打算，专求文学的全和美，有值得我们终身从事的价值的可能性。"② 显示出艺术追求的热切心情。从

---

　　① 郭沫若：《编辑余谈》，《创造季刊》1922 年第 1 卷第 2 期。
　　② 成仿吾：《新文学之使命》，赵家璧编《中国新文学大系·文学论争集》，上海良友图书公司，1935 年，第 180 页。

这点出发，他们一方面追求美和全的文艺，另一方面又显示出对于时代和社会热切的关心，强调用文学去创造生活，反映时代，担负起重大使命。他们要用文艺"在冰冷而麻痹了的良心，吹起烘烘的炎火，招起摇摇的激震"，要"对于时代的虚伪与它的罪孽，不惜加以猛烈的炮火"。① 他们的创作中充满着对于改造社会的火热激情。所以，创造社当时被称为文学上的"浪漫派"是有根据的。

从文学研究会和创造社的文学主张中我可以看到，"五四"新文化运动所追求的科学与民主，已经浸透到文学的实践活动中去，化作具体的文学追求。如果说文学研究会更注重做文学的科学态度的话，那么创造社更明显体现了文学的自由与民主精神。

当然，文学研究会和创造社是"同母所生"，具有很多共同之处。它们在"五四"新文学运动高潮之后产生，和当时中国政治形势和社会现实以及新文学的历史发展有密切关系。由于帝国主义的加紧侵略，军阀连年混战，经济萧条，五四运动后的中国仍然一片黑暗，人民处于水深火热之中。而在文化思想上，五四运动开辟了一个新的时代，使人们能够自由选择。当时，黑暗的现实和沉闷的政治气氛，压抑着许多怀着美好希望的知识分子和青年学生，他们迫切需要用某种方式冲破这种沉闷空气。而个人的力量终究单薄，于是，许多已经冲出旧的文化氛围和正在冲出及期待冲出的知识分子，当他们人站在新文学发展道路上的时候，就不谋而合地找到了自己的同路人，结合成集体的新队伍。同时，新文学在发展中，已扩大了自己的阵容，丰富了自己的体式，具备了多种风格和流派产生发展的条件。文学研究会和创造社就是这样应运而生的。它们的选择比"新青年""新潮"文学群体进了一层，越过了新旧文学关系的门槛，进入了艺术与生活关系的层次；他们都是植根于我国民族传统的文化中，又都受到了外国文学的引导和影响，几乎都是在外国文学中找到了适宜于战斗的武器，以崭新的文学面貌出现，发展了中国文学中现实主义与浪漫主义的文

---

① 成仿吾：《新文学之使命》，赵家璧编《中国新文学大系·文学论争集》，上海良友图书公司，1935年，第177页。

学创作。在现代文学发展中，文学研究会和创造社确实像左右两军互相对垒，而又互相呼应，互相补充，在促使中国文学走向世界的过程中，是殊途同归的兄弟流派。

然而，对于两个特色显著不同的文学流派，了解它们的差异性也许比了解它们的共同性更为重要，因为只有这样，才能从文学内部揭示出艺术风格多样性的特质。文学研究会和创造社及其在理论和创作上表现出的差别，足以引起我们探索的兴趣。这两个文学流派之间的差别也是多方面原因造成的，其中蕴含着社会、经济、文化、个性等各方面的因素。

第一，从文学研究会和创造社诸作家不同的社会生活处境来说，他们形成不同的文学倾向，具有先天性的生活基础。

文学研究会是一个复杂的文学团体，但大多数作家生活在国内，对于中国社会的腐败、政治的黑暗、现实的弊端、世事的艰难耳濡目染，亲身体验，有比较深刻的感受和理解，由于和现实生活离得比较近，态度就比较客观，思想比较实际，狂热的感情、主观的想象相对少一些。他们中间很多人重视学理，重视用实际工作实现对中国的改造。转向文学后，也把文学当作一项为人生的工作来看待，对文学社会作用的认识也比较客观，态度显得冷静、严肃。在创作中，反映社会问题的作品较多，更重视用科学的态度对待创作，描写社会生活注意做到真实细致。

而创造社的大部分成员不同，郑伯奇在《〈中国新文学大系·小说三集〉导言》中说："创造社的作家倾向到浪漫主义和这一系统的思想并不是没有缘故的，第一，他们都是在外国住得很久，对于外国的（资本主义的）缺点，和中国的（次殖民地的）病痛都看得比较清楚；他们感受到两重失望，两重痛苦，对于现实社会发生厌倦憎恶。而国内外所加给他们的重重压迫只坚强了他们反抗的心情。第二，因为他们在外国住得很久，对于祖国便常常生起一种怀乡病；而回来以后的种种失望，更使他们感到空虚。未回国以前，他们是悲哀怀念；既回国以后，他们又变成悲愤激越；便是这个道理。第三，因为他们在外国住得很久，当时外国流行的思想当然会影响到他们。哲学上，理知主义的破产；文学上，自然主义的失败，这也使他们走上了反理知主义的浪漫主义的道路上去。"① 对于这个原因，郭沫若在《创造社的回顾》一文中说得更为精炼，"他们是在新兴的资本主义国家——日本，所陶养出来的人，他们的意识仍不外是资本主义的意识。他们主张个性，要有内在要求，他们蔑视传统，要有自由的组织。这内在的要求，自由的组织，无形之间便是他们的两个口号。""他们就是在这种意识之下，努力行动了，努力创造了。"②

第二，文学研究会和创造社都是反对封建旧文学的产物，他们对当时文坛流行的一些事实和观念不满，但是他们所攻击的现实文学的对立物不相同。文学研究会坚持为人生的艺术，揭起写实主义的大旗，是和当时文坛上流行的"礼拜六派""鸳鸯蝴蝶派"小说唱反调的，甚至可以说，是作为"鸳鸯蝴蝶派"文学的对立物产生的，这是因为他们认为鸳鸯蝴蝶派作品是一种麻痹人们思想的消遣和游戏。文学研究会对一切颓废没落的文学倾向也表示反感。

而创造社显然不同，他们要求自由地结合，自由地创作，认为："只要是我们心中的诗意纯正的表现，生命泉中流出来的 Strain，心琴上弹出来的 Melody，生底颤动，灵的喊叫，那便是真诗、好诗，便是我们人类的欢乐的源泉，陶醉的美酿，慰安的天国。"③ 这种观点是和旧文学中"文以载道"的传统观念针锋相对的。

当时，"鸳鸯蝴蝶派"小说，仍是中国文坛上一个不容忽视的文学流派。对于这个流派最早的情形，张静庐在《在出版界二十年》一书中说道：

> 民国二三年间，中国文坛是"礼拜六派"最活跃时代，真正老牌

---

① 郑伯奇：《〈中国新文学大系·小说三集〉导言》，上海良友图书公司，1935 年，第 12 页。
② 郭沫若：《文学革命之回顾》，陈颂声等编《创造社资料》，福建人民出版社，1985 年，第 660 页。
③ 郭沫若：《诗是诗意诗境的纯真的表现》，吴奔星、徐放鸣编《沫若诗话》，四川人民出版社，1984 年，第 1 页。

的《礼拜六》周刊就产生在这个期间。那时候文坛的领袖者有二个巨头，一位是青浦王纯根先生，一位是吴门包天笑（朗孙先生），而包先生的势力似乎不及王先生，因为那时候的王先生拥有《申报》的《自由谈》和《游戏杂志》《礼拜六》周刊三大地盘，我们不能否认周瘦鹃、陈蝶仙（天虚我生）的成名，是经他推荐出来的。"礼拜六派"第一本和读者见面的刊物是《自由杂志》，那是王纯根从过去在《自由谈》上发表过的文章编集拢来的。……随着《游戏杂志》而风起的同样刊物（不仅内容同，就连形式和定价也完全相同的。这是中国文坛和出版界挺会玩的拿手好戏），有天虚我生主编的《女子世界》，许啸天主编的《眉语》，李定夷主编的《小说新报》，徐枕亚主编的《小说丛报》。在这许多杂志中虽然有低级趣味的，也有相当价值的。我们如果不是站在今日的立场上来批评昨日，那么我敢说文明书局先后出版的姚鹓雏先生主编的《春声》，和包天笑《小说大观》，确是这时代的"鸡群之鹤"。而尤其是《春声》月刊，拥有南社许多诗人和文艺作家，足以傲视一切的。①

就此而言，"五四"以前，鸳鸯蝴蝶派的文学作品风行一时，拥有广大的读者群。其实，在他们的刊物上，也发表一些外国小说。很多以后成为新文学作家的，都和"礼拜六派"刊物有过姻缘关系。例如文学研究会中的叶绍钧就是一位。"鸳鸯蝴蝶派"的作品大部分以恋爱为题材，写青年人的身边琐事，吟风弄月，谈嫖说妓，写才子佳人的悲欢离合。这些小说之所以受到欢迎，是因为它们同一般正统的旧文学不同，是把人情最重要的一环——爱情——作为表现对象，而这正是在正统的旧文学中所犯忌的。这对于身心在这方面长期受到压抑，得不到满足的国人来说，无疑具有吸引力。仅仅以这一点来说，鸳鸯蝴蝶派文学不同于旧文学，而是带着某种叛逆因素。然而，在另一方面，鸳鸯蝴蝶派作品无论从内容上，还是

① 张静庐：《在出版界二十年》，上海书店出版社，1984年，第34—36页。

形式上，都没有完全摆脱旧文学的影响，在某种程度上迎合了人们一些旧的美学趣味和心理结构。对此鲁迅曾有过深刻批评，他指出："才子原是多愁多病，要闻鸡生气，见月伤心的。一到上海，又遇见了婊子。去嫖的时候，可以叫十个二十个的年青姑娘聚集在一起，样子很有些《红楼梦》，于是他就觉得自己好像贾宝玉；自己是才子，那么婊子当然是佳人，于是才子佳人的书就产生了。内容多半是，唯才子能怜这些风尘沦落的佳人，唯佳人能识坎坷不遇的才子，受尽千辛万苦之后，终于成了佳偶，或者都成了神仙。"① 这样长此以往，无所更新，就成了一种套式，不能给人们提供任何新的东西。由此来说，鸳鸯蝴蝶派文学在当时来说，是新旧文学因素的一种混合体，具有从旧文学向新文学过渡的性质。

可悲的是，随着生活的发展，一些鸳鸯蝴蝶派作家并没有不断更新自己，相反，他们沉浸在自己所建造的旧圈套中，越来越显露出其保守陈旧的一方面。特别是在"五四"新文学运动之后，旧的文学观念逐渐被新的所代替，人们对文学有新的需求，而鸳鸯蝴蝶派仍以老调再弹，自然在社会上遭到摈弃。文学研究会正是在这个意义上反对鸳鸯蝴蝶派文学的。当然，这并不意味着我们要否定鸳鸯蝴蝶派所有作家作品的艺术价值，例如张恨水的创作就值得深入研究。就整体而言，鸳鸯蝴蝶派的作品实际上是开了中国现代言情小说的先河，具有值得肯定之处。对这一点我们在以后论述中会继续谈到。这里埋下一笔的是，"五四"新文学运动之后，正是文学研究会和其他文坛作家对鸳鸯蝴蝶派的批判，促使他们中很多作家对文学进行反省，开始在创作中有所变化，甚至走向新的方向。旧文学是在新思想冲击下蜕变的。

文学研究会对鸳鸯蝴蝶派的态度无疑牵扯到他们和创造社对传统文学与外国文学有所不同的态度，这最明显地表现为下面这一点。

第三，文学研究会和创造社对外国文学的接受是有差别的，一般说来，文学研究会受到法国自然主义丹纳和左拉文艺理论以及俄国、东欧批

① 鲁迅：《二心集·上海文艺之一瞥》，鲁迅《鲁迅全集》（第四卷），人民文学出版社，1973年，第277页。

判现实主义作家如托尔斯泰、屠格涅夫、冈察洛夫等人的影响较大，而对西方现代文学中的感伤主义、颓废主义、唯美主义倾向比较排斥。而创造社则不同，他们受到了歌德、拜伦、雪莱、惠特曼、泰戈尔等浪漫主义作品的感染，中间也夹杂着与浪漫主义有血缘关系的象征主义、未来主义，表现主义、感伤主义及西方具有"世纪末"色彩文学的影响，而对写实的创作手法不感兴趣。这必然形成文学研究会和创造社不同的美学志趣和创作风格。

其实，这已经不是它们差异的"因"，而是"果"了，里面各自隐藏着更深刻的心理动机和需求。以更细致的分析看来，文学研究会之所以接受丹纳的"环境说"和左拉的自然主义理论以及俄国、东欧一些现实主义作家的影响，是由于他们在中国现实生活和文学活动中遇到了问题，因而在外国文学中"拿来"准备一用，是为"人生"服务的。他们需要的是更接近生活实际的，尤其是更接近于中国生活需要的东西。而创造社则又不同，他们中大多数人接受外国文学的影响，不是有意去"拿"的，而是不期而"遇"到的（他们中的许多人不是学文学的），也就是说，是他们个人的思想感情恰好和某些外国文学作品发生共鸣，自然找到了内心的良师密友。前者偏重于现实的功利性，而后者则更重视主观心灵的需要。

第四，文学研究会和创造社对于文学与生活关系的理解也有明显不同。文学研究会把文学看成一项同劳农一样的工作，从忠实地描写现实生活中造就新的文学，走的是"生活→文学"的道路，于是他们提出要在第四阶级社会中有过经验，像高尔基做过饼师，陀思妥耶夫斯基被流放过西伯利亚那样，才能创造出真实的文学来。而创造社的态度则大不相同，他们走的"艺术→生活"的道路，不仅要用文学"重新创造我们的自我"，而且要像上帝那样创造出"日月星辰"，"游鱼与飞鸟"，创造出他们光明的天宇和理想的社会。可以说，文学研究会是用理智的态度对待文学的，而创造社则是用热情从事创作的。这种理智使文学研究会作家冷静地研究人生的一切问题，去注意生活细微的细节和生活微妙的变化，去探索回答萦绕在许多人心上的社会问题，并分析和找出这些问题产生的社会根源；

而强烈的热情则驱使创造社在"小我"中表现"大我",用天狗的气魄吞下整个世界,去站在地球上发号,欢呼和迎接东方将要升起的太阳。

由此可见,文学研究会和创造社在先前组成他们的各种因素中(包括客观的和主观的两方面),已显露出各自不同的风格特征。而时代又提供了他们合成不同作家群的机会,让他们在中国现代文学舞台上尽情表现。显然,群体的组合在当时中国文化形态中,除了给作家提供了一个相互切磋和竞争的条件外,也使得某种独特的文学选择或个性意识,得到不断强化。因为群体的力量增强了个性竞争能力,也增加了承受社会其他意识同化力量的能力。文学研究会和创造社不同的创作特色在他们各自拥有的两位文学巨匠——茅盾与郭沫若——的创作中,体现得尤其明显。在新文学史上,一个用理智的现实主义笔触,创造出了后人称颂的文学珍品,一位用热情的浪漫主义方法铸造了芳留史册的艺术遗产。

茅盾,原名沈德鸿(1896—1981),字雁冰,茅盾是他在1927年发表《幻灭》时使用的笔名。茅盾父亲是个维新派中医,在他十岁时去世,留下遗嘱希望茅盾将来成为一个工业实业家。茅盾后来没有去实现这个愿望,但他在文学上确实一直有一种"实业家"的特点。当他1916年进入商务印书馆从事编译工作时,"五四"新文学正在酝酿。此后,茅盾一直从事着非常具体的工作,编译一些寓言童话和论文,自己也写一些有关自然和社会科学方面的文章,直到参加《小说月报》的编辑工作。作为一个文学家,茅盾是从评论开始的。1920年他在《东方杂志》上发表了《现在文学家的责任是什么?》,就提出"文学要表现人生"。这也许是他从事文学的出发点。他从理论批评方面开始走上文坛,开始爬文学这座高山。

提出这一点非常重要。因为这表明茅盾一开始就是用一种理性态度来对待文学的。他首先考虑的是文学的外部条件和社会背景,注重于文学创作中实在的因素,这必然强调于文学科学性。所以茅盾接受丹纳和左拉的自然主义理论非常切近本意,而这些理论反过来又强化了他的理性意识。同时决定了他日后创作的发展方向,因为他毕竟是在形成了一种特定的文学观念后去创作的。在这以前,茅盾基本上是一个文化活动家和评论家。

在他的文学主张中，文学本身的性质并不突出，而是处于某种依附的地位。与此同时，茅盾一方面认定现代文学一定附着于现实人生，另一方面自觉不自觉间把创作看作是为促进"眼前的人生"服务的。

最早体现出茅盾创作才华的是小说三部曲《蚀》，由三个独立的中篇《幻灭》《动摇》《追求》组成，1927 年到 1928 年陆续发表于《小说月报》上。《幻灭》写的是一个知识女性在大革命中从希望到失望的历程。静女士在新的思想影响下离开了闭塞的家乡，想在新的生活中实现自己的理想，但现实带给她的是一次又一次的失败。她想"静静地读一点书"，但在动荡的旧中国，上海不是世外桃源；她想寻找一个知道她的心的人，在爱情中获得安慰，却不料寻得的抱素在爱情上不忠实，而且还是一个反动派的密探。尔后，她又"心想在'社会服务'上得到应得的安慰，享受应享的生活乐趣了"，也一度觉得其中有"新的希望、新的安慰、新的憧憬"，但是现实生活并没有她所想象的那么浪漫，混乱琐碎的工作，浮夸和丑恶的东西也夹杂其中，她觉得这也是一种敷衍应付幌子的生活，不是她理想中的热烈的生活。在获得军官强的爱情后，她想和爱人永远一起甜蜜地生活，但是战争又使强那么快地离开了她。静女士终于在追求中精疲力尽，陷入幻灭与失望的空虚之中。

这部小说反映了茅盾对社会生活的关注和观察，他非常重视关注社会的具体问题，并企图从中获得一种理性的概括意义。据作者后来说，他在上海时，就有几个女性的思想意识引起了他的注意。一年后，他到了武汉，又重新发现了他在上海所见到的几个同样的女性，在一年之中，他眼见了许多人在生活风浪中出乖露丑，看到许多"时代女性"发狂颓废，悲观消沉。在这种情况下，茅盾写成了《幻灭》。《幻灭》的成功之处最明显地表现出这种感性经验的积累，比较真实地写出了当时一部分知识女性的处境。而茅盾对于生活真实描写的追求，又使得这种处境描写更加具体生动，富有感染力。这尤其表现在另一部小说《追求》之中，茅盾注重于对人物具体的刻画，使作品中章秋柳的形象独具风采。作者写出了章秋柳在苦闷中心灵活动的情景。这里不妨录下一段描叙，写章秋柳在跳舞场追求

新奇刺激之后独自回到家中的情景:

> 象一只正待攫噬的怪兽,她皱了眉头站着,心中充满了破坏的念头。忽然,她疾电似的抓住一个茶杯,下死劲地摔在楼板上,茶杯碎成三块,她抢进一步,踹成了碎片,又用皮鞋的后跟拼命地研研着。……
>
> 于是,她托着下颔很迷惘地想这样想那样,杂念象泡沫似的一个一个漾出来又消灭了,消灭了又漾出来;从激昂的情绪,一步步转到了悲观消沉,突又跳回到兴奋高亢。①

作者把人物这种接近变态的神经质的心理状态,描写得那样逼真,那样淋漓尽致,几乎把章秋柳痛苦的生活连同痛苦的灵魂一起展现在了人们面前。显然,这是一种基于现实的虚构和想象。茅盾之所以能够成功地把握人物的心理状态,是和他对生活的实际体验连同在一起的,大革命失败后,茅盾的思想也曾一度沉浸在痛苦悲观和鲁莽暴躁之中,对生活有痛苦的体验。由此来说,静女士和章秋柳的心灵过程,也包含着作者自我心灵的一种反射和表达。

然而,在茅盾的作品中,我们同样能够明显感受到一种理性的支配力量,茅盾似乎在有意识地证明着一种既定的思想,表达着一种对人物的认识模式,这就形成了如茅盾自己所说的创作格局,他是把书中人物全部支配为不无热情而不很明了革命意义的小资产阶级知识分子,他们没有正确的认识,所以他们所追求者,都是歧途。我们在《幻灭》中就能体会到,为了表达人物的幻灭,茅盾对主人公追求道路的设计,仿佛是一个一个理念的圈套,让人物钻进去,从而显示这个圈套的存在。作者对整个社会和人物命运的理念把握,已经注定了主人公无法摆脱这个圈套。这种理性的支配力量一方面赋予了作品一定的概括意义,另一方面也规范了人物的生

---

① 茅盾:《蚀》,漓江出版社,1995年,第344、383页。

命，存在着陷入理念图式的危险性。后者在茅盾早期作品中也许并不明显，因为作者对于自然主义创作还抱着极大兴趣，对于生活自然状态的尊重无疑在很大程度上避免了理念力量的强化。

　　但是这种理念的圈套一直潜伏在茅盾的创作之中，在《子夜》中表现出了更强大的力量。在《子夜》中，茅盾描写了从城市到农村广大壮阔的生活场景，表现了他高度的驾驭生活的能力。但是这一切无非都是给吴荪甫——一个精明能干的民族资本家形象，设计着一道不可逾越的生活的障碍，它们的艺术功能并不是首先为吴荪甫的生命活动而存在，包括吴荪甫所具有的一切品质、能力和活动，也不是为自己而存在的，而是在表达某种理性观念的存在，即作为中国民族资本家必然的生存命运。尽管吴荪甫胸有大志、有勇有谋、有胆有识，尽管他左冲右撞，巧于心机，拼命支撑，但是他的宿命已确定了，犹如孙悟空永远跳不出如来佛的手心，吴荪甫的命运是作者这种理性的支配力量所决定的。《子夜》无疑是中国现代小说史上的一部杰作，喜欢这种作品的人或许远远超过不喜欢它的人。在这个作品中，茅盾把文学创作中的社会性涵义，几乎扩展到了最大限度，完成了对一个时代的观照，而在他把一种思想理念化做一种艺术现实的时候，他娴熟的写实主义笔法，又使他悄悄地越过了艺术难关，从抽象的理念回到了具体的艺术描写之中。茅盾是赞同"文学之趋于政治的与社会的"观念的。沿着"为人生"的路走下去，走到社会的政治之中，使作品成为社会的与政治的一面镜子，《子夜》创造了"人生派"文学的新境界。写作《子夜》以及以后写作《春蚕》《秋收》《残冬》三部曲，构成了茅盾创作道路上最辉煌的时期。茅盾通过自己的创作实现了自己对文学的追求。

　　茅盾的文学创作中一直包含着一种稳健因素，他从生活走到文学中来，此后又通过文学走到社会中去，一直遵循着"为人生"的现实主义道路。茅盾和鲁迅有所不同，他是在理论意识上对创作已有充分的准备而后进行创作的，所以社会意识更为浓厚。应该指出的是，这种社会理性认识在茅盾的文学批评和文学创作中有着同样重要的地位，但其所表现出的价值与作用不同。茅盾也许属于中国现代文学史中最优秀的批评家之一，因为他能够超越个别作家作品的思想去评价文学现象，能够从一般的社会现象中概括出普遍的社会倾向，敏锐地指出作家与整个社会的真实联系，他对徐志摩、庐隐、冰心、王鲁彦的评论都显示出了这种批评家的睿智和眼光，其中闪耀着作者理性的光芒。

作为"浪漫派"代表作家的郭沫若，和茅盾有很大不同。茅盾谈到他和郭沫若初次见面的镜头，就给人们留下了显明的印象："我们约定在半淞园门口见面，因为我们之中只有柯一岑认识郭沫若。九时，我们先到，不一会，郭沫若也来了。这天，郑振铎和我都穿长袍，柯一岑是一身当时时兴的学生装，就是郭沫若穿了笔挺的西装，气宇不凡。"① 看来，他们这次会面并不怎样和谐，在谈话中郭沫若婉言拒绝了加入文学研究会。不久，就翻译问题，郭沫若和茅盾开始了论战。郭沫若在《论文学的研究与介绍》一文中表达出与茅盾不同的文学观念："文学是赤裸裸的人性的表现，是我们人性中一点灵明的精髓所吐放的光辉，人类不灭，人性是永恒存在的，真正的文学是永有生命的。"② 对于茅盾在翻译外国文学所持"足救时弊"的实用观点，郭沫若也表达了自己的观点：

> 翻译家在他的译品里面，如果寓有创作的精神；他于移译之前，如果对于所译的作品下过精深的研究，有了正确的理解；并且在他评述之时，感受到一种迫不得已的冲动的时候；那他所产生出来的译品，当然能生莫大的效果，当然会引起一般读者的兴味。③

这无疑表现了郭沫若和茅盾在文学追求上的深刻差异。郭沫若并不赞成为一定的功利目的去从事文学工作，而是首先重视创作的内心冲动，然

---

① 陈颂声、李江伟等编：《创造社资料》，福建人民出版社，1985年，第1027—1028页。
② 陈永志：《郭沫若思想整体观》，上海文艺出版社，1992年，第212页。
③ 郭沫若：《论文学的研究与介绍》，《时事新报·学灯》1922年7月27日。

后通过这冲动的力量去影响他人。这也许正如他在《女神·序诗》中所呼唤的：

> 《女神》哟！
> 你去，去寻那与我的振动数相同的人；
> 你去，去寻那与我的燃烧点相等的人。
> 你去，去在我可爱的青年的兄弟姊妹胸中，
> 把他们的心弦拨动，
> 把他们的智光点燃吧！

这种从我出发，以我为主的创作态度表达了郭沫若作诗的浪漫主义品质，与茅盾沉静谨慎的写实主义风格截然不同。这当然和他们两人不同的家庭教养和生活经历有关。据说，郭沫若小时候已从母亲那里学背了不少唐宋诗词，少年时代就拜倒于庄子文章面前，特别喜欢李白雄浑的诗。去国之后，他又倾倒于泰戈尔、惠特曼、海涅、歌德等浪漫主义诗歌，加强了自己独特的文学趣味。1930年3月他给宗白华的一封信中，就抄录了他五年前录的一首海涅的诗。他从这些外国浪漫主义诗歌中，吸取了反抗和创造的精神，找到了自我表现的艺术形式。诗人自己说："当我接近惠特曼的《草叶集》的时候，正是五四运动发动的那一年，个人的郁积，民族的郁积，在这时找出了喷火口，也找出了喷火的方式，我在那时差不多是狂了。"[1] 而惠特曼的诗表现了一种最完全的自由体诗形式，它给诗人显示了最充分表现感情的广阔天地，也使诗人能够完全地显示出自我的创造力。这时候，最能体现诗人自我形象的诗之一是《天狗》，请看：

> 我是一条天狗呀！
> 我把月来吞了，

---

[1]　郭沫若：《序我的诗》，吴奔星、徐放鸣编《沫若诗话》，四川人民出版社，1984年，第262页。

> 我把日来吞了，
>
> 我把一切星球来吞了，
>
> 我把全宇宙来吞了，
>
> 我便是我了。①

怪不得闻一多在《〈女神〉之时代精神》里开首第一句话便是："若讲新诗，郭沫若君的诗才配称新呢！"这种"新"的首要标志就是突现了诗歌中抒情主人公的自我。这在郭沫若之前的新诗创作中没有出现过。这以前，虽然很多人用白话作新诗，但是大多数还是运用"借物咏志"的方式，抒情主人公的身影还隐没在日月天地之中，人物事物之中，而现在郭沫若诗歌中的"我"把他们全部"吞"了，抒情主人公直接走到了艺术的前台，自由、自如地和生活对话，和读者对话。再也用不着像胡适在《蝴蝶》一诗那样躲躲闪闪于事物背后了。应该说，诗人主体的突现才是现代抒情诗的真正开端，诗歌才真正获得了自我表达的自由天地。这正如《湘累》中屈原一段独白所言："我效法造化底精神，我自由创造，自由地表现我自己。我创造尊严的山岳，宏伟的海洋，我创造日月星辰，我驰骋风云雷雨，我萃之虽仅限于我一身，放之则可以泛滥于宇宙。"②

从这里透露出来的是自我意识的扩张，也透露出一种现代艺术自觉意识的信息。文学的主体意识被强化了，开始强调自己的色彩，自己的声音，自己的意志，所谓火热的激情，磅礴的气势，雄奇的想象，激昂的音调，强烈的色彩，宏大的境界，神异的夸张，都不过是为了突出和渲染这主体的意志，实现主体的创造力罢了，我们看《立在地球边上放号》片段：

> 无数的白云正在空中怒涌，
>
> 啊啊！好幅壮丽的北冰洋的情景哟！
>
> 无限的太平洋提出他全身的力量来要把地球推倒，

---

① 郭沫若：《女神》，人民文学出版社，1958年，第48页。

② 郭沫若：《郭沫若选集》（第3卷），四川人民出版社，1979年，第19页。

啊啊！我眼前来了滚滚的洪涛哟！①

　　这种高昂的自我形象对于长期受压抑的心灵来说，无疑是一种解脱，也是一种宣泄。这种自我的实现显然不是轻而易举的，它必须冲破一切传统意识，其中包括中国知识分子长期形成的自我谦卑意识，强化诗人的主观意志。在郭沫若那里，这种主观的意识就表现为一种崇尚艺术的境界，强调主观的艺术冲动。郭沫若说过："我是一个偏于主观的人，……我自己觉得我的想象力实在比我的观察力强。……我又是一个冲动性的人，……我便作起诗来，也任我一己的冲动在那里跳跃。我在一有冲动的时候，就好像一匹奔马，我在冲动窒息了的时候，又好像一个死了的河豚。"② 换句话说，也只有当郭沫若沉浸在自己主观所创造的世界里，自我才能显现得那么鲜明有力；如果他一旦离开了那个主观冲动的世界，艺术的自我世界会立刻沉没在现实之中，除非他转向另一种方向。

　　《女神》中这种抒情主人公自我的崛起，从社会意义上来讲，表现了一种知识分子对自我价值的肯定以及对祖国前途的自信力。当时"五四"新文化运动在整个思想文化界带来了一种新的气象，对郭沫若也是一个巨大的鼓励，诗人曾这样自叙："'五四'以后的新中国，在我心目中，就象一位很葱俊的有进取气象的姑娘，她简直就和我的爱人一样，我的那篇《凤凰涅槃》便是象征着中国的再生。《炉中煤》便是我对于她的恋歌。《晨安》和《匪徒颂》都是我对于她的颂词。"③ 这些诗大部分表达了诗人对祖国前途的信心，也可以称它们是祖国的"希望之歌"。其实，《女神》中很多诗都是诗人在日本写的，当时他和祖国的现实有一定距离，使得自我较少地受到中国现实生活的纠缠，色调自然比较明朗，自我自然比较超

①　郭沫若：《郭沫若选集》（第3卷），四川人民出版社，1979年，第50页。
②　郭沫若：《论国内的评坛及我对于创作上的态度》，《时事新报·学灯》1922年8月4日。
③　郭沫若：《创造十年》，郭沫若《沫若文集》（第七卷），人民文学出版社，1958年，第64—65页。

群潇洒，气势也便能不受拘束，比较高昂，但回国之后，情况自然有所变化。例如《上海的早晨》一诗就同《女神》大不相同，他无法赞美这样的情景：

> 马路上，面的不是水门汀，
> 面的是劳苦人的血汗与生命！
> 血惨惨的生命啊，血惨惨的生命，
> 在富儿的汽车轮下……滚、滚、滚……①

他甚至写下了这样后悔的诗句：

> 我以前对于你的赞美，
> 我如今要一笔勾销。
>
> ——《歌笑在富儿们的园里》②

　　这显然给郭沫若创作带来了一种不安定感。实际上，在中国现实社会中，给艺术所安排的空间实在太狭小。生活中的各种力量会频繁地闯进艺术家主观建造的象牙之塔之中，捣毁一些东西，或者开个不大不小的玩笑，使艺术家处于难堪的地步。因此，郭沫若的创作不如茅盾那样稳健。相对来说茅盾保持比较从容的态度和一贯的风格。郭沫若和创造社其他作家在创作上都存在着一种不稳定因素，在不断调整自己和生活的关系，变换自己的创作方向，以图新的发展。《女神》之后，郭沫若写了《星空》《前茅》《恢复》，还写了一些小说、历史剧和艺术论文，一度显示出一种艺术迷离现象。他一直想寻找一块坚实的岩石，把自己的艺术追求寄予其上，但一直难于满足这种内心的要求。艺术和生活的天平处于倾斜状态。
　　郭沫若在创作中显示出的动荡不安，一方面表明了现实生活对作家的

---

① 曹聚仁：《文坛五十年续集》，新文化出版社，1973年，第108页。
② 付正义等编：《沫若诗词选读》，内蒙古师范大学中文系，1979年，第129页。

巨大影响，另一方面也表现了作家对现实社会的热切关注。显而易见，郭沫若和创造社诸作家对于自我的推崇，从另外一个方面显示了参与社会斗争的热情。他们要通过社会来实现自己的艺术理想，但是当社会不允许这个艺术理想继续存在，或者使之不能实现，他们就开始用反抗的方式来向这个社会复仇，在文学中追求一种激进的方式。郭沫若从鼓吹内心的冲动到鼓吹革命文学，就走过了这条道路。他想在革命文学中重新找到自己，然而这确实是一个全新的河道，艺术和革命这两条船并不容易那么和谐，尤其在社会风高浪急的时候，作家很容易一会儿站在革命的船上，一会儿跳到艺术的船上。

但是，航道即使再艰难，文学的船不会静止不动。郭沫若和茅盾都用自己不同方式走完了不同的历史道路。总之，文学研究会（1921 年—1932 年）和创造社（1921 年—1929 年）是中国现代文学发展中最早产生、影响最大的文学流派，它们的创作从现实主义和浪漫主义两方面发扬了"五四"新文学的精神；在内容和形式上开辟了新文学的道路，扩大了新文学的领域，丰富了新文学的样式，推动了新文学的发展。而在客观上，这两个文学流派对于中国现代化的历史进程，对于反抗黑暗，唤起民众，增强现代文化意识都起到了积极作用，对社会生活产生了深刻影响。而茅盾和郭沫若的文学创作更是远远超出了对中国文学的影响，而对世界文学有所贡献，使新文学列入了世界文学之林。在中国现代文学史上，文学研究会和创造社的历史功绩不可磨灭。这还在于他们各自培养和影响了一批作家，造就了新文学主潮中互相补充的一种文学格局。

第四章

现实主义的多样化与"问题小说"

从茅盾文学创作中，能够看到"文学研究会"基本的文学精神——现实主义，也能够感觉到中国现代文学中现实主义文学潮流的汇集和形成。茅盾以及文学研究会的创作在一种新的历史条件下，复兴了中国文学中现实主义传统。从《诗经》中的"兴观群怨"到杜甫、白居易重现实的写作态度，都深深熔铸到了这种现实主义的文学潮流深层结构之中。随着生活发展，这种历史的文学意识在茅盾思想中也愈来愈明确了，后来，他曾经用一种现实主义的基本精神来解释整个中国文学的历史发展。从这一点出发，毋宁说，茅盾是用整个历史的现实主义文学精神来作为自己创作的后盾，来为自己创作提供合理的理性依据的。

然而，"五四"以后中国文学显示出了更丰富和纷繁的情景。就现实主义文学创作来说，远不能够用一种单一的模式来衡量评价。就拿文学研究会来说，情形也非常复杂，所谓"为人生"只是一个笼统的主张，不能概括这个流派的全部文学创作和美学情致，所以连茅盾后来也指出，文学研究会根本就不曾存在过系统的"集团主张"（《关于文学研究会》）。怪不得王晓明先生指出："……他们原就没有服膺某种具体的创作原则，又怎么可能都朝着一个方向迈步呢？别人且不论，就拿许地山、叶绍钧和冰心来说吧，一个用那样静谧虔诚的低音说话，一个却摆出不动声色的冷静表情，另一个更企图用温柔的微笑去抚平生活的皱折——你能够在他们中间指出什么共同的表现特征吗？对我们在前面的那两个问题，文学研究会的答案简直是近于'没有'。"①

其实，现实主义在中国，就具体内容来说，本身就具有多重含义，并不是像传统现实主义那样纯洁和单一。有时候，现实主义主要是指文学与生活的关系，把文学看作是生活的真实反映和描摹；有时候是指文学家把握生活的一种方式，强调作家要在对象世界中实现自己，而不是表现自我；有时候强调文学的现实价值和社会功能，特别是文学介入生活的力量；有时候则主要指文学应该批判社会和揭露社会等等。而由于这种现实主义是在一种开放境界中产生和发展的，因此具有多种多样的因素，有走自然主义道路的，有倾向于批判现实主义如巴尔扎克的，也有的向往高尔基的《母亲》，致力于创造典型形象，还有的乐于内省而又无所不谈，如此种种，不一而足。从整个现代文学发展来看，现实主义表现出了一种开放的、多元化的状态，不断向更辽阔的天地扩展，并在这种扩展中不断丰富自己。

例如，在文学研究会中，郑振铎的创作和茅盾的创作又有不同，郑振铎在文学研究会中是提倡"血和泪"文学的人，仅从这一点看，人们也许会以为他的作品都是控诉性和战斗性很强的，而难以想到他早先的作品，总含着那么一种温柔的情调，可亲可近。他最早的小说集《家庭的故事》就是这样。他在自序中写道：

中国的家庭，是一个神妙莫测的所在。凭我良心的批判，我实在说不出它究竟是好还是坏，更难于指出它的坏处何在，或好处何在。但从那几篇的故事中或可以略略看出这个神妙莫测的将逝的中国旧家庭的片影吧。

我写这些故事，当然未免有几分眷恋……我对于旧家庭、旧人

---

① 王晓明编：《现实主义的初潮》，华东师范大学出版社，1986年。

物，似乎没有明显的谴责，也许仅有些眷恋。这一点看书的人当然明白的，许许多多的悲剧，还不都是那些旧家庭酝酿出来的么？不过假定他们是"坏的"，或"不对的"，那是他们本身的罪恶么？①

他有些作品中也没有那么多"血和泪"的色彩、强力和波涛，倒是显得平淡，任其自然；而于平淡中有一丝柔情，于自然中又有淡淡的悲哀。《三姑与三姑丈》描写了一对夫妇命运与境遇中多灾多难的生活情景，他们在"坚不可破的艰难穷困的陷阱中挣扎着"。在"我"所见所知的亲属里，"没有一位的命运与境遇比之三姑燕娟和三姑丈和修更为恶劣艰苦的了。"但是作者主要写的并不是兄弟之间的强取豪夺，而是这位忠厚无能的姑丈如何无可奈何地陷落到贫困的陷阱之中。对于妻子他永远只会默默无言对着她。在他圆圆而黑的脸上，"罩上一层愁云，双眉紧紧的蹙着"，死也只能是如此。作者至多也不过通过祖母之口，一再发出这样的感叹："想不到和修这样一个忠厚的人，会落到这样的苦境里！"在整个作品中包含着作者对于生活，对于人生的一种悲哀感叹。作者并不像茅盾那样，想通过自己的作品去说明什么，概括什么，而只是表达一种愁思和眷恋而已。而也许这种淡淡的哀思和眷恋比过于强烈的理性色彩更富于隽永的魅力。

《猫》则表现了另外一方面的情致，作品远离当时社会斗争实际，而专注于描写主人公养猫的经历。这本身就是一件很不容易的事情，作者则能够把自己的感情熔铸其中，使平淡无奇的家庭琐事富有艺术情致，在作品中，因为"我"的一只心爱的鸟，突然被什么咬死了，"我"就把罪过怪罪于家里的猫身上，并用一根木棒打了它一下。过几天，当"我"看到另外一只猫偷吃小鸟时，"我"才感到自己错怪了家里的猫，心里感到非常难过。这也许使我们很自然地想到在鲁迅《狗·猫·鼠》中类似的情景，鲁迅有只心爱的小隐鼠，一日突然听说被猫吃掉了，就开始用各种方

---

① 郑振铎：《郑振铎文集》（第一卷），人民文学出版社，1959年，第3页。

法向猫报仇，但许多天之后，鲁迅知道了隐鼠并非被猫所害。鲁迅在作品中写道："这确是先前所没有料想到的，现在我已经记不清当时是怎样一个感想……"① 而郑振铎在作品中最后一段对猫的忏悔，确实有一层感人至深的意思：

> 我心里十分的难过，真的，我的良心受伤了，我还没有判断明白，便妄下断语，冤苦了一只不能说话辩诉的动物。想到它的无抵抗的逃避，益使我感到我的暴怒，我的虐待，都是针，刺我的良心的针！
>
> 我很想补救我的过失，但它是不能说话的，我将怎样的对它表白我的误解呢？
>
> 两个月后，我们的猫突然死在邻居家的屋背上，我对于它的亡失，更难过得多。我永无改正我的过失的机会了！
>
> 自此，我家永不养猫。②

《猫》写于 1925 年 11 月 7 日，差不多三个多月之后，即 1926 年 2 月，鲁迅写了《狗·猫·鼠》一文，讲了一个精彩的有关仇猫的故事。

显然，在郑振铎作品中，个人抒情色彩是比较明显的，它不只是单一的对现实的反映，而多少带着一种表现的意义；而且从内容方面来说，主人公的内省占据着一定的位置。如果我们把这方面的事实再扩大些，那么整个现实主义文学发展都存在着一种自然趋向，这就是作家开始逐渐从描写人物的外在面貌转到开始注意描写人物的心理状态；从单纯的描摹现实走向表现现实，在不断地扩充自己的天地。

在中国现代文学中，要说坚持比较"纯正"的现实主义的作家，还应提到王西彦，他在最近总结自己创作生活的一篇"序"中说："从最初学习写作时起，我就坚守着一个对自己曾经起过指迷引路作用的信念——文

---

① 鲁迅：《鲁迅全集》（第二卷），人民文学出版社，1973 年，第 350 页。
② 郑振铎：《郑振铎全集·小说》，花山文艺出版社，1998 年，第 8—9 页。

学艺术既是社会生活的反映，作家努力追求的目标，就应该是描写生活的真相；因此，评判文学作品的价值，自然也应该是它在描写生活真相时所达到的真实程度。"① 他最喜欢契诃夫的一段名言："最优秀的作家都是现实主义的，按照生活的本来面目描写生活；不过由于每一行都象浸透汁水似的浸透了目标感，你除了看见目前生活的本来面目以外，就还感觉到生活应当是什么样子。"② 王西彦全部创作都在实践这种主张。他三十年代开始创作，就一心扑向了自己最熟悉的生活，扑向了自己故乡那片"悲凉的土地"，描画出了一幅幅真切感人的画面。但是很多年之后，王西彦对于自己的创作总结出这样一段话来："尽管在写作上也常处于一种全力以赴的状态，却仍然感到力不从心，好象一个长途跋涉的旅人，拖着浑身疲累却难以达到预定的归宿地。在这样的时候，我总是归因于自己缺乏才能，因而陷入一个较长时间的郁郁不快。"③

王西彦并不缺乏才能，他的作品中并不缺乏精致的构思，优美的描写和智慧的表达。他四十年代写的《疯人》就是一个小小的例子。在作品中，记忆中的金顺佬和现实中的金顺佬交替出现，碰撞在作品中"我"的感情的涡流中，不时激起簇簇情感的浪花，给人造成一种强烈的印象。但是，金顺佬之所以成为金顺佬，也许就在于他无法超出生活的本来面目。这里——契诃夫对现实主义的要求，成为王西彦文学创作的起点是可喜的，但同时也成了他的终点，却是遗憾的；它大大限制了作家艺术创新的能力，把自己的创作拘泥于一定的方框之内。

并不是没有人走出这个方框之外，但是走出去确实极不容易。因为这不仅需要作家在思想内容上的突破，而且还需要在艺术形式上有新的表现方法。而后者又是一件极不易做到的事。从茅盾的创作中就能够看出，从对生活一点一滴的描写转向对整个社会的艺术概括，是中国现实主义文学创作发展的明显表现。这一点，也反映了中国文学和世界文学开始同步的

---

① 王西彦：《〈悲凉的土地〉自序》，《悲凉的土地》，花城出版社，1982年，第1页。
② 同上，第2页。
③ 同上，第12页。

倾向，这就是二十世纪的文学家，大多都对单纯地描摹现实生活的方法表示厌烦，他们不愿意仅仅做一个编织故事的人，开始把自己创作的命运，同他和整个生活的认识和理解紧紧地联系在一起，在作品中不仅表达一个生活故事，同时表达对整个社会的哲学思考。在这个过程中，酝酿着一场新的艺术变革。鲁迅的文学创作最明显地参与了这场变革。例如，在小说创作中，鲁迅所描叙的常常并非一个合乎规范的，有头有尾的具体故事，而是活生生的现实人物和生活，而他自己就是这个现实中最直接的主体。作为一个现实的艺术家，鲁迅的文学创作基于他对现实独特而又深刻的内在感受，他的全部美学上的努力都在于把这种感受艺术地表现出来。而这种感受则是现代中国文学家对于现代中国生活的独特感受。

　　鲁迅毕竟是独一无二。在现实主义文学中，把个人同整体社会结合起来是一件非常困难的事；由于各种生活条件的限制，社会的实际需要始终对文学存在一种巨大的制约力量。文学创作是依靠这种需要而生存的，而同时又时时想摆脱这种需要的纠缠而终不可得。因此，中国现实主义文学中一个重要走向，就是从表现知识分子转向工农大众，从城市转回乡村，从象牙之塔转向民间。对此，茅盾在总结创作状况时做过一个很好的说明。他在列举了第一个十年的作品后指出："大多数创作家对于农村和城市劳动者的生活很疏远，对于全般的社会现象不注意，他们最感兴味的还是恋爱，而且个人主义的享乐的倾向也很显然"①。但是到了第二个十年，据常君实统计，《小说一集》导言中，就已经出现相当多的表现农村生活的小说。这种情景无疑使中国现实主义创作在内容上有了开拓，开始从个别生活现象走向整体的社会生活。但是从一方面来说，这种开拓带着一种强烈的社会功利色彩，作家注定要在这方面耗去大量的精力，而较少精力用于形式和技巧的考虑。题材自始至终成为大多数现实主义作家心目中最重要的因素，这也许是中国文学中一个异乎寻常的特点。就现实主义文学整体面貌来说，在世界文学思潮的感召下，中国现实主义文学一方面在内

———

① 茅盾：《〈中国新文学大系·小说一集〉导言》，上海文艺出版社，1935年，第9页。

容上不断从小圈子走出去，走向更广阔的天地；另一方面则是在形式上，愈来愈反归于民间与传统形式方面。于是，在创作方法上，高尔基的现实主义创作成为一种普遍的楷模。这当然已经是后来的事情了。

谈到鲁迅、茅盾、郑振铎等人的创作，还应该谈到朱自清的文学创作，尤其是他的散文创作，蕴含着现实主义另外一种独特的意韵。朱自清是最早提倡文学"为人生"的作家，他的作品有很多是暴露和鞭挞现实社会的，但是这种鞭挞和揭露并不是通过"真实地描写生活的本来面目"实现的，而更多是表现作者自身的感受，表现一种自我认识。在朱自清的"为人生"之中，"我"始终是其中最重要、最直接、最敏感的一员。这种"人生"由于熔铸了作者独特的情绪感受，而显得生气灌注和意味深长，这里不妨举他早期一首诗《除夜》：

> 除夜的两支摇摇的白烛光里。
>
> 我眼睁睁瞅着。
>
> 一九二一年轻轻地踅过去了。①

短短几句，表现了一种人生感悟，而这种人生感悟无疑就是从作者心河中游过的，它平平淡淡却意韵无穷，把现实人生中瞬间的感受，汇集到了人生的大千世界。显然，朱自清在创作中所追求的正是这种人生的意韵，这种意韵建立在作者和生活相互沟通和理解基础上，是一种神与物交，神与神交的结果。在文学研究会乃至整个现代文学中，很少人能够如朱自清那样把自己和整个人生紧紧连在一起，达到我中有你，你中有我的境界。在朱自清散文创作中，我们时时都能够领略到这个艺术境界，人生就像一股迂缓曲折而前行不息的溪流，即便从一个小小的豁口流出，也有激动人心的力量，《背影》和《荷塘月色》就是最好的例子。

以上事实可以看出，现代中国现实主义文学受到各种外国文学影响，

---

① 朱自清：《除夜》，阿英《无花的蔷薇——现代十六家小品》，河北人民出版社，1991年，第176页。

是具有古典主义、批判现实主义和社会主义现实主义创作因素的混合体。从艺术上来说，具有向各种方向发展的可能性。但是，由于中国特殊文化条件的限制，它更多地表现为一种现实生活的选择，即强调文学创作在改造社会，唤起民众，建立新社会过程中的历史力量。这一点，在现实主义文学初潮之中，就有明显表现。"问题小说"流派的形成就是一种带有特殊意义的文学现象。它可以被看作是文学研究会中的"派中之派"

"问题小说"，顾名思义，就是作品内容带有提问题的性质。这里所说的是中国现代文学在特定历史条件下形成的一个文学流派。五四运动时期，很多作家都把文学创作和整个社会联系起来，赞同用文学表现人生和指导人生的文学主张；他们面对一个急剧变化的世界，面临着各种各样的社会问题，而他们自己也面临着对生活道路的选择，所以对生活中表现出来的各种问题格外敏感，尤其对一代知识青年所苦恼、所探索的"人生的意义何在"问题感触很深。于是，他们用小说创作来反映这些问题，并力图用各种方式找到答案。这就形成了当时风行一时的"问题小说"流派。这个流派的大多数作家，例如冰心、许地山、黄庐隐、王统照等都是文学研究会的成员，因此把它看作是"人生派"中的"派中之派"是有根据的。

"问题小说"创作明显表现了现代中国现实主义文学的基本特征和特殊价值，它在内容上反映了五四运动对社会生活的冲击和对知识青年精神状态的重大影响，描写了那时社会生活中新旧势力的尖锐矛盾，尤其是一些具有新思想的知识青年的思想行为与当时社会黑暗现实，与封建家族制度和陈规陋习之间的冲突，提出了许多人们注意和亲自体验的问题，在社会上引起很大反响。"问题小说"反映了中国现代文学对时代潮流一种主动和积极的应答，是文学介入生活的一种表现。

"问题小说"的出现和流行带着鲜明的时代精神色彩，和当时文化开放的新势态连在一起。五四运动曾以狂风暴雨的气势影响到社会生活的各个方面，给黑暗的中国带来了光明的希望；而各国新的文化思潮的大量引入，给人们理解社会、理解人生提供了新的参照物；尤其是外国一些现实主义文学作品的翻译和介绍，唤起了人们对于人生基本问题的思考。例如，易卜生的《玩偶之家》就引起了巨大反响，据茅盾所言，当时易卜生《玩偶之家》的影响比马克思主义还要大。在这样一个时代，平静的生活状态已经被打破了，随之而来的是社会生活中各种矛盾冲突的加剧。文化的开放把希望带给了人们，也把大量的新的社会问题，把社会一些重大责任与任务，把在生活变化过程中必然产生的紊乱、彷徨、疑虑带给了人们。当时，许多青年知识分子，经受了"五四"新文化思想的洗礼，心灵被一种进取精神所激荡，所催促，他们冲破社会时俗和封建家庭的篱笆，满怀信心投入生活的激流，扬起理想的风帆。

然而，路并不那么平坦。中国传统的封建势力盘根错节，旧的思想观念和礼教制度根深蒂固，他们很快被一种沉重氛围所包围，不久，他们就发现，五四运动否定了旧社会的一切，但是没有改变这一切，更没有建立起新的一切。在社会强大的封建旧秩序、旧道德、旧风俗、旧习惯面前，他们感到了自己思想和行动的软弱和渺小，然而又绝不愿屈服于社会压迫。因此，当生活中新与旧的矛盾更尖锐摆在面前的时候，他们得重新调整和思考自己的生活，尤其是思考与他们切身利益相关的问题，例如民主自由、个性解放、家庭关系、婚姻道德、人生前途等等，对过去认为从来如此的东西和理所当然走过的道路进行反思和重新评价，去回答"路应该怎么走"的问题。"问题小说"就是在这种旧的东西已被否定，而要建立的新东西尚未完全明确的历史条件下产生的。而"问题小说"作家大多都是受新思想的影响、思想格外敏感的知识分子，他们着眼于现实，对社会各种现象进行分析探讨，向社会发问，向生活发问，力图回答由于社会急剧变化而带来的、显得有些突然的问题，从而确定人生的航向。

其实，"问题小说"在新文学倡导时期已露端倪。鲁迅的《狂人日记》《药》等现实主义作品是向民众的大声呐喊，也提出了重大的社会问题。胡适最早写的小说题目就叫《一个问题》，作者借作品中的一个人物之口说道：

人生在世，究竟是为什么的？

我想了几年，越想越想不通。朋友之中也没有人能回答这个问题。起先他们给我一个"哲学家"的绰号，后来他们竟叫我做朱疯子了！小山，你是见多识广的人，请你告诉我，人生在世，究竟是为什么的？①

也许这就是最早"正式"的"问题小说"。如果说胡适这篇小说所探讨的问题未免还有点抽象，那么罗家伦写的《是爱情还是痛苦？》不仅提问直接而且探究的问题也更为具体了。一位青年出于无奈接受了家庭安排的婚姻，他突然发现自己陷入一种两难境地，一方面知道自己并不爱对方，想离婚追求自己的幸福；另一面又确知这样将毁掉一个女子，中国社会没有人会娶再嫁的女人。主人公的人道主义受到严重考验，或者追求自己的幸福，但牺牲了一个弱女子；或者不忍心如此，结果牺牲了自己一生的幸福。这两者正如熊掌鱼翅一般不可兼得。也许作者在文学中无法找到这个答案，以后就去专门研究社会问题了。

这时期，反映社会问题的小说还有杨振声的《贞女》《一个兵的家》，夬庵的《一个贞烈的女孩》等。这些小说虽然写得比较单薄，但表现出正视人生的态度，对现实生活具有探讨精神。这种态度和精神在以后形成风气的"问题小说"创作中得到了发扬和深化。

《沉思》是王统照早期的短篇小说之一，能够把我们带到新旧生活冲突的情景之中，明显带着"向社会发问"的特点。这篇小说反映了觉醒了的知识青年在强大旧势力面前所面临的困境：他们的行动稍微强烈一点触及旧秩序、旧礼教，就会遭到社会的非议、嘲笑和打击，真可谓动辄得咎。作品中的琼逸是一个受到新思想影响的知识女性，她带着天真的幻想投入生活，敢于毫无顾忌地冲破世俗束缚，给画师韩叔云做裸体模特儿。但是她没有想到这会引起一系列始料未及的连锁反应，不仅她的情人和当

---

① 胡适：《胡适文存》（卷四），上海书店出版社，1989 年，第 273 页。

地官吏出面干涉，而且连画师自己也不能正确理解她的行动。琼逸想做个自由的人，结果真正感到了不自由，她失去了情人，"画师也成了狂人了"，不再认真进行绘画了，为此她感到了一种深刻的痛苦，她问自己，也问这个社会："世上的人，怎么对于我这种人，都这等地逼迫我呢？……是侮辱吗！……甚么势力呀？"① 这个满怀理想的女子不得不陷入沉思之中。

琼逸的沉思多少反映了当时一些知识青年的思想状态，他们入世不久，并不能了解他们的理想和社会现实将发生怎样的冲突，就在某种热情支配下行动了。而当他们一旦意识到这种冲突的时候，生活已在他们心灵中留下了思想感情的皱褶。这种思想的历程在叶绍钧的创作中留下了一行长长的印痕。

其实，继胡适提出"一个问题"之后，一直孜孜不倦寻求答案的还有叶绍钧，他很早就写了《这也是一个人？》，对于人生投出了探询的目光。茅盾曾对他早期小说做过如此中肯的评价："冷静地谛视人生，客观地，真实地，描写着灰色的卑琐人生的，是叶绍钧。他的初期的作品（小说集《隔膜》）大都有点'问题小说'的倾向，例如《一个朋友》《苦菜》和《隔膜》。可是当他的技巧更圆熟了时，他那客观的写实的色彩便更加浓厚。短篇集《线下》和《城中》（一九二三年到二六年上半年的作品）是这一方面的代表。"② 叶绍钧写出了人生中的隔膜，生活中的孤独和冷淡。在他笔下，很多曾经是满怀理想的知识青年，重新陷入一种苦闷的生活之中，他们曾经从旧的生活之中解放出来，而现在又陷入了一种新的悲剧境地，有的人沉湎于庸俗的家庭生活中，如《春光不是她的了》《校长》等；有的人得过且过，不再有什么追求，如《一个朋友》；有的人则在寻求新的出路，其中包含的有对生活的不满，有对个人处境的厌恶，有对无路可走的痛苦，还有寻求出路的内心的呼声。对于人生执着的探究，一直贯串

① 屈文泽等编：《中国现代文学作品选》（第一册），湖南人民出版社，1985年，第268页。
② 茅盾：《〈中国新文学大系·小说一集〉导言》，上海文艺出版社，1935年，第22页。

在叶绍钧的作品中，人生是个难解的谜，现实不断地提出新的问题，而叶绍钧是一个不倦的探求者。从《这也是一个人？》到《倪焕之》，一直持续着这种人生的探寻。

在"问题小说"诸作家中，当时很有影响的两个女作家是冰心和庐隐，而她们两人的思想面貌又显示出极大不同。茅盾曾指出："庐隐最早的作品也是'问题小说'。例如《一封信》写农家女的悲剧（《海滨故人集》页二），《两个小学生》写请愿运动（同上书，页二二），《灵魂可以卖么》写纱厂女工生活（同上书，页三二）。然而从《或人的悲哀》（《小说月报》十三卷十二号，一九二一年十二月），到《丽石的日记》，'人生是什么'的焦灼而苦闷的呼问在她的作品中就成了主调。她和冰心差不多同时发问。然而冰心的生活环境使冰心回答道：是'爱'不是'憎'，庐隐的生活环境却使得庐隐的回答全然两样。在《海滨故人》这四万字左右的中篇小说里，我们看见所有的'人物'几乎全是一些'追求人生意义'的热情的然而空想的青年在那里苦闷徘徊，或是一些负荷着几千年传统思想束缚的青年在狂叫着'自我发展'，然而他们的脆弱的心灵却动辄多所顾忌。这些'人物'中间的一个说：'我心彷徨得很呵！往哪条路去呢？……我还是游戏人间罢！'（《或人的悲哀》）这是那时候（一九二一年）苦闷彷徨的青年人人心中有的话语！那时他们只在心里想着，后来不久就见于行动。所以，在反映了当时苦闷彷徨的站在享乐主义的边缘上的青年心理这一点看来，《海滨故人》及其姐妹篇（《或人的悲哀》和《丽石的日记》）是应该给予较高的评价。"[1]

冰心的小说创作最先从家庭生活入手，她所关心的问题是在否定了旧道德、旧关系之后，如何建立新的生活，新的家庭关系。她的第一篇小说叫《家庭问题》，反映了当时妇女解放运动所引起的新的家庭问题。在这个问题上，冰心显得并不悲观，她试图在不妨碍家庭和谐的生活中，寻求妇女解放的合理道路。但是在《斯人独憔悴》这篇小说中，一种和谐的境

---

[1]　茅盾：《〈中国新文学大系·小说一集〉导言》，上海文艺出版社，1935年，第19—20页。

界却被打破了，新的一代青年人与旧家庭之间的矛盾冲突成为不可避免。小说中的颖铭是一个受新思想影响的青年学生，但是他只是在革命运动席卷社会的时候，获得了投入生活片刻的自由，但是他并没有能力完全解除封建家庭束缚他的锁链，只不过这条锁链有时暂时放松了一些而已。当它一旦收紧，无力挣脱的颖铭只好离开学生运动，在禁闭自己的小花园里低回欲绝地吟诵"……满京华，斯人独憔悴"①的诗句。颖铭应该向何处去，是冰心向人们提出的一个尖锐问题。

《超人》是冰心继续探求人生问题的产物，在当时发生了较大影响。《超人》中的何彬实际上持续着颖铭的道路。也许是长期的幽闭和失望，他理想的热情已被冷酷的现实所熄灭了。他从一个极端走向了另一个极端，陷入了虚无主义的思想状态。他说："世界是虚空的，人生是无意识的。人和人，和宇宙，和万物的聚合，都不过如同演剧一般；上了台是父子母女，亲密的了不得；下了台，摘了假面具，便各自散了。哭一场也是这么一回事，笑一场也是这么一回事，与其互相牵连，不如互相遗弃；而且尼采说得好，爱和怜悯都是恶……。"于是，他对一切都冷漠无情，只图"行云流水似的"生活。显然，"超人"并不超脱，何彬的"超人"意识只不过为了减少自己内心痛苦，抑制自己内心有所追求的欲望。冰心深深地理解这一点，她想用"爱"重新唤起何彬对理想的追求，把他从虚无主义之中解救出来，重新推到生活的激流之中。

庐隐向社会的发问比冰心显得更为急切，也更带有强烈的感情色彩。她所刻画的人物，多数以她自己、她的爱人或朋友为模特儿，熔铸着她个人追求中的痛苦经历和体验，写出了真情实感，具有强烈的艺术感染力。《或人的悲哀》写出了女性痛苦的心灵追求历程。作品中的主人公为追求人生理想苦苦探寻，不遗余力，直至到了尽头，还给人们留下了最后的疑问——"生之谜"。在这篇小说中，我们会感受到社会生活是以一种怎样的力量，压抑和捉弄着人物命运。亚侠是从封建的氛围中冲出的觉醒的女

---

① 冰心：《斯人独憔悴》，赵家璧编《中国新文学大系·小说一集》，上海文艺出版社，1935年，第7页。

性。而家庭的羁绊，社会的压力使她在生活中连连受挫；她被虚伪得可怕的人际关系所包围，所遇到的是"钓鱼"般的所谓友谊，所受到的是"借强权干涉我神圣自由的恶贼"的侮辱，所接触的是满面脂粉气、贵族化的妇人小姐的妇女和平会。她一方面对现实生活的厌恶之情与日俱增，把自己真正理想深深埋在心底，用一种变态的"游戏人间"来弥补精神上的空虚；另一方面，"好像没有目的地的船，在海洋中飘泊"，①　内心里积累起越来越多的疑虑，越来越深的苦痛。面对这样的困境，庐隐没有像冰心一样，最后向自己笔下的人物抛去一只"爱"的救生圈使她们脱离苦海，而是显出了倔强和执着的品格，宁可最后无情地用绝望的死，向社会划了一个大大的问号，其感情的旋律显得激越而且悲怆。在庐隐第一部短篇小说集《海滨故人》中，我们时时都能感受到丰富的感情与死水般的人情世态，希望的憧憬和绝望的现实，洋溢着青春活力的个人追求与因循守旧的社会环境之间的漫长距离和剧烈冲突，它们咬噬着人物的心灵，使她们注定在情感与理智的撞击中承受一种心灵分裂的痛苦折磨。

这种折磨在许地山的小说中，却以另外一种方式进行着。许地山和冰心、庐隐一样看到了一些知识青年理想的幻灭，看到了他们在虚无境界中追求解脱的悲怆度日的情景。但是他既不像冰心那样远离"死亡"，也不像庐隐那样让人物如此悲怆地去"死"，而是像《命命鸟》中敏明和她的恋人走入水里一样，好像"新婚底男女携手入洞房那般自在，毫无一点畏缩"。②　我们看许地山《缀网劳蛛》中的尚洁吧，在一种新的生活圈套中，她追求理想的生命活力在一天天"死"去，她却用一种从容自得的态度迎接着这种"死去"。尚洁在个性解放的潮流中，也振奋过，也拼搏过，而且挣脱了童养媳的枷锁，和现在的丈夫远走高飞。然而她又落入了一种新的庸俗无聊的生活圈套之中，成了丈夫的一件私有物，一个尽义务的妻子。这显然和她原来的理想大相径庭。尚洁用奋斗换取的只是一张平庸生活的网，她不能动弹，也不想动弹，她说："我象蜘蛛，命运就是我的网。

---

①　庐隐：《或人的悲哀》，庐隐《海滨故人》，上海书店出版社，1986年，第68页。
②　许地山：《命命鸟》，广州出版社，1995年，第17页。

蜘蛛把一切有毒无毒的昆虫吃入肚里，回头把网组织起来，可是等到黏着别的东西的时候，他的网便成了。他不晓得那网什么时候会破，和怎样破法。一旦破了，他还会暂时安安然然地藏起来，等有机会再结一个好的。人和他的命运又何尝不是这样？所有的网都是自己组织得来，或完或缺，只能听其自然罢了。"① 在这种意识支配下，她对一切都采取了一种"达观"的态度，比如爱情和家庭的关系，她认为："夫妇，不过是名义上的事；爱与不爱，只能稍微影响一些精神底生活，和家庭底组织是毫无关系的。"② 即使在她丈夫误认为她不贞而刺伤她的情况下，她也可以不愠不怒，用毫无抵抗的态度来对待。"缀网劳蛛"无疑包含着作者对人生的一种隐喻。尚洁这张"网"一方面来自社会现实方面，一方面则来自人物主观精神方面；它不仅表达了社会对于人物的制约，也反映了人物和这种社会根深蒂固的历史联系。这两种网交织在一起，束缚着人物的青春活力。在"问题小说"创作中，许地山的小说往往具有一种对人生思考的抽象化的意味，与其他人不同的是，他能够把对人生的探究推到了一种哲学的境界，在具体的生活描写中藏匿着一种形而上学的意义，一种对于人生未知世界的探求。

"问题小说"创作是在新旧交替的历史时期出现的，具有鲜明的"为人生"倾向。尽管"问题小说"诸作家对现实所关注的方面并不完全相同，所给出的答案也各自有别，文学风格色彩也不一样，但关心现实，探索人生的方向是一致的。从总体面貌上体现了文学和现实生活的密切关系和文学价值观，具有自己明显的文学特征。

首先是现实的针对性和思想的敏感性。"问题小说"的作家大多数是受到新思想影响的知识青年，他们站在社会斗争的前列，对当时的各种社会问题具有特殊的敏感性，所以能够抓住人们关心的问题，在自己创作中不失时机做到有的放矢，有感而发；所以"问题小说"较之其他小说能更直接地介入生活，具有现实的针对性。在这些小说中，人们可以看到当时

① 许地山：《命命鸟》，广州出版社，1995年，第53—54页。
② 许地山：《命命鸟》，广州出版社，1995年，第38页。

新旧思想的矛盾和人们共同关心的问题。从这个角度来说，"问题小说"确实是当时社会变动的一面镜子，这面镜子照出了社会的面貌，也照出了当时一些富于革命性的知识青年的心态。

其次，"问题小说"继承了"五四"新文学冲脱一切的反传统精神，对于一切旧制度、旧道德、旧习俗采取否定和批判态度，揭露社会黑暗势力对新生事物的摧残，赞扬反抗旧社会的叛逆思想和行动，具有革命的否定性倾向。"问题小说"提出的是社会生活变革过程中的问题，也是知识青年继续向新的思想境界迈进的问题，并不是引导人们向后看，在过去生活中流连忘返。在他们的小说中，对于旧时代的否定义无反顾，而这种否定正是对未来希望的一种肯定，尽管小说中正面人物常常可能犹豫彷徨，可能悲观失望，甚至可能独善其身，可能陷入失败的悲剧境地，但是总是在迷茫中包含着期待，痛苦中包含着希望，绝望中表现出对未来不可磨灭的信念。也许正因为如此，许地山小说《命命鸟》中的加陵和敏明宁肯自由地去死，而不愿意屈辱地活着；庐隐笔下的丽莎宁肯痛苦地在海边徘徊，也不愿意中止自己对理想的追寻。

第三，从"问题小说"的思想内容来说，它始终贯穿着一种理性的追求精神，包含着某种生活的哲理性。作家希望通过某种理性的积淀来解释和说明生活的真谛。"问题小说"作家大多受到过外国十八世纪启蒙文学的影响，也受到过泰戈尔创作的影响，在创作中追求一种诗意的哲理和人生观的艺术化。冰心和许地山在这方面最为明显。为了回答生活中出现的种种新问题，他们总是怀抱自己的思想去理解它们，进而去解决它们；这些作家又大多不愿把问题提出来就算，总是希望像泰戈尔那样制造出一种人生哲学的表象，因此在小说中总是带着那么一点生活哲理意味，表现出一种普遍的人生理想。许多人都曾提出过冰心、王统照、许地山等人在小说中有关"人类爱"思想的问题，指出他们解决问题"药方"的局限性和空洞性，但是很少有人指出这种情愫在他们创作过程中的重要位置。作为在小说内容中的一种美学追求，这种"人类爱"思想往往给小说提供了一个美满的归宿和终点。显然，"问题小说"作家大多不同于伏尔泰，也不同于泰戈尔，他们不可能是成熟的思想家，还没有建立自己比较稳固的人生观，对于现实生活的认识很多还是表面的、肤浅的，因此在他们小说中的哲理也往往比较幼稚和简单，且很多都是从外国思想家那里"拿来"的，和现实生活往往还存在着这样或那样的距离。

"问题小说"是新文学发展初期的产物，曾对当时现实生活产生了较大影响，尤其是对当时青年学生起过启蒙、求索和期待新生活的积极作用。它们之中虽然没有产生出伟大杰出的作品，但从内容和形式方面都积累了丰富的经验，为现实主义文学创作丰富发展提供了多方面的财富。不仅如此，"问题小说"对于形成发展中国现代文学的传统精神，对于现代中国现实主义文学的发展，产生了长远的影响。

实际上，"问题小说"表现出的面对生活，探求问题，揭露矛盾的文学品格，也成为现代文学发展中的一项传统。尤其是当社会生活发生重大变革的时候，"问题小说"就会重新复兴，充当社会变革的思想先行者，唤起人们对一些重大问题的思考。

例如，二十世纪四十年代中期，中国解放区进行着一次农村土地革命的大变革，赵树理就把自己创作的小说称为"问题小说"。

五十年代中期，当我国社会主义改造基本完成之后，我国面临着新的历史任务，很多作家站在时代生活前列，思想敏锐，勇于创作，针对生活中新出现的一系列问题，写出了一批发人深省的文学作品，它们所揭露的一些发人深省的社会问题，引起了全社会的注意。刘宾雁的《在桥梁工地上》，王蒙的《组织部来了个年轻人》等，就是其中重要的作品。这些作品成为当代文学中一束开不败的鲜花。

十年"文革"之后，我国历史生活发生了一个新的转折，开始了一个新的历史时期，又有一批目光敏锐、笔锋犀利的作家脱颖而出，用他们的作品揭露出了大量的社会问题，促进了思想解放运动的发展。刘心武的《班主任》就是突出的例子。

由此可见，"问题小说"在中国现代文学发展中是一个富有活力的流派，它在历史发展中不断拓展和丰富着自己，积累了丰富的文学遗产。比之"五四"时期的"问题小说"创作，后来的"问题小说"所提的问题愈来愈广泛，所探索的内容也愈来愈深化。但是，不论"问题小说"面目如何变化，人们都不会忘记"五四"时期"问题小说"这一历史环节。

第五章

浪漫主义文学的各种派别

在新文学初期的流派中，与文学研究会及其他现实主义流派遥相呼应的是浪漫主义文学的各种派别，它的纷繁状况并不亚于现实主义文学创作；派中有派，派派相交，很难清理出一个头绪。浪漫主义的品格又向来不那么安分守己，即便你不去找它，不想碰它，它也会来找你，逼你去碰它。

浪漫主义概念本身就是难以确定的，所以在一些现实主义文学创作中，我们也常会感受到它的信息。这且不说庐隐小说中那种强烈的抒情和感伤色彩，会让人想到这位女作家是否是卢梭或者歌德的热情崇拜者；就拿许地山来说，据其为人也难把他完全归于现实主义作家。许地山在燕京大学读书之时，头发留得长长的，大拇指戴一个挺大的白玉扳戒，穿着自己发明的服饰，而且染了一头绿头发，一副古里怪气的样子，很难说是个浪漫文人还是一个颓废诗人形象。假如强调浪漫主义某一因素、某一方面的事实，浪漫主义就会从各个角落冒出来，几乎无处不有，来和现实主义争夺新文学"主流"地位。也许正因如此，创造社派中的郑伯奇总结第一个十年创作时就说："在五四运动以后，浪漫主义的风潮确有点风靡全国青年的形势。'狂风暴雨'差不多成了一般青年常习的口号。当时簇生的文学团体多少都带有这种倾向。"① 这一个"多少"，就把大多数流派和作家归于浪漫主义文学了。

这种观念在当时批评界也有反映。例如，梁实秋 1926 年写了《现代中国文学之浪漫的趋势》一文，认为中国新文学主要是浪漫主义的，他从四个方面论证了自己的观点：（1）新文学运动根本是受外国文学影响产生的；（2）新文学运动是推崇情感而轻视理性的；（3）新文学运动所采取的对人生的态度是印象的；（4）新文学运动是主张皈依自然并侧重独创的。② 梁实秋的观点虽然当时并没有多少人响应，但在文坛上依然留下了痕迹，作为一种看法并没有消失。至今有些人还抱有类似看法。海外学人李欧梵 1969 年写了《五四文人的浪漫精神》，就继续阐述了新文学的浪漫主义特征，对于中国浪漫文人的产生进行了精彩的描述。

这显然是一个很有意思的题目，意义并不在于用一种观念来总括一切文学现象。如果那么做，每个论者基点不同，难免各持一端。据说钱锺书先生也曾为浪漫主义界定勉为其难，他说："习惯于一种文艺传统或风气的人看另一种传统或风气里作品，常常笼统概括……譬如在法国文评家眼里，德国文学作品都是浪漫主义的，它的古典主义也是浪漫的，非古典的（unclassical）；而在德国文评家眼里，法国文学作品都只能算古典主义的，它的浪漫主义至多是打了对折的浪漫（only half romantic）。"③ 我想不同国家会这样，不同的个性出发点也会导致类似的现象。因此，我们直接进入具体分析会收益更多。

中国现代文人的产生，用一般长期受束缚的大多数中国人眼光来看，确实都有一番大致相似的"浪漫"经历。李欧梵就曾谈到这一点。他们大多生于十九世纪末或二十世纪初文化较发达的东南省份（譬如浙江、湖

---

① 郑伯奇：《〈中国新文学大系·小说三集〉导言》，上海良友复兴图书印刷公司，1935 年，第 3 页。

② 梁实秋：《现代中国文学之浪漫的趋势》，梁实秋《浪漫的与古典的》，新月书店，1928 年，第 39 页。

③ 钱锺书：《中国诗与中国画》，《中国文学年鉴 1986》，中国文联出版公司，1988 年，第 313 页。

南），家境比较好，幼年上过私塾，念过四书五经。但是不久省城里就成立了新式学堂，于是他们离开了偏僻的乡村或者小镇，甚至也留下了受父母之命订下的旧式女子，到省城去受新式教育。在新式学堂里，他们开始接触过去没有接触过的新东西。除了念英文，学几何、算术、矿业、化学等现代知识之外，还读了严复译的《天演论》，林纾译的《茶花女》，梁启超的《新民丛报》等等，因此眼界大开，思想激进，剪了辫子闹革命。《新青年》发行后，都会争相传阅，甚至人手一册。在新思想的影响下，他们不仅开始对社会黑暗不满，同时也深感自己家乡习俗的落后，倍感自己的感情受到压抑，过去生活安排的不合理，于是一方面反抗家庭对自己婚姻的安排，一方面学会写情书，并且开始向报纸杂志投稿，宣泄自己的热情。随着"五四"新文学革命的发展，他们开始自己办刊物，或者乘船到了上海，住在某个书局的阁楼上，成了文坛的一员。他们中间有些人则远离了中国，到日本、美国或者法国、英国去留学，回来更不同凡响。

由于这种独特经历，这些新式文人在思想行为和言谈举止上都有与众不同之处，在一般人看来，标新立异，违反常规在所难免。就他们的文章来说，有很多层出不穷的新名词、新术语，例如从"为人生而文学""为艺术而艺术"到"革命文学""普罗文学"；从"自然主义""写实主义""人性主义""浪漫主义"到"社会主义""象征主义"；从"烟士披里纯"到"奥伏赫变"等等，都是以前所未听说过的，很多人看不懂，听不懂，但是他们自认为走在时代前面，在为光明前途而挣扎奋斗。同时，他们思想活跃而又生性敏感，心理上总感压抑，感情上总受折磨，于是写出了大量"倾诉"性的文学作品，日记、书信或情书、自传等成为常见的文体。例如比较流行的就有郁达夫的《日记九种》，章衣萍的《倚枕日记》，徐志摩的《志摩日记》《爱眉小札》，章衣萍的《情书一束》，蒋光慈的《纪念碑》，王独清的《长安城中的少年》等等，还有大量的随笔、新诗等，主人公大多是作者自己，内容也多见"自哀自怜"或情绪从亢奋到悲愁的供词。

这种情景不是偶然的，和当时这些作家自己生活状态及心态连在一起，反映了在变革时期一大批知识分子的心理状态。在各种矛盾交织之中，这些作家文人的情绪常常处于大幅度摆动之中，很容易陷入心理和行为紊乱状态。例如，小田岳夫撰写的《郁达夫传》中，就描述了郁达夫和郭沫若不顺心时去喝酒的情景：

> 他们走了一家又到一家，不知不觉，桌子上的空酒壶越来越多，不一会就摆满了一桌子，于是，便移到邻近的空桌上去，接着空酒壶又马上摆满了。两个人还是第一次在一起这样痛饮，结果喝得酩酊大醉。一轮明月从窗外照进来，桌上林立的酒壶像小森林一样。此时此景，勾起了两人无限惆怅的思绪。
>
> 到头来，我们只有饿死在首阳山上！
>
> 沫若伤怀切齿。达夫两只眼睛血红。他叫喊道：
>
> 是的。你是伯夷，我是叔齐！
>
> 两人吵吵嚷嚷，一味地谈论着这些伤心事。
>
> 从那里出来，两个人彼此挽着胳膊，相互搀扶着踉踉跄跄地向民厚南里走去。走到了哈同花园附近，静安寺路上，依旧是许许多多西洋人的汽车，在竞相疾驰。两人见此情景，不由得勃然大怒，不管三七二十一地大叫起来。
>
> “这里是中国！”
>
> “你们这些资本主义的畜生！”
>
> “你们这些帝国主义的猪猡！”
>
> “给我滚开！见鬼去吧！”
>
> 突然达夫一下子从路边跑到街中心，冲着迎面驰来的一辆汽车，向前伸出左手，叫道：“我要用手枪打死你们！”
>
> 沫若连忙跑去抱住他往后拽。汽车紧擦着他俩划了一个漂亮的曲线，飞驰而过。①

---

① 小田岳夫：《郁达夫传》，小田岳夫、稻叶昭二《郁达夫传记两种》，李平、阎振宇译，浙江文艺出版社，1984年，第42—43页。

小田岳夫据郭沫若回忆所写的这种情景，是一幅生动的中国浪漫文人画图。事实上，从当时文人普遍心态来看，他们的行为丝毫也不显得过分。就连茅盾也看到了更迷乱的情景。他让自己笔下的人物对人们说："我们时时处处听得可歌可泣的事，我们的热血是时时刻刻在沸腾，然而我们无事可作，我们不配做大人老爷，我们又不会做土匪强盗，在这大变动时代，我们等于零，我们几乎不能自己相信尚是活着的人。我们终天无聊，纳闷，到这里同学会来混过半天，到那边跳舞场去消磨一个黄昏，在极顶苦闷的时候，我们大笑大叫，我们拥抱，我们亲嘴。我们含着眼泪，浪漫，颓废。但是我们何尝甘心这样浪费了我们一生！"①

这种情景绝非心造，而是因为时代把这些文人安排在一个动荡的峡谷之中，虽然五四运动在思想上唤醒了他们，但是现实生活和他们的理想毕竟相距太远，他们心灵所要越过的时空跨度太大，必定要在现实与理想之间大幅度地摇动，处于极不稳定的状态。

正是这种情况造就了中国浪漫主义文学的独特品格，显得极富于变幻。各种各样的"主义""口号"泡沫似的一个一个漾出来就消失，消失了又漾出来；而主观情绪也会突然地高涨，又突然地消沉，创作也从激昂情绪一下子跌入虚无失望，但突然又会一下子跳回兴奋高亢。例如，当他们沉浸在艺术理想之中时，自我会无限膨胀，"我要高赞这最初的婴儿，我要高赞这开辟鸿荒的大我"；②而面对现实，悲观失败时，又会觉得自己渺小得可怜，在漫步之中感到"我的一枝枝的神经纤维在身中战栗"。③对于艺术创作同样如此，他们常常处于自信和自卑的矛盾中。他们一面认为："艺术对于人类的贡献是很伟大的，……楚霸王兵败被逼垓下，张良一支箫在清风明月之夜吹出那离乡背井的哀怨惨绝的调子；霸王的兵士皆思乡念家，为之感动泣下，终至弃甲曳兵而逃散。呵！音乐的势力是多么

---

① 茅盾：《追求》，茅盾《蚀》，漓江出版社，1995年，第271页。
② 郭沫若：《创造者》，《创造季刊》1929年第1期。
③ 郭沫若：《女神·夜步十里松原》，人民文学出版社，1953年，第83页。

伟大！汉王兵多将勇，最后的成功乃是一支箫！"① 同时，在有些情况下，他们又极易对文学艺术工作悲观失望，极易受社会生活的干扰，陷入困惑之中，从而认为文学艺术微不足道，自己从事创作毫无意义，甚至会走向否定文学的方向。

这一切使得浪漫主义文学本身具有了丰富样式——可以说，从亢奋到颓废这漫长的心理间隔中，造就了浪漫主义文学中派中有派，派派相因的情景。就拿创造社作家郭沫若、郁达夫、成仿吾、张资平来说，就代表着不同的倾向，个性差异十分明显。对于这一点，郑伯奇早就注意到了，他曾指出："创造社初期的主要倾向虽说是浪漫主义，因为各个作家的阶层、环境、体格、性质等种种的不相同，各人便有了各个人独自的色彩。只就最初四个代表作家来看，各个的特色便很清楚。郭沫若受德国浪漫派的影响最深，他崇拜自然，尊重自我，提倡反抗，因而也接受了雪莱、惠特曼、泰戈尔的影响；而新罗曼派和表现派更助长了他的这种倾向。郁达夫给人的印象是'颓废派'，其实不过是浪漫主义涂上了'世纪末'的色彩罢了。他仍然有一颗强烈的罗曼蒂克的心，他在重压下的呻吟之中寄寓着反抗。成仿吾虽也同样受了德国浪漫派的影响，可是在理论上，他接受了人生派的主张，他提倡士气，他主张刚健的文学；而他却写出了一些幽婉的诗。在这几个人中，张资平最富于写实主义的倾向，在他的初期作品中还带着人道主义的色彩。"② ——当然，并不能排除郑伯奇有些说法出自创造社同人倾向。

但是，除郁达夫我们另当别论外，郭沫若的创作确实代表了积极反抗社会、追求理想一派作家的倾向，和张资平式的浪漫小说创作有很大区别。就小说创作来说，郭沫若、成仿吾、郑伯奇、冯沅君等人的作品都有相同的倾向。应该提及的是，郭沫若是最早从事小说创作的作家，1919 年

---

① 郭沫若：《文艺之社会的使命》，张若英编《中国新文学运动史资料》，光明书局，1933 年，第 341 页。

② 郑伯奇：《〈中国新文学大系·小说三集〉导言》，上海良友复兴图书印刷公司，1935 年，第 13 页。

11 月北京《新中国》月刊第 7 号第 1 期上就登载了《牧羊哀话》。这是一篇"借朝鲜为舞台，把排日的感情移到了朝鲜人的心里"① 的作品，也是一篇歌颂勇敢和坚贞的浪漫小说。《落叶》是当时受到青年普遍欢迎的一个中篇，其用书信体形式写成，通篇洋溢着对于爱的不屈不挠的追求热情。带有自叙传性质的《漂流三部曲》和《行路难》燃烧着对黑暗的愤怒之情和与命运抗争的勇气。除此，郭沫若早期小说有三个集子《塔》《橄榄》和《水平线下》。这些作品明显地表现出两方面的特征，一是受到了西方现代主义文学思想的影响，注重于人物深层心理的描写。为此郭沫若当时还曾抱怨过批评界"知音"太少，他曾说："我那篇《残春》的着力点并不是注重在事实的进行，我是注重在心理的描写。我描写的心理是潜在意识的一种流动——这是我做那篇小说时的奢望。"② 二是注重理想的追求和对社会的抗争，情调向上。这一点正如有人所指出的"苦闷探求，落魄穷愁，少有郁达夫式的颓废，同具郁达夫式峻急"。③ 这一点也反映了郭沫若转向"革命文学"的趋向。

　　曾经赞扬郭沫若小说《漂流三部曲》中《十字架》的冯沅君（1900—1974），最初也是在《创造季刊》和《创造周报》上发表小说的，先后集成《卷葹》（乌合丛书，1926 年版）、《春痕》（北新书局）和《劫灰》（北新书局，1928 年）三个短篇小说集。她的小说多用第一人称或者书信写法，充满追求理想的叛道精神，加之女性作家的执着和多情，显得激情动人。她的《隔绝》《隔绝之后》等作品描写了知识女性追求婚姻自主、冲破封建家庭和习俗束缚的历程，生命的活跃在禁锢中愈显奇进，情感的波澜在苦闷中更显优美。鲁迅称赞她的《旅行》是"提炼了《隔绝》和

---

① 郭沫若：《创造十年》，郭沫若《沫若文集》（第七卷），人民文学出版社，1958 年，第 54 页。
② 郭沫若：《批评与梦》，郭沫若《郭沫若论创作》，上海文艺出版社，1983 年，第 534 页。
③ 杨义：《中国现代小说史》（第一卷），人民文学出版社，1986 年，第 582 页。

《隔绝之后》（并在《卷葹》内）的精粹的名文"，①　并把她的《卷葹》收入"乌合丛书"出版。作为一个浪漫主义作家，冯沅君在文学观念上接近于郭沫若等人，偏重于主观情感的泄发。她曾言："几无人不感到生命的活跃，与环境的压迫反抗的苦闷，因这苦而发出来的叹息号泣，及偶而因胜过环境的压迫而得着安慰及喜悦，因此喜悦而发出的欢欣的呼声就是文艺的原质，将此叹息号泣及欢呼用种种文字象征出来就是文艺。"②

　　从这一派作家创作中，可以看到中国现代浪漫主义文学一些基本特征。显然，尽管浪漫主义与中国古典浪漫主义传统有源远流长的血缘关系，但是它是建立在要求打破一切传统束缚，追求艺术自由基础上的，带着明显的叛逆性格。这也许正合了郑伯奇对创造社倾向的评价："它的浪漫主义始终富于反抗的精神和破坏的情绪。用新式的术语，这是革命的浪漫主义。它以后的发展在它的发端就豫约了的。"③　这"以后的发展"指的是二十年代下半期创造社大多数作家走向了革命文学创作。

　　这种反抗精神和破坏情绪，在一定程度上带着长期被压抑的逆反心理。由于中国封闭式生活对他们压抑太久了，禁锢太长了，积淤了太多的生活和感情要求，一旦这些浪漫文人打开了眼界，进入一个开放境界，就对一切传统观念和体系采取了极端的怀疑态度，要打破一切生活习规，把自己长久积聚的东西全部宣泄出来，通过某种过激的方式来获得心理补偿。对创造社这一派文人来说，不仅表现在对现存一切传统观念的彻底否定态度上，还表现在对文坛上其他派别以及新文学运动成果的清算上。正如郭沫若自己说的，"他们第一步和胡适之对立，和文学研究会对立，和周作人等语丝派对立，在旁系上复和梁任公、章行严也发生纠葛，他们弄到在社会上成了孤军"，④　到最后他们开始否定白话文运动，认为那不过是

---

① 鲁迅：《〈中国新文学大系・小说二集〉序》，鲁迅《且介亭杂文二集》，上海文艺出版社，1935年，第7页。
② 冯沅君：《愁》，《语丝》1924年第23期。
③ 郑伯奇：《〈中国新文学大系・小说三集〉导言》，上海良友复兴图书印刷公司，1935年，第13页。
④ 郭沫若：《革命文学之回顾》，《文艺讲座》1930年第1册。署名麦克昂。

"在污了的粉壁上"，"涂上了一层白垩"，① 那些新文学革命中创业的作家"本应该背着药笼到资本主义安定的国家去讨饭吃"② 等等，表现出过于偏激的态度。

显然，偏激和极端不能代表深刻和彻底，只是更明显地表现出现代浪漫派文学的双重品格：一方面是改造一切，不断创新的"大我"，勇于接受新思想、新事物，毫无顾忌地反对一切旧传统；另一方面则是陷入虚无和自暴自弃中的"小我"，由于理想与现实距离太远，自身又无法摆脱自己否定的传统旧物的纠缠，需要现实生活中的一切来满足和肯定自己。

这在文学创作中造成一种紊乱现象，在积极的反抗的浪漫主义文学的另一端，就会出现消极的、低格调的浪漫主义派别。这似乎是历史造就的一种自然现象。由于大量新思想的传入，中国现代作家面临一种开放的具有多种选择的文化交融情势；由于中国社会生活和现代文明突兀而猛烈的碰撞，生活中一切旧的思想标准被否定，而并未建立起新的标准，必然在中国文化的深层结构中引起一系列紊乱现象，使中国文化意识处于一种无政府的自由状态。现代中国的浪漫主义文学就是在这种情景中产生的，有时会明显地表现出这种紊乱。陷入这种紊乱状态中的文学，不可能对社会生活采取一种充分理性的把握，很难在自我追求与社会发展之间，在传统与创新之间，在现实和理想之间，确立一种比较稳定的一致关系。这种的紊乱现象在现代中国浪漫主义文学中，扮演了种种变态、变形、变色的艺术角色。主客观世界分离，对本能和情感宣泄的盲目追求和过分敏感，对于个性自由以及在私欲方面的恶性崇拜与片面追求等等，都不同程度地表现或者潜伏在一些作家的文学创作中。

张资平的文学创作就明显地表现出了这种紊乱。张资平是创造社的开山者之一，他从"为艺术而艺术"开始，但是不久就陷入了创作上的色情涡流之中，专门写三角、四角甚至多角恋爱，在文学史上扮演了一个可悲

---

① 郭沫若：《我们的文学新运动》，《创造周报》1923 年 1 集 3 号。
② 成仿吾：《从文学革命到革命文学》，《创造月刊》1928 年第 1 卷第 9 期。

的角色。

张资平是逐渐陷入不可自拔的庸俗境地的。据创造社同人郑伯奇所言，张资平在日本留学期间，就很喜欢《留东外史》那样的色情书籍。在最初的文学交往中，当他知道郭沫若一些恋事后，立刻对郭沫若说："你把材料提供给我罢，老郭，我好写一部《留东外史》的续篇。"①《留东外史》的续篇虽然没有写，但是他初期一些作品中明显表现出对两性间纠葛的兴趣。他最初发表的《约檀河之水》《她怅望着祖国的天野》《银踯躅》《冲积期化石》等作品，都比较注重对恋爱事件和两性心理的描叙。正如郑伯奇说的："在初期，他描写两性关系的小说，还提供一些社会问题。或者写义理和性爱的冲突，或者写因社会地位而引起的恋爱悲剧。《梅岭之春》是这种倾向中最好的作品。可是，性生活的观察渐渐引他入了歧途。他写了不少的恋爱游戏的小说，他也发表了不少变态性欲的作品。"②作为一个小说作家，张资平出了20多部中长篇小说，5本短篇小说集，曾名噪一时，但没有留下多少艺术价值高的作品。

应该说，在张资平早期的小说创作中，多少显露出了他的艺术才华。例如《木马》就是一例。作品写的是一个留日学生的经历。他房东家的女儿瑞枝是个端丽的女子，被男人遗弃后，和自己女儿美兰相依为命。后来，美兰丢失了，瑞枝陷入极度痛苦之中。作者通过一个旁观者视角来描叙这件事，却能够比较好地把握人物的心理活动，在写出瑞枝的生活境遇的同时，也写出了作为旁观者的留日学生的心境。从作品写到瑞枝是如何"抱着美兰坐在门前石砌上，呆呆地凝视天际的飞雪"，感觉到"她给她女儿吃奶是一种对她的悲寂生活的安慰"③之中，能够看到张资平观察体验生活精细的一方面。

这一方面在被郑伯奇赞扬的《梅岭之春》中继续有所表现。但是，我

① 郑伯奇：《〈中国新文学大系·小说三集〉导言》，上海良友复兴图书印刷公司，1935年，第15页。
② 同上，第16页。
③ 张资平：《木马》，郑伯奇编《中国新文学大系·小说三集》，上海良友复兴图书印刷公司，1935年，第150页。

们已经隐隐约约地感到了一种创作潜在的危机，它正在把作家引向深渊，这就是作者热衷于窥探两性关系中"隐私"的兴趣在增长。在对于人的描写中，一种原始的本能欲望逐渐构成了描写的"敏感"区域，而人物的命运只成了故事的影子。《梅岭之春》就是从探讨一个私生子"来历的秘密"开始的。为此，作者首先制造了诱惑，一个15岁的小姑娘这样突现在吉叔面前，"象半透明的白玉般的保瑛的双颊和着鲜美的血，不易给人看的两列珍珠也给他们看见了。鲜红的有曲线美的唇，映在吉叔的网膜上比什么还要美的。"① 而吉叔回报于她的是禁不住的"痴望"，这里，一种性欲本能的交流和感应开始增长，逐渐代替了作者思想与生活的交流，感官的需求开始压倒一切。这种性欲本能的感应和纠葛支配着小说的故事进展。这种关注于性欲本能的倾向在张资平以后的创作中得到进一步强化。1925年，从创作《飞絮》《苔莉》之后，张资平几乎成为职业的恋爱小说家，他热衷于写三角或四角恋爱，把功夫下在人物的情欲挑逗和感应中，使他的小说成为一种满足感官欲求的软性工具。张资平自己制造了诱惑，但最终被这种诱惑所控制，把自己艺术前途葬送于"性欲享受"的苦海中。

这种创作上的结局和张资平对艺术片面的理解相关。他接受了外国一些文艺思想的影响，却根据自己庸俗低级的情调进行了片面发挥，形成了自己的艺术观。他对于"本能满足论"一类议论很感兴趣，强调"本能的冲动"；② 而他所谓"本能"乃是关注于生理欲望的因素，把人首先看作一种生物。他说："人类是一种生物，其思想行为多受生理状态支配。所以观察人类先要由生理的方面描写。"③ 在这种思想支配下，张资平放弃了对人类社会本质的深刻考察，而满足于用肉欲来解释人的感情，流于低俗是必然结果。

作为一种社会现象，张资平的小说在二十年代风行一时，也不是偶然

---

① 张资平：《梅岭之春》，郑伯奇编《中国新文学大系·小说三集》，上海良友复兴图书印刷公司，1935年，第169页。

② 张资平：《文艺上的冲动说》，《晨报副刊》1925年9月30日。

③ 张资平：《文艺史概要》，时中书社，1925年，第73页。

的。五四运动之后，很多青年接受了新思想，但是现实生活并没有为他们提供相应的创造机会，在生活上找不到出路，于是在精神上愈感到苦闷和压抑；又由于中国社会一向视性爱为文学"禁区"，所以追求恋爱和情欲的解放成为一部分年轻人热衷的目标。他们用一种变异的追求来解除心理上的苦闷，体验到一种突破"禁区"冒险的快感。这实际也反映了一种长期受压抑而形成的逆反心理和破坏情绪。张资平的创作先是反映了这种社会心理和情绪，后来则是利用着这种心理和情绪，把文学创作当作实现自己欲望的途径和工具了。从这个意义上来说，张资平后来的文学创作实际上陷入了商业化的泥沼，表现了金钱对艺术的引诱和腐蚀。关于这一点，鲁迅曾一针见血地指出："张只为利。"① 正是这种"利"吸引着张资平去迎合一些人的心理需要，把自己的小说当作一种廉价的，仅仅满足于一些人感官刺激的精神商品来推销。他曾经这样为自己的作品作广告："《群星乱飞》是一部悲惨的 Romance，内容叙述一个少女受尽了社会的颠沛和经济上的压迫，而沦为舞女。写她许多浪漫的故事。这部小说，我是比较用心写的，我想出版后销路一定很大，尤其是女学生会喜欢看它。"② 可见，张资平首先是盯着自己的"顾客"写作的，他要开"小说工厂"，而小说就成为他作为"老板"赚钱的商品。

显然，就中国现代浪漫主义文学来说，张资平代表了一种末流。较为接近张资平创作倾向的作家有陶晶孙（1897—1952）、叶灵凤（1905—1975）、章衣萍等人。他们创作的共同特点是过分地强调"性爱的享受"，追求性的刺激，把肉感和性爱揉入各种各样社会现象之中，作为取宠于读者的主要手段。例如，叶灵凤的创作就表现出这种倾向，他写过许多小说，例如《女娲氏之遗孽》《处女的梦》《红的天使》《爱的滋味》等，都离不开性爱描写，而且，他还特别喜欢写一些性的变态心理，他曾在《女娲氏之遗孽》中写道："现代人的悲哀惟在怀疑与苦闷，所以每有反常和

---

① 鲁迅：《致杨霁云》，鲁迅《鲁迅全集》（第十二卷），人民文学出版社，1981年，第409页。

② 黄人影编：《文坛印象记·张资平访问记》，乐华图书公司，1932年，第61页。

变态的举动，这妇人以中年之龄，忽与一个青年发生爱，行动已很可异，事情发现后，她处于三角的关系之下，又复顾左虑右，毫没有一点决定的主张，我们试看她自己所记，有时心情很安静，有时又很悲哀，时而要自杀，时而却又甘于忍辱偷生，犹疑寡断，虽不能说她可以作现代一部分在恋爱痛苦下妇人的象征，然至少总带有几分世纪病的色彩。"从作者这一段对自己笔下人物的评论性文字中，也可看到叶灵凤所关注的生活现象。叶灵凤后来还写过许多"革命文学"作品，例如《红的天使》，都无法摆脱追求情欲满足的"遗孽"。

综上所述，从郭沫若激进的浪漫主义到张资平浪漫主义末流的创作，可以看到一些不同的派别。当然，这只是一个简述。中国现代文学中的浪漫主义不同于古典文学中的浪漫主义，也同西方十九世纪浪漫主义有很大差异，应该是一个特殊的概念；它本身的构成因素不是单一的，而是包含象征主义、新古典主义、新浪漫主义、表现主义、心理分析等各种各样的成分，由此也构成了大大小小各种不同的倾向，需要我们今后认真进行清理。这种情形是中国现代文学产生发展的时代背景所决定的。对此郑伯奇在五十多年前就有一番高论："近代资本主义文化成立以后，浪漫主义、现象主义、象征主义，文学史上的几个巨大潮流，在不同国度里，用不同的姿态发生出来。文化落后的国家或民族，它的文学虽在一个新的潮流之中产生，而先进国所通过了的文学进化过程，它还要反复一遍，虽然这种反复是很快的。……而这快速的度率和落后的程度可说是反比例的。越是落后的国度，这种进化中的反复来得越快。在日本，浪漫派的健将会一变而成为自然主义的开山祖师，象岛崎藤村、田山花袋、德田秋声都是有这样经历的人物。在中国，这反复是更快了。由'新青年'的白话文学运动到五卅事件，约略不过十年光景，在这短短的十年间，中国的新文学曾经经历过怎样飞跃，这是留心文学动向的人谁都晓得的。现在，回顾这短短十年间，中国文学的进展，我们可以看出西欧二百年中的历史在这里很快地反复了一番。这不是说中国的新文学已经成长到和西欧各国同一的水准。落后的国家虽然急起直追也断不能一跃而跻于先进之列。尤其是文学艺术方面，精神遗产的微薄常常使后进国暴露出它的弱点，我们只想指出这短短十年间，西欧两世纪所经过了的文学上的种种动向，都在中国很匆促地而又很杂乱地出现过来。"①

从这个角度来说，中国并没有像西欧各国形成强盛的浪漫主义运动的条件。真正的浪漫主义，作为一种文学潮流，在中国只有一种刹那间的闪烁，立刻和各种"主义"的文学相混合了。郭沫若《女神》所表现的那种狂飙突进的精神，大概算是浪漫主义在中国文学中最光辉的一瞬吧。

不过，这一瞬间的闪示已造就了中国浪漫主义文学的奇迹。想一想中国当时社会之黑暗，禁锢之严重，中国文人何尝容易真正"浪漫"起来，又何尝能够持续地"浪漫"下去！即便某种强大的激情和思想力量，会使他们一时间冲破传统的束缚，在理想的世界飞升，但他们与现实生活，与传统文化千丝万缕的联系，也会在很短时间里迫使他们下落，沉落到现实的土地上的。因此，中国现代浪漫主义文学中也许注定会产生"沉沦"文学。

---

① 郑伯奇：《〈中国新文学大系·小说三集〉导言》，上海良友复兴图书印刷公司，1935年，第1—2页。

第六章

郁达夫和"沉沦文学"流派

从浪漫主义滑向"沉沦文学"也许是中国文学发展中一个必然现象，这使我们首先想到郁达夫（1896—1945）及其小说创作。他是一个奇特的人，也写过奇特的小说，他有过自己的风流罗曼史，但一生之中被悲伤哀愁缠绕着；他写下了《日记九种》那样浪漫的作品，但是一直与古体诗不能分离；他在生活中自信勇敢，但突然会自暴自弃，陷入不可自拔的境地。郁达夫其人其作品，反映出二十世纪初一部分知识分子相类似的心境。

"五四"新文化运动开始了中华民族觉醒的时代，它给每个中国人一次历史机会，使他们更清楚地认识社会和认识自我，并且在这个基础上开始重建社会和重建自我。在这个过程中，一些离乡在外的知识分子最为敏感，他们由于真切地看到其他国家和民族经济文化的强盛发达，看到了自己国家的贫困落后，并加以比较，因而对于自己的屈辱地位更加敏感，更加痛苦，心灵上留下了巨大创痛；他们由于自己美好理想不能实现而在现实中处于低贱的地位，由于个人欲望不能满足而遭到他人的侮辱，由于个人情绪不能得到别人理解和民族自尊心受到损伤，他们对社会黑暗势力和一切不公平现象感到愤怒，对自己所处的地位感到悲哀；他们怀着要对旧社会进行愤怒报复的情绪，同时又伴随着一种伤感忧郁甚至畸形病态的心理状态，这一切都毫无保留地带进了文学创作，于是，在二十年代初的文坛上形成了一个别样的文学流派——由于它第一篇奠基作是郁达夫的短篇小说《沉沦》，我们因此称它为"沉沦文学"。

"沉沦文学"是一个以小说创作为主的文学流派，是中国现代浪漫主义中一个影响很大的派别，具有自己鲜明的形态特征。这一派的作家，除了郁达夫之外，还可以举出王以仁、周全平、倪贻德、白采等人。在他们的作品中，似乎都蕴藏着一种被时代唤起的不能冲出或者不能完全冲出的生命活力，而且它时不时集结在人性最敏感的地方——性爱——上面，不断地表现出想冲脱而出又未能实现的痛苦情景。

我们还是从小说《沉沦》谈起吧。

《沉沦》是郁达夫的成名作，也是"沉沦文学"创作第一块基石。这篇小说的艺术风格成为"沉沦文学"作品的基调。

《沉沦》描写的是一位在日本求学的中国青年的生活经历，其中渗铸了作者真实的生活感受。作品中的"他"是一个喜爱高尚和洁净的人，患有严重的忧郁症。他生活在异国，"孤冷得可怜"，周围时时感受到种种轻笑、愚弄、妒忌的眼光，常常有一种难言的羞耻和寂寞向他袭来；他经常"含着一双清泪"，在那"万籁俱寂的瞬间，在天水相映的地方"，排遣自己的忧伤。① 他一方面具有强烈的自尊心，促使自己在孤独和忧愁之中涌起一阵怨恨的感情，视异族的日本学生如仇敌，"他们都是日本人，他们都是我的仇敌，我总有一天来复仇，我总要复他们的仇。"② 另一方面，则是一种弱小民族的自卑感压抑着他，他意志软弱，心情颓丧，在精神上不能完全自强自立，获得丝毫的心理安慰。这一切在一个青春期的躯体里，引起了强烈的骚动。他的一切生命感受都集中在情爱意识的涡流中，想在那里得到补偿，"苍天呀苍天，我并不要知识，我并不要名誉，我也不要那些无用的金钱，你若能赐我一个伊甸园内的'伊扶'，使她的肉体与心

---

① 郁达夫：《沉沦》，郁达夫《郁达夫早期作品选》，花城出版社，1982年，第17、19、22页。

② 同上，第23页。

灵全归我有，我就心满意足了。"①

但是，"他"无法得到这一个"肉体与心灵"的伊扶，也许他就根本没有勇气去得到她，因此陷入了病态的心理状态。他一方面切齿地痛骂自己是"畜生""狗贼"，一方面不能遏止自己追求异性的强烈欲望，甚至到了"同落水猫狗"一样的地步。他怀着虚怯的然而渴求的心理去看女人，强压内心恐惧走进妓院，他虚弱的灵魂经过一番暴烈的跳动之后终于颓萎了。他就像梦游患者似的向水中走去，在自杀之前，他望着西方一颗摇摇不定的明星，泪水横溢，喊出了撼人灵魂的心声："祖国呀祖国，我的死是你害我的！你快富起来！强起来吧！你还有许多儿女在那里受苦呢！"

郁达夫的小说无疑和他在日本大量接触外国文学作品有关。郁达夫具有文学气质，很早就很喜欢诗歌创作。在日本期间，没有人能够像他那样饱览了如此大量的欧美文学书籍，"阅读的作品涉及英国、德国、法国、俄国和日本等广大的区域。日本的书自不必说，就是德国、英国的书也主要是读原版书。在第八高中的四年间，阅读的文学作品共有 1000 册，平均每年 250 册，如此之快的阅读速度实在令人吃惊。"②"这些文学作品就像麻药一样使得他心醉神迷，如梦如痴，以至于弄到废弃学业的地步。"③

在这个过程中，都达夫受到日本"私小说"影响很大。他对当时日本作家佐藤春夫非常崇敬，经常去访问他。郁达夫自己曾说："在日本现代的小说家中，我所最崇拜的是佐藤春夫。他的小说，周作人君也曾译过几篇，但那几篇并不是他的最大的杰作。他的作品中的第一篇当要推他的成名作《病了的蔷薇》即《田园的忧郁》了。其他如《指纹》《李太白》等都是优美无比的作品，最近发表的小说集《太孤寂了》，我还不曾读过，依我看，这一篇《被剪的花儿》也可说是他近来的最大的收获。书中描写

---

① 郁达夫：《沉沦》，郁达夫《郁达夫早期作品选》，花城出版社，1982 年，第 26 页。
② 小田岳夫：《郁达夫传》，小田岳夫、稻叶昭二《郁达夫传记两种》，李平、阎振宇译，浙江文艺出版社，1984 年，第 8 页。
③ 同上，第 8 页。

的主人公失恋的地方真是无微不至，我每想学到他的地位，但是终于画虎不成。"①《沉沦》在很多方面都与《田园的忧郁》相似。也许郁达夫确实有意学习佐藤春夫，所以有一次一个朋友说他在中国的地位，同佐藤在日本的地位一样时，立刻激起郁达夫很大的感慨："惭愧惭愧！我何敢望佐藤春夫的肩背！但是在目下的中国，想以作家立身，非但干枯的我没有希望，即使 Victor Hugo、Charles Dickens、Gerhart Hauptmann 等来，也是无望的。"②

　　然而，郁达夫的《沉沦》包含着深刻的中国民族生活情愫。就从时代生活的角度来看，"沉沦"表达了双重的意义，一方面是中国社会以及民族地位在封建主义统治下日益走向败落的沉沦；另一方面则是一些美好的品质、美好的理想在恶劣环境中的沉沦。有前面的因才有后面的果。郁达夫在小说中把二者融和在一起，浸透在主人公的心灵世界中，也表达着作者双重的感情，这就是强烈的爱国主义情感和忧悒的个人主义情绪，它们交织在一起，通过大胆直率的性欲描写，构成了作者自己灵魂的自白。小说当时引起了社会上很大反响和议论，激动了一些人，也恼怒了一些人。后来就这一作品，郭沫若曾这样评论："他以清新的笔调，在中国的枯槁的社会里面好象吹来了一股春风，立刻吹醒了当时的无数青年的心。他那大胆的自我暴露，对于深藏在千年万年的背甲里面的士大夫的虚伪，完全是一种暴风雨式的闪击，把一些假道学、假才子们震惊得至于狂怒了。"③不出几年，郁达夫这部处女创作集行销二万册，这在当时是一个很大的数目。个性解放的追求和忧国患世之情在郁达夫小说创作中贯通一气，互相糅合，充溢全篇，构成了独特的艺术魅力。显然，在艺术表现上，郁达夫与郭沫若有绝大不同，如果说他们都有浪漫主义气质的话，那么郭沫若在《女神》表达了一种飞升的浪漫主义，而郁达夫则表现了一种沉沦的浪漫

---

① 小田岳夫：《郁达夫传》，小田岳夫、稻叶昭二《郁达夫传记两种》，李平、阎振宇译，浙江文艺出版社，1984 年，第 33 页。
② 同上，第 54 页。
③ 郭沫若：《论郁达夫》，《人物杂志》1946 年第 3 期。

主义。

这种变异同样体现在《沉沦》的思想内容之中。在《沉沦》的主人公身上流动着两种血液，一种是被新的思想文化唤醒了的自我意识，表现为一种强烈的实现自我，追求爱情的欲望，它是属于充满活力的，朝气蓬勃的，反封建反传统的；另一种是弱国子民的劣根自卑意识，表现为一种同样强烈的自我贬低、自我压抑的习惯心理，它是属于软弱僵死的、自暴自弃的，向现实妥协和忍让的自我。因此，主人公悲惨的结局，不仅来自生活的压迫，也来自人物精神上的自戕。他仅仅在理性和感情上意识到了自我，但是无法在现实行动上真正地肯定自我，也正因为如此，他才每每把自己的不幸怪罪于中国的贫弱，把自己的希望寄托于别人的同情，冀求于他人的体谅。在这种情况下，强烈地意识到自己是中国人，并用安慰这种意识来抑制自己的行为，恰恰因为他不是一个理直气壮的中国人。

从《沉沦》主人公身上，我们其实能够看到郁达夫作为一个二十世纪知识分子双重的精神品格，这就是对于封建传统文化强烈的叛逆意识和忏悔意识。他一方面在打破旧的思想意识禁锢，大胆地写出生命最原始的冲动和渴求，一方面表露出自己深深的不安，不断地进行自我忏悔；一方面在拼命地肯定自我，一方面在无情地否定甚至毁灭自我。因此在《沉沦》中我们可以看到这种情景，主人公一方面在为得不到异性的爱情而感到痛苦，同时也为追求这种爱情的行动而自我谴责。他并不能正确地看待自己正常的欲望和需求，因而也不能以正常的方法去获取；他向往着某种境界，同时又不能愉快地去向往，而是处于不断地自责自怨的矛盾之中。

这种强烈的叛逆意识和忏悔意识的交织，会把作者推向心理紊乱和病态的境地，压抑带来变异的宣泄，宣泄带来自责和悔恨，悔恨带来加倍的苦闷，苦闷又使得压抑感更为沉重，导致更为疯狂的"犯罪"行动。每当作者在作品中把叛逆行为发挥到极致的时候，悔恨意识带来的痛苦也更为强烈。从《沉沦》开始，郁达夫写了《南迁》《茫茫夜》《怀乡病者》等作品，都不同程度地表现出了这种倾向。就其笔下的主人公来说，纵然社会黑暗压迫着他们，事业的失败使他们沮丧，爱情的毁灭使他们孤独，失业的飘零使他们悲愤，但是他们借酒浇愁，嫖妓解闷，纵乐、失眠、手淫同样构成了痛苦的酵母，使他们在否定和厌恶这个黑暗社会的同时对自己本身也产生了否定和厌恶之情。这种忏悔意识实际上一直伴随着郁达夫的小说创作，经久不散。

郁达夫创作的这种意绪显然和郁达夫个性气质连在一起，在一定程度上反映他自己的心理状态。刘勰就曾说过："……才有庸俊，气有刚柔，学有浅深，习有雅郑；并性情所铄，陶染所凝。"① 从心理学角度来看，了解一下他童年生活及个性形成的经历，也许会给予我们很多可供联想的材料。

郁达夫出生在一个破落了的书香之家，很小就失去了父亲，母亲辛辛苦苦供他上学。在学堂里，他很快显示出自己聪明的天资，成为学习成绩最好的学生。但是由于家庭贫寒，依然不断受到有钱人子弟的讥笑和冷视。因此，在那在他幼小心灵中种下了忧郁的种子。郁达夫在自己自传中曾谈到过这样一件事：有一次，郁达夫看到富家子弟神气十足地穿着皮鞋炫耀，就忍不住请母亲给他买一双。他母亲当时没有钱，但疼爱自己的儿子，不愿让儿子失望，就领着小达夫到鞋店去赊欠，可是连连遭到拒绝。在不得已情况下，他母亲准备找几件衣服去当铺当，郁达夫非常悲伤，一把拉住了母亲，绝望地叫道："娘，娘，你别去罢，我不要皮鞋穿了！那些店家！那些可恶的店家！"②

不知道怎么搞的，我每每读郁达夫的小说，都似乎从作品中听到这种绝望的，童年郁达夫的悲怆心声，它凄切、惨痛而又哀婉动人。也许钱杏邨也意识到了这一点，他说："达夫的病态的成因也是如此。在幼年的时候，他失去了他的父亲，同时也失去了母性的慈爱，这种幼稚的悲哀，建设了他的忧郁性的基础。长大来，婚姻的不满，生活的不安适，经济的压逼，社会的苦闷，故国的哀愁，呈在眼前的劳动阶级悲惨生活的实际……使他的忧郁性渐渐地扩张无穷的大，而不得不在文字上吐露出来，而不得

① 刘勰：《文心雕龙》，新文化书社，1933年，第209页。
② 郁达夫：《书塾与学堂》，《人间世》1935年第19期。

不使他的生活完全地变成病态。"①

郁达夫曾就此继续写道:"自从这一次的风波之后,我非但皮鞋不着,就是衣服用具,都不想用新的了。拼命的读书,拼命的和同学中的贫苦者往来,对有钱的人,经商的人仇恨等,也是从这时候而起的。当时虽还只有十一二岁的我,经了这一番波折,竟然有起老成人的样子来了,直到现在,觉得这一种怪癖的性格,还是改不转来。"②

由于自尊心受到损害而采用极端和变异的生活态度,在郁达夫童年就已经显示出来了。这似乎又有一点像鲁迅"仇猫"情绪,虽经日月变迁,却一直深深埋在心里,而在自己受到侵害的时候,又腾跃而出,不能自抑。其实郁达夫青年时期也不愉快,且不说大环境并无起色,人民痛苦和民族灾难日益加深,国势衰败,满目疮痍,就说他留学日本期间,十年孤苦的异国生活,寄人篱下,低人一等,想爱不能爱,想爱不敢爱,这些都使他郁悒的性格继续发展,而且当他懂得的知识愈多,压抑愈感沉重,带上了悲伤、愤世、过敏而近乎病态的色彩。郁达夫曾如此谈起他在日本度过的青春期生活:"人生从十八九到二十余,总是要经历一个浪漫的抒情时代的,当这时候就是不会说话的哑鸟,尚且要放开喉咙来歌唱,何况乎感情丰富的人类呢?我的这抒情时代,是在那荒淫惨酷、军阀专政的岛国里过的。眼看到的故国的陆沉,身受到的异乡的屈辱,与夫所感思,所经历的一切,剔括起来没有一点不是失望,没有一处不是忧伤,同丧失了夫主的少妇一般,毫无气力,毫无勇毅,哀哀切切,悲鸣出来的,就是那一卷当时很惹到了许多非难的《沉沦》。"③ 这种个性心理多少支配了对文学的选择,对文学创作方法的选择。他从卢梭、陀思妥耶夫斯基那里获取了大胆暴露自己病态心理的勇力,于是,笔,把郁达夫的性格和生活密切地

---

① 钱杏邨:《达夫代表作后序》,陈子善、王自立编《郁达夫研究资料》,花城出版社,1985年,第37页。

② 郁达夫:《书塾与学堂》,北京大学等编《散文选》(第一册),上海教育出版社,1979年,第382页。

③ 郁达夫:《忏馀独白》,郁达夫《忏馀集》,天马书店,1934年,第5页。

联结起来，把郁达夫生活精力的充溢和生存需求的匮乏统一起来，使生命的消耗和满足表现在同一创作过程中，郁达夫丧失和否定了自我的一部分，同时又获取和肯定了自我的一部分。

应该指出，在构成郁达夫独特个性世界的因素中，不仅具有反传统的因素，也有传统的因素；对现代生活，他有向往的一面，也有不适应的一面。正因为如此，郁达夫在生活中不能充分肯定自己，他极力想摆脱旧的生活，但是新的生活并不一定能使他愉快；他的浪漫常常并不是出自本能，而是一种过分的心理压抑的结果。有时他拼命地想在爱情中得到满足，恰恰是由于他无法在这里获得真正的满足，只是寻找一种排泄苦闷的方式。因此，郁达夫实际上是一个新旧文人的混合物。正如李初梨所说的，表面上是颓唐派，在本质上是清教徒。他一些思想品质以及高贵的自尊心，基本上是依靠传统文化的滋养形成的。当这种自尊受到严重考验之时，他就用艺术创作的方式把它推到了生命的极致。

郁达夫是"创造社"最早发起人之一，但是他的艺术创作独树一帜，自成一体，具有独特的美学风采。他对艺术创作独特的理解也许更能表现出他自己内心深处的意识品格。这正如他所说的，文艺就是人生，人生就是文艺，两者是密不可分的。他说："我觉得作者的生活，应该和作者的艺术紧抱在一块，作品里的 Individuality（个性）是决不能丧失的。"[1] 对于这种艺术个性，郁达夫又有着自己独特的表达方式，把它看作是作家在作品中的自我表现。他说过一句话："我觉得文学作品，都是作家的自叙传，这一句话，是千真万确的。"[2] 因此，文艺家写自己，写自己的思想感情和人生经历，也就是最能体现作家个性的，"……艺术家必须具有一种直率的品质，并能够忠实地表现自己的性情。"[3] 郁达夫对文学的看法还表

---

① 郁达夫：《五六年来创作生活的回顾》，郁达夫《郁达夫小说集》，浙江人民出版社，1982 年，第 824 页。

② 郁达夫：《过去集·五六年来创作生活的回顾》，郁达夫《郁达夫文集》（第七卷），花城出版社，1983 年，第 180 页。

③ 郁达夫：《写完了〈茑萝集〉的最后一篇》，程代熙《艺术家的眼睛》，陕西人民出版社，1982 年，第 48 页。

现在下面一段话中：

> 将天真赤裸裸的提示到我们的五官前头来的，便是最好的艺术品。赋述山川草木的尉迟渥斯（Wordsworth）的诗，描写田园清景的密莱（Millet）的画，和疾风暴雨一般的悲多纹（Beethoven）的音乐，都是自然的一部分，都是天真，没有丝毫虚伪假作在内的。真字在艺术上是如何的重要，可以不用再说了。①

因此，郁达夫把艺术冲动放在重要的位置上，他宣称："……真正的艺术家是非忠于艺术冲动的人不可的，若有阻碍这艺术的冲动，不能使它完全表现的时候，不问前头是几千年传来的道德，或几万人遵守的法则，艺术家应该勇往直前，一一打破，才能说尽了他的天职。所以人家说：艺术家是灵魂的冒险者，是偶像的破坏者，是开路的前驱者。"②

但是，虽然在文艺理论中，郁达夫和张资平一样强调"本能"冲动的作用，在创作中也非常重视"性爱"这个环节，但是两个人的美学意向以及在创作中的表现有绝大不同。本来，在文学创作中描写性爱无可非议。性爱是人类一项重要的正常的活动，也是一项优美的活动，是和人类完美的理想连在一起的。在现代中国浪漫主义文学中，性爱占据着非常重要和明显的地位。大量的追求自由恋爱、"自我解放"的作品冲破了千年人性禁锢的堤坝，在生活中跳跃、飞舞，洋溢着一种难以遏止的生命活力。但是，在艺术上，张资平的性爱描写多是私欲的表现。用一种变异、猎奇甚至利用的方式来描写性爱，有损于人的尊严和整体利益，是对性爱本身的一种亵渎。而郁达夫的性爱描写始终是与一种对优美人生的渴望连在一起，燃烧着反抗黑暗社会并彻底改变它的热情。可见，描写性爱关键在于

---

① 郁达夫：《艺术与国家》，郁达夫《郁达夫早期作品选·沉沦》，花城出版社，1982年，第331页。
② 郁达夫：《文学概论》，郁达夫《郁达夫文论集》，浙江人民出版社，1985年，第118—119页。

作者的艺术态度。

郁达夫在创作中实践了自己的主张。他的作品始终充满着灵魂的自白，贯串着作者鲜明的自我形象：他们是时代的“零余者”，孤独，敏感，多情，自卑，愤世嫉俗而又自哀自怜；他们痛恨恶浊的社会，渴望超越自己，图谋新的发展；又不能完全自新自信，往往陷入个性紊乱和变态性欲之中。而他们每一个人的身世都无不在控诉和鞭挞着当时中国病态社会，激起人们改造这个社会的欲望；这些人物也无一不包含着作者惨痛的生活经历和忧闷彷徨的情绪体验。在这些作品中，郁达夫敢于暴露自己灵魂中最奥秘的东西，赤裸裸地写出自己的心境，使作品具有撼动人心的艺术力量。他的《日记九种》的公开发表，更是把郁达夫这种自我暴露惊异地推到了极端。无疑，郁达夫发表日记行动本身，就是最坦率的艺术宣言。

郁达夫的艺术风格和艺术态度代表一种时代的审美意向，当时就引起很多青年感情上的共鸣。据说正像歌德的《少年维特之烦恼》出版后德国发生的“维特热”一样，有些青年也仿效穿起了郁达夫在《血泪》等作品中描写过的香港洋布衫。很多作家受到郁达夫或者这种艺术倾向的影响，在有意无意之间形成了比较共同的美学追求和艺术气息，形成了一个创作上相互关联的文学群体——“沉沦文学”。

王以仁（1902—1926）就是这个群体中的一个。郁达夫曾经在自己日记（1927年2月26日日记）中写到过：“王以仁是我直系的传代者，他的文章很象我，他在他的短篇集序文《〈孤雁集〉序》里也曾说及。我对他也很抱有希望，可是去年夏天，因为失业失恋的结果，行踪竟不明了。”[①]而王以仁在《孤雁》“代序”中是这样说的：

> 你说我的小说很受达夫的影响；这不但是你是这般说，我的一切朋友都这般说，就是我自己也觉得常有达夫的色彩的；而且我在《流浪》那篇小说里面，写到在旅馆中经过困难的情形，竟然毫不留神的

①　郁达夫：《郁达夫日记集》，浙江文艺出版社，1986年，第91页。

写了一段和达夫的《还乡记》中相同的事情。①

他在《我的供状》中又提到郁达夫:"仿佛是达夫说过的,——我又提达夫来了,这是我的嗜痂之病呢。——孤单的凄清就是艺术的酵素;仿吾说,艺术是因为反抗这种孤单的凄清而生出来的。我觉得他们的话给我一个很深刻的印象。"②

可惜王以仁华年早逝,生前只留下了一本小说集《孤雁》,共收《落魄》《流浪》《还乡》《沉湎》《殂落》等6篇小说。它们各自独立而又相互联系,一律采用书信体形式,通过主人公"我"直抒胸臆,直率地表现了自己病态的心理活动,作者把主人公备尝困苦的艰辛生活经历,和他偷看女人、玩狎妓女的痛苦、自戕的心灵一起展示在读者面前,字里行间透露出一种"郁达夫式"的愤怒和感伤。他死后,他的友人整理出版了他的遗著残稿《幻灭》,亦以自叙传笔法为主,工于抒情描写和表现人物心理活动,风格和《孤雁》相近。

和王以仁差不多短命的作家白采(1894—1926)和这个群体有缘分。他的《被摈弃者》采用第一人称笔法,给人印象很深。作品描写了一个被摈弃的妇女在社会上遭受侮辱和摧残的命运以及在她心灵上留下的难以痊合的创伤。她原是一个纯真而痴情的女子,但被情人离弃后,做了私生子的母亲,开始受到各种各样的歧视、侮辱和虐待。面对这些驱迫、蹂躏和构陷,她悲愤无比,只能在内心中发出痛苦的责问:"这世上到底用什么道理来统治的?他们怎样有权侮辱人并有权侮辱我纯洁无垢的小生命!"③她诅骂社会,诅骂抛弃她的恶徒,也诅咒自己,最后在不堪凌辱的情况下,用自己纤细软弱的手断送了自己的孩子,开始写绝命书。整个作品写得悲愤凄惨,哀情动人。

把倪贻德看作是"沉沦文学"派中人,也许合情合理。郑伯奇在

---

① 王以仁:《我的供状——致不识面的友人的一封信》,《文学周报》1926年。
② 同上。
③ 白采:《被摈弃者》,朱益才编《当代创作小说选》,经纬书局,1937年,第986页。

《〈中国新文学大系·小说三集〉导言》中就说，"倪贻德有点象郁达夫"，他的"作品富于感伤情调"。他几乎对生活有和郁达夫相类似的感受，自称是"一个世上的弱者"，像"藏在败叶之中待毙的秋蝉"。他早期代表作为《玄武湖之秋》，收有 10 篇小说，多以表现作者主观心理见长，而小说中的自我形象又有一种"零余者"的景况，若以作者自称而言，属于"一个一无可取的世界上所无用的人"。① 作者在谈到作品《玄武湖之秋——一个画家的日记》时曾说："那篇小说，是写我正当年青时候，同了三个美貌的女学生，在那玄武湖上，如何相亲相爱，后来分别之后，又如何思慕她们的一段想象。这样放浪的情节，这样大胆的描写，在这礼教观念极深、文艺知识极浅的中国社会里，原是应该把它及早焚烧了毁灭了好。"② 作品凄楚动人的情调常常来自主人公的哀情悲叹，"唉唉，境遇的困苦，生世的孤零，社会的仇视，便把我这美好的青年时代，完全沦落在愁云惨雾的里面而不能自振，我每在清夜梦醒的时候，想到这种情形，常禁不住要哭的。"

上面所谈的几个作家大都比较明显地体现了郁达夫创作的影响。应该说，作为一种时代的文学潮汐和美学趣味，"沉沦文学"创作远远不止这些，许多文学青年的创作都直接或间接受到郁达夫的影响，加入和接近过这一文学流派。

"沉沦文学"在小说创作中异军突起，是新文学史上别具一格的文学流派，曾蜚声文坛，影响很大。除去其他方面的原因之外，"沉沦文学"在艺术上具有自己明显美学特色也是重要的一环。

首先，从表现生活的侧重点来说，"沉沦文学"的作家大多很重视人物的主观真实和心理真实。郁达夫在《文学概论》中曾指出："通俗小说，大抵是以俯伏在环境底下，描写社会上浅薄的情节者居多，文艺小说，大抵是以不顾环境，描写那些潜藏在人心深处的人类的恒久的倾向性为主。艺术的表现，艺术的创造的真意，当然是在后者而不在前者。"倪贻德认

---

① 倪贻德：《致读者诸君》，倪贻德《玄武湖之秋》，泰东图书局，1924 年，第 2 页。
② 倪贻德：《秦淮暮雨》，倪贻德《玄武湖之秋》，泰东图书局，1924 年，第 18 页。

为，近代艺术的意义主要是"自我的内心的表现"，① 要去"求心"。对此，日本小田岳夫先生曾有这样的看法："《沉沦》这类作品固然充满浪漫气息，但归根结蒂，毫无疑问是现实主义的。……《沉沦》的内容大部分都是以达夫的自身经验为基础，所以真实感很强。就真实感而论，可以说达夫的作品比文学研究会一派更是写实的。"② 这从另外一个角度说明了沉沦文学的独特品质，它在某些方面已经超越了传统浪漫主义艺术的界定。

既然"沉沦文学"作家都重视表现人物的心理真实，且都喜欢用"自叙体"来写小说，那么他们的作品带着浓厚主观色彩是不难理解的。在他们的小说中，不论写景还是叙事，处处都深深印上了作者主观情绪的印迹。这除了作者用自白方式赤裸裸地表现自己外，对于客观事实，自然环境也赋予了一种"人化"的色彩，郁达夫《还乡记》中就有明显的例子：

> 城外一带杨柳桑树上的鸣蝉，叫得可怜。它们哀吟，一声声沁入了我的心脾，我如同海上的浮尸，把我的情感，全部付托了蝉声，尽做梦似的站在丛残的城堞上，看那西北的浮云和暮天的急情，一种谈淡的悲哀，把我的全身溶化了……③

用"情景交融"来形容这种景物描写是完全适当的。这鸣蝉的"可怜"正是主人公心情"可怜"的写照。在他们的作品中，环境常常也是被主观化了的环境，请看王以仁《流浪》中的片段：

> 当我走进环湖旅馆去问房间的时候，旅馆中的帐房茶房和住房都很吃惊的注视着我，我不禁红起脸来。啊，象我这样落魄的情形原不

---

① 倪贻德：《近代艺术的趋向》，《艺术漫谈》，光华书局，1928年。
② 小田岳夫、稻叶昭二：《郁达夫传记两种》，李平、阎振宇译，浙江文艺出版社，1984年，第38页。
③ 郁达夫：《还乡记》，郁达夫《郁达夫散文集》，北新书局，1947年，第74页。

该到这样大的旅馆中去讨个没趣。①

　　这里强调的是一种主观心理感受，而正因为主人公感到自己"落魄"，才对别人注视他格外敏感。作品中这种主观色彩把作者的心灵和生活更紧密地结合起来。

　　"沉沦文学"创作中的这种主观色彩主要是通过抒情笔调表现出来的。这也是"沉沦文学"作家们用来完成对人物心理刻画的主要艺术方式。他们喜欢用第一人称方式，借主人公长篇抒情自白来披露人物的内心世界，完成人物性格发展历史的重要环节。抒情，不仅是主人公心理活动的主要线索，而且也构成了作品内容的骨架，不仅在大量用第一人称写的作品中是如此，用第三人称写的作品也是如此。这种抒情自白的力量是强烈的，有时直接表达了人物内心深处的声音，比一般的心理描写更能打动人。请听白采《被摈弃者》中主人公的自白：

　　　　……唉，有谁看出放荡的处女的悲哀，她们失望的凄楚，是要比孤孀还难受呢？但是我又何曾放荡过，礼教两字在我也还有势力支配我的行为，我现在还能守一，我的志趣还能比什么人都高尚些，为什么我便不能享受人生有的正当的娱乐呢？②

　　这种独白缩短了作品世界和读者的距离，读者比较容易进入小说的世界，和主人公的思想感情汇为一体，在心灵上获得某种认同感。

　　这种抒情性无疑强烈地冲击了传统小说的艺术结构，尤其是冲击了小说故事情节完整性的观念。小说内容的主体形式已悄悄发生变化，不再以表现一个具体的故事，设计曲折的情节为目的，而是把表现自我和人物内心世界推到了重要位置。对此，一些拘于小说传统观念的人曾感到不满。

---

① 王以仁：《流浪》，朱益才编《当代创作小说选》，经纬书局，1937年，第940页。
② 白采：《被摈弃者》，朱益才编《当代创作小说选》，经纬书局，1937年，第989页。

梁实秋就有这样的看法："在现今中国文学里，抒情的小说比较讲故事的小说要多多了。……现今中国小说，什九就没有故事可说，里面没有布局，也没有人物描写，只是一些零碎的感想和印象。散文往往是很美丽的，但你很想说他是小说。这一类的印象小说最常用的体裁，便是'书翰体'和'日记体'。书翰和日记是随时随事的段落的记述，既可随意抒发心里的感慨，复可不必要紧凑的结构，所以浪漫主义者把这体裁当作几乎唯一的工具。"①

梁实秋这番话明显是从一种传统古典式的小说观念——"小说本来的任务是叙述一个故事"——出发的。就这一点来说，"沉沦文学"的小说家确实"很少人能维持小说的本务"，甚至很少讲究小说技巧和形式，只是为了表达自己的生活感受——这一点在无形中开拓着小说创作的道路。实际上，小说情节的"淡化"，是整个二十世纪小说艺术更新的一个重要标志，绝不限于浪漫主义文学。为了更为整体性地表现对人类生活的思考和深刻感受，很多作家不再愿意仅仅做一个编织故事的人，而想突破这层坚固的栅栏，更自由地表达自己，印象主义文学、象征主义、意识流小说创作，都带着这种突破的意向。在鲁迅小说创作中，蕴含着一种对故事自我完满系统的破坏力，他并不甘心追随具体生活故事的线索亦步亦趋，把表达一个完整故事作为自己美学追求的方向。在创作中，鲁迅并没有为喜欢欣赏故事的读者预备可口的艺术美餐，像传统小说那样尽可能把故事发生的地点、条件、开头、结局都告诉读者。

同鲁迅小说相比，"沉沦小说"的作品显得更为随意得多，也更容易为读者所接受。但是在思想内容上，却很少能够达到鲁迅小说的高度。这并非由于他们的作品没有章法，没有以表现完整的故事为本务，而在于他们中大多数作家，满足于在作品中表现自己的感情活动，缺乏对历史和自我的反思和反省，有时，他们甚至过多地强调了情感的态势，制造一些虚幻泡沫，并不由自主地陷入虚拟的悲叹中自我欣赏。感情过多地溢于表

---

① 梁实秋：《现代中国文学之浪漫的趋势》，梁实秋《浪漫的与古典的》，新月书店，1928年，第20、26页。

面，反而显得浅薄；多病过于自怜自我渲染，反而难见其深度。

在"沉沦文学"创作中，抒情笔调中最引人注目的是感伤色彩。"沉沦文学"小说中的自我形象都有点时代"零余者"味道，他们的灵魂被光明照耀过，开始走出过去的旧世界。但是他们失去了旧的人生目标，又没有新的目标；他们有美好的理想和聪明才智，但不知寄托何处，在整个社会黑暗势力包围中体验着一种理想的沉沦，包括一种旧的人生价值的沦落，自觉不自觉地染上了一种病态心理和感伤情绪。闷苦、忧悒、颓唐、绝望、孤独，从他们抒情的笔端下涓涓流出，组成一曲曲痛苦的咏叹调，回荡在作品中以供人体味。例如《沉沦》中主人公在大自然中一段独白，就明显糅合着一种伤感的意味：

> 这里就是你的避难所。世间的一般庸人都在那里妒忌你，轻笑你，愚弄你，只有这大自然，这终古带新的苍空皎日，这晚夏的微风，这初秋的清风，还是你的朋友，还是你的慈母，还是你的情人，你也不必再到世上去与那些轻薄的男女共处去，你就在这大自然的怀里，这纯朴的乡间终老了罢。①

这种借景抒情，这种自我安慰，是一种诗化了的伤情感叹，优美而动人。这种感伤并不是当时人人都赞同的，茅盾在一次演讲中就指出："我又觉得现在文坛上太多感伤的作品，这是可虑的事，一般青年的作品小说，多含着绝望的悲伤。譬如：描写入一公园，看见了一棵树，一只鸟，一条堤，自己登在一间小小的书室中，便说是大自然欺负我了。再譬如得一女友的温辞便引为满适；过后又去访她，相见时很是平常，于是立自悲哀起来，或者甚至要自杀；这一类人，可称之为Sentimentalist伤感主义者。中国现在正是伤感的时代，社会上可伤感的事情随时都有，接触太多已成了时代的彩色，所以不足为奇了。青年中伤感主义之毒的，往往有神经过

---

① 郁达夫：《沉沦》，郁达夫《郁达夫小说集》，浙江人民出版社，1982年，第17页。

敏之症，忽而乐观起来，就象天堂即在目前，忽而悲观起来，又象立刻会自杀。青年的心理如此一半是时代背景所造成，一半也是伤感的文学作品所酿成的，而伤感的心理，便能造出伤感的文学，因果相循，纯粹的文学原主就要受损了；而且伤感的文学在艺术上是没有地位的！如果我们永久落在伤感主义的圈子里面，那么，新文学的前途真可深虑呢！"①

这种看法有点"过虑"，在中国，新文学作品很少有"太多了"的时候，《沉沦》不过印了几万本，对于中国来说只少不多，况且就当时中国来说，能有伤感已实属一小部分进步青年学生的情绪，更多的人处于伤而不感的状况，才算可悲。"沉沦文学"中的感伤色彩表达了多种多样的意义，其中包括不甘沉沦又无力挣扎的心声，其中包含了对未来的憧憬，理想的幻灭，还有现实的危机；有对祖国命运的担忧，也有对自身命运的悲叹；有对旧生活中种种不合理现象的反抗，也有对社会中出现的新的人生危机的抗拒；它显示了社会的许多弊端，同时也暴露人类自身的许多弱点。这一切都来自那个时代和一群独特的人奇妙的结合。在纷繁的文化形态中，"沉沦文学"作家找到了自己的位置和自己的声调，演奏了中国现代文学史上一场成功的音乐会。

在这场音乐会中，时代生活也许正在构成中国现代文学多种多样的流向。而这种流向常常在一种交叉之中开拓着愈来愈广的领域。

---

① 沈雁冰：《什么是文学》，张若英编《中国新文学运动史资料》，光明书局，1934年，第315页。

第七章

不同流派之间的交融和"弥洒社" "浅草社"的回声

从以上所谈可以看到，现代中国文学流派是以连环辐射方式展开的，这和现代中国文学独特的历史语境有关，它从旧文学中脱胎而出，而且经历了一番搏斗，共同的生命感造就了一支新军。但是在这支新军中蕴藏着多种多样的意向，一旦来到一个广阔原野，立即开始了新的组合。在这个过程中，文学获得一次多种选择的机会，世界文学中各种思潮云集到中国，中国的每一个作家都在接受着各种文化思想的侵扰和影响，而这种侵扰和影响不是单一的，而是互相交叉的，形成了无数个文学发展中的"十字交叉"点，每一个文学流派甚至每一个作家都在这种十字交叉中塑造个性，进行自我选择；同时本身和其他流派及作家同样又构成了十字交叉，并且在这种十字交叉中互相影响，互相浸透，接受社会的选择。我们所说的多种选择就是建立在这种文学的十字交叉上的一个多层次的概念。

在这样的十字交叉中，各种不同流派都在变异。就拿"文学研究会"和"创造社"来说吧，它们之间的相互对立与论争很容易给人造成一种单一倾向的印象，认为"人生派"是讲究文学的社会功利，专注文学创作的内容和思想；而艺术派是讲艺术至上的，并不关心社会生活，这就很容易造成简单化的理解。郑伯奇在《〈中国新文学大系·小说三集〉导言》中

就提醒人们注意:

> 创造社的倾向,从来是被看作和文学研究会所代表的人生派相对立的艺术派。这样的分别是含混的,因为人生派和艺术派这两个名称的含义就不很明确。若说创造社是艺术至上主义者的一群那更显得是不对。固然郁达夫在他的《文艺私见》中曾有过"文艺是天才的创造物,不可以规矩来测量的"这样的语句。郭沫若成仿吾诸人也常用"艺术之神"这样的字眼,其实这不过是平常的说话,并不足以决定他们是自称天才,或者自诩为"艺术之神"的宠儿。真正的艺术至上主义者是忘却了一切时代的社会的关心而笼居在"象牙之塔"里面,从事艺术生活的人们。创造社的作家,谁都没有这样的倾向。郭沫若的诗,郁达夫的小说,成仿吾的批评,以及其他诸人的作品都显示出他们对于时代和社会的热烈的关心。所谓"象牙之塔"一点没有给他们准备着。他们依然是在社会的桎梏之下呻吟着的"时代儿"。①

其实,创造社一派从一开始就没有忘记对时代和社会的关心,他们讲"为艺术而艺术"只是为了对抗传统的旧观念。创造社的理论家一面在宣传"全"和"美"的艺术,大讲要除去一切功利打算,但是在另一方面在强调:"现代的生活,它的样式,它的内容,我们要以严肃的态度,加以紧密的观察与公正的批评,对于它的不公正的组织与因素的罪恶,我们要加以严厉的声讨。"② 郭沫若有一篇文章,题目就叫作《文艺之社会的使命》,专门讲文学的功用,虽然郭沫若强调讲文艺对人类生活和精神的美化,但最末还是要说:"至于艺术家的本身,我们也希望他要觉悟到这种艺术的伟大的使命。我们并不是希望一切的艺术家都成为宣传的艺术,我们是希望他把自己的生活扩大起来,对于社会的真实的要求,要加以充分

---

① 郑伯奇:《〈中国新文学大系·小说三集〉导言》,上海良友图书印刷公司,1935年,第8—9页。
② 成仿吾:《新文学之使命》,《创造周报》1922年第2号。

的体验，要产生一种救国救民的自觉。"① 成仿吾的《艺术之社会的意义》也是大谈要"恢复我们的社会意识"的。由此，不论从创作还是从理论上看，新文学中的"艺术派"，并非不讲文学的社会功利性。

"文学研究会"同样如此。茅盾一向强调文学创作的社会意义，为此就曾为翻译问题和郭沫若发生龃龉，但是他也并非完全忽视艺术形式和技巧，他曾说："文学作品虽然不同纯艺术品，然而艺术的要素一定是很具备的。介绍时一定不能只顾着这作品内所含的思想而把艺术的要素不顾，这是当然的。"② 在发起和筹备文学研究会中起到重要作用的郑振铎，也曾这样说过："我们分别那好的文艺的作品，与那够不上称为文艺的作品，不能用理智的道德的标准，只要看他们的情绪是否真挚、恳切，他的表现的技术是否精密、美丽。任他是'恶之花'也好，'善之花'也好，任他歌颂上帝也好，歌颂萨坦也好，任他是抒写人生的欢愉与胜利，或抒写世间的绝望与残虐，只要他们表现的情绪是真挚的、恳切的，他的表现的技术是精密的、美丽的，那末他便是一篇好的文艺作品了。"③ 郑振铎在《小说月报》第 15 卷第 6 号上甚至发表了这样的言论：

> 我们所见的中国的小说，戏剧与诗歌，大多数都不过是些记账式的叙述，干枯的对话，无聊的情绪的叙写，离开"艺术"二字真是远之又远。仅有极少数的作家能注意于他们作品的结构的简练，叙述的劲洁，与描写的美丽与真切。
>
> 亲爱的作家，请不要太轻视了"艺术"二字！④

显然，尽管"人生派"和"艺术派"长期论争，各自都在强化自己的

---

① 郭沫若：《文艺之社会的使命》，饶鸿竟等编《创造社资料》，福建人民出版社，1985 年，第 105 页。
② 茅盾：《新文学研究的责任与努力》，赵家璧编《中国新文学大系》（第 2 集），上海良友图书公司，1935 年，第 147 页。
③ 郑振铎：《卷头语》，《小说月报》1924 年第 15 卷第 2 号。
④ 郑振铎：《卷头语》，《小说月报》1924 年第 15 卷第 6 号。署名西谛。

艺术主张，但是这种论争又存在着一种互相靠拢的运动，它们都在对方身上看到了自己所长，也看到了自己所短，并且为了不让自己被对方击倒，不断地弥补自己的短处。这实际上是一种潜在着的互相影响和渗透。对于双方的艺术创作都起到一种积极促进作用。随着时间的推移，这种互相靠拢的迹象越来越明朗。他们中的很多人最后共同踏上了"革命文学"创作道路，就表现了一种文学上的异途同归现象。

至于鲁迅，也曾卷入这种派别之间的论争，他除了把创造社中人冯沅君的《卷葹》编入《乌合丛书》之外，还留下了文学史上的一段名言，"我有一件事要感谢创造社的，是他们'挤'我看了几种科学文艺论，明白了先前的文学史说了一大堆，还是纠缠不清的疑问。并且因此译了一本普列汉诺夫的《艺术论》，以纠正我——还因我而及于别人——的只信进化论的偏颇。"[1]

文学流派发展中这种十字交叉更明显地表现在创作方面。郁达夫的《沉沦》发表之后受到很多人非难，第一个站出来替他讲话的竟是文学研究会中的周作人，他针对有人认为《沉沦》是"不道德的小说"论调，认为"《沉沦》是一件艺术的作品"，[2] 是"受戒者的文学"。[3] 郁达夫因此称他为"对我的幼稚的作品表示好意的中国第一个批评家"。[4] 而郁达夫第一个"直接的传代者"王以仁则是文学研究会的成员。

就文学研究会来说，大多是比较注重写实的，但也在不断吸取着其他流派的优点，不断开辟新的艺术道路，这方面最明显表现在，从描写生活的外在真实，开始逐渐地注意表现生活的内在真实，注意描写人的感情心理活动。例如较早描写农民生活的作家王思玷的创作就很明显。茅盾在《〈中国新文学大系·小说一集〉导言》中曾因其"对于他所表现的'人

---

① 鲁迅：《〈三闲集〉序言》，鲁迅《鲁迅全集》（第四卷），人民文学出版社，1973年，第19页。
② 周作人：《自己的园地·〈沉沦〉》，《晨报副刊》1922年3月26日。
③ 同上。
④ 见1928年出版的《达夫代表作》扉页题辞："此书是献给周作人先生的，因为他是对我的幼稚的作品表示好意的中国第一个批评家。"

生'取了冷观的态度"而表示欣赏，把他三篇作品收入集内，并作了很长一段评价：

> 本书选了《偏枯》等三篇，是打算在他那极少数的作品中选出了能够表示他的全面的东西。三篇之中，《偏枯》在技巧上最为完美。他用了很细腻的手法描写了一对贫农夫妇在卖儿卖女那一瞬间的悲痛的心理。他的文字也许稍嫌生涩些，然而并不艰晦；他那错综地将故事展开的手法，在当时也是难得的。他描写了站在"母性爱"与"饿死"的交点下进退两难的可怜女人的心情。他又描写了那几个不知道大祸已在门边的小儿女的天真。他又描写了那大一点的阿大对于未来的命运的敏感。他又描写了那个丈夫（患着偏枯症的）是比较"理知些"，咬着牙关下的决心。他又描写了中间人的张奶奶（没儿没女的老婆子）滴着同情，而且也是母性爱流露的眼泪。
>
> 这是三千字左右的短篇，然而登场人物有六个，而这六个人物没有一个不是活生生——连那还在吃奶的三儿也是个要角，不是随手抓来的点缀品。而在六个登场人物以外还有一个不登场的人物，买了那阿大去的和尚，都也是时时要从纸背跃出来似的。①

后来，正如茅盾所言，"他终于抛弃了最初的纯客观的态度"，开始注重于人物的心理分析，他的《几封用 S 署名的信》就主要披露一个下级军官的心理活动，虽然对此茅盾并不十分赞赏，但也承认："至少那下级的军官心理的分析是成功的。"②

其实，文学研究会中很多作家都逐渐对人物心理描写产生了兴趣。这里举出的褚东效的《初别》，就突出表现了这方面的特色。作品中很多地方都用了心理陈述的方法表现主人公浮清和她丈夫离别的心情，我们不妨

---

① 茅盾：《〈中国新文学大系·小说一集〉导言》，上海文艺出版社，1935 年，第 15—16 页。

② 同上，第 16 页。

抄下一段:

> 由船联想到水,由水联想到鱼,她脑海里底思潮又慢慢地变换了:"未曾结婚的时候,我好象是一尾小鱼,每时沉浮游泳于母亲底仁慈而温和的爱海里,不识忧,不识愁,自由自在,多么的快活!现在却不对了。我底心理状态,不知道为什么和以前大不相同了。不论作事,不论休息,心里常常觉得有一个他,有时夜深了,他还没有回家,我那怕渴睡的身体象钟摆一般,也要等着他,不肯先睡。有时母亲给我些爱吃的果子,假使他不在旁边,我总不肯先尝,要等他来同吃。因此我时常祈祷上帝,我没有别的请求,只希望我们俩能够一辈子同在一处,不相分离。谁知这样简单的请求,也不蒙上帝允许,竟忍心让金钱万能的恶魔,在暗中使弄鬼计,硬将我们俩生生地拆开。"她一想到金钱万能的恶魔,眼睛里就出现种种幻景:房东、米店老板、柴店老板,……乱哄哄地挤满了一院子。各用凶狠的面目,粗暴的语言,迫着她丈夫要钱,她丈夫卑辞屈节的向他们恳求了许多时候,丝毫也不能感动他们冷而且硬的铁石心肠……

如果说褚东效的笔还停留在远距离陈述范围内的话,那么伧工的《海的渴慕者》则用更贴近于人物心灵的方式来进行自我陈述。用一种跳跃性的描述展现了一个"疯子"的心理现实,其中隐含着一种象征的意味,颇有点鲁迅《狂人日记》色彩,且幻影纷纭、现实与幻觉交相出现,形成多种意象的组合。

说到象征,我还想举出刘纲的《安乐村》。这篇作品从表面上来看,是描写一个村庄人们的生活,起先,他们在安安乐乐地过日子,后来村里来了只老虎抢肉吃,就有人出来做了老虎的军师,于是和村人订了条约,天天轮班儿送猪羊给老虎享受,以保村人平安。后来一只老虎变成了四只,它们经过一阵厮打后实行利益均沾,还是由村民供给吃的,当然,村民也愤怒过,想打死这些老虎,但终于被老虎军师们陈说利害而作罢。从深一层意义上来说，这并非一般写实，包含着对中国社会的隐喻，是一篇寓言性的小说作品。这表明，就写实来说，也开始悄悄地承担起新的美学任务——不是为了表达一个生活故事，而力图表现出对生活的整体认识。从刘纲的《安乐村》着眼，我们会看到后来老舍的《猫城记》等作品，其表现了小说艺术演变的另一种方式。

同样复杂的情景，也表现在创造社的文学创作之中。在这个倡扬浪漫主义的流派中，能举出很多写实的作家和作品。在这方面，郑伯奇在介绍创造社诸作家小说创作时，就提到过好几个作家的名字，比如张资平、方光焘、滕固、曹石清等，当然我们还可以举出一些，例如把郑伯奇本人的作品《最后一课》归入现实主义一类也更为合适；郭沫若四十年代写的小说《月光下》也应算是现实主义作品了。

综上所述，无论在文学主张，还是在艺术创作方面，各个流派之间的竞争中也有互相融和的现象，常常你中有我，我中有你。而且，在这种流派的竞争和融和中，各种不同的文学因素又在不断碰撞，有新的生长和发展，也有旧的灭亡和削弱，它们不知不觉地使某个流派走向分化和瓦解，又在不知不觉之间造就着新的文学流派，尤其在"五四"新文学革命运动之后，新文学进入一种多种选择的势态之中。每个流派和作家也在多种选择中造就自己，表现自己，情况就更为复杂。

在这种情况下，最为复杂的是各种不同的文学思潮、创作方法相互交合折叠的现象，对一个作家会造成不同的歧义分析。郁达夫就是一例。有人把他看作是一个写实作家，也许并不能令人信服，但是反映了对写实的另外一层理解，即从揭示人物心理真实方面，郁达夫的自我暴露成为最直接的主观真实。其实，在文学理论中，人们创造了许多概念，例如浪漫主义、现实主义、印象主义、象征主义等，都是对具体文学现象所进行的归类概念。而当人们已经脱离原先的具体现象，再把它运用到其他文学现象，并作为一种归类标准时，难免会出现主观与客观生活的偏差；而概念不由自主的膨胀，又会妨碍我们整体性地把握文学现象。因此，尽管需要在必要情况下用某一种既定的文学概念来概括和说明某种文学现象，但是更重要的是一种动态分析，把对象放在一种发展着的多种选择的情景之中，从历史过程中指出新旧因素的交替及趋向。

例如，创造社中田汉的作品就糅杂着多种多样的艺术因素，他早期写的话剧，例如《梵峨璘与蔷薇》《灵光》《获虎之夜》《苏州夜话》，有浪漫主义情调，也有写实因素，同时表现出一种神秘主义色彩，构成一幕幕独特的人间戏剧。这种情景也表现在他的诗歌创作中，和郭沫若在格式、手法、技巧方面都有不同。试举他1919年《梅雨》中一段，这一段就很有意思：

> 拿起笔来，安排把感想写了出来，
>
> 都把牙齿轻轻咬着指尖儿，
>
> 心中默默的整日无语。
>
> 我是一个什么人——什么性质的人？
>
> 据他人评我：
>
> 说我"只读得书"，说我"弱点极多"，"习气很重"，
>
> 说我"多才多艺"，说我"毋他毋我"，
>
> 说我"有特性"，说我"落落难合"，
>
> 说我"有虚荣心"，说我"道心薄弱"，说我"不懂世事"，
>
> 说我"多情多虑"，说我"志大才疏"，
>
> 说我"思路有，思力薄"，说我"粗疏懒"，
>
> 说我"有始无终"，说我"性情豪迈"，
>
> 说我"多南国哀思"，说我"思想高尚"，
>
> 说我若不改良"无一寸用"，说我"人也可交，胸无城府"。[①]

这种自我表现的方式很特别，他在表现自己，但又是通过他人表现自己，要紧的是每句之中有"我"，但每句之中又有"我"之"非我"，要

---

① 田汉：《梅雨》，田汉《田汉文集》（第十二卷），中国戏剧出版社，1984年，第2页。

表现的"我"和表现者的"我"纠缠在一起。我们很难把这个"我"归结于哪一类，也很难把这首诗简单地归结于哪个派。

在新文学流派发展中，早期很难简单归于"人生派"或者"艺术派"的还有"弥洒社"和"浅草社""沉钟社"等文学团体和流派。

弥洒社，于1923年3月成立，鲁迅曾评介说："但上海却还有着为人生的文学的一群，不过也崛起了为文学的文学的一群。这里应该提起的，是弥洒社。它在1923年3月出版的《弥洒》（Musai）上，由胡山源作的《宣言》（《弥洒临凡曲》）告诉我们说——我们乃是艺术之神；我们不知何自而生，也不知为何而生……我们一切作为只知顺着我们的Inspiration！"①

也许出于对文坛论争的厌烦，"弥洒"一群对所谓艺术观、批评、讨论之类不感兴趣，不愿受社会各种情势的干扰，而专注于文学创作。为此鲁迅把他们归入了"为艺术而艺术"一派。但就其浪漫情调来说远不及创造社诸人，反而显示出了几份腼腆和恬静的样子，又远远没有"现代评论""新月"诸人冷静理性，只能算是春日里的微风，秋季里的斜阳之类的格调。

"弥洒"一群大多属于当时名不见经传的青年，以小说创作为主，主要有胡山源、唐鸣时、钱江春、赵景深、方企留、曹贵新、方时旭等人。其中以胡山源的创作最为引人注意。他载于《弥洒》第一期上的《睡》，被鲁迅称为"实践宣言，笼罩全群的佳作"。这篇小说以"我"在大自然怀抱中安然入睡的情景，创造了一种脱俗的艺术氛围，反映了作者所追求的超然自得的美学理想。后来胡山源还根据自己的爱情婚姻经历写了长篇小说《三年》，收入《弥洒社创作集》。对这一群作家的创作，鲁迅曾有精到的评价："一切作品，诚然大抵很致力于优美，要舞得'翩跹回翔'，唱得'宛转抑扬'，然而所感觉的范围却颇为狭窄，不免咀嚼着身边的小小

---

① 鲁迅：《且介亭杂文二集·〈中国新文学大系·小说二集〉序》，鲁迅《鲁迅全集》（第六卷），人民文学出版社，1973年，第245—246页。

的悲欢，而且就看这小悲欢为全世界。"①

"弥洒"持续的时间不长。《弥洒》月刊仅存六个月便停刊了。之后，钱江春在商务找到一个机会出版弥洒社丛书，出版《弥洒社创作集》一、二集，及剧本《风尘三侠》。不久，主编钱江春去世，无人继任，该项丛书也告停止。他们"为文学"的特色——起码从《睡》中可以看出一个远不同于创造社的"为艺术"，其中并没有那么高昂的气势，为社会的热情，而只是表现了一种艺术化了的人生境界。

比"弥洒社"有声势，也更有影响的是"浅草社""沉钟社"作家群。鲁迅对这一派作家很有好感，在《〈中国新文学大系·小说二集〉序》中介绍说："一九二四年中发祥于上海的浅草社，其实也是'为艺术而艺术'的作家团体，但他们的季刊，每一期都显示着努力：向外，在摄取异域的营养，向内，在挖掘自己的魂灵，要发见心里的眼睛和喉舌，来凝视这世界，将真和美歌唱给寂寞的人们。韩君格、孔襄我、胡絮若、高世华、林如稷、徐丹歌、顾琭、莎子、亚士、陈翔鹤、陈炜谟、竹影女士，就是小说方面的工作者，连后来是中国最为杰出的抒情诗人冯至，也曾发表他幽婉的名篇。次年，中枢移入北京，社员好像走散了一些，《浅草》季刊改为篇页较少的《沉钟》周刊了，但锐气并不稍衰，第一期的眉端就引着吉辛（G. Gissing）的坚决的句子——'而且我要你们一齐都证实——我要工作啊，一直到我死之一日。'"②

在艺术风格上，这一群作家并不一致，他们似乎一开始就吸收着各种流派和创作方法的营养，以期望能够使自己的生命更充实，更持久。例如，陈炜谟的小说创作不拘于一格，有时不免处于写实与主观抒情之间。高世华的《沉自己的船》被鲁迅收入《中国新文学大系·小说二集》，表现了作者驾驭故事发展，能在"绝处求生"的能力，尤其是小说结尾部分写得惊险动人，激昂慷慨。林如稷、冯至等人的小说创作，倾向于表现人

---

① 鲁迅：《且介亭杂文二集·〈中国新文学大系·小说二集〉序》，鲁迅《鲁迅全集》（第六卷），人民文学出版社，1973 年，第 247 页。
② 同上，第 247—248 页。

的主观情绪，如鲁迅所言，往往"唱着饱经忧患的不欲明言的断肠之曲"。①

　　但是，"浅草"－"沉钟"依然独树一帜。这在于他们坚持"真诚的忠于艺术"的主张；尽管没有"浪漫派"那种创造一切的奢望，但能专重于踏踏实实的文学创作——正如杨晦后来所说的"我行我素，老老实实作点自己所愿意作的事情"。② 林如稷于《浅草季刊》1 卷 1 期"编辑缀话"中说：

　　　　其实，在中国这样幼稚……的文坛里，也只能希望文学上的各种主义，象雨后春笋的萌茁，统一的痴梦，我们不敢做而不愿做的！
　　　　我们以为只有真诚的忠于艺术者，能够了解真的文艺作品，所以我们只愿相爱，相砥砺！③

　　从这种言谈中可以看出，"浅草""沉钟"作家在艺术选择上显得更为宽大为怀，没有什么自我门户之见。从文学史上来看，这一群作家能够把人生和艺术更贴近地结合在一起，而不是把某一方面推向极端。

　　这种情景和他们的文学处境有关。这两个社都是在"五四"新文学运动之后产生的，不像文学研究会和创造社还面临旧文学势力的反抗，承受各种各样的外在的压力。在一定程度上，文学研究会和创造社不得不担负起扫除旧文学残余的历史任务。就此来说，不论鼓吹"人生"也好，宣扬"自我"也好，都带着一种反抗外在社会的性质，属于有的放矢。这一点也决定了他们的文学活动和他们自己真实的内心需求有一定距离，他们必须趋同于更一致的主张，把自己的文学创作和整个社会某种需求联系在一起。在文学社会化过程中，他们的文学追求往往要受到整个文化形态和社

---

① 鲁迅：《且介亭杂文二集·〈中国新文学大系·小说二集〉序》，鲁迅《鲁迅全集》（第六卷），人民文学出版社，1973 年，第 248 页。
② 参见《沉钟》半月刊 1932 年第 14 期"附注"。
③ 林如稷：《编辑缀话》，《浅草》1923 年第 1 卷第 1 期。

会生活更多的制约。在这方面"浅草"－"沉钟"一群幸运得多，可以说，他们是在新文学运动这一巨大屏风后面创作的，封闭的大门已被打开，清除旧文学势力的任务已基本完成，他们无须再承担太大的社会压力，支付一部分精力去抗击外在的压迫，因此能够更自由地选择，使文学活动更贴近于自己的生活。他们在创作中并不回避人生，但是并不显出太明显的破坏或者建设的欲望；他们追求艺术，但并不把它作为宣泄自己一切人生欲望的通道。因此，他们不用夸大自我去反抗社会，也不用渲染生活来证明自己，只是按照自己的美学旨趣去选择，去创作。

因此，在"浅草"－"沉钟"一群创作中，情调旨趣并不完全相同，但更贴近于文学本身，注意艺术表达方面的自我风格。例如林如稷的短篇小说《将过去》，描写一个苦闷知识青年走投无路的情状，他靠不断往返于上海与北京之间来排遣自己，最终还是一无所得，反而感到社会对他欲望的追逐和压迫。后来他想学鸵鸟的样子，当人们把它追逐得太厉害的时候，把自己的头埋在土穴里而不顾其他。于是他逃到一个古旧的寺庙里去住，但是欲望还是追上了他。作品最后写道："尽徘徊在那三面通达的歧路上的苦海，忽然被骤寒把他快冻倒在路上了。"[1] 在这篇作品中，交织着主人公和社会的搏斗，这一切都自然融到了主人公性意识的觉醒与苦闷之中。他青春的活力无可抑制，又无处宣泄；他惧怕自己体内喷发出的越来越大的力量，又无法消灭和阻止这喷发而出的越来越强烈的欲望。作者创造了一种艺术氛围，裹挟着自己，也裹挟着主人公，揭示出了人物灵魂的一部分。比起一些浪漫抒情性的小说，《将过去》浮在表面的泡沫式的情感骚动少了，而隐藏在人物活动中内在的冲动多了，作品更有充实的内容。和《将过去》在内容上大不相同的是高世华的《沉自己的船》。这篇小说的突出特点是，以生动的笔触描叙了一幕人生悲剧。从表面很难找出作者概括人生的某种意识。作者好像站得很远，让这幕戏剧自行演出，尽情演出，而无丝毫引导的意向。在二十年代小说创作中，像这样沉静的叙

---

① 林如稷：《林如稷选集》，四川文艺出版社，1985年，第179页。

述并不多见。这需要一种坚强的创作理性，在纷纭的故事后面进行整体的把握。

除了以上提到的几篇小说外，被鲁迅选入《新文学大系·小说二集》的还有冯至的《蝉与晚祷》《仲尼之将丧》，莎子的《白头翁的故事》，陈翔鹤的《See！……》《西风吹到了枕边》，陈炜谟的《狼筅将军》《破眼》《夜》《寨堡》，冯文炳的《浣衣母》《竹林的故事》《河上柳》等作家作品。

在小说创作中，除冯文炳另当别论外，陈翔鹤（1901—1969）比较突出。他1923年在《浅草季刊》第1卷第1期上发表短篇小说《茫然》，写一个贫困热情的知识分子无路可走的境况，表现出对人物感情世界的注意。但是，作者并没有仅仅漂浮在情感的浪花上，而是开始寻摸在这水面之下的意识礁石。小说《See！……》就表现出这一点。也许陈翔鹤接受了弗洛伊德的影响，笔下主人公用一种下意识眼光看待这个世界，他偷王家小姐一条领巾来安慰自己，天天期待和盼望着一件东西，而且不断地抑制自己的这种盼望和期待，小说由主人公的自述完成，但是这种自述不是单纯的宣泄，而是自省，它带着读者往下沉，沉到主人公的心理世界之中。如果说陈翔鹤在小说创作方面受到过王尔德和郁达夫的影响，那么他只借助了小说抒情的方法，来实现探索人物心理现实的艺术兴趣。在作者另一篇小说《西风吹到了枕边》之中，使人惊奇的不仅是作者对主人公心理活动和状态——"我"在被迫接受一个不愿接受的婚姻面前的痛苦、尴尬、哀怨和无可奈何的心理状态——的透视和把握，还有作者直面环境的能力，给人留下生动的印象。例如作品中对新房的一段描绘：

　　在屋的正中央，放有两把座椅，和一个人面形的漆桌，桌中间摆着一面大玻璃镜，两旁配上一对插着鲜花——大约是玉簪花，或晚香玉之类——的瓷瓶。屋的左角，抵着壁，是一座从地面铺起的营幕式的，蛋形的奇异的小帐棚。在帐前茶几上燃着一对紫色玻璃罩的座灯，凭着这鲜明的灯光，我更可以看出帐内所有的一切：锦被，绣枕，缎褥和细腻温软的床饰物等等。全屋子的空气显得十分的绮丽和新鲜。①

我不想在这里分析这一段描写的优美之处，只是提醒人们注意：作者在这篇以"我"为主人公的小说中，在很大程度上保留了作者自我的一部分。仅仅同郁达夫小说进行比较就可以看出，陈翔鹤和自己的主人公"我"远远拉开了距离，因此当"我"沉浸在哀愁中的时候，作者在"我"的掩护下——实际上是绕过了主人公，如数家珍地向我们展示了眼前的一切。这时候，作者写实的"我"悄悄地取代了抒情的"我"。陈翔鹤是一个探索性的作家，并在这种探索中显示出自己的个性。

在"浅草""沉钟"作家群中，艺术成就显著的还有冯至。冯至（1905—1993）也写过小说，但突出成绩表现在诗歌方面，鲁迅称他为"中国最突出的抒情诗人"。1979年，冯至在出版《冯至诗选》的"序"中曾把自己的诗创作分为三个阶段，"《昨日之歌》（1927年）和《北游及其他》（1927年）属于第一时期，《十四行集》（1942年初版，1949年再版）是第二时期；《十年诗抄》（1959年，包括1958年出版的《西郊集》）是第三时期。"冯至作为抒情诗人的才华在第一时期就突出表现了出来。

从整个新诗潮流来看，冯至的诗创作并不是"弄潮儿"之作，而是在自己小圈子里低声吟唱，抒发着自己独特的心灵感受，正如他一首诗《小船》（1923）中写的：

心湖的，

芦苇深处，

一个采菱的

小船停泊；②

---

①　陈翔鹤：《西风吹到了枕边》，陈翔鹤《不安定的灵魂》，北新书局，1927年，第39—40页。

②　冯至：《冯至诗选》（第1卷），四川文艺出版社，1985年，第8页。

正因为如此，冯至成了真正的抒情诗人，没有把诗歌中的"我"寄托于时代、社会、宇宙，扩散到生活中去，而是把这一切都凝结为一个活生生的自我，一个真实自然的自我，使诗歌内容更贴近于自己的灵魂，带着自己鲜明的个性特点。1923 年，冯至就写下了这样的诗：

> 黄昏以后了，
> 我在这深深的
> 深深的巷子里，
> 寻找我的遗失。
>
> 来了一个瞽者，
> 弹着哀怨的三弦，
> 向没有尽头的
> 暗森森的巷中走去。
>
> ——《瞽者的暗示》①

诗是感人的，因为它表达的感情中包含着一种对生命、对灵魂的探究，和诗人整个生活的追求紧紧连在一起。这里面没有感情的泡沫，没有英雄的誓词，有着诗人对人生真切的感受，真切的苦闷和迷茫。诗人在自己的诗中灌注了自己无限的情思。再如《蛇》（1926）一首：

> 我的寂寞是一条蛇，
> 静静地没有言语。
> 你万一梦到它时，
> 千万啊，不要悚惧！

---

① 冯至：《冯至诗选》（第 1 卷），四川文艺出版社，1985 年，第 14 页。

它是我忠诚的侣伴，

心里亮着热烈的乡思：

它想那茂密的草原——

你头上的，浓郁的乌丝。

它月影一般轻轻地

从你那儿轻轻走过；

它把你的梦境衔了来，

象一只绯红的花朵。①

　　正如诗人 1929 年在《〈北游及其他〉序》中写到的，"归终我更认识了我的自己，我既不是中古的勇士，也不是现代的英雄，我想望的是朋友，我需要的是感情……"② 作为一个抒情诗人，冯至的魅力很大程度上就建立在他既没有去写一个"中古的勇士"的诗，也没有去抒发一个"现代的英雄"的情怀，而是踏踏实实写出了自己是一个想念朋友，需要感情的人。艺术，正如诗人心里的感受，"生疏的神往，抵不上万分之一的亲切和熨帖"，"因为在你身上到处都有我不能磨灭的心痕脚迹"。③

　　冯至的抒情诗是中国新诗史上独特的一页，它起码表明新诗与人生开始真正地结合，开始作为一种纯粹的个性表达和个性创造立于文学之林。而只有这种真正的个性表达的需要，新诗才走向了多种选择的时代。

　　这也表现了"沉钟""浅草"作家群创作的意义。新文学的进步首先表现在个性追求充分发挥时代的到来。这意味着文学打破旧文学的束缚，同生活汇集成冲破一切的洪流，走向世界和未来；从个体上来说，这又必然是每个作家不同个性特征选择，需要不断地向艺术家自我世界回归，造就和表达自己的个性世界。我们看到，"五四"新文学运动曾造就了一种

---

①　冯至：《冯至诗选》（第 1 卷），四川文艺出版社，1985 年，第 32 页。

②　冯至：《〈北游及其他〉序》，冯至《冯至诗选》，四川人民出版社，1980 年。

③　同上。

时代气势，依靠这种气势，文学冲破了历史的束缚；但是这种时代气势在一定程度上，又意味着对作家创作的制约，与充分的个性表达产生一定的距离。消除这种距离，无疑是新文学家获得自己更广阔和自由发展天地的条件。"浅草""沉钟"作家群就代表了这种趋向，他们表面上似乎是从新文学主潮中移开，另立门户，自己去营造自己文学的小圈子，按照自己个性需求去选择文学，去表达自我，但标志着新文学开始进入一个个性的时代。鲁迅曾盛赞过这个流派的创作："……但在事实上，沉钟社却确是中国的最坚韧，最诚实，挣扎得最久的团体。它好象真要如吉辛的话，工作到死掉之一日；如'沉钟'的铸造者，死也得在水底里用自己的脚敲出洪大的钟声，然而他们并不能做到，他们是活着的，时移世易，百事俱非，他们是要歌唱的，而听者却有的睡眠，有的搞死，有的流散，眼前只剩下一片茫茫白地，于是也只好在风尘涝洞中，悲哀孤寂地放下了他们的箜篌了。"① 从这个意义来说，"浅草"不浅，"沉钟"不沉，倒是对这一流派一句恰当的评语。

"沉钟"在现代文学历史上发出了自己独特的声音，随着这个钟声，中国现代文学流派发展也在转换着自己的色彩。如果说，以往流派的构成，大都以文化政治倾向的一致为基础和出发点，那么随着文学的发展，个性因素开始逐渐增强，不同的美学旨趣和个人爱好逐渐成为文学流派形成的重要因素。过去，文学家按照某种政治倾向和文化色彩在选择自己的同人，尔后开始逐渐转向个人的志趣。尽管这个过程并非没有反复，但是这种文学流派的事实已经出现了。

下面将谈的是"湖畔诗人"流派。

---

① 鲁迅：《且介亭杂文二集·〈中国新文学大系·小说二集〉序》，鲁迅《鲁迅全集》（第六卷），人民文学出版社，1973年，第249页。

第八章

在诗境里追求的"湖畔诗人"

在中国这样一个幅员辽阔、经济文化发展极不平衡的国度描述文学，要接受空间和时间两方面的考验。从北京到上海，再到杭州，不仅存在着空间上的差距，也隐含着时间上的距离。就文坛来说，在北京或上海掀起的潮流般的浪声，到了外地，就犹如秋风扫过水面，只有微微声响。上海文坛上你争我论的问题，到了外地就不那么敏感了。杭州并不闭塞，但却在新文学中心涡流之外。这里难以赶上文学的新潮浪尖，但作家在这里获得了更自由的自我选择。

这一切都是那么自然地产生了。在风景优美的西湖之畔，微风拂煦，湖水荡漾，无论文坛上怎么交战，怎么呐喊和彷徨，这里还暂时算得上一个涡流之外的"世外桃源"。几个被诗情陶醉的年轻诗人就在这里会合了，他们和湖畔结下了不解之缘：

> 我们歌笑在湖畔，我们歌哭在湖畔。
>
> ——《湖畔》扉页题词

他们的歌吟在湖面激起了层层涟漪，形成了"五四"之后在诗坛颇引人注目的流派"湖畔诗人"。

　　"湖畔诗人"流派主要代表作家是文学新人潘漠华（1902—1934）、汪静之（1902—1996）、冯雪峰（1903—1976）、应修人（1903—1933）等，于 1922 年组成，后因"湖畔诗社"而得名。1924 年冬，魏金枝、谢旦如也加入了这个诗社。这群诗人是以浙江第一师范为基地的。当时写诗的很多是这个学校的师生。此时任国文教师的刘大白、俞平伯、朱自清、刘延陵都是新诗创作的开拓者，学生汪静之、冯雪峰、张维琪、陈乃裳、应修人、潘漠华都是新诗创作的后起之秀。浙江第一师范学校在"五四"新文学浪潮中受到新文学的洗礼，一些学生在朱自清老师指导下就组织过晨光文学社，文学创作气氛很浓。

　　潘漠华和汪静之 1920 年进入浙江第一师范，是同班学友。次年，冯雪峰也进入一师。三人由于都爱好作诗，真诚相见，成了密友，经常一起写诗论诗。1922 年，应修人为会晤诗友，特从上海来到杭州，和三人结交，一见如故，情投意合，一起在白堤上散步，桃树下写诗，雷峰塔旁吟唱，自愿组成了"湖畔诗社"，并编选了四个人的新诗，结集为《湖畔》，以诗社名义出版。这是"湖畔诗人"第一本诗集。同年 8 月，汪静之的《蕙的风》出版。次年，仍由应修人自费出版的《春的歌集》是诗社第二本诗集，是应修人、潘漠华、冯雪峰三人的合集。接着，湖畔诗社准备出版魏金枝的诗作《过客》，但未能出版。1925 年，谢旦如自作自印，出版《苜蓿花》，1927 年汪静之出版《寂寞的园》，也是"湖畔诗人"的创作成果。湖畔诗社本身的活动时间并不长，到 1925 年开始逐渐解体。在这之前，还在上海办过文艺刊物《支那二月》，只出了四期就停刊了。但是，作为一个新诗流派，"湖畔诗人"具有自己独特的艺术风格和气息，是值得注意的。

　　"湖畔诗人"的诗歌是真正的年轻人的诗歌。这几个二十岁左右的诗人，五四运动打开了他们的眼界，培植了他们的理想。他们入世尚浅，没有过多精神负担，也没有过多的思想上的条条框框；他们思想敏锐，敢于创新，大胆追求自己的理想人生。这一切都使他们沉浸在西湖优美的诗景中，顺应自己的感情，时而欢笑，时而悲泣，毫无拘束地抒发内心情感。

在他们的诗歌中，有对人生和青春活力的喜悦，也有个人情感的苦闷和忧愁；有年轻人爱情心理的率直吐露，也有对亲人想念的真诚表达。他们的诗情就像他们的感情、他们的青春，多愁善感，喜怒无常，有时乐不知为何而乐，愁不知为何而愁。在艺术形式上清新活泼，自由散漫，给新诗坛带来了一股清新的春风。汪静之曾把"湖畔诗人"比作"缺奶的营养不足的婴儿"，是"山涧小溪的涓涓细流"。① 但是，在新诗刚刚起步的时候，就是这"营养不足的婴儿"的啼叫也特别悦耳，这"涓涓细流"也是新文学滔滔大江中一簇美丽浪花。

在"湖畔诗人"的创作中，最多，也最突出的是爱情诗。这些诗表现了青春在生活中的萌动和追求，敢于蔑视传统礼教和封建束缚的勇气，表现出新的生活理想和道德观念。汪静之后来在《回忆湖畔诗社》一文中说："湖畔诗社的爱情诗和剥削阶级的艳体诗不同：封建地主阶级把情人视作奴婢，彼此之间是主奴关系，他们的诗是对情人的侮辱；资产阶级把情人视同商品，彼此之间是买卖关系，他们的诗是对情人的玷污；湖畔诗人把情人看成对等的人，彼此之间是平等关系，诗里只有对情人人格的尊重。湖畔诗人的爱情诗象民间情歌般朴实纯真，没有吸血鬼的糜烂生活里酝酿出来的那种淫艳妖冶。"② 这话当然并不完全对，但从某种程度上反映了他们诗中的爱情观念，显示了一种新的生活追求。他们把爱情看得神圣、理想、认真，才能显得大胆、坦率和毫无顾忌，漾溢着他们纯洁、天真的热情和对美好理想的向往和追求，例如汪静之《恋爱的甜蜜》一首：

> 琴声恋着红叶，
> 亲了个永久甜蜜的嘴。
> 他俩心心相许，
> 情愿做终身伴侣。

---

① 汪静之：《回忆湖畔诗社》，《诗刊》1979 年第 7 期。
② 同上。

老树枝，

不肯让伊

自由地嫁给琴声。

幸亏伊不守教训，

终于脱离了树枝，

和琴声互相拥抱；

翩跹地乘着秋风，

飘上青天去了。

新娘和新郎，

高兴得合唱起来，

韵调无限谐和：

"呵！祝福我们，

甜蜜的恋爱，

愉快的结婚啊！"①

据汪静之讲，这首诗是为他当年一位女朋友 H 作的。诗中无畏的欢欣，大胆的欢欣，皆来自诗人对爱情真诚的向往。这里面，没有隐瞒，也没有做作，是春风吹进心灵引起的波动，是用感情造就的幻象，熔铸着诗人向一个未知的美妙王国的灵魂冒险和情感窥探。应修人的《偷寄》就包含着一种青春体验的情趣：

行行是情流，字字心，

偷寄给西邻，

不管娇羞紧，

---

① 汪静之：《恋爱的甜蜜》，汪静之《蕙的风》，亚东图书馆，1922 年，第50—51 页。

不管没回音——

只要伊

读一读我的信。①

另一个诗人潘漠华的《深夜抄诗寄妹妹》写得更为热烈，直率：

妹妹，你能细细地读，

知道我底情意，在笺上馥郁得盈溢了

不只丰藏在诗里，

泛滥在笺底空白与片角，

我狂写我底诗，

来狂画我俩爱情底云山了；

我希望我俩在我底诗里，

交流我恋爱的苦情。②

这样的爱情诗是诗人心灵生活中的一部分，从诗中涌出的是一首首春心震颤的歌曲，其中有他们青春的梦幻和期盼之情。对此，朱自清在《〈中国新文学大系·诗集〉导言》中指出："中国缺乏情诗，有的只是'忆内'，'寄内'，或曲喻隐指之作；坦率的告白恋爱者绝少，为爱情而歌咏爱情的更是没有。这时期新诗做到了'告白'的一步。《尝试集》的《应该》最有影响，可是一半的趣味怕在文字的缭绕上。康白情氏的《窗外》却好。但真正专心致志做情诗的，是'湖畔'的四个年轻人。他们那时候差不多可以说生活在诗里。潘漠华氏最凄苦，不胜掩抑之致；冯雪峰明快多了，笑中可也有泪；汪静之氏一味天真的稚气；应修人却嫌味儿

---

① 应修人：《偷寄》，《春的歌集》（卷二），上海书店出版社，1922年，第58页。

② 潘漠华：《深夜抄诗寄妹妹》，《春的歌集》（卷三），上海书店出版社，1922年，第42页。

淡些。"①

　　"湖畔诗人"的爱情诗在当时诗坛引起了不同反响。他们大胆歌唱爱情的创作，不仅大大超越了传统文学的尺度，而且突破了新诗前辈诗人的范围。就此来说，就连胡适、朱自清、郭沫若也不能和他们相比。一方面由于时间不同，另一方面则确实由于彼此心境不同。"湖畔诗人"毕竟在青春之际，他们的心灵更宽松些，更活泼些，能够更为开放，而不像他们的师长，心灵在下意识中还有较多束缚，还有许多说到做不到，想到说不出的事情。在早一批诗人中，康白情算是最明朗大胆的了，但他在1929年《〈草儿集〉四版重校书后》中说："七八年前，社会上男女风俗，大与今日不同。著者虽也为主倡男女道德解放的先驱，而鉴于旧人物的摈斥，尤其是新青年的猜忌，竟不敢公开发表……。"② 这在当时是一种普遍社会心理，虽大声呼叫解放，但触到个人内心，尤其是情爱这一隐秘之处，还是不免有所踌躇。周作人读了汪静之《蕙的风》后，专门做了《情诗》一文，其中言道，倘若由传统的权威看去，不但有不道德的嫌疑，而且确实是不道德的了，但是这旧道德上的不道德，正是情诗的精神，"所以见了《蕙的风》里'放情地唱'，我们应该认为这是诗坛解放的一种呼声"。③

　　周作人这一段话有针对性。"湖畔诗人"在1922年诗坛上还激起了一场风波。一个叫胡梦华的连续发表几篇文章，指责这些诗为"不道德""轻薄""有意挑拨人们的肉欲"，是"兽性的冲动的表现"④ 等等，还搬出外国文学的歌德、雪莱做例子。还有人把他们的诗称为"新诗坛上的一颗炸弹"，极力否定《蕙的风》和其他"湖畔诗人"的作品。鲁迅为此写了《反对"含泪"的批评家》一文，狠狠讽刺了胡梦华之类的假正经面

---

① 朱自清：《〈中国新文学大系·诗集〉导言》，上海良友图书公司，1935年，第4页。

② 陆耀东：《论"湖畔"派的诗》，《文学评论》1982年第1期。

③ 周作人：《情诗》，周作人《周作人早期散文选》，上海文艺出版社，1984年，第291页。

④ 胡梦华的《读了〈蕙的风〉以后》，《悲哀的青年——答章鸿熙君》，《〈读了《蕙的风》之后〉之辩护》，分别原载《时事新报·学灯》，1922年4月24日，11月3日，11月8—10日。

孔："我以为中国之所谓道德家的神经，自古以来，未免过敏而又过敏了，看见一句'意中人'，便即想到《金瓶梅》，看见一个'瞟'字，便即穿凿到别的事情上去。"①

其实，就这几个年轻人来论，情感也远远没有完全解放。抒写爱情的诗，只是制造一个感情寄托的幻境，一种梦想，表达一种在现实生活中受到压抑的人生愿望，而他们自己多半生活在一种纯粹的"精神恋爱"之中。就拿汪静之《蕙的风》来说，虽很多为女友而作，但多是一种远距离的想象，如《过伊家门外》竟引起很多人责难，在后人看来实是一种冤枉：

> 我冒犯了人们的指谪，
> 一步一回头地瞟我意中人，
> 我怎样欣慰而胆寒呵。②

这样的吟唱，连鲁迅都感到不够大胆，他1925年曾对汪静之说：你那一首"一步一回头瞟意中人"的诗，接着还说什么"胆寒"，一个反封建的恋爱诗人，还不够大胆。③ 这至多不过是一个大胆孩子，站在情爱门外，向那个神秘王国投去短暂的一瞥而已。其实，"湖畔诗人"大多是生活中捕风捉影，自己给自己设计一个理想爱人，然后情诉于她。这种被压抑的情感有一部分还转移到"湖畔诗人"相互交往之间。在应修人给潘漠华、冯雪峰、汪静之的信中，多冠之以女性的称谓，例如潘漠华被称为姑姑，汪静之被称为静妹妹，冯雪峰被称为丝娜妹妹之类。应修人还在给潘漠华的一封信中写道："告诉你一件重要的事：我和破鞋也发生恋爱了！伊那背上历历刻着伤痕，那伤痕就是为爱护我而背负我所致的。象那样尽瘁地

---

① 鲁迅：《热风·反对"含泪"的批评家》，鲁迅《鲁迅全集》（第二卷），人民文学出版社，1973年，第126页。
② 汪静之：《过伊家门外》，汪静之《蕙的风》，亚东图书馆，1923年，第29页。
③ 江静之：《鲁迅——莳花的园丁》，鲁迅博物馆鲁迅研究室编《鲁迅诞辰百年纪念集》，湖南人民出版社，1982年，第208页。

忠切地爱我，我非木石，我能忘情吗？伊夜夜睡在床上伴我，我还嫌待伊太冷落呢。我友，你不能疑我，你疑我无所爱而爱到破鞋，这你就不会眼睛里长出翅膀来了。我有爱妻，我有爱母，我有爱父，我更有很多的爱友。"① 这不能不使人疑心，在异性爱方面，应修人是否得到真正的满足。他曾对妓女抱有很大好奇心，还对汪静之说过一段被妓女纠缠不放的事，并说："那个妓女虽可怕，确是非常美的，真可怜！"② 据汪静之回忆，潘漠华在上海也怀着一种好奇心，要应修人带他去看看上海的妓女是什么模样。

这一切都使"湖畔诗人"的爱情带着一种古典式的理想色彩，例如应修人《妹妹你是水》就写得很美：

　　　　妹妹你是水——
　　　　你是清溪里的水。
　　　　无愁地整日流，
　　　　率直地总是笑，
　　　　自然地引我忘了归路。

　　　　妹妹你是水——
　　　　你是温泉里的水。
　　　　我底心儿他尽是爱游泳，
　　　　我想捞回来，
　　　　烫得我手心痛。

　　　　妹妹你是水——
　　　　你是荷塘里的水。

① 应修人：《修人书简》，应修人《修人集》，浙江人民出版社，1982年，第231页。
② 汪静之：《〈修人书简〉注释》，中国作家协会浙江分会编《"湖畔诗社"资料集》，1982年，第169页。

> 借荷叶做船儿,
>
> 借荷梗做篙儿,
>
> 妹妹我要到荷花深处来。①

这首诗有点靠近民歌形式。应修人当时确实很注意收集一些民歌民谣,并且和周作人通过书信交流。应修人指出,民歌民谣中吸引他的不仅是清新明快的形式,重要的是那种内在的情趣和格调。从传统审美旨趣和情味这方面来说,民歌民谣形式更符合他们的心理结构,满足他们艺术地表达自己的需要。在这种表达中,诗人的情思通过一定的寄情之物表现出来,山光水色、花草波影,都能成为诗人抒情的中介,它们在一定程度上滤清了诗人情欲的躁动不安,形成一层微薄的罗幕,使爱情在一种柔美的境界中展现。当然,有时候,他们也想冲破这层罗幕,把自己情思完全赤裸裸地表现出来。例如魏金枝有一首《罗幕》就透出这样的信息:

> 我不是动物,是微风?
>
> 我还不能吹开这薄薄的罗幕;
>
> 我不是人生,是燕子?
>
> 我就可以和伊倾谈琐琐。②

"湖畔诗人"的诗很大一部分是描写自然景色的。也许他们纯美的理想只有在大自然里才能得到真实的应答,他们的天真、幻境和情思与自然美景自有天然的相类之处。他们在那优美的西湖、和煦的春风、闪光的星星、幽静的月夜和天光水色、花红叶艳之中找到了寄托自己情思的最好场所,也找到了他们自己。所以他们通过描写自然景色来倾吐心中的真情,

---

① 应修人:《妹妹你是水》,《春的歌集》(卷二),上海书店出版社,1922年,第56—57页。
② 魏金枝:《罗幕》,王训昭编《爱的歌声——湖畔诗社作品选》,华东师大出版社,1986年,第27页。

抒发生活中的哀愁，寄托自己的希望而得到精神上的安慰是十分自然的。由于生活在一种理想的追求之中，他们对于自然景色所表现出来的活力格外敏感，能够把自己的感情融入其中，构成美的画图，美的诗章。请看对西湖的描绘：

> 西湖，她流着眼波，扬起眉毛，
> 涡起笑屑儿微笑，
> 我把她温柔的微笑饱餐，
> 我就飘飘欲仙。
>
> 在布满丑恶的世界上，
> 在陷入愁苦的心里，
> 那里寻得出这样的笑呢？
> 所有的笑都已沉没海底。①

应该说，大自然才是"湖畔诗人"们最多情、最温柔、最无私的"爱人"，它永远不会让这些追求理想的诗人失望，向他们毫无保留地贡献出自己的一切。在大自然怀抱里，他们感到新生命在成长，由衷地欢欣雀跃。他们把自己的感情赋给大自然，大自然必然回报以纯真的微笑，如应修人《含苞》：

> 露珠儿要滴了，
> 乳叶儿掩映，
> 含苞的蔷薇酝酿着簇新的生命。
> 任他风雨催你，
> 你尽管慢慢地开。

---

① 汪静之：《微笑的西湖》，汪静之《蕙的风（中国现代文学史参考资料）》，上海书店出版社，1984年，第155页。

> 悠久的花期，
>
> 丰美的花瓣，
>
> 你知道正从这"慢慢地"而来吗？
>
> "妹妹杜鹃花，伊已先我吐华了。"
>
> 可爱的蔷薇呵！这非你所应该较量的。
>
> "春光迟暮，怕粉蝶儿要倦游了。"
>
> 这也非你所应该猜疑的。
>
> 我爱这纤纤的花苞儿，
>
> 蕴藉着无量的美，
>
> ——无量的烂漫的将来。
>
> 你尽管慢慢地开，
>
> 我底纯洁的蔷薇呵！①

诗人们悲愁的时候，也只有大自然最能理解他们的心音，听任他们诉说愁怨，并伴以轻轻的叹息：

> 栖霞岭上底大树，
>
> 虽然没有红的白的花儿飞，
>
> 却也萧萧地脱了几张叶儿破破寂寞。②

实际上，"湖畔诗人"的诗情很大一部分来自他们充满诗情画意的环境，同时，他们又用诗营造了一种诗情画意的主观氛围。这种氛围又造就着他们纯洁的情思和纤细的感应神经。在这个过程中，自然所唤醒的不仅仅是人生追求的理想，不仅仅是沉睡的那部分生命的欲望，还有对人类生存痛苦的感伤情绪。当不幸的生活图画映入他们眼帘时，他们纯洁的心灵

---

① 应修人：《含苞》，应修人《修人集》，浙江人民出版社，1982 年，第 29—30 页。
② 雪峰：《栖霞岭》，王训昭编《爱的歌声——湖畔诗社作品选》，华东师大出版社，1986 年，第 117 页。

会受到比一般人更大的刺激，引起深刻的内心波动：

> 我再三想起，
>
> 在红花缤纷的桃树下想起，
>
> 在绿草纷坡的沙堤岸想起，
>
> 今天湖畔归来，
>
> 经过楚妃巷口，
>
> 多年的粉垩剥蚀的墙角，
>
> 立着一个和我爸爸相似的乞者。
>
> 向我伸出两手来。①

很难想象这在敏感的心灵上会形成何等的压抑。他们不是哲人，对生活中很多问题都还找不出完整答案；他们仅仅是用一种理想的爱感受着生活，维持着他们感性与理性之间的巧妙的平衡。从某种程度上来说，他们对于爱情和大自然的赞美之情，都是借助于理想光环而超越现实的。诗人们愿意接受这种虚幻世界的诱惑，也在寻找通向自己理想王国的艺术道路。因此，他们可以高兴地借助艺术创作，把大自然的魅力和自己的人生结合起来，创造诗意的美景。但有时，诗人也会感到，他并没有能力把自己的理想赋予一切生活现象，也不可能在诗中获得充分的满足感。读一读冯雪峰《睡歌》中一个母亲对哭婴的私语，就可感觉到这一点：

> 你为什么要这般哭呢？
>
> 莫不是怪我对你太冷淡吗？
>
> 但我实在不能专伏侍你——
>
> 你出世错了，
>
> 怎偏偏生到我们家里来呢？

---

① 潘漠华：《乞者》，应修人编《漠华集》，浙江文艺出版社，1984年，第43页。

还是因为他们刻待我；

所以你哭吗？①

这里隐含着一种理想的痛苦，诗人不可能永远沉浸在理想之中。现实中痛苦的印象不时地来纠缠他们，乞者的眼光、妇人的号哭、轿夫的怨言，都在扰乱他们的思绪。于是，冯雪峰写出了这样的诗句：

当我要写不幸者们的诗时，

我底泪便抢着先来了；

占据了全纸上，——

我也便不写了；

我将泪湿遍了的纸儿给人们看，

或者人们会认识罢？

这就是不幸者们了。②

充满痛苦的诗句，对"湖畔诗人"来说，是不可避免的一笔。因为大自然的畅想曲已经无法使他们感到满足，他们理想的热情开始受到现实的冷遇和挑战，况且他们并未曾有过真止可以陶醉其中的黄金岁月，悲哀和痛苦在宴席还没有散的时候，已经恭候在他们门口。汪静之是个敏感的诗人，1925 年出版的《寂寞的国》中有一首《漂泊》，可以做"湖畔诗人"一个小小的总结：

我们漂泊在西湖上，

失魂落魄地潦倒，

常常同在湖畔悲歌，

苦上山头狂笑。

---

① 冯雪峰：《睡歌》，《湖畔》，上海书店出版社，1983 年，第 54 页。
② 冯雪峰：《不幸者们》，《湖畔》，上海书店出版社，1973 年，第 63 页。

山石山泥都踏遍，

湖波湖浪都飘了，

我们所盼望的美梦，

仍旧不曾找到。①

"湖畔诗人"没有在现实中找到自己的"美梦"，但把美梦记录在自己诗歌中了，他们把自己所盼望的美梦实现在吟唱中，变作艺术的现实，闪烁在现代中国的文学史上。

这首先表现在"湖畔诗人"真实表现了他们自己。在诗歌创作中，他们比以往诗人更追求真，唱出了"真的声音"，想哭就哭，想笑就笑，带着从世俗和封建思想规范中解放出来的直率和喜悦。汪静之曾在《〈蕙的风〉自序》中说，"被封建道德礼教压迫了几千年的青年的心，被'五四'运动唤醒了，我就象被捆绑的人初解放出来一样，毫无拘束地，自由放肆地唱起来了"，因而"没有顾忌，有话就瞎说"。② 鲁迅对汪静之的诗创作的评价是极中肯的："情感自然流露，天真的清新，是天籁，不是硬作出来的。"③

"湖畔诗人"这种真诚的表达，首先获得了朱自清的赞赏。朱自清在《读〈湖畔〉诗集》一文中说，由于"作者中有三位和我相识；其余一位，我也知道。所以他们的生活和性格，我都有些明白。所以读他们的作品，能感到很深的趣味"，他进而说：

大体说来，《湖畔》里的作品都带着些清新和缠绵底风格；少年的气分充满在这些作品里。这里作者都是二十上下的少年，都还剩着些烂漫的童心；他们住在世界里，正如住在晨光来时的薄雾里。他们

---

① 汪静之：《漂泊》，周良沛编《中国新诗库第三辑·汪静之卷》，长江文艺出版社，1991年，第28页。

② 汪静之：《〈蕙的风〉自序》，程凯华编《中国现代文学史问答手册》，陕西人民出版社，1986年，第215页。

③ 汪静之：《回忆湖畔诗社》，《诗刊》1979年7月号。

究竟不曾和现实肉搏，所以还不至十分颓唐，还能保留着多少清新的意态。就令有悲哀底景闪过他们的眼前，他们坦率的心情也能将他融合，使他再没有回肠荡气底力量了：所以他们便只有感伤而无愤激了。——就诗而论，便只见委婉缠绵的叹息而无激昂慷慨的歌声了。但这正是他们之所以为他们，《湖畔》之所以为《湖畔》。有了"成年之心"的朋友或许不能完全了解他们的生活，但在人生底旅路上走乏了的，都可以从他们的作品里得着很有力的安慰；仿佛幽忧的人们看到活泼泼的小孩而得着无上的喜悦一般。①

这确是知人善论之笔，所谓"他们之所以为他们"，真是绝妙的评价。

其次，我们应该注意到，"湖畔诗人"的美梦就体现在执着追求美的过程中。"湖畔诗人"从真实出发，是为了追求生活的美，他们觉得社会现实"太枯燥而烦闷，一般人遂多暴躁而褊急"，而想用诗"使现实美化，快乐化"，② 他们美化生活的理想是一种高尚、普遍的人道主义理想，向往一个充满了爱、自由和温暖的世界，它具有"世界全般的爱，母亲的爱，家的爱，乡的爱"（潘漠华《三月六夜》），人们的心都经过"仁爱的日光洗清洁"，"大家一心，不分你我"（汪静之《我愿》），到处充满着"人生底真义"（冯雪峰《两个小孩》），又如应修人《欢愉引》中所唱："没有一朵花不是柔美而皎清，/没有一个人底心不象一朵春的花！"

第三，这种追求美、追求真的精神带来了诗歌形式上的突破和创新，"湖畔诗人"把新诗创作推向一个更自由的境界。应修人就宣称，"我们且自由做我们的诗，我们相携手做个纯粹的诗人"，"情思是无限制的，自由的。形式上如多了一种限定，则就给它摧残了，所以不是主张一定有韵，但如果写作时韵自己来时，也不必倔强不用，形式也不要求一定的格

---

① 朱自清：《读〈湖畔〉诗集》，《文学旬刊》第 39 期。
② 应修人：《修人书简》，应修人《修人集》，浙江人民出版社，1982 年，第 215、217 页。

式。"① "有时断断续续，横横斜斜的写诗，足以表现我一种情思，我们就用杂乱的。炼字锻句，决不能顾到，但整理一两字足以益伊底美，就也不妨下这一些功夫。"当然，"纯粹的诗人"也不容易做，但自由地作诗是可以做到的。"湖畔诗人"的诗不拘于形式和规则，自由抒写，服从感情表达的需要，实际上把自由诗真正地自由化了。胡适在《〈蕙的风〉序》中就颇有感触地说："我读静之的诗，常常有一个感想：我觉得他的诗在解放的方面比我们做过旧诗的人更彻底的多。当我们在五六年前提倡新诗时，我们的'新诗'实在还不曾做到'解放'两个字，远不能比元人的小曲长套，近不能比金冬心的自度曲。我们虽然认清了方向，努力朝着'解放'做去，然而当日加入白话诗的尝试的人，大都是对于旧诗词用过一番功夫的人，一时不容易打破旧诗词的镣铐枷锁。"所以他说："我现在看着这些彻底解放的少年诗人，就象一个缠过脚后来放脚的妇人望着那些真正天足的女孩子们跳来跳去，妒在眼里，喜在心头。"② 就连远在异国留学的宗白华也写来了《〈蕙的风〉的赞扬者》③，其中写道："这天然流露的诗，如同鸟的鸣，花的开，泉水的流。无所谓好，无所谓坏。我们不必拿中国旧诗学理论来批评他，也不必拿欧美新诗学的理论来范围他。我们只是抱着他一本小诗集，到鸟语花鸣（开）的田园中，放情地高唱，唱得顺口，唱得得意，就唱下去，唱不顺口，唱不得意，就不唱下去。他是自自然然地写出来的，我们也自自然然地享受他。"④ 宗白华应该算是新诗创作中开拓者之一，当年他编辑《学灯》，推出了诗人郭沫若，几年后，他又那么热心于后辈少年的创作，实在难得。

　　"湖畔诗人"的创作以颂扬恋爱、歌颂自然为多，当时不仅引起了一场"文艺与道德"的论争，也触及了"文艺与人生"问题。而后者比前者

---

① 应修人：《修人书简》，应修人《修人集》，浙江人民出版社，1982年，第210、227页。

② 胡适：《〈蕙的风〉序》，汪静之《蕙的风》，亚东图书馆，1923年，第2、3、14页。

③ 宗白华：《〈蕙的风〉的赞扬者》，《时事新报·学灯》1923年1月。

④ 同上。

显得更为复杂，对"湖畔诗人"的影响也更大。从文学史角度说，后者反映了社会现实要求对文学发展的潜在制约力量。本来，文学描写爱情和大自然非常自然，但有人认为，这些作品没有血泪，距离社会现实太远，是极不该提倡的。这种"为人生"的社会功利价值的批评，给年轻的诗人以极大心理压力。朱自清不得不出来替他们进行一些辩解：

> 我们现在需要最切的，自然是血与泪底文学，不是美与爱底文学；是呼吁与诅咒底文学，不是赞颂与咏歌底文学。可是从原则上立论，前者固有与后者并存底价值。因为人生要求血与泪，也要求美与爱，要求呼吁与诅咒，也要求赞叹与咏歌：二者原不能偏废。但在现势下，前者被需要底比例大些，所以我们更迫切感着，认为"先务之急"了。虽是"先务之急"，却非"只此一家"，所以后一种的文学也正有自由发展底余地。这或足为静之以美与爱为中心意义的诗，向现在的文坛稍稍辩解了。况文人创作，固受时代和周围底影响，他的年龄也不免为一个重要关系。静之是个孩子，美与爱是他生活底核心；赞颂与咏叹，在他正是极自然而适当的事。他似乎不曾经历着那些应该呼吁与诅咒的情景，所以写不出血与泪底作品。若教他勉强效颦，结果必是虚浮与矫饰，在我们是无所得，在他却已有所失，那又何取呢！①

作为文学研究会一员的朱自清，用这样的口吻来替汪静之辩解十分难得。但是，这种辩解本身也说明，当时文坛有一种正在形成的力量，把文学选择限定在"血与泪"的范畴之内。也许，这体现了时代对文学的选择，同时也是时代对文学的限制，多少剥夺了一部分作家按照自己心灵要求去选择的自由，迫使作家向"现在需要的最切的"方面靠拢。

这种情形自然给"湖畔诗人"以沉重精神压力。他们都是热血男儿，

---

① 朱自清：《〈蕙的风〉序》，汪静之《蕙的风》，亚东图书馆，1923年，第2—4页。

都期望在时代生活中最大限度地实现自己，而当意识到自己做的并非时代最需要的工作时，对自己过去的"美梦"就自然地产生怀疑，感到既定理想的空幻，生出虚无寂寞的哀伤。像汪静之这样"天真的小孩子"写出这样的诗来，是令人惊奇的：

> 时间是一把剪刀，
>
> 生命是一匹锦绮，
>
> 一节一节地剪完，
>
> 等到剪完的时候，
>
> 把一堆破布付之一炬。①

　　终于，美梦醒来是白天，"湖畔诗人"已经不再是天真烂漫的小孩子。何况中国社会并没有造就使他们长久在大自然中赏心悦目，在爱的诗境中陶醉的条件。人生的艰辛不断侵扰他们的梦幻，在他们单纯天真的心灵上留下创伤；他们不想看的东西，现实逼他们看，他们想逃避而又不得不纠缠其中，他们不得不去面对一个现实世界，寻求新的生活道路。于是，"湖畔诗人"写出了这样的诗句：

> 为什么要受这样的灾祸？
>
> 黑暗世界是苦恼的根源。②

　　这样，他们诗歌中的爱呵、美呵、梦呵的东西也就愈来愈少了。他们曾经非常反感文学研究会西谛等人对《湖畔》的吹毛求疵，但在创作中越来越多地出现人生悲哀的叹息，出现血和泪的画面。《在我们这巷里》是

---

① 汪静之：《时间是一把剪刀》，北京大学等编《新诗选》（第一册），上海教育出版社，1979年，第248页。

② 汪静之：《苦恼的根源》，周良沛编《中国新诗库第三辑·汪静之卷》，长江文艺出版社，1991年，第53页。

潘漠华 1935 年写的一篇小说，其中有这样的画面：

> 离江南不久，苏湖间就涂上多少斑烂的血了，在安定门外向东北
> 瞭望，天原尽处有一带山脉蜿蜒着，想到过去即是二郎庙一带新战
> 地，正掘着战壕，炮声火烟正在迷漫，死的已僵了，伤的正在生与死
> 的界缘上呻吟着，生的正向烟雾中涌向前进，消失了：正是一幅惨激
> 血肉斑烂的画图。①

在这画图中，"湖畔诗人"吟唱的尾声出现了。汪静之写了《寂寞的
圆》之后，"决定不再写爱情诗，不再歌唱个人的悲欢，准备写革命
诗"。② 冯雪峰 1927 年参加了共产党，投入到了血与火的斗争中去，有时
也写一些诗，即是真正的"火与血"的诗了。例如四十年代写的《火》：

> 火，哦，如果是火！
> 你投掷在黑夜！
> 你燃烧在黑夜！
>
> 我心中有一团火，
> 让它在那里燃烧，
> 而它越燃烧越炽烈！
>
> 熊熊的火！
> 炽热的火！
> 黑夜吞没着它，

---

① 潘漠华：《在我们这巷里》，《支那二月》1925 年 4 月第 3 期。
② 汪静之：《〈蕙的风〉自序》，王训昭编《湖畔诗社评论资料选》，华东师范大学出
版社，1986 年，第 283 页。

黑夜燃烧着它！①

　　"湖畔诗人"另外两个主要诗人潘漠华和应修人不久也投入了革命，参加了中国共产党，在残酷的战争年代中，先后为革命事业牺牲。他们在风华正茂的时候，放弃了文学创作，中断了自己的艺术追求，是为了顺应时代对他们的召唤。这也反映中国新文学历史的发展趋势。他们从美好的艺术境界中走出来，投入残酷的血与火的斗争之中，应修人为此留下这样一段话，道出了投笔从戎的必然原因：

　　　　知识谷里的甘美之泉，谁不想尽量吞喝？艺术园里的缤纷之花，谁不想恣情凝睇？而学术文艺所汇集的现代图书是怎样的汪洋无边；这样汪洋无边的图书，能有全部购买力的共有几个？能有自由取读的机会的又有几人？

　　　　　　　　　　　　　　——应修人《上海通信图书馆与读书自由》②

　　也许一切都无可指责而且应该赞美。

---

①　冯雪峰：《火》，雪峰《灵山歌》，作家书屋，1947年，第19页。
②　应修人：《修人集》，浙江人民出版社，1982年，第175页。

第九章

在"语丝派"和"现代评论派"之间

从"湖畔诗人"创作中，我们能够感觉到时代对文学巨大的牵制力量，而这种牵制力往往是通过不同流派之间论争呈现的。在现代中国，从事文学的人要超越生活，完全沉浸在艺术境界之中非常困难，因为他不仅要受制于来自外部社会生活的压力，还要应付来自文学内部各种各样的责难。所以胡适在谈到汪静之的诗时，就宣传"容忍"的态度。他于1922年6月6日就说："为社会的多方面的发达起见，我们对于一切文学的尝试者，美术的尝试者，生活的尝试者，都应该承认他们的尝试的自由。这个态度叫作容忍的态度。容忍上加入研究的态度，便得到了解与赏识。"（《〈蕙的风〉序》）

但是，容忍很难消除分歧。不久，在1924年12月，胡适和一批文人教授聚集在北京，形成了"五四"新文学运动之后一个特殊流派——"现代评论派"。他们办了一个学术性杂志《现代评论》周刊，主要撰稿作家有陈西滢、胡适、凌叔华、沈从文、袁昌英、杨振声、徐志摩等，他们多半都是北大教授，以留英美文人居多，自然而然地形成了自己的圈子，在对文学的态度上也有自己独特的地方。"现代评论派"实际是文坛上"京派"的开端，也和以后的"新月派"有着前后承继的关系。

由于社会地位和文化教养的不同，"现代评论派"文人确实和当时其他文学派别有很多方面不同，不妨列举一二：

首先由于他们大多数是大学教授，大部分时间泡在图书馆和研究室中，很少时间去接触社会生活，造成了在思想和创作上与现实生活的隔膜。因此，他们往往用一种理性眼光看待生活，评判文学，缺乏对生活的切实感受，也缺乏一种原始的生活热情。他们崇尚英美式的民主和自由，对中国社会的黑暗落后有一定的认识，但是又往往不能理解实际的革命斗争，更不能亲身参与其中。这种情景实际上也影响到了他们对文学的态度。例如陈西滢在《创作的动机与态度》一文开头便言：

> 一件艺术品的产生，除了纯粹的创造冲动，是不是常常还夹杂着别种动机？是不是应当夹杂着别种不纯洁的动机？这问题也许不容易作答。年青的人，他观看文艺美术是用十二分虔敬的眼光的，一定不愿意承认创造者的动机是不纯粹的吧。可是，看一看古今中外各种文艺美术品，我们不能不说它们的产生的动机大都是混杂的。虽然有些伟大的作品是纯粹的创造冲动的结果，它们也未必就优胜于有些动机不同样纯粹，即同样伟大的作品。司各德（Sir Walter Scott）早年为了要支持他高贵奢华的生活，晚年为了要还债，日夜不倦的工作，平均每年发表的小说有两种。约翰生（Samuel Johnson）因为要葬母，用一星期的夜晚，写成一本 Rasselas！有人游历西班牙，他的引导者指了一个乞丐似的老人说，那就是写 Don Quixote 的 Cervantes。听者惊诧道："塞文狄斯么？怎么你们的政府让他这样的穷困？"引导者道："要是政府养了他，他就不写 Don Quixote 那样的作品了。"[①]

且不论这种看法是否有理，单看西滢论文学这种态度已够令人惊奇了，他仿佛完全是一个文学局外人，站在远远的地方评头论足，支配他的几乎没有丝毫的热情，而是纯粹理性。即使说到紧要处，他也是不慌

---

① 陈西滢：《创作的动机与态度》，陈西滢《西滢闲话》，新月书店，1931年，第190—191页。

不忙：

> 真正艺术家创造时的最初动机也许是心有所感（请注意"也
> 许"——作者加），不得不写下来，也许是好名，也许是想换夜饭米，
> 也许是博爱人的一粲。他与寻常二三流以至八九流的作家不同的地
> 方，不在他们创作的动机，而在他们创作的态度。他们也许同样是为
> 了要养活妻子才创作，但是一到创作的时候，真正的艺术家又忘却了
> 一切，他只创造他心灵中最美最真实的东西，断不肯放低自己的标
> 准，去迎合普通读者的心理。二三流的作者也许一只眼睛看了看他自
> 己写的东西，一只眼睛瞧着将来的收入，他看到了怎样的写法可以引
> 起读者的兴趣，增加作品的销路，便顾不得牺牲自己的思想，割裂自
> 己的意象。可是，这种人并不是艺术家，他们只是贩卖艺术品的
> 商人。①

这"断不肯放低自己的标准，去迎合普遍读者的心理"，说出的也是
这群教授文人的态度。在中国这样一个文化水平差别太大的社会，维持这
样的态度非常困难，一个作家当然可以不去"瞧着将来的收入"，但是不
去瞧自己所处的社会就很危险了。这种固执的态度使他们在社会生活中处
于非常尴尬的地位。

其次，这批作家大多在西方欧美文学方面有一定造诣，外文很好，这
就形成了他们某种艺术上的优越感，他们常常自觉不自觉地拿西方欧美文
学名著为标准，衡量当时文坛上的创作，尤其是轻视当时一些青年作者的
创作。他们重视一些小圈子里的文学。陈西滢就非常推崇"小剧院"。当
然，这种独特的艺术趣味带有"孤芳自赏"的味道，即使他们真能抱定
"为艺术而艺术"的态度，在自己"象牙之塔"内写一点自己爱好的东西
已经不容易，况且有时候身不由己，还会被牵入到社会政治斗争中，就更

---

① 陈西滢：《创作的动机与态度》，陈西滢《西滢闲话》，新月书店，1931 年，第
190—191 页。

难以被人们所接受了。

第三，现代评论派作家经常出入家庭沙龙、太太客厅，他们习惯了过悠闲的生活，甚至把阅读中外文学名著，谈论艺术当作一种高贵的享受，就像生活中品香茗，喝洋酒，抽上等烟一样。由于他们的特殊地位和教养，在国内经常有机会和外国学者接触。当时很多欧美学者和作家，如杜威、罗素、泰戈尔来华讲学，都由他们环绕左右，自我感觉自然很好。例如 1924 年泰戈尔来华讲学，北京文学界在天坛草坪开欢迎会，便由徐志摩当翻译，林徽因来搀扶泰戈尔，当时就有人说，林小姐人艳如花，和老诗人挟臂而行，加上长袍白面徐志摩，犹如苍松竹梅一幅三友图。可见是很出风头。所以鲁迅 1925 年曾说他不愿"跟着中国的文士们去陪莎士比亚吃黄油面包"，[①] 也是意有所指。

由此可见，"现代评论派"是一个带浓厚"学院派"味道的文人群体。正如鲁迅说的，"《现代评论》是学者们的喉舌"，[②] 这个群体 1924 年底创办《现代评论》周刊带着明显的学院气息。此刊创刊一年后，陈西滢曾专作《"表功"》一文，指出其宗旨是"在'党同伐异'的社会里，有人非但攻击公认的仇敌，还要大胆的批评自己的朋友，在提倡民权的声浪中，有人非但反抗强权，还要针砭民众，在以好恶为是非的潮流中，有人本科学的精神，以事实为根据的议论是非"；[③] 他还声称在《现代评论》上的"所有的批评都本于学理和事实，绝不肆口谩骂"，"这也许是'绅士的臭架子'"，表明了这个流派的基本倾向。在文学创作方面，他们自诩有高雅的趣味，"看稿的标准也许比较严格些"，罗网了当时在京的一些文人学者。[④] 至于文学成就方面，陈西滢 1926 年列举了新文学运动十年来 11 部最重要著作，有 6 部多少都和"现代评论派"有点瓜葛，例如胡适的《胡

---

① 鲁迅：《〈华盖集〉题记》，鲁迅《鲁迅全集》（第三卷），人民文学出版社，1973年，第 13 页。

② 鲁迅：《集外集拾遗·编完写起"案语"》，鲁迅《鲁迅全集》（第七卷），人民文学出版社，1973 年，第 698 页。

③ 陈西滢：《"表功"》，陈西滢《西滢闲话》，新月书店，1933 年，第 228 页。

④ 同上，第 228—229 页。

适文存》，吴稚晖的《一个新信仰的宇宙观及人生观》，顾颉刚的《古史辨》，徐志摩的《志摩的诗》，杨振声的《玉君》，丁西林的《一只马蜂》等，其余几部是郁达夫的《沉沦》，鲁迅的《呐喊》，郭沫若的《女神》，冰心的《超人》，白薇的《丽琳》等。这种选择本身代表了某种偏向是必然的。

"现代评论派"作家应首推陈西滢，虽然他没有多少创作方面的成绩。当时，陈西滢身为教授，授课之余只写一些小品文，以后集成一本小书《西滢闲话》，由新月书店出版，收了他在《现代评论》周刊上发表的78篇文字。就从这本集子来看，说陈西滢是个作家未免太理性化，太死板了一些；说他是个学者倒更为合适，无论是批评文学，批判社会，还是议论时事，总喜欢引用一些名人之言或历史事实，以某种"公理"为据，行文从容不迫。在这本集子里，谈艺术的不足20篇，大部分针对某些社会现象和问题而发，表现了作者鲜明的民主和自由思想，在某种程度上揭露了帝国主义和封建主义的丑恶。例如在《粉饰》一文中，作者针对执政府在外国代表到京之前洗去标语，禁止民众示威一事发表议论，揭露了当时政府"取好于洋人"的拙劣做法；在《捏住鼻子说话》一文中，根据一位自言仙狐行骗的事实，揭露一些官吏国民的愚昧无知；《行路难》写富贫不均，军阀横行的社会相；《中国的精神文明》是对复古派的嘲讽和反击等等，都有一定的社会意义。

但是，作为一个学者，陈西滢对时事的批评有所保留，尤其是对政府和当局的批评总是采取一种理性的，有限度的方式，对群众一些激进的反抗行动不以为然。为此，就1925年的"女师大学潮"事件，陈西滢和鲁迅发生了冲突，他认为学生"闹得太不象样了"，有损于"教育界的面目"，理性十足，正义不足，并指责鲁迅"挑动风潮"。鲁迅报之以辛辣反击，说陈西滢"一定是热度太高，发了昏，忘记装腔了，不幸显出本相"。①

---

① 鲁迅：《华盖集续编·不是信》，鲁迅《鲁迅全集》（第三卷），人民文学出版社，1973年，第221页。

从艺术才能方面讲，陈西滢很难称得上是大作家。作为同人，徐志摩曾称赞过陈西滢的文字功夫，说他功候到了，那支笔落在纸上轻重随心，纵横如意，但只能就此而已。作为一个作家，陈西滢缺乏激情和想象力。苏雪林曾谈到过陈西滢写文章缺乏灵感的困难过程。他多半是靠耐心，一字一句磨出来的——"想象力我是没有的，耐心我可不是没有的"，"我很少待到灵感的助力，我的笔没有抒情的力量"。"它不会跳，只会慢慢的沿着道儿走。我也从不会感到过工作沉醉，我写东西是困难的。"① 陈西滢自己曾这样谈起过。因此，陈西滢虽是"现代评论派"的"义旗"和"主将"，虽然艺术趣味比较高雅，但创作上毕竟薄弱，不能长期立足于当时文坛。

在"现代评论派"中，二位女作家陈衡哲和凌叔华在创作上倒是值得一提。

陈衡哲于 1914 年至 1920 年留学美国，和胡适交往甚密。陈衡哲 1928 年出版小说集《小雨点》，胡适为之作序，其中云："她是我的一个最早的同志。"② 陈衡哲可以说是最早用白话写小说的作家之一。她于 1917 年创作《一日》，发表于《留美学生季报》上，描写一帮女大学生一天的生活。这篇小说当时对国内文坛并没产生影响，但对提倡白话文有一定的意义，起码对于胡适实行文学改良设想是个促进。陈衡哲《小雨点》收入 10 篇小说，大多描写妇女生活，其中有些是以西方生活为场景，例如《一支扣针的故事》就是描写一位美国妇女面临母爱和情爱之间的冲突。和当时冰心、庐隐等女作家相比，陈衡哲在创作中突出表现出一种理性思考。1920 年发表在《新青年》上的《小雨点》是一篇童话式的小说，不仅包含着一种人类的同情心和人道精神，而且也是一篇科学童话，小雨点的经历反映了自然界水分子的循环往复历程。

凌叔华出生于北京一个仕宦诗书之家，自小非常聪慧，且爱好艺术。

① 苏雪林：《陈源教授逸事》，苏雪林《苏雪林自选集》，黎明文化事业股份有限公司，1977 年，第 153 页。

② 胡适：《〈小雨点〉胡序》，陈衡哲《小雨点》，上海书店出版社，1928 年，第 6 页。

18 岁进燕京大学学外文。在大学期间她结识了陈西滢。当时凌叔华表现出了自己的艺术才华，曾经写过剧本并用英文演出过。这事好像给陈西滢留下了深刻印象。作为一个观看的教授，陈西滢专门写了《庆贺——小剧院——成功》一文，其中说："上星期北京西人的小戏院团体在六国饭店又做了一个新颖的试验。一个中国的故事，由中国的演员，用中国的排演方法，布景服装，表演出来。它与纯粹的中国剧不同之点的，不过言语是英文……这个试验似乎很受观众的欢迎。剧本质朴简洁，颇有天真之趣，表演也正是如此，所以倒并不觉得怎样的不自然……我们庆贺这剧本的作者凌叔华女士……"①

不久，在 1927 年，凌叔华和陈西滢结为夫妇。

凌叔华的创作从《现代评论》起步。1924 年她发表短篇小说《酒后》，引起文坛注意。最早的小说集为《花之寺》（1928），后又有《女人》（1930）、《小孩》（1930）等。凌叔华是二十年代重要女作家之一。鲁迅很早就注意到了她，曾评道："《现代评论》比起日报的副刊来，比较的着重于文艺，但那些作者，也还是新潮社和创造社的老手居多。凌叔华的小说，却发祥于这种期刊的，她恰和冯沅君的大胆、敢言不同，大抵很谨慎的，适可而止的描写了旧家庭中的婉顺的女性，即使间有出轨之作，那是为了偶受着文酒之风的吹拂，终于也回复了她的故道了。这是好的，——使我们看见和冯沅君、黎锦明、川岛、汪静之所描写的绝不相同的人物，也就是世态的一角，高门巨族的精魂。"②

凌叔华的创作并没有表现出强烈的叛逆精神。在她的作品中，看不到时代风潮的浪头波影，很少出现现实斗争的血和泪的事实，没有激昂的反叛行为和呼喊，也少见人物痛苦的期望，焦灼的追求——这里仿佛是另外一种世界，感情在其中悄悄地移动，换位，命运在理性思索和探求过程中显露出自己的意蕴。《酒后》是凌叔华早期作品之一。一个温顺的妻子在

① 陈西滢：《西滢闲话》，新月书店，1933 年，第 86 页。
② 鲁迅：《且介亭杂文二集·〈中国新文学大系·小说二集〉序》，鲁迅《鲁迅全集》（第六卷），人民文学出版社，1973 年，第 257 页。

宴席之后，突然对醉卧客人起爱慕之心，想吻一吻他。她向丈夫提出了这一要求，但是当丈夫允许了她之后，她又改变了自己的想法。这也许正是鲁迅所说"受着文酒之风的吹拂"而来的"越轨"罢。如果按照当时"五四"时代个性解放精神来评价这部作品，那么其中的主人公也许显得太软弱，行动显得太慎之又慎了。但是，这位女作家所关心的，所表现的并不是这种激烈的反封建精神，而是人在生活中情感微妙的变化。这是在她那个生活圈子中的一种特殊的情感情趣。

《绣枕》是显示出凌叔华才华的作品之一。一位闺门小姐，想以女红来博取客人赏识，精心刺绣一对靠枕。但是绣枕送去的当晚便被客人吐脏，以另外一种面目出现在了女主人公面前。作者细心地写出了主人公的心态：

> 大小姐只管对着这两块绣花片子出神，小姐儿末了说的话，一句听不清了。她只回忆起她做那鸟冠子曾拆了又绣，足足三次，一次是汗污了嫩黄的线，绣完才发现；一次是配错了不绿的线，晚上认错了色，末一次记不清了。那荷花瓣上的嫩粉色的线，她洗完手都不敢拿；还得用爽身粉擦了手，再绣，……荷叶太大块更难绣，用一样绿色太板滞，足足配了十二色绿线，……做完了这靠垫之后，送了给白家，不少的亲戚朋友对她的父母进了许多谀词，她的闺中女伴，取笑了许多话，她听到常常自己红着脸微笑，还有，她夜里也曾梦到她从来未经历过的娇羞傲气，穿戴着此生未有过的衣饰，许多小姑娘追着她看，很羡慕她，许多女伴面上显出嫉妒颜色，那种是幻境，不久她已懂得，所以她永远不再想它起来撩乱心思。今天却碰到了，便一一想起来。①

这里包含着一种生活对命运的嘲讽。没有惊心动魄的场面，但旧的社

---

① 凌叔华：《绣枕》，钱公侠、施瑛编《小说》，启明书局，1936 年，第 216 页。

会价值观念在悄悄被摧毁，社会的变迁已浸透到了家庭日常生活之中。绣枕包含着一种生活的暗示，也是一种对命运的象征。作者不无同情地描写了这位深闺小姐的心境，其中也隐含着作者对于人生命运的一种体察和回味。在她那个生活圈层里，凌叔华很难接触到人生血淋淋的现实，对社会物质压迫感触不可能很深，但是她的教养又使她敏感于人世命运的沉浮变迁，在心灵上永远遗留着一块理想的空白。

最能反映凌叔华思想情调的作品也许是《花之寺》。诗人幽泉和他的爱妻燕倩坐在廊下，幽泉感到十分烦闷，但是好朋友都不在，也不愿出去走走。妻子燕倩假借一位姑娘之手写了一封言辞动人的信，约幽泉第二天去花之寺见面。但是当幽泉瞒着妻子去约会时，见到的是自己的妻子。他妻子燕倩告诉他，她这样做，"纯粹因为让你换换新空气，不用见不愿见的人，听不爱听的话罢了。"① 小说充满着一种优雅纯美的情调，文体优美，颇显得清切神妙，飘逸纯化，如徐志摩评论的，"最恬静最耐寻味的幽雅，一种七弦琴的余韵，一种素兰在黄昏人静时微透的清芬。"② 在作品中，作者把一种躁动不安的感情完全诗意化，用一种清淡和宽容的氛围取代了生活中的喧嚣。生活中复杂的感情被自然地理解了，转化成了一种生活情致和志趣。这也许是凌叔华对生活独特的理解和追求。

凌叔华创作的境界，犹如陈西滢欣赏的"小剧场"，或者像典雅的"太太客厅"，一切摆设都在表现出主人优雅的情调，就连自然景色到了这里，也就成了古色古香的山水画，表述出主人公独特的艺术鉴赏力。凌叔华是当时少有的优雅的新式淑女式作家，气质和才华是天然的，这种艺术情调显得很自然，毫无勉强的痕迹。

与此不同，"现代评论派"另一个作家杨振声（1899—1956），是新文学最早的小说家之一，写过《渔家》《磨面的老王》等反映人生疾苦的作品，后来他很想把自己的创作推向一个优雅的艺术境界，在陈源和胡适指点下反复修改自己的小说《玉君》，下了很大功夫，但终不能与凌叔华相

---

① 凌叔华：《花之诗》，花城出版社，1986 年，第 34 页。
② 徐志摩：《〈花之寺〉序》，《新月》1928 年 3 月第 1 卷第 1 号广告栏。

比。不过，杨振声在《〈玉君〉自序》中有一段话，却是非常难得的："若有人问玉君是真的，我的回答是没有一个艺术家是说实话的。说实话的是历史家，说假话的才是小说家。历史家用的是记忆力，小说家用的是想象力。历史家取的是科学态度，要忠实于客观；小说家取的是艺术态度，要忠实于主观。一言以蔽之，小说家也如是艺术家，想把天然艺术化，就是要以他的理想与意志去补天然之缺陷。他要使海棠有香，鲫鱼少刺。你说他违背自然，他本来就不求忠实于天然。他把那种美德，早已三揖三让地让给了科学家了。"①

由此来看，"现代评论派"是中国新文学中"学院气"较浓的流派，讲艺术趣味，确实有点"象牙之塔"味道，再加上他们以一种精通西洋文学的"欧化绅士"姿态出现，自觉高雅，表现出一种不同凡响的艺术态度，自觉不自觉地与当时文坛上大部分作家隔离开来，使自己的路子越走越窄，最后陷入一种尴尬境地。鲁迅先生曾经著文这样讥笑过他们："有一派讲文艺的，主张离开人生，讲些月呀花呀鸟呀的话（在中国又不同，有国粹的道德，连花呀月呀都不许讲，当作别论），或者专讲'梦'，专讲些将来的社会，不要讲得太近。这种文学家，他们都躲在象牙之塔里面；但是'象牙之塔'毕竟不能住得很长久的呀！象牙之塔总是要在人间，就免不掉还要受政治的压迫。打起仗来，就不能不逃开去。北京有一班文人，顶看不起描写社会的文学家，他们想，小说里面连车夫的生活都可以写进去，岂不把小说应该写才子佳人一首诗生爱情的定律打破了吗？现在呢，他们也不能做高尚的文学家了，还是要逃到南边来；'象牙之塔'的窗子里，到底没有一块一块面包递进来的呀！"②

其实，讲到陈西滢的《闲话》，就不能不谈起鲁迅，说起"现代评论派"，就不能不系结到《语丝》周刊以及"语丝派"。

"语丝派"是以小品文创作为主体的文学流派，因孙伏园 1924 年 11

①　杨振声：《〈玉君〉自序》，杨振声《玉君》，上海书店出版社，1985 年，第 1 页。
②　鲁迅：《集外集·文艺与政治的歧途》，鲁迅《鲁迅全集》（第七卷），人民文学出版社，1973 年，第 472 页。

月创办《语丝》周刊而得名。《语丝》周刊是在鲁迅和周作人两兄弟支持下创办的。当时孙伏园邀约了十几个人写稿，如钱玄同、刘半农、俞平伯、冯文炳、孙福祥、顾颉刚等人，其主要作者还有林语堂、江绍原、川岛（章廷谦）、张定璜、苏雪林、韦素园、潘汉年、汪静之、鲁彦、许钦文、黎锦明、梁遇春、李健吾、曹聚仁等。

关于"语丝派"的基本倾向，在《语丝》周刊创刊号发表的"发刊词"上，已有明确的表示：

> 我们几个人发起的这个周刊，并没有什么野心和奢望。我们只觉得现在中国的生活太是枯燥，思想界太是沉闷，感到一种不愉快，想说几句话，所以创刊这张小报，作自由发表的地方。我们并不期望这于中国的生活或思想上会有什么影响，不过姑且发表自己所要说的话，聊以消遣罢了。

> 我们并没有什么主义要宣传，对于政治经济问题也没有什么兴趣，我们所想的只是想冲破一点中国的生活和思想界的浑浊停滞的空气，我们个人的思想尽是不同，但对于一切专断与卑劣之反抗则没有差异。我们这个周刊的主张是提倡自由思想，独立判断，和美的生活。我们的力量弱小，或者不能有什么着实的表现，但我们总是向着这一方面努力。①

在创作上，这个"发刊词"还表示，"周刊上的文字，大抵以简短的感想和批评为主。但也兼采文艺创作"，希望能够促进小品文的进一步繁荣。这个"发刊词"从表面上看比较平和，但带着明显的同人性质，他们表示"至于主张上相反的议论，则只好请求在别处发表"，已显露出这一点。尽管当时"语丝"同人志趣不尽相同，但催促新的产生，批判有害于"新"的旧物，冲破沉闷的思想界的空气，"不愿意在有权者的刀下，颂扬

---

① 《〈语丝〉发刊词》，《语丝》1924 年第 1 期。

他的威权，并奚落其敌人来取媚，可以说，也是'语丝派'一种几乎共同的态度。"①

《语丝》周刊的创办以及"语丝派"的形成，是当时新文学运动中心区发生的事件，影响很大，从某一个侧面反映了文坛各种风格流派之间的竞争和挤压。有旧的分化，又有新的构成。

《语丝》创刊似乎是从一件小事引起的。这要从北京《晨报副刊》的主编孙伏园说起。《晨报副刊》是新文学运动中有影响的刊物。孙伏园1920年10月接编后，改革版面，办《晨报副刊》，影响更为扩大。鲁迅的文章经常出现在这个刊物上，堪称新文学运动在北方的一面旗帜。但是，到了1924年10月间，孙伏园的编辑工作开始受到《晨报》代理总编刘勉己的干扰。有一次鲁迅写了一首打油诗《我的失恋》寄给孙伏园，孙伏园发完稿之后便回家去了。但是等他晚上看大样的时候，才知道鲁迅的诗被刘勉己抽去，孙伏园是一个很有风骨的编辑，终于按捺不住，愤而辞职。

孙伏园曾如此谈起当时的情景："但去年十月某日的事，却不能与平日相提并论，不是因为稿件多而是被校对抽去的，因为校对报告我：这篇诗稿是被代理总编辑刘勉己先生抽去了。'抽去'！这是何等重大的事！但我究竟已经不是青年了，听完话只是按捺着气，依然伏在案头看大样。我正想他补进去的是一篇什么东西，这时候刘勉己先生来了，慌慌忙忙的，连说鲁迅的那首诗实在要不得，所以由他代为抽去了。但他只是吞吞吐吐的，也说不出何以'要不得'的缘故来。这时我的少年火气，实在有些按捺不住了，一举手就要打他的嘴巴。（这是我生平未有的耻辱，如果还有一点人气，对于这种耻辱当然非昭雪不可的。）但是那时他不知怎样一躲闪，便抽身走了。我在后面紧追着，一直追到编辑部。别的同事硬把我拦住，使我不得动手。我遂只得大声骂他一顿。同事把我拉出编辑部，劝进

---

① 鲁迅：《三闲集·我和〈语丝〉的始终》，鲁迅《鲁迅全集》（第四卷），人民文学出版社，1973年，第175页。

我的住室，第二天我便辞去《晨报副刊》的编辑了。"①

其实，不论是孙伏园所谓"不能与平日相提并论"之处，还是刘勉己吞吞吐吐的"要不得"，其背后的原因都不能简单而语。其一，当时《晨报》本来就是梁启超为主导的"研究系"所办，胡适、陈源，再加上新从欧洲回来的徐志摩，和梁的关系很好，思想观点也接近，而孙伏园的办刊方针，所联络的文人等都不合他们的口味，所以鲁迅有"……伏园的椅子颇有不稳之势"② 一语，也是意有所指的。其二，是新月社成立后，在胡适、徐志摩周围逐渐形成了一个文人小圈子，希望在文坛上独树一帜，视《晨报副刊》为自己阵地也是必然的。其三，当时鲁迅的打油诗《我的失恋》意在讽刺"阿呀阿唷，我要死了"之类爱情诗的，此时徐志摩的创作正热衷于此。这也是刘勉己所说"要不得"原因之一。孙伏园辞职后，徐志摩接编副刊。后办《诗镌》，也是后来新月派崛起的征象。

所以，孙伏园辞职一事虽小，却牵动了新文学情势的变故。后孙伏园在鲁迅、周作人等人支持下创办《语丝》，形成与"现代评论"一派人对垒之势，正式点燃了论争的导火线。作为"语丝派"论战的主将，鲁迅曾言："……我很抱歉伏园为了我的稿子而辞职，心上似乎压了一块沉重的石头。"③

这场论战在 1925 年北师大风潮中达到了高潮。当时教育总长章士钊支持女师大校长杨荫榆压制学生，鲁迅等一批教师挺身而出，支持学生的行动。而陈西滢则以正人君子面目出现，主张整顿校纪，并在言词之间攻击鲁迅鼓动学生闹事。鲁迅奋而反击，写了大量短评，揭露陈西滢助长了现实黑暗的力量。这场笔战持续了三年之久，给双方心灵上都留下了很深的伤痕。陈西滢从此在文坛上一蹶不振，留下一本《闲话》之后就退守到学

① 孙伏园：《从晨报副刊到京报副刊》，张静庐辑注《中国现代出版史料（甲编）》，中华书局股份有限公司，1954 年，第 227—228 页。

② 鲁迅：《三闲集·我和〈语丝〉的始终》，鲁迅《鲁迅全集》（第四卷），人民文学出版社，1973 年，第 169 页。

③ 同上，第 171 页。

术界去了，至于"现代评论派"其他成员再也无人来"闲话"，也专心于创作和学问去了。徐志摩则致力于诗歌创作。这也暗示了新文学发展中一种不祥征兆，这就是随着学院派作家和一般作家隔阂加深，作家的学者化和工农化处于矛盾冲突之中，影响了一般作家文化素质的提高。

　　这场论争不仅显示了新文学创作中"学院派"作家和一般作家的隔阂和距离，也表现了"学院派"作家本身的弱点。他们虽然吸收了外国文化的营养，有较好的艺术修养；但独立性并不强，尤其是得到较优越的社会地位后，容易满足现状，对当时政治当局表现出较大的依附性。再加上他们自命高雅，在创作上下功夫的不多，光对别人评头论足，自己又拿不出"货色"，也难令人信服。所以当时鲁迅就笑他们，"我很佩服这些学者们的大才"，①"将《现代评论增刊》略翻一下，就觉得五光十色，正如看见有一回广告上所开列的作者的名单。例如李仲揆教授的《生命的研究》呀，胡适教授的《译诗三首》呀，徐志摩先生的《译诗一首》呀，西林氏的《压迫》呀，陶孟和教授的要到二〇二五年才发表而必须我们的子孙才能全部详读的大著作的一部分呀……"② 着实令人失望。

　　和"现代评论派"相比，"语丝派"对文学创作影响很大，不仅有比较独立的一群作家作为支撑，而且存在的时间也较长。《语丝》于1924年底创刊，直到1931年才停刊，在鲁迅等人的支持下持续了有七年之久，这在新文学史上也是一个奇迹。而"语丝派"所开拓的新文学杂文艺术天地，则形成了一种传统，对文坛产生了深远的影响。

　　但是，这并不意味着"语丝派"是一个成分单纯的流派；其本身不仅不断发生着变化，而且自始就是派中有派。这一点鲁迅自己也非常清楚，他曾说："那十六个投稿者，意见态度也各不相同，例如顾颉刚教授，投的便是'考古'稿子，不如说，和《语丝》的喜欢涉及现在社会者，倒是相反的，不过有些人们，大约开初是只在敷衍和伏园的交情的罢，所以投

---

①　鲁迅：《华盖集续编·厦门通信（二）》，鲁迅《鲁迅全集》（第三卷），人民文学出版社，1973年，第360页。

②　同上，189页。

了两三回稿，便取'敬而远之'的态度，自然离开。"① 随着时间的推移，"语丝派"中也不断有人疲劳，有人失望，有人消沉，渐渐失去了原来的锐气，作为一个流派也渐渐自行消失了。鲁迅也禁不住感叹说："语丝派的人，先前确曾和黑暗战斗，但他们自己一有地位，本身又便变成黑暗了，一声不响专用小玩意，来抖抖的把守饭碗。"②

这里鲁迅虽然没有明指"他们"是谁，但是若提及"语丝派"中派中之派，首先是鲁迅同胞兄弟周作人。实际上，《语丝》的创刊与鲁迅、周作人兄弟都有关系，周作人也直接参与过《语丝》编辑。但是，两人在"五四"新文学运动高潮过后，文学倾向已开始发生明显分歧。鲁迅坚持同黑暗进行战斗，主张文学介入生活；而周作人则时时有逃避之意，渐渐变得世故和妥协起来。

这种分歧分明表现在两人的创作中。郁达夫就曾对两人散文创作进行过比较。

　　鲁迅的文体简练的象一把匕首，能以寸铁杀人，一刀见血。重要之点，抓住了之后，只消三言两语就可以把主题道破——这是鲁迅作文的秘诀，详细见《两地书》中批评景宋女士《驳复校中当局》一文的语中——次要之点，或者也一样的重要，但不能使敌人致命之点，他是一概轻轻放过，由它去而不问的。与此相反，周作人的文体，又来得舒徐自在，信笔所至，初看似乎散漫支离，过于繁琐！但仔细一读，却觉得他的漫谈，句句含有分量，一篇篇中，少一句就不对，一句之中，易一字也不可，读完之后，还想翻转来从头再读的，当然这是指他从前的散文而说，近几年来，一变而为枯涩苍老，炉火纯青，

① 鲁迅：《三闲集·我和〈语丝〉的始终》，鲁迅《鲁迅全集》（第四卷），人民文学出版社，1973 年，第 171 页。
② 鲁迅：《鲁迅书信集·致章廷谦》，鲁迅《鲁迅全集》（第四卷），人民文学出版社，1973 年，第 56 页。

归入古雅道劲的一途了。①

为此，早在 1935 年，周作人在人们眼中还是新文学开创时期"先锋人物"之时，郁达夫就已看到，周作人已经"……走进了十字街头的塔，在那里发散着红绿的灯光，悠闲地，但也不息地负起了自己的使命；他以为思想上的改变，基本的工作当然还是要做的，红的绿的灯光的放送，便是给路人的指示；可是到了夜半清闲，行人稀少的当儿，自己赏玩赏玩灯光的色彩，玄想玄想那天上的星辰，装聋作哑，喝一口苦茶以润润喉舌，倒也是于世无损，于己有益的玩意儿"。②

郁达夫说周作人"喝一口苦茶以润润喉舌"，完全有据可依。早在 1924 年，当鲁迅"站在沙漠上"，"悲则大叫，愤则大骂"之时，周作人已经开始"忙里偷闲，苦中作乐"，评论"茶道"了，请看：

> 前回徐志摩先生在平民中学讲"吃茶"，——并不是胡适之先生所说的"吃讲茶"，——我没有功夫去听，又可惜没有见到他精心结构的讲稿，但我推想他是在讲日本的"茶道"（英文译作 Teaism），而且一定说的很好。茶道的意思，用平凡的话来说，可以称作"忙里偷闲，苦中作乐"，在不完全的现世享乐一点美与和谐，在刹那间体会永久，是日本之"象征的文化"里的一种代表艺术。关于这一件事，徐先生一定已有透彻巧妙的解说，不必再来多嘴，我现在所想说的，只是我个人的很平常的喝茶观罢了。③

这篇《吃茶》写于 1924 年 12 月，也就是《语丝》周刊刚创刊之时，后收入周作人自选集《知堂文集》，1933 年由天马书店出版。这时周作人

---

① 郁达夫：《〈中国新文学大系・散文二集〉导论》，赵家璧编《中国新文学大系・散文二集》，上海文艺出版社，1935 年，第 14 页。
② 同上，第 14—15 页。
③ 周作人：《吃茶》，少侯《周作人文选》，启智书局，1936 年，第 67—68 页。

也已成为教授学者，经常出入于北京的"太太客厅"了。这时，正如周作人自己早就说过的，"五四"新文学运动中那种"褊急的心境"早已没有了，也不再说"流氓似土匪似的话"了，除了谈谈"草木虫鱼"，或者"故意往清茶淡饭中寻其固有之味者"，还可以"谈谈天气"。①

不可否认，周作人在散文创作方面的成就引人注目。从1923年他的《自己的园地》出版，至1935年，周作人几乎每年出一本散文集，成就可观。况且，周作人也是中国现代散文创作的开路人之一，早在1921年就写过《美文》一文，提倡一种叙事与抒情相结合的文体——美文，影响很大。胡适也曾给予周作人散文创作很高的评价，认为他的创作语言平淡，意味深刻，打破了"美文不能用白话的迷信"。②

从创作方面来看，周作人影响了一些人，在文坛上也自成一派。对此钱杏邨（1900—1977）在1934年就指出："周作人的小品文，在中国新文学运动中，是成了一个很有权威的流派。这流派的形成，不是由于作品形式上的'冲淡平和'，而是思想上的一个倾向。"③ 他还列举了俞平伯、钟敬文等人的散文创作，把他们归于一派作家。钟敬文也曾这样表白过，自己的文章很像周作人的，"是的，我承认，我喜欢读周先生的文章，并且，我所写的，确也有些和他相象。但周先生自己似乎曾说过，我们可以受什么人的影响，都不必去模仿什么人。我的文章与周先生的相似，也许是受了他的部分影响。但说到模仿，却自问尚没有这种卑劣的动机。"④

属于这一派的作家其实并不止于散文创作方面，也渗透到了其他方面。例如废名（1901—1967）就曾受到过周作人风格的影响。废名也曾是"语丝社"成员，但艺术趣味明显倾向于周作人。废名的作品集当时大多

---

① 周作人：《〈草木虫鱼〉小引》，赵家璧编《中国新文学大系·散文二集》，上海文艺出版社，1935年，第230页。

② 胡适：《五十年来之中国文学》，李宗英、张梦阳编《六十年来鲁迅研究论文选》，中国社会科学出版社，1981年，第27页。

③ 钱杏邨：《〈现代十六家小品〉序》，王永生编《中国现代文论选》，贵州人民出版社，1982年，第507页。

④ 同上，第512页。

是周作人作序，而且周作人也曾提到过，废名是他最得意的门生之一。据鲁迅说，废名的大学讲师也是周作人推荐的。

从废名小说可以看出，作者师承周作人的创作风格，"极慕平淡自然的景地"，① 显示出一种自然清淡的田园韵味。废名在北京大学读过英国文学，少不了接触莎士比亚、艾略特、哈代等人的作品，他本人还喜欢法国作家果尔蒙的《田园诗》，培养了一种对古老淳朴民风民俗的自然爱好，向往一种纯粹自然，未受到现代物质文明侵扰的诗意境界。他的小说《竹林的故事》就营造了这样一种氛围，鲁迅把它收入《中国新文学大系·小说二集》，并评论说："在一九二五年出版的《竹林的故事》里，才见以冲淡为衣，而如著者所说，仍能'从他们当中理出我的哀愁'的作品。"② 作品中表现出的田园情趣，大约只有以后沈从文的《边城》才能比美。作者用清新的文字，写宁静的乡舍，写葱老的竹林，写古朴的生活，写纯洁的人情，灌注着废名的人生追求。这种田园诗情是废名艺术理想的一种寄托，同时也隐含着一种文学对社会压迫的反抗。作者把自己的愁怨隐藏于小桥流水、乡村竹林之间，试图摆脱社会的干扰，一方面表现了作者在社会中的软弱，另一方面则表现了作者对于艺术的虔诚——他想避开现实的冲击，建造一个美好的艺术世界。尽管当时很多人认为这是与时代精神不协调的，但依然显示了一种令人向往的魅力。

---

① 周作人：《〈雨天的书〉自序二》，赵家璧编《中国新文学大系·散文二集》，上海文艺出版社，1935 年，第 129 页。

② 鲁迅：《且介亭杂文二集·〈中国新文学大系·小说二集〉序》，鲁迅《鲁迅全集》（第六卷），人民文学出版社，1973 年，第 249 页。

第二编　文学流派的立体交叉

随着一些流派的发展进程，我们不知不觉地进入了一个新的时期。当然，历史是连续性的，我们感兴趣的不是确定一个明确的年代界限，而是随时间推移出现的许多新的流派现象，以及在它们相互关系、形态特征方面的诸多新变化。为此，尽管许多叙述过的流派仍在发展，但是我们也不得不匆匆从它们身旁走过，投以抱歉的目光，然后把注意力放在一些新的流派现象上，描叙它们的艺术面貌和发展历程，我们期望由此更好地反映出文学发展新的风貌。

因此，我们准备跨入一个新的时期。这是一个群英荟萃、流派辈出，文学创作上成果累累的时期。在这个时期，原来的流派在分化，在更新，在发展，构成新的文学流派产生发展的背景和条件，而新的流派又在争前恐后地涌现出来，犹如长江后浪推前浪；它们的艺术面貌各有不同，类型也多种多样，有时彼此还会南辕北辙，相互对抗和对流，共同构成了一种流派立体交叉的发展态势；由于各种各样的历史原因，在这个时期里，我们也许会感到文学的时空被压缩了，更显得拥挤了，各种流派都在拥挤中建造着自己的园地，在竞争中显示着自己的风格，在冲突和搏斗中开辟着自己的道路。当然，在这个过程中，我们从不同方向来看也会发现，竞争中仍有和谐，拥挤中仍有宽松，搏斗中仍有一致，不同的流派都有自己特定的发展轨迹，有笔直的奔驰，有自然的旋转，有横向的穿插，有高空的超越……我们像站在一座奇异的立体交叉桥面前，在文学进程中体验着无数次惊险的碰撞，这一切在立体的历史考察中都化为一种辉煌的景观。

这种情景在 1927 年之后变得更为复杂了。显然，新文学还很年轻，但中国复杂的社会生活，动乱的时代环境，黑暗的政治压迫，使新文学少年老成，无法继续保持那种无拘无束的自由习气，不得不更多地思考自己的出路和命运。就这方面来说，整个二十世纪三十年代的中国文学都在痛苦中徘徊和追求，用各种各样的形式抵抗着社会黑暗的压迫，在最艰难的条件下显示着自己的存在，开辟着自己的道路。

在这个过程中，尽管政治压迫给各个流派的发展都蒙上了一层阴云；尽管很多流派在卷入政治涡流之中处于互相敌对的状态，但是文学创作本身依然显示了其独立的品格，它永远向往着真诚、善良和美好，属于人们内在心灵的创作物，这是政治压迫和金钱诱惑所无法改变的。正因为如此，统治者可能拥有权力和金钱，却无法拥有真正的文学。关于这一点，毛泽东同志在谈到统治者进行"文化围剿"时指出：

> 其中最奇怪的，是共产党在国民党统治区域内的一切文化机关中处于毫无抵抗力的地位，为什么文化"围剿"也一败涂地了？这还不可以深长思之么？①

这确实是一个引人"深长思之"的问题。在二十世纪的社会生活中，用某种"文化专制"的方式来对待文学，除了带来巨大的危害之外，只能获得适得其反的结果。

显然，在二十世纪二十年代末，文坛上最引人注目的流派，是"革命文学"，这也是文化专制者们所未料及的结果。"革命文学"的产生，不仅有着深刻的国际文化背景，在文坛上有长期萌芽和酝酿时期，而且它在艰难条件下迅速产生影响，是和中国当时整个社会态势连在一起的。应该说，"革命文学"的产生，使整个三十年代文坛情势发生了很大变化，任何一个文学流派都不可避免地与这一文学潮流和流派发生这样或那样的关联，从而被蒙上了一层政治色彩。这种政治色彩复杂纷繁，有些是流派本身所有的，有的是在流派竞争中形成的，有的则是在自觉与不自觉中增补的……大多数流派都在奋力抵制着专制政治的压迫，并试图用各种各样的方式摆脱政治斗争的干扰，但是，中国社会又绝不允许它们脱离政治，由此构成了它们在发展中痛苦的历程。

于是，在一段很长的时间里，很多作家开始聚集在社会政治的"中间地带"，这是一个值得重视的现象。除了三十年代文坛上出现了"自由人""第三种人"文派外，还有很多作家，例如巴金、沈从文、老舍、曹禺、

---

① 毛泽东：《新民主主义论》（一九四〇年一月），毛泽东《毛泽东选集》（第二卷），人民出版社，1991年。

郑振铎等作家，形成了文坛上很大的一个"中间作家群"。这些作家表面上不想介入文坛上政治派别之争，但这并不意味着他们没有政治倾向。他们不过是把这种倾向熔铸到文学创作之中，所向往的是生活中真、善、美的境界。由此来说，由于中国特殊的社会环境，三十年代文坛上很多作家所表现的对政治的淡漠、超脱和回避，并不一定是对社会黑暗的妥协，而恰恰是为了维护文学的独立性，是对社会黑暗的一种抗争。这种情况由于流派之间的纷争，长期有被人误解的地方。

可见，新文学的处境艰难，但是新文学仍然在艰难中走向成熟——这正是使人们感到乐观的地方。从新的文学流派的产生和发展中，我们能够看到，新文学的这种成熟不仅表现在内容方面，文学创作所反映的生活面愈来愈广阔；而且引人注目地表现在形式方面，新的文学方法和技巧不断产生。就后者来说，除了现实主义文学创作在不断丰富和扩大，涌现出许多不同的流派外，现代主义文学也一度形成流派，风行文坛，扩大了文学表现的疆域。在这种情况下，一些流派的产生在艺术构成方面，又有了新的特点。在对艺术的基本态度方面，不同流派相应的出发点也有所不同，并且开始形成各有特色的理论观点。有一些流派的创作虽然内容比较狭窄，但在形式创造上有独特追求。

为此，在继续考察现代文学流派发展中，不能不对当时各种文学理论和批评的情况给予重视。实际上，随着新文学的发展，文学理论和批评的状况，对于流派的产生和发展，乃至于整个文坛创作，起着愈来愈明显的引导和制约作用——这也是新文学第二个十年创作的重要特征。很明显，二十年代末至三十年代末，新文学面临着许多需要解决的问题，很多作家处于一种迷惘状态，也在不断探索着文学的出路，希望能有某种令人信服的理论出现指点迷津。在这种情况下文坛接二连三发生的论争，不仅是一种必然现象，而且反过来对作家创作产生着巨大影响。在文学史上，很少能够看到像三十年代那样的情景，几乎所有作家都对理论论争抱有极大兴趣，并且毫不例外地参加了论争，几乎每一次论争都涉及了一批人，影响了一批人，成为整个文坛所关注的中心。这一时期文学流派的产生和发展几乎都和论争连在一起。例如二十年代末关于"革命文学"的论争，三十年代初关于"自由人""第三种人"的论争，之后又有关于"论语派"的小品文论争，"海派"和"京派"之争等等，形成了文坛上一次次的风波，直接反映着文学流派的变迁，而就一些较大的文学流派来说，几乎都有自己在理论方面的代表人物出现，例如"革命文学"主流派的蒋光慈、成仿吾、郭沫若等，"新月派"中的梁实秋，"现代派"中的杜衡，"京派"作家群中的李健吾等，在文学理论和批评方面都有着自己独特的观点。

第一章

新格律诗派和象征诗群

"五四"新文学运动过后，中国新文学进入一个新的建设时期。从这时候起，各个流派之间互相论争一直没有停息过。表面上看，这些论争大多都集中在社会问题上，带着一种党派和政治斗争的色彩。但是深入到艺术本体中去看，就会发现一种潜在的艺术方法和观念更新的潮流。假如进一步观察这个潮流的历史流向的话，就会发现艺术的更新常常产生于中国传统文学与现代文学意识之间的碰撞和连结，现代文学每向前迈进一步，就意味着它一方面不断从西方文学中吸收营养，一方面不断地和中国传统审美习惯挂起钩来，需要双方不断地引展和交融。这在诗歌发展中表现得很明显。

1923 年以后，当浪漫派、湖畔派等在诗坛上争香斗艳之时，新诗创作已在悄悄地酝酿着新的变革。这就是闻一多、徐志摩为代表的新格律诗和李金发为代表的象征主义诗潮。它们虽然在诗风上代表了两种不同倾向，但都表现了对以前新诗创作在艺术方面的反思和突破，在过去基础上进行新的艺术探索，扩大了创作的艺术视野。

这里有必要对新诗形成进行一番探究。从中国文学发展历史来看，新诗的产生是在传统文学遭到否定前提下实现的。新诗人受到的最大影响是外国文学的影响，他们为了打破旧文学的一统天下，借助了西方文学思想，并以西化思想和西化语言写诗，实现了诗界的解放，打破了古典诗的条条框框，但不可避免地存在一些艺术上的缺陷。这主要表现在两个方面。（1）和现实生活的联系只是表面的。当时大多数诗以说理言志为主，或者只是肤浅地描写社会矛盾和自然现象。新诗人写新诗大多为了表达自己的思想，很少有人把诗当作一门独特的艺术。这正如朱自清所指出的："新诗的初期，说理是主调之一，新诗的开创人胡适之先生就提倡以诗说理，《尝试集》说理诗似乎不少。"① （2）从形式来看，过于自由也就显得散漫，不仅远离了中国传统审美习惯，而且给当时的人造成一种印象，好像写诗最容易，无需怎样去思量考究，谁都可以写诗，成为诗人。所以后来老舍就批评过一些新诗人的做法："他们以为随便联串上了些文字便可以成诗。"② 这种自由体趋于极端，就走上了散文化道路，诗也就面临着失之为"诗"的危险。

就诗歌创作来说，打破传统的旧的诗词格律并不容易，完全改变或消除一种传统的审美习惯和艺术趣味十分困难；而在这个基础上建立新的审美习惯和艺术趣味更是难上加难。最早的新诗创作者虽然自己率先写了新诗，但不意味着他们完全脱离了传统的审美习惯和艺术趣味，建立了崭新的审美习惯和趣味；他们中间很多人也许写起旧诗更得心应手，欣赏起古诗来更有滋有味。胡适就是突出的一位。也许因为这个原因，胡适注意到了白话诗应该从民间诗歌中吸取养料。他认为白话诗人不去研究那些自然流利的民族风格和手法，似乎是今日诗作的一种缺陷。实际上，当时注意到从民间文学中吸取养料的也都是一些古典文学根底很厚的人。传统的文学修养促使他们走向民族的民间艺术宝库。刘半农和俞平伯就有过这方面尝试。朱自清《新诗杂话》中有一段话告诉人们，当时刘半农先生曾经仿江阴船歌作《瓦釜集》，俞平伯先生也曾仿作吴歌。但他们只是仿作歌谣，不是在作诗的，仿得很逼真，很自然。但他们自己和别人都不认为是新

---

① 朱自清：《诗与哲学》，朱自清《朱自清选集》（第二卷），河北教育出版社，1989年，第273页。
② 老舍：《文学概论讲义》，北京出版社，1984年，第147页。

诗。——俞平伯在《欢愁底歌》(《冬夜》) 那首新诗就有两段尝试小调 (俗曲) 的音节，不过也只是偶然为之，并没有持续这种尝试。可惜这种尝试当时并没有引起人们的注意，也不会引人注意，学者们的尝试太超前了——直到四十年代，这种尝试才真正登上引人注目的舞台。

尽管如此，对自由体新诗的怀疑已经开始。人们不可能一下子摆脱中国传统的审美观念，而古典诗歌和新诗本就有不可割裂的血缘关系。较早提出疑问的人，正是从中国古典诗歌艺术修养出发的文人。陆志韦就是一个。他是五四运动初期的新诗人之一，早年写的《小溪》等都带着一种清新的民歌风味，读起来朗朗上口。1923 年初他在为自己诗集《渡河》作的序言中说道："无论如何，我已走上了白话诗的路，两三年来不见有改弦更张的理由。……十五年前士人家的子弟循例要读几部唐宋人的诗集。我想凡有普通聪明的人读了杜老的七古，没有不受感动的。现在十五年之后，无意之中时常背诵他落魄的诗，非但我的人生观受了影响，而且我的白话诗的形式有时逃不出他的范围。杜老之外，我感谢二李，李白不在其内。中国的情诗以李商隐为最高。后来不知女子有人格的批评家把他同无赖并列，岂非冤枉。我的诗里不免有晦涩的词句，义山应为我负一份责任。还有一李是李贺。我所以喜欢他，自己也莫名其妙。"① "近来受了新思潮的刺激，渐渐读些新诗。读一回有一回的失望。"② 他从几乎是本能的审美习惯出发，认为"自由诗有一种极大的危险，就是丧失节奏的本意"，③ 所以他主张在新诗创作中"节奏千万不可少，押韵不是可怕的罪恶"。④

在自由诗风行一时之时，陆志韦的看法难能可贵，他说自己的诗不是新诗只是白话诗，也不失为一种客观求实的艺术态度，这在新诗坛上开了新格律诗的先声。

---

① 陆志韦：《我的诗的躯壳》(1923 年 2 月 23 日)，王永生主编《中国现代文论选》(第一册)，贵州人民出版社，1982 年，第 65 页。
② 同上，第 66 页。
③ 同上，第 68 页。
④ 同上，第 70 页。

  真正走向新格律诗道路的是"新月社"中的闻一多、徐志摩等。1923年，新月社在北平成立，当时只是属于一种俱乐部性质，还算不上一个文学流派。据梁实秋所说："新月二字是套自印度太戈耳访华时梁启超出面招待，由徐志摩任翻译，所以他对新月二字特感兴趣，后来就在北平成立了一个'新月社'，象是俱乐部的性质，其中分子包括了一些文人和开明的政客与银行家。……一多是参加过的，但是他的印象不太好，因为一多是比较的富于'拉丁区'趣味的文人，而新月社的绅士趣味重些。"①

  闻一多（1899—1946）是最早意识到新诗散文化危机的人。他在《冬夜评论》一文中指出："我很怀疑诗神所踏入的不是一条迷途，所以不忍不厉颜正色，唤他早回头。"他所说的"回头"在对《女神》欧化倾向的批评中表明得更为明显，他说："若求纠正这种毛病，我以为一桩，当恢复我们对旧文学底信仰，因为我们不能开天辟地（事实与理论上是万不可能的），我们只能够并且应当在旧的基础上建设新的房屋。"②

  闻一多1926年发表的《诗的格律》就是建设这"新的房屋"的理论设计。对新格律诗的创作，正如朱自清说的："闻一多氏的理论最为详明，他主张'节的匀称'，'句的均齐'，主张'音尺'，重音，韵脚。他说诗该具有音乐的美，绘画的美，建筑的美；音乐的美指音节，绘画的美指辞藻，建筑的美指章句。"③ 闻一多的理论明显受到欧美唯美主义文学影响。

  闻一多强调艺术形式（form）的功用，追求艺术的形式美，其含义根本不同于陈规旧矩。至今看来，《诗的格律》还是一篇深有见地的现代艺术论文。从形式的角度理解格律，闻一多指出："……恐怕越有魄力的作家，越是要戴着脚镣跳舞才跳得痛快，跳得好。只有不会跳舞的才怪脚镣碍事，只有不会作诗的才感觉到格律的束缚。对于不会作诗的，格律是表

---

  ① 梁实秋：《忆新月》，《当代文学研究史料研究丛刊》（第一辑），大吕出版社，1987年，第 8 页。

  ② 闻一多：《女神之地方色彩》，《闻一多全集》（第十二卷），湖北人民出版社，1993年，第 81 页。

  ③ 朱自清编选：《〈中国新文学大系·诗集〉导言》，《中国新文学大系·诗集》，良友图书出版印刷公司，1935 年。

现的障碍物，对于一个作家，格律便成了表现的利器。"①

闻一多的诗才当时无疑吸引了一些人，这一点徐志摩在《〈诗刊〉弁言》中已告诉了我们：

我在早三两天前才知道闻一多的家是一群新诗人的乐窝，他们常常会面，彼此互相评论作品，讨论学理。上星期六我也去了。一多那三间画室，布置的意味先就怪。他把墙壁涂成一体墨黑，狭狭的给镶上金边，象一个裸体的非洲女子手臂上、脚踝上套着细金圈似的情调。有一间屋子朝外壁上空出一个方形的神龛供着的，不消说，当然是米鲁的维纳斯一类的雕像。他的那个也够尺外高，石色黄澄澄的象蒸熟的糯米，衬着一体黑的背景，别饶一种澹远的梦趣，看了叫人想起一片倦阳中的荒芜的草原，有几条牛尾、几个羊头在草丛中跳动。这是他的客室。那边一间是他做工的屋子，基角上支着画架，壁上挂着几幅油色不曾干的画。屋子极小，但你在屋里觉不出你的身子大；带金圈上的黑公主有些杀伐气，但他不至于吓瘪你的灵性；裸体的女神（她屈着一只腿挽着往下沉的亵衣），免不了几分引诱性，但她决不容许你逾分的妄想。白天有太阳进来，黑壁上也沾着光；晚上黑影进来，屋子里仿佛有梅斐士、滔佛利士的踪迹；夜间黑影子灯光交斗，幻出种种不成形的怪相。

这是一多手造的"阿房"，确是一个别有气象的所在，不比我们单知道买花洋纸糊墙，买花席子铺地，买洋式木器填房子的乡蠢。有意识的安排，不论是一间屋，一身衣服，一瓶花，就有一种激发想象的暗示，就有一种特具的引力。难怪一多家里见天有那些诗人去团聚，——我羡慕他!②

---

① 闻一多：《诗的格律》，《晨报副刊》1926 年 5 月 15 日。
② 徐志摩：《〈诗刊〉弁言》，《晨报·诗刊》1926 年 4 月创刊号。

　　这房间的环境设计，可以使我们对闻一多的审美趣味有所了解，艺术氛围始终和诗人精心安排连在一起，形式之中就包含着意义。闻一多欣赏王尔德所说的一句话就是："自然的终点便是艺术的起点。"

　　作为新诗格律的有建树者，闻一多在创作上也身体力行，探寻和摸索着理想的新诗旋律。在1923年出版的第一本诗集《红烛》中，虽然大部分是自由体诗，但已明显表现出自己独特的美学追求。例如其中《诗人》一首：

> 人们说我有些象一颗星儿，
>
> 无论月怎样光明，只好作月儿底伴，
>
> 总不若灯烛那样有用——
>
> 还要照着世界作工，不徒是好看。

> 人们说春风把我吹燃，是火样的薔花，
>
> 再吹一口，便变成了一堆死灰；
>
> 剩下的叶儿象铁甲，刺儿象蜂针，
>
> 谁敢抱进他的赤裸的胸怀？

> 又有些人比我作一座遥山：
>
> 他们但愿远远望见我的颜色，
>
> 却不相信那白云深处里，
>
> 还别有一个世界——一个天国。

> 其余的人或说这样，或说那样，
>
> 只是说得对的没有一个。
>
> "谢谢朋友们！"我说，"不要管我了，
>
> 你们那样忙，那有心思来管我？

> 你们在忙中觉得热闷时，

风儿吹来，你们无心喝下去了，

也不必问是谁送来的，

自然会觉得他来的正好！"①

　　这样的诗四句一段，排列整齐，当时很少见。闻一多在诗的创作中考究音尺的谐和，句与句之间的循环往复，很好地控制了自己的诗情，使它成为有张有弛的喷发，有弓张弦满、紊而不乱之势。他的名篇《洗衣歌》更显示了这种格律音尺的力量。在诗中，诗人以回环咏叹的方法把感情推向了高潮，表达了一种在压抑之中愤怒的心声，它不断地摇撼着理性的篱笆，而又在据理力争，像汇聚于河堤之内的滔滔洪水，惊涛拍岸，而又翻涌于长堤之内，不曾涌出堤外：

年去年来一滴思乡的泪，

半夜三更一盏洗衣的灯……

下贱不下贱你们不要管，

看那里不干净那里不平，

问支那人，问支那人。

我洗得净悲哀的湿手帕，

我洗得白罪恶的黑汗衣，

贪心的油腻和欲火的灰，

你们家里一切的脏东西，

交给我——洗，交给我——洗。②

　　愤懑之极，又不得不"洗"，诗人内在感情情调和诗的节律唇齿相依，达到了十分完美的境界。

　　闻一多艺术创作的精华之处，就在于有意识地在中西文学的交汇中进

---

① 闻一多：《红烛》，海燕出版社，2018 年，第 48—49 页。

② 同上，第 206—207 页。

行创新，有意识地吸收外国营养来发展和丰富中国文学。他在《〈女神〉之地方色彩》中就曾表达了这种看法："……我总以为新诗径直是新的，不但新于中国固有的诗，而且新于西方固有的诗，换言之，它不要做纯粹的本地诗，但还要保持本地的色彩。它不要做纯粹的外洋诗，但又尽量的吸收外洋诗的长处，他要做中西艺术结婚后产生的宁馨儿。我以为诗同一切的艺术应是时代的经线，同地方纬线所编织成的一匹锦……。"

闻一多虽然是"新月社"最早社员，但在思想格调和气质方面与新月社其他成员不同。其间的区别，正如梁实秋先生所讲的，闻一多少有那种留洋的绅士气味，而更有平民意识，即所谓"拉丁区"趣味。这种区别对一个艺术家来说非同小可，话不投机半句多，闻一多由此不太喜欢和"新月派"一些人士在一起。这种"拉丁区"趣味是有来由的。闻一多具有独特的思想个性。他虽然在清华就读九年，接受过良好的现代教育，但旧学也很深厚，传统教育赋予他一种强烈的民族自尊心。因此，在美国留学期间，闻一多并没有像徐志摩在英国一样，沉湎于康桥的温波之中，"甘心做一条水草"；而是痛苦于自己民族的软弱无力，在他国处于低等下贱的地位。他无法忍受于自己的自尊心和人格受到侵害。他在1923年给家人的信中写道："一个有思想之中国青年，留居美国之滋味，非笔墨所能形容，俟后年年底我归家度岁时，当于家人围炉絮谈，痛苦流涕，以泄余之积愤。我乃有国之民，我有五千年之历史与文化，我有何不若美人者？将谓吾人不能制杀人之枪炮遂不若彼人光明磊落乎！"有这样的心情，他才写出了像《太阳吟》那样的诗篇，置美国优裕的条件于不顾，对美国生活毫无眷恋之情，时时想往着祖国，幻想着能够骑着太阳，"每日绕行地球一周，也便能天天望见一次家乡！"

正因为如此，闻一多具有强烈的民族忧患意识，非同于一班银行家和客厅文人能比。这种忧患深深地镶嵌在他的诗歌创作中，尤其在他的《死水》之中，构成一种深刻的民族的悲剧意识，请看：

这是一沟绝望的死水，

清风吹不起半点漪沦，
不如多扔些破铜烂铁，
爽性泼你的剩菜残羹。

也许铜的要绿成翡翠，
铁罐上锈出几瓣桃花；
再让油腻织一层罗绮，
霉菌给他蒸出些云霞。

让死水酵成一沟绿酒，
飘满了珍珠似的白沫；
小珠们笑声变成大珠，
又被偷酒的花蚊咬破。

那么一沟绝望的死水，
也就夸得上几分鲜明。
如果青蛙耐不住寂寞，
又算死水叫出了歌声。

这是一沟绝望的死水，
这里断不是美的所在，
不如让给丑恶来开垦，
看他造出个什么世界。①

——《死水》

正是由于诗人火热的心和冷酷的现实碰撞发出的强烈的爆裂，即便再

---

① 闻一多：《闻一多诗集》，群言出版社，2014年，第181—182页。

严格的节律也无法控制情感的迸发和宣泄：

> 我来了，我喊一声，迸着血泪，
> "这不是我的中华，不对，不对！"①

—— 《发现》

这时，诗人是一个心肺欲裂的赤子，"追求青天，逼迫八面的风"，"拳头擂着大地的赤胸"，哭着喊着，他确实是"呕出一颗心来"——一颗赤诚的忧国忧民之心。

具有这样强烈忧患意识的闻一多，不会安心于坐在客厅里抽洋烟，喝洋酒，悠然自得地欣赏艺术，他不可能符合于那种高雅的绅士趣味也必然在情理之中。相反，作为一个学者，具有比较优裕安宁的生活条件，闻一多会常常感到一种灵魂的不安，一种发自内心的良心的自我谴责。他在诗中曾经写道：

> 这神秘的静夜，这浑圆的和平，
> 我喉咙里颤动着感谢的歌声。
> 静夜！我不能，不能受你的贿赂。②

—— 《静夜》

诗人在现实生活中无法回避"四邻的呻吟"，"寡妇孤儿抖颤的身影"，"战壕里的痉挛"（《静夜》），还有"瞧不见人烟的荒村"（《荒村》）、城市中可怜挣扎的三轮车夫等等。如果说这些正是诗人"拉丁区"趣味的话，那么这种趣味首先表现了诗人具有强烈的人道主义同情心。

在现代文学史上，闻一多是公认的新格律诗建树人之一。在诗歌创作的探索中，他和徐志摩、朱湘、饶孟侃、刘梦苇、于赓虞等人相遇，成了

---

① 闻一多：《闻一多诗集》，群言出版社，2014 年，第 192 页。
② 同上，第 167 页。

同行人，一起走了很长一段路。1926 年，他和徐志摩等人在北京《晨报》创办《诗镌》，使新格律诗在文坛上确立了自己的地位，并逐渐形成诗坛上一个新的文学流派"新月派"。但是，从艺术风格和思想倾向来看，闻一多自成一派。这一点在新文学历史发展中，是有所表现的，例如后来"汉园三诗人"卞之琳、李广田、何其芳的创作就受到闻一多的影响。

如果说新格律诗的兴起表现了新诗在形式上的探索创新，那么几乎和它并起的象征派诗歌则主要表现在意象建构方面。也许前者的重要意义在于克服新诗散文化的倾向，后者的意义则在于纠正新诗"进行干枯的说理和说教"的弱点。两者在艺术上都是一种创新，都是对以前文学创作中缺陷的一种补充和纠正，对整体文学是一种新的贡献。

象征主义诗歌的建立人是李金发（1900—1976）。但是他不像闻一多那样，拥有很多同路人。他刚开始几乎是孤军作战，在诗坛上也很少有人完全理解他的创作。朱自清在《〈中国新文学大系·诗集〉导言》中就说："留法的李金发氏又是一支异军；他 1920 年就作诗，但《微雨》出版已经是 1925 年 11 月。'导言'里说不顾全诗的体裁，'苟能表现一切'；他要表现的是'对于生命欲挪揄的神秘及悲哀的美丽'。讲究用比喻，有诗怪之称；但不将那些比喻放在明白的间架里。他的诗没有寻常的章法，一部分一部分可以懂，合起来却没有意思。他要表现的不是意思而是感觉或情感；仿佛大大小小红红绿绿一串珠子，他却藏起那串儿，你得自己穿着瞧。这就是法国象征诗人的手法，李氏是介绍它到中国诗里的第一个人。许多人抱怨看不懂，许多人都在模仿着。他的诗不缺乏想象力，但不知是创造新语言的心太切，还是母舌太生疏，句法过分欧化，教人象读着翻译；又夹着些文言里的叹词语助词，更加不象——虽然也说是自由诗体制，他也译了许多诗。"

显然，李金发诗歌创新的艺术取向和闻一多有所不同。如果说闻一多着重于"内取"，向传统文学索取养料，而李金发则主要依靠于"外取"，向外国文学借鉴。二者合为一体，表现了新文学建设中传统文学与外国文学互相参照交融的双向过程。

　　李金发这种"外取"深受法国象征主义诗歌的影响。象征主义诗歌创作是西方现代主义文学的先声，作为一种文学流派，最早在十九世纪末、二十世纪初的法国流行，以韩波、魏尔伦、波德莱尔、马拉美等人为代表。这些诗人生活在一个生活发生急剧变革的时代，一切传统的东西都面临严峻考验。建立在过去生活基础上的理性世界开始解体。这一切都曲折地表现在文学创作之中。象征派诗人对于传统艺术规范产生了怀疑，不满足于表现单纯的客观现实和单纯的自我，他们在诗歌中希求通过想象透视到宇宙间事物的交感，通过主观世界和客观生活互相感应，来表达内心深处微妙的意识活动和朦胧的感情活动，进入一种物我互相交流和统一的境界。这是一种超越现实的更纯洁的艺术境界。

　　李金发早年留学法国，深受法国象征派艺术的熏陶。他说他是受波德莱尔和魏尔伦的影响而作诗，对法国象征诗人创作甚至表现出一种迷醉。他曾经在马拉美诗的译后记中写道："他的诗是朦胧徜仿，字句是奇特的，声调是嘹亮的，非有根本训练的人实不易了解而赞叹的，当时有 Catulle Mendes（卡杜勒·芒代斯）批评他诗的一文很能阐发其精粹，中间一段是，他的诗是如此其显明地朦胧，那里的意境是美丽的语言之印象，同时庄严而空泛。如果我真明白了他所常说的意思，我可断言他是能用人不能预知的意想的，无无聊的语言，甚至有反常的字句，他有其特殊的色彩及声调，或片刻不能申说的想象，他是以记取预言，不可记忆的感情，抑未来的情操的。"[1]

　　李金发的艺术主张基本来自象征派诗人，他认为艺术的唯一目的就是创造美，而这种美的世界并不存在于现实生活之中，而是蕴藏在想象中、象征中、抽象的推敲中。他在《艺术之本原与其命运》一文中指出：

　　　　诗意的想象，似乎需要一些迷信于其中，如此它不宜于用冷酷的理性去解释其现象，以一些愚蒙朦胧，不显地尽情去描写事物的周围

---

[1]　李金发：《艺术之本原与其命运》，商务印书馆，1928 年，第 105 页。

……夜间的无尽之美，是在其能将万物仅显露一半，贝多芬及全德国人所歌咏之月夜，是在万物都变了原形，即最平淡之曲径，亦充满着诗意，所有看不清的事物之轮廓，恰造成一种柔弱的美，因为暗影是万物的装服。月亮的光辉，好象特用来把万物摇荡于透明的轻云中，这个轻云，就是诗人眼中所常有，他并从此云去观察大自然，解散之你便使其好梦逃遁，任之，则完成其神怪之梦及美也。

——原载《美育》第 3 卷（1929 年 10 月）

应该指出，虽然李金发取法于外国文学，和闻一多是两个方向，但有意识地融合东西方文学的手法上二人有共同的想法。李金发在《〈食客与凶年〉自跋》中有言："其实东西作家随处有同一的思想、气息、眼光和取材。稍为留意，便不敢否认。余于他们之根本处，都不敢有所轻重，惟每欲把两家所有，试为沟通，或即调和之意。"

李金发的诗其实也就是对中外文学因素进行沟通、调和的产品，例如《里昂车中》一首：

> 细弱的灯光凄清地照遍一切；
> 使其粉红的小臂，变成灰白。
> 软帽的影儿，遮住她们的脸孔，
> 如同月在云里消失！
>
> 朦胧的世界之影，
> 在不可勾留的片刻中，
> 远离了我们，
> 毫不思索。
>
> 山谷的疲乏惟有月的余光，
> 和长条之摇曳，

使其深睡。

草地的残绿，照耀在杜鹃的羽上；

车轮的闹声，撕碎一切沉寂；

远市的灯光闪烁在小窗之口，

惟无力显露倦睡人的小颊，

和深沉在心之底的烦闷。

呵，无情之夜气，

蹑伏了我的羽翼，

细流之鸣声，

与行云之飘泊，

长使我的金发退色么？

在不认识的远处，

月儿似钩心斗角的遍照，

万人欢笑，

万人悲哭，

同躲在一具儿，——模糊的黑影

辨不出是鲜血，

是流萤！①

　　这首诗在描写诗人一连串的感觉和印象，没有固定的对象，也没有确定的线索，只是一些"朦胧的世界之新"，夹杂着作者主观情感色彩，从诗人眼前一闪而过，而诗人恰恰在捕捉着它们，把它们表现在诗行之中，展现出一种朦胧的意境。诗中很多妙句都产生于作者主观与客观微妙的交合之间，例如"草地的残绿，照耀在杜鹃的羽上""无情之夜气，蜷伏了

---

① 谢冕主编：《中国新诗总系（1917—1927）》（第一卷），人民文学出版社，2010年，第601—602页。

我的羽翼"等等。

因为诗人追求一种朦胧的美，所以夜、梦境、死亡常常出现在李金发的诗作中。这也必然促使诗人不断寻求新的语言表达方式。在这种情况下，李金发常常遇到极大的困难。在李金发的诗歌中，有时怪异的想象显然并没有找到通畅的语言方式，反而常常扭结在语词表达之中，形成语言表达的迟滞。具体地说，欧化的句式和文言句式在一定程度上阻碍了意象的完整表达。像这样好的诗句十分难得：

> 如残叶溅
> 血在我们
> 脚上，
> 生命便是。
> 死神唇边
> 的笑。
>
> 半死的月下，
> 载饮载歌，
> 裂喉的音，
> 随北风飘散。

——《有感》①

李金发有"诗怪"之称，但是还是有很多人开始走上了象征主义诗歌的道路。被称为"创造社最后送出的三位诗人"的王独清、穆木天、冯乃超，以及姚蓬子、梁宗岱，后来又有戴望舒一群诗人都相继上过象征主义这条船。对前面三位，朱自清曾评价说："后期创造社三个诗人，也是倾向于法国象征派的。但王独清氏所作，还是拜伦式的雨果式的为多；就是

---

① 谢冕主编：《中国新诗总系（1917—1927）》（第一卷），人民文学出版社，2010年，第615页。

他自认为仿象征派的诗，也似乎豪胜于幽，显胜于晦。穆木天氏托情于幽微远渺之中，音节也颇求整齐，却不致力于表现色彩感。冯乃超氏利用铿锵的音节，得到催眠一般的力量，歌咏的是颓废、阴影、梦幻、仙乡。他诗中的色彩感是丰富的。"[1]

象征主义艺术不同于传统的现实主义和浪漫主义，它是在两者基础上产生的，具有现实主义和浪漫主义双重特点：它是主观的，又是写实的；它重视人的心理真实，但是又格外重视捕捉和再现真实的感觉印象片段；它是写实的进一步深化，同时又是作家主观世界的进一步外显，共同构成一个奇妙的艺术世界。对艺术家来说，从传统现实主义或浪漫主义走向象征主义，包含着一种新的艺术欲求。

1926年，穆木天在给郭沫若"谈诗"的一封信中，就生动地表露了这种新的艺术欲求的萌生过程：

——昨天晚上看见很好的景色，在日比谷，月光中，乃超突然向我说，在我推向他的七号室门，当我在一日午后到青年会的时候。那时，他还未想起来，因为他是一个诗人吧？

他随即给我看他的还未草就的剧本——因为我抢，他不给不成——但，对不起他，我并未想读，因为我的空想完全跑在月光的身上。

我忽的想作一个月光曲，用一种印象的写法，表现月光的运动与心的交响乐。我想表现漫漫射在空间的月光波的振动，与草原林木水沟农田房屋的浮动的称和，及水声风声的响动的振漾，和在轻轻的纱云中的月的运动的律的幻影。

我不禁向乃超说："若是用月光，月光，月光，月光，月光，四叠五叠的月光的交振的缓调，表云面上月的运动，作一首月光的诗如何？我以为如能成功，这种写法或好。"[2]

---

[1] 朱自清：《〈中国新文学大系·诗集〉导言》，上海良友图书公司，1935年。

[2] 穆木天：《谈诗——寄郭沫若的一封信》，《创造月刊》1926年第1卷第1期。下面引用时，不一一注出。

他的想法得到了冯乃超赞同。其实，这不仅表现了诗人一时对感觉的发现，或者灵感的冲动，而且表现了对艺术一种新的理解，表达了一种新的美学追求。穆木天对于诗艺术有独特看法，很值得我们细细玩味、辨别，做出恰当的评价。他在信中还写道：

> 中国人现在作诗，非常粗糙，这也是我痛恨的一点。我喜欢用烟丝，用铜丝织的诗。诗要兼造形与音乐之美。在人们神经上振动的可见而不可见，可感而不可感的旋律的波，波雾中若听见若听不见的远远的声音，夕暮里若飘动若不动的淡淡光线，若讲出若讲不出的情肠才是诗的世界。我要深到最纤细的潜在意识，听最深邃的最远的不死的而永远死的音乐。诗的内生命的反射，一般人找不着不可知的远的世界，深的大的最高生命。我们要求的是纯粹诗歌，我们要住的是诗的世界，我们要诗与散文的清楚的分界。

穆木天继续发挥了他的艺术见解：

> 诗的世界是潜在意识的世界。诗是要有大的暗示能力。诗的世界固在平常的生活中，但在平常生活的深处。诗是要示出人的内生命的深秘。诗是要暗示的，诗最忌说明的。说明是散文的世界里的东西。诗的背后要有大的哲学，但诗不能说明哲学。杜牧之的《夜泊秦淮》（按：这首诗前面引用过，穆木天称它为"象征的印象的彩色的名诗"）里确暗示出无限的形而上学的感——因其背后有大的哲学——但他绝不是说明为形而上的感。……你如读拉马丁、维尼，以及象征运动以后的诗，你总觉有无限的世界在环绕你的周围。用有限的律动的字句启示出无限的世界是诗的本能。诗不是象化学的 $H_2O = H_2 + O$ 那样的明白的，诗越不明白越好。明白的是概念的世界，诗是最忌概念的。

穆木天这封谈诗长信是一篇精彩的现代诗论，它有几个地方特别引人注意：第一是把诗看作是"潜在意识的世界"；第二提出"诗的背后要有的哲学"；第三是把中国的古典诗和外国现代主义诗相提并论。这些都反映了在一种开放环境中，新文学中现代艺术意识的增长。

从这种观念出发，穆木天甚至认为胡适是新诗运动"最大的罪人"，因为胡适的诗是说明的，而不是表现的，而穆木天写的诗，在声音方面非常考究，形式也特别怪异，也许欣赏他的诗歌确实比欣赏其艺术观念容易不了多少，这里录下他《苍白的钟声》中的两节来看：

> 苍白的　钟声　衰腐的　朦胧
> 疏散　玲珑　荒凉的濛濛的　谷中
> 衰草　千重　万重——
> 听　永远的　荒唐的　古钟
> 听　千声　万声
> 古钟　飘散　在水波之皎皎
> 古钟　飘散　在灰绿的　白杨之梢
> 古钟　飘散　在风声之萧萧
> ——月影　逍遥　逍遥——
> 古钟　飘散　在白云之飘飘①

能够欣赏穆木天诗歌的人大概不多，但是呼应者并不乏其人。王独清（1898—1940）就是其中一个。他在1923年2月写给穆木天和郑伯奇一封论诗的信中，非常欣赏穆木天的诗歌及其艺术主张，并且从自己感受出发，认为写诗就应该有波德莱尔的精神，有异于常人的趣味。他结合自己的创作谈了自己对艺术的理解：

> 象这样的艺术，就是我极端所倾慕的艺术。我也曾在这方面努

---

① 穆木天：《苍白的钟声》，穆木天《旅心》，创造社，1927年。

力，虽然中国底文字有种种阻碍成功的缺点。我曾有过这样的诗句：

在这水绿色的灯下，我痴看着她，

我痴看着她淡黄的头发，

她深蓝的眼睛，她苍白的面颊，

哦，这迷人的水绿色的灯下！

这种"色""音"感觉的交错，在心理学上就写作"色的听觉"，在艺术方面，即是所谓"音画"。我们应该努力要求这类最高的艺术；我们应该求如伯奇所说的"水晶珠滚在白玉盘上"的诗篇；我们应该向"静"中去寻"动"，向"朦胧"中去寻"明了"：我们唯一要入的是真的"诗的世界"。①

王独清作诗很认真，大约比穆木天更热切做一个"纯粹的诗人"，"唯美的诗人"。他曾留学欧洲，早年深受拜伦、雨果影响。后来爱上了象征派诗歌。他写诗非常注意形式，注重表达感觉，从感觉入诗。试看他下面这首《我从 Cafe 中出来》：

我从 Cafe 中出来，

身上添了中酒的疲乏，

我不知道

向那一处走去，才是我底

暂时的住家……

啊，冷静的街衢，

黄昏，细雨！

我从 Cafe 中出来，

在带着醉

---

① 王独清：《再谈诗——寄给木天伯奇》，《创造月刊》1926 年第 1 卷第 1 期。

无言地

独走，

我底心内

感着一种，要失了故国的

浪人底哀愁……

啊，冷静的街衢，

黄昏，细雨！①

和穆木天、王独清相比较，冯乃超几乎没有什么理论。但是他在日本留学期间就喜欢象征主义作品，和穆木天结识后，过往颇密，写出了一批诗歌，后来集成诗集《红纱灯》于1928年出版。他的诗格式不一，句中有时也夹着一些外语单词，辞藻绚丽，带着一种神秘的梦幻色彩。他的诗其实是一种唯美主义和象征主义的混合物。请看《蛱蝶的乱影》一首：

温暖的春阳的软影中和气盎茏

打盹的蔷薇展着苍白的微笑额然入梦

黄色的蛱蝶疲倦地翻展着轻纱的舞衣

徘徊在幽暗的阴影下氤氲的情绪沉积地深浓

时间底悠闲地呼吸凝滞地不流也不息

蛱蝶颓惰地吐了片片的抒情的叹息

蔷薇颓惰地依恋着幽虚的梦心

无心有意突出她茎上的刺棘

冯乃超还写过一些小说，把自己唯美主义和象征主义笔法也带进了小说创作之中。他喜欢跳跃式地叙述，并经常转换时间空间，例如《无彩的新月》《傀儡美人》《眼睛》等都表现出这种特点。

---

① 王独清：《我从 Cafe 中出来》，《创造月刊》1926 年第 1 卷第 1 期。

　　由此看来，象征派诗歌在二十年代末已形成一个不小的作家群，他们同新格律派诗人的风格主张有不同，也有相同的地方。他们比起二十年代初期的一些诗人来说，对艺术的思考更深入，更细密了，并且开始通过借鉴中外文学经验，探索自己独诗的艺术道路，——这正是新诗在三十年代取得的突出成绩之一。

　　总之，从二十年代各种流派相互竞争、相互影响的十字交叉中，我们已经听到了三十年代文学到来的脚步声，现代中国文学已开始形成一个多样化多层次发展的局面。各个文学流派都从不同角度、不同方向、不同道路汇集到了一起，但是又会以不同的流向分散开去。一个文学流派中会有多种多样的流派的种子，它们遇到合适的气候、土壤就会长成参天大树，各种不同的流派因素相互碰撞交合，又会构建成更强有力的流派。

　　这毫不奇怪。在二十年代各种流派冲撞中，我们已经看到多种多样文学形态的火花。二十年代末有一篇文章指出，在这个年代的文学市场上，"至少有十来种行业，各有各的色彩，各有各的引诱"，其中有：一、伤感派，二、颓废派，三、唯美派，四、功利派，五、训世派，六、攻击派，七、偏激派，八、纤巧派，九、淫秽派，十、狂热派，十一、稗贩派，十二、标语派，十三、主义派，等等。不论人们对此会持怎样的态度，但比起十年前文坛上只有"新青年"孤军作战来说，新文学已有了自己丰富的世界。

　　而且，这个丰富世界在不断地动荡，时时会给人一种躁动不安的感觉。文学在社会各种力量的挑动下、压迫下，不断进行着新的组合。文学流派在社会各种力量的十字交叉中向三十年代推进。

　　这些都预示着更纷繁的文学时代的到来。

第二章

在论争中产生的"革命文学"流派

我们还未跨进三十年代文学的大门，就已经感到一种文学龙卷风扑面而来——这就是"革命文学"运动。如果说，现代中国具有自己独特的政治文化条件，现代中国文学具有自己独特的历史内容和发展道路，那么"革命文学"的产生无疑是一种重要文学现象。

其实，在一个经济贫穷落后、政治上腐败不堪，基本上笼罩在封建思想文化氛围中的社会，新文学发展极其艰难。它随时都有被吞没被摧残的危险，自身也随时都存在腐蚀堕落的危机，它时常是在方生方死之间挣扎着，发展着。有时候，当社会聚集起一种巨大力量想吞没它的时候，文学必须付出极大的代价进行抗击，顶住黑暗的压迫，使自己有生存的空间——当然，历史并不完全公平，总有一批文学家首先承担了这种牺牲。在现代中国社会中，政治对文学的专制和压迫，造就了政治文学，而政治的文学又增强了文学的政治意识。鲁迅先生针对当时的文坛指出："各种主义的名称的勃兴，也是必然的现象。世界上时时有革命，自然会有革命文学。世界上的民众很有些觉醒了，虽然有许多在受难，但也有多少占权，那自然也会有民众的文学——说得彻底一点，则第四阶级文学。"①

---

① 鲁迅：《文艺与革命》，鲁迅《鲁迅全集》（第四卷），人民文学出版社，1981 年，第 82—83 页。

正因为文学的生命欲望和生存时时受到各种各样压迫和遏制，所以在各种各样文学之中，或多或少地包孕着一种不安宁感和动荡不安的情绪，无论是人生派、浪漫派作家，还是湖畔诗人、象牙之塔中的象征派文人，都无法摆脱社会生活的纠缠，都不能不去考虑超乎艺术之外的社会问题，去倾听人民大众的声音。正是在这种情况下，一些作家从他们过去文学圈子里走了出来，组成一个新的文学战斗的群体，使中国新文学从"文学革命"走向"革命文学"成为必然。

"革命文学"流派的产生不是偶然的，它经过了长期的萌芽和酝酿过程。

早在"新青年"文学中，就包含强烈的革命文学因素。这就是要改革社会政治，消灭阶级差别，实现新的社会。李大钊在《新的！旧的！》一文中就指出："中国人今日的生活，全是矛盾生活；中国今日的现象，全是矛盾现象。举国的人都在矛盾现象中生活，当然觉得不安，当然觉得不快。既是觉得不安不快，当然要打破此矛盾生活的阶级，另外创造一种新生活，以寄顿吾人的身心，慰安吾人的灵性。"显然，在当时"新青年"诸种社会理想中，趋同于社会主义是一种突出的政治倾向。

不久，1923 年，就有一批文人在文坛上提出"革命文学"的口号，他们大多数是早期共产党人，他们在一些文艺刊物上发表文章，宣传革命文学主张和有关马克思主义的艺术观念。其中主要内容就有：（1）提出文艺是上层建筑性质，是生活的反映，宣传辩证唯物主义的文艺思想。肖楚女在《艺术与生活》① 一文中说："艺术不过是和那些政治、法律、宗教、道德、风俗……一样，同是……建筑在社会经济组织上的表层建筑物，同是随着人类底生活方式之变迁而变迁的东西。"（2）提出所谓"革命文学"，就应该具有鼓舞人民起来斗争，揭露帝国主义及其奴才罪行的作用。邓中夏认为，文学应该是"惊醒人民使他们有革命的自觉，和鼓吹人们使他们有革命的勇气"的一种"最有效用的工具"。② 恽代英在《八股》一

① 肖楚女：《艺术与生活》，《中国青年》1924 年第 38 期。
② 邓中夏：《贡献新诗人之前》，《中国青年》1923 年第 10 期。

文中说："我以为现在的新文学，若是能激发国民的精神，使他们从事民族独立与民主革命的运动，自然应该受一般人的尊敬。"① （3）提出要做革命文学，就要参加革命实践，培养革命感情，拿恽代英的话来说，就是"要先有革命的感情，才会有革命的文学"；"倘若你希望做一个革命文学家，你第一件事是要投身于革命事业，培养你的革命的感情"。② 沈泽民在《文学与革命的文学》③ 中进一步发挥了这种观点："诗人若不是一个革命家，他决不能凭空创造出革命的文学来。诗人若单是一个有革命理想的人，他亦不能创造革命的文学。因为无论我们怎样夸称天才的创造力；文学始终只是生活的反映。革命的文学家若不曾亲身参加过工人罢工的运动，若不曾亲身尝过牢狱的滋味，亲自受过官厅的追逐，不曾和满身泥污的工人或普通农人同睡过一间小屋子，同做过吃力的工作，同受过雇主和工头的鞭打责骂，他决不能了解无产阶级的每一种潜在的情绪，决不配创造革命的文学。"

不管这种理论在多大程度上合理，显然对当时新文学运动产生了很大影响。1925 年茅盾在《文学周报》上发表了长篇论文《论无产阶级艺术》，从世界文学，特别是苏俄文学发展中介绍和讨论无产阶级艺术问题。就在同一年，"湖畔诗人"各奔东西，应修人、潘漠华先后参加了实际革命工作，汪静之也不再去歌咏爱情，写出了《劳工歌》那样充满革命色彩的诗。

1926 年，革命文学运动有了进一步发展。郭沫若、成仿吾、蒋光慈等都是"革命文学"热情至于狂热的鼓吹者。他们在《洪水》《创造月刊》等刊物上发表了一系列文章，例如《文艺家的觉悟》《革命与文学》（郭沫若），《革命文学与他的久远性》《从文学革命到革命文学》《完成我们的文学革命》（成仿吾），《十月革命和俄罗斯文学》（蒋光赤）等等，形成了一股风气。郭沫若先提出了"文学——干（革命）"的公式，并说：

---

① 恽代英：《八股》，《中国青年》1923 年第 8 期。

② 恽代英：《文化与革命》，《中国青年》1924 年第 31 期。

③ 沈泽民：《文学与革命的文学》，《民国日报·觉悟》1924 年 11 月 6 日。

"这就是文学是永远革命的，真正的文学是只有革命文学的一种。所以真正的文学家永远是革命的前驱，而革命的时期中总会有一个文学的黄金时代出现。"① 另一位批评家成仿吾也积极地为"革命文学"呐喊助威："真诚的同志们！永远的同道者！我们起来，打倒一切不诚实的，非艺术的态度！我们要看清时代的要求，要不忘记文学的本质，我们要完成我们的文学革命！"②

甚至鲁迅也加入了"革命文学"潮流。1927 年，鲁迅写了多篇关于革命文学的文章，例如《革命时代的文学》《革命文学》和《文艺与政治的歧途》等。当时，鲁迅基本上是用一种冷静的眼光注视着这个运动。鲁迅对"革命文学"还抱有一定的怀疑态度。之所以如此，鲁迅以其特有的敏感，已经感觉到文艺与政治之间尖锐的冲突，如果文学陷入一种"受别人命令"的工具地位，那么就难以产生好的文学作品，因此鲁迅认为以革命文学自命，一定不是革命文学，下面一段话尤其重要：

> 我每每觉到文艺和政治时时在冲突之中；文艺和革命原不是相反的，两者之间，倒有不安于现状的同一。惟政治是要维持现状，自然和不安于现状的文艺处在不同的方向。③

在鲁迅看来，文学的革命并不是要从属什么政治，相反，艺术要反抗政治的压迫，不安于现状，催促旧的消灭。如果在"阶级斗争"掩护之下从事文学，那必然是文艺的歧途。鲁迅对于"革命文学"这种怀疑态度自然引起了"革命文学"鼓吹者们的不满。鲁迅把自己安置到了一个被攻击的位置上。但是，不久就连鲁迅也意识到了"革命文学"的产生是不可避免的。

---

① 郭沫若：《革命与文学》，《创造月刊》1926 年第 1 卷第 3 期。
② 成仿吾：《完成我们的文学革命》，《洪水》半月刊 1927 年第 3 卷第 25 期。
③ 鲁迅：《文艺与政治的歧途》，鲁迅《鲁迅全集》（第七卷），人民文学出版社，1981 年，第 115 页。

经过长期酝酿和准备，1928 年文坛爆发了一场关于"革命文学"的大论争、大辩论，标志着中国革命文学运动进入了新的阶段。"革命文学"流派也是在这种论争中形成的。周扬后来曾指出："革命文学运动是在大革命失败之后旺盛起来的。这个运动在中国文学史上是破天荒的伟大运动……"①

1928 年新年初始，在同一天里，太阳社的蒋光慈和创造社的郭沫若分别在《太阳月刊》创刊号和《创造月刊》第 1 卷第 8 期上发表了《现代中国文学与社会生活》和《英雄树》两篇论文，拉开了革命文学论争的帷幕，在文坛上掀起了一场颇大的风波。然而，论争归论争，"革命文学"的主张却大体一致，这里略述几点。

其一是鲜明提出了"无产阶级革命文学"的口号，提出文学必须为无产阶级革命斗争服务，是无产阶级进行阶级斗争的工具。此有文为证：

　　无产阶级文艺是倾向社会主义的文艺。②

　　　　　　　　　　　　　　　　　　——郭沫若《英雄树》

　　无产阶级文学是：为完成他主体阶级的历史的使命，不是从观照的——表现的态度，而从无产阶级的阶级意识，产生出来的一种斗争的文学。③

　　　　　　　　　　　　　　　——李初梨《怎样地建设革命文学》

还有：

　　革命文学是以无产阶级的意识，去观察现代社会上的种种事物，用文艺的手腕表现出来；他所负的使命是要巩固自己的阶级，扩大自

---

① 周扬：《〈马克思主义与文艺〉序言》，《解放日报》1944 年 4 月 11 日。
② 郭沫若：《英雄树》，《创造月刊》1928 年第 1 卷第 8 期。
③ 李初梨：《怎样地建设革命文学》，《文化批判》1928 年第 2 号。

己的战线，向一切反动的势力进攻，以完成无产阶级的使命。①

蒋光慈认为，文学要表现时代斗争生活，"革命的作家不但一方面要暴露旧势力的罪恶，攻击旧社会的破产，而并且要促进新势力的发展，视这种发展为自己的文学的使命"，因此，"我们的革命文艺应极力暴露帝国主义的罪恶，应极力促进弱小民族之解放的斗争，因为这也是时代的任务，但同时应极力避免狭义的国家主义的倾向。"②

其二，开始否定个人主义文学，提倡集体主义文学；否定为艺术而艺术的文艺观念，提出艺术即革命的口号。蒋光慈指出：

> 革命文学应当是反个人主义的文学，它的主人翁应当是群众，而不是个人；它的倾向应当是集体主义，而不是个人主义。
>
> ——《关于革命文学》③

下面的问题就是怎样说明自己是一个革命文学家：

> 这是因为这一批新的作家被革命的潮流所涌起，他们自身就是革命——他们曾参加过革命运动，他们富有革命情绪，他们没有把自己和革命分开……④

郭沫若早就把文艺和革命，文艺家和革命家拉在一起，这时进一步强调革命的感情应是一种团体的感情。他还说：

> 这是一个小资产者方向转换的过程：第一，他是接触了悲惨社

---

① 芳孤：《革命文学与自然主义》，《泰东月刊》1928 年第 1 卷第 10 期。
② 蒋光慈：《关于革命文学》，《太阳月刊》1928 年二月号。
③ 同上。
④ 蒋光慈：《现代中国文学与社会生活》，《太阳月刊》1928 年创刊号。

会，获得了宁牺牲自己的个性和为大众人请命的新观点。第二，他克服了小资产者的意识，觉得在资本主义制度之下尊重个性景仰自由的思想是僭妄。第三，他获得了新的观念，便向新思想新文艺新的实践方向出发去了。①

郁达夫曾经指出过，五四运动的最大成功，第一要算"个人"的发见，这是符合实际的，而"革命文学"主张对此无疑是一种否定。

其三，强调文学家应该到民间去、强调唯物辩证法的文学观对创作的指导意义。像这样的看法是有代表性的：

> 欲使我们的思想与生活不至于背道而驰，欲使我们的情感随时都有突起的可能，欲使我们的作品不至有浅薄的批评。那么只有一句话，"到民间去！"请从特殊阶级的暖室里出来，携着你的爱人的手，直走到痛苦的群众中间，与他们住在一起，为他们灌输智识，向他们鼓吹革命；这样你可以看见你从前没有看见，甚至想也没有想到的事，那么你的情感将如火山一般的爆发，你的思想将更如岩石一般坚固，而你的作品将代表着时代的呼声，具有使人泪下，振臂而起的能力。②

成仿吾在《从文学革命到革命文学》中就这样呼吁过：

> 努力获得辩证法的唯物论，努力把握唯物的辩证法的方法，它将给你以正当的指导，示你以必胜的战术。
> 克服自己的小资产阶级的根性，把你的背对向那将被奥伏赫变的阶级，开步走，向那龌龊的农工大众！③

---

① 郭沫若：《留声机器旁的回音》，《文学批判》1928 年第 3 号。
② 香谷：《革命的文学家！到民间去！》，《泰东月刊》1928 年第 1 卷第 5 期。
③ 成仿吾：《从文学革命到革命文学》，《创造月刊》1928 年第 1 卷第 9 期。

这种看法一方面表现了新文学正在从过去的圈子走出来，走向更广大的世界，另一方面也表明在新文学发展中开始滋长出一种标语化的倾向。

显然，就整个中国现代文学发展来说，革命文学论争并没有表现出一种健全和成熟的文学姿态。大多数革命文学鼓吹者除了表现出一种对政治斗争的狂热之外，还表现了由于长期受到过度压抑而产生的破坏欲，这种破坏欲也波及了文学本身，动不动就去否定一切，反对一切，对"五四"以来的新文学创作采取一种偏激态度。蒋光慈在《现代中国文学与社会生活》一文中就指出："我们的时代是黑暗与光明斗争热烈的时代。现代中国的文学，照理讲，应当把这种斗争的生活表现出来，可是我们把现代中国文坛的作品数一数，有几部是表现这种斗争生活的著作？有几个是努力表现这种斗争生活的作家？我们只感觉得这些作家是瞎子，是聋子，心灵的丧失者，虽然我们的时代有如何大的狂风狂雨，而总不能与他们以深刻的、震动的、警觉的刺激，他们对于时代实在是大落后了。"

在这种思想支配下，"五四"新文学革命以来的创作几乎一文不值，都是应该被淘汰的，被抛弃的；且不说比较稳健的胡适、闻一多等人的创作，连叶圣陶也成了"中华民国的一个最典型厌世家，他的笔尖只涂抹灰色的'幻灭的悲哀'"；[1] 茅盾的创作被指责为"虚空的艺术至上论，是资产阶级的麻醉剂"，是"暴露他自己缠绵幽怨激昂奋发的狂乱的混乱物"。[2] 鲁迅当然也不可能例外，况且他又说过几句不冷不热的话。太阳社的钱杏邨写了一篇《死去了的阿Q时代》，指责鲁迅的创作"没有现代的意味，不是能代表现代的"，[3] 说"他的大部分创作的时代是早已过去了，而且遥远了。他的创作的时代背景，时代地位，把他和李伯元、刘铁云并论倒是很相宜的，他的创作的时代决不是'五四'以后的，确确实实的只能代表清末以及庚子义和团暴动的思想，真能代表'五四'时代的创作实

---

① 冯乃超：《艺术与社会生活》，《文化批判》1928年创刊号。
② 克兴：《小资产阶级文艺理论之谬误——评茅盾君底〈从牯岭到东京〉》，《创造月刊》1928年12月10日。
③ 钱杏邨：《死去了的阿Q时代》，《太阳月刊》1928年三月号。

在不多……。"① 创造社的后起之秀李初梨更加不客气，他攻击鲁迅是"一个战战兢兢的恐怖病者"，"对于普罗列塔利亚是一个最恶的煽动家"。②

甚至连郭沫若那样的"五四"文学名将，也加入了这股近似疯狂的潮流。他对"五四"以来的一切文学都表示极大不满，认为是小资产阶级根性太浓了。他在《桌子的跳舞》中甚至指出，当时"一般的文学家大多数是反革命派"。③

革命文学作家大多是新起一辈作家，当时虽然富有一定的文学热情，但并没有多少引人注目的创作。他们几乎是用一种偏激的唱反调的姿态登上文坛的。他们否定一切也是为了在文学上肯定自己，他们大多数自信十足，甚至带着几分年轻人的狂妄，认为只有他们才是真正的革命作家，具有现代意味、能振兴中国文坛。钱杏邨在《批评的建设》中就自信地宣称"我们觉得这一班文艺作家，他们是早已无产阶级化了"，④ 郭沫若在资历上虽然属于老派，但他发明了一条很有利于自己的理论，认为一个作家，"……不怕他昨天还是资产阶级，只要他今天受了无产者精神的洗礼，那他所做的作品也就是普罗列塔利亚的文艺。"

显然，现代中国的革命文学运动带着强烈政治色彩。这些革命文学作家对一切传统的东西表现出来的蔑视态度和否定程度，并不亚于二十世纪初各种各样现代主义文学思想，但是在骨子里又没有脱离中国思想专制积淀。其中之一就是把阶级斗争观念推到了极端，把文学看作一种政治的工具和手段，这就把文学推到一个危险的边缘，如果用郭沫若的话来说，就是"当一个留声机器——这是文艺青年们最好的信条"。在这种情况下，文学的自我丧失在政治斗争涡流中，被看作一种合理现象。这种偏向当时遭到了很多艺术家的反对。鲁迅就是其中的一个，他反对把一切宣传都看

① 钱杏邨：《死去了的阿Q时代》，《太阳月刊》1928年三月号。
② 李初梨：《请看我们中国的 Don Quixote 的乱舞》，《文化批判》1928年第4号。
③ 麦克昂（郭沫若）：《桌子的跳舞》，《创造月刊》1928年第1卷第11期。
④ 钱杏邨：《批评的建设》，《太阳月刊》1928年五月号。

作是文艺，但是在当时的革命文学浪潮中，这种声音毕竟显得非常微弱。

革命文学作家基本上是从不同社团中分化出来的，以创造社和太阳社一些成员为主。除了当时中国国内生活变化之外，革命文学的形成借助了某种国际思潮的力量。具体说来，革命文学流派和当时世界性的无产阶级文学运动，尤其是和俄国二十年代初就开始萌发的"拉普"（俄罗斯无产阶级作家联合会）有密切关系，属于这种国际性文学现象的一部分。"拉普"是二十世纪二十年代下半期活跃于苏俄文坛的重要流派，这个流派强调文学的无产阶级思想领导权和政治意识，强调辩证唯物主义的指导作用，强调文学为无产阶级政治服务。例如作为无产阶级作家团体"十月"的思想及艺术纲领的《当前时刻与无产阶级文学的任务》一文就指出：

在阶级社会里，文学同其他方面一样为一定阶级的任务服务，并且只有通过阶级才为整个人类服务。由此，无产阶级文学就是这样一种文学，它把工人阶级和广大劳动群众的心理和意识组织起来，使其适应于作为世界改造者和共产主义社会建设者的无产阶级的最终任务。

在扩大并加强无产阶级专政和加速走向共产主义社会的过程中，无产阶级文学仍然是具有深刻阶级性的文学，它不仅把工人阶级的心理和意识组织起来，而且会越来越影响社会的其他阶层，从而摧毁资产阶级文学的最后一个立足点。

无产阶级文学是同资产阶级文学相对立的，是它的对立面。注定与其阶级一起灭亡的资产阶级文学脱离生活，逃到神秘主义、"纯艺术"的领域里去，把形式当作目的本身等等，力图以此来掩盖自己的本质。相反，无产阶级文学则把革命的马克思主义世界观作为创作基础，把当代的现实生活（无产阶级就是这个生活的创造者），把无产阶级过去生活和斗争的革命浪漫精神以及它在未来可能取得的胜利作为创作材料。①

苏联"拉普"文学对于当时很多国家的文学予以很大影响，无产阶级文学成为一种普遍的文学现象。就东方而言，日本的无产阶级文学就是其中一支。事实上，中国的革命文学流派的大多数文学观念就是"拉普"文学观的移植。就其来源来说，也主要是由当时一些曾留苏和留日的文学新人接受后带回国的。例如，创造社的冯乃超、朱镜我、李初梨、李铁声、彭康等就是首先从日文、德文书中开始注意和接受苏联和日本无产阶级文学观念的，回国后与创造社郭沫若、郑伯奇合为一流鼓吹无产阶级革命文学。而蒋光慈则是从苏联归国，直接受到过"拉普"文学的影响，太阳社的其他成员钱杏邨、李平心、殷夫等都深受苏联"拉普"文学的影响。实际上，当时中国革命文学作家之间的论争，在观念上并没有什么分歧，很大程度上是在争夺革命文学的发明权和领导权。如果在世界范围内观察问题，那么可以发现拉普文学在不同国度有不同表现和命运。如果说，在苏联很快改弦更张、在日本很快浪平潮落，那么它在中国则逐渐成为主要的文学运动和文学观念。在中国现代文学史上，"革命文学"的论争及其流派形成直接引发了三十年代左翼文学运动和左翼作家联盟的成立。

革命文学流派的形成过程是奇特的。它首先表现为一种观念的移植，而并非一种创作方法上的借鉴。因此，虽然说革命文学在理论上很充分，在文坛上显得颇有声势，但是在创作上却显得很幼稚。在二十年代末的文坛上，并非没有人从事革命文学创作，而且形成了一个不小的作家群，写出过不少革命文学作品。但是，由于大部分作品所表现的内容并非作家所熟悉，经过心灵浸透过，往往容易流于革命热情和概念的简单相加，苍白无力。例如，郭沫若曾写过小说《一只手》，颇具革命色彩，但鲁迅却不以为然，指出："郭沫若的《一只手》是很有人推为佳作的，但内容说一个革命者革命之后失了一只手，所余的一只还能和爱人握手的事，却未免

---

① 张秋华、彭克巽、雷光编选：《"拉普"资料汇编（上）》，中国社会科学出版社，1981 年，第 3 页。原载俄国《在岗位上》杂志 1923 年第 1 期。

'失'得太巧。五体、四肢之中，倘要失去其一，实在还不如一只手；一条腿就不便，头自然更不行了。只准备失去一只手，是能减少战斗的勇往之气的；我想，革命者所不惜牺牲的，一定不只这一点。《一只手》也还是穷秀才落难，后来终于中状元谐花烛的老调。"①

在革命文学作家中，最有代表性的是蒋光慈。在他的作品中，不仅一直燃烧着赤诚的革命热情，而且深刻反映了革命与文学，政治与艺术在一定条件下的深刻冲突。这种冲突迫使作家一直痛苦地徘徊于文学创作与实际革命斗争之间。

蒋光慈（1901—1931）曾自称为"中国的普希金"，他几乎和普希金一样过早离开了人世。五四运动之后，蒋光慈赴苏联留学，接受了马克思主义的思想教育和社会主义理想，而俄国十月革命成功的鼓舞，在他心头上播下了理想的种子。他开始写一些具有鲜明革命色彩的诗，表达自己对革命的向往之情，后结成第一个诗集《新梦》。其中一首诗这样写道：

> 十月，十月
> 从那荆棘的、荒废的、蔓草的园中，
> 开辟了一块新土，
> 栽种，繁殖将来的——
> 美丽的花木！
> 我啊！
> 一个东方的青年诗人，
> 一个梦想将来自由世界的人，
> 好生荣幸！
> 旅居着此新造之邦，
> 亲眼看见慢慢生长着美丽的花木——
> 它们的嫩蕊，

---

① 鲁迅：《现今的新文学的概观》，鲁迅《鲁迅全集》（第四卷），人民文学出版社，1981年，第135—136页。

它们的稚茎！

它们的清香
刺透了我的心灵；
它们的鲜艳的颜色
逼射着我的眼睛。

它们……
它们……

——《十月革命的婴儿》

　　诗人早期的诗谈不上什么技巧，但是含着一种真诚的革命热情和赤子之心。可以说，正是异国生活在他创作中播下了革命文学的种子。蒋光慈怀着十月革命的"新梦"回到中国，参加了中国共产党，成为"革命文学"的倡导者和实践者，1924年8月他就在《新青年》季刊第3期上发表了《无产阶级革命与文化》一文，介绍和提倡无产阶级文学。同时他还和沈泽民等组织了带有鲜明革命倾向的"春雷社"，发表有关革命文学的论文和作品。这时期他所写的《哀中国》《我是一个无产者》《血花的爆裂》等诗作，反映了诗人由黑暗现实压迫所激起的极大悲伤愤慨之情和对革命风暴急切的呼唤。中篇小说《少年漂泊者》和短篇小说集《鸭绿江上》，也是蒋光慈在革命文学创作方面的大胆尝试，具有很强的革命文学意识。蒋光慈在他的《少年漂泊者》自序中就表现了自己的勇气，他说："在现在唯美派小说盛行的文学界中，我知道我这一本东西，是不会博得人们喝彩的。人们方群沉醉于什么花呀，月呀，好哥哥、甜妹妹的软香巢中，我忽然跳出来做粗暴的叫喊，似觉有点太不识趣了。"① 这段话写于1925年完全可以理解。当时文坛上"跳出来，做粗暴的叫喊"的人并不多，蒋光

---

① 蒋光慈：《〈少年漂泊者〉自序》，蒋光慈《蒋光慈文集》（第1卷），上海文艺出版社，1982年，第3页。

慈喊出了与众不同的声音，确实在一些青年中引起很大反响。在作品中，作者表现了一个浪漫的革命抒情者，一个天涯的漂泊者的自我形象，其激烈的热情比形象更突出，主观的想象掩盖着生活经验的不足。

最能体现蒋光慈"跳出来做粗暴的叫喊"的作品是中篇小说《短裤党》，这也是"革命文学"创作中最具代表性的力作。这篇作品完稿于1927年4月，作者曾经说过："写完了之后，自己读了两遍，觉得有许多地方很缺乏所谓'小说味'，当免不了粗糙之讥。不过本书是中国革命史上的一个证据，就是有点粗糙的地方，可是也自有其相当的意义。"[1] 就作品题材和内容来说，《短裤党》确实是全新的，所描写的是中国共产党领导下，上海工人阶级响应北伐举行的三次武装起义。作品中出现了史兆炎、杨直夫、华月娟、李金贵、邢翠英等革命党人和革命工人形象，作者以很大热情表现了他们的智慧和力量，他们的无私和无畏的英雄主义。这一切在以前的小说中都极少出现过。但是，作品在艺术上的粗糙之处和政治上的激情一样十分明显，这尤其表现在对人物具体行动的描写流于简单化，甚至把人物写成了某种革命意念的化身。在作品中，我们能够感觉到一种巨大的革命热情的驱使，同时也感觉到一种急躁的急于复仇的情绪；我们能够看到一些革命斗争轰轰烈烈的场面，同时也会看到一些干瘪的、缺乏生动性的情节细节。《短裤党》的艺术得失，在"革命文学"创作中具有典型意义。蒋光慈是一个极富有热情的作家，但是对文学创作来说，仅有热情是不够的，文学创作首先要从真实的、被作家心灵感受过的生活出发，而不能仅仅从政治意念或者时代任务出发。热情加教条无法创造出好的文学作品。

这也可以看出一种偏狭的文学观念对作家可能产生的巨大影响。事实上，蒋光慈可贵不仅在于他的真诚和热情，而且也不乏一定的艺术才华，这在他的一些小说中是有所表现的，尤其是描写自己所熟悉的生活，例如知识分子的爱情之时，感情浸透在细致的描写之中，自有娓娓动听之处。

---

[1]　蒋光慈：《短裤党·写在本书的前面》，蒋光慈《蒋光慈文集》（第1卷），上海文艺出版社，1982年，第213页。

例如,《鸭绿江上》《弟兄夜话》等作品都显示出一定的魅力。他三十年代初写的《冲出云围的月亮》带着一种淡淡诗意,读起来也很有韵味。但是,蒋光慈这种艺术才华在一种理念教条中不可能完全发挥出来。由此他也常常陷于革命与文学难于选择的苦闷之中。一种固定的革命政治要求常常迫使他放弃对文学的追求。这正如鲁迅所说的:"'革命'和'文艺',若断若续,好象两只靠近的船,一只是'革命',一只是'文学',而作者的每一只脚就站在每一只船上面。"① 在这种情形下,蒋光慈并不是那种"当环境较好的时候,作者就在革命这一只船上踏得重一点,分明是革命者;待到革命一被压迫,则在文学的船上踏得重一点,他变了不过是文学家了"② 的那种文学家,他是一个过于诚实而不会见风使舵的人。他不得不进行一种难于两全其美的痛苦选择,把文学当成是政治斗争的工具。在特定的时代条件下,蒋光慈甚至不得不思考这样一个问题:是放弃文学创作上街游行呢,还是坐下来进行写作呢? 小说《菊芬》就表现出作者内心中这种深刻矛盾。而这种矛盾最后把他推到了悲剧边缘。他作为最早的"革命文学"的倡导者和实践者,对文学的眷恋最终并没有得到真正同情的理解,他的创作后来遭到了多方面的批评。他几乎是在极度痛苦和孤寂中死去的。

在革命文学创作中,除了郭沫若、蒋光慈之外,华汉、孟超、殷夫、胡也频、柔石、冯铿、潘漠华、洪灵菲、戴平万、王独清、潘汉年、汪静之等都有所参与。他们的创作有意识地描写工农的革命斗争,在作品中开始出现反抗的工人农民的主人公,表现了中国新文学历史发展的趋向。同时,这些作品都在不同程度上存在热情加教条的倾向,大多逃不出"革命加恋爱"的模式,人物形象线条很粗糙,甚至充当了思想上传声筒的角色,艺术上成功的作品很少。这正如鲁迅所批评的那样:"直截痛快的革命训练弄惯了,将所有的革命精神提起,如油的浮在水面一般,然而顾不

---

① 鲁迅:《二心集·上海文艺之一瞥》,鲁迅《鲁迅全集》(第四卷),人民文学出版社,1981 年。文章作于 1931 年 7 月 20 日。

② 同上书,第 298 页。

及增加营养。"① 这些都与"革命文学"所具有的客观和主观条件密切相关。但是，无论如何，当时在黑暗中挣扎的人们喜欢文学粗壮的叫喊甚于喜欢悠扬的小夜曲。

革命文学流派在中国现代文学史上具有特殊意义，它不仅通过论争推动了学习宣传马克思主义文艺理论的运动，团结了一大批革命作家，影响了一大批其他作家，直接为"左联"成立在组织上思想上奠定了基础，而且标志着中国现代文学史一次巨大转折的端倪。这个转折从接受外国文化影响来说，开始由西方转向了东方；从文学表现内容来说，开始由表现知识分子生活转向工农生活；从创作意识来说，开始由个性意识转向了集体主义。1930 年 3 月，中国左翼作家联盟成立。1931 年初夏，李伟森、柔石、胡也频、冯铿、殷夫等五位革命作家被捕遇害。"革命文学"经历着一个不断发展变化的过程，不断地扩大着自己的阵营，也不断克服着自己弱点，而专制统治的镇压更使"革命文学"在血的洗礼中经受了考验，从过去狂热情绪中逐渐沉静下来。这正如鲁迅所言："革命青年的血，却浇灌了革命文学的萌芽，在文学方面，倒比先前更其增加了革命性。"② "左联"五烈士的血应该永远记取。他们中间的殷夫、胡也频等人的创作更显示出了别一世界的意义。

殷夫（1901—1931）是一个很有才华的诗人，他 13 岁就开始创作，15 岁受到革命思想影响，写了《放脚时代的足印》等诗歌，其中有"希望如一颗细小的星儿，/在灰色的远处闪耀着，/如鬼火般的飘忽又轻浮，/引逗人类走向坟墓"这样精美的诗句。以后，他以一个少年纯真的感情唱起了革命之歌，例如：

　　归来哟，我的热情，

---

① 鲁迅：《扣丝杂感》，鲁迅《鲁迅全集》（第三卷），人民文学出版社，1981 年，第505 页。
② 鲁迅：《中国文坛上的鬼魅》，鲁迅《鲁迅全集》（第六卷），人民文学出版社，1981 年，第 158 页。

在我胸中燃烧，

青春的狂悖吧，

革命的赤忱吧，

我，我都无限饥馑！

——《归来》

这样的诗虽然都是一些口号式词语，但作为一个毫无革命生活经验的热情少年来说，诗中跳动的是诗人热情的期待和感情欲望。他著名的一首诗是《别了，哥哥》，表达他和自己当官的哥哥分道扬镳的思想感情。他把自己一切都真诚地投入革命之中。他被害时，年仅22年岁，留下的作品有诗集《孩儿塔》《伏尔加的黑浪》《一百零七个》《诗集》（包括译诗），小说，随笔，戏剧集《小母亲》，译著《苏联的公民》《苏联的少年先锋队》等。鲁迅高度赞扬了殷夫的诗，他说："这《孩儿塔》的出世并非要和现在一般的诗人争一日之长，是有别一种意义在。这是东方的微光，是林中的响箭，是冬末的萌芽，是进军的第一步，是对于前驱者的爱的大纛，也是对于摧残者的憎的丰碑。一切所谓圆熟简练，静穆幽远之作，都无须来作比方，因为这诗属于别一世界。"[1]

另一个值得注意的革命文学作家是胡也频（1903—1931）。他24岁就开始写诗和小说。二十年代末转向了革命文学创作，其主要成就有三十年代初出版的《到莫斯科去》和《光明在我们的前面》两部小说。《到莫斯科去》描写了一个上层官僚的知识女性素裳，厌倦于平庸的生活。在革命者洵白影响下，和自己反动丈夫决裂、走向了革命。《光明在我们的前面》写的是一个知识女性白华从个人主义走向革命的过程。白华本来信仰无政府主义，但实践中屡屡失望，这时她受到了革命者刘希坚思想的感染，并研读了一些马克思主义理论的小册子，转向了无产阶级的集体方面。这两篇作品都明显带着"革命加恋爱"的套子，素裳和白华都是知识女性，而

---

[1] 鲁迅：《白莽作〈孩儿塔〉序》，鲁迅《鲁迅全集》（第六卷），人民文学出版社，1981年，第512页。

影响她们的洵白和刘希坚是她们各自的情人或者恋人。小说大有一种为青年指明生活方向的意味，而爱情又成为一种必不可少的调味品。这也难怪，对于像胡也频这样有些文化知识，读过一些外国文学作品的青年来说，对爱情多少怀抱着一种罗曼蒂克情调，而对于爱情的向往又和革命热情无法分开。常常是两个幻影叠在一起，才构成了新的"英雄美人"（或骑士）的理想画面。当时很多革命文学作家都无法摆脱这种被称为小资产阶级情调的趣味。然而胡也频为了追求自己的理想，比当时很多革命文学作家付出了更多的热情，用生命谱写了一幕艺术人生的壮举。胡也频遇害之前，是当时文坛一颗新星丁玲的丈夫，也许他的艺术才华远远不及丁玲，但是他悲壮的死感动了许多人，也感动了丁玲，促使她走上了无产阶级革命文学道路。以后丁玲在自己的创作道路上，成为中国无产阶级革命文学成熟的代表作家之一。

就中国整个无产阶级文学运动来说，"革命文学"流派是这个运动初级阶段的产物，必然有许多幼稚和粗糙的地方，无论是在思想上还是艺术上，都不能够算作是健全的革命文学。然而，在中国现代文学中，正是在不健全的革命文学中产生出较为健全的革命文学的。我们会看到，"左联"成立之后，中国无产阶级文学有了进一步的发展变化，逐渐走上了较为平稳的革命现实主义道路，在创作中取得了很大成绩。

第三章

"新月派"的历程及其他

也许在文学发展中也常有冤家路窄现象，当"革命文学"在文坛上蓬勃兴起的同时，由胡适、梁实秋、徐志摩、闻一多、饶孟侃、朱湘、孙大雨、于赓虞、刘梦苇、杨子惠等人形成的"新月派"也走向了自己的兴旺时期。其实，从1923年新月社成立到1926年徐志摩接编北京《晨报副刊》时办《诗镌》，新月派已逐渐形成了以诗歌创作为主的流派阵容。一群在文学创作中有相类似想法的文人聚集在一起，也就自然成了一"派"。徐志摩在1926年写的《〈诗刊〉弁言》中就谈到了对这个群体形成的感受：

> 我这生转上文学的路径是极兀突的一件事；我的出发是单纯的，我的旅程是寂寞的，我的前途是蒙昧的，直到最近我才发现在这道上摸索的，不止我一个；旅伴实际上尽有，只是彼此不曾有机会携手。这发现在我是一个不可言喻的快乐、欣慰。管得这道终究是通是绝，单这在患难中找到同情，已够配得这颠沛的辛苦。管得前途是否天晓，单这在黑暗中叫应，彼此诉说曾经的磨折已能暂时忘却肢体的

疲倦。①

徐志摩与这群诗人相聚合的快乐和欣慰，来自他们之间有一种创作上的共同语言。这种共同语言多少反映了新月派的某种艺术态度，徐志摩接着上面说：

> 再说具体一点，我们几个人都共同着一点信心：我们信诗是表现人类创造力的一个工具，与音乐与美术是同等性质的；我们信我们这民族这时期的精神解放或精神革命后没有一部象样的诗式的表现是不完全的；我们信我们自身心灵里以及周遭空气里多的是要求投胎的思想的灵魂，我们的责任是替他们构造适当的躯壳，这就是诗文与各种美术的新格式与新音节的发现；我们信完美的形体是完美的精神唯一的表现；我们信文艺的生命是无形的灵感加上有意识的耐心与勤力的成绩；最后我们信我们的新文艺：正如我们的民族本体，是有一个伟大美丽的将来的。

显然这些思想还延续着新格律体的观点，这时候新月派的影响并不大。直到1928年3月，胡适、梁实秋、徐志摩等人在上海创办《新月》月刊，新月派才形成一个强有力的文学流派，在当时文坛上显露出自己的锋芒。《新月》月刊创刊之时，徐志摩写了一篇类似宣言的文章，题名《新月的态度》，② 鲜明表现了新月派的文学主张，具有现实的针对性。他们对当时文坛上流行的种种文派首先是"革命文学"表示不满，认为他们"正逢着一个荒歉的年头，收成的希望是枉然的；这又是一个混乱的年头，一切价值的标准是颠倒了的"。于是他们提出了"健康"和"尊严"的原则，"唤回在歧路上彷徨的人生"，要"从恶浊的底里解放圣洁的泉源，从

---

① 徐志摩：《〈诗刊〉弁言》，《晨报·诗刊》1926年4月创刊号。下面引用时，不一一注出。
② 徐志摩：《新月的态度》，《新月》月刊1928年4月创刊号。

时代的破烂里恢复人生的尊严"。从这个"态度"里，可以看到新月派的一些思想观点和艺术观点。现摘录几段：

我们不敢附和唯美与颓废，因为我们不甘愿牺牲人生的阔大；为要雕镂一只金镶玉嵌的酒杯。美我们是尊重而且爱好的，但与其咀嚼罪恶的美艳还不如省念德行的永恒，与其到海陀罗凹腔里去收集珊瑚色的妙乐还不如置身在扰攘的人间倾听人道那幽静的悲凉的清商。

我们不敢赞许伤感与热狂，因为我们相信感情不经理性的清滤是一注恶浊的乱泉，它那无方向的激射至少是一种精力的耗废。我们未尝不知道放火是一桩新鲜的玩艺，但我们却不忍为一时的快意造成不可救济的惨象。"狂风暴雨"有时是要来的，但狂风暴雨是不可终朝的。我们愿意在更平静的时刻中提防天时的诡变，不愿意藉口风雨的猖狂放弃清风白日的希冀。我们当然不反对解放情感，但在这头骏悍的野马的身背上，我们不能不谨慎的安上理性的鞍索。

我们不崇拜任何的偏激，因为我们相信社会的纪纲是靠着积极的情感来维系的，在一个常态社会的天平上，情爱的力量一定超过仇恨的分量，互助的精神一定超过互害与互杀的动机。我们不愿意套上着色眼镜来武断宇宙的光景。我们希望看一个真，看一个正。

我们不能归附功利，因为我们不信任价格可以混淆价值，物质可以替代精神，在这一切商业化恶浊化的急坂上我们要留住我们倾颠的脚步。我们不能依傍训世，因为我们不信现成的道德观念可以用作评价的准则，我们不能听任思想的矫健僵化成冬烘的臃肿。标准、纪律、规范，不能没有，但每一个时代都得独立去发见它的需要，维护它的健康与尊严，思想的懒惰是一切准则颠覆的主要的根由。

还有：

我们要把人生看作一个整的。支离的，偏激的看法，不论怎样的巧妙，怎样的生动，不是我们的看法。我们要走大路。我们要走正路。我们要从根本上做工夫。我们只求平庸，不出奇。

我们相信一部纯正的思想是人生改造的第一个需要。纯正的思想是活泼的新鲜的血球，它的力量可以抵抗，可以克胜，可以消灭一切致病的微菌。纯正的思想，是我们自身活力得到解放以后自然的产物，不是租借来的零星的工具，也不是稗贩来的琐碎的技术。我们先求解放我们的活力。

《新月的态度》是新月派名副其实的思想宣言。这个宣言包含着一种深刻的危机感，这正如陈源《致志摩》中所说的："我常常觉得我们现在走的是一条狭窄险阻的小路，左面是一个广漠无际的泥潭，右面也是一片广漠无际的浮砂，前面是遥遥茫茫荫在薄雾的里面的目的地。泥潭里有的是已经陷下来的人，有的在浅处，有的已经到了口鼻。"①

这种危机感不仅仅来自他们个人的处境，也来自他们所代表的政治和文化思潮。新月派同人在思想上明显受到英美资产阶级自由民主思想影响。作为文人，他们大多数有优裕的家庭生活条件和生活地位，不像当时大多数作家处于"在野"地位，而是属于"在朝"的有名有利的教授作家。新月派文人虽然并不满于当时社会状态，但是对于自己的生活状态又有相对的满足感，所以反抗和破坏的欲望并不强烈。他们又不十分理解"在野"文派的思想行为，被群起而攻之是必然的。从大的方面来说，中国现代文学是在东西方文化冲击下发生发展的，西方文化模式和东方文化模式一直不断交战。新月派较倾向于西方文化模式，带着明显的资产阶级自由和民主倾向。新月派所感到的危机也是西方文化模式在中国开始衰弱的征兆。随着不断上升的苏俄思想文化的影响，中国现代文学在三十年代所发生的最显著变化，就是日益从西方文化向东方苏俄文化靠拢。这是由中国文化传统和特定的社会生活条件所决定的。

---

① 鲁迅：《革"首领"》，鲁迅《鲁迅全集》（第三卷），人民文学出版社，1981年，第496页。

新月派不是一个纯粹的文学团体，《新月》月刊也不是一个纯粹的文学刊物，而是带着明显的政治色彩，代表了中国一种新兴的资产阶级政治文化思潮。实际主持《新月》月刊的胡适、梁实秋、徐志摩、潘光旦、余上沅等人并不一定都热衷于文学创作。据《新月》月刊"敬告读者"说，他们根本精神和态度相同之处只是，"我们都信仰'思想自由'，我们都主张'言论出版自由'，我们都保持'容忍'的态度（除了'不容忍'的态度是我们所不能容忍的以外），我们都喜欢稳健的合乎理性的学说。"① 在《新月》月刊上所发表的除了文学作品之外，还有许多研究政治、国体、建设、法制、人口、经济等方面的学术论文。

就思想方面来说，胡适是新月派的领袖。他主张用改良的方法改造中国，这和他早年接受实用主义哲学有关。他曾经是实用主义哲学家杜威的学生，他自己说过，是杜威先生教他怎样思想，教他处处顾到当前的问题，教他把一切学说理想都看作待证的假设，教他处处顾到思想的结果的。胡适所遵循的"细心搜求事实，大胆提出假设，再细心求证"的学术方法也直接来源于杜威"暗示、问题、假设、推理、实验"的科学方法论。胡适所遵循的社会观基本是从西方民主自由观点出发的，他不满中国社会现状，但是对于如何改变这个社会采取了完全理性的态度，不赞成用狂热的暴力的方式，他提出要用"一点一滴的改造"来创造文明，实现进化。他认为中国之所以落后，是由于贫穷、疾病、愚昧、贪污、扰乱五大敌人造成的，他说：

中国今日需要的，不是那用暴力专制而制造革命的革命，也不是那用暴力推翻暴力的革命，也不是那悬空捏造革命对象因而用来鼓吹革命的革命。

打倒这五大敌人的真革命只有一条路，就是认清了我们的敌人，认清了我们的问题，集合全国的人才智力，充分采用世界的科学知识

---

① 载《新月》月刊第 2 卷第 6、7 号。

与方法，一步一步地作自觉的改革，在自觉的倡导之下一点一滴的收不断的改革之全功。

最要紧的一点是我们要用自觉的改革来代替盲动的所谓"革命"。

——《我们走那条路?》①

这种思想距离中国具体实践较远。尽管新月派诸人有各种各样观点，但是有一点是相通的，这就是用西方思想理论观点来解决中国的实际问题。所以他们所发的议论在当时中国没有起到直接作用，有的犹如空中楼阁，少有市场，但这依然不免和当局产生冲突。梁实秋在《忆〈新月〉》一文中曾说："《新月》杂志在文化思想以及争取民主自由方面也出了一点力。最初是胡适之先生写了一篇《知难行亦不易》，一篇《新文化运动与国民党》。这两篇文章，我们现在看来，大致是平实的，至少在态度方面是'善意的批评'，在文字方面也是温和的，可是那时候有一股凌厉的政风，不知什么人撰了'党外无党，党内无派'的口号，只是信仰，不许批评。胡先生说：'上帝都可以批评，为什么不可以批评一个人?'所以虽然他的许多朋友如丁毅音、熊克武、但懋辛都力劝他不可发表这些文章，并且进一步要当时作编辑的我来临时把稿径行抽出，胡先生还是坚持要发表。发表之后果然有了反响。我们感到切肤之痛的是《新月》被邮局扣留不得外寄，这一措施拖延长到相当久的时候才撤销。胡先生写信给胡展堂先生抗议，所得的回答是：奉胡委员谕，拟请台端于〇月〇日来京到……一谈。特此奉陈，即希查照，此致胡适之先生。胡委员秘书处谨启。这一封信，我们都看到了，都觉得这封信气派很大，相当吓人。胡先生没有去，可是此后也没有再发表这一类的文字，这两篇文章也不见于现行远东版《胡适文存》中。我写了一篇《论思想统一》，也是主张思想自由的。这时节罗隆基自海外归来，一连串写了好几篇论人权的文章，鼓吹自由思

---

① 载《新月》月刊第2卷第10号。

想与个人主义，使得《新月》有了更浓厚的政治色彩，引起了更大的风波。"① 对此鲁迅《言论自由的界限》中有一段评论说："三年前的新月社诸君子，不幸和焦大有了相类的境遇。他们引经据典，对于党国有了一点微词，虽然引的大抵是英国经典，但何尝有丝毫不利于党国的恶意，不过说'老爷，人家的衣服多么干净，您老人家的可有些儿脏，应该洗它一洗'罢了。不料'荃不察余之中情兮'，来了一嘴的马粪：国报同声致讨，连《新月》杂志也遭殃。但新月社究竟是文人学士的团体，这时就也来了一大堆引据三民主义，辩明心迹的'离骚经'。现在好了，吐出马粪，换塞甜头，有的顾问，有的教授，有的秘书，有的大学院长，言论自由，《新月》也满是所谓'为文艺的文艺'了。"②

新月派作为一个文学流派，最重要的理论家是梁实秋，尽管梁实秋若干年后在《忆〈新月〉》一文中曾说："我有时候也被人称为'新月派'之一员，我觉得啼笑皆非。"这不仅在于他也亲自参加过《新月》月刊的编辑，而且明显表现在他的文学主张中。

梁实秋文学理论中的重要核心是人性，他认为文学"发于人性，基于人性，亦止于人性"。他在《文学与革命》③ 一文中说："并且伟大的文学乃是基于固定的普遍的人性，从人心深处流出来的情思才是好的文学，文学难得的是忠实，——忠于人性；至于与当时的时代潮流发生怎样的关系，是受时代的影响，还是影响时代，是与革命理论相合，还是为传统思想所拘束，满不相干，对于文学的价值不发生关系。因为人性是测量文学的唯一的标准。"这种文学观点显然和当时文坛"革命文学"理论对立，梁实秋也毫不忌讳这一点，而且从自己的观点出发，认为"文学是没有阶级性的"，"在文学上讲，'革命的文学'这个名词根本就不成立。"梁实

---

① 梁实秋：《忆〈新月〉》。当时胡适发表有《我们什么时候才可有宪法?》《知难行亦不易》，载《新月》月刊第2卷第4号；《新文化运动与国民党》，载《新月》月刊第2卷第6、7号。罗隆基有《论人权》，载《新月》月刊第2卷第5号；《我对党务上的尽管批评》，载《新月》月刊第2卷第8号。

② 鲁迅：《言论自由的界限》，鲁迅《伪自由书》，1933年。

③ 梁实秋：《文学与革命》，《新月》月刊第1卷第4号。

秋在《新月》上还发表过一篇针锋相对的文章《文学是有阶级性的吗?》，①　直接和"革命文学"理论唱对台戏，在文坛上形成一次论辩的高潮。显然，这次论辩并不仅仅表现在文学观念上的是非，而且带着强烈的政治色彩。梁实秋当时被人们看作是一个既得利益的官方理论家，被鲁迅称为"资本家的乏走狗"，在文坛上是很孤立的。鲁迅对梁实秋的批判最为激烈，包含讽刺的意味，他指出："所以文学家要自由创造，既不该为皇室贵族所雇用，也不该受无产阶级所威胁，去做讴功颂德的文章。这是不错的，但在我们所见的无产文学理论中，也并未见过有谁说或一阶级的文学家，不该受皇室贵族的雇用，却该受无产阶级的威胁，去做讴功颂德的文章，不过说，文学有阶级性，在阶级社会中，文学家虽自以为'自由'，自以为超了阶级，而无意识底地，也经受本阶级的阶级意识所支配，那些创作，并非别阶级的文化罢了。例如梁先生的这篇文章，原意是在取消文学上的阶级性，张扬真理的。但以资产为文明的祖宗，另指穷人为劣败的渣滓，只要一瞥，就知道是资产家的斗争的'武器'，——不，'文章'了。"②

新月派文学理论的另一个重要支点是理性的态度，从理性延伸出了新月派所谓"健康"和"尊严"的原则，延伸出对文学的基本看法。梁实秋《文学的纪律》所说的一切都在强调文学的理性原则。这种理性也是他所讲的"人性"中最重要的内容，他说：

> 所谓"人性"是什么呢? 一方面，人性乃所以异于兽性。简单的饮食男女，是兽性；残酷的斗争和卑鄙的自私，也是兽性。人本来是兽，所以人常有兽性的行为。但是人不仅是兽，还时常是人，所以也常能表现出比兽高明的地方。人有理性，人有较高尚的情感，人有较严肃的道德观念，这便全是我所谓的人性。在另一方面，人性乃一向

---

①　梁实秋：《文学是有阶级性的吗?》，《新月》月刊第 2 卷第 6、7 号。
②　鲁迅：《"硬译"与"文学的阶级性"》，鲁迅《鲁迅全集》（第四卷），人民文学出版社，1981 年，第 209—210 页。

所共有的，无分古今，无间中外，长久的普遍的没有变动。人的生活形式，各地各时容有不同，所呈现的问题性容有不同，但是基本的人性则随时到处皆是一样的。

——《文学讲话》

梁实秋在另一篇文章中还指出：

在理性指导下的人生是健康的常态的普遍的；在这种状态下所表现出的人性亦是最标准的；在这标准之下所创作出来的文学才是有永久价值的文学。①

梁实秋显然受到了西方文艺理论的影响，企图以人性为轴心建立起一整套文学理论主张，但是，梁实秋所谈论的"人性"多少又带一些理想色彩，在中国社会现实中很难寻得，因为大多数人当时都在为基本的生存条件而奋斗，无法达到梁实秋所说的那种标准。所以鲁迅当时提出"煤油大王那会知道北京捡煤渣老婆子身受的酸辛"，"贾府上的焦大，也不爱林妹妹"的问题，就是针对梁实秋文学理论观点所发。

《文学的纪律》的文学观倾向于古典主义，甚至可以看作现代中国文学中一篇古典主义理论的宣言。梁实秋宣称希望在西洋文学史上新古典派和浪漫派之间得到一个"中庸之道"——"纯正的古典观察点"。从这个观察点出发，梁实秋强调文学的标准、纪律和节制，排斥浪漫派那种任意放纵的、漫无选择的、疯狂和病态的艺术。在他看来，这一切都取决于理性的力量，"以理性驾驭感情，以理智节制想象。"他说："……伟大的文学者所该致力的是怎样把情感放在理性的缰绳之下。文学的效用不在激发读者的热狂，而在引起读者的情绪之后，予以和平的宁静的沉思的一种舒适的感觉。"从梁实秋的这些文学观点中，我们不难体味出西方古典文学

① 梁实秋：《文学的纪律》，《新月》月刊创刊号。下面引用时，不一一注出。

中和谐、静穆之美与中国古典文学中的中庸之美的相互渗透。

梁实秋也是用理性的标准来衡量中国文学实际的。《现代中国文学之浪漫的趋势》就是一篇具有代表性的文章。在理性的天平上，中国新文学的许多创新、变异和发展，都显得过于"漫无秩序""偏微"和"无标准"了。从此出发，梁实秋一方面敏锐觉察到中国文学中理想与现实、内容与形式、传统与创新之间的深刻矛盾，另一方面忽视了中国文学发展变化中的统一过程。而最有趣的事实是，梁实秋很多"标准"都来自西方文学，但是对于西方现代主义文学采取了排斥态度。当他用这些标准来分析中国文学的时候，往往显得过于呆板和保守。例如，他对中国现代小说"什九就没有故事可说"就表现出极不以为然的态度。他评价鲁迅的小说"……最好的是《阿Q正传》，其余的在结构上都不象是短篇小说，好象是一些断片的零星速写……。"梁实秋这种古典式的理性态度虽然在当时受到攻击，在以后也一直受到冷遇，但是在中国现代文学历史中一直占据着重要地位。所变化的并不是理论的实质，而是表面的花样。就此来说，梁实秋理性思考并没有超出中国传统的思维模式。

这种理性态度也深深浸透到了梁实秋的艺术趣味之中。而这种趣味在梁实秋那里，又确实显得绅士气味过浓，很难令大多数人产生认同感，因为他认为艺术殿堂是少数人才能进去的，"好的作品永远是少数人的专利品，大多数永远是蠢的，永远是与文学无缘的。"比如他在《论散文》①中所说的一种"高超的文调"，恐怕就很少人能接受，即使达到了，也许已成为一种僵化了的，非常苍白，失去生活气息的官调，而他说："高调的文调，一方面是挟着感情的魔力，另一方面是要避免种种卑陋的语气，和粗俗的辞句。近来写散文的人，不知是过分的要求自然，抑或是过分的忽视艺术，常常的沦于粗陋之途，无论写的是什么样的题目，类皆出之以嬉笑怒骂、引车卖浆之流的语气，和村妇骂街的口吻，都成为散文的正则。像这样恣肆的文字，里面有的是感情，但是文调，没有！"——且不

---

① 载《新月》月刊第1卷第8号。

说这种观点本身值得商讨，就这种语气来说，也是难于让人们接受的。

尽管如此，梁实秋对文学发表的很多意见是有价值的。他站在自己立场上对文坛冷眼旁观，与文坛有一段不小的距离。而正是这种距离又使他看到了许多身陷其中不易察觉的东西；他的理性态度有时会显得过于固执和保守，而这种固执和保守往往又含有冷静。他虽然时常用西方文学理论观念来评价中国文学，但并不赞成一切东西都西洋化。他在1931年写给徐志摩的一封信《新诗的格调及其他》① 中说：“我一向认为新文学运动的最大的成因，便是外国文学的影响；新诗实际就是中文写的外国诗。”他非常尖锐地指出了新诗创作中存在的另外一种事实：“新诗运动以来，侧重白话一方面，而未曾注意到诗的艺术和原理一方面。一般写诗的人以打破旧诗的范围为唯一职责，提起笔来固然无拘无束，但是什么标准都没有了，结果是散漫无纪。”为此他提出创作要有“新的合乎中文的诗的格调”，也是富有建设性的。

梁实秋这些文学理论观点带有明显的“新月”色彩，但是新月派的文学面貌却不是这种理论所能概括的。在现代文学史上，新月派是一个较大的文学流派，派中也有不同的流向，就其文学创作来说，体裁内容也是多样的，但是最重要的表现在诗歌方面。在诗的创作中，新月派的步调也比较一致，功夫下得也较深，成就也比较显著。他们除了在《新月》上发表了许多诗歌以外，1931年又有陈梦家等人出了《诗刊》，专门发表诗作。后来，陈梦家编选了《新月诗选》，由新月书店出版。这时新月派诗人已有一个相当的阵容，《新月诗选》共选18位诗人的作品，选了陈梦家“自己相信是在同一方向努力”的诗人作品80首，是对新月派创作一次历史的检阅。这18位诗人是徐志摩、闻一多、饶孟侃、朱湘、孙大雨、邵洵美、方令孺、林徽因、梁镇、卞之琳、俞大纲、沈祖牟、沈从文、杨子惠、朱大枬、刘梦苇、陈梦家、方玮德。实际上，最能说明新月派文学面貌的就是他们的诗歌本身。

---

① 梁实秋：《新诗的格调及其他》，《诗刊》1931年创刊号。

　　从整体上看，新月派比较注重于形式美。他们写诗很努力，很费苦心，在形式和技巧上精心制作和研磨。技巧的周密和格律的严谨可以说是新月派创作一致的方向，也是创作中理性的缰绳和鞍辔。陈梦家在《新月诗选》序言中说："我们欢喜'醇正'与'纯粹'。我们爱无瑕疵的白玉和不断锻炼的纯钢。白玉，好比一首诗的本质，纯粹又美；钢代表做诗人百炼不懈的精神，如生铁，在烈火中烧，在铁砧上经过无数次大锤的挞打，结果那从苦打和煎熬中锻炼出来的纯钢，才能坚久耐用。我们以为写诗在各样艺术中不是件最可轻易制作的，他有规范，象一匹马用得着缰绳和鞍辔。尽管也有灵感在一瞬间挑拨诗人的心，如象风不经意在一支芦管里透出谐和的乐音，那不是常常想望得到的。精心刻意在一件未成就的艺术品上，预先想好它最应当的姿态，就能换得他们苦心的代价。听人在三弦上拉出传神的曲调，尽是那么简单的三根弦，那么一弯平凡的弓，和几只指头的拨弄，自有他得神的'技巧'。谁能说他们的手指在琴弦上的拨弄，不是经过了多少回的试验？一个天才难说从来就懂得最适当地位。一首好诗，固然一定少不了那最初浸透诗人心里的灵感，就如灯，若使有油，没有火去点是不会发亮的。但是小小一盏火，四面有风，得提防要小心火焰落下去，你让怎样卫护已经点亮的火，使它在自己能力的圈子里，发最辉煌的光。一个做诗人也要有如此细心与耐心。"[1]

　　新月派诗人就是像匠人在玉石上雕镂图像那样精心作诗的。请看陈梦家的《摇船夜歌》：

> 今夜风静不掀起微波，小星点亮我的桅杆，
> 我要撑进银流的天河，新月张开一片风帆；
> 让我合上了我的眼睛，听我摇起两支轻桨——
> 那水声，分明是我的心，在黑暗里轻轻的响；
> 吩咐你：天亮飞的乌鸦，别打我的船头掠过；

---

[1]　陈梦家编：《新月诗选》，上海新月书店，1931年，第9—11页。

蓝的星，腾起了又落下，等我唱摇船的夜歌。①

　　像这样诗句工整的诗歌在新月派创作中比比皆是。在新月派诗人的倡导下，当时诗坛上被称为"豆腐干"的方块诗很风行，其中很多只是形式的模仿，成为白话镶嵌的格律诗。但是也有很多是经过"在技巧上严密推敲"写成的，在音义、音节、色调之间体现出一种谐和之美，如饶孟侃的《招魂——吊亡友杨子惠》一诗：

> 来，你不要迟疑，
> 趁此刻鸡还没有啼；
> 你瞧远远一点灯光，
> 渔火似的一暗一亮——
> 那灯下是我在等你。
> 来，你不要迟疑！
>
> 来，为什么徘徊？
> 我泡一壶茶等你来。
> 你看这一只只白鹤，
> 一只只在壶上飞着，
> 是不是往日的安排？
> 来，为什么徘徊？
>
> 来，用不着犹夷，
> 趁我在发楞没想起，
> 你只管轻轻的进来，
> 象落叶飘下了庭阶，

---

① 陈梦家编：《新月诗选》，上海新月书店，1931年，第130—131页。

冷不防给我个惊喜。

来，用不着犹夷！①

　　这首诗意象单纯，澄清如水，但在情感上一步三叹，具有回环往复的魅力。就从意境上来说，这首诗表现了一种深长的幽思和意味。在鸡鸣之前等候亡友的魂灵，把人们带到一种独特的感情氛围之中，感受到诗人心灵深处期待的旋响。

　　在艺术创作中，形式也并不是随意的和空洞的，而与一定的文化条件有直接关系。陈梦家在总结新诗十年发展变化时，曾把新诗比作一只驶出传统古老河道的小船，一方面遵循着中国几千年来精神文化的河流，另一方面则受到"无异于一阵大风"的外国文学的影响。新月派对于形式美的追求就是"一半靠着风一半靠着水势，在风和水势两下牵持不下的对抗中，找一个折衷的自然趋向"。② 因此这种自然倾向不是单一的。在新月派创作中，"形式"的来源常常表现为两种倾向，一种是从中国传统艺术中吸取养料，一种则是借鉴和取法西洋诗的样式和格律。但是，就其整体面貌来说，新月派从中国传统艺术中得到了更多的东西。这一点徐志摩在1926年的《诗刊放假》中就有言在先：　"我们干脆承认我们是'旧派'——假如'新'的意义不能与'安那其'的意义分离的话。"

　　因此在创作中，新月派大多数诗人都无法跳出中国或外国旧体诗传统的困境——这在方块诗和十四行诗的形式方面最为明显。但是，这种新诗形式的试验毕竟不是在封闭状态中进行的，中国传统艺术和外国文学艺术的交合给予创作以更自由的选择，如朱湘的有些诗作在形式上就显得很灵活，不拘一格。《采莲曲》就是其中的一首，它形式上清新活泼，吸收了民歌明快的节奏，自由而不放荡，整齐而又富于变化，给人以美的享受：

　　小船呀轻飘，

---

　　① 陈梦家编：《新月诗选》，上海新月书店，1931年，第63—65页。
　　② 陈梦家：《〈新月诗选〉序》，《新月诗选》，上海新月书店，1931年。

杨柳呀风里颠摇，

荷叶呀翠盖，

荷花呀人样娇娆。

日月落，

微波

金丝闪动过小河。

左行，

右撑，

莲舟上扬起歌声。

菡萏呀半开，

蜂蝶呀不许轻来，

绿水呀相伴，

清净呀不染尘埃。

溪间

采莲，

水珠滑走过荷钱。

可惜，朱湘（1904—1933）短命。他 1927 年去美国留学，1929 年回国，先后出了诗歌《夏天》《草莽集》《石门集》等作品集。1933 年 12 月 5 日清晨跳江自杀，年仅 29 岁。但是在他的诗中，我们却能看到新诗从民歌中吸取养料的发展趋向。

新月派中最重要的诗人是徐志摩（1896—1931）。他出身于一个富商家庭，曾经抱着做一个中国实业家的理想先后在美国英国留学，他曾经说过，他在 24 岁以前对于诗的兴味远不如他对于相对论或民约论的兴味；他父亲送他出洋留学是想要他将来进"金融界"的，他自己最高的野心是想做一个中国的 Hamilton 式的人物。但是在剑桥大学的生活却改变了他理想的轨道，在那里他阅读了大量文学作品，对文学产生了浓厚兴趣。他的文学创作明显受到英国唯美和浪漫诗歌的影响，恬淡闲雅，并时常带着一层淡淡的感伤色彩。如《再别康桥》是极为脍炙人口的一首诗：

轻轻的我走了，
正如我轻轻的来；
我轻轻的招手，
作别西天的云彩。

那河畔的金柳，
是夕阳中的新娘；
波光里的艳影，
在我的心头荡漾。

软泥上的青荇，
油油的在水底招摇；
在康河的柔波里，
我甘心做一条水草。

那榆荫下的一潭，
不是清泉，是天上的虹，
揉碎在浮藻间，
沉淀着彩虹似的梦。

寻梦？撑一支长篙，
向青草更青处漫溯，

满载一船星辉，
在星辉斑斓里放歌。

> 但我不能放歌，
>
> 悄悄是别离的笙箫；
>
> 夏虫也为我沉默，
>
> 沉默是今晚的康桥！
>
>
>
> 悄悄的我走了，
>
> 正如我悄悄的来；
>
> 我挥一挥衣袖，
>
> 不带走一片云彩。①

　　徐志摩在创作上是非常推崇哈代的，在作品中也常常留下哈代的影子。梁实秋先生在评论徐志摩另一首诗《这年头活着不易》时曾说："这首诗末尾带着一点子悲观气味，容易令人联想起哈代（Thomas Hardy）的特有的作风，就是诗的形式和那平易的语调，也都颇似哈代。是的，志摩受哈代的影响很大，他曾在英国访问过这位诗翁，也曾译过他的若干首短诗。哈代的小诗常常是一个小小的情节，平平淡淡，在结尾缀上一个悲观的讽刺。这是哈代的独特的作风，志摩颇能得其神韵。"

　　作为新月派的主要诗人，徐志摩采用西洋各种格律诗的形式作诗，也是很积极的。但是，对形式他远远没有像闻一多等人那样考究，也不曾下过很深的功夫。他自己说过："……我的笔本是最不受羁勒的一匹野马，看到一多的谨严的作品，我方才憬悟到我自己的野性；但我索性的落拓，始终不容我追随一多他们在诗的理论方面下这么细密的功夫。"② 这一点也许在某些方面成全了徐志摩，使他的诗较少地受到形式和格律的束缚，自由舒展，灵活有致。有的就像从心灵深处掬起的一捧清澈的泉水，晶莹透亮而又意韵无穷，如《偶然》一首：

---

① 蓝棣之编选：《新月派诗选》，人民文学出版社，2011 年，第 43 页。
② 徐志摩：《〈猛虎集〉序》，徐志摩《猛虎集》，上海新月书店，1931 年。

我是天空里的一片云

偶尔投影在你的波心——

你不必讶异，

更无须欢喜——

在转瞬间消灭了踪影。

你我相逢在黑夜的海上，

你有你的，我有我的，方向；

你记得也好，

最好你忘掉

在这交会时互放的光亮！①

无怪乎陈梦家如此评价徐志摩的诗："他的诗，永远是愉快的空气，不曾有一些伤感或颓废的调子，他的眼睛也闪耀着欢喜的圆光。这自我解放与空灵的飘忽，安放在他柔丽清爽的诗句中，给人总是那舒快的感悟。好象一只聪明玲珑的鸟，是欢喜，是怨，她唱的皆是美妙的歌。"②

这一切多少来自徐志摩对艺术特有的情致。他注重于形式，但对于单纯的信心，对于灵性抱有更大兴趣，把创作看作是"灵魂的冒险"，注重于表达心灵深处的意趣。他曾在《波特莱的散文诗》中说："本来人生深一义的意趣与价值还不是全得向我们深沉、幽玄的意识里去探检出来？全在我们精微的完全知觉到每一分时带给我们的特异的震动，在我们生命的纤维上留下的不可错误的微妙的印痕，追摹那一些瞬息转变如同雾里的山水的消息，是艺人们，不论用的是哪一种工具，最愉快亦最艰苦的工作。"③ 胡适这样评价徐志摩："他的人生观真是一种'单纯信仰'，这里面只有三个大字，一个是爱，一个是自由，一个是美。他梦想这三个理想

---

① 蓝棣之编选：《新月派诗选》，人民文学出版社，2011年，第33页。

② 陈梦家：《〈新月诗选〉序》，蓝棣之编选《新月派诗选》，人民文学出版社，2011年。

③ 徐志摩：《波特莱的散文诗》，《新月》月刊第2卷第8号。

的条件能够会合在一个人生里，这是他的单纯信仰。他的一生的历史，只是他追求这个单纯信仰的实现的历史。"①

徐志摩的诗大多数写爱情，写个人哀怨，在当时的文坛上并不是如日中天的艺术。当大多数人的目光都注重于社会变革和人民大众生活时，徐志摩是被认为远离中国苦难民众，这不仅给诗人创作带来极不安宁的情景，导致艺术追求的危机，而且也给诗人心灵上带来了深深痛苦。因此，陈梦家说他的诗"永远是愉快的空气"，只说对了一半。徐志摩的诗歌作品基本收集在《志摩的诗》《翡冷翠的一夜》《猛虎集》《云游》之中，从时间顺序来说，诗中"愉快的空气""欢喜的圆光"一天天少起来，而哀愁悲伤、怨恨甚至颓废色彩却一天天浓烈起来。徐志摩是一个非常爱"飞"、想"飞"的人，甚至最后也是在飞行中丧生的，但是在飞向理想的极度，想象的止境——死亡之前，他已经陷入了颓唐之中，感到魂魄在恐怖的压迫下，"在妖魔的脏腑内挣扎"（《生活》），他向往着"死"（《爱的灵感》）。徐志摩飞机遇难后，他的诗友方玮德写了《哭志摩》一诗，其中这样写道：

> 就算你不懊悔你投生的冤枉，
> 你也没有一天不在祈祷死，
> 你赞美恋爱，你赞美灵魂的勇敢，
> 你赞美梦幻的真实，到后你只赞美死，
> （你赞美意大利海滨一个风暴的奇迹）
> 死是座伟秘的烘炉，熔化你一切生命的演进，
> 反正你看透这世界早就衰老，一切灵魂都变懒，你也去
> 整天整夜找翅膀逃亡，逃亡到女人，到酒，到梦境，
> 到新加坡的小孩，
> 到南洋的椰子，

---

① 胡适：《追悼志摩》，《新月》月刊第 3 卷第 12 号。

浓得化不开。①

这里表露了一种知音之叹。所以诗人死后茅盾写了一篇很长的论文《徐志摩论》,② 称徐志摩是现代布尔乔亚一个"末代的诗人"。

徐志摩的死无疑是新月派最惨重的损失,直接加速了新月派的风消云散,但新月派的没落并不仅仅由徐志摩之死所决定的,有社会的、时代的和其自身发展的必然原因。新月派基本上属于象牙之塔之内的文学团体,他们创作所表现的内容也大多以个人哀怨为中心,远离或者逃避人民大众和时代生活。这和当时大多数人的心境不协调,他们的衷曲必然很少知音,也难免处于孤芳自赏的境地。特别是1931年"九·一八"之后,日本侵占东北三省,国难当头,社会需要激越的战歌,像新月派那种四平八稳的理性态度,那种精心营造的形式之美,那种自艾自怨的蝇蝇之心,就更难持续下去。

实际上,新月派的文学态度并不等同于新月派的创作。新月派的创作也远不都是《新月》月刊创刊时所表明的那样"健康"和"尊严",而一开始就存在着深刻的危机。这种危机不仅表现在形式追求上,他们很快又陷于形式的圈套中,重新缠绕在传统的格律之中;而且表现在他们内在情绪上,这正如他们在《诗刊》第2号序言中所说的:"我们都还是在时代的震荡中胚胎着我们新来的意识,只有在一个波涛低落第二次还不曾继起的一俄顷,我们或许有机会在水面上探起一个半晕眩的头,在水雾昏乱里勉强辨认周围的环境。"仿佛绝望的深渊就在他们脚边,他们的信心也一直和危险连在一起。他们说:

> ……我们是要在危险中求更大更真的生活,我们要跟随这潮流的推动,即使肢体碎成粉,我们的愿望永远是光明的彼岸。能到与否至

---

① 蓝棣之编选:《新月派诗选》,人民文学出版社,2011年,第280页。
② 茅盾:《徐志摩论》,《现代》1933年第2卷第4期。

有否那一个想象中的彼岸完全是另一个问题，我们意识的守住的只是一点志愿的勇往，同时我们的身体与灵魂在这骇浪的击撞中争一个刹那的生存，谁说这不是无上的快感？……在思想上正如在艺术上，我们着实还得往深里走，往不可知的黑暗处走，非得那一天开掘到一泓澄碧的清泉我们决不住手。

——《诗刊》第 2 号序言

诗人毕竟不能仅用表面口号来显示自己，而需要用心灵来支撑自己。在当时中国社会中，这一群怀抱理想的诗人，虽然所信奉的政治思想不同，所追求的社会前途不同，但是都不满于当时的中国社会，心灵上同样承受着沉重的负担和痛苦的压抑，因此在"健康""尊严"的口号背后，诗歌中滋长着痛苦、失望甚至颓废的心绪是可以理解的。

因此，如果说当时诗坛上确实有一派颓废诗人的话，这一派距离新月派并不遥远。在新月派办的《诗刊》上，我们可以看到这样的诗：

> 生命无非是一块画布，
> 拿着笔在上面乱涂；
> 看涂的都是些什么，
> 不过是一片庞杂的颜色，
> 到此刻没有画出形象，
> 一支蜡却费去这么长。

——罗慕华《画家》

这种厌世颓废的情调，在新月派的邵洵美、饶孟侃诗中也能读到，除此，焦菊隐的散文诗集《夜哭》所描写的寒鸦的呻吟，那种穿着橄榄色轻衫的死神，姚蓬子诗歌中的忧郁色彩都表露出一个病态死亡世界的阴影。

在颓废派作家中，于赓虞也许是有代表性的一个，他著有《晨曦之前》《骷髅上的蔷薇》《魔鬼的舞蹈》《幽灵》等诗集，多悲观失望的诗句，充满着荒丘、死亡、鬼影的意象。1926年赵景深在《于赓虞的〈晨曦之前〉》① 一文中曾说："我最佩服赓虞的是他对于诗神的忠心皈依，他愿以全生命带着血泪献给诗坛。"他还用家乡遭难、国事蜩螗、婚姻不遂来解释于赓虞悲观的原因。赵景深在文章中还说："他以前来信给我，说是要出诗集《群鬼》，如今改名《晨曦之前》，大约不无意义吧？但愿他常存着新生的希望！"但是诗人后来的几个诗集并没有从鬼影中走出来。这里录诗人一首《山头凝思》，其颓废色彩可见一斑：

> 春去了，希望尚深眠于零落的落花之中，
> 为了生命之欲愿终日辗转于骷髅之冢；
> 今凝思山头之林上，痛哭于夕阳之残红，
> 将不老的悲哀投寄于苍空征途的孤鸿。
>
> 海鸟去了，三两游艇里讴着幽惋之歌声，
> 在夜神统治的天下谐和于葬礼的墓钟；
> 此时我以神与魔鬼之乐独自歌吟新生，
> 为满足敌人之欢笑我痛饮于此黑夜中！
> "狂夫，将幻想展开，歌着，鞭打天上之群星！"
> 世纪死了疲惫的灵魂在荒诞之梦未醒；
>
> 无人了，野林颤栗之韵为我惨笑于寂静，
> 诉鸿鸣，似往日飞逝的梦影哀吟于古井！
>
> 悲哉！惨黑之山道上只我个人酩酊，独行，
> 挽不回的青春如一尸体正沉默于夜莹；
> 从此我嗟叹着去了，无论走入地狱，天宫，

---

① 赵景深：《于赓虞的〈晨曦之前〉》，《文学讲话》，上海亚细亚书局，1928年，第27页。

将一切贻于人间之废墟，辗转骷髅之冢。

于赓虞的诗格式整齐但过于冗长，虽然当时很多青年诗人都深受其影响，但这种格式不大适合于中国传统习惯，他这样每行在十字以上，也很难一下子在诗坛站稳脚跟。

第四章

"现代派" 和戴望舒的创作

当新月派在诗歌形式方面苦苦探求之时，新诗坛上并不风平浪静，不同流派的文学力量在不断地聚集发展。当时同新月派相互抗衡的文学群体很多，总的来说来自两个方面，一个来自"革命文学"诗歌创作，这群诗人注重生活的反馈，面向人民大众和时代政治，在内容上不断走向更广阔的世界。另一方面则来自象征主义诗歌创作，有些诗人在形式上和新月派全然不同，他们不讲求诗外在的格律和格式，更要求自由表达。这种并存的文学情势，一方面促使了新月派内部的变异和分化，另一方面也在酝酿着新的文学流派的产生。

"现代派"就是继新月派之后出现的一个新的文学流派。

1932 年 5 月 1 日，由施蛰存、杜衡、戴望舒主编的文学月刊《现代》杂志在上海问世。人们在《创刊宣言》中能够读到这样的话：

> 因为不是同人杂志，故本志并不预备造成任何一种文学上的思潮、主义或党派。
>
> 因为不是同人杂志，故本志所刊载的文章，只依照着编者个人的主观为标准。至于这个标准，当然是属于文学作品的本身价值方面的。

不管是否是"有意栽花花不开，无心插柳柳成荫"，还是由于编者个人主观标准过于强烈，《现代》杂志不仅促进了一种文学思潮，而且成为一种新的文学流派——"现代派"——的招牌和阵地。在《现代》上所发表的戴望舒、施蛰存、李金发等人的诗，在风格上与新月派不同，带着自己明显的特色，很快引起诗坛注意。于是，新诗发展中又起一波，《现代》的编者施蛰存就用下面的话表达了"现代派"的艺术追求：

> 《现代》中的诗是诗，而且纯然是现代的诗。它们是现代人在现代生活中所感受到的现代的情绪用现代的辞藻排列成的现代的诗形。
>
> ——《又关于本刊的诗》①

这也是"现代派"诗歌的特点。事过若干年后，施蛰存又进一步加以补充说明，"它们的共同特征是：（一）不用韵。（二）句子、段落的形式不整齐。（三）混入一些古字或外语。（四）诗意不能一读即了解。"②

"现代派"诗歌的崛起显然和早期李金发等人的"意象派"诗歌有渊源关系，其所表现出的艺术特色显然也是对于新月派格律诗的一种反动。但是，"现代派"之所以能够在三十年代的诗坛形成风气，显示出自己独特的群体力量，却有自己历史的文化机缘。

从新诗发展来看，冲出旧体诗的束缚，走向自由诗是"五四"新文学运动的功绩。最初，新诗要从旧诗中脱胎而出，必须彻底打破格律禁锢，自由自在地表达思想感情。所以郭沫若主张诗的形式要"绝对的民主和绝对的自由"。如果没有打破一切条条框框的勇气，没有那种一池无遗，狂飙突进的诗风，就根本产生不了《女神》那样的作品。"五四"后的"湖畔诗人"也是在冲脱一切束缚的自由诗风中，得以尽情地歌哭和歌笑的，可以说，自由的形式和自由的表现，是新诗形式发展的第一个阶段。可是，随着新诗逐渐站稳脚跟，散漫的自由体诗的弱点也逐渐显露出来了。

---

① 施蛰存：《又关于本刊的诗》，《现代》1934年第4卷第1期。
② 施蛰存：《〈现代〉杂忆》，《新文学史料》1981年第1期。

由于忽视诗歌自身特点，新诗往往流于一般的散文化，缺乏应有的音乐感和隽永的诗味，和中国传统的审美习惯有较大的差异。这时候，人们开始注意和纠正自由体诗的偏向，转而开始重视和探求新诗的格律和格式，注意向中国传统艺术靠拢。因此，追求"新音节和新格式"的格律诗人应运而生，适应了新诗形式发展的这个转机，走向了追求诗的绘画美、建筑美和音乐美的道路。以后新月派诗人又蔚为大观，照耀文坛，实际上是对早期自由体诗的一次否定，这时，尽管诗坛上已有不拘形式的意象诗，但是与当时新诗发展主要趋向有相悖之处，机不逢时，只能是小打小闹，处于附属的零散状态。

二十世纪二十年代末三十年代初新诗创作出现了新变化。虽然新月派诗人提倡新格律，追求形式美，在新诗形式方面有所创新，内容上也有新的开拓，也写出了一些好诗，但是单纯地追求形式，并恪守于一定的格式，势必使新诗创作趋于僵化。在新月派后期创作中，很多作品逃不出"豆腐干""方块诗"形式，或者陷入对外国格律形式的生搬硬套，步入新的板滞和机械境地。此时，又有许多人从新格律滑向了旧体诗，加重了新诗的危机感。这时候，人们意识到格律之弊病，希望冲破新格律诗的束缚，创造新的形式。可以说，从新月派兴起、没落到"现代派"诗歌风靡诗坛，是格律诗形式否定了自由体之后，又逐渐否定自己的过程，也是自由体诗形式在一个新的层次上重新确定自己的过程。因此，三十年代后的诗坛上，新月派的没落和"现代派"的崛起同样不可避免。

事实也是如此。"现代派"诗人中很多本是新月派中人，他们曾一度追求过诗的格律美和形式美，但是在对外在格律形式追求过程中很快穷途末路，使他们意识到了格律形式的局限，就转换了一个方向——向自由体形式方向发展。例如朱湘就是一个。他最早致力于诗的格律美，他的诗韵律整齐，格式工整，很多诗是典型的"豆腐干"。朱湘的《采莲曲》吸取了民歌的音律，其跳动的节奏，清新的语言，具有中国民族特色，读起来朗朗上口，富有词的意韵，是追求形式美的成功之作。但是三十年代后，朱湘却写下了这样的诗句：

像皮球有猫来用爪子盘弄，

一时贴伏着，一时又跳上了头；

唯有爱情，在全世界当中，

像皮球。①

——《栾兜儿》

这完全不同于新月派诗风的格调，带着一种现代意味。另一个诗人卞之琳也是如此，他是新月派中的后起之秀，被视为是颇得志摩之风的诗人。陈梦家在《新月诗选》序中说："卞之琳是新近认识，很有写诗才能的人。他的诗常常在平淡中出奇，象一盘沙子看不见底下包容的水量。如《黄昏》，如《望》都是成熟了的好诗。"但是，卞之琳后来和何其芳、林徽因一样，成了《现代》杂志上的诗人，他的很多诗带着明显的"现代派"色彩。1933年出版的诗集《三秋草》，显示了诗创作从格律诗形式向"现代派"自由体诗的移动。由此看来，"现代派"的崛起在中国新诗发展中并不是个别现象。回顾新诗十年来的发展，在总的趋向上经历了自由体—格律体—自由体形式几个阶段，当然每个阶段都不是对前者简单否定或者简单重复，都包含着艺术创新的因素，丰富了新诗的世界。因此，无论是新月派格律诗，还是"现代派"自由体诗，在新诗发展中，体现着一种从一个阶段向另一个新的阶段过渡的性质。在这个过程中，艺术风格的变迁是明显的标志。当时《现代》杂志上确实聚集了一群诗人，除戴望舒、施蛰存、杜衡、金克木外，我们还能够看到卞之琳、何其芳、艾青、侯汝华、龚树揆、宋清如、李心若、吴惠风、陈江帆、杨世骥、杨予英、陈雨门、萧敏颂、徐迟等人的诗作。

现在我们不妨认真考察一下"现代派"诗歌的艺术面貌。

首先，什么是"现代派"诗人"现代的诗形"呢？他们曾这样说的：

---

① 朱湘：《栾兜儿·一》，朱湘《石门集》，海燕出版社，第91页。

没有韵脚的诗，只要作者写得好，在形似分行的散文中同时可以表现出一种文字的或诗情的节奏。

——施蛰存《给吴某的回答》

《现代》中的诗大多数是没有韵的，句子也很不整齐。

但它们都有相当的肌理（Texture）。它们是现代的诗形，是诗！

——施蛰存《又关于本刊的诗》

诗不能借重音乐，它应该去了音乐的成分。

韵和整齐的字句会妨碍诗情，或使诗情成为畸形的。倘把诗的情绪去适应呆滞的，表面的旧规律，就和把自己的足去穿别人的鞋子一样。愚劣的人们削足适履，比较聪明一点的人选择穿合脚的鞋子，但是智者却为自己制做最合脚的鞋子。

新的诗应该有诗的情绪和表现这情绪的形式。所谓形式决非表面上的字的排列，也决非新的字眼的堆积。

——戴望舒《论诗零札》①

对于诗形他们主张散文化。他们对于新月派讲究诗的格律不以为然，认为新月派追求齐整的音节，写方块诗、十四行诗，不过是摆脱了中国旧体诗的传统，而又不自觉地堕入了西洋旧体诗的束缚之中，和填词没有什么区别。他们主张诗句之间不用韵律来联系，而是用"诗的情绪"，认为"诗的韵律不在字的抑扬顿挫上，而在诗的情绪的抑扬顿挫上"。② 我们看施蛰存写的《夏日小景·沙利文》：

---

① 戴望舒：《望舒诗论》，《现代》1932 年第 2 卷第 1 期。
② 同上。

> 我说，沙利文是很热的，
> 连它底刨冰的雪花上的
> 那个少女的大黑眼睛，
> 在我不知道的时候之前，
> 都使我的 Fancy Sundaes 融化了。
> 我说，沙利文是很热的。

"现代派"诗人在诗的结构上也并不那么安分守己，所谓"现代的排列"往往采用跳跃的方式，并不遵循一般的逻辑关系，而是追求运动和新奇，从一个意象跳到另一个意象，若断若续，并没有一定的规律可循。例如这样的诗句：

> 可喜的阳光，
> 抚摩着褪色的蝉背。
> 幻想带着它的泪痕，
> 象一个苍白的病者在死床上
> 对一切告别了用耳朵所不能领受的言语。
>
> ——南星《茑萝》

这种"现代的诗形"同他们所说的"现代的词藻"是连在一起的。先听听他们是怎样说的：

> 只是用某一种文字写来，某一国人读了感到好的诗，实际上不是诗，那最多是文字的魔术。真的诗的好处并不就是文字的长处。
>
> ——戴望舒《诗论》①

---

① 戴望舒：《望舒诗论》，《现代》1932 年第 2 卷第 1 期。

《现代》中有许多诗的作者曾在他们的诗中采用一些比较生疏的古字，或甚至是所谓"文言文"的虚字，但他们并不是在有意地"搜肠古董"。对于这些字，他们并没有"古"的或文言的概念。只要适宜于表达一个意义，一种情绪，或甚至是完成一个音节，他们就采用了这些字。所以我说它们是现代的词藻。

——施蛰存《又关于本刊的诗》①

如施蛰存写的《卫生》一诗：

> 玄色的华尔纱，
> 遂做了夜的一部分吗？
> 以陨星的眼波投射过来的
> 那个多血质的少妇，
> 是只有两支完全的藕，
> 和一个盛在盘里的林檎。
> 已经是丰富的 Dessert 了，
> 对于我知足的眼的嘴。
> 如果华尔纱的夜透了曙光，
> 我是要患急性胃加答儿（加答儿是英语 catarrh 的译音）的。
> 愿玄色的华尔纱，
> 永远是夜的一部分罢。②

这种诗的词藻完全是个人化的，甚至缺乏和读者认同的共同形式，其中所隐含的也是诗人极其个人化的幽思和想象。更有趣的诗还有：

---

① 施蛰存：《又关于本刊的诗》，《现代》1934 年第 4 卷第 1 期。
② 蓝棣之编选：《现代派诗选》，人民文学出版社，2009 年，第 282 页。

图案，

卍，

MEANDER 是我生活的日常中的恋爱了呢，

缺了MEANDER 的青天，

我对MEANDER 怀恋。

因为了如此之怀而踟蹰的，

我的小径是画起

MEANDER 似的图案来了。

——徐迟《MEANDER——无日耳曼之 Nafzi 色彩》

这样的"现代的词藻"是很多人无法理解的，一些文白相杂，中外文相混的现象有时还会人为地在诗人与读者之间砌了一道墙壁；极端自由的表达反而局限了艺术传递的自由度。对此"现代派"诗人们或许也感觉到了。林庚当时在《现代》杂志上曾这样解释过："所谓晦涩，所谓不易懂的，便是对于文字不能遵守平常狭义的应用，它是要更自由的利用其所有各方面的，所谓'印象'，所谓'象征'不过是其中较显著之端而已。这类的诗的文字必以自由且富有创造性的态度处之，故使其对于形式必不能受任何的拘束乃是当然的了，然而究竟为什么有这些要求呢？这根本的问题，我们仍须明白那本质上不同的所在。传统的诗的泉源为什么会枯竭了呢？明显的原因是一切可说的话都被说完了，一切的动词形容词副词在诗中也都成了典型的而再挣不出什么花样来了。"①

其实，"现代派"诗人所说的这种现代的诗形，排列和词藻都是同他们所表达的"现代的情绪"连在一起的。从某种艺术内在意义上来说，只是寄予他们独特的"现代的情绪"的象征和载体。

从整体上来看，"现代派"诗人多是在"五四"新文学运动之后涌现的新一代文人，而且正处于选择人生的青年时代，并不像新月派那样有强

---

① 林庚：《诗与自由诗》，《现代》1934 年第 6 卷第 1 期。

烈的政治意识。艺术对于他们来说，首先是属于他们自己。在他们看来，现实生活是丑恶的、虚幻渺茫的，不能满足他们对生活的热望。只有他们的心灵，他们的诗歌，才是真诚的和实在的，才能给予他们精神上的安慰。正因为如此，"现代派"思想倾向于"第三种人"，因为他们一开始就并非把艺术当作实现某种政治主张、改革社会的工具，而当作他们疲惫和彷徨的灵魂得以安息的场所。拿施蛰存的话来说，他们的文学是在"俨然地发挥了指导精神的普罗文学"和"庞然自大的艺术至上主义"这两种各自故作尊严的文艺思潮底下，"幽然地生长出来的一种反动——无意思文学"。① 后来当苏汶发表了《关于"文新"与胡秋原的文艺论辩》后，施蛰存赞赏"第三种人"的观点，他认为苏汶的文章"很有精到的意思和爽朗的态度"，戴望舒也似乎很有同感。

施蛰存在《法国通信》一文中说："在法国文坛上，我们可以说纪德是'第三种人'。……然而，忠实于自己艺术的作者，不一定就是资产阶级的'帮闲者'……。"②

但是，"现代派"诗歌创作的意蕴并非"无意思"。在诗歌创作中，他们首先表露的是自己内心生活。因为他们大多数处于人生道路的十字路口，思想上受到各种各样事物的影响和感召，在行动上又受到各种各样事物的牵制；他们生命的欲望正在苏醒和要求勃发，但是又那么容易受到各种阻挠和压抑，不得不缠绕在灰色的日常生活之中。因此，他们的神经是格外敏锐的，但并未必能真正意识到事物的真相。在他们的心灵中，往往存在着许多朦胧的意识、朦胧的追求，生命的欲望常常包裹在神秘的幻境之中，犹是梦中之月，水中之花。例如施蛰存《桥洞》一诗就是如此：

> 小小的乌篷船，
>
> 穿过了秋晨的薄雾，
>
> 要驶进古风的桥洞了。

---

① 施蛰存：《无相庵随笔》，《现代》创刊号。
② 施蛰存：《法国通信》，《现代》第 3 卷第 2 期。

桥洞是神秘的东西哪，

经过了它，谁知道呢，

我们将看见些什么？

风波险恶的大江吗？

淳朴肃穆的小镇市吗？

还是美丽而荒芜的平原？

我们看见殷红的乌桕子了，

我们看见白雪的芦花了，

我们看见绿玉的翠鸟了，

感谢天，我们底旅程，

是在同样平静的水道中。

但是，当我们还在微笑的时候，

穿过了秋晨的薄雾，

幻异地在庞大起来的，

一个新的神秘的桥洞显现了，

于是，我们又给忧郁病侵入了。①

在这首诗里，桥洞具有一种象征意味，包含着诗人对一个神秘的未知世界的探究：他迷恋它，但是并没有真正把握它；他还站在这个世界的门外，只是在想象和幻化境界中揣摩着它，体验着它，至多从门缝里投过短暂的一瞥。而这一瞥的效果往往又是只可意会不可或难以言传的。再录一首侯汝华的《迷人的夜》：

---

① 蓝棣之编选：《现代派诗选》，人民文学出版社，2009年，第277—278页。

月在空中，

月在水中，

紫洞艇，

载着正熟的葡萄味。

月在空中，

月在水中，

艇家女的桨，

轻拨着欲碎的柔梦。

唔，为什么老是沉默着呢？

可是有怨抑伤了你的心？

你的眼又为什么不看我呢？

可是着了妖人的迷？

你的唇吻间是曾经流迸过恋曲，

那里象黄蜂嗡嗡于林檎树下的呀；

你的眼曾经闪滴过光耀，

那象蜜露溜下绣线菊的呀。

现在，为什么沉默而又不看我呢？

说呀，不要待梦堕了！

象这样的夜，

温柔的夜，

我正要看你馥郁的眼，

听你馥郁的话。

月在空中，

月在水中，
艇家女的桨，
轻拨着欲碎的柔梦。①

在"现代派"诗歌中，青春的郁悒，多愁善感，是他们"现代的情绪"中的重要因素。他们在现实生活中并没有找到确定的、可以寄托的生活目标，常常流露出无望的叹息，时而如侯汝华《傍晚》一诗中所说的像"掠空而过的啼鸦，驮负着蒲公英的伤情的诗句"；时而"凄凉地又好像一个年老的病人，身体已经干枯，面色已经黄瘦，在秋风中吐着低微的叹息"（顾雪峨的《荒园》）；忽而又归于沉默，"过了春天又到了夏，我在暗暗地憔悴，迷漠地怀想着，不做声，也不流泪"（何其芳《季候病》）。例如这样的诗就表现了一种忧郁之美：

曼陀罗花，
开在我底窗下。

先开了深紫的花，
又开了浅紫的花。
到最后，
开了黄的花，
憔悴的花。

于是在暮霭里，
缓缓地，
有一个人走过。
于是他缓缓地，

---

① 蓝棣之编选：《现代派诗选》，人民文学出版社，2009年，第127—128页。

折了黄色的曼陀罗，

插在襟上。

于是在暮霭里，

唱着憔悴的花的歌，

他寂寞地消隐。

于是在暮霭里，

幽微地飘荡着，

曼陀罗底歌，

憔悴的歌。

——陈琴《黄色曼陀罗》

应该指出的是，这种情绪是和他们生活的处境和教养连在一起的。他们的悲哀和忧郁在一种灰色的城市生活中滋生。他们所接受到的刺激和随之产生的压抑感成正比，而一般传统的家庭教养，又常常使他们处于重重矛盾之中，塑造了他们非常敏感而懦弱的性格，使他们难以完全从传统意识中解脱出来。所以施蛰存在《关于〈现代〉的诗》一文中就曾强调"现代派"创作的生活背景，他说："所谓现代生活，这里面包括各式各样的独特的形态：汇集着大船舶的港湾，轰响着噪音的工场……甚至连自然景物也和前代不同了。这种生活所给予我们的诗人的感情，难道会与上代诗人从他们的生活中所得到的感情相同吗？"[1] 其实，在上海滩现实生活中，我们还要加上的是：灯红酒绿的广告，袒胸露臂的舞女和弗洛伊德关于性的学问等等。

因此，"现代派"诗歌在某种程度上表现了一群现代青年的心曲，他们正在从传统的伦理生活——它本质上属于中国作为一个农业社会的产物——中解脱出来，带着惊喜，也带着恐惧，怀着期待，也带着哀伤的眼

---

[1]　施蛰存：《关于〈现代〉的诗》，《现代》1934年第4卷第1期。

光和神态迎接新的生活的到来。他们用诗来表现自己，同时也用来弥补自我精神的空虚，用大胆的赤裸裸本能的暴露来掩遮自己的胆怯和虚弱；他们往往用自己心灵的痛苦忧郁，通过诗的艺术加工成精神上的美酒，用来自我陶醉和达到自我满足。显然这种从主观到主观的循环是难以持久的，"现代派"诗人自己也无法这样长久地徘徊下去，他们要接受社会和时代的选择。同时自己也在寻求生活的归宿。这一切都促使他们从过去生活圈子里走出来，自己和自己过去的诗情告别。也许，在艺术创作中，朦胧的诗意境界是美妙的，但是艺术和人生的目的却不是朦胧。朦胧只是一个阶段，一种人生。

综上所述，如果我们再来看戴望舒的诗，从中也许能够得到更多的东西，戴望舒（1905—1950）是"现代派"的代表诗人，从他的创作还可以看到新诗艺术发展中的一些重要的蛛丝马迹。

对于戴望舒最初的创作，他的好友杜衡在 1932 年所写《望舒草》序①中曾说：

> 记得他开始写新诗大概是在一九二二到一九二四那两年之间。在年轻的时候谁都是诗人，那时候朋友们做这种尝试的，也不单是望舒一个，还有蛰存，还有我自己。那时候，我们差不多把诗当作另外一种人生，一种不敢轻易公开于俗世的人生。我们可以说是偷偷地写着，秘不示人，三个人偶尔交换一看，也不愿对方当面高声朗诵，而且往往很吝惜立刻就收回去。一个在梦里泄漏自己底潜意识，在诗作里泄漏隐秘的灵魂，然而也只是象梦一般地朦胧的。从这种情境，我们体味到诗是一种吞吞吐吐的东西，术语地来说，它底动机在于表现自己与隐藏自己之间。

在戴望舒早期创作中，经常流露出一种哀叹的情调，像一个怯弱的女

---

① 杜衡：《〈望舒草〉序言》，《现代》1932 年第 3 卷第 4 期。下文引用时，不一一注出。

子一样自艾自怨，痛苦地呻吟。但是，这些诗并非"现代派"自由体形式的。那时，正如杜衡告诉我们的："可是在当时我们却谁都一样，一致地追求着音律的美，努力使新诗成为跟旧诗一样地可'吟'的东西。押韵是当然的，甚至还讲究平仄声。譬如，随便举个例来说，'灿烂的樱花丛里'这几个字可以剖为三节，每节的后一字，即'烂'字，'花'字，'里'字，应该平仄相间，才能上口，'的'字是可以不算在内的，它底性质跟曲子里所谓'衬'字完全一样。这是我们底韵律之大概，谁都极少触犯；……。"请看戴望舒早期的《静夜》中的诗句：

> 停了泪儿啊，请莫悲伤，
> 且把那原因细讲，
> 在这幽夜沉寂又微凉，
> 人静了，正是好时光。①

　　这种诗其实和新月派的"方块诗"并没有什么明显区别，诗意也比较明朗，并没有多少朦胧色彩。就是他早期著名的《雨巷》，也是以韵律的循环往复，给人一种幽愁的音乐旋律之美，由于这首诗，戴望舒得到了"雨巷诗人"的称号，请让我们在吟诵中细细品味：

> 撑着油纸伞，独自
> 彷徨在悠长，悠长，
> 又寂寥的雨巷
> 我希望逢着
> 一个丁香一样地
> 结着愁怨的姑娘。

---

① 戴望舒：《戴望舒诗精编》，长江文艺出版社，2014 年，第 17 页。

她是有
丁香一样的颜色，
丁香一样的芬芳，
丁香一样的忧愁，
在雨中哀怨，
哀怨又彷徨；

她彷徨在这寂寥的雨巷，
撑着油纸伞，
象我一样
一样地，
默默彳亍着，
冷漠，凄清，又惆怅。

她默默地走近，
走近，又投出
太息一般的眼光，
她飘过
象梦一般地
象梦一般地凄婉迷茫。

象梦中飘过
一枝丁香地，
我身旁飘过这女郎；
她静默地远了，远了，
到了颓圯的篱墙，
走尽这雨巷。

在雨的哀曲里，

消了她的颜色，

散了她的芬芳，

消散了，甚至她的

太息般的眼光，

她丁香般的惆怅。

撑着油纸伞，独自

彷徨在悠长，悠长，

又寂寥的雨巷

我希望飘过

一个丁香一样地

结着愁怨的姑娘。①

这首诗中，丁香的气息通过浑圆的韵律，和雨巷情景融合在一起，和诗人青春的哀怨结合在一起，笼罩全诗。但是，诗人后来并不喜欢这首诗，据杜衡说："望舒自己不喜欢《雨巷》的原因比较简单，就是他在写成《雨巷》的时候，已经开始对诗歌底他所谓'音乐地成分'勇敢地反叛了。"（《望舒草》序）确切地说，《雨巷》并不算是"现代派"作品，因为它还不曾带着"现代派"诗风特色。不久，戴望舒写出了这样的诗句：

在烦倦的时候，

我常是暗黑的街头的踯躅者，

我走遍了嚣嚷的酒场，

我不想回去，好象在寻找什么。

飘来一丝媚眼或是塞满一耳腻语，

---

① 蓝棣之编选：《现代派诗选》，人民文学出版社，2009年，第48—49页。

那是常有的事。①

——《单恋者》

这首诗所表达的不是《雨巷》那种朦胧的意境，更多地透露出心灵的信息。所谓"踯躅者"是一个灵魂探究者的意象，他所走遍的"街头"不是明朗的外在世界，而是诗人内在的灵魂世界。一个怀着青春忧悒病的自我在梦游，并且在自我世界里幻化出一副副情绪的意象，它们来自诗人深层意识，所唤起的常常是记忆深处的内容。这正如诗人曾在《我底记忆》一诗中所描述过的：

它是胆小的，它怕着人们底喧嚣，

但是寂寥时，它便对我来作密切的拜访。

它底声音是低微的，但是它的话却很长，很长

很多，很琐碎，而且永远不肯休！

它底话是古旧的，老讲着同样的故事，

它的音调是和谐的，老是唱着同样的曲子，

有时它还模仿着爱娇的少女底声音，

它的声音是没有气力的，

而且还夹着眼泪，夹着太息。②

诗人说记忆忠实于他，倒不如说诗人的创作是忠实于记忆的，忠实于诗人自己内在的自我的。他的创作之所以从过去"方块诗"中解脱出来，也是由于他表达内在情感的一种需要。在那个暗黑的记忆王国里，一切意象都不像在阳光下那样明了，而是隐藏在理性身后的阴影之中，模糊游移

---

① 蓝棣之编选：《现代派诗选》，人民文学出版社，2009年，第64页。
② 同上，第50页。

的，奇异而又富于变幻的。也许正因为如此，诗人诗风的转移，和他接受法国象征主义文学影响是连在一起的。杜衡曾写到过：

一九二五到一九二六年，望舒学习法文；他直接地读了魏尔伦、Fort（福特）、Gourmont（高尔摩特）、Jammes（詹姆斯）等诗人的作品，而这诗人底作品当然也影响他。本来，他所看到而且曾经爱好过的诗派，也不单是法国的象征诗人；而象征诗人之所以会对他有特殊的吸引力，却可说是为了那种特殊的手法恰巧合乎他底既不是隐藏自己，也不是表现自己的那种写诗的动机的缘故。同时，象征派底独特的音节曾使他感到莫大的兴味，使他以后不去斤斤于被中国旧诗词所笼罩住的平仄韵律的推敲。

——《望舒草》序

戴望舒和法国象征主义艺术发生共鸣，而且保持了一个较长的时期。1932 年他在翻译法国诗人的《西茉纳集》时，对象征派诗人果尔蒙非常欣赏，他在译前序中说："玄迷·特·果尔蒙（Remy de Gourmont）（1858—1915）是法国后期象征主义诗坛的领袖，他底诗有着极端的微妙——心灵底微妙与感觉地微妙。他底诗情完全是呈给读者的神经，给微细到丝毫的感觉的。即使是无韵诗，但是读者会觉得每一首中都有着很个性的音乐。"[①] 他很喜欢果尔蒙"来啊，我们一朝将成为可怜的死叶；来啊，夜已降下，而风已将我们带去了"的诗句。可见他对象征派艺术沉湎的程度。其实，1927 年之后，戴望舒的创作开始出现一个新的转机。随着他越来越注重于诗歌中的主观情调，越来越向着内心情绪的深处、细处开掘，诗歌也越来越注重于表达自我的主观印象和感觉，并把它们浸透在一些孤独飘零的物象中，充满着自我"隐秘的灵魂"的颤音，如他的《印象》一诗：

---

① 原载《现代》杂志第 1 卷第 5 期。

是飘落深谷去的

幽微的铃声吧，

是航到烟水去的

小小的渔船吧，

如果是青色的真珠；

它已堕到古井的暗水里。

林梢闪着颓唐的残阳，

它轻轻地敛去了

跟着脸上浅浅的微笑。

从一个寂寞的地方起来的，

迢遥的，寂寞的呜咽，

又徐徐回到寂寞的地方，寂寞地。①

——《印象》

在走向自己主观世界过程中，戴望舒的诗和徐志摩的诗形成了不同的风貌。在意象的构造上，前者已失去了后者所具有的明朗和单纯的色调，也没有了那种充分自信的主观理念，那么明确的主观世界和客观世界的界线。戴望舒更多地把自己主观情绪和客观生活胶合在一起了。他常常把自己细微的、内心深处的感情化成颤抖的树叶，化作单调的蝉鸣，化作一枝凄艳的残花，化作夜行者沉重的足音，游荡于主观世界和客观世界之间，去进行"幸福的云游"和"永恒的苦役"（《乐园鸟》）；作为一种寻梦者去"攀九年的冰山"，去航"九年的瀚海"，去寻"无价的珍宝"（《寻梦者》），在自己心灵"深闭的院子"里去自寻安慰。作为满足自己心灵需要的创作活动，这和戴望舒当时主观心境连在一起。杜衡在《〈望舒草〉序》中曾说，"从一九二七到一九三二年去国为止的这整整五年之间，望舒个人的遭遇可说是比较复杂的。做人的苦恼，特别是这个时代做中国人

---

① 蓝棣之编选：《现代派诗选》，人民文学出版社，2009年，第58页。

的苦恼，并非从养尊处优的环境里长成的望舒，当然事事遭到，然而这一切，却决不是虽然有时候学着世故，而终于不能随俗的望舒所能应付。五年的奔走，挣扎，当然尽是些徒劳的奔走和挣扎，只替他换来了一颗空洞的心；此外，我们差不多可以说他是什么也没有得到的。……在苦难和不幸底中间，望舒始终没有抛下的就是写诗这件事情。这差不多是他灵魂底苏息、净化。从乌烟瘴气的现实社会中逃避过来，低低地念着：

　　　　我呢，我是比天风更轻，更轻，
　　　　是你永远追随不到的①

　　　　　　　　　　　　　　　　　　——《林下的小语》

　　这样的句子，想象自己是世俗的网所网罗不到的，而借此以忘记现实的压迫和束缚。诗，对于望舒差不多已经成了这样的作用。"正是这种独特的环境和遭遇，戴望舒多是在愁苦中，在忧郁中寻求微妙的意境，这给他裸露的心灵罩上了一层轻纱，使他的诗情有如水中之月，雾中之花般朦胧，有时也有别出心裁的晦涩。

　　"人往往会同时走着两条绝对背驰的道路的：一方面正努力从旧的圈套脱逃出来，而一方又拼命把自己挤进新的圈套，原因是没有发现那新的东西也是一个圈套。"——这是杜衡说的。戴望舒的创作就经历了这种过程。他从格律诗形式中解脱出来，走到了"现代派"自由体形式中，并不意味着他已经达到一个永恒的艺术境界。艺术是永远不会有满足的，它如果像戴望舒《我底记忆》中所说的"老是讲着同样的故事""老是唱着同样的曲子"，那么就意味着艺术生命的丧失。戴望舒的创作不久就面临着这种危机。他走向自由体诗本来是为了更好表达自己的感情，但是当作为一种形式被固定下来的时候，就很容易成为感情思想表达的一种局限。在戴望舒的诗歌创作中，"现代派"新的诗风确实给他的创作带来过瞬间光

———————————

① 　蓝棣之编选：《现代派诗选》，人民文学出版社，2009 年，第 54 页。

华，给诗人带来过一时的陶醉和满足，但是它们很快消失了，诗人絮乱的思绪，在苦闷情绪中循环往复，使诗歌自由化向畸形发展，微妙的心境成为一种文字游戏和修辞上的小魔术，朦胧的意味被挖空心思的比喻象征所代替，这一切都破坏了诗的美感。这时候，正如杜衡说的，"象这样的写诗法，对望舒自己差不多不再是一种慰藉，而也成为痛苦了。"由此连戴望舒也感到自己诗歌创作的枯竭，他在一首诗中写道：

> 园子都已恬静，
>
> 蜂蝶睡在新叶下，
>
> 迟迟的永昼中，
>
> 无厌的女孩子也该休止了。

——《微辞》①

这里也许就包含着对创作的一种隐喻。是的，我们这位"现代派"诗人戴望舒终于无可奈何地"休止"了。大约是 1931 年之后，戴望舒很长的时间没有写诗。这是因为他在自己原来的经验世界中循环往复，已无法使自己得到艺术和生活上的满足了。他需要寻求新的艺术道路。戴望舒诗歌创作一时的"末路"也反映了"现代派"诗歌的命运，预示着新诗创作中新的转机。

随着生活发展，这种转机在戴望舒诗歌创作中也显示出来了。戴望舒毕竟不能永远处于朦胧的人生追求之中，不能永远停留在自我艾怨的小圈子中。他开始逐渐带着他的诗歌走向了社会，走向了人民大众，在客观生活中重新寻找肯定自我的形式。1939 年，他写的《元日祝福》显示着另外一种生命活力：

> 新的年岁给我们新的希望，

---

① 戴望舒：《戴望舒诗精编》，长江文艺出版社，2014 年，第 96—97 页。

祝福！祝福我们的土地，

血染的土地，焦裂的土地，

更坚强的生命将从而滋长。

新的年月带给我们新的力量，

祝福！我们的人民，

艰苦的人民，英勇的人民

苦难会带来自由解放。①

　　这首诗会使我们感到戴望舒完全是另外一个诗人了，他的自信挟裹着时代的风云，把人们带到一个巨大历史空间中去。诗人终于从他那微妙的灵魂之中，从他的黑夜的梦境之中，也从他过去"现代派"形式主义之中解放出来，走向了现实主义创作道路。

　　这种转机并不意味着戴望舒完全抛弃了象征主义艺术手法。在戴望舒后期创作中有一个明显特点，就是象征主义与现实生义手法的相互融合，在这个基础上，诗人创作了一些较好诗篇。例如 1942 年《狱中题壁》就是其中之一，诗中写道：

当你们回来，从泥土

掘起他伤损的肢体，

用你们胜利的欢呼，

把他的灵魂高高扬起，

然后把他的白骨放在山峰，

曝着太阳，沐着飘风：

在那暗黑潮湿的土牢，

---

① 戴望舒：《戴望舒诗精编》，长江文艺出版社，2014 年，第 128 页。

这曾是他唯一的美梦。①

诗歌情绪高昂，一种激情的旋律回荡在意象之间，肢体、灵魂、太阳、山峰、白骨、土牢等意象对比衬托，构成诗人寄予现实生活中的"美梦"，包含感情的象征意韵。在另一首诗《我用残损的手掌》中，作者把自己主观感情寄寓在客观描述之中，创造了独特的意境。在那无形的手掌之下，我们看到了祖国有形的山河，更能从这有形的河山之中感受到诗人无形的思想感情。在这些诗歌中，无疑，比喻和象征给作品增添了独特的艺术光泽。假如我们剖开这些诗的字面意义，也许还能感受到诗人在新的阶段青春的又一次觉醒，他在重新体验着早期诗歌创作中的梦幻。正如他在 1945 年 5 月写的一首诗中写到的：

> 如果生命的春天重到，
> 古旧的凝冰都哗哗地解冻，
> 那时我会再看见灿烂的微笑，
> 再听见明朗的呼唤——这些迢遥的梦。②

由此，我想起周良沛在《〈戴望舒诗集〉后记》中的一句话："真正的艺术，是不会随时间的消逝而消逝的，而是随着时间的消逝显出它真正的价值，发出光采。"③

---

① 戴望舒：《戴望舒诗精编》，长江文艺出版社，2014 年，第 138—139 页。
② 戴望舒：《戴望舒诗集》，四川人民出版社，1981 年，第 148 页。
③ 同上，第 177 页。

第五章

中国现代主义文学与“新感觉派”小说

在中国现代文学史上，“现代派”文学流派的出现不是偶然的。它以群体的力量显示了中国第三种文学力量——现代主义文学——已经走上舞台。这是中国现实主义文学和浪漫主义文学之外另一种新的文学思潮的产物，它表明中国文学中“先锋”因素开始和世界现代主义文学思想直接对话。

现代主义文学是十九世纪末开始酝酿、流行于西方的一种新的艺术思潮。它是西方社会走向高度工业化的产物，科技进步，摄影和电影技术日渐进入艺术领域，开始逐步改变了人们认识世界和认识自我的方式，艺术不再满足于过去所描述的世界和描述这个世界的艺术方式，开始向更广阔、更神秘的生活世界进取。随着绘画上印象主义的出现，象征主义文学流派的出现较早地显示了这种新的文学思潮。法国波德莱尔、让·莫雷阿、马拉美、兰波，比利时的维尔哈伦、梅特林克等都是其中突出的代表。二十世纪以来，现代主义文学有了更大的发展，成为现代世界文学中最有影响力的文学思潮，例如俄国的布洛克、马雅可夫斯基，德国的霍普特曼，美国的艾略特、尤金·奥尼尔、福克纳、海明威，法国的萨特、加缪、阿瑟·阿达莫夫，生于罗马尼亚的尤金·尤奈斯库，奥地利的卡夫卡等等，都是人们公认的产生巨大影响的现代主义艺术家。继象征主义文学之后，表现主义、未来主义、立方主义、意识流文学、存在主义文学、荒诞派文学、黑色幽默、新小说派以及流行于拉美国家的魔幻现实主义文学，无不是现代主义文学思潮中后浪推前浪的表现。在这个过程中，现代社会科学领域中的种种新的探索和发现，尤其是哲学和心理学方面的突破，为现代主义文学发展起到了推波助澜的作用。

在很多方面，现代主义文学和传统的现实主义、浪漫主义不同，甚至背道而驰。现代主义是在打破了过去艺术常规之后出现的，它所标榜的一切都带着强烈的"反传统"的色彩。这首先突出地表现在艺术家自我的姿态，已失去在传统文学中那种自我完满，甚至是全知全能的地位，是显得支离破碎，犹豫彷徨，艺术家成为一个对未知世界的探索者，而不是一个讲解员。其次，在艺术思维方式上也显示出一种明显变革。现代主义艺术家主张表现和创造，追求标新立异而鄙视再现和模仿以及因循守旧的创作。第三，现代主义文学不仅注重向人的内心开掘，表现人的无意识、潜意识内容，而且打破了过去艺术中一般时空顺序和界线，用无理性的形式对生活进行高度抽象，进行各种各样别出心裁形式的实验。二十世纪以来，在世界范围内，现代主义文学已成为和传统的现实主义、浪漫主义并存的主要文学思潮之一，它一方面为这个世界提供了大量的新的艺术创造，同时也塑造出很多对人类生活产生巨大影响的卓越的艺术家；另一方面也时常泛起很多肤浅的泡沫和浪花，造就了一些离奇的文学现象。

中国新文学是在西方现代主义思潮开始风行条件下产生发展的，在一个开放的文化环境中，中国文学不仅接受了现实主义和浪漫主义文学的影响，也受到了西方现代主义文学的影响。但是，应该说，在新文学创建的初期，介绍和借鉴最早、最主要的是传统现实主义和浪漫主义文学，现代主义文学成分不多。鲍昌先生曾在《现实主义的凯歌行进》一文中专门谈到过西方现代主义文学思潮在中国的传播和影响，他说："本世纪初就有一些颓废主义、象征主义、唯美主义的作家作品介绍过来了。五四运动前后，还及时译介了当时正在流行的表现主义、未来主义、达达主义等等新的流派。我手头上有一本1923年民智书局出版的《新文艺评论》，其中有这样一些文章:《文学上各种主义》(陈望道)、《文学上的新罗曼派》(汪馥泉)、《未来派文学之现势》(沈雁冰)、《法国诗之象征主义与自由诗》(刘延陵)、《霍普德曼的自然主义作品》(希真)、《王尔德评传》(沈泽民)、《梅德林克评传》(孔常)等等。1925 年,郭沫若也写过《未来派的诗歌及其批评》一文。1923 年,宋春舫一次就介绍了九个未来派剧本。"① 二十年代西方现代主义文学进入中国由此可见一斑。到了二十年代末三十年代初,对于现代主义文学的介绍就不单单是介绍,而是和创作倾向有所联系了。如《现代》创刊后对法国现代主义文学的介绍就是明显的例子。

由于现代主义文学的输入,也由于中国当时急速变化的社会生活,在中国新文学创作中也揉进去一些现代主义文学因素。这不仅在李金发、穆木天、王独清等人的创作中较明显,就是在徐志摩、蒋光慈、郭沫若等人的创作中也有一些现代主义意味。例如郭沫若在小说创作中就曾有意识借鉴过现代主义艺术手法,写过《落叶》《喀尔美萝姑娘》《残春》等注重于表现心理意识的小说。他曾在《批评与梦》一文中点破自己写《残春》的用意:"我那篇《残春》的着力点并不是注意在事实的进行,我是注意在心理的描写。我描写的心理是潜在意识的一种流动。——这是我做那篇小说的奢望。若拿描写事实的尺度去测量它,那的确是全无高潮的。若是对于精神分析学或梦的心理稍有研究的人看来,他必定可以看出一种作意,可以说出另一番意见。"② 最值得一提的也许是鲁迅,他早期写的《狂人日记》就显示了一种现代主义文学特色,常常被人称为象征主义或者"意识流"小说。稍后,鲁迅在 1924 年至 1926 年间写的《野草》,象征主义色彩非常浓厚。直至他最后一个短篇小说集《故事新编》完全打破了传统的历史小说写法,把古今生活交融在一起,超越了历史空间界线,带着超现实主义的意味。在鲁迅的创作中,无疑熔铸着现代主义文学

---

① 马良春、张大明、李葆琰:《中国现代文学思潮流派讨论集》,人民文学出版社,1984 年,第 125 页。

② 郭沫若:《批评与梦》(1923 年 3 月 3 日),郭沫若《郭沫若论创作》,上海文艺出版社,1983 年,第 530 页。

因素。

尽管如此，起码在新文学运动发生六七年之内，现代主义文学在整个文学中还只是一种因素而已，并没有形成一种独立的文学力量，其中明显标志之一，就是没有形成一个现代主义性质的文学流派。这里面原因多种多样。固然，从总体上来说，中国文学刚刚从封建禁锢中解脱出来，要补的课很多，不可能一下子产生现代主义文学，况且中国现代生活基础非常薄弱，人们难以接受和传统生活距离太远的文学作品。除此之外，中国新文学创作中作家自身条件，也是一个重要原因。新文学第一代作家例如胡适、鲁迅、茅盾、郭沫若、郁达夫等人，虽然留过学，接受过外国文学的影响，但是他们的基础教育是传统式的，而且他们中大多数来自农村，在心理上形成了接受现代主义文学天然的局限性。他们之中个别人虽然在创作上突破了传统的文学方法，但是在意念上仍然持有相当程度的保留态度。这种情况在新文学第二代作家中已有明显改变。他们很小就直接受到新文学的熏陶，有机会接触到前辈已经为他们"拿来"的现代主义文学理论和创作，而且他们中间很多人很小就脱离农村（有的甚至是在现代都市中长大的），在城市受到新式教育，身临现代生活环境中，有可能较深刻地和西方现代主义文学发生共鸣，并在创作中产生共生现象。所以，二十年代末三十年代初，现代主义文学在中国文坛上以一种独立的文学力量出现，也是一种历史必然。

现代主义文学和高度发达的都市化生活连在一起。在中国，适宜于产生现代主义文学的土地不多。因此被称为"东方的巴黎"的上海，成为现代主义文学流派产生的摇篮理所当然。在中国现代主义文学思潮中，除了"现代派"诗歌之外，三十年代的新感觉派，也是现代主义文学造就的一个独立的文学流派，其主要作家有施蛰存、刘呐欧、穆时英、徐霞村等。其实，在三十年代文坛上，新感觉派小说和"现代派"的脐带一直连在一起。1926年，当施蛰存、刘呐欧、杜衡和戴望舒还在复旦大学语文班读书时，就合伙出版过《璎珞月刊》（第3期后停刊），次年他们又打算出版《文学工厂》，并组成了"水沫社"，出版"萤火丛书"和"彳亍丛书"。

1928 年，刘呐鸥创办《无轨列车》半月刊，主要作者还是这四个人，作品具有明显的现代主义文学倾向。此后，又有刘呐欧主持的"水沫书店"，施蛰存主编了《新文艺》月刊，编委中有了徐霞村，作者中又有了穆时英。到三十年代初，新感觉派已经具有一定阵容。1932 年 5 月《现代》创刊，新感觉派作为一个文学流派，已经是羽翼丰满，在小说创作中独树一帜了。

对新感觉派做过深入研究的是严家炎先生，他认为"中国新感觉派小说是在日本的影响下发展起来的"。① 关于它的渊源关系，严先生在《论三十年代的新感觉派》② 一文中有所介绍，写道：新感觉派首先崛起于二十年代的日本。它同以德国为中心的表现派，以法国为中心的超现实派，以意大利为中心的未来派，以英美为中心的意识流文学，都属于二十世纪西方现代派文学的范畴。所谓新感觉派，这是日本文艺评论家千叶龟雄给日本《文艺时代》杂志周围那批作家（横光利一、川端康成、中河与一、片冈铁兵等）起的名称，同这些作家最初在创作实践上，随后在理论主张上追求的一种新的艺术倾向有直接关系。还有："日本新感觉派接受欧洲现代派文学的影响，与传统的写实主义相对立。川端康成曾说，'表现主义的认识论，达达主义的思想表达方法，就是新感觉派表现的理论根据'；'也可以把表现主义称作我们之父，把达达派称作我们之母。'这些作家不愿意单纯描写外部现实，而是强调直觉，强调主观感受，力图把主观的感觉印象投进客体中去，以创造对事物的新的感受方法，创造所谓由智力构成的'新现实'。横光利一的短篇《头与腹》、长篇《上海》，川端康成的《伊豆的舞女》，便代表了这种作风。因此，有人把这种主张叫作'主客观合一主义'。横光利一那篇《新感觉论》，就提倡新的文学要以快速的节奏和特殊的表现为基础，从理想的感觉出发进行创作，把自然主义或现实主

---

① 马良春、张大明、李葆琰：《中国现代文学思潮流派讨论集》，人民文学出版社，1984 年，第 246 页。

② 严家炎：《〈新感觉派小说选〉前言》，《新感觉派小说选》，人民文学出版社，1985 年，第 2 页。

义作为过时的墓碑加以抛弃。所谓'特殊的表现'，就是从直觉、主观感觉出发来革新小说的技巧，包括革新表达方式和语言词藻等等。"①

中国新感觉派直接受到日本的影响，最直接表现在刘呐欧（1905—1940）的理论和创作中。据说他从小生长在日本，曾在东京青山学院专攻文学，日本应庆大学文科毕业。回国后，他翻译过日本新感觉派小说集，对日本新感觉派小说推崇备至。他从1928年起就开始用感觉主义方式写小说，并集成短篇集《都市风景线》，由水沫书店1930年出版。在小说中，他非常注重于主观感觉，不论是在写景还是在叙事中，都把自己或者人物的主观感受融于其中，构成一种主观和客观胶合在一起的意象。作者在注重捕捉人物刹那的感觉和印象时，显得非常敏感和细致，例如在小说《两个时间的不感症者》中写H开始受到诱惑的一段：

忽然一阵Cyclamen的香味使他的头转过去了。不晓得几时背后来了这一个温柔的货色，当他回头时眼睛里便映入一位Sportive的近代型女性。透亮的法国绸下，有弹力的肌肉好象跟着轻微运动一块儿颤动着。视线容易地接触了。小的樱桃儿一绽裂，微笑便从碧湖里射出来。H只觉眼睛有点不能从那被Opera bag稍为遮着的，从灰黑色的袜子透出来的两只白膝头离开……②

这里，敏锐的感觉是人物心理的导游，从嗅觉到视觉触觉跳跃出一连串新的印象，把人物内心情绪波动和发展显示在人们面前。"透亮的法国绸""弹力的肌肉"及"从碧湖里射出来"的微笑，等等，都不仅是"近代型女性"的外在形象描写，也是心灵的窗口，是通向人物心灵世界之路。

---

① 严家炎：《〈新感觉派小说选〉前言》，《新感觉派小说选》，人民文学出版社，1985年，第2页。
② 刘呐鸥：《两个时间的不感症者》，刘呐鸥《都市风景线》，水沫书店，1930年，第93页。

普遍地注重于感觉的描绘，是新感觉派小说的共同特征。这是五光十色的现代都市生活对作家的刺激，也是作家对于各种各样刺激的一种反馈。他们面对灯红酒绿的现代生活，赛马场、夜总会、摩天楼、长型汽车、特快列车以及各种各样的广告，这一切都在诱惑着他们，是强迫他们在感觉上必须接受的信息。它们是敏感的都市人所熟悉的，同时又是异常陌生的；它们每时每刻都在剥夺着作家们的感觉，但又每时每刻分离肢解着他们的心灵，粉碎着他们的自我世界，使他们再也不可能建造一个完满的、恒久的自我世界，只好在刹那的感觉印象中肯定自己和体验自我。因此，在他们的小说中，城市的一切近在眼前，但距离他们心灵十分遥远。它们完全是作者自己所无法把握的，它们自行地、毫无规则地出现，然后消失，在艺术屏幕构成一个个飞快跳跃和变幻的艺术画面；它们存在着，但相互之间也没有什么必然联系，如果把它们联结起来，就像一幅剪贴起来的现代派图画。

例如穆时英在《上海的狐步舞》中所描写的现代都市生活场景：

> 独身者坐在角隅里拿黑咖啡刺激着自家儿的神经，酒味，香水味，英腿蛋的气味，烟味……暗角上站着白衣侍者。椅子是凌乱的，可是整齐的圆桌子的队伍。翡翠坠子拖到肩上，伸着的胳膊。女子的笑脸和男子的衬衫的白领。男子的脸和蓬松的头发。精致的鞋跟、鞋跟、鞋跟、鞋跟、鞋跟。飘荡的袍角，飘荡的裙子，当中是一片光滑的地板。呜呜地冲着人家嚷，那只 Saxophone 伸长了脖子，张着大嘴。蔚蓝的黄昏笼罩着全场。①

这是都市疯狂奢侈的场景，而另一个场景却是：

> 电车当当地驶进布满了大减价的广告旗和招牌的危机地带去。脚

---

① 穆时英：《上海的狐步舞》，穆时英《公墓》，上海书店出版社，1986年，第203—204页。

踏车挤在电车的旁边瞧着也可怜。坐在黄包车上的水兵挤箍着醉眼，照准了拉车的屁股端了一脚便哈哈地笑了。红的交通灯，绿的交通灯，交通灯的柱子和印度巡捕一同地垂直地在地上。交通灯一闪，便涌着人的潮，车的潮。这许多人，全象没了脑袋的苍蝇似的！一个fashion model 穿了她铺子里的衣服来冒充贵妇人。电梯用十五秒一次的速度，把人货物似地抛到屋顶花园去。女秘书站在绸缎铺的橱窗面瞧着金丝面的法国 crepe，想起了经理的刮得刀痕苍然的嘴上的笑劲儿。主义者和党人挟了一大包传单踱过去，心里想，如果给抓住了便在这里演说一番。蓝眼珠的姑娘穿了窄裙，黑眼珠的姑娘穿了长旗袍儿，腿股间有相同的媚态。①

在中国现代文学中，也许只有从这一派作家作品中，才能感受到城市生活的危机，都市生活中人的危机。在这种潮水般的生活中，金钱物质到处泛滥，充塞在生活的各个角落，人显得格外渺小，人的个性存在已经被巨大的城市生活所支配，处于无可奈何的境地之中。在这种情况下，每个人仿佛都成为一种"货物"，在一种莫可名状的力量的支配和驱使下行动着，他们无法把握自己甚至不想把握自己，充当着城市这等巨大生活机器中的一个玩物。个性的危机、个性的忧郁、个性的挣扎，正是在这种情况下产生出来的。

其实，表现城市生活的忧郁，表现现代人的孤独感，是他们小说中突出的内容。在现代都市生活中，物质和金钱充塞一切，不仅把人排斥到十分渺小的地步，而且肢解了人们的自我世界；不仅带来了很多生活的恶习，人性被异化的种种畸形变态现象，而且打破了过去人情和人际关系的友好、同情和理解的氛围，在人与人之间筑起了隔绝的高墙，产生一种无法摆脱的孤寂感。穆时英（1912—1940）在《〈公墓〉自序》中曾说："在我们的社会里，有被生活压扁了的人，也有被生活挤出来的人，可是

---

① 穆时英：《上海的狐步舞》，穆时英《公墓》，上海书店出版社，1986 年，第 204—205 页。

这些人并不一定，或是说，并不必然地要显示出反抗、悲愤、仇恨之类的脸来；他们可以在悲哀的脸上戴了快乐的面具。每一个人，除非他是毫无感觉的人，在心的深底里都蕴藏着一种寂寞感，一种没法排除的寂寞感。每一个人，都是部分地或是全部地不能被人家所了解的，而且是精神地隔绝了的。每一个人都能感觉到这些。生活的苦味越是尝得多，感觉越是灵敏的人，那种寂寞就越加深深地钻到骨髓里。"① 穆时英幼年就跟随父亲到上海生活，这段话多少表达了他长期都市生活的自我体验。

这种心灵隔绝的孤寂感，同样贯串在施蛰存的小说创作中。施蛰存（1905—2003）曾在杭州、苏州和松江生活过，17 岁到达上海，这正是需要人的理解和沟通的时期，但是他失望了，城市以一张冷冰冰的面孔对待他，使他很快感受到了人与人的隔膜和冷淡。这时候他开始怀念美好的少年时代的生活。《上元灯》大约就反映了这种情绪。作品描写一段纯洁的友爱之情。虽然小说中的"我"一直领受着一种彼此心领神会的温情，但最后依然透露出了一种感伤的情调。正如有的学者所指出的，即使在《上元灯》这样的作品中，"……人们还可以在他的作品中发现这样一个特点：每篇小说几乎都在写人与人之间感情的隔阂和沟通，心灵距离的远近变化，这是支撑施蛰存的小说世界的一个主要构架。"② 在施蛰存的小说中，孤寂几乎是到处游荡的一个阴影，追随着笔下一个又一个现代生活中的踯躅者。例如在《梅雨之夕》中，作者写了一个年轻小职员在雨天送陌路相逢女子回家的情景，但透露出的是"因为上海是个坏地方，人与人都用了一种不信任的思想交际着"③ 的感叹。在这种沉重的心理负荷压迫下，主人公只能"孤寂地只身呆立着望这永远地、永远地垂下来的梅雨"。正因为现代人的这种孤寂感不是流露在脸上的，而是蕴藏在心的深处的，"深深地钻到骨髓里"的，所以施蛰存时常去描写一种心理过程，去探索人物灵魂深处的秘密。

---

① 穆时英：《〈公墓〉自序》，《公墓》，上海书店出版社，1986 年，第 4 页。
② 这是上海外国语学院陈慧忠先生说过的一段话，他对施蛰存小说有过专门的研究。
③ 施蛰存：《梅雨之夕》，新中国书局，1933 年，第 11 页。

中国新感觉派小说和日本新感觉派小说有很多相通之处，但是并不是大兄弟和小兄弟的关系。中国新感觉派小说不仅受到了日本文学的影响，而且和法国象征主义文学有密切联系，这也决定了中国新感觉派小说和"现代派"诗歌同生并长的情景。戴望舒的《雨巷》已深深浸透到了新感觉派小说的艺术氛围之中，成为一种感情和情绪的标志。穆时英的《公墓》中就有"她叫我想起山中透明的小溪，黄昏的薄雾，戴望舒先生的《雨巷》，蒙着梅雨的面网的电器广告"① 之类的描叙。这篇小说，自始至终都散发着丁香花的芳香，把人们带到温柔感伤的意境之中。作者把这样的情景带到人们面前：

> 她把我送她的那本《我底记忆》放到书架上。屋子中间放着只沙发榻，一个天鹅绒的坐垫，前面是一只圆几，上面放了两本贴照簿，还有只小沙发。那边靠窗一只独脚长几，上面一只长颈花瓶，一束紫丁香。她把我送她的紫丁香也插在那儿。
>
> "那束丁香是爹送我的。它们枯了的时候，我要用紫色的绸把它们包起来，和母亲织的绒衫在一块儿。"
>
> 她站在那儿，望着那花。太阳从白窗纱里透过来，抚摩着紫丁香的花朵和她的头发，温柔地。窗纱上有芭蕉的影子。闲静浸透了这书屋。我的灵魂、思想，全流向她了，和太阳的触手一同地抚摩着那丁香，她的头发。②

《雨巷》仿佛以另一种情景表现着自己，在作品中，丁香已不单单是场景的饰物，而且体现着一种青春的愁怨，其中还隐藏着作者特殊的意蕴，它是忧郁和孤寂之美的象征。

在施蛰存的《梅雨之夕》中，那晦暗的雨天，孤寂的心境，使人感受到《雨巷》的气氛。这不仅仅表现在场景和情绪上的交感，而且是一种艺

---

① 穆时英：《公墓》，上海书店出版社，1986 年，第 143 页。
② 同上，第 163 页。

术表达方式的沟通。当一种物象或者一种情景和人物的心灵发生密切关系时，已成为人物灵魂的一个幻景。在新感觉派小说中，物质和心灵的某种相通之处，往往能体现出某种象征意味，表现出作家审视生活独特的方向性。

显然，如果在新感觉派小说中找出一个最敏感的"感觉范围"的话，那么就是"性"。在这方面，丁香象征着一种性的诱惑，性的觉醒和期待。在他们的小说中嗅觉也往往和青春期躁动不安的情绪连在一起。最有趣的事实是，香味经常充当着一种诱导的感觉，刺激或者激发着人物走向性爱王国。例如在刘呐鸥《热情之骨》中，主人公比也尔就是由于"不知从何处带来的烂熟的栗子的甜的芳香"，而"熏醉在一种兴奋的快感中"的。于是他来到了花店，就发生了这样有趣的对话：

——你这儿是有香橙花的吗，姑娘？

从花的围墙中跳起来的是一个花妖式的动人的女儿。

——你要香橙花吗，先生？那你不到温室里去是没有的。

一对圆睁睁的眼波，比也尔心头跳了一下。

——是的吗？可是诱惑我进来的确是香橙花香呵。

——啊，先生是不是刚喝过可可，你试闻一闻这花看哪，可不是仿佛有这种香？①

这当然不是一种感觉上的错觉，从另一层意义上来说，比也尔完全正确。真正诱惑他的，并不是这种香橙花香，而是卖花的姑娘，这正像戴望舒在《雨巷》中所期待的不是丁香，而是丁香般的姑娘一样。

对于人心理的探索，新感觉派诸作者们明显地受到弗洛伊德性学说的影响。从一定意义上来说，新感觉派小说也是一种心理分析小说。在现代

---

① 刘呐鸥：《热情之骨》，刘呐鸥《都市风景线》，水沫书店，1930 年，第 70—71 页。

生活中，他们首先感受到的就是性的压抑。他们自己正处于青春活力旺盛的时期，而他们的生活又处于彷徨和犹豫之中，这使他们在观察这个世界的时候，多少还带着一些"性敏感"眼光；他们在各种各样城市生活场景中，都在发现着色情、淫欲、荡眼和诱惑，他们艺术触觉也在透过各种各样的生活现象看到了压抑在人们内心深处的欲望，并同时在小说中通过这些场景、这些现象，表现出人心灵中最隐秘的意识。这不由使我们想起穆时英在《PIERROT》中所描述的情景：一群现代文化人在书室里的高谈阔论。他们从拖鞋谈到香烟，从卓别林的悲哀谈到美国文化，从美国文化谈到美国女人大腿的线条，谈到马雅可夫斯基的人生，谈到没落的苦闷，谈到沙嗓子的生理的原因，谈到性欲的过分亢进，谈到原始和中古时期崇拜象征生殖器的各种神，比如东方人对于蛇的崇拜，哥特式建筑与象征着女性生殖器的门的构造方式等等，其中一个大声宣布道："沙嗓子暗示着性欲的过分亢进，而性欲又是现代生活最发展，最重要的一部门……。"① 从这里我们可以看出，弗洛伊德的性意识学说当时是怎样控制着一部分城市文化人的神经。

在新感觉派小说创作中，弗洛伊德的性意识学说扮演着一个非常重要的角色，也许是它把这些小说家引导到人的心理深处，引导到意识流、心理分析境界中去的。他们所注重的感觉和印象，他们在小说中所运用的心理独白、直白等艺术手法，都与性意识有密切关系。道理是十分简单。在日常生活中，性是一个被遮蔽的世界，除了以学术名义高谈阔论之外，很难用外露的形式表现出来的，它是极其私人化的个人秘密。对于这些正值青春年华的文人来说，更是如此。他们最容易接受爱欲的诱导，敏感于爱的感觉，也就最能体会到这种内在语言沟通的无形的社会障碍。他们用艺术方式把人的性意识表达出来，也在寻求一种人性的理解和沟通。由此，借助于回忆和幻想，运用内心独白的表现方式，表现连续不断的意识活动，在很大程度上是给予作家表达用外在行为不能表达或难以表达的意识

---

① 穆时英：《PIERROT》，穆时英《中国新感觉派圣手：穆时英小说集》，中国文联出版公司，1996年，第370—400页。

的一种途径。穆时英的《白金的女体塑像》就是明显的例子。一位中年独身汉谢医师，面对具有丰满胸脯的年轻女病人，他的外在行为和内心活动是完全相反的。表面上他在履行着一个医师的职责，冰冷而沉静，在内心深处却涌起着一种不可遏止的欲望和冲动。当一个女性躯体完全显露在面前的时候，谢医师"他听见自己的心脏要跳到喉咙外面来似的震荡着，一股原始的热从下面煎上来"。

从性的角度去观察人、理解人和表现人，在施蛰存小说中占有突出地位。他曾写过《桥洞》《卫生》等诗歌作品，表露出了一种朦胧的性意识，这大概是受象征主义影响所致。他对于揭示隐藏在人物内心深层欲念及其心理流程，表现出浓厚兴趣。他的三本小说《将军的头》《梅雨之夕》《善女人行品》都有着明显的弗洛伊德气味。在这些小说中，施蛰存把人物在日常生活中难以显现的那部分心灵显示于读者面前，由于它们较少地得到同情、沟通和理解，有时候甚至已经变形、变态，从而揭示了在现代生活中，人孤独寂寞的心灵痛苦以及人性被压抑的状况。如《春阳》和《魔道》等小说，在分析和表现人的无意识、潜意识和日常生活中微妙心理感觉方面，就很有代表性。《春阳》描写的是一个中产独身妇女的生活情景。她有充裕的钱财，但是她的人生是不完全的，甚至是可怜的。作者细致描写了她内心一些微妙活动，她从人们的眼神中，从春天和暖的阳光中，从他人的欢笑中，感到了自己"常常沉潜在她心里面不敢升腾起来的烦闷"，它"冲破了她底欢喜的面目"。她内心期待着"一个跃跃欲动的嘴唇，一副充满着热情的脸"——而这一切，是作者深潜于人物内心之中，通过一种近似意识流的心理描叙揭示出来的。

性不是人生的一切，也不能决定一切。但是弗洛伊德的学说却引导艺术家打开了认识人另一个世界的大门，拓展了理解人、表现人的领域，表现出人对人自身秘密探究的新进展。在施蛰存的小说中，我们就可以看到，艺术家对于人的认识已经突破了一些传统规范，开始发现和意识到过去被遮蔽或者忽视的部分。这最明显地表现在施蛰存写的历史小说之中，他把一些人们所熟悉的历史人物搬到了现代艺术解剖台上，企图揭示出人心灵中的另外一部分活动。把《水浒传》中的石秀和他小说《石秀》中的石秀做一番比较，是很有趣味的。前者是道义、侠气、毫无丝毫淫欲之心的正气男子——这无疑是合乎传统做人标准的，作者写出的正是人物纯洁、合乎理性标准的一面；而后者则显示出石秀心理深处的躁动不安，内心进行着情欲和道义之间的搏斗。两个石秀都是艺术家塑造出来的，都由于对人的探究程度以及人的价值观念不同的缘故，显示出了巨大差异。

综上所述，中国现代主义文学思潮中的新感觉派小说，具有多方面的因素。就同世界文学的联系来说，它是日本新感觉派小说、法国象征主义和弗洛伊德性学说综合的产物，同时又带着中国"洋场文学"的风味。严家炎先生在分析这个流派的特色时，曾列出三个方面，是非常值得称道的：（1）在快速的节奏中表现半殖民都市的病态生活；（2）主观感觉印象的刻意追求与小说形式技巧的花样翻新；（3）潜意识、隐意识的开掘与心理分析小说的建立。① 除此，我想补充的一点是，新感觉派小说在社会学意义方面，表现了中国人从传统的生活规范步入现代文明社会过程中分裂、游离和彷徨的心理过程。

几乎和"现代派"诗歌一样，作为一个小说流派，新感觉派小说在文坛时间并不长。1932 年，刘呐鸥远走日本，1935 年穆时英离开上海去香港，新感觉派小说诸作家已无法再抱成团。而作为一个流派的衰落，更明显地表现在创作的枯竭上，作家已无法在过去的道路上继续前行。1936 年，施蛰存出了最后一本短篇小说集《小珍集》，可以算作是新感觉派小说流派的终结。在这部集子里，我们已经明显地看到现实主义因素在增强，作者对于单纯的心理分析、内心独白已经不再有那么大兴趣。这是由于——正如作者自己在《〈梅雨之夕〉自序》中所说的——"很困苦地感觉到在题材、形式、描写方法各方面，都没有发展的余地了"。

从"现代派"诗歌和新感觉派小说的发展过程中，能够看到现代主义文学在中国的步履。显然，在特定历史文化条件下，无论是一个流派或者

---

① 严家炎：《中国现代小说流派史》，人民文学出版社，1989 年，第 141 页。

一个作家创作的发展余地，都不仅由作家主观愿望所决定，而要受到整个社会历史文化情景的支配和制约。从这个意义上来说，在一定的历史条件下，一种流派或者风格的文学创作的兴衰，能够清晰地反映出社会特定的文化状态，但是却不能由此来判断这种文学创作的价值和意义，尤其不能由此做出一种整体的历史和美学的结论。现代主义文学思潮在中国的命运就说明了这一点。现代中国文学一开始就具有现代主义因素的，但是在整个现代文学流程中一直扮演着一个并不重要的角色，虽有中兴却很快复归于现实主义甚至新古典主义，这是有深刻的历史文化原因的。

首先，在现代中国社会生活中，现代主义文学的土壤贫瘠，供它滋长的空间狭小。从整个世界来看，现代主义文学是高度发达的工业化社会的产物，首先和繁华的城市生活紧密联系在一起。高速度、快节奏，生活常规极端理性化和制度化，人的面目充分符号化和交际的信息化，社会分工精细化和单一化，是现代社会生活的特征。随之而来的是人的生活、思想和思维方式的大变革。电信走向千家万户就是最重要的标志。但是在二十世纪初的中国，这一切仅仅是东方的微光，远远不是中国社会生活的主要方面。像上海那样的都市生活，其实就像小农经济生活海洋中的一座岛屿，而且时时都有被淹没的危险。现代主义文学思潮在中国虽然不能说是无源之水、无本之木，但是水不大，根不深是历史的事实。这也必然决定了现代主义文学在中国的产生和滋长是异常艰难的。从某种意义上来说，中国现代主义文学兴盛之时，将是有待于中国现代化时代生活到来之日。

其次，现代主义文学以现代科学文化思想和现代审美意识作为基础，但是在现代中国社会中，虽然接受了一些外国现代思想文化，但接受的程度十分有限，传统的思想观念和传统的审美意识仍然很强大，潜在地支配着中国文学的发展和人民对文学的选择。基于这种情况，中国文学对于西方现代主义文学思潮的感应是表层的，很少人能够真正感受和理解现代主义文学所表达的人生意味。这里完全可以借用鲁迅所说的一句话，《红楼梦》中的焦大是不能理解林黛玉的忧郁的。因此，"五四"以后，西方现代主义文学曾经像"走马灯"似的出现在文坛，但几乎都是一种时髦的广告，很少被真正地体验过、理解过，也很少在生活中扎下根来，成为人们灵魂中的一部分。一种文学，一个流派，往往几篇文章出现就"过时"了。这正如鲁迅说的："新潮之进中国，往往只有几个名词，主张者以为可以咒死敌人，敌对者也以为将被咒死，喧嚷一年半载，终于火灭烟消。如什么罗曼主义，自然主义，表现主义，未来主义……仿佛都已过去了，其实又何尝出现。"① 在创作过程中，有些作家一时接受了现代主义文学思潮的影响，但骨子里的审美趣味还是传统的，所以只能依靠表面的名词和怪异的形式过日子，时间必定也难长久，即使勉强维持，也很快被传统的力量所改造或者所吸收了。整个社会的文化心理也要求他们转变方向。

最后还应提到文化条件的限制，现代主义文学是在较高文化圈层中存在的，它需要一定的现代文化发展为条件，即便它有时只需要一个狭小的文化圈层。但是，二十世纪以来现代中国生活发展的一个很大缺陷，就是政治经济发展并没有和文化教育进步同步。由于种种社会历史原因，中国的教育没有得到多少进步、发展和完善。这就极大地影响了整个民族文化水平的提高，无法满足社会其他事业，包括文学发展的需要。因此，到了一定的时期，文化教育就会对整个社会进行"报复"，迫使各种事业（包括文学）停下来，向原来的基础回归。中国现代主义文学在三十年代就面临着这种尴尬局面，它不得不首先承受这种"文化的报复"，随着文学的主潮向现实主义回归，向传统的民间文化回归，重新寻找自己的基点。记得梁实秋曾经说过，文学永远是少数人的，但是遗憾的是，在历史发展中文学永远受着大多数人文化水平的制约。为此，现代主义文学在中国确实中断了一个很长的历史时期。

由此可见，中国现代主义文学在中国面临困境毫不奇怪。考察三十年代"现代派"和新感觉派小说的发展过程，能够帮助我们更深刻地理解中国现代文学的历史，理解现在和把握未来。现代主义文学在中国毕竟出现了，而且创造了一些不可磨灭的作品，为中国文学增加了新的成分和因

---

① 鲁迅：《现代新兴文学的诸问题·小引》，鲁迅《鲁迅全集》（第十七卷），人民文学出版社，1973年，第186页。

素。现代主义文学已经不再是"舶来品"，而成为中国文学的一部分；现代主义文学本身也成为中国文学中的一项重要传统，其文化价值不可低估。就文学上的意义来说，"现代派"和新感觉派小说作家们的创作实践，借鉴和学习外国文学经验，在文学上沟通了现代艺术形式和中国现代社会生活的关系，在内容上大胆开拓，在形式上大胆创新，给中国文学带来了许多新东西。尽管中国现代主义文学流派很快在文坛上隐没了，但是现代主义文学很多艺术因素已经积淀下来，留存在现代文学创作中，丰富和发展了文学创作。这正如戴望舒在一首诗中所写到的："这些好东西都决不会消失/因为一切好东西将永远存在/他们只是象冰一样凝结/而有一天会象花一样重开。"①

---

① 戴望舒：《偶成》，戴望舒《戴望舒诗集》，四川人民出版社，1981 年，第 148 页。

第六章

从"民族主义文学"到"论语派"

　　其实，从整体性文化观点来看，现代主义文学思潮给中国文坛提供了很多可供借鉴的艺术形式和手法，促使人们更深刻地理解中国传统文化的真谛，更好地传承中国优秀的艺术遗产。在现代文学长廊中，文学在现代文化生活中荡起洪亮的钟声，每每都在中国历史文化传统中引起久远的回音。而且，当现实社会愈是受到现代潮流的冲击，现实文学愈是感受到现代主义思潮的波涛，这种历史的回声就愈强烈愈深远。而这一切在表明，在中国现代文学历史发展中，向传统民族文化的回归和向世界现代文化的扩展，是一种双向同构的历史运动，其中既包含中国传统民族文学的更新，也包含着对中国民族文化历史遗产的重新探寻和理解过程。中国文学要走向现代化，在更广阔的世界中证明和发展自己，同时意味着要在自己的历史文化中发现自己，从而丰富自己。在这个过程中，文学越是现代的，世界的，所能引起的反响就越是深层的，国粹的；中国文学是在重新审视和理解中国传统文学遗产中走向世界，同时又是在学习和接受一切外来文学思潮、走向世界过程中，发展和更新自己的。

　　当现代主义文学在中国崭露头角之时，文坛已在逐渐形成一股更大的潜在力量，要求文学向传统的民族文学回归。这种力量从中国长期积淀的民族历史文化心理发出，并且由于外来侵略危机加剧的压迫，显出更为强大的凝聚力和感召力，潜在支配着三十年代后文学发生转机的大趋势。事实上，中国人民长期积淀的历史文化心理相当顽强，并不是一次五四运动能够改变的，它的深层结构更是像沉重的历史积石，各种新潮、新流、新派不过像是水流，尽管有声势浩大的时候，但正如俗话所说的，往往是水流过去了，石头还在。三十年代的中国文坛，这种巨石已开始显露出来。最明显的事实是，有些人对于整理国故的兴趣又上来了，甚至有人提出要尊孔读经，在文化界出现了新的复古思潮。

这里略举几个事实。例如三十年代中期广东、湖南就出现了强迫小学读经的事实。广东当局以"做人"必须有"本"，"本"必须要到本国文化中去寻求为理由，主张读经、祀孔、拜关岳。当时主张文言的还存在一个不小的文派。杨晋豪所编《1934年中国文艺年鉴》中就有："主张文言的人是汪懋祖、许梦因、余景陶、柳诒徵等。他们的理由是：（一）社会的，文言'为……社会应用所需'；（二）政治的，文言有救国作用；（三）道德的，文言足以养成高尚精神；（四）文学的，文言有最高的文学价值；（五）历史的，文言使人研究国故恢复本国文化。……白话文有这些缺点：（一）助长叛乱；（二）使人坠落；（三）艰深难懂；（四）烦冗费力；（五）没有用处。用此他们主张小学前三四年全用白话教材，四五年级便须学文言，学文言即须读经。"① 这在文坛上还引起了一场关于文言白话和大众语的论战。

与此同时，上海出现了江亢虎、胡朴安等组织的"存文会"，又有上海十教授所发表的《中国本位的文化建设宣言》。前者所宣称的"宗旨及工作"是："一，本会专以保存汉字保存文言为目的，联合同志努力迈进。二，本会认注音为识字符号，如字母反切之用，但反对以之替代汉字；认白话为学文阶梯，有启蒙通俗之功，但反对因而废弃文言。三，本会主张以群经正史诸子百家乃国文最高之标准。"② 后者的基本精神则认为文化建设要服从国情，合乎于"此时此地"的需要。他们所说的"此时此地"所

① 杨晋豪：《1934年中国文艺年鉴》，北新书局，1935年，第18—19页。
② 杨晋豪编：《廿四年度中国文艺年鉴》，北新书局，1935年。

需要的文化准则，亦不过是"中学为体"精神。当时受到了胡适等人的反对，胡适等人是主张中国文化应该充分世界化的。

这种不同的文派、思潮尽管受到了文坛反击，尽管它们各自面貌有很大不同，但作为整体文化现象中的一部分，反映了三十年代正在形成一种文化氛围和趋势，在这种氛围中的文学对于传统与现代，"中学"与"西学"之间的关系，表现得十分敏感。1934年，文坛上"关于文学遗产"的论争就反映了这一点。这次论争涉及了文艺作品和创作中的很多问题，提出了"现代的视角"和"历史的视角""批判地接受"等很有意思的说法。当时文坛上亦有很多人开始翻印古书古籍，做清理和接受文学遗产的实际工作。总的来说，当时文坛虽然对于文学发展有各种各样的意见，但都开始考虑和重视中国文学的历史基础和文化传统。完全抛开中国的民族文化传统，即使在意识上，也是不可能的。

但是，即便大家都意识到了传统的重要性，共同站在了民族文化遗产的台基上，情景也十分复杂。在开放的、进行多种选择的文学时代，重新唤起对历史文化深层的记忆，是为了完成民族文化与世界现代文化潮流的历史衔接。很多人并没有真正意识到这一点。由于传统的文化习惯已经浸透到很多人心灵深处，他们无法适应多种选择，而习惯于一种选择，所以一旦面对多种选译，就感到无所适从，形成了文化心理中种种絮乱现象。这种絮乱现象在中国现代文学流派发展中扮演了种种变态、变形、变色的悲剧、喜剧和滑稽剧。

在现代文学流派发展中，三十年代初首先打着表现民族文化意识旗号的是"民族主义文艺运动"和由此产生的"民族主义文学"流派。1930年6月，黄震遐、范争波、王平陵、叶秋原、傅彦长、李赞华、朱应鹏、邵洵美、汪倜然等在《前锋月刊》第1卷第1期上发表了《民族主义文艺运动宣言》，提倡民族主义文学。他们的民族主义文学从其宣言中可见一斑：

现今我们中国文坛底当前的危机是对于文艺缺乏中心意识。那么，我们要突破这个危机，并促进我们的文艺底开展，势必在形成一个对于文艺底中心意识。从历史的教训，我们须集中我们此后的努力于民族主义的文学与艺术底创造。我们此后的文艺活动，应以我们的唤起民族意识为中心；同时，为促进我们民族的繁荣，我们须促进民族的向上发展的意志，创造民族的新生命。我们现在所负的正是建立我们的民族主义文学与艺术重要伟大的使命。①

据他们在《宣言》中所称，他们所说的"中心意识"是和政治上的中心意识连在一起的，他们极不满意于当时文坛上"许多形形式式的局面"，不满意"每一个小组织，各拥有一个主观的见解"，尤其不满意于无产阶级文艺运动。所以，他们打出了反对一切残余封建思想的旗号，但是骨子里是直接为文学上一党专制服务的，这必然引起很多人的反感。其实，这个集团基本上为国民党官方御用，据刘心皇在《现代中国文学史话》中透露，"民族主义文艺运动"发起人之一的范争波先生曾说，"当时发起的民族主义文艺运动，经费相当充裕，有银洋五万元。"大凡真心的艺术家都不是用金钱可以收买的，真正优秀的作品也不是金钱所能创造的。在"民族主义文学"的旗下，也几乎没有几个正式作家，大多都是些帮闲文人。他们创作的无非是一些概念说教，幼稚而且混乱的作品。例如像这样的诗：

> 划清了阵线，
> 我们起来作战！
> 为民族而奋斗，
> 看旗帜的招展。
> 起来！
> 马克思列宁的养子们！
> 起来！

---

① 黄震遐等：《民族主义文艺运动宣言》，《前锋月刊》1930年第1卷第1期，第266页。

> 卖身投靠的养子们，
>
> 我们在今天
>
> 刀对刀，剑对剑。

——朱大心《划清了阵线》①

　　尽管他们大讲"民族主义文艺是有力的，有希望的，是有光明的，是有精神的"，但拿出这样的作品只能说明他们的浅薄和堕落。因此，民族主义文学作家为人们所瞧不起，作品也为当时文坛所看不起，首先因为他们已经失去文学良心，成了专制政治的工具，所以鲁迅称之为"宠犬派"文学。鲁迅在《"民族主义文学"的任务和运命》一文中说："翻一本他们的刊物来看罢，先前标榜过各种主义的各种人，居然凑合在一起了。""不过究竟是杂碎，而且多带着先前剩下的皮毛，所以自从发出宣言以来，看不见一点鲜明的作品，宣言是一小群杂碎胡乱凑成的杂碎，不足为据的。"② 就连有心想为他们说几句好话的刘心皇也说，"而民族主义文艺运动的一个特点，便是只有理论而没有好作品，就是有几篇作品，也容易被人找出毛病，作为话柄，例如黄震遐的《陇海线上》，形容他'参加议伐阎冯军事的实际描写'，而竟将阎冯军比作在非洲沙漠里的阿拉伯人，他把自己倒比作法国的'客军'。被人大大挖苦一番。"③ 看来，用权力和金钱制造出来的文学，是没有生命力的。

　　当然，对这一流派的作家也不能一概而论，倾向于官方也并不都是卖身投靠。本来，在当时文坛上，提"民族主义"还是有些诱惑力的，所以参加这个运动的作家所怀的目的并不完全一致。但是，从整体上来看，这个流派是当时官方进行"文化围剿"的工具，不得人心理所当然。在"民族主义文学"中，最重要的作家算是王平陵（1898—1964），他曾经写过

---

① 朱大心：《划清了阵线》，《前锋周报》1930 年第 2 期，第 15—16 页。

② 鲁迅：《"民族主义文学"的任务和运命》，鲁迅《鲁迅全集》（第四卷），人民文学出版社，1973 年，第 297、299 页。

③ 刘心皇：《现代中国文学史话》，正中书局，1971 年，第 516 页。

一些作品，但是都带有明显的说教色彩，属于政治工具式作品，价值不大。

三十年代的中国文坛，由于民族矛盾加剧，国内政治斗争尖锐，文学被卷入政治斗争的漩涡之中，文学家也不可能完全摆脱政治斗争的纠缠、影响和左右。但是也有少部分作家想摆脱和超越这种情势，自成一路，在社会现实斗争之外寻求出路。"论语派"就是在这种情况下应运而生，它是中国文化形态在大变革时代中的特殊产物。

"论语派"是以林语堂创办的《论语》杂志而得名。1932 年 9 月，由林语堂创办的《论语》半月刊问世。这是一个 16 开本的刊物，右上边是"论语"二字，左下边有两句古人的话。其封面内的"论语社同人戒条"是这样写的：

一、不反革命。

二、不评论我们看不起的，但我们所爱护的，要尽量批评（如我们的祖国，现代武人，有希望的作家，及非绝对无望的革命家）。

三、不破口骂（要谑而不虐，尊国贼为父固不可，名之为忘八旦也不必）。

四、不拿别人的钱，不说他人的话（不为任何方作有津贴的宣传，但可做义务的宣传，甚至反宣传）。

五、不附庸风雅，更不附庸权贵（决不捧旧剧明星、电影明星、交际明星、文艺明星、政治明星，及其他任何明星）。

六、不互相标榜，反对肉麻主义（避免一切如"学者""诗人""我的朋友胡适之"等口调）。

七、不做痰迷诗，不登香艳词。

八、不主张公道，只谈老实的私见。

九、不戒癖好（如吸烟、啜茗、看梅、读书等），并不劝人戒烟。

十、不说自己的文章不好。①

这个戒条具有幽默味道。但是，如果熟悉《语丝》的人都能看出，《论语》多少还留着一些《语丝》的余韵，不过锋芒愈加隐蔽，而且内容明显地由外向内转，即从注重批评社会更转向了表达个人了。而《论语》提倡幽默，既和编者的审美趣味有关，也是表现自己于社会的一种方式。《论语》创刊号上有林语堂《缘起》一文，其中说到"论语社同人，鉴于世道日微，人心日危，发了悲天悯人之念，办一刊物，聊抒愚见，以贡献于社会国家"，大概就表达了这种意思。后来，林语堂在办《宇宙风》之时，有一段话也许更切近于"论语派"文学旨趣："宇宙之风刊行，以畅谈人生为主旨，以言必近情为戒约；幽默也好，小品也好，不拘定裁；议论则主通俗清新，记述则取夹论，希望办成一合乎现代文化贴近人生的刊物。"②

论语派的形成是和"语丝派"的分化连在一起的，其中很多成员都曾是"语丝派"中人。《论语》刊行的第二期里，曾刊载过一个"长期撰稿员"名单，上面有章克标、刘英士、全增嘏、沈有乾、潘光旦、李青崖、孙斯鸣、邵洵美、郁达夫、章衣萍、林幽、邵庆元、孙福熙、孙伏园、俞平伯、刘半农、章川岛、谢冰莹、岂凡、陆晶清、赵元任、韩慕孙、季露、宰予等人。据林语堂的朋友海戈所说，当时常在《论语》写文章的，有人曾合称之为"论语八仙"，这八仙是林语堂、周作人、老舍、老向、何容、姚颖、大华烈士和黄嘉音等。其实，"论语派"的中坚还有陶亢德和海戈自己。海戈，本名张海平，他不仅是《论语》半月刊经常撰稿人，而且曾编辑《谈风》杂志，就承继着《论语》文风。

论语派以小品文创作为主。1934年4月，由林语堂主编、徐订和陶亢德为编辑的《人间世》小品文半月刊创刊，其"发刊词"可以看作是

---

① 林语堂：《论语》（半月刊），刘心皇《现代中国文学史话》，正中书局，1971年，第576—577页。

② 林语堂：《且说本刊》，《宇宙风》1935年第1期。

"论语派"小品文刊创作的宣言纲领，林语堂在"发刊词"中说：

> 十四年来中国现代文学唯一之成功，小品文之成功也。创作小说，即有佳作，亦由小品散文训练而来。盖小品也，可以发挥议论，可以畅泄衷情，可以摹绘人情，可以形容世故，可以札记琐屑，可以谈天说地，本无范围，特以自我为中心，以闲适为格调，与各体别，西方文学所谓个人笔调是也。故善冶情感与议论于一炉，而成现代散文之技巧。①

林语堂在这个发刊词中还提出，他们所写小品文"宇宙之大，苍蝇之微，皆可取材"。这和周作人的散文理论有相同之处。从源流上来看，所谓"论语派"是从"语丝派"周作人一支中发展而来，不过在新的条件下林语堂又有了新的拓展。他们打出古人招牌，提倡"闲适""幽默"，反映了中国一代知识分子在中西文化冲撞中的心理状态，是另有一番意味的。

"论语派"的产生无疑和中国古代文学传统有联系，表现了现代文化意识向中国传统文化深一层的浸透，他们对于小品文创作的理解不仅仅立足于西方文学中的"表现自我"，而且承继了于中国传统文艺中"言志""性灵"思想。这两者之间又是互相胶合的。例如林语堂就是从明末"公安派""竟陵派"小品散文中找到与现代散文的共通之点。他之所以提倡"性灵"二字，皆因为它与现代文学中注重个人观感，说自己的话有关。同时，这和他提倡"现代人生观"也不无关联，他认为现代人生观应该是"诚实的、怀疑的、自由的、宽容的、自然主义的"，而不是"虚伪的、武断的、残酷的、道学的、坐禅式的"，所以他反对一切"矫情君子理学余孽"和"新旧八股""新旧道学"。② 应该说，"论语派"创作表面上看是无所不谈，似乎是热衷于古代逸风，但实际上是在保存自己，倡扬自由主义。他们鼓吹中国古代文学中的遗产，是和他们接受西方文化的影响相辅

---

① 林语堂：《〈人间世〉发刊词》，《人间世》1934 年第 1 期。
② 林语堂：《且说本刊》，《宇宙风》1935 年第 1 期。

相成的。

论语派提倡"闲适""幽默"和中国一代知识分子的心态相关。他们是在一个不自由国度里维持自由，所以不能不幽默；他们又是深受中国传统文化熏陶的文人，涉世很深，所以又有闲适的格调。对于这群文人，林语堂曾在《缘起》一文中说过："我们几位朋友多半是世代书香，自幼子曰诗云弦诵不绝，守家法甚严，道学气也甚深。外客来访，总是给一个正襟危坐，客也都勃如战色。所谈无非仁义礼智，应对无非'岂敢''托福'，自揣未尝失礼，不知怎样，慢慢的门前车马稀了。我们无心隐居，迫成隐士，大家讨论，这大概就是古人所谓'养晦'，名士所谓'藏晖'的了。经此半年的修养，料想晦气已经养的不少，晖光也已大有可观；静极思动，颇想在人世上建点事业。"① 此一群人，在各种新潮过后，开始注意本民族传统文化基础，出来能"做点事业"，也是正逢时势。当时，文苑禁令很多，激进的文学基本被戕杀，言路不畅，幽默和闲适也是一部分文学创作得以生存的条件。关于这一点，海戈曾谈及："……是当时，上海乃至中国那种环境正面临着暴风来临的前夕。人们的心里非常苦闷烦躁，眼睁看见日本人的气焰万丈，而不敢说。……偏重于言志的林氏又感到要说，但觉得以生命作赌注颇不合算，于是在幽默帽子之下透露出对国事的意见来，象林氏主编的《论语》前几期，赠张汉卿、张宗昌的对联，象每期的半月要闻，古香斋之类，主要的作风是有暴露当时政治……连这样，有时也仍然通不过。就凭我自己的经验，二十六年谢六逸先生在上海编《立报》的《言林》副刊。约我写短稿，我记得交去的文章，只有一篇才完整地刊登出来。有两篇是遭开天窗之灾，有几篇干脆在原稿上加盖'奉令不准登载'的戳子。在这种情形之下，真能令人啼笑皆非。能够将当时景象如实地写下来，不加粉饰，就是最好的幽默材料。……林氏当时的成功，以及风行一时的幽默小品，实在也是环境使然。"②

在三十年代文坛上，"论语派"产生了很大影响。除了林语堂办的

---

① 林语堂：《缘起》，《论语》1932 年第 1 期。
② 刘心皇：《现代中国文学史话》，正中书局，1971 年，第 584 页。

《论语》《人间世》《宇宙风》算是论语派最重要的刊物外，还有黄嘉音主编的《西风》，谢兴尧主编的《逸经》，海戈主编的《谈风》，施蛰存主办的《文饭小品》，以及《天地人》《西北风》《越风》等等，都和论语派小品文创作有关。1934年被称为"小品文年"，也和"论语派"创作风行一时有密切关系。杨晋豪在《1934年中国文艺年鉴》中讲到"幽默闲适风行一时"时说"左倾作品不能发刊，民族文艺又很少作品发表；同时，有钱购阅书报的读者层，也只剩下了收入丰富的这一阶级。他们把文艺当作酒后消遣，他们要吐着香雾沉醉在微笑里。于是乎以《论语》为代表的幽默文学，与以《人间世》为代表的闲适小品，得以广大销行"。

　　然而在当时社会条件下，幽默和闲适的个性亦面临社会的挑战，面对一种危机的现实。从主观方面来说，幽默和闲适作为一种生活和艺术态度也难以维持。幽默本来是作为一种文学个性出现的，而且以其个性显示自己价值，但是，中国社会现实并非能接受"幽默"和"闲适"的。当艺术家面对生活无法"幽默"和"闲适"之时，仍要做出一副"幽默""闲适"的样子，就有可能成为磨灭艺术家个性的一种方式。因此，"幽默"时时有滑入油滑的味道，"闲适"也容易流于"为笑笑而笑笑"的境地。这正如鲁迅在《小品文的危机》中所说的，"……要求者以为可以靠着低诉或微吟，将粗犷的人心，磨得渐渐平滑"① 的缘故，"幽默"和"闲适"对有些人来说，会成为回避社会现实，同时也委曲自我、逃避自我的一种方式。所以还是鲁迅说得好："幽默和小品的开初，人们何尝有话。然而轰的一声，天下无不幽默和小品，幽默那有这许多，于是幽默就是滑稽，滑稽就是说笑话，说笑话就是讽刺，讽刺就是漫骂，油腔滑调，幽默也；'天朗气清'，小品也；看郑板桥《道情》一遍，谈幽默十天，买袁中郎尺牍半本，作小品一卷。"② 在这种情况中，幽默不再是充满生命的个性表

---

① 鲁迅：《南腔北调集·小品文的危机》，鲁迅《鲁迅全集》（第五卷），人民文学出版社，1973年，第171页。

② 鲁迅：《花边文学·一思而行》，鲁迅《鲁迅全集》（第五卷），人民文学出版社，1973年，第528页。

现了。

其次，从客观方面来说，中国社会难以接受和容忍这种"幽默"和"闲适"，这如在当时追求超然度外的象牙之塔文学的命运一样，是不会长久的。鲁迅就说过，在当时社会矛盾激化的中国，幽默是不会有的，他发问："能希望那些炸弹满空、河水漫野之处的人们来说'幽默'么？"① 所以，"论语派"一露世，就面临很多人的攻击。人们需要文学参与社会斗争，描写现实、揭露黑暗，要求艺术家旗帜鲜明地站在光明势力一边，和黑暗势力做斗争。提倡"幽默""闲适"的个人笔调是不受欢迎的。到1934 年，"论语派"已经被群起而攻之，连鲁迅都对"一切罪恶，都归幽默"的批评感到有点过分，文坛上又有陈望道的《太白》，曹聚仁、徐懋庸主编的《芒种》等和"论语派"格调不同的杂志出现。"论语派"的创作也开始走向衰落。

但是，虽然如此，"论语派"在中国现代文学史上是有贡献的。在小品文创作方面，它具有自己独特的格调，丰富了小品文创作的艺术方法，扩大了写作范围，有创新意义。从他们的创作中，我们还可以看到中国一部分知识分子在中西文化碰撞中形成的独特心态，了解他们独特的思想道路。同时，"论语派"中人，有些作家堕落了，有的作家则在创作上做出了很大的成绩，这在文学史上值得研究。

论语派最重要的作家是林语堂（1895—1976）。他是中国现代文学史上一个奇特的作家，其思想道路和文学创作都颇耐人寻味。他幼小就受过两种文化的熏陶：他父亲教他吟诵古文，而学校给予他基督教教育。后来，他在中国上海圣约翰大学（新中国成立后合并于华东师范大学）获得文学学士学位，在美国哈佛大学获硕士学位，又在德国莱比锡获博士学位，可以说是一个双料的文化人。由于他在中国和其他国家生活时间都相当长，所以他的文学活动具有中西文化的双重叠影。林语堂三十年代末开始旅居海外，用英文写了很多作品，包括小说、传记、杂文等，多数作品

---

① 鲁迅：《南腔北调集·"论语一年"》，鲁迅《鲁迅全集》（第五卷），人民文学出版社，1973 年，第 168 页。

都有七八种文字版本，其中《生活的艺术》在美国已发行了 40 多版。林语堂 40 岁以后写的小说《瞬息京华》也很畅行。他的《中国印度之智慧》一书被列为美国大学用书，所以，林语堂虽然现在在国内文坛并不出名，但在海外却很有影响。1975 年，他被选为国际笔会副会长，1976 年去世。当时在中国文坛上没有任何反响，他确实是被"遗忘"了的现代作家之一。

但是，林语堂获得"幽默大师"称号，却是在三十年代。这和他创办《论语》《人间世》《宇宙风》等刊物密切相关。《论幽默》《论文》《说本色之美》等都是林语堂这时期写的重要文章。作为三十年代的"幽默文学"的代表者，林语堂所提倡的"幽默"有特殊含义，他在《论幽默》一文中说："幽默与讽刺极近，却不一定以讽刺为目的。讽刺每趋于酸辣，去其酸辣，而达到冲淡心境，便成幽默。欲求幽默，必先有深远之心境，而带一点我佛慈悲的念头，然而文章火气不太盛，读者得淡然之味。幽默只是一位冷静超远的旁观者，常于笑中带泪，泪中带笑，其文清淡自然，不似滑稽之炫奇斗胜，亦不似郁剔之出于机警巧辩。幽默的文章在婉约豪放之间得其自然，不加矫饰，使你于一段之中，指不出那一句使你发笑，只是读下去心灵启悟，胸怀舒适而已。其缘由乃由幽默是出于自然，机警是出于人工。幽默是客观的，机警是主观的。幽默是冲淡的，郁剔讽刺是尖利的。世事看穿，心有所喜悦，用轻快笔调写出，无所挂碍，不作滥调，不忸怩作道学丑态，不求士大夫之喜誉，不博庸人之欢心，自然幽默。"① 在他的小品文中，充溢着作家心有所感的生活韵味和人情味，虽然所说的大都是人的生活琐事，如"衣""食""住""行"之类，但处处都显示出作者个性的情趣和超越当时社会生活局限的智者风度。

这种情趣在现代社会具有独特意义。林语堂是把艺术和生活联结起来理解的。幽默对林语堂来说，不仅是一种创作格调，而且是一种人生观，一种生活方式。这种人生观和生活方式是一个带传统色彩的知识分子用来

---

① 林语堂：《论幽默》，林语堂《我的话·行素集》，时代图书公司，1936 年，第 13—14 页。

应付现代生活的。作为一个受到双重文化熏陶的文化人，林语堂在美国人面前，是一个十足地道的中国人，他推崇陶渊明田园生活的完美，谈中庸、自然、闲适，因为他厌恶西方那种高速度，缺乏人情味的生活；他所坚持的现代生活带有东方文化色彩，而不是随着现代机器运转，失去人自我的情趣，失去家庭的天伦之乐与和谐之美。但是林语堂在中国人面前，又是一个典型的欧化文人，他有绅士风度，讨厌学究道学面孔，讲幽默，说笑话，并不认为写文章一定要关心国家、讽刺世事，而总是把表达自己纯粹的个性放在第一位。这一切也许是西方的个性主义、自由主义和东方文化中的中庸之道的一种巧妙的结合。也许林语堂想迈上的是另一个台阶，这个台阶对当时很多人来说是难以理解的。林语堂 1937 年 7 月间为《生活的艺术》所写"自序"中说："我所表现的观念早由许多中西思想家再三思考过，表现过；我从东方所借来的真理在那边都已陈旧平常了。但它们终是我的观念；它们已经变成自我的一部分。……我也想以一个现代人的立场说话，而不仅以中国人的立场说话为满足，我不想仅仅替古人做一个虔诚的移译者，而要把我自己所吸收到我现代脑筋里的东西表现出来。"① 如果说，林语堂对现代生活的理解比一般人高明，那就是吸取了东方文化中的人文主义和人情味，用来抵制西方工业化社会对人性和人情的异化和物化现象。

在现代文学史上，林语堂与鲁迅的关系很有意思。鲁迅曾经把林语堂说成是自己的老朋友，这大概由于有段时间，林语堂和鲁迅在"语丝派"中曾经是一条战壕里的战友。林语堂自称是"大荒中的孤游"的人（鲁迅曾以"过客"自喻），对于陈西滢等人的"公理"面孔很不以为然。林语堂早期对于国民之不觉悟感触很深，他曾写信给钱玄同说："今日谈国事，所最令人作呕者即无人肯承认今日中国人是根本败类的民族，无人肯承认吾民族精神有根本改造之必要，他们仿佛以为硬着头皮，闭着眼睛，搬运点马克思主义，或德漠克拉西，或某某代议制，便可以救国；而不知今日

---

① 林语堂：《〈生活的艺术〉自序》，《生活的艺术》，世界文化出版社，1948 年，第 2、5 页。

之病，在人非在主义，在民族，非在机关。"① 林语堂创办《论语》之后，文学思想上和鲁迅分歧日益增大，鲁迅也曾以老朋友的身份规劝过他，但林语堂仍然按照自己的路子走了下去。鲁迅逝世后，林语堂曾写《悼鲁迅》一文，其中写道："吾始终敬鲁迅，鲁迅顾我，我喜其相知，鲁迅弃我，我亦无悔。大凡以所见相左相同，而为离合之迹，绝无私人意气焉。"② 就中国现代小品文创作来说，鲁迅和林语堂堪称"双璧"，各有建树，值得认真进行比较研究。

---

① 林语堂：《给玄同先生的信》，林语堂《翦拂集》，北新书局，1929 年，第 9 页。
② 林语堂：《悼鲁迅》，《宇宙风》1937 年第 32 期。

第七章

"京派"作家群以及"京味"小说

当上海文坛生长出形形色色流派之时，北方文坛上也悄悄地发生变化。曾支承着"现代评论派""新月派"的一批文人随时光流逝在文坛渐渐退隐，其文学创作也渐渐失去了影响力。例如，胡适已另有他图，讲起了哲学史；陈西滢回归外国文学研究，闻一多去研究唐诗和神话；徐志摩飞机遇难；梁实秋似乎已成为落伍文人等，大有一番破落的景象。因此，沈从文当年曾有一番感慨："京样的人生文学结束在海派的浪漫文学兴起之后，一个谈近十年来文学之发展的情况的人，是不至于有所否认的。"①

但是，就在这种寂寥之中，正渐渐形成一个新的"京派"作家群。沈从文后来曾提及过这一点，他说："在争夺口号名词是非得失过程中，南方以上海为中心，已得到了个'杂文高于一切'的成就。……然而在北方，在所谓死沉沉的城里，都慢慢的生长了一群有实力有生气的作家。曹禺、芦焚、卞之琳、萧乾、林徽因、李健吾、何其芳、李广田……是在这个时期陆续为人所熟习的，而熟习不仅是姓名，却熟习他们用个谦虚态度所产生的优秀作品！……这个发展虽若缓慢而呆笨，影响之深远却到目前

---

① 沈从文：《窄而霉斋闲话》，沈从文《沈从文文集》（第十二卷），花城出版社，1984年，第93页。

尚有作用，一般人也可看出的。"①

沈从文这段话不仅提供了"京派"作家群崛起的信息，而且流露出了对当时南方文坛的隔膜。这种隔膜一方面是时空的差距造成的，另一方面则是反映了立足"京派"的艺术态度——对文学保持着一种近似乎纯艺术的学院标准。

这也许是"京派"文人由来已久的传统，但是在 1934 年却导致了一场"京派海派之争"的文坛风波。"京派"和"海派"本是中国戏剧表演的名词，但杜衡在一篇文章中提到"海派"，引起了沈从文在《大公报·文艺副刊》上的反响，刊出《论"海派"》一文。这大约是沈从文第一次以"京派"文人自居，肆意地表示自己的文见，指责海派文人的不是。他说："'名士才情'与'商业竞卖'相结合，便成立了吾人今日对于海派这个名词的概念。但这个概念在一般人却模模糊糊的。且试为引申之。'投机取巧'，'见风使舵'，如旧礼拜六派一位某先生，到近来也谈哲学史，也说要左倾，这就是所谓海派。如邀请若干新斯文人，冒充风雅，名士相聚一堂，吟诗论文，或远谈希腊罗马，或近谈文士女人，行为与扶乩猜诗谜者相差一间。从官方拿到了点钱，则吃吃喝喝，办什么文艺会，招纳子弟，哄骗读者，思想浅薄可笑，伎俩下流难言，也就是所谓海派。感情主义的左倾，勇如狮子，一看情势不对时，即刻自首投降，且指认栽害友人，邀功牟利，也就是所谓海派。因渴慕出名，在作品之外去利用种种方法招摇；或与小刊物互通声气，自作有利于己的消息；或每书一出，各处请人批评；或偷掠他人作品，作为自己文章；或借用小报，去制造旁人谣言，传述撮取不实不信的消息，凡此种种，也就是所谓海派。"②

沈从文数落海派的丑相，反映了"京派"作家对文坛的一些看法。沈从文对当时文坛并不满意，认为，"某种古怪势力日益膨胀，多数作家皆

①　沈从文：《从现实学习》，沈从文《沈从文小说散文选》，新学书店，1957 年，第 86 页。

②　沈从文：《论"海派"》，沈从文《沈从文文集》（第 12 卷），花城出版社，1984 年，第 158—159 页。

不能自由说话",① 而且作家一和"艺术"接近,就会被说成"落伍"。因此,他是从"有害于中国新文学的健康"角度去指责海派的,他又说:"妨害新文学健康发展,使文学本身软弱无力,使社会上一般人对于文学失去它必需的认识,且常歪曲文学的意义,又使若干正拟从事于文学的青年,不知务实努力,以为名士可慕,不努力写作却先去做作家,便都是这种海派风气的作祟。扫荡这种海派的坏影响,一面固需作者的诚实和朴质,从自己作品上立一个较高标准,同时一方面也就应当在各种严厉批评中,指出错误的不适宜继续存在的现象。"②

沈从文的这番"京腔"立刻引起上海文人的反击。曹聚仁在《申报·自由谈》上发表《京派与海派》一文,说"京派""独揽风雅","关在玻璃窗里,和现实隔绝","从什么文化基金会拿到了点钱,逛逛海外,谈谈文化",与沈从文所说的"海派"是"无以异也"。他指出:"我看明日的批评家,绝不站在京派的营垒,只对于海派在漠视与轻视以上取扫荡的态度,应当英勇地扫荡了海派,也扫荡了京派,方能开辟新文艺的路来!"③

其实,这场论争并没有涉及具体的文学问题,却使人再次注意到中国南方北方之间的文化差异,亦有人开始分析所谓"南人与北人"的不同。鲁迅对此也发表了自己的意见,他指出所谓"京派""海派",主要是由所聚地域不同文化氛围所造的,并不是指作者本籍所言,不同的文化环境,造就着不同的文学精神,他说:"北京是明清的帝都,上海乃各国之租界,帝都多官,租界多商,所以文人之在京者近官,没海者近商,近官者在使官得名,近商者在使商获利,而自己也赖以糊口。要而言之,不过'京派'是官的帮闲,'海派'则是商的帮忙而已。"④

关于"京派"和"海派"之争没有持续多久,却在文坛上正式亮出了

---

① 沈从文:《论"海派"》,沈从文《沈从文文集》(第12卷),花城出版社,1984年,第163页。
② 同上,第162页。
③ 曹聚仁:《京派与海派》,曹聚仁《笔端》,天马书店,1935年,第186页。
④ 鲁迅:《花边文学·"京派"与"海派"》,鲁迅《鲁迅全集》(第五卷),人民文学出版社,1973年,第491—492页。

"京派"作家的旗号，这也许连沈从文自己也没有意识到。但是，"京派"作家群的存在并不是子虚乌有，他们有自己特色，自成一派，在当时文坛上也已成为事实。

北京是一个文明古城，受西方文化冲击自然比上海要小，文人作家的自我世界也较能保持稳健、平衡，又有一大批学者致力于学问并培养后人，自有一种培养文学和作家的特殊土壤。沈从文就是在这种气氛中熏陶出来的。三十年代初，一些"太太客厅"成了"京派"作家的聚集场所，例如我们在梁思成林徽因的客厅里，就经常可以看到废名、沈从文、梁宗岱、卞之琳、何其芳、萧乾等人。在朱光潜家中，还会碰到朱自清、李健吾、林庚、曹葆华、林徽因、周熙良、冯至、罗念生、叶公超、周作人等人，这些聚会常常会评论文学，引荐新人朗诵诗歌之类。这些虽然不能算作严格意义上的文学流派活动，但是这种文人交际无疑是造成流派的重要条件，在无形中创造流派。尤可称道的是沈从文、杨振声1933年主持《大公报·文艺副刊》一段时间里，曾扶植培养了不少作家，形成了一个新兴作家的小圈子，——如果没有这个圈子作为基础，沈从文大约也不会单枪匹马去冒犯和数落"海派"文人。

关于"京派"作家群的形成，朱光潜在《从沈从文先生的人格看他的文艺风格》① 一文中又为我们提供了材料，他说："在解放前十几年中我和从文过从颇密，有一段时期我们同住一个宿舍，朝夕生活在一起。他编《大公报·文艺副刊》，我编商务印书馆的《文学杂志》，把北京的一些文人纠集在一起，占据了这两个文艺阵地，因此博得了所谓'京派文人'的称呼。……于今一些已到壮年或老年的小说家和诗人中还有不少人是在当时京派文人中培育起来的。"在这篇文章中，朱光潜又谈到了沈从文的特殊贡献："在当时孳孳不辍地培养青年作家的老一代作家之中，从文是很突出的一位。他日日夜夜地替青年作家改稿子，家里经常聚集着远近来访

① 黄裳、黄永玉等：《文坛老将》，花城出版社，1981年。

的青年，座谈学习和创作问题。不管他有多么忙，他总是有求必应，循循善诱。"① 其实，这时被称为"老一代作家"的沈从文刚刚三十出头，朱光潜自己也不过三十五岁左右，他不久前才从法国归来，在那里他以论文《悲剧心理学》获得法国文学博士学位。

萧乾（1910—1999）就是以"京派"作家身份步上文坛的。萧乾曾回忆道："一九三三年，当杨振声、沈从文二先生辞去大学教授到北平来教小学，并主持本报（指《大公报》——引者注）的《文艺副刊》时，我投过一篇题名《蚕》的稿子，那是除了校刊之外，我生平第一次变成铅字的小说。随后《小蒋》，随后《邮票》。直至我第六篇小说止，我始终没有为旁的刊物写过什么。那时我在北平西郊一家洋学堂上学。沈先生送出门来总还半嘲弄地叮嘱我说：每月写不出什么可不许骑车进城啊！于是，每个礼拜天，我便把自己幽禁在睿湖的石舫上，望着湖上的水塔及花神庙的倒影发呆。直到我心上感到一阵炽热时，才赶紧跑回宿舍，放下蓝布窗帘，象扶乩般地把那股热血倾写在稿纸上。如果读完自己也还觉可喜，即使天已擦黑，也必跨上那辆破车，沿着海甸满是荒冢的小道，赶到达子营的沈家。"

"那时的《文艺副刊》虽是整版，但太长的文章对报纸究属不宜。编者抱怨我字数多，我一味嫌篇幅少，连爱伦·坡那样'标准短篇'也登不完。沈先生正色说：'为什么不能！那是懒人说的话！'象这样充满了友爱的责备的话，几年来我存了不止一箱。"②

萧乾出生于北京一个汉化了的蒙古族贫民家庭，一直以工读方式上学。他第一本短篇小说集《篱下集》的"题记"就是沈从文写的。沈从文最后写道："……他的每篇文章，第一个读者几乎全是我。他的文章我觉得很好，说不出别的意见。……至于他的为人，他的创作态度呢，我认为

---

① 朱光潜：《从沈从文先生的人格看他的文艺风格》，黄裳、黄永玉等《文坛老将》，花城出版社，1981年，第84页。

② 萧乾：《一个副刊编者的自白——谨向本刊作者读者辞行》，萧乾《萧乾选集》（第3卷），四川人民出版社，1984年，第434页。

只有一个'乡下人',才能那么生气勃勃勇敢结实。我希望他永远是乡下人,不要相信天才,狂妄造作,急于自见。应当养成担负失败的忍耐,在忍耐中产生他更完全的作品。"①

从上面表述中不仅能看到沈从文对新起作家的热忱,而且能够感受到沈从文寄予创作的厚望。沈从文当时比萧乾大不了多少,但是在"希望"的口吻中微微流露出的是严厉和期待。沈从文希望自己,也希望别人把全部身心交付于文学创作,创作出真正优秀作品。他在给年轻作家写序或写信中多次谈到,要把文学当作一种事业,"凝视最远的一方",不为小小成就而炫目。不管青年作家是否都喜欢这种"希望",但对艺术"较高标准"的追求却成为"京派"作家创作的特色。两年后,在杨振声、沈从文举荐下,萧乾开始编《大公报·文艺副刊》,一直比较重视艺术性。据萧乾谈及副刊传统时所说,副刊尽量不登杂文和教训式文章,而是重视鼓励创作,扶植作家。1936年,在"新记公司"接办《大公报》十年之际,由萧乾主持举办了一次"文艺奖金"评选。这也许是现代文学史上唯一一次鼓励创作的活动。当时请的裁判委员有:沈从文、杨振声、朱自清、朱光潜、叶圣陶、凌叔华、巴金、靳以、李健吾、林徽因(从这个名单也可看出重创作的倾向)。最后评出的芦焚的《谷》,曹禺的《日出》,何其芳的《画梦录》分别获小说、戏剧、散文的文艺奖金。评委在评价中认为,因为曹禺是"一位自觉的艺术者,不尚热闹,却精于调遣";芦焚则"不发凡俗,的确创造了不少真挚确切的人型";而《画梦录》则是"一种独立的艺术制作,有它超达深渊的情趣"。②

由此可见,在当时文坛上,"京派"重创作,重艺术。萧乾自己不仅是一个认真的编辑,也是一个精心创作的艺术家。1947年,他在清理自己旧作时,曾把自己的创作分为象征篇、刻画篇、战斗篇、感伤篇,就反映出他在艺术上的刻意追求。在创作中,他追求过卡夫卡式的象征,吴尔芙

---

① 沈从文:《〈篱下集〉题记》,沈从文《沈从文文集》(第11卷),花城出版社,1984年,第34页。
② 萧乾:《萧乾选集》(第3卷),四川人民出版社,1984年,第428页。

对氛围心情的捕捉，乔依思的联想，海明威的明快，写过颇有点"意识流"味的《梦之谷》，也写过带象征意义的《道旁》。在当时，一个作家能刻意于艺术创作，并保持相当长一段时间是难得的，这也和京派作家这个群体分不开。萧乾的创作就是在这个群体氛围中进行的，他不断受到这个群体作家的帮助、鼓励和督责。他曾多次提到过杨振声、沈从文、巴金、靳以和林徽因的名字，他说："如果有人问我为什么活得那么起劲，写作那么有瘾，我的秘诀就是友情，正如草木生长的秘诀是阳光一样。"

不错，文学流派的功能往往不是靠"共同宣言"体现的，而是一种彼此可以接受的、有益的群体氛围和交流，形成一个能够抵御外来冲击的屏障。萧乾第一篇小说《蚕》发表后，立刻受到了林徽因的鼓励，这是他一生难忘的。当时林徽因读到这篇小说，非常欣赏，便请沈从文把萧乾带到客厅来，交流切磋，这给一个初登文坛的青年无疑留下了深刻印象。林徽因是"京派"作家群中有名的女诗人，热情，秀丽，具有很好的艺术修养，评论作品常有精到之语，受到很多作家的钦佩和拥戴。1936年，林徽因选编《大公报文艺丛刊小说选》，在题记中有一段话颇有艺术见地："一个生活丰富者不在客观地见过若干事物，而在能主观地能激发很复杂，很不同的情感，和能够同情于人性的许多方面的人。所以，一个作者，在运用文学的技术学问外，必须是能立在任何生活上面，能在主观与客观之间，感觉与了解之间，理智上进退有余，情感上横溢奔放，记忆幻想交替相辅，到了真亦是假，假亦是真的程度，他的笔下才现着活力真诚，他的作品才会充实伟大，不受题材或文字的影响，而能持久普遍地动人。"

"京派"作家群是一个比较松散的文学流派，在文学思想很多方面承袭了"现代评论派""新月派"的因素。在创作观上，"京派"作家和当时文坛盛行的革命文学、现代派文学都有一定距离，没有去强调文学为现实服务，对文学的大众化也表示冷淡，而是注重于人性的具体表现。这里也许有梁实秋文学理论的一些影子。他曾经大谈过一阵"普遍的人性"，当时没有几个人去附和他，但是在文坛上留下了痕迹。

在沈从文的文学思想中，"人性"就占据着一个重要地位。表现人性成为沈从文创作的一个基本出发点。沈从文本来就是"新月"培养出来的作家。1936 年他在《〈从文小说习作选〉代序》中还专门提到徐志摩、胡适之、林宰平、郁达夫、陈伯通、杨今甫、丁西林几位先生的名字，以示感谢。这时候，这几位文坛人物大多已经不再是文坛骁勇之士。看来，沈从文唯一应提及，而未提及的是梁实秋。在这篇"代序"之中，沈从文这样谈到了自己创作的美学理想："我只想造希腊小庙。选山地作基础，用坚硬石头堆砌它。精致，结实，匀称，形体虽小而不纤巧，是我理想的建筑。这神庙供奉的是'人性'。"① 在早些时候，沈从文在给《篱下集》作题记时写道：

> 曾经有人询问我，"你为什么要写作？"
>
> 我告诉我这个乡下人的意见："因为我活到这世界里有所爱。美丽，清洁，智慧，以及对全人类幸福的幻影，皆永远觉得是一种德性，也因此永远使我对它崇拜和倾心。这点情绪同宗教情绪完全一样。这点情绪促我来写作，不断的写作，没有厌倦，只因为我将在各个作品各种形式里，表现我对于这个道德的努力。人事能够燃起我感情的太多了，我的写作就是颂扬一切与我同在的人类美丽与智慧。若每个作品还皆许可作者安置一点贪欲，我想到的是用我作品去拥抱世界，占有这一世纪所有青年的心。……生活或许使我平凡与沉落，我的感情还可以向高处跑去；生活或许使我寂寞，我的作品将同许多人发生爱情同友谊。……"②

伴随着这种艺术追求，沈从文成为优美的人性的一个虔诚信徒。三十年代，他也许比任何作家都固执地坚持自己的艺术追求，拒绝理会当时一些理论家的评头论足，忍耐着寂寞和冷落，坚持把自己对于人生独特的感情写进作品，去经受历史的鉴定。为此，沈从文和当代文坛风行一时的潮

---

① 沈从文：《沈从文文集》（第 11 卷），花城出版社，1984 年，第 42 页。
② 同上，第 34 页。

流常常是隔膜的，保持相当一段距离。这种距离不能不说和沈从文踏上学者化文学道路有很大关系。沈从文从湘西偏陋的乡下来到北京，并且经常出入一个学者圈子，给予他最大的好处，就是扩大了他的艺术视野，醇化了他的文学信念，使他能够作为一个作家站在更高的美学台阶上。

尽管在很长一段时间里，沈从文和北大、清华学者圈子保持着密切关系，但是他仍然不能使自己脱胎换骨，成为一个标准的学者。学者化对沈从文还意味着一个压力和一种自卑感。沈从文在投入文坛之前，并没有受过系统的艺术教育，也没有出国留学，在当时北京学者圈子之中，是特殊的一个。虽然他不断接受着学者学问的影响，自己也在不断地努力，但是心理上始终有一定距离感。三十年代，沈从文创作上已取得了相当成绩，出了十余本小说，还写了很多理论和评论文字。但是，在他的作品中，假如稍加留心的话，就会发现一个固执甚至古怪的乡下人的身影。换句话说，沈从文并不怎么合群，他常常在自己所创造的艺术世界中徜徉。因为他毕竟是从一个极其偏僻、苗汉杂居、教育文化落后的地方来的；在22岁之前，根本不知道世界上还有莎士比亚和托尔斯泰，由此我们可以想象，当沈从文第一次出现在学者绅士聚集场所时，心理会遭受多么大的侵扰。他必须努力，同时必须谨慎地保存自己，以免自尊心受到各种各样的伤害——因为也许在一些绅士学者看来，沈从文不过是肚子里放了一些他们所不知的、稀奇古怪的东西而已。他们也很难想象到，这个举止言谈都带"土"味的青年人，会成为现代文学中第一流的小说家。

也许这本身已经是一种侵害，沈从文本能地感觉到了这一点。对沈从文来说，长期艰苦地漂流在自然淳朴生活之中，虽然在知识教养方面有所损失，但是留存了更多的原始生活热情和勇力，它们没有受到现代生活的规范和侵蚀，聚积在心灵门扉之前，有待一日冲脱而出，点燃任何生活事实，使它们充满艺术活力。作为一种心理上的反抗，沈从文固执地认定自己是个"乡下人"，不放弃自己的乡村意识。在城市各种时尚潮流的挤压下，他在那里一心一意地描叙自己熟悉的下等人的生活，在淳朴的生活之中，在下层人身体内回转力量和热情中肯定着自己。他的固执最明显地表现在他对自己的估价上，尽管当时很多批评家对他的创作表示冷漠，甚至指责他是"空虚的作家"，但是我们能够听到他这样的回答，"……不妨事。我已说过，那原本不是特别为你们中某某人作的。它或许目前不值得注意，将来更无希望引人注意；或者比他们寿命长一点，受得住风雨寒暑，受得住冷落，幸而存在，后来人还需要它"①；我们还能读到这样自信的断语："……我还预备继续我这个工作，且永远不放下我一点狂妄的想象，以为在另外一时，你们少数的少数，会越过那条间隔城市的深沟，从一个乡下人的作品，发现一种燃烧的感情，对于人类智慧与美丽永远的倾心，康健诚实的赞颂，以及对于愚蠢自私极端憎恶的感情。这种感情且居然能刺激你们，引起你们对人生向上的憧憬，对当前腐烂现实的怀疑。"②这种自信如果出自一个浅薄之人，会显得不自量力，但是对于沈从文显得自然得体，这里没有什么盛气凌人的意味。沈从文在时代风浪的颠簸中驾驶自己艺术创作，他对艺术热诚追求和勤奋创作，需要更坚毅的艺术自信。在这位作家的心胸中，跳动着一颗忠诚艺术的心。

　　显然，沈从文并没有欺骗人们。他的作品给人们留下了永远值得回味的东西。他对概念化、口号式艺术的轻视，是基于他对艺术的追求。在他的创作中，我们能够在充满原始热情和野性的生活氛围中，在迷漫着乡村民情风俗的古色古香中，在悲哀平凡的日常生活中，感到一种生命的热流和人性理想的光芒，无论是《边城》中翠翠的天真、老船夫的淳朴，《柏子》中青年水手的忠诚，还是《雨后》中村女的纯情，《夜渔》中渔家的情趣，都体现了作者对于人类美好天性的一往情深。在《边城》中，沈从文把人们带到远离城市喧嚣的小镇中，在大自然的怀抱中，去感受和理解人生中永远不会消失，但在现代城市生活中已被遗忘的生命真谛；在《柏子》中，他是要人们相信，"由于边地的风俗淳朴，便是作妓女，也永远那么浑厚"；③他希望人们从《说故事人的故事》中女土匪那里，也能看

①　沈从文：《〈从文小说习作选〉代序》，《国闻周报》1936 年 13 卷 1 期。
②　同上。
③　沈从文：《边城》，开明书店，1946 年，第 11 页。

到闪烁着诚实和温柔敦厚的眼光；从《雨后》《阿黑小史》等作品中领略在自由状态中"优美、健康、自然而又不悖乎人性的人生形式"，——他相信这一切永远不会消失，是在变化着的世界中永远留存的东西，具有永久的魅力。沈从文正是依靠这些显示了自己，留存了自己。很多年之后，一些表现时尚、追赶潮流的作品，尽管一时间热情漾溢，引人注目，但随时光流逝褪去了光泽，失去了原来的魅力，然而沈从文的作品却依然保持着稀奇持久的魅力，它们像旅途中一轮明月，夏夜中一缕清风，给读者内心深处带来一丝温柔，添加一分情热。

这不是一种薄情的施舍和对古老生活浅显的歌颂。沈从文是在因袭生活重负下描写人性的。在他的小说中，我们能够感受到一个"乡下人"对于现代生活中人与人之间虚伪、冷漠、庸俗关系的格格不入，感受到在现代生活中人性的危机感和悲哀感，他在现代资本主义生活对人性腐蚀、压抑背景下，扬起了人性旗帜。在他的笔下，城市生活是痛苦的，腐烂的，人生在病态生活中被扭曲，被异化，人成为一种附属物，处于被动、无聊、孤寂、惊恐、互相提防的状态中，在这种情景中挣扎的有孤儿、娟女、小公务员，也有教授、新式丈夫、绅士、作家、文人……他们纯洁的感情正在消失，生活的热情正在熄灭，人类的自尊面临着最严峻的考验。也许正因为如此，沈从文才把希望寄托于下层普通人民淳朴的人性之中，在原始自然生活中挖掘和发现美好闪光的心灵。这不仅是沈从文用以抗拒生活中悲哀、人性悲剧的方式，而且包含着他对生活持久的信念。他相信在悲哀中挣扎生存的人，具有真正追求美的热情和创造力，看到了在生活重压下仍能不断迸发出的人性的火花。这些都表现了沈从文作品独特的艺术品格，既充满了传奇性，又富有现实性；具有原始气质，又完全是现代风味；既带有地方色彩，又具有个人生命流注。作者曾预言："这个混合，在目前即或缺少读者理解，到另外一代，还会由批评家发掘而出，得到应有的重视。"

事实证实了作者的预言。虽然沈从文一直忍受着双重的孤独——作为一个乡下人，同时作为一个作家，在很长一段时间内，他的作品在文学史上默默无闻，既不被人们真正理解，也不受到重视，但最终被证明"后来人还需要它"的。这一点，对一个作家来说也许足够了。我曾经对此写过，一定时代的文学现象，不仅必然地存在着创作上的局限性，而且也存在着欣赏和评论的局限性。随着历史生活的变迁，旧时代的伤痛已成为一种遥远的历史回音，人们过去处于呐喊、拼搏时代的白热化感情逐渐冷却凝固下来，沉淀为对过去历史生活理智的回顾和思考，恢复到对艺术心平气静的默想沉思之中，这时，人们在沈从文的小说中必然会发现更深更远的东西。

沈从文的创作不追求合乎"时代"，而是注重符合人性，符合人格，这一点当时很少人能够理解，只有在"京派"作家中获得一些知己之言。萧乾就推崇过沈从文这种"超物质的憧憬"。另一个作家师陀也多次说过"我是从乡下来的人"，大概也会使沈从文这个"乡下人"少一点寂寞。但是，作为评论家的李健吾，较之于其他"京派"作家也许和沈从文更有缘分。李健吾是"京派"作家群中有代表性的批评家，他的批评观在很多方面表现了对人性、对艺术真诚的追求，他说过："一个批评家，第一先得承认一切人性的存在，接受一切灵性活动的可能，所有人类最可贵的自由，然后才有完成一个批评家的使命的机会。"① 在三十年代文坛上，他是一个难得的注重艺术、尊重个性的独立批评家。他反对把批评当作一种工具，一种武器，而主张"冷静下头脑去理解，潜下心去体味"，用不着谩骂，用不着誉扬，"他接受一切，一切渗透心灵，然后扬废糠麸，汲取精英，提供一己与人类两相参考。"② 在他的批评中，李健吾显示了自己独特的艺术眼光和风采，他善于从作品中发现作者的特点，并在广阔的艺术视野之内进行阐扬，起点很高而又知人善论。

《咀华集》是李健吾三十年代写成的评论集，先后评论了巴金、沈从文、废名、林徽因、萧乾、曹禺、何其芳、李广田、卞之琳、朱大枫、芦

---

① 李健吾：《〈边城〉——沈从文先生作》，李健吾《李健吾文学评论选集》，宁夏人民出版社，1983年，第50页。

② 同上，第3页。

焚等人的作品。这些作家多属于"京派"作家之列。然而，李健吾最推崇的是沈从文的作品，在他的评论文章中，我们时常能看到他提到沈从文的名字，他称沈从文是一个"渐渐走向自觉的艺术小说家"，他曾这样评论过《边城》：

> 《边城》便是这样一部 idyllic 杰作。这里一切是谐和，光与影的适度配置，什么样人生活在什么样空气里，一件艺术作品，正要叫人看不出是艺术的，一切准乎自然，而我们明白，在这种自然的气势之下，藏着一个艺术家的心力。细致，然而绝不琐碎；真实，然而绝不教训；风韵，然而绝不弄姿；美丽，然而绝不做作。这不是一个大东西，然而这是一颗千古不磨的珠玉。在现代大都市病了的男女，我保险这是一付可口的良药。
>
> 作者的人物虽说全部良善，本身却含有悲剧的成分。唯其良善，我们才更易于感到悲哀的分量。这种悲哀，不仅仅由于情节的演进，而是来自带在人物的气质里的。自然越是平静，"自然人"越显得悲哀：一个更大的命运罩住他们的生存。这几乎是自然一个永久的原则：悲哀。
>
> 这一切，作者全叫读者自己感觉。他不破口道出，却无微不入地写出。他连读者也放在作品所需要的一种空气里，在这里读者不仅用眼睛，而且五官一齐用——灵魂微微一颤，好象水面粼粼一动，于是读者打进作品，成为一团无间隔的谐和，或者，随便你，一种吸引作用。[①]

这段写于 1935 年的评论文字，显示了李健吾对作品的艺术穿透力以及善于表达的技巧，他向来对作品不作内容或形式上的单独分析，而是当作一个整体去感受和拥抱，揭示出其内在的灵魂。

---

① 李健吾：《〈边城〉——沈从文先生作》，李健吾《李健吾文学评论选集》，宁夏人民出版社，1983 年，第 54—55 页。

　　"京派"作家大都和他们前辈走着不同的道路。他们并不是先前就是学者，以一个学者的身份走上文坛，而首先是作为作家在文坛上崭露头角，然后不断趋向学者化。例如，沈从文、萧乾甚至李健吾都有这样的经历。这在文学创作上带来了很多变化，比如传统的因素多了，农民自然文化气息开始浓郁起来，现实生活的气息浓了，作家在自己的生活基础上进行创作，开始挖掘和表现下层劳动人民生活；在这个基础上，作家们的个性追求更突出了，开始有意识地建造自己的艺术世界。在"京派"作家的创作中，我们能看到一种自觉的艺术追求，看到新文学创作在艺术上趋于成熟。无论当时文学创作的环境多么艰难，无论文学家的创作道路多么曲折，在古老的城墙庇护下，他们建造着自己心爱的文学世界。

　　然而，"京派"作家并没有获得一个持续发展的社会空间，反而大有一种生不逢时的境况。"京派"作家三十年代崛起，正逢北方文坛不景气的时候，随着民族危机的加剧，战火逐步蔓延，全国文学发展的重心已由北向南迁移。"京派"作家作为一个流派也处于不稳定状态，很多作家开始向南方流动，其中最重要的是萧乾1936年随《大公报·文艺副刊》去上海，"京派"作家群也星流云散。在这个过程中，最值得注意的现象是"京派"和"海派"的合流。实际上，"京派"与"海派"之间，虽有差异，但绝不是完全互相隔绝，一直在互相影响、互相渗透。萧乾先生曾经在回忆中谈道："三十年代初期，北方知识界（尤其文艺青年）曾十分苦闷过。……一九三二年鲁迅先生到了北平，那就象窒息的暗室里射进一线曙光。一九三三年，从上海又来了巴金和郑振铎两位，死气沉沉的北平文艺界顿时活跃起来。他们通过办刊物（《文学季刊》和《水星》），同青年们广泛交起朋友。"① 萧乾还告诉我们：

　　　　巴金和郑振铎的北来打破了那时存在过的京、海二派的畛域。一时，北平青年的文章在上海的报刊上出现了，而上海的作家也支援起

　　① 萧乾：《萧乾选集》（第3卷），四川人民出版社，1984年，第161页。

北方的同行。一九三五年，我正是在这样的情况下接手编《大公报·文艺》的。不，我最初编的是《小公园》，一个本由"马二先生"主持的货真价实的"报屁股"。然而上海的作家不计刊物的大小，一时张天翼、艾芜、丽尼等几位的作品经常在《新闻周报》《大公报·文艺》甚至那个《小公园》上出现了。①

这种流派之间的交往是在现代文学历史发展中的一个重要现象。人们往往很惊奇，在一个动乱的年代，现代文学创作竟获得那么突出的成就，出现那么多文学流派，其中一个重要原因，就是作家经常处于互相交往和流动之中。作家在这个过程中不断能打破地区文化的隔阂，排除固有的局限，获得更宽厚的创作基础。作家不断地迁移，又不断形成新的组合，这是中国现代文学流派发展中重要的环节。在抗日战争全面爆发之际，在被战火映红的文坛上，我们更能够看到这一点。

随着历史的发展，"京派"文学逐渐演化，其中形成重要一支就是"京味"小说，它带着浓厚的北京文化风味，表现北京生活的风土人情，很有特色。其中最重要的作家当数老舍，他的创作获得了举世瞩目的成就。不过，应该另当别论的是，作为一种文学流派，"京味小说"是在抗日战争胜利后才逐渐形成的，在这之前，"京味小说"还只能说是"京派"作家群中的"派中之派"。

---

① 萧乾：《萧乾选集》（第3卷），四川人民出版社，1984年，第162页。

第八章

流亡文学中的"东北作家群"

当北京文坛作家开始南迁徙的时候，战火早已燃烧在中国东北大片国土上，接着就是"七七事变"，"八·一三"战事，一片片国土沦陷，使一批批作家离开故土，从东北到北平，从北平到上海，从上海又到武汉，从武汉到桂林，不断地流亡、迁徙，形成了现代中国从未有过的流亡文学潮流。一次又一次的迁徙，意味着文坛重心一次又一次的转移；一批又一批文人的流亡，伴随着一次又一次文学的抵抗。遍地烽烟，满目焦土，在最危险的时刻，文学也喊出了最后的声音：

> 团结起来，象前线将士用他们的枪一样，用我们的笔，来发动民众，捍卫祖国，粉碎寇敌，争取胜利，民族的命运也将是文艺的命运，使我们的文艺战士能发挥最大的力量，把中华民族文艺伟大的光芒，照彻于全世界，照彻于全人类。
>
> ——《中华全国文艺界抗敌协会发起旨趣》①

战争带来了灾难，但也消除了很多隔阂，共同的命运使不同作家站在

---

① 王向辰等：《中华全国文艺界抗敌协会发起旨趣》，《文艺月刊·战时特刊》第 9 期，第 183—184 页。

一起，寻求群体，依靠群体，在群体意识中找到依托，在被血染红的土地上，绽开绚丽的文学流派之花。

伴随着抗日战火的蔓延，首先从血泊中崛起，从烽火中走来的文学流派是东北作家群。当 1938 年一大批流亡作家云集武汉，发出抗敌呐喊，东北作家群已是一个成熟的文学流派，他们的创作充满着血与火，燃烧着复仇火焰，萧军、萧红、李辉英、舒群、罗烽、端木蕻良、骆宾基、孙陵、白朗等，已成为人们所熟知的作家。

东北作家群是由一群东北作家组成。他们并没有自觉的组织形式，没有共同的宣言和口号，是特殊的流亡生活境遇赋予他们大致相近的思想感情和创作倾向，他们便以一种群体的姿态出现在文坛上。他们都曾经历了亡省的痛苦，目睹了侵略者的残暴，目睹了亲人和战友在刺刀下、皮鞭下丧生的情景，更感到了侵略者对人性、对人的自尊的摧残。他们知道什么才是失去祖国的滋味，懂得什么是被蹂躏、被歧视的人生，以及人的尊严在最后关头的忍耐和挣扎，因此他们也更深一层地理解了人的悲哀，愤怒和反抗的激情，并对此表现出崇高的敬意。

最早在作品中表现出一个亡省人悲愤心情的是李辉英。"九·一八"事变之时，他正在上海读书，但一夜之间成了亡家的人。故土灾变促使他创作思想发生巨大转折。他曾经在 1935 年《〈丰年〉自序》中回顾了故土沦陷对他思想上的尖锐刺激："从前，我是迷恋着'文艺作品是给人作消遣的'，所以写出来的东西，总是美酒，女人———一句话，在享受上兜圈子。可是，紧跟着'九·一八'事变，日本帝国主义的军队蹂躏了我的故乡，'一·二八'沪战，沪战的炮火又摧毁了我攻读的学校，这使我不但要遥领着三省亡家的头衔，同时还失去了上海求知居住的地方。我彷徨，我恐慌，我悲哀，我更气愤，终至，激起了我反抗暴力的情绪！'醒醒罢，把你的小说笔锋改改方向不行吗？'我醒了，从昏沉的梦中惊醒了，自己这样问自己，你该把那种抒写闲情逸致的笔调，转为反抗你的敌人的武器！譬如：暴露日本帝国主义在东北压迫，屠杀，欺骗我们弱小民族的一类事情。同时，你也该抓住现实社会的某一点，说上一些该说的话。"① 正是在这种情绪支配下，"九·一八"之后，他很快写出了像《最后一课》那样的反帝抗日小说，表现了在日本侵略军铁蹄之下同胞的屈辱生活及其反抗情绪。不久，他在丁玲鼓励下，又写出了十万字的小说《万宝山》，受到茅盾的注意。这篇小说根据"九·一八"之前日本帝国主义有意制造的一次反华事件写成，揭露了日本帝国主义的罪恶和汉奸的丑恶嘴脸。虽然不能算精致完美的小说作品，但其中透露出的作者激愤的情感真实感人。抗战期间，李辉英写出了短篇小说集《夜袭》《火花》，长篇小说《松花江上》等，都充满激励抗战、颂扬民族战斗精神的激情。

这种激情是在民族生死存亡的危急关头迸发出来的，因而表现出深刻的悲剧意识和人性的危机感。而这正是东北作家群创作最重要的特色之一。也许没有什么能比目睹人类疯狂的兽性发作更能理解人类的不幸了，而东北作家群诸作家几乎都有过这种深刻体验。侵略者的暴行，由暴力武装起来的贪婪和野蛮，把人性，人的尊严推向最残酷的境地，制造着血肉横飞的人生悲剧。罗烽的小说《第七个坑》《呼兰河边》《狱》，舒群的《没有祖国的孩子》，白朗的《轮下》《生与死》等都是在一种悲剧氛围中展示人生的。在这些作品中，这种悲剧意味不像缓慢的河流在生活中静静流淌，也不像忧郁的驼铃在秋风中回荡，而是突现于生和死这样严峻的分水岭上，用血，用生命的毁灭，用青春的摧残烧铸的，伴随这种悲剧意识的是发自内心沉痛而又急切的倾吐和呐喊。例如，在罗烽的《呼兰河边》中就能看到这种悲剧的情景，在丧失人性的侵略者的刺刀下，小牛和它的主人牧童，完全失去了生存的权利，他们被胡乱捉来，然后在草丛中留下自己的骨骼和尸体。在毫无声息之中，生命本身在遭受最大限度的轻蔑和戕害。作者把人生最残酷的现实摆在人们面前，唤起民族自救的热情。这种悲剧意识是在作家亲历的生活中滋长起来的，所以非常真切，又具有很大的感召力。

---

① 李辉英：《〈丰年〉自序》，《丰年》，上海中华书局，1935 年，第 1 页。

　　一直在生与死之间挣扎和创作，承担着民族和个人双重悲剧的作家，首先要提到萧红。她大部分写作生涯都是在流亡中进行的，遗憾的是，一直到她逝世（1942年）都没能够看到故乡的光复。许多熟悉萧红创作和生平的人，对此都情不自禁地发出连连感叹，"她是一个非常薄命的女人"。在1934年和萧军双双逃出哈尔滨之前，她已经饱尝流浪生活的滋味。她后来的情人萧军第一次看见她时，她被关在一个不知名的小旅馆冰冷的房间里，遭受着肉体和精神上的折磨。此后，她的生活一直随着战火流动，经历了抗日战争中一次又一次悲剧的时刻。"九·一八"事变时，萧红正在哈尔滨，她和她的朋友们在这里度过了几年艰苦的斗争生活；"七七"事变和"八·一三"战争发生时，萧红正在上海，亲睹日本军队的侵略，只能撤退到内地；紧接着日军进攻华北，萧红正好在山西临汾，不得不回到武汉；日军进攻武汉，萧红等又逃到大后方重庆；接着1939年初，日军开始轰炸重庆，萧红又飞往香港，1941年日军攻占香港，萧红不久含恨而亡。在这种流亡生活中，每一次迁徙都意味着距离自己的家乡更远一步，都意味着心灵上一次重创。

　　东北作家群的创作就和这种流亡生活紧密相关。其实，作为一个文学流派，东北作家群的雏形已出现于"九·一八"之后的东北文坛。较之内地，东北三省不仅具有土地肥沃、资源丰富、重工业发达等地理经济特点，而且也具有文化上比较突出的形态特点。西洋文化很早就由西伯利亚铁路输入东北。日、德、俄等各帝国主义势力的侵入，使东北成为多种文化汇合的一个地域。特别是俄国十月革命，对东北文化产生了重要影响，其中包括大批白俄贵族流落东北，带来了不同的文化。由于这些原因，在东北一些大城市，例如哈尔滨、长春等，具有比较好的文化艺术基础，已有不少文人在文坛上活动。"九·一八"事变之后，一些作家很快聚集起来，用自己的笔进行最后的反抗，例如萧军、萧红、白朗、舒群，还有孙陵、杨朔、金人（张君悌）、铁弦（张全新）等。当时，他们在哈尔滨开设"明月饭店"作为作家据点，白朗主编哈尔滨《国际协报》副刊，孙陵主编长春《大同报》副刊，发表一些表现抗日情绪的作品。直到后来在东北无法立足才先后转移内地。这种经历自然而然地把一些作家联结在了一起。

萧红的创作品格就是在这种流亡生活中形成的。她经常处于一种绝处逢生的境地，连续不断的生活波折使她难以在心理上建立一种稳定的安全感。在流浪和流亡中，她学会了抽烟喝酒，过自由奔放的生活，朋友的义气和友情在她生活中占据非常重要的地位，她也学会了用男性的刚强对待生活的磨难，显示出自己的力量。

《生死场》的出版，把萧红的名字，也把东北作家群的气势扩播于内地文坛。《生死场》是萧红在流亡中写成的。它携裹着浓重的悲剧气氛，掠过荒凉、沾满血迹的土地，来到了人们中间。在这篇作品中，诉诸人们感官的是死了的小孩躺在旷野的小庙前，是杆头晒在蒸气里的肠索，是腥气，是血污构成的意象。当作品中写到王婆不得已把自己的老马送进屠场的时候，悲剧的灵魂已经穿透了一切物质界限，浸透于客观生活的每一个缝隙之内。且看作者的描写：

这是一条短短的街。就在短街的尽头，张开两张黑色的门扇。再走近一点，可以发现门扇斑斑点点的血印。被血痕所恐吓的老太婆好象自己踏在刑场了！她努力镇压着自己，不让一些年青时所见到的刑场上的回忆翻动，但回忆却连续的开始织张——一个小伙子倒下来了，一个老头也倒下来了！挥刀的人又向第三个作着势子。

仿佛是箭，又象火刺烧着王婆。她看不见那一群孩子在打马，她忘记怎么去骂那一群顽皮的孩子。走着、走着，立在院心了。四面板墙钉住无数张毛皮。靠近房檐立了两条高杆，高杆中央横着横梁；马蹄或是牛蹄折下来用麻绳把两只蹄扎连在一起，做一个叉形挂在上面，一团一团的肠子也搅在上面；肠子因为日久了，干成黑色不动而僵直的片状的绳索。并且那些折断的腿骨，有的从折断处淙滴着血。①

---

① 萧红：《生死场》，容光书局，1935 年，第 55—56 页。

作者把读者带入的不是牲畜的屠场，而是人的屠场。这已不是简单的比喻，是怀蕴着人生悲剧的噩梦留下的痕迹。在这种沉重的悲剧之中，我们能够感受到一种日积月累、压抑着的反抗力量。这种力量来自现实，也来自作者本身；谁都很难想象这一切都出自一位柔弱的女性之手，一个同样柔弱的女性心灵能够承担起如此沉重的悲哀，直面如此惨痛的现实。苦难和挫折，血光和剑影，荒漠和风雪，赋予萧红一副男子汉的气概，赋予她的作品以一种悲壮的阳刚之美。在苍苍然欲堕的蓝天下，我们能够看到粗犷的灵魂在沉默后的大飞扬：

> 浓重不可分解的悲酸，使树叶垂头。赵三在红蜡烛前用力敲了桌子两下，人们一起哭向苍天了！人们一起向苍天哭泣。大群的人起着号啕！
>
> 就这样把一只匣枪装好子弹摆在众人前面。每人走到那只枪口就跪倒下去宣誓：
>
> "若是心不诚，天杀我，枪杀我，枪子是有灵有圣有眼睛的啊！"
>
> 寡妇们也在宣誓。也是把枪口对准心窝说话。①

萧红就是在这种悲壮气氛中塑造了自己。还是胡风先生说得好："这是用钢戟向晴空一挥似的笔触，发着颤响，飘着光带，在女性作家里面不能不说是创见了。"② 因为在最深刻的悲剧面前，她知道，人们经过乞求已不再需要乞求；经过呻吟已不能继续呻吟；经过忍耐已无法再能忍耐，要站立在世界上更需要原始和雄强的力量，需要男子汉的热血和气概。这种粗犷的雄性的气质贯串在整个东北作家群的创作之中，他们的作品为人们构筑了一个真正搏斗的"生死场"，一群群苦难的人在这里和敌人进行着生死搏斗，其中很多人衣着破旧褴褛，甚至夹带着粗野的叫骂声，向敌人扑去。萧军《八月的乡村》中的铁鹰队长、李七嫂，舒群《誓言》中的杨

---

① 萧红：《生死场》，容光书局，1935年，第194—195页。
② 胡风：《〈生死场〉后记》，萧红《萧红全集》，哈尔滨出版社，1991年，第147页。

三楞，白朗《伊瓦鲁河畔》中的贾德，端木蕻良《遥远的风沙》中的煤黑子等，都带着这种刚烈强悍的品性。

在流亡生活中，萧红和萧军的作品在文坛上迅速发生影响，东北作家群迅速在文坛立脚，首先应该感谢鲁迅。对萧红来说，如果说在哈尔滨流浪期间最幸运的一件事就是遇见萧军，那么在流亡中她最幸运的是见到了鲁迅，可以说，是鲁迅把她和萧军推向文坛的。当二萧1934年带着《生死场》和《八月的乡村》到上海时，虽然曾经是抗日文学斗士，却陷入了孤立无援的境地，是鲁迅先生热情地帮助了他们。鲁迅为这两本小说分别写了序，热情加以推荐，并且编入自己主编的《奴隶丛书》予以出版。鲁迅高度评价了萧红《生死场》对于生的坚强，对于死的挣扎表现出的"力透纸背"的力量，非常赞赏这位"女性作者的细致的观察和越轨的笔致"。[1] 鲁迅这样表达了自己重读《生死场》的感受：

　　现在是一九三五年十一月十四的夜里，我在灯下再看完了《生死场》。周围象死一般寂静，听惯的邻人的谈话声没有了，食物的叫卖声也没有了，不过偶有远远的几声吠声。想起来，英法租界当不是这情形，哈尔滨也不是这情形；我和那里的居人，彼此都怀着不同的心情，住在不同的世界。然而我的心现在却好象古井中水，不生微波，麻木的写了以上那些字。这正是奴隶的心！——但是，如果还是扰乱了读者的心呢？那么，我们还决不是奴才。[2]

显然，这带着血气风沙的作品，这两个亡省漂泊的年轻人，深深打动了鲁迅。在这一番话中，包含着鲁迅复杂的心境。这在"也要顾及销路"的"序"中，是不多见的。鲁迅的扶植无疑为东北作家群的崛起开辟了道路，上海文坛开始对陆续从东北来的作家予以关注。沈起予主编的《光

---

① 鲁迅：《且介亭杂文二集·萧红作〈生死场〉序》，鲁迅《鲁迅全集》（第六卷），人民文学出版社，1973年，第403—404页。

② 同上。

明》杂志曾专门出了一期"东北作家"专号，并于1936年11月，邀请了当时在沪的东北作家，包括萧红、萧军、孙陵、杨朔、白朗、罗烽、舒群等聚会，并决意出版由这一群作家负责撰稿的刊物《报告》。这是东北作家群在文坛上一次集体露面。《报告》虽只出了一期，但东北作家群作为一个群体确定了在文坛上的一席之地。

当然，这只是这群流亡作家幸运的一面，其实，在他们的生活中，这样的幸运之事并不多。作为一群异地流亡的作家，他们的悲痛不仅来自有家难归，而且还来自关内冷漠的人情世态。这些从劫难中逃往内地的作家，无疑期望得到祖国的热力，就像失却母亲的儿女一样需要爱抚和理解。但是他们想错了，虽然有三千万同胞在铁蹄下呻吟，但内地仍然是一片歌舞升平景象。没有人用鲜花和热情欢迎他们，去理解他们的悲痛。他们中有的人仍然像弃儿一样呆在冷冰的亭子间内，忍受双重的悲愤。即使他们中间有的人写出了作品，但是仍然会不断遭受一些风言风语的讽刺和伤害。例如，当时狄克先生就指责萧军"不该早早地从东北回来"。这对这一群亡省之人心灵是一种极大伤害，使他们一直怀抱着一种难言的苦痛。

这种痛苦也深深浸透到了他们的创作之中，在他们的一些作品中，通过对一些东北抗日志士回到关内悲惨的生活境遇的描叙，吐露了他们的心声。例如萧军的作品《樱花》就是如此，一位东北抗日志士，不得已从东北退回关内，企求得到祖国的温爱，但是他所面临的现实是如此残酷，弟弟被捕入狱，亲生女儿被迫去拍卖自己的青春，因为他们的生活根本没有着落。而且更使人心痛的是，在关内艰辛的流浪生活中，他不仅得不到任何生活上的照顾，而且处处蒙受同胞的冷眼和侮辱，他在人们眼里，只是一个惯常的乞丐而已。在这种情况下，他只能痛苦地解释："我，也是中国人，是生在东三省的……。"同样的情景也出现在舒群的作品中。舒群写过《没有祖国的孩子》，承受亡国痛苦的是一个高丽孩子，但是亡省的中国人又有什么比这位高丽孩子更幸运的呢？在小说《老兵》之中，奋起抗日的东北士兵并没有失去自己的国家，但是，有一天他们之中的一个回到了关内的"祖国",却成为流浪的乞丐悲惨地死去。这些作品不仅反映了现实的世态炎凉,反映了一部分中国人性格中的麻木和自私,而且表达了这些流亡作家心灵上的创痛,他们回到内地之后,多少都有一些痛苦的心理体验,作为流亡者的辛酸自然凝结在了他们的创作之中。他们在东北的时候,是没有祖国的人,但是到了内地,依然是无所依傍,一无所有,这必然激起了他们内心深切的悲哀。端木蕻良曾说过:"我的故乡的人民是双重的奴隶。"不幸得很,这些流亡到内地的作家也并没有完全摆脱这种处境。

这种深切的悲哀无形中加深着他们对家乡的眷恋和对人命运、感情的理解。磨难会培育人的愤怒和反抗的力量,同时也会加强人的同情心。在"东北作家群"创作中,我们能够深深地体会到这一点。我们看到,虽然他们远离了故乡,但是培养了他们心灵的最原始的土地永远牵挂着他们,他们一次次地在梦幻中拥抱着它,亲吻着它,并从其中感受到无从得到的温馨。

在"东北作家群"崛起的时候,萧军的《八月的乡村》和萧红《生死场》同时问世。鲁迅曾推举这是"很好的一部"小说,把读者带到现在与未来、死路与活路激烈搏斗的场景之中,正如鲁迅说的"严肃,紧张,作者的心血和失去的天空,土地,受难的人民,以至失去的茂草,高粱,蝈蝈,蚊子,搅成一团,鲜红的在读者面前展开"。① 但是,即使在最残酷的场景之中,作者依然留下了对故乡山河人情温柔的一笔:

> 在空气里时时夹杂的飘送着各种粮食半成熟的香气。高粱啦!大豆啦……每年九月初在田野上笑着的男人和女人,忙着工作着。大车上捆好高高的垛,牲口们在车停止着装载的时候,纷忙地拾取地上的遗穗嚼食。……②

---

① 鲁迅:《且介亭杂文二集·田军作〈八月的乡村〉序》,鲁迅《鲁迅全集》(第六卷),人民文学出版社,1973年,第288页。
② 萧军:《八月的乡村》,人民文学出版社,1980年,第66页。

这也许是在一片忧郁与愤怒原野上的几丝希望的嫩芽。这当然写的是过去，但孕育着未来和场景。李健吾在评论萧军作品时，留下了一句精彩的评语：最后把微笑和生机撒在荆棘的原野。① 其实，这种微笑和生机之所以显得富有魅力，重要一点就是它们不是在温柔之中培育出来的，而是在残酷现实中，在"荆棘的原野"上生长起来的，其中包孕着对人生深刻的理解和同情。在萧军写的《货船》《羊》等作品中，所表现出的对人的理解已超越一般民族和国别界线，把温爱送进了一些受歧视的他国子民心上。

可见，故土沦陷，有家难归，不仅给东北作家群的作品带来了浓厚的悲剧氛围，而且扩展了感情胸怀，增添了国际主义思想情愫，这大约是东北作家创作的一个显著特点。舒群《没有祖国的孩子》最明显地表现出这一点。作者给予一个弱国子民的全部同情，都是和自身命运连在一起的，正因为如此，作品才显得那么平易近人，那么真挚动人。作品中有这样的叙述：

> "不象你们中国人还有国……"
>
> 我记住了这句话。兵营的军号响着，望着祖国的旗慢慢升到旗杆的顶点。无意中，自己觉得好象什么光荣似的。
>
> 但是，不过几天，祖国的旗从旗杆的顶点匆忙地落下来；再起来的，是另样的旗子，那是属于另一个国家的——正是九月十八日后的第九天。②

也许这是一个永久的记忆，也许就在这感情转换的瞬间之内，铺平了通向果里——一个没有祖国的孩子——心灵的道路。而几乎所有东北作家都有类似的心理经历。由于他们生活的特殊环境所致，他们能够时时看到一些亡国的朝鲜人在东北的屈辱生活，也会看到其他一些逃亡在外的人的处境，再加上他们后来自身流亡的亲身体验，都使他们对于人类，对于祖

---

① 李健吾：《李健吾文学评论集》，宁夏人民出版社，1983年，第151页。
② 舒群：《没有祖国的孩子》，生活书店，1936年，第18—19页。

国，对于大地的爱与理解更为浑厚。因此，对于家乡的爱在东北作家群的创作中，就像一杯醇酒，他们离开乡土距离愈远，时间愈久，经霜披露，风雨雪冰，就愈浓郁、香醇。战争使他们重新发现了自己的故乡，流亡又使他们更敏锐感到了自己和故乡的血肉联系。

这对一些在内地生活较长时间的东北作家更是如此。端木蕻良就是其中的一位，可能是曾留北京，多少受点"京派"文学的影响，他的创作不仅有粗犷豪放的一面，也有细致入微的特色。如果没有"九·一八""七七"事变的爆发，他的创作极有可能向另外一个方向发展。但是战事唤醒了他内心深处的一些东西，他作为"东北人"的意识增强了，他的眼光转向东北的大地和荒漠，写下了《鹭鸶湖的忧郁》《浑河的急流》《爷爷为什么不吃高粱米粥》《科尔沁旗草原》《遥远的风沙》等作品，表现东北人民的苦难生活及对敌人的英勇反抗，描画出伟大沉郁的原野和坚忍不拔的人民。抗日战争爆发后，我们在端木蕻良的作品中，看到了他对含垢受辱、在日本侵略者铁蹄下流着鲜血的故乡的深情，唱出了这样的恋歌：

> 假如世界上要有荒凉而辽阔的地方，那么，这个地方，要不是那顶顶荒凉，顶顶辽阔的地方，至少也是其中的最出色的一个。
>
> 这是多么辽阔，多么辽远，多么平铺直叙，多么宽阔无边呵！一支晨风，如它高兴，准可以从这一端吹到地平线的尽头，不会在中途碰见一星儿的挫折的。倘若是真的，在半间平途中，竟尔遭遇了小小的不幸，碰见了一块翘然的突出物，挡住了它的去路，那准是一块被犁头掀起的淌着黑色血液的泥土。
>
> ——《大地的海》①

这就是他的家乡，一个茂密的森林和出产大豆高粱的平原大地。它辽阔和庄严，具有自己的雄奇和壮美，而这一切只有在充满一种爱意和崇敬

---

① 端木蕻良：《大地的海》，新文艺出版社，1957年，第1页。

的笔触下才能表现出来。《大地的海》是描写关东莲花泡的人民联合朝鲜爱国分子和游击队武装反抗侵略者的故事。差不多是在这部长篇小说出版之时，端木蕻良和萧红在武汉同居。

接着又是逃难，从武汉到重庆，从重庆又到香港，萧红和端木蕻良在一起，但是离故乡越发远了。在远离故乡的地方，萧红又写了《马伯乐》《小城三月》《呼兰河传》等小说。这三部小说的一个重要特点，就是都带着某种自传性质，而作者的笔则越来越向记忆的深处，向自己生活的"根"部伸去，对于故人，对于乡情，表示出了越来越大的兴趣，越来越强的眷恋。在最后的日子里，萧红仿佛又回到了生她长她的呼兰河边，她用女性特有的细腻，特有的温情，捕捉着故旧生活中的一切。在这里，萧红几乎完全感觉到了自己，理解了自己，显示出了成熟的艺术光彩。她那么自然、自如表达着自己，把深厚的恋情诉诸作品中的每一个细节，一无任何做作之处。我们看到，在萧红记忆深处，曾经被时代的风沙遮掩的那部分女性心灵得到了复苏、升华，并在艺术境界再生。作者在作品最后写道："以上我所写的并没有什么幽美的故事，只因他们充满我幼年的记忆，忘却不了，难以忘却，就记在这里了。"——正是这些久久"忘却不了，难以忘却"的事情，经过各种生活的过滤、清洗和熔炼，才造就了艺术精品。

在东北作家群中，易于被人忘却的作家是孙陵。孙陵，本名孙钟琦，在东北曾主编《大同报》副刊，并以"梅陵"的名字发表作品，他1934年在长春写成的报告文学《边声》，长达8万字，根据自己亲身经历描叙了东北的沦陷，日军的凶残和人们奋起反抗的英勇行动，1936年发表于《光明》半月刊。他是东北作家群中最后离开东北的作家之一，离开东北时带着未被发表的长篇小说《从黄昏到黎明》，1937年出版。孙陵1936年由青岛到达上海，写了《国境线上》等十几篇中短篇小说，多发表于《文学》《光明》和《中流》杂志。

东北作家群是中国现代文学史上一个独特的文学流派，其创作也有自己独特的地方。这首先表现在对于觉醒和反抗的主人公的呼唤。他们作品的表现对象不再仅仅是被侮辱、被损害的人们，而且有已经站起来反抗，或者正走向反抗的人们。强烈的民族精神和坚韧的反抗精神贯穿在他们的作品中，浮现出一群群敢于抗争的劳动人民形象。这些形象表现了二十年代末、三十年代初很多人所召唤的那种民族"脊梁"人物的风骨，也体现了新文学对于新的人物、新的题材的呼唤。当萧军《八月的乡村》出现之时，人们就看到，当在血与火中奋起的劳动人民占据作品的中心位置之后，一切温柔尔雅的小资产阶级知识分子已经受到挤压；当复仇和反抗的斗争最为时代所需要之时，一切个人的温情脉脉都已经开始成为多余，从"东北作家群"的创作中同样透露出了现代中国文学未来发展的信息。

　　不仅如此，作为一个在流亡生活中形成的文学流派，东北作家群一方面吸取了南方文化艺术的因素，另一方面把东北文化，其中包括东北文学独特的大漠风情、豪放气质带到了南方文坛，对于促进文学创作起到了很大的作用。从他们的作品中，一些生长在南方山清水秀村镇的作家感受到了原始生命力的美，雄犷的美，看到了文学"力透纸背""钢戟向晴空一挥"的力量，从而多少受到了一些感染，在自己创作中也揉进了几分洪荒的因素。东北作家群的存在一直延续到了四十年代中期，而他们创作中带来的一股东北边地的洪荒、雄犷之气，似乎一直盘旋在整个三十年代和四十年代文坛的上空。

第三编　文学流派的百川归一流

从上一编叙述中，我们可以看到现代中国文学流派中很多卓越的创作，这些创作在现代文学发展中形成了一个波峰。虽然我们并没有详细分析每一个流派的创作，甚至没有完全顾及一些重要的文学流派，但是由这些流派创造构成的文学整体景观，已经使我们感受到中国文学发展的基本趋势。"五四"以来产生的新文学是在向两方面扩展中走向成熟的。一方面是在开放的文学氛围中，努力学习和借鉴外国文学中的艺术因素，继续不断地走向世界，另一方面则是不断地加深对本国历史文学遗产的认识，开掘民族的艺术经验，表现中国的社会和生活。二者的结合构成各种各样文学流派和风格产生的基础，中国现代文学在和世界文学横向联结中走出一条独具特色的历史道路。

毫无疑问，开拓这条道路的过程是艰难的，文学不可避免地付出了自己的代价。几乎在整个三十年代的文学中，我们都能够感到一种文学追求的惶惑、痛苦和徘徊。尽管各种各样的派别揭竿而起，纷纷标榜自己的口号和宗旨；尽管各式各样的作家都在不断强化自己的文学信念，但是就在这种流派风格的纷争中，作家批评家都仿佛是在广漠中探索着，都在寻求着、印证着什么，希望能够对各种各样的文学问题有一种明确的答案，希望找到一条摆脱迷津、通向光明的文学道路……多种文派的论争，各样口号的提倡，多次创作的反省，都标志着新文学正在向同一方向的探索和迈进。

在风风雨雨中，有的流派中止了，有的流派落伍了，有的流派却兴盛和发展了，中国社会和历史变革的实践，中国民族文化在不动声色地选择着文学，把适应于自己发展的文学推上了文坛最引人注目的地位。在这个过程中，谁也无法否认，三十年代兴起的中国新兴的无产阶级文学不断发展壮大，逐渐成为中国文学发展中的主导力量，代表了现代文学发展的历史趋势。正因为如此，在这一编中，我们将首先叙述"左联"无产阶级文学的创作情况，因为它将引导我们进入一个新的文学流派发展时期。

随着抗日战争的爆发，现代中国文学流派的发展也出现了更加纷复的局面，战争造成了复杂的文学格局。由于不同的社会条件，形成了不同的文学中心。沦陷区、解放区、国民党治理的大后方各具特点，上海、重庆、桂林、延安、西安等地，在文学创作方面聚集着不同的作家群。战事无疑给文学发展带来了很大困难，作家的工作在各方面都受到了限制。但是在另一方面来说，这些限制在一定程度上强化了群体意识。作家仅仅以个体面目出现，更难于继续创作。在这种情况下，文学流派的产生尽管艰难，仍然是一种重要的文学现象。在不同的社会环境中，滋长着不同的文学流派。

应该指出，战争固然给国家和人民带来了灾难，但是它在一个特殊的历史时刻，成为催生一个新的政权诞生的酵母，同时也催促了一个新的文学时代的到来。战争唤起了人们民族的危机感，也唤起了民族的自尊，在把文学推向民族危机关口的同时，也把文学推向了中国社会实践斗争，推向了正在奋起抗战的士兵和工农大众之中。此时，很多过去在理论上悬而未解的问题，在抗战的实践活动中迎刃而解；很多在讨论中的文学命题，迫于战争已成为付诸实践的内容。广大作家都不约而同地向着大众，走向了中国传统的文化历史之中，在旧的传统文化基础上建造新的文学。

正是在这个历史过程中，产生了中国现代文学发展中光辉的文献——毛泽东《在延安文艺座谈会上的讲话》（以下简称《讲话》），从理论上总结新文学产生以来的历史经验，依照中国社会的具体情况，对很多文学基本问题提供了明确答案，解除了很多作家心头的迷惑，为中国现代文学发展趋势在理论上提供了一个历史说明。《讲话》从政治、经济、文化综合的历史角度，提出了文学为工农兵服务的指导思想，把文学和整个社会的发展联系在一起，和中国民众的实际需要联系在一起，指出了中国现代文学的具体道路。可以说，《讲话》的理论思想具有鲜明的实践品格，其根本出发点是切实的中国社会、生活实际和历史文化状态。这是制约文学发展的、无法超越的存在。因此，毛泽东指出：

> 中国的革命的文学家艺术家，有出息的文学家艺术家，必须到群
> 众中去，必须长期地无条件地全心全意地到工农群众中去，到火热的

斗争中去，到唯一的最广大最丰富的源泉中去，观察、体验、研究、分析一切人、一切阶级、一切群众、一切生动的生活形式和斗争形式、一切文学和艺术的原始材料，然后才有可能进入创作过程。①

显然，《讲话》标志着中国现代文学一个新的历史时代的开端，也是"五四"以来新文学发展的一个归宿。一种新的文学开始滋长扩展，逐步成为中国文学的主流——这就是无产阶级的党的文学的轨道。在这个过程中，时代动用了成千上万的文化人，首先是文学家，从书斋里，从知识分子的圈子里，从城市走向农村，走到了农村生活之中，他们放弃了学习莎士比亚、托尔斯泰，要为文坛"锦上添花"的想法，投入了为人民大众"雪中送炭"的工作，开始在中国民族文化底层基础上建设文学。这是一项宏伟的历史文化工程，也是一项艰苦的工程。因此各种风格流派创作的"百川归海"成为一种历史趋势。中国文学在痛苦和彷徨追求之后，开始获得一种归属感和稳固感，找到了历史发展一个新的开端。

这种情形无疑深刻影响了中国现代文学流派的产生和存在。随着文学发展中求同意识的增强，文学流派在创作方法上的标新立异开始减少了，而文学创作的地域特点显得愈来愈重要，逐渐成为新的文学流派构成的主要因素。所谓"山药蛋派""荷花淀派"等都是作家深入生活，立足于本地生活特点形成的。这一方面反映了新文学创作中民族特色在增强，另一方面则表现了文学观念上的集中和统一。新文学从反抗旧文学中的传统因袭起步，发展到自觉地向民族传统文化回归，并从中生长出新的支配后来文学发展的理论观念，这也许就是历史文学演变的一种方式。

---

① 毛泽东：《在延安文艺座谈会上的讲话》，毛泽东《毛泽东选集》（第三卷），人民出版社，1969年，第818—819页。

第一章

"左联"革命作家群及其他

从不健全的"革命文学"之中产生出健全和成熟的无产阶级文学，从热情的、浪漫的移植的"普罗文学"转变到冷静的、民族的革命现实主义文学，这是中国现代文学中的一个重要现象。三十年代之后，活跃在中国文坛中最重要的一个文学流派，就是"左联"无产阶级文学派别。

1930 年 3 月 2 日，中国左翼作家联盟（以下简称"左联"）在上海成立。这标志着中国革命文学运动发生了一个新的转机，革命文学创作由浪漫主义转向了革命的现实主义。当时参加"左联"的有五十余人，其中有鲁迅、茅盾、田汉、郁达夫、夏衍、冯雪峰、蒋光慈、钱杏邨、冯乃超、郑伯奇、柔石、胡也频、彭康、朱镜我、应修人、李辉英、李伟森、潘汉年、潘梓年、曹聚仁、徐懋庸、陈雪帆、杨邨人、叶灵凤、姚蓬子、阳翰笙、楼建南、李初梨、洪灵菲、施启达、徐殷夫、胡风、冯铿、张天翼、穆木天、沈起予、周全平、周毓英、徐侍珩等。从这个名单可以看出，"左联"成员是来自各个派别，并不等同于过去的"革命文学"流派。丁玲、瞿秋白、艾芜、沙汀、洪深、何家槐、周立波、方兴涛、黎锦明等也参加了"左联"。从 1930 年到 1936 年，"左联"生存了六年，有很多人脱离，很多人叛变，很多人被抓甚至被杀害，同时又有很多人参加。在时代的风风雨雨之中，一个带有鲜明革命现实主义色彩的流派显示出自己顽强的生命活力。

"左联"无产阶级文学流派是和中国无产阶级文学运动的发展变化连在一起的。发展变化的原因之一就是人们开始纠正"革命文学"中一些"左"的倾向，纠正创作中的概念化和公式化倾向，这显然和鲁迅、茅盾等人加入"左联"有直接关系。鲁迅和茅盾等人虽然曾受到"革命文学"诸作家的攻击，但是并非完全拒绝无产阶级文学运动，只是更清楚地看到了当时"革命文学"在文学创作上的空虚不实之处。因此，茅盾早就说过："我劝那些有志者还不如拣他们自己最熟悉的环境而又合于广大的读者对象之小资产阶级来描写，我简直不赞成他们热心的无产文艺——既不能表现无产阶级的意识，也不能让无产阶级看得懂，只是'卖膏药式'的十八句江湖口诀那样的标语口号式的无产文艺。"[1] 他所不满的是说教似的宣传新思想，希望能够重视作品的艺术质量。"革命文学"在创作上的这种缺陷在当时文坛已经受到了很多方面的攻击，直接影响了无产阶级文学运动本身的存在价值。

但是，这在"左联"成立之前并没有真正引起重视。"左联"成立之后，才有比较认真的反省出现。1931年，在丁玲主编的《北斗》——这是当时"左联"主要杂志之一——第2卷第5期就专门展开过"创作不振的原因及其出路"的讨论，其中就有人指出：

> 即就普罗文学的阵营来讲，我们确实有许多地方值得批评：概念诗，抽象的小说，架空的戏曲，革命的冒险故事，归总一句，这一切主观主义的倾向，我们的普罗作家没有的吗？——有的，的确是有的。……技巧方面，普罗作家也有许多应该清算的地方：直译体的语脉，舶来品的辞藻，新六朝文的美文，没落期的病态的心理描写，这一切都表示现在普罗作品还没有脱离沙龙和咖啡店的气息，这样的普罗作品，不能为大众所接受，是当然的。[2]

---

① 茅盾：《读〈倪焕之〉》（1929年5月4日），《文学周报》1929年第8卷第20期。
② 参见《北斗》1932年1月20日第2卷第1期第161页。

像这样深刻的反省和自责，过去不曾有过。这说明一些作家开始从"留声机"圈套中解脱出来，重视文学创作的内部规律。不久，在1932年，在"左联"无产阶级文学中，就出现了茅盾的《子夜》那样的优秀传世之作，这部作品带着鲜明的革命现实主义特色，把中国无产阶级文学创作推向了一个新的境界。《子夜》带着显明的革命倾向性，同时和对中国社会的具体描绘密切相连。

其次，苏联社会主义现实主义文学对中国文学影响的逐渐增长，特别是高尔基的作品受到越来越多人的欢迎。从总的文化情势来看，中国文学三十年代之后愈来愈多地接受苏联影响，而对西方文学的兴趣开始减弱，原因大概是当时中国社会和俄罗斯社会有某些共同之处，俄苏作家的作品更能打动人心。1933年，王哲甫在所著《中国新文学运动史》中谈及翻译文学时说："翻译的文学书在数量方面讲，以国而论，首推俄国，以人而论者首推屠格涅夫的作品最多。美国为世界最富强之国，而输入我国的文学作品，除辛克莱而外，实在没有甚么可记述的。于此可见我国一般人的心理，多倾向于俄国文学，而我国文学受影响最深的国家，也莫如俄国。这可见世界文学的潮流，已趋向于无产阶级的文学。"[①] 鲁迅在文坛上曾被称为"中国的高尔基"，也足见苏联文学对中国的影响。

除了鲁迅的杂文，茅盾的小说，夏衍、阳翰笙等人的戏剧之外，"左联"重要文学成就，还体现在一批新起作家的创作中。这些作家主要有叶紫、丁玲、张天翼、艾芜、沙汀等，从他们创作中，可以看出无产阶级文学思潮在中国的扩展和深入，看到"革命"和"文学"是如何结合为一条船的历史过程。

从表现自我转向表现社会、表现大众，从追求个性解放到信仰集体主义，从个人主义创作投身于无产阶级革命斗争之中，最明显地表现在丁玲的创作中。丁玲（1904—1986）是三十年代涌现出的优秀无产阶级文学作家之一。就生平和创作来说，丁玲有很多方面不同于蒋光慈、冯乃超等一

---

① 王哲甫：《中国新文学运动史》，杰成印书局，1933年，第264页。

批"革命文学"作家，尽管后者以后也参加了"左联"。丁玲是中国社会生活中土生土长的作家，她参加无产阶级文学创作行列，不是从接受外国无产阶级文学运动或者思想理论影响开始，而是从自己生活道路中一步步走出来的，带着自己的亲身体验，具有生活实践的品格。丁玲早期文学创作凝结着她自己对未来、对希望、对自我归宿的探求。《莎菲女士的日记》就是最重要的作品。作为一个青春女性，满怀对人生的美好希望和欲求，但是这种希望和欲求在一个时期内是朦胧的，不确切的，须经过对生活的探寻和搏斗才能充实它，找到真实的属于自我的内容。作品中的莎菲就处于这种探寻的迷境中。在当时生活环境中，她还没有找到真正的自我，尽管她有自己鲜明的性格；她还没有找到自己实现自己理想的方式和途径，尽管她对周围的一切都不满足；她还没有找到符合自己理想的人生归宿，尽管她对爱情有独特的理解；所有这一切都使她无法在生活中安宁下来，获得心理上的平衡，相反，她的心灵处于一种急剧变化的动荡之中。由此说来，莎菲对于爱情，对于男子汉焦灼的呼声，不止来自情欲的欲求，而且来自对一种理想和事业的渴望。由于没有一种真正的事业使她献身，她过多的精力和热情只能被阻遏、压抑、梗塞，在爱情的小圈子中冲突冲撞。但爱情又无法使她满足。因此，莎菲不同于鲁迅《伤逝》中的子君，她不是一个爱情追求的摹本，爱情只是她自我世界中的一部分，而不是全部，所以不易得到满足。《莎菲女士的日记》基本上是一个心理小说，其美学涵义是内向的，主要表现在对自我的追寻、反思和确定方面。它对作者来说，同时反映了一种自我选择的心灵历程。自我只有同具体的社会生活结合起来才能变得充实。

这种自我选择，我们在丁玲小说中能够看到它的归宿。这个归宿就是革命和人民大众的生活。《韦护》《一九三〇年春上海》等作品都表现出了作者走向革命的倾向。在这个过程中，丈夫胡也频被杀害，坚定了丁玲走向革命、走向人民大众的决心。丁玲不仅写出了《水》《田家冲》等反映农民工人觉醒的作品，以后又写出了《在医院中》《田宝林》《太阳照在桑干河上》等表现在共产党领导下人民革命斗争生活的作品。从这样的创作发展过程可以看出，三十年代一代作家走向革命，进行无产阶级文学创作，和他们个人人生道路的选择连在一起。写什么，不仅是个艺术问题，而且是一个人生道路问题，所以这种文学创作必然更带中国化的色彩。这也是三十年代后无产阶级文学创作在中国文坛越来越旺盛的根本原因之一。丁玲1981年在谈及自己生平和创作时说过："当时由于我自己小资产阶级的幻想，希望在极端自由的天际中飞翔，鹏程万里，在黑暗时代的现实社会，我必然碰壁，必然陷入愁苦的深渊。因此我感到寂寞、苦闷，我要倾诉，我要呐喊，我没有别的方法。我拿起了笔，抒写我对旧中国封建社会的愤懑与反抗。因此，我很自然地追随我的前辈如鲁迅、瞿秋白、茅盾等人，和他们一样，不是为了描花绣朵，精心细刻，为艺术而艺术，或者只是为了自己的爱好才从事文学事业的。我是为人生，为民族的解放，为国家的独立，为人民的民主，为社会的进步而从事文学写作的。许多与我同时代的作家以及后来的年青一代也都是由于这同一要求而进入文学行列。"①

丁玲在这里强调"为人生""为社会的进步"等社会目的，表现了和她同时期一批"左翼"作家的共同心态，也反映了中国传统文化对作家创作的制约。其实，在中国传统文化中，文学的价值观念偏重于文以载道，济世救民。太平盛世，文学家则为民请命，始终把社会的、群体的利益放在首位。中国文人中大都有一种从政、济世救民的思想，而少有个人主义文学存在的余地。就中国三十年代情况来说，"五四"个人主义风潮已经过去。中国文化潜在的因素逐渐显露了出来，这就形成一代文人以文学为工具救世济世的特殊心态。很多文人在未找到可以依托、依靠的政治力量之前，从事文学是为了表达自己心头苦闷和愤懑，但一旦找到了这种力量就成为革命家或者革命的文学家。这种转变也反映了整个时代文学发展的趋势。

这种趋势对作家来说，不仅带来了思想意识以及描写内容的变化，同

---

① 丁玲：《我的生平与创作》，四川人民出版社，1982年，第3页。

时还明显地表现在创作方法上。在中国无产阶级革命文学思潮中，二十年代"革命文学"作家群和三十年代"左翼"作家群明显的区别，就是创作出发点不同。从前者发展到后者，一条明显的线索就是从重主观的浪漫主义向着重现实、重社会、重客观的现实主义演变。理解这个演变过程并不难。一方面是文学创作日益接触到中国现实生活实际，革命情绪从表面的高涨趋于现实的冷静和深沉；另一方面则是社会革命实际对文学愈来愈明确的要求，其中包括残酷的现实这位"反面教员"的作用。

也许从叶紫的作品中，我们能进一步看到生活赋予左翼无产阶级文学的这种品质。叶紫（1910—1939）非同于一些留过洋的"革命文学"作家，而是在中国革命生活中成长起来的。他父亲、叔父等亲人都参加过湖南农民革命运动，并由此惨遭杀害。正是这种铭心刻骨的生活经历决定了叶紫的创作方向，构成了他文学创作的内在动力。在他的创作中，熔铸了他生命中的仇恨和期望，刚劲而且有力。出版于 1935 年的短篇小说集《丰收》以一种新的艺术风采见之于世，博得了鲁迅的高度赞扬："这里的六个短篇，都是太平世界的奇文，而现在都是极平常，所以和我们更密切，更有大关系。作者还是一个青年，但他的经历，却抵得太平天下的顺民的一世纪的经历，在转辗的生活中，要他'为艺术而艺术'，是办不到的。"[1] 鲁迅又写道，叶紫的作品，"不但为一大群中国青年读者所支持，当《电网外》在《文学新地》上以《王伯伯》的题目发表后，就得到世界的读者了。这就是作者已经尽了当前的任务，也是对于压迫者的答复：文学是战斗的！"[2] 叶紫在作品中所描写的农民贫困苦难的生存状态，一无所获的结局以及地主的凶残，世情的悲凉确实震惊人心。而且，这一切都出自一个二十一二岁青年的手笔，更是难能可贵。真实的生活体验已促使作者超越了浪漫的年华、浪漫的情调而趋向于现实主义。而作者的青春活力又使作者充满着一种自信和乐观主义精神。例如他在《电网外》写的王

---

[1]　鲁迅：《且介亭杂文二集·叶紫作〈丰收〉序》，鲁迅《鲁迅全集》（第六卷），人民文学出版社，1973 年，第 225 页。

[2]　同上，第 226 页。

伯伯，从绝望中放弃了自杀的念头，奔向革命，"朝着有太阳的那边走去了"；《向导》中的老婆婆在敌人面前临难不惧，视死如归，含着胜利的微笑走向死亡，都透露出了微明的亮色。在叶紫的创作中，革命的热情更多地熔铸在故事描叙之中，人物的性格更多地靠自身行动过程来完成，在某种意义上显示了革命文学创作从浪漫主义向现实主义过渡的特征。叶紫在"左翼"作家群中是一位极富有才情的作家，可惜过早逝世了。

从自己亲身经历出发，对中国现实生活有深刻体验，这是"左翼"无产阶级文学作家较之以往"革命文学"作家优越的地方。这也使得"左翼"作家根据各自不同的情况，发挥出各自不同的创作个性。曾向鲁迅求教过创作问题的沙汀、艾芜的创作，可以说是"左翼"文学创作重要收获之一。艾芜投入创作的重要资本，来自他长期的流浪生活，沙汀则来源于他长期在四川农村生活的实际经验。艾芜曾在他小说选集自序中谈到过自己如何把社会当成一个大学，在流浪中学习的："我在云南昆明的红十字会作过一年半的杂役。在云南西部的群山中流浪过一个时期。在滇缅界上山头族人居住的山———一般汉人把它叫作野人山———里，替路边汉人开设的马店打扫过五个月的马粪。在缅甸仰光帮中国和尚煮过一个时期的饭。又流浪到过马来西亚和新加坡。我最初写作的材料，就从这样的环境里，这样的生活里吸取来的。"艾芜最早的短篇集《南行记》就带着这种生活气息走上文坛，据他自己来说，他不过是根据自己"身经的、看见的、听过的———一切弱小者被压迫而挣扎起来的悲剧，切切实实地写了出来"。①

在当时选择这样一条写实之路并不容易，因为当时文坛上存在各种各样文学派别，打着各种诱惑的旗子，作家很容易被一些表面的新潮、新观念所迷惑，而忘记了自己所拥有的真实生活基础———一个艺术家最可宝贵的财富。艾芜和沙汀当时能够把握住自己，取其所有，写其所长，是和鲁迅的指点有关的。作为老一辈艺术家，鲁迅曾告诉他们首先要写"自己

---

① 艾芜：《〈南行记〉序》，《南行记》，作家出版社，1963年，第5页。

现在能写的题材",① 而不必过多去考虑时代的意义。沙汀写的小说,大部分是以四川农村为背景的,所表现的是农村的生活和人物。从 1931 到 1938 年近十年间,沙汀写有短篇小说集《航线》《土饼》《苦难》《播种者》,长篇小说《淘金记》《困兽记》等,勾画出中国农村一幅幅凄凉悲惨的图面。艾芜和沙汀都以描写农村生活见长,曾一度被称为"农民作家"。在他们的创作中,不仅能够看到革命文学创作进一步发展,从题材到人物所发生的变化,而且能感觉到现代文学创作中主人公面貌的转移。作家越来越注重表现工人农民和士兵,而对知识分子的兴趣开始淡漠了;而且工人和农民不再仅仅作为一种被同情和怜悯的对象出现在作品中,而正在成为觉醒和正在觉醒的生活主人。"左翼"无产阶级的文学创作的基本特征就显示了描写对象重心的转移。

这种转移不是偶然的,它不仅一般地反映了新的政治力量对文学的巨大影响,而且还包含着中国一代知识分子的思想变化。在"五四"新文学时期,一部分先进知识分子以充分自信的精神状态步入文坛,他们自信看到了世界的未来、掌握了真理并以此来救国救民。这时候,他们和广大人民大众有距离,但是这种距离表达了精神境界的差异。一般的知识分子都以"俯视"眼光看待民众,虽同情他们、尊重他们,但痛苦的是民众的落后和愚昧,想通过文学创作去唤醒他们,启迪他们和改造他们。于是,我们看到鲁迅笔下"狂人"和众人、"我"与祥林嫂之间心灵的隔绝——作者和他笔下大众有一种微妙的对立关系。"万人皆醉我独醒",虽然有的作家写了人民大众的形象,例如郭沫若、刘半农、郁达夫、闻一多等,但是精神上依然是孤独的。于是又有很多作家为此感到痛苦,并寻求着解除这种孤独的状态。在这个过程中,经过了长期磨难,长期彷徨追求的作家,逐步意识到了和人民大众息息相通之处。鲁迅就是最明显的一例,二十年代末,他就开始从"精神界战士"高台上一步步沿阶而下,来到像长妈

---

① 鲁迅:《二心集·关于小说题材的通信》,鲁迅《鲁迅全集》(第四卷),人民文学出版社,1973 年,第 358 页。

妈、闰土那样的普通人中间，感受和一般民众一样"方生方死"的境界，并在这种境界中获得了平等交流、彼此给予的基础。因此，在鲁迅后期创作中，对国民性的宽容是一个突出特点。显然，"左翼"无产阶级文学创作承继了"五四"新文学的历史道路，"左翼"作家从鲁迅等老一辈作家那里得到了更多启示，开始自觉地和人民大众建立联系，并在创作中突现大众的群体意识。他们的批判意识更集中于对社会黑暗，尤其是当权者罪恶的暴露上面。

在"左翼"作家群中，一开始就面向社会正视现实，对生活中各种丑恶社会相予以辛辣讽刺的是张天翼（1906—1986）。他是"左联"出色作家之一，他三十年代创作了大量作品，使他成为"左翼"作家中最有成就的一位。从1928年发表处女作《三天半的梦》到1938年写的短篇小说集就有《从空虚到充实》《小彼得》《蜜蜂》《脊背与奶子》《团圆》《反攻》《移行》《万仞约》，还有中篇《清明时节》，长篇《鬼土日记》《一年》《在城市里》等。由于张天翼熟悉的生活区域不同，他的落笔点和艾芜、沙汀不同，其不在农村生活而是形形色色的城市社会相，所描写的人物也是各种各样城镇小市民或者百无聊赖的知识分子。他用蔑视的目光注视着城市生活中的各式"阿Q"们，用夸张讽刺的手法揭示出他们空虚以至虚伪，可笑以至可怜的生活以及心灵状态。在张天翼笔下的种种社会相之中，显露着中国国民的劣根性。《包氏父子》就是一个很好的例子，一个低三下四的小人物，把"往上爬"的希望寄托在儿子身上，于是新式"洋学堂"成为他实现传统的"光宗耀祖"理想的台阶，最后鸡飞蛋打，陷入令人啼笑皆非的境地。其作品的意义不仅在于表现了人物的可怜可笑，而且还表现了传统封建观念在现实生活中的困境。

张天翼为人们描写的城市生活大多是乏味的、庸俗的、沉落的、毫无意义的，他自己甚至不愿意走进它，去真实地体验它，总是保持着一定的心理距离——讽刺和幽默大约就是这样产生的。在"左翼"作家群中，张天翼是为数不多描写城市生活的一位，但从作品的字里行间透露出了城市文学萧条的气息。在中国现代文学创作中，城市文学只是经过短暂的繁荣，很多作家就开始迫不及待地离开城市，去描写农村的生活和人物。应该说，三十年代"左翼"作家群的创作在一定程度上就反映了这种趋向。如果说"革命文学"创作还是以城市文化为基调的话，例如蒋光慈的《短裤党》，那么"左翼"文学创作则是以农村生活为基调。前者显得薄弱，浪漫甚至病态畸形，后者则表现得厚实，写实和健康。这种文化氛围的差异对于创作方法的选择具有重要的限定作用。如果说中国政治变革是由农村包围城市实现的，那么中国现代文化变革则是从城市向农村波及的，在这个过程中必然又会受到农村文化的阻碍、补充作用。因此，张天翼作为一个城市灰色生活的批判者，其创作包含着对中国整个民族文化心理的反省。

三十年代中国"左翼"作家群的创作，在文学史上具有独特意义，在一定程度上代表了中国文学发展趋势，确立了革命现实主义文学在中国现代文学史上的地位。在创作方向上，他们的创作实践了革命化和大众化的结合，把文学向民族化道路上推进，真实反映了中国社会变革的具体生活图景。就艺术成就来说，他们的创作一方面借鉴了世界文学中各种现实主义因素，并根据中国民族文化传统加以改造，走出了一条属于中国的文学之路。在当时的社会环境中，中国"左翼"文学创作既发挥了对社会巨大的批判力量，另一方面又对未来保持着不可动摇的乐观态度，显示了在共产主义思想感染下的生活信念。

显然，在"左翼"作家群的创作中，能够感受到历史文化的持续力量，文学与中国具体社会情景的距离已日渐缩小。从整体上看，这是一种历史的进步，但由于各种各样因素的牵制，文学发展也受到了一定的限制。这表现在：（1）"左翼"作家从鲁迅、茅盾等前辈作家那里吸取的东西，要比从外国文学中吸取得多，这本来不是坏事。但是由于这些作家的知识水平远没有鲁迅等人那么高深博大，视野也由于土生土长而远没有那么开阔，所以很难超越前辈作家，反而非常容易由此限制自己的眼光，不能从世界文学范围内吸取更多的东西。（2）这些作家大多都有丰富的生活经历，对于农村生活也有所体验，在当时文坛上提倡"大众化"之时，这显然是一种天然的优势。但是，如果不能站在更高的、整体文化层次上对待这些生活，优势就很容易变成一种障碍。因为这种生活本身就有局限性，其中有很多束缚人思想的因素。（3）由于上述原因，容易产生一种封闭的文学观，把某种既定的创作方法视为不变的法宝，把某种创作境界当作文学的极境，难以冲破既定的艺术圈层，而在创作中总是遵循一条路而没有什么变化，影响作家向更高的艺术境界开拓。其实"左翼"作家群的创作虽然取得了很大成就，但是和鲁迅等前辈作家比较相形见绌，其中有作家主观上的原因，例如在整体文化教养上有差异，同时也有客观上的原因。因为他们毕竟是在不同文化时间空间中展开创作的，社会对文学的要求不同，因此所造就的作家和流派也有所不同；也许正因为三十年代文坛上更需要写实的，面向大众化的革命文学，也使得一批有革命热情，同时又有生活经验的作家脱颖而出，成为一批令人瞩目的作家，而他们学识和见识并不足够。这时候，一些富有学识的也许已经失去了创作优势，退出了文坛走进了书斋，例如闻一多就是一例。作家不可能随意选择时代，但是时代总是不动声色地选择着作家，造就着流派。这也许是文学发展中深刻的秘密之一。

由此可见，"左联"无产阶级文学作家群代表着时代要求，带着整个现代文学走向大众化、民族化的明显痕迹。在这个流派的创作中，代替个人主义情绪抒发的是对大众生活的描述，表现人民大众对于变革社会、争取解放的要求，体现为新生政治力量的强烈意志。这些作家已经从想入非非的浪漫主义中走了出来，回到了人们容易接受的写实的起点上，深入描写下层大众生活，并愿意做他们的发言人。这一切都代表了中国现代文学发展中一个新的转折，同时也代表着三十年代开展萌生的一种整个时代的审美趣味——它是激进的，充满信仰，把创造的热情和传统文化的热情结合起来的。从这里出发，我们必然会提及三十年代另一个先声夺人的诗歌流派——中国诗歌会。

第二章

追随时代涛声的中国诗歌会

诗人是最敏感于时代审美潮流的一群人，也许他们本人就是时代审美潮流的创造者。他们总是最早听到时代的涛声，并用热情去迎接这涛声。三十年代初，当文学发展发生转机的时候，一群诗人已揭竿而起，把时代的呼唤写在了自己的旗帜上，把人们刚刚领会到的艺术新信息变成自己的创作纲领。中国诗歌会的出现，就给人们留下了深刻印象。1932 年 9 月，由蒲风、任钧、穆木天、杨骚等人发起，中国诗歌会在文学派别丛生的上海宣告成立，虽然当时他们作为一个群体显得有些身单力薄，但他们所表现出的艺术信念却铿锵有力，透露出整个时代新的审美要求。发起人在《缘起》中表示，他们不喜欢洋化，不喜欢风花雪月，强调"诗歌是社会现实的反映，社会进化的推进机，应该具有时代意义"，要创造大众化诗歌，推进现实主义新诗歌运动。关于中国诗歌会成立的社会背景以及作为一个流派的美学倾向，任钧在 1948 年写的《关于中国诗歌会》中有最好的说明：

> 一九三二年，正如大家所知道的一般，乃是"九·一八"事变的第二年，"一·二八"事变的当年。这时候，由于横蛮的日本帝国主义的疯狂的侵略，整个中华民族业已踏上了内忧外患危急存亡的最严重的困难时期。在这种情势下面，全体中华儿女，只要他或她不是个

冷血动物，只要他或她还多少有点民族观念，可以说，都在脑中怀着一颗炸弹，随时可以爆发！但，当时文坛上的情形是怎样的呢？说来几乎令人不相信：虽然已经有一部分较有远见的作家们，已经认清了自身以及整个国家民族的处境，毅然负起了文艺战士们在困难期间的重大使命；可是，同时也还有不少自命为"纯粹艺术家们"，正从血淋淋的客观现实背过脸去，大谈其风花雪月，或是幽默趣味，再加上明宋小品呢。所谓"在火山上跳舞"用来形容这批文士们，实在再适当也没有了；整个文坛如此，诗坛亦不能例外。

一般地说来，当时的诗坛，除开一部分敢于把眼睛注视着社会现实的诗人以外，是给新月派和现代派所蹯踞着的。后起的现代派，尤有风靡一时之概。新月派的诗，在本质上可以说是没落的，丧失了革命性的市民层的意识之反映，它是唯美的，颓废的。限字限句的严整的格律，就是它的形式（所谓方块诗，豆腐干诗，便是这派诗人特别加工制造出来的）；悠闲的感情的享乐和幻美的事物的追求，就是它的内容。至于现代派，则在本质上，乃是十足的小市民层的有气无力的情绪和思想的表现。他们的招牌是法国货的象征主义。他们的诗，在形式方面，虽较新月派为自由；但由于用字造句的奇特（有时甚至于简直到了不通的程度），由于表现手法的模糊，晦涩，暧昧，常常有意无意地把一首诗变成了一些梦呓，变成了一个谜（有时候简直是无论如何也猜不透的谜)！至于内容呢，则除了"堇色的梦"，"丁香花一样的哀愁"和"紫罗兰一般的姑娘"等等之外，简直就不容易找到旁的东西。"不变的身边杂事，恋爱心理的加工，孤独，毫无意思，感觉的些微的时代着色。"——日本的诗人兼批评家森山启氏所说的这些话，简直不妨说：正是指他们的诗作的内容而言的。

显然的，这两种流派的诗人都是逃避现实，粉饰现实，甚至歪曲现实的；这不但完全违反了时代的要求，就是从诗艺术的观点来看，也已经走进了牛角尖，走进了魔道，非加以纠正和廓清不可。作为现实主义诗人们的营垒的中国诗歌会，正好在这种情形下而被组织起来，一望而知，是决非出于偶然的。①

　　据任钧所说，中国诗歌会成立不久，在上海就接受了 50 多名会员。1933 年 2 月，中国诗歌会的机关刊物《新诗歌》创刊。在该刊上发表的《发刊诗》可以看作是这个流派的创作纲领，它用有力的诗句表达了他们的艺术态度：

　　　　我们不凭吊历史的残骸，
　　　　因为那已成为过去，
　　　　我们要捉住现实，
　　　　歌唱新世纪的意识。

　　　　"一二八"的赤血未干，
　　　　热河的炮火已经烛天。
　　　　黄浦江上停着帝国主义军舰，
　　　　吴淞口外花旗太阳旗日在飘翻。

　　　　千金寨的数万矿工被活埋，
　　　　但是抗日义勇军不顾压迫。
　　　　工人农人是越法地受剥削，
　　　　但是他们反帝热情也越法高涨。
　　　　压迫剥削，帝国主义的屠杀，
　　　　反帝，抗日，那一切民众的高涨的情绪，

　　　　我们要歌唱这种矛盾和他的意义，
　　　　从这种矛盾中去创造伟大的世纪。

---

　　①　任钧：《关于中国诗歌会》，任钧《新诗话》，两间书屋，1948 年，第 117—119 页。

> 我们要用俗言俚语,
>
> 把这种矛盾写成民谣小调鼓词儿歌,
>
> 我们要使我们的诗歌成为大众歌调,
>
> 我们自己也成为大众的一个。①

这种投入现实,投入大众的创作热情,不仅在"捉住现实",也捉住了当时很多青年人的心,在这里他们找到了表现自己的艺术突破口,在诗坛上喊出了自己的声音。除了发起人之外,参加过中国诗歌会的诗人还有王亚平、胡明树、韩北屏、洪遒、林村、林焕平、柳倩、石买、白曙、温流、田间、陈残云、雷石榆、芦荻等等。中国诗歌会还在广州、北平、青岛、湖州等地成立了分会,组织活动,出版刊物,在全国产生了很大影响。

中国诗歌会的创作代表了新诗发展一次新的转机,而这种转机首先是以内容上的突破为标志。在这方面,我们会更多地看到诗人们对蒋光慈、殷夫等革命诗歌作风的继承,创作中充满着激情的反抗精神。在他们的创作中,个人的哀伤已经没有了,取而代之的是表现整个民族的苦难,表现当时的革命斗争、政治事变以及工人农民的生活,人们从中听到的是整个民族在哀吟悲叹,在挣扎奋起中的呼声。例如,任钧在诗中就有这样激昂的诗句:

> 我们踏着"五四"的足印前进,
>
> 但要展开更高更阔的步武!
>
> 我们怀着"五卅"的精神奋斗,
>
> 但要擂起更惊人的战鼓!
>
> 十二月的步武哟,更坚定地展开吧,
>
> 看,横蛮的强敌已经在发抖!

---

① 《发刊诗》,《新诗歌》1933 年第 1 卷第 1 期。

一九三五的战鼓哟，擂得再响些吧，

听，沉睡的中国已经开始怒吼！

——《十二月的行列》①

　　这样的诗和当时表现自我哀怨的诗比较，显得气势奔放，动人心弦。诗人个人情调的"我"已经被群体的"我们"所代替，这也许是新诗创作中一个微妙变化，所表达的是一种时代审美趣味的变迁。在生活发生重大变化的日子里，中国诗歌会诗人们所表达的是"同样的心情""千万人都同时站拢在一边，同时感到共通的运命"。无疑，在民族危机日益加重的时候，这样的诗带着一种不可抗拒的力，因为人们都需要一种共同群体的庇护，在危难之中寻求着一条共同维系的意识纽带——尽管这种纽带是粗糙的，甚至是口号式的。这时候，人们也许并不计较诗歌必须有细腻入微的魅力，表达人们心灵中微妙的感情活动，生活中扑朔迷离的感觉意象。诗人们在创作中获得一些东西之时，也在失去某些珍贵的东西。

　　这种情况最明显地表现在蒲风（1911—1942）的创作中。蒲风，是中国诗歌会的主将，艾青曾这样评价他："他到哪里，哪里就燃烧起诗歌的熊熊烈火。"② 在他的同人眼中，蒲风是中国诗歌会的核心，"他过问一切，他推进一切"，是一个"最热心，最活跃的新诗运动者"。他的诗不会把人们带到个人私人的小房间，去欣赏床头瓶里的鲜花，窗外婆娑的树影，更不引导人们去窥探他人心灵的秘密，向人们显露自己个人的悲喜哀乐，而是把人们带到了户门之外，带到了广阔的田野和沸腾的人群之中，去感受整个时代风潮。《茫茫夜》是蒲风第一本诗集，我们从中可以看到这样的诗句：

　　半夜里，沉重的黑幕遮住全村，

---

① 　任钧：《十二月的行列》，《中国新文学大系 1927—1937·第十四集诗集》，上海文艺出版社，1985 年，第 187 页。

② 　同上，第 10 页。

不分明，纵是溪流通过了村心。

显出一边是毗邻着的黑的屋脊，

一边是广阔的田野，阡陌层层的。

断断续续的水声好似锣音，

那狂风，狂风里更夹杂着

稀疏的、稀疏的吠声。

沙，沙沙沙……

汪，汪汪……

号，号号号……

——《茫茫夜》①

在整个诗中，我们还能够听到一种时代的和群体的声音在田野中回荡：

为什么我们劳苦了整日整年

要饱受饥寒、凌辱、打骂？

为什么他们整年饱吃寻乐，

我们都要永远屈服他？

为什么天灾人祸年年报？

为什么苛捐杂税没停过?!

为什么家家使用外国货？

为什么乞丐土匪这么多？

为什么？……

为什么？……②

——《茫茫夜》

---

① 蒲风：《茫茫夜》，蒲风《蒲风诗选》，作家出版社，1957 年，第 16—17 页。
② 同上，第 21—22 页。

诗人确实为诗打开了一个无限广阔的世界。也许由于这个世界过于广阔，这位年轻诗人还没有能力完全用个性的力量把握它，而只是用自己的革命热情赋予诗歌以时代色彩。在蒲风的创作中，我们经常会被带到这样一个世界：在这里，劳苦大众在苦苦地挣扎，他们在挣扎中迸发出反抗的声音，用斗争在黑暗中迎接光明等等，一句话，这是一个用革命激情浇铸的现实世界，也是一个用现实生活表达的革命世界。在他的第二个诗集《六月流火》中，蒲风描叙了一群农民在压迫中觉醒，与压迫者展开武装斗争的过程，之后他曾在《关于〈六月流火〉》一文中为这首诗说明："……决不是我个人的癖性固执，向我作了客观的要求的是时代，动乱多难中万千的光怪陆离而又总归于一的时代。"①

在蒲风看来，描写现实，歌咏革命斗争，写火花和血泪，写高空的云涛，写田野的风，是诗人光荣的职责，而不是去描写任何个人的情怀，诗应该是时代的号角，应该是革命的剑。据熟悉蒲风诗歌的野曼先生讲，他读过蒲风十二册诗集，其中竟找不到一首情诗②。这对三十年代一个青年诗人来说，似乎是不可思议的，但是，当我们打开他的诗篇，看到扑面而来的现实生活画卷，看到纷涌的、沸腾的广阔世界，也许会感受到，宏伟的生活世界已经整个占据了诗人心灵，并没有给他自己留下一个狭小的个人情感空间。

中国诗歌会的创作内容是向外扩展的，是在现实之中、群体之中寻求自己生命的，所以他们的诗所追求的美亦不在于个性，而在于时代普遍性的精神，并希望把诗重新投入生活，投入大众。提倡大众化诗歌就是这种艺术追求在形式方面的延续。他们希望他们写的诗，大众能够看得懂、听得进、念得出，引起共鸣，发生影响，这使他们不可避免地踏上了通俗化的创作道路。他们中很多人热衷于利用民歌、时调、儿歌等民间文学形式写诗，学习和探索歌谣创作的经验。例如《新诗歌》创刊号上就发表了

---

① 蒲风：《六月流火》，花城出版社，1983年，第69页。

② 见《六月流火》，这是野曼选编的，并作了说明和注释，对了解蒲风的创作很有价值。

《新无锡景调》《现代民歌》《四季村歌》《田家新调》等学习民歌形式的作品，通过形式的改变，和人民大众对话。不过，这种艺术意识也包含另外一种艺术创作的危机。本来，艺术最深刻的意义在于它能够表现心灵并且沟通心灵，因此能够打动人，被越多的人理解，也就愈能显示出作品的价值。所以，艺术作品的价值并不仅仅取决于多少人能够看懂，还取决于它是否在人们内心深处引起震荡，是否在艺术上有所创新。千篇一律的、表面文章的艺术品是不能唤起人们内心激动的。于是，我们在中国诗歌会诸作品中，常常能够看到一种从通俗化向"通用化"过渡的倾向。为了使更多的人明白他们的诗，他们就在诗中用了大量表达思想、事物"通用"的喻体，"通用"的语言和"通用"的句式，甚至把一般明白晓畅的诗分成若干行等等。也许这种"通用"本身就造就了概念化和口号化，尽管诗人可能获得了一种与大众交流的媒介，但是这种媒介本身却限制了作者丰富的感情，使作品只能在人的感情表面激起一阵风波。

这种情形当然和他们创作方向有关。他们写诗不是为了自我表现，而是为大众，就必然要受到大众接受水平的限制，这不仅包括要把思想感情移到大众方面来，而且意味着要把艺术基点移到人民大众文化水平基础上。就中国现代文学创作来说，任何一个作家都不同程度地受到整个民族文化水平的限制，所以"五四"之后，文学虽然有创作上的狂飙突进，但总归要回复到整个民族文化水平基础上才能步步登高。中国诗歌会的创作正是在这种文化形态中显示出自己意义的，如果有人指责他们创作格调太低的话，我想他们中间会有人这样来回答：

> 如果问问自己，新诗究竟有多少读者呢？究竟替人民服务了没有？它在群众中发生什么影响？那真要惭愧到万分。所以我自己深深感到一个中国的作家，就真要求民主的中国人民一样，是经验着一个很长的痛苦的历程。[1]

---

① 王亚平：《论诗歌大众化的现实意义》，《文艺春秋》1946年第3卷第5期。

应该说，三十年代之后，已有愈来愈多的作家感到了这种"惭愧"，越来越多的作家在创作中经受着这种"痛苦的历程"，有的甚至无法在创作中持续下去。而中国诗歌会的诗人们就是较早地用自己创作实践表示内疚，消除痛苦的一群人。在这种"惭愧"和"痛苦"之下，是中国作家对社会强烈的责任心，是自我不可避免的负疚感。为了真正能够把诗歌扩展到大众中去，中国诗歌会曾对于朗诵诗寄予很大的兴趣，因为当时中国大众大多数甚至连欣赏新诗最基本的条件都不具备——他们不识字，所以不可能欣赏写在纸上的诗歌。

但是，在中国诗歌会诸作家中，并不是所有人都意识到整个民族文化水平对自己创作制约的，否则，他们就不可能保持那么高昂的激情，坚定的信心，就会愈加感到付出自我的痛苦。他们在全身心投入大众化诗歌运动之时，同时也把大众化诗歌当作自己创作的艺术标准。于是，诗歌创作在他们那里失去了一切神秘性和艰难性，可以如工厂那样扩大产量，成倍出品。1936年，蒲风在诗坛上提出创作的"斯达哈诺夫运动"，认为诗歌应该像苏联劳动英雄斯达哈诺夫那样，用惊人的采掘煤矿的速度来写诗。尽管蒲风在中国诗歌会中是一位才情独具的诗人，也写过一些好诗，但是在追求数量之中隐含着一种艺术上的徘徊不前，或者说正是这种数量追求遏制了对新的艺术境界的探索。

但是，中国诗歌会毕竟向诗坛贡献了很多优秀诗人，包括蒲风自己。田间（1916—1985）就是在《新诗歌》上最先和人们见面的。闻一多读了田间的诗之后，称田间为"时代的鼓手"，他赞赏说："这里没有'弦外之音'，没有'绕梁三日'的余韵，没有半音，没有玩任何'花头'，只是一句句质朴、干脆、真诚的话，（多么有斤两的话！）简短而坚实的句子，就是一声声的'鼓点'，单调，但是响亮而沉重，打入你耳中，打在你心上。"①

闻一多说这番话当然有自己的独特理解。他认为当时时代需要"鼓

---

① 闻一多：《时代的鼓手》，闻一多《闻一多全集》（第3卷），三联书店，1982年，第401—402页。

手"，但是当时"绝妙的琴手"却显得太多。他曾在四十年代中期一次演讲中继续提到过田间，他说："胡风评田间是第一个抛弃了知识分子灵魂的战争诗人。他没有那一套泪和死。但我们，这一套还留得很多，比艾青更多。我们能欣赏艾青，不能欣赏田间，因为我们跑不了那么快。今天需要艾青是为了教育我们进到田间，明天的诗人。"[①] 早期曾是唯美主义诗人的闻一多，到四十年代，已经把"明天的诗人"和"抛弃知识分子灵魂"连在一起，确实发人深思。事实上，虽然艾青在"抛弃知识分子灵魂"方面并没有那么完全，但是在诗歌创作中取得了更大的成绩。

田间的诗在中国实际生活中孕育而成，他的灵感不是来自花前月下，而是在痛苦的船舶上，在麻木的农场上，在不安的流浪生活中。他在那里认识了"粗黑的人类"，也找到自己的诗情。正是这一点，田间冲破了当时诗坛一切流行的诗体，创造出自己独特的诗的世界。我们从他第一本诗集《未明集》之中，就能感受到来自苦难生活的甘美情愫。从表面上看来，他的诗几乎都是描写现实生活的，但是透露出的是诗人内心深处深刻的激动，例如《栗色的马》一首，无论如何都会使人们承认，田间也是一位极富有感情的抒情诗人：

> 也流了眼泪的，
> 也躺在流了血的主人的身边的，
> 这再不能嘶叫的大戈壁的栗色的马呵！
>
> 疲困，伤痛因着了跳跃的脚蹄，
> 疲困地吐出那鱼肚色的痰涎，
> 微弱的眼光，一线地凝视着尸骨的郊野。
>
> 沉默的褪了色的红马革，

---

① 闻一多：《艾青和田间》，闻一多《闻一多全集》（第3卷），三联书店，1982年，第580页。

沉默的骑士踏脚的铁镫，

沉默吻着深夜凄苦的月色。

九月的晚风一如野鬼的呼号，

那围绕着鬃毛的颈项上的铜铃，

从寂寞的悲哀也作挣扎的呻吟。[①]

　　这样的诗比田间后期写的《给战斗者》《饲养员》《多一些》等更能表现出作为一个抒情诗人的品质。诗人把自己感情毫无保留地熔铸到对象之中，给人们展示的不仅是生活外在的形貌和色彩，而且是诗人心灵为之波动的内在的灵魂，通过意象抒写出带有苦难生活烙印的内心感情。很多人以为田间诗歌创作的主要成就是在 1937 年之后完成的，而忽视了在这之前的作品，我认为是不妥当的。

　　在新诗发展史上，中国诗歌会的创作无论在内容上，还是在形式上都表现出一种起承转合的作用，显示了诗歌创作向革命现实主义，向民族化、大众化艺术道路的转移。这里，我们也许首先想到的是中国诗歌会发起人之一的穆木天，他曾经那么醉心于象征主义诗歌创作，但是若干年后是他起草了《新诗歌》发刊词，在艺术风格上几乎和以前判若两人。其实，这种艺术转变在当时并不是个别现象，我们可以举出一大批诗人的名字，例如在戴望舒、柳青、何其芳、卞之琳、艾青、冯乃超等人创作中都有不同程度的表现。

　　这里要特别提到的是臧克家（1905—2004），他曾经崇拜过郭沫若自由奔放的诗篇，后来成为闻一多的学生，受《死水》的启发和影响颇大，这在他的诗歌创作中留下了深深痕迹。当我们读田间《栗色的马》之后，我们也许能够想起臧克家的名篇《老马》，这首写于 1932 年的诗还颇带一点"豆腐块"的模样，但是其诗风与"新月派"已大相径庭了：

---

① 田间：《栗色的马》，田间《田间诗文集》（第一卷），花山文艺出版社，1989 年，第 14 页。

总得叫大车装个够，

它横竖不说一句话，

背上的压力往肉里扣，

它把头沉重地垂下！

这刻不知道下刻的命，

它有泪只往心里咽，

眼里飘来一道鞭影，

它抬起头来望望前面。①

——《老马》

臧克家后来曾写过《"五四"以来新诗发展的一个轮廓》一文，在其中自我评价道："在他的作品里占主要成分的是他比较熟悉的农民生活的题材，他运用了比较严谨的字句，比喻的手法，反映出了那个历史时代农村破产的一个侧影。"② 从他的诗歌创作中，能够感受到和中国诗歌会一致的艺术志趣。也许由于这个原因，穆木天曾经专门写文章介绍过臧克家的诗歌创作，那时候臧克家刚登上文坛。显然，在现实主义诗歌创作中，臧克家显示出更为成熟的艺术品格。

在中国诗歌会创作中，有两个突出特征应充分注意：第一是他们大多数都有在农村生活的经验，他们又都没有忽视这种经验，他们的创作主要取材于中国农村生活，表现农民遭受的苦难，并且有意识地学习农村的民间艺术形式；第二是他们几乎都受到过苏联文学尤其是苏联革命诗人的影响，例如蒲风、田间都受到过马雅可夫斯基诗歌的影响；王亚平曾写过一首题为《海燕的歌》的诗，内容明显带着高尔基《海燕》的痕迹。这两点

---

① 臧克家：《老马》，臧克家《臧克家文集·第一卷诗一集（一九二九——一九四三）》，山东文艺出版社，1985 年，第 20 页。

② 臧克家：《"五四"以来新诗发展的一个轮廓》，臧克家《在文艺学习的道路上》，上海文艺出版社，1962 年，第 18 页。

对于我们更好地理解中国诗歌会在整个现代文学历史发展中的历史地位，是非常重要的。任钧先生在回顾这个流派发展过程之时，曾经对它的成就和文学地位作过一段简要的总结，很有历史参考价值，现不妨摘录如下：

第一，中国诗歌会的诗人，在其意识及作风上，毫无疑义地，乃是继承后期创造社及太阳社的作家们的革命的人生观和现实主义的创作方法的；而事实上，如穆木天和任钧等也原是创造社和太阳社的旧人，自无怪其然。

第二，他们在创作实践上，也许并没有产生出什么惊人的成果；但他们在消极方面，曾勇敢地挺身而出，用自己的手去挡住当时诗歌上的逆流和浊浪，使它们始终无法淹没整个诗国；在积极方面，他们至少替现实主义的大众诗歌，在理论和创作上奠定了一些基础。

第三，他们显然为抗战爆发前的国防诗歌，以及抗战爆发后的抗战诗歌作了先锋，并替它预先训练好了一大批勇敢而坚实的战士，替它预先准备好了能够运用自如，杀伤力很强大的武器；时候一到，就能马上动员，奋力作战。但我们试行闭上眼睛想一想吧：要是在抗战爆发前后，我们诗坛上始终只有豆腐干诗和神秘的象征诗，那我们将怎样去歌颂火血交流的救亡洪流和抗敌怒潮呢！……①

任钧先生接着说：

假如以上三种观感大家并没有觉得过于夸张，而认为多少还近乎实际情况的话，那末作为一个诗人团体的中国诗歌会，就凭这几点，也就已经很可以在中国新诗运动史上占一些篇幅了！

——《关于中国诗歌会》

---

① 任钧：《关于中国诗歌会》，任钧《新诗话》，两间书屋，1948年，第129—130页。

第三章

在抗战烽火中崛起的"七月派"

　　同样在战乱和流亡生活中行进的还有"七月流派"，但是和东北作家群相比，风格气势有很大不同。1937年9月，战争乌云浓重地笼罩在文坛上空，上海出现了一个小小的刊物《七月》周刊，这大约是新文学史上又一个新的文学流派——七月流派——发轫的端倪。七月，是抗日战争全面展开的日子，以此为名本身就带着强烈的时代色彩，它代表了被战争唤醒的一种民族精神，一种消除一切黑暗的战斗火焰，置身于波涛汹涌的抗战文学行列中。

　　不过，《七月》并没有在上海站住脚。由于战事关系，它仅仅生存了不足半月就停刊了，《七月》的生命却由此滋长，它随着作家们的流亡，于1937年10月又在武汉出现，改为半月刊。此后，《七月》随战事变化，经历了艰辛的流亡生涯，它的名字曾经在武汉、重庆、桂林等地出现过。在整个抗日战争期间，人们在刊物或者丛书里，都能够看到它的身影。在这个过程中，一大批作家在《七月》流经的岁月里成长起来，和《七月》的名字一起走向了现代文学的历史舞台，艾青、田间、丘东平、聂绀弩等都曾与《七月》结下了不解之缘，而像阿垅、鲁藜、邹荻帆、孙钿、冀汸、牛汉、绿原、路翎、晋驼、孔厥等一批作家也都通过《七月》把自己的名字刻在了文学史册上。

"七月流派"在文坛上的出现及其发展过程，一直是和胡风的名字连在一起。胡风是三十年代文坛上几个最活跃的文人之一，他曾经和鲁迅过往甚密，1936年写了《人民大众向文学要求什么?》一文，提出"民族革命战争的大众文学"口号，在文坛上挑起"两个口号"的论争，一度得罪了很多人。这当然算不上什么个人恩怨得失，但在胡风以后生涯中留了一个长长的阴影，这个阴影甚至影响到了"七月流派"的命运。

这也并不奇怪。"七月流派"虽然没有什么共同文学纲领和统一的文学组织，但是显然具有某种独特的倾向。而这种倾向最明显表现在胡风的文学活动中。实际上，当时"两个口号"的论争虽然已告结束，但留下了深深的裂痕，派别的圈子是不容易那么快消除的。鲁迅逝世后，胡风的文坛朋友不多，他即便有心和更多的人携手合作，也未必能够行得通，况且胡风并不是那种轻易改变自己的人。读读胡风三十年代的一些文章就会发现，他不仅是一个对文学极为敏感，又极富热情的人，而且——至少在抗战之前——对于文学已具有自己独特的见解，形成了自己比较稳固的文学观。凭着他的敏感和才气，他对无产阶级文学理论的理解和把握比一般人更高明，并且能够更切实地和中国文学实际结合起来，为人们所信服。胡风是左联成员之一，信奉马克思主义辩证唯物论，但是他并没有由此脱离艺术，而是以极大的热情追求人生和艺术的统一，并在自己文学活动，主要是文学批评中坚持自己的立场。1936年3月胡风在《〈文艺笔谈〉序》中就说："如果说文艺创作为的是追求人生，在现实的人生大海里发现所憎所爱，由这创造出能够照明人类前途的艺术的天地，那么，文艺批评也当然为的是追求人生，它在文艺作品底世界和现实人生底世界中间跋涉，探寻，从实际的生活来理解具体的作品，解明一个作家，一篇作品，或一种文艺现象对于现世的人生斗争所能给与的意义。我曾说过，没有了人生就没有文艺，离开了服务人生，文艺就没有存在价值，同样地可以说，没有了人生就没有文艺批评，离开了服务人生，文艺批评底存在价值也就失去了。"① 为此，胡风在现代文学史上留下一句金色的名言：

只有人生至上主义者才能够成为艺术至上主义者。②

胡风的文学观鲜明承继了新文学发展中的现实主义传统，从整体上判断文学作品的价值和意义。在他的作品中，他曾不止一次地指出，"……五四以后的中国文学底主潮一向是随着社会的进步的战斗力底发展而发展的这个真理"。③ 沿着这条历史道路，胡风从当时复杂的、多样化的文学观念中，找到了自己最确切的位置，就是通过文学的战斗去追求合乎理想的人生，用顽强的战斗精神去征服和打破黑暗的现实，他要做一个为人类的自由幸福的战斗者，一个为亿万生灵的灾难的苦行者，一个善良的心灵的所有者，这一切都表明了胡风当时献身文坛的血气方刚的气质。在一个大变动的时代，胡风看准了方向，满怀热情，为文学的发展寻求出路。显然，他找到了，他没有停留在"为艺术而艺术"的孤芳自赏之中，也没有仅仅用激烈的口号招摇过市，而是在中国社会现实中找到依托。而这种现实不仅是一种既定的存在，而且包含着斗争、变革和对未来的畅想，包括人们急切希望改变现实的愿望。由此胡风虽然在纯粹艺术和美学理论方面没有思考，但是他一系列与现实生活紧密相关的文学思想体现了对于文学新的企求，甚至表达了一种新的美学趋向。对于这一切，胡风在《张天翼论》之中，曾经有过简单明了的表达：

个人主义的虚张声势没有了；

使人厌倦的伤感主义由平易的达观气概代替了；

"恋爱与革命"的老调子摆脱了；

---

① 胡风：《文艺笔谈》，文学出版社，1936 年。

② 胡风：《胡风评论集》（中），人民文学出版社，1984 年，第 360 页。

③ 胡风：《中国目前为什么没有伟大的作品产生》，胡风《胡风评论集》（上），人民文学出版社，1984 年，第 55 页。原载《春光》1934 年第 3 期。

　　理想主义的气息消散了；

　　道德的纠纷被丢开了；

　　人工制造的"热情"没有影子了。①

　　虽然这是对于张天翼作品的评价所言，同时表达了胡风对于现代文学创作发展趋势的一种理解。在这几条中，如果作者所说的"理想主义"指的是知识分子对于现实生活发出的空洞声响的话，那么几乎都被胡风所言中。革命现实主义文学创作在中国的成熟，正是通过这几个突出侧面表现出来的。这当然不是简单的偶合，而是由中国特定的民族生活形态所决定的。胡风在文艺理论上曾经提倡过"文艺站在比生活更高的地方"，而他自己就站在一个高地上评价文学。他对文学与生活，文学中的典型形象，文学中内容与形式的关系等当时文坛关注的问题，都发表过自己的见解，而这些见解无不显示出了他的才智和勇气。

　　这种理论的坚定性和切实性，造就了胡风在文坛上独树一帜的地位。胡风一开始办《七月》就有着自己的意图，他并不想办成一个"网罗各方面作家的指导机关杂志"，② 这当然也是胡风难以做到的，因为当时很多作家是不会接受他的"指导"，而是想办成一个"同人杂志"，它在"编辑上有一定的态度，本刊撰稿人在大体上倾向一致"，就颇有一点拉起自己队伍的意味。除了艾青、田间等人立即给予他以大力支持之外，萧红、萧军这两个和鲁迅关系密切的作家，也立即为胡风出了一臂之力，为《七月》写了很多作品。为了办好《七月》，潜在的也是为了形成一个文学群体，胡风费了很多心血，他网罗同人，多次召开座谈会，并"尽量地团结而且号召倾向上能够共鸣的作家"，③ "源源地发现从实际战斗中长成同道的伙友"，④ 不断扩大《七月》的队伍。《七月》停刊后，胡风不辞辛苦在

---

① 胡风：《胡风评论集》（上），人民文学出版社，1984年，第28页。

② 吴子敏编选：《〈七月〉〈希望〉作品选》，人民文学出版社，1986年，第4页。

③ 胡风：《现时文艺活动与〈七月〉座谈会记录》，《七月》1938年第3期。

④ 胡风：《愿和读者一同成长》，《七月》1937年第1期。

流亡之中续编《七月诗丛》《七月新丛》《七月文丛》，此后，1945 年，又开始编辑《希望》杂志，辗转于重庆和上海编印出版。从抗日战争时期一直延续到新中国成立，胡风把自己的文学生命几乎全部交给了"七月流派"，对于"七月派流"的形成和壮大起到了中流砥柱的作用。

事实并没有辜负胡风。围绕着《七月》和《希望》杂志，时代培育了抗战之后新文学创作中最大的一个文学流派，胡风在这个文学群体中证明和肯定了自己。四十年代，经胡风之手编辑《七月诗丛》的诗集就有：合集《我是初来者》，胡风《为祖国而歌》，艾青《向太阳》《北方》，田间《给战斗者》《她也要杀人》，阿垅《无弦琴》，鲁藜《醒来的时候》《锻炼》，天蓝《预言》，绿原《童话》《集合》，冀汸《跃动的夜》《有翅膀的》，邹荻帆《意志的赌徒》，牛汉《彩色的生活》，孙钿《望远镜》，化铁《暴风雨岸然轰轰而至》，杜谷《泥土的梦》等。除此之外，"七月流派"还在小说、报告文学、文学理论、散文方面取得了很大成绩。

作为一个文学流派，"七月流派"的基本特色最明显表现在诗歌方面。显然，"七月流派"继承了新文学艺术传统，必然和新文学历史发展有着内在的一致关系。不过，从整体上来说，"七月流派"更明显地站在两块基石上创作的，其中一块是忠实艺术的态度，另一块则是介入现实、变革人生的革命文学精神，二者的结合，成为他们把现实和理想、主观和客观统一起来的基础。这并不是轻而易举的。因为在历史长河中，这二块基石一直不断浮动，并非那么自然地靠拢在一起。由于中国文化极不平衡的历史状态，中国文学家时刻受到来自艺术和现实两方面的责难，时代和人民需要变革现实的政治家而胜过文学家，因而也更需要文学具有变革现实的政治力量而胜过深长的艺术意味，喜欢一目了然的、贴近现实的作品而胜过朦胧的情趣和意象。四十年代民族战争的形势，更把这种艰难的选择推向了极致。时代要求文学家把自己的理想和现实统一起来，不再在书斋里孤芳自赏，而要走出个人小圈子，去表现出时代的精神。"七月流派"的诗人们充分意识到了这一点，他们不仅追求符合时代和现实斗争需要的客观真实，而且强调这种追求的主观的真实性，显示出强烈的主观战斗特色，在他们看来，诗是"作者被客观世界所触发的主观底情操的表现"。①
拿胡风的话来说，真正的诗人就是"……在生活道路上的荆棘的罪恶里面
有时闪击，有时突围，有时迂回，有时游击地不断前进，抱着为历史真理
献身的心愿再接再厉地向前突进的精神战士。这样的精神战士，即使不免
有时被敌对力量所侵蚀压溃，……不，正因为他必然地有时被敌对力量所
侵蚀压溃，但在这里而更能显示出他底作为诗人的光辉的生命"。② 胡风在
《为祖国而歌》一诗中这样表达了自己：

　　　　人说：无用的笔呵

　　　　把它扔掉好啦。

　　　　然而祖国呵

　　　　就是当我拿着一把刀

　　　　或者一枝枪

　　　　在丛山茂林中出没的时候里

　　　　依然要尽情地歌唱

　　　　依然要倾听兄弟们底赤诚的歌唱——

　　　　迎着铁底风暴

　　　　火底风暴

　　　　血底风暴

　　　　歌唱出郁积在心上的仇火

　　　　歌唱出郁积在心头上的真爱

　　　　也歌唱掉盘结在你古老的灵魂里的

　　　　一切死渣和污秽。③

　　读这样的诗，也许会自然地想起鲁迅的一句名言："文学是战斗的。"

---

① 胡风：《涉及诗学的若干问题》，《诗创作》1942 年第 15 期。
② 胡风：《胡风评论集》（中），人民文学出版社，1984 年，第 359—360 页。
③ 胡风：《为祖国而歌》，《七月诗丛》1941 年第一辑。

这恰当地表达了"七月流派"的文学特色。如果说抗战以前的现实主义文学重在批判现实、揭露黑暗的话，那么说"七月流派"所奉行的是战斗的现实主义，这也更加符合他们的本意和他们的创作实际。从这个角度来讲，从"批判的"现实主义走向"战斗的"现实主义，是"七月流派"对"五四"以来新文学传统的继承，也是对它的一种发展和增新。胡风就曾提出过，"现实主义者的第一个的任务是参加战斗"。另一位作家路翎把"战斗的人生态度"看作是"现实主义的灵魂"。实际上，"七月流派"的作家大多以战斗者姿态投入创作，用自己的作品显示自己。战斗者的身影频频出现在他们的作品中。他们其中一个这样赞扬过"复活的土地"：

> ——苦难也已成为记忆，
> 在它温热的胸膛里
> 重新潆流着的
> 将是战斗者的血液。

——艾青《复活的土地》①

另一位诗人也在讴歌：

> 挺起
> 我们
> 被火烤的，被暴风雨淋的，被鞭子抽
> 打的胸脯，
> 斗争吧！②

在"七月流派"创作中，涌流着的就是这种战斗的血液。人们时时处处都能感受到这种战斗者灵魂的渴望、颤动和呐喊。他们抛弃了紫罗兰的

---

① 艾青：《艾青选集》，开明书店，1951年，第46页。
② 田间：《田间诗选》，人民文学出版社，1983年，第12页。

忧郁、花前月下的徘徊、晚风吹拂的温情，渴望着去表现宽阔的步伐、火的高歌、血花飞溅的时刻、爆起火光的大地、战斗的道路……对于这些渴望着光明和理想的诗人来说，不仅是一种企求，而且是一种需要，不仅是他们人生理想的必由之路，还是从主观真实走向客观真实的美学途径。依靠战斗的力量，他们克服了人生与艺术、现实与理想、主观与客观之间的重重障碍，实现了向新的艺术境界的飞跃。

显然，在这个新的艺术境界里包含理想的因素。在"七月流派"战斗的现实主义文学中，逐渐生长着理想现实主义文学的因素。在他们诗歌中，虽然悲伤、苦痛、哀愁没有完全消失，但其基调是明朗的、充满信心和希望的，战斗的血光总是和光明的信息交织在一起，在互相召唤着、贴近着，蒸腾着理想和希望。艾青的《向太阳》、田间的《给战斗者》等作品，都燃烧着一种希望的力量，表达了理想即将实现的喜悦。随着时代的进展，这种理想色彩在他们创作中逐渐增强，特别是一批到解放区去的诗人，在新的生活中看到了国家和民族的希望，感受到理想的真实存在，他们的诗中充满了令人振奋的明朗和充实。例如，鲁藜的《延河散歌》，阿垅的《哨》《空洞》等，都是这样的作品。理想的因素不仅给作品增加了亮色，有时也赋予了作品崇高、神圣和庄重的美学意味。这里录下鲁藜《红的雪花》一首：

> 冬天，在战斗里
> 我们暂时用雪掩埋一个战死的同志
>
> 雪堆成一座坟
> 血液渲染着它的周围
>
> 血和雪相抱
> 辉照成虹彩的花朵

太阳光里，花朵消溶了

有种子掉在大地里①

这首诗为我们展现了一幅红白相间的图画，理想色彩为这场葬礼装扮了虹彩的花朵，表达出生命的优美光华。假如我们从这幅图景上寻找出一种象征意味的话，那么在冷色的雪和火热的血之间，在现实和理想之间充满一种相互映照的和谐。

这无疑是"七月流派"创作中引人注目的地方。他们的作品是战斗的，但不是虚张声势，充满理想而又具有力量，具有群体意识的依托。在他们的创作中，理想不是一种口号，不是一种空想，也不是一种概念，而只有和艺术家心灵紧密相通，并在实践活动中真实追求的内容，才显得光彩动人；只有和现实生活更广阔的天地发生交接，彼此交流，才能得到不断的充实和滋长，"七月流派"的诗人们恰恰在这一点上证明了自己。他们对人生的理想并没有一直埋藏在心里——由于找不到现实生活的具体对象和途径而窒息，而是在社会现实生活中找到了自己主观情感称心如意的观照对象，通过对客观的描写显现出来。于是，和中国诗歌会诗人们相比，"七月流派"诗人在现实中获得了更充实、深厚的生活基础，因此他们的主观感情也就表现得更为浑厚、自然和真切，从而获得了一个更加广阔的艺术天地。他们的理想之花不是种在海滩上的，也不是栽在沙漠上的，而是滋长在现实生活的沃土之中的。这正如泥土的梦。他们中一位诗人写道：

泥土的梦是黑色的

当春天悄悄爬行在北温带的日子

泥土有最美丽的梦

---

① 臧克家：《〈中国新文学大系·诗卷〉序》，《中国新文学大系·诗卷》，上海文艺出版社，1990年，第819页。

泥土有绿郁的梦

葱森的梦

繁花的梦

发散着果实的酒香的梦

金色的谷粒的梦①

——杜谷《泥土的梦》

充实的再一个理由就是，他们的情感不再是孤孤单单，而是溶解到了可以寄托的群体之中。现实生活吸引和召唤他们的首先是人，艾青在《向太阳》一首诗中写道：

街上的人

这末多，这末多

他们并不曾向我打招呼

但我向他们走去

我看着每一个从我身边走过的人

对他们

我不再感到陌生②

正如这首诗中主人公是在人群中感到力量，获得新的生命的一样，"七月流派"的诗人们也把自己热情投入了群体活动之中，并从中获得了更充沛的情感。在他们的作品，比以前任何流派都更多地看到人民、战士们、阶级以及民族、国家、祖国、故乡、母亲等这些群体或者包含着群体意义的字眼，感受到诗人们从中获得的一种心理上的满足感和归属感。他们仿佛真正找到了自己，从群体意识之中找到了寄托，找到了庇护，也找

① 臧克家：《〈中国新文学大系·诗卷〉序》，《中国新文学大系·诗卷》，上海文艺出版社，1990年，第475页。

② 艾青：《艾青选集》（第一卷），四川文艺出版社，1983年，第188页。

到表现自我的对象世界。其中一个诗人甚至写了草原上的牧民：

> 鄂尔多斯草原上
>
> 沉淀着远古的悲哀
>
> 生活被囚禁在冰层里
>
> 而鄂尔多斯的牧民
>
> 便是一条
>
> 解冻的热流呵①
>
> ——牛汉《鄂尔多斯草原》

这里，群体意象赋予诗人更开阔的胸襟和感情，他们把自己心灵献给了更高尚、更宏大的东西。在那些革命和动乱的日子里，他们用自己的诗写出了奇特的一页，在诗中的几乎每一个画面上，都刻着某种群体的印记。诗人们出于对自己时代和艺术所负担的神圣职责，出于情感追求的本能，献身于时代伟大的生活和人民，轰鸣的风采、愤怒的人群、北方的荒野、起重机的巨臂、工厂的钟声、农民的脚步、士兵的面影，频频从他们笔端涌出，代表着现实生活中的伟大、高尚和不可战胜的力量，造就着一种新的审美现实。

然而，这时候或许没有人去顾及诗人自己的身影在哪里。当现实世界的"大我"阔步昂首走上艺术舞台的时候，诗人的"小我"在不知不觉之间消失了。面对广阔的世界和人群，诗人的自我走到了人民之中，走向了中国现代生活实际，在这里，任何一个知识分子都会重新审视自己，重新设计自己的位置，从而意识到自己是多么渺小和微不足道，于是，抒情诗主人公的自我也发生了从未有过的变化，其中一个诗人写道：

> 我只是微小地一粒

---

① 牛汉：《鄂尔多斯草原》，《诗创作》1942 年第 14 期。

一粒向地球底纬度投来赤光而过的，

小小的流星。①

　　　　　　　　　　　——阿垅《琴的献祭》

另一个诗人写道：

我是一条小河

来自死亡的冬之地带②

　　　　　　　　　　　——鲁藜《一条小河的三部曲》

　　在强大的群体力量面前，这是一种自谦，也是一种自重；是一种自信，也是一种自卑；诗人们在用全身心去拥抱世界，同时也意味着不断地否定着自己。因为在现实生活中，他们一方面意识到离开了群体，包括党的领导和大众的力量，个人奋斗将一事无成；另一方面则因袭着传统重负，并不能在心灵深处消除自卑感，真正肯定自己的存在。这样，他们在意识到群体的伟大之时，常常包含着一定程度上的自我否定，因此在诗人们的自我在作品中自甘渺小的背后，其实藏匿着另外一种语言，请看：

不过，可爱的读者，我也是一个低级

知识分子，皮肤奇痒，肌肉溃烂。

太阳使我底身体发热，小河给我以清洁的水，

燕子，它唱得多好，从自己底胸脯撕落

一片棕色的羽毛在我底屋梁上筑它底巢，

可是，我却常常无端直抖，嘴唇发白

……

---

① 陈茂欣、白全主编：《天津诗选》，百花文艺出版社，1994年，第32页。

② 林默涵、阮章竞编：《中国解放区文学书系（诗歌编）》，重庆出版社，1992年，第1413页。

　　我底朋友曾刻薄地骂我是：从忧郁里享乐！

　　可爱的读者，这批评是对的。……①

——绿原《给天真的乐观主义者们》

　　最后，我们还应该真正理解和体谅这种微妙的心理平衡。诗人们在付出自我的同时，又获得了新的自我：

　　老是把自己当作珍珠

　　就时时有怕被埋没的痛苦

　　把自己当作泥土吧

　　让众人把你踩成一条道路②

——鲁藜《泥土》

　　如果在这里回望"五四"时期郭沫若诗中的"我"的形象，那么，也许会惊奇历史的演变是怎样左右了诗歌，左右了一代知识分子的心境。文学中个人情感的世界从狂放自信走向痛苦、走向彷徨，渐渐地被现实的社会斗争所吞没。换句话说，随着时代的演进，被"五四"浪潮所唤起的个人主义思潮，包括西方文化中的个性解放思想，已逐渐被巨大的中国民族文化背景所吞没。"七月流派"文学创作就在这个过程中显示了自己独特的意义。仅仅从表面上看，他们在诗歌中的抒情主人公在不断地退萎，但是在内在意义上，他们却是在现实生活中，在民族文化传统氛围中重新获得自我，找到了自我的真正归宿。这就是他们能够心安理得地把自己比喻成一棵小草，一粒土壤，一块石子的深刻文化心理缘由。

　　这里顺便加以说明的是，在中国历史文化形态中，原本就缺乏个人主义滋长的基础，任何个人的自我要求，都是借助于群体，例如家和国的名

---

① 臧克家：《〈中国新文学大系·诗卷〉序》，《中国新文学大系·诗卷》，上海文艺出版社，1990年，第769—770页。

② 谢冕编：《中国百年文学经典文库（诗歌卷）》，海天出版社，1996年，第107页。

义来表达的。

　　这种抒情主人公在诗歌中的变化，不仅反映了客观现实力量的增强，而且引起了诗歌创作中一系列内在的变化。其中重要的线索之一就是个人抒情诗向政治抒情诗的转变，随着个人心境、个人情趣在诗歌中越来越黯淡失色，"七月流派"诗人的创作更多地表达时代和群体的意志和情感，捕捉时代最敏感、最普遍的精神思想。他们从民族、祖国、母亲、大地走向了时代政治、政党和革命政治运动，成为新的政治——无产阶级政治的坚强斗士。其实，"七月流派"作家的一个突出特色，就是从未以为文学超越于祖国和民族的利益，避免和当时政治发生联系，把自己和社会政治隔绝起来，而是自觉地把自己的创作和中国共产党领导下的政治斗争结合起来，如《白色花》编者绿原所说的，"对于他们，特别是对于那些直接生活在战斗行列中的诗人们，诗就是射向敌人的子弹，诗就是捧向人民的鲜花，诗就是激励、鞭策自己的入党志愿书。"① 实际上，对这一代知识分子来说，追求人生的真谛，向往光明，和探求救国救民的政治道路，寻求政治上的归宿连在一起。从这个意义上来说，"七月流派"的创作一开始就带着政治色彩，随着这些诗人一批批走向革命（其中很大一部分奔赴延安），其政治色彩也愈来愈浓厚了，倾向也就愈来愈明朗了。例如绿原的诗歌创作就是一例，他从个人抒情诗走向群体。政治的抒情诗创作，是和他个人的生活道路联系在一起的。如果更深一步探索这背后隐蔽的潜在意义的话，不妨追溯到艾青《大堰河——我的保姆》，从那时起，一个不断演化的群体的意象就一直追随着艾青及其他志同道合的诗人，母亲、祖国、人民、大地、生活、党，这一连串演进的意象，孕育在中国古老的历史文化形态中，滋润诗人们的心灵，给他们动荡的情感提供了最终的归宿。

　　显然，"七月流派"诗人们由此获得了一个历史的高地，使他们能够喊出振奋人心的声音。然而，高地之下，也可能是危险的深渊。他们在群

---

　　① 绿原:《白色花》，人民文学出版社，1981年。

体意识中获得了自己，但同时有可能在失去自己——假如他们满足于传达时代精神，而不对时代增加任何个人贡献的话，诗的生命会随之消失。因为优秀的艺术创作，不能仅仅在个人圈子里循环往复，也不能完全没有自我，自我和生活是互相补充，不断增新的。尤其在抒情诗中，自我始终是最活跃、最富有变化、最重要的形象因素，如果排除了一切个人情感和情致表现，走到了另一个极端，抒情诗就会成为单调的时代传声筒。这也正是"七月流派"诗人们在四十年代面临的最严峻考验。从郭沫若诗歌中的"大我"，经过"新月派""现代派"痛苦徘徊的"小我"，一直到"七月流派"作品中的"无我"，我们看到了新文学抒情诗发展的不同阶段，也看到了中国知识分子曲折的心灵历程。

从"七月流派"的诗歌创作中可以清楚看到，作为一个文学流派，"七月流派"在新文学发展中选择了自己独特的道路，坚持了新文学中现实主义传统，同时增添了自己的新血液，把文学创作与自己亲身生活实践结合起来，熔铸成一个整体，创造出了新的审美现实。在走向现实过程中，他们不仅注意到了作品的战斗作用，而且注意到了作品的艺术性，取得了可喜的成就。在抒情诗方面来说，"七月流派"诗人创造了一个新的浪峰。

当然，"七月流派"的成就并不仅仅表现在诗歌方面，在报告文学和小说方面值得称道。例如，四十年代出色的小说家路翎，就是"七月流派"向文坛贡献的作家之一。他是胡风《七月》杂志最早的投稿人之一，才华深受胡风赏识。四十年代，路翎连续在杂志上发表了数十篇短篇小说，并创作了《财主底儿女们》等有分量的长篇小说。他的小说面对现实，同时又充满理想的追求，具有自己鲜明的个性特点。长篇小说《财主底儿女们》描写一代青年人对于人生道路的选择，人物形象鲜明生动，显示着一种生命的力量，这是四十年代长篇小说创作中出色的一部。

"七月流派"在文学史长河中流经了十余年，也经历过许多风风浪浪，但是它毕竟不是一种陈旧过时、日薄西山的文学代表，在前进着的时代文学中留下了一块艺术丰碑。很多年之后，当人们拂去世俗的灰尘，还能看到上面清晰可辨的字句，它也许是：

> 我是一个从人生的黑海里来的
> 来到这里，看见了灯塔①

——鲁藜《延河散歌》

---

①　黄绍清编：《写作范文丛书（新诗歌卷）》，长江文艺出版社，1987年，第132页。

第四章

一个奇异的流派

——"新浪漫派"

从"七月流派"中，可以看到抗战爆发以后整个文坛的某些共同特点。战争的炮火，唤醒了一种新的民族精神，同时在创造着一种新的文学。在生死存亡的时刻，很多作家出于一种本能，或者有意识地转向了人民，从本民族的生活中吸取文学创作的活力。然而，在追随这种时代文学潮头的时候，常常会忽视文学在这个时代的多样化存在。实际上，中国具有丰富的多样化的文化形态，任何意外冲击都会引起各种各样的反应，由此在文学上出现各种不同的流派和作家，他们的风格和倾向并不相同，而且有的会彼此很不协调，互相敌对，尤其是在远离社会政治生活中心和文学主潮之外的领域产生的文学流派，本身很难进入文学史家的视野之内。四十年代曾一度活跃在文坛上的"新浪漫派"和"社会言情小说"就属于这一类文学现象。尽管他们的存在极其明显，尽管他们的创作在一个动乱年代里，显示了中国民族所拥有的深厚的文化基础和文学力量，但是一度很少人注意到他们，去理解他们和整个时代生活内在的一致关系。

"新浪漫派"是二十世纪三十年代末四十年代初文坛兴起的一个流派，其主要作家是徐訏、无名氏、卜少夫等。他们没有共同的组织和宗旨，但是在创作上有很多共同的地方，例如他们都热心于描写光怪陆离的爱情，写各种人物在大时代的色相和悲欢；喜乐写异国情事，追求奇异的想象，神秘的情思和玄学的境界，通过虚幻的、扑朔迷离的故事来表现人生，具有浪漫主义情调。他们的创作在不同程度上对当时现实生活采取了回避态度。也许正因为如此，作为回报，历史也曾一度"回避"了他们，至今为止，他们的创作仍未被人们所熟知。

徐訏（1908—1980）字伯訏，笔名有徐于、迫迁、姜城北、东方既白、任子楚等，浙江慈溪人。1931年毕业于北京大学哲学系，后留任助教并转修心理学。徐訏是众所周知的林语堂的弟子和好友，长期追随过林语堂，编辑过林系刊物《人间世》等，他的文学才能也深受林语堂赏识，林语堂认为徐訏是现代文学中少数几个优秀作家之一。徐訏是一个少有的多产作家，共创作小说、诗歌、剧作、散文、评论六十余部，计二千多万字，其中以小说数量最多，成就最大，一度在一部分人中产生了很大影响，抗战的1943年有人称之为"徐訏年"。目前，他的小说在台港及海外华人中还有较大的影响，其中《鬼恋》《风萧萧》《手枪》《后门》《春去也》《痴心井》等先后被编成电影，搬上银幕。

徐訏早期小说创作确实距离当时现实社会较远，但是并不是在创作中对其毫无反映。1936年徐訏赴法留学，但因抗战爆发学业未竟就于1938年初辍学回国，1938年的10月26日，徐訏写了这样的诗句来祭奠抗日烈士：

> 不敢用可怜的悯叹，
> 更不敢用柔弱的哀婉，
> 红铁般的悲愤捧着我心，
> 对战士们英雄的魂灵祭奠。

> 象这样的死，悲壮，伟大，激越，
> 在中华几千年史中只有过一页，
> 那是悠远的祖先们为洪水泛滥舍身
> 为那野兽的残暴流血。

如今是你，为整个民族的生存，

世界的和平，正义与爱，

在抵御强暴的侵略，

无畏的勇敢，视生命如草芥。

这样你慷慨地流血，

救人类无边的浩劫，

又壮烈的把你的骨肉，

填平了地球的残缺。①

——《奠歌》

这样的诗无疑充满时代战斗气氛，诗风也毫无矫揉造作之处，反映了诗人对时代的感应。如果把三十年代的徐訏看作是一个诗人的话，那么徐訏不失为一个具有现实主义精神的作家。他的诗作很多取材于下层人民的生活，描写了各种各样现实生活的真实图景，现实主义特征是明显的。

然而，徐訏的小说创作却没有沿袭同样的道路。这除了和他的整个思想状态有关之外，和文学类型的不同也有关系，诗歌似乎表达了他关心时代的那部分心灵，而在小说创作之中融进了另外一部分对艺术追求的情愫。作为一个小说家，徐訏的成名作是《鬼恋》。这篇中篇小说最初发表于《宇宙风》1937年元月及二月号上，1939年正式出版，成为该年畅销书之一。值得注意的是，徐訏在法国留学期间写作的这部小说，环境不同，文学构思自然受到影响，否则徐訏也许不可能去创造这样一个非人非鬼的艺术世界。这是一个虚幻、神秘、非现实的世界，当夜色已经笼罩上海的时候，"我"与一个自称为"鬼"的美貌女子邂逅，她"脸艳冷得象久埋在冰山中心的白玉"，②"银白的牙齿象宝剑般透着寒人的光芒"，③"我"

---

① 徐訏：《徐訏全集》，正中书局，1968年，第107—108页。
② 徐訏：《徐訏文集》（第四卷），上海三联书店，2008年，第142页。
③ 同上。

完全被她迷住了。作者带领我们进入了一个神秘的氛围，用奇异的想象在恐怖之中揉进一种妖艳的魅力，会使人想起《聊斋志异》之中所能见到的那种神妙的境界，狐狸变成美女，制造着一个美妙的乌有之乡。然而，徐訏到底是一个现代社会的人，不会满足这虚幻的鬼蜮之乡。作品中的"鬼"终于吐了人言："我历遍了这人世，尝遍了这人生，认识了这人心。我要做鬼……但是我不想死——死会什么都没有，而我可还要冷观这人世的变化，所以我在这里扮演鬼活着。"① 这位美丽的"女鬼"最后不辞而别，但是作者在这虚幻的鬼蜮世界的废墟上，揭示了一个真正的现实黑暗的深渊——这是一个非人的世界，正如这位"鬼"说过的："人间腐丑的死尸，是任何美人的归宿，所以人间根本是没有美的。"②

很难说徐訏是否有和"鬼"类似的心态，是否也在扮演着一个痛苦的"鬼"的角色，冷观着这悲剧的人世，可是他在《鬼恋》中确实揭示了这样一个非人的现实。这显然是和他对于世界的悲观意识连在一起的，他所表达的不过是对这种悲剧人世的反抗。紧接着《鬼恋》，徐訏又写了《荒谬的英法海峡》（1939）、《吉布赛的诱惑》（1940）、《精神病患者的悲歌》（1941）等小说，都持续着这种悲观绝望的情绪。在一种离奇浪漫的故事情节中，一个悲剧人世的阴影时隐时现，读者在愉快的欣赏中接受痛苦的洗礼，在《荒谬的英法海峡》中，作品中的"我"几乎是《鬼恋》中"鬼"的另外一个替身，他的生活，完全是在梦境中体验到的一种幻境，而痛苦却是现实的，他大声向读者说道："所有别的世界都是龌龊的。你不知道那面多么不自由，多么不平等，穷人们每天皱着眉，阔人们卑鄙地享乐；杀人，放火，宣传，造谣，毁谤，咒骂，毒刑，惨死……没有自由，没有爱，人与人都是仇人。"③ 这种沉重的悲剧意识一直追随着徐訏，也追随他的创作，把他和现实生活隔绝开来，使他不可能在现实之中获得满足。他曾在小说《江湖行》中写到过一段话，可以表达他对整个人世的

---

① 徐訏：《徐訏文集》（第四卷），上海三联书店，2008 年，第 179—180 页。
② 同上，第 146 页。
③ 徐訏：《徐訏全集》（第二卷），正中书局，1968 年，第 289 页。

悲剧态度："人生象个监狱，一般所谓的监狱不过是个较小的监狱，出了监狱以后，仍要进入另一个较大的监狱。"——这也许类似法国存在主义哲学家萨特式的格言。而这正是隐藏在徐訏作品所谓浪漫情调之下坚硬冰冷的语言，这是一种反抗社会的语言。

但是，很多人仅仅被徐訏作品表面的浪漫风情迷惑住了，忘记了向深层再走一步，感受其中严肃和沉重的内涵。徐訏在文学主张上，不仅鼓吹创作自由，揭写人性，而且非常强调文学与生活的关系，他在《作家的生活与潜能》一文中说："要举一个从来不依赖'生活'的作家是没有的，要举一个从来没有生活浸染的作品是不可能的。"① 他在《吉铮的〈拾乡〉》中指出："一个伟大的作家，他比常人有丰富的想象，这也只是说，他可以从现实生活中想象到较远较高的境界，而并不是他可以凭空去想象的。……我们的生活是繁复综错的，这繁复综错的生活经验就是人生。如果我们假定有一种生活体验的人有千种的想象，则有十种生活体验的人就有万种的想象。"② 在另一篇文章中，他还深刻地指出："所谓'江郎才尽'，照我想的，就是'生活枯竭'。"③ 同时，徐訏非常反对粉饰现实的文学，他认为文学根本上是反叛的，是反映社会的痛苦与恐惧的，他在《牢骚文学与宣传文学》中指出："一切文学即是对现状不满，一切文学，诚如厨川白村所说是苦闷的象征，所以我们可以说一切文学也就是牢骚文学。……文学一定是有'感'而作，感，可以说就是不满现状，如果满于现状，就用不着文学。"④ 以上列举这些，都有助于我们去认识这位作家和他的作品。

不过，对于徐訏文学观点了解得太多，也有可能陷入新的误解之中。徐訏并不是一个现实主义作家，这一点他曾在《〈斜阳古道〉序》中说得很清楚："在三十年来中国文学的写实主义主流中，我始终是一个不想遵

① 徐訏：《徐訏文集》（第十卷），上海三联书店，2008年，第400页。
② 同上，第125—126页。
③ 同上，第119页。
④ 同上，第88页。

循写实路线的人。……中国之盛行写实主义，固然是文坛上的口号和风气，但是我稍稍研究所谓的中国现代文学，就无法不承认，写实主义的发扬和提倡，是有它坚定的社会的根据的。在动乱与激流的社会中，写实主义正是负着一种历史的任务的，而似乎是从农业社会走向工商业社会动荡时代的一种自然的要求。"① 看来，徐訏之所以甘心情愿地站在主流之外，是有自己的主张，他在另一篇文章《从写实主义说起》中谈道："至于我个人，我对于写实主义则是不满足的。第一，我觉得写实主义一类的名词只是文学史一种类别，我觉得伟大的第一流作家都并不属于某一种的风尚。以写实作家来说，如巴尔扎克如福楼拜的作品几乎都具有浪漫主义的想象。第二，我认为狭义上的写实主义的作品，往往流于报道，与文艺的范畴距离很远。报道工作，好的新闻记者比小说家更能愉快胜任。许多爱写实主义作品的人，目的往往是要'知'其内容。但文艺的任务尚同任何艺术一样，并不是供给知识，文艺到了供给知识，就是报道。正如绘画到了供给知识，则变成照相，是一样的。"②

每一个作家都有选择自己艺术道路的自由，不论徐訏对写实主义看法在多大程度上是正确的，但他在写实主义风行文坛之时，不随波逐流，追求自己独特的艺术理想，却是真切的，显示出他并不满足于对于一般生活的描摹，期望实现更宏大的艺术效果。这种不满足促使徐訏走向新的艺术境界，浪漫主义的风情和想象也许就是在这个前提下加入他创作的。但是，从整体上看，仅仅是浪漫主义并不能完全表达徐訏的思想和人生的真实感受，有时还会在无意识中遮蔽和阻碍它们的表达，徐訏的创作常常在希望完整地表达自己和尚未能完全表达自己之间挣扎。在这种挣扎中，显然，徐訏作品的浪漫主义已经发生了变异，融进了一些现代主义艺术方法的因素，使之在现实与非现实、虚幻和真实之间表达对整个人生的深刻感受，在具体描写之中加进了一些隐喻的成分。这在我们提到的几篇小说中表现得很明显。不过，徐訏有时也会退后一步。《风萧萧》是徐訏1943年

---

① 徐訏：《徐訏文集》（第十卷），上海三联书店，2008年，第115页。

② 同上，第147页。

发表的一篇重要长篇小说，曾轰动一时，非常畅销，仅 1946 年 10 月至 1947 年 10 月便三次再版。这部小说的故事情节明朗，刻画了抗战时期上海三个不同性格的女性，她们出入舞场，内心中却充满正义之感，为抗日从事谍报工作。虽然这部小说不乏理想色彩和哲理思考，但其写实色彩还是比较明显的。这也许是它受到普遍欢迎的原因之一。

"新浪漫派"另一个作家无名氏在四十年代文坛上和徐訏齐名，在小说创作上取得了一定的成就。无名氏（1917—2002）原名卜宝南，又名卜宁、卜乃夫，无名氏是他的笔名。他出生于南京市，曾经到北京大学旁听。他的创作大约是抗战时开始，短篇小说有《古城篇》（1939）、《海边的故事》（1940）、《日尔曼的忧郁》（1940）、《鞭尸》（1942）、《露西亚之恋》（1942）、《红魔》（1943）、《龙窟》（1943）等，长篇小说有《北极风情画》（1943）、《塔里女人》（1944）、《野兽、野兽、野兽》（1946）、《海艳》（1949）、《金色的蛇夜》（1949）等。如果说徐訏作品的浪漫情调主要表现在故事情节的构思中，那么在无名氏的小说中，浪漫情调则突出地表现在叙述过程中，作者的激情仿佛就燃烧在语言描写中，把各种强烈的色调涂抹在艺术画面上，情感飞扬、思绪绚烂，有时会显得奢侈无章，不满自溢。总之，他的小说时时处处会表现出对一般写实方法的违抗，在敏感甚至癫狂中表现着人生。作者喜欢把人的情热和理智一起推向极致，在燃烧中突然冷却，在冷却中突然爆发，有时像大海任意展现着自己的浪潮漩涡，有时像瀑布突然向深渊里喷射。

然而在这浪漫风情之后，无名氏却是一个喜欢陷入沉思玄想的人，他创作的许多快乐都来自一种哲理的思考。借助于幻想，有时他会进入一种抽象的、玄学的境界，把自己锁闭在离生活实际很远的空间里去领悟人生和生命的本原过程。《冥想偶拾》就是记录无名氏一些玄思禅悟的书。无名氏对生命、死亡、自然、文化的抽象遐想，是他的另一层自我；这些空洞的、格言式的语言，有时也会给人带来一种启迪。例如：

艺术创造情感，哲学净化情感，宗教安全情感。这三者河水不犯井水。换言之，艺术创造生命力，哲学澄化且明静生命力，宗教稳定且巩固生命力，生命本是一大和谐。

对神及上帝的信仰，是情绪发展到某种程度的一种境界，即使理智上明明知道，实际上没有上帝，但感情却仍然相信它，因为非相信不可。这种境界，大抵发于最痛苦，最孤独而无任何安慰时。①

再如：

我们所最应崇拜的，既不是上帝，也不是人，也不是静的自然，而是那大海般川流不息的生命本体。这生命本体包括宇宙自然，以及上帝与人，这是一种永恒不变的流转。星球和太阳也得服从这流转的定律。这生命的大流自有其一定轨迹。盲目的或不盲目的，这都无关重要。重要的是：它在流转，而流转本身即可造成轨迹，而人类所有智慧，都用来研究这轨迹。

生命的大流转是一种可惊可奇的伟大景象。除了沉醉于这景象中，世界上再没有更高的沉醉。我们应该崇拜这景象，因为我们可以从它的启示中得到生活观念：流动的观念。我们必须使自己信仰这种流动，不以一切为静止的，而是动的。我们永远是伟大的旅客，走了一站又一站，走了一程又一程。我们不会太珍贵休息，因为休息是生命停滞的表现，前进和动才是活着的证明。我们要追求大流动，大波浪，动的概念是主体，静的观照只是动与动之间的衔接物。

群体和大生命的流变决定了一切。在这中间，个人只有受群体决定。客观的要求永远在决定主观的个人要求。②

这些冥思沉想也构成了无名氏艺术创作理想的一种内容，他的作品在幻想之中表现出对生命流变的崇拜和惊叹，或者说，作者就在艺术中实现

---

① 无名氏：《冥想偶拾》，近景出版事业公司，1986 年。
② 同上。

着生命的沉醉。在这种沉醉中，他忘记了当时现实生活的呼唤，人民大众的要求，过于奢侈地享受着生命的恩赐。

显然，这种奢侈是以一种奇异方式实现的，从整体上看，无名氏创作的魅力来自一种浪漫风情和入魔的抽象沉思的结合，作者是在生命流转之中体验着生命，也思考着生命，对生命的神秘之境进行着探索。长篇小说《北极风情画》是无名氏四十年代的重要作品，明显地展示了这种结合。作品描写的是一个异国风情的故事。"我"是一个对华山发生狂恋的人，这年元旦在华山遇见一个"怪人"，在雪夜独自一人在华山之巅向长天祈祷，"我"感到了一种从未有过的恐怖、绝望和神秘的气氛。在再三追问下，这个"怪人"向"我"讲述了一个悲哀的凄艳的故事。原来他曾是东北抗日部队的一个军官，由于战事暂时侨居于西伯利亚一个偏僻小镇——托木斯克。在这里他遇到了一个纯情的俄国少女奥雷利亚，她美艳惊人。他虽然军务在身，预感到未来的不幸，但还是堕入了情网，不久，两人发生了如痴如狂的爱情，在梦幻般境界里尽情享受着生命的欢愉。但是，就在这时他奉命随同队伍回国，他们必须在最痛苦的状态中分开。途中，他接到了奥雷利亚母亲的来信，得知奥雷利亚已自杀身死，留下47根白发和一封燃烧着痛苦绝望的信。它在这位军官心灵上刻下了永远无法摆脱的绝望和痛苦。我们在这故事的结束之时，可以看到和徐讦《鬼恋》中女主人公类似的话语："她是不愿意再演戏了，戏演够了。我呢，自然也演够戏了；但我却还有一个欲望，就是：自己既然不想演了，不妨看看别人演戏。这也是我还活着的一个理由。"[1] 怪客第二天神秘地离开了，作品中的"我"对于人生开始了新的沉思。面对着华山冰雪的自然景观，作品写道：

> 我望着，望着，脑海里出现了一片朦胧，迷离，恍惚。
>
> 我想：我该怎么办？我们该怎么办？我们该怎样，才能安慰这个怪客，酬谢他这个故事？我又想：他究竟是个真人，还是个魅影？他

---

[1] 无名氏：《北极风情画》，上海文艺出版社，2001年，第168页。

的故事，是真实事迹，还是一个海市蜃楼？我再想，此时此刻的我：我自己，究竟是一个真我，还是一个幻影？①

作者并没有把答案交给我们，但是我们在作品中时时可以感到一种生命的思考。而这种思考源于一种对现实生活、对人生无法把握的幻灭和恐惧感。这一点和徐讦的小说相似，在表面的浪漫风情之下，流动着痛苦而又深刻的悲观主义河流。这也许是二十世纪以后动荡不安的生活给一些知识分子心灵上投下的深深的阴影。

由此可见，"新浪漫派"创作虽然远离现代中国文学主潮，但是仍然摆脱不了时代生活的影响，不过表达了时代生活的另外一面的阴影部分。他们用自己色彩斑斓的笔调徜徉于人们面前，在黑夜、鬼蜮、舞厅、幻境、异国风情、吉布赛女郎之中表达人生，是有独特地方的。从艺术风格来看，他们创作中的浪漫主义多少揉进了一些现代主义艺术情愫，揉进了现代知识分子对现实生活的真实感受，表现为一种痛苦和绝望的浪漫主义。而这一切，又在不同程度上表现了他们和中国社会现实需要相抵触和碰撞矛盾的情景，他们不可能完全理解自己所处的时代和人，因而也难以给时代提供合于历史发展要求的东西。他们往往自己就处于进退两难的困境之中，却把一个奇异浪漫的海市蜃楼留给了读者——而读者并不一定会接受他们内心的悲剧性思考。

造成这种情景的原因，一部分归结于当时的客观条件，另一部分则要归结于他们本人的主体条件，包括他们把握生活和艺术的能力。对此，我想引用赛珍珠给林语堂《吾国与吾民》写的序中一段话，也许能够帮助我们了解这一派作家的思想："现代的中国知识青年，就生长于这个大变革的社会环境里头，那时父兄们吸收了孔教的学说，习诵着孔教经书而却举叛旗以反抗之。于是新时代各种学说乘时而兴，纷纭杂糅，几乎撕碎了青年们底脆弱的心灵。他们被灌输一些科学智识，又被灌输一些耶稣教义，

---

① 无名氏：《北极风情画》，上海文艺出版社，2001年，第172页。

又被灌输一些无神论，又被灌输一些自由恋爱，又来一些共产主义，又来一些西洋哲学，又来一些现代军国主义，实实在在什么都灌输一些。置身乎顽固而守旧的大众之间，青年智识分子都受了各种极端的教育。精神上和物质上一样，中国乃被动地铸下了一大漏洞，做一个譬喻来说，他们乃从旧式的公路阶段一跃而到了航空时代。这个漏洞未免太大了，心智之力不足以补苴之。他们的灵魂乃迷惘而错失于这种矛盾里面了。"① 从"新浪漫派"创作中，我们能看到这种"心灵的漏洞"，也能看到灵魂的"迷惘"。

作为一个文学流派，"新浪漫派"在文坛上产生了一定影响。也有一些人模仿徐訏和无名氏的风格进行创作。尽管这个流派的创作存在局限性，但毕竟是现代文学史上一个重要文学现象，给文坛提供了新的东西。它的风格内容都有别于其他文学流派，尤其是不同于居于主导地位的现实主义文学，表现了四十年代中国现代文学的历史跨度和丰富内涵。因为在一个前进着的文学时代，存在着各种不同，甚至对立的文学流派，也许这正是这个时代的荣幸之处。在这个时代的无产阶级或者革命现实主义文学中，我们能够看到不断迸发的灿烂的光环，但在时代先锋文学的背后，也并不是一片空白，而是活跃着各种珍奇的创造。

---

① 林语堂：《吾国与吾民》，金兰出版社，1984年，第1—2页。

第五章

在新旧文学之间

——张爱玲和"社会言情小说"

这毫不奇怪。文学创作一向都是和政治有关联的，但是这并不意味着一切作家都是在明确的政治意识指导下创作的。相反，很多明确的艺术追求是作家在政治上无法确定自己的状态中确立的，很多优秀文学作品是作家在痛苦徘徊过程中创作的。如果说文学是一种为之献身的事业，那么这种献身有时表现了一种无可选择的选择。

四十年代文坛值得注意的还有以张爱玲为代表的"社会言情小说"。或许是机缘把这两个流派放在一个历史框架之内。"新浪漫派"的作品由于多描写爱情，有人当时就指责它是"新鸳鸯蝴蝶派"。实际上这并不确切。不过，在四十年代的文坛上，确实从旧的"鸳鸯蝴蝶派"文学中正在滋长或者演化出一种新的市民文学——"社会言情小说"。其主要作家则是四十年代后起的女作家张爱玲、冯和仪（苏青）、周陈霞等，她们的创作主要是描写城市小市民和大家庭的生活，围绕着男女情爱、家庭琐事展开故事，着力表现身边小事和日常生活中的人情世故。当时由平襟亚在上海创办的《万象》（1941.7）、袁殊编的《新中国》、朱朴创办的《古今》（1942.3）、苏青创办的《天地》（1943.10）、唐大郎编辑的《亦报》（1949.7—1952.11.20）等杂志和报纸副刊都和这个流派的形成发展着密切关联。从时代环境来说，这个流派的形成是以上海"孤岛"为背景的。

战争给当时的文坛增加了很多困难，很多刊物不能印行，很多文人不再能写作，正如当时有人说的："战争期中中国文艺将要趋于衰落，至少也显出一种'间歇'状态。"① 而且，更重要的是，"孤岛"的文化状况和氛围，在某种程度上隔绝了上海和全国各地正常的信息联系，在人的心理上造成巨大压抑，当然，这仅仅是事物的一个方面。就是在最困难的时候，人们还是需要文学的。只不过是文学的方式和样式都在发生变化，有一部分文学不得不"衰落"或者"间歇"了，这和当时社会状况有关，但是另外一些文学可能慢慢在生长。在"孤岛"的社会环境中，自然会产生出"孤岛"心态，也自然会产生表现这种心态的文学。"社会言情小说"的创作就是在"孤岛"氛围中产生的，甚至是这个阴影的一个文化象征。在这个阴影中，从《金瓶梅》《红楼梦》那里遗传下来的中国古典文学的精魂在复活，照耀着一些存活在阴影之中，一直无法摆脱封闭状态之中的人物和事物，给中国现代文学又增添了新的一章。

言情小说是中国古典小说中重要一支，新文学运动发生之后，言情小说并没有销声匿迹，而是一直存活于文学活动之中，成为"鸳鸯蝴蝶派"文学中一个重要支流。由于言情小说和中国旧小说一直有着明显的源流关系，有着较深的旧文学的痕迹，所以一直未被列入新文学正宗的范围。但是，说来奇怪，虽然新文学开首一章就有反对"鸳鸯蝴蝶派"的内容，但是"鸳鸯蝴蝶派"的创作在人们实际文学活动中一直占有很大的地盘；读张恨水、周瘦鹃、徐枕亚、吴双热、李定夷、范烟桥等作家作品的人远比读鲁迅、茅盾作品的多。也就是说，在整个现代文学史的历史空间里，有很大一部分地盘是由"鸳鸯蝴蝶派"所占据。这个历史事实将迫使我们重新认识现代中国文学史，在这以前，起码能够帮助我们在整体上把握和理解中国现代文学接踵而至的历史事实。事实上，历史从来不是一刀切的。在中国历史文学基础上产生的新文学，也绝不是和旧文学绝缘的，直接对立的，而常常是我中有他，他中有我的。很多新的东西包藏着旧的东西，

---

① 陈蝶衣：《通俗文学运动》，《万象》1942 年第 2 卷第 4 期。

很多旧的东西又正在演化成新的东西，这才是中国现代文学真正的内在过程。而在体现这种新旧交合和交替的诸种文学现象之中，"鸳鸯蝴蝶派"文学是一面历史的镜子。

在这之中，言情小说比起武侠小说和黑幕小说都更有代表性。如果说武侠小说是和古代军事文学关系紧密，黑幕小说是旧文学中政治文学的末流，那么言情小说则汇集了市民文学的各种因素，更贴近于人们审美意趣的变化，它一方面和中国古典文学有千丝万缕的联系，另一方面则不断随着日常生活的变化，随着时代逐渐改变自己的形象。因为言情小说在社会生活中一直拥有厚实的审美趣味作基础，所以新文学运动之后，它依然有自己的发展余地。1923 年 2 月，在《小说日报》上有许廑文的一篇文章《言情小说谈》，把当时社会上风行一时的言情小说分为九种：（一）言情小说，这一种是指普通的言情小说而言，又可作为各种言情小说的总称；（二）哀情小说；（三）苦情小说；（四）艳情小说；（五）惨情小说；（六）奇情小说；（七）爱情小说；（八）浓情小说；（九）怡情小说。[①]这位作者还说，"我以为言情小说，是一种极高尚纯洁的小说。对于男女社交和家庭改造，都有极大的关系。"[②]

但是，这种存在不可能是简单的重复，换言之，"鸳鸯蝴蝶派"文学虽然曾经拥有过很多读者，但是正因为它在很大程度上仍然把自己封闭在旧的审美系统中，所以一时未能入新文学大雅之堂。而在当时审美情趣在不断更新的情况下，丝毫不变更自己，无非等于自杀。即便是最守旧的文学家，要继续存在，都必须在一定程度上接受时代的改造。"鸳鸯蝴蝶派"发展中就自然也进行着这种渐渐的、鸦雀无声的变化。就拿当时有些文章来说，虽然依然沿用着旧式标点，也竟然在使用"家庭改造"等新的名词和字样。

这种变化很明显地表现在张恨水的创作中。张恨水（1895—1967）的

---

① 芮和师、范伯群、袁沧州编：《鸳鸯蝴蝶派文学资料（上）》，福建人民出版社，1984 年，第 39 页。

② 同上，第 40 页。

创作基础几乎全部来自古典文学，他自己说过："在我十二岁的时候，我看到金圣叹批的《西厢》，这时，把我读小说的眼光，全副变换了，除了对故事生着兴趣之外，我便慢慢注意到文学结构上去，一直到现在，都是如此的。十四岁的时候，我看过了《水浒》《七侠五义》《七剑十三侠》之后，我常常对弟妹们演讲着，而且他们也很愿意听。那时，我每天进学校，晚上在家里跟一位老先生学汉文，伴读的有两个兄弟、一个妹妹，还有一个亲戚。设若先生不在家，我便大谈而特谈。"①

这就是张恨水作小说的基础。旧小说不仅培养他想象的才情，而且培养了他的审美情致，使他沉醉于吟风弄月、旧式儿女的恋爱之中。张恨水自己外语很差，谈不上看书，而且过早就投入了"鸳鸯蝴蝶派"的怀抱之中，这是他后来自感后悔的。他早期写的言情小说《春明外史》（1925年，世界书局）就是沉醉于才子佳人恋情之中的产物。一个世家子弟杨杏园遇见一个落入风尘的才女梨云，两人情投意合但又无法结合，感情缠绵而又极其清白，只能是相对流泪或者寄情于诗词之中。这样的小说对于很多居于深闺大院，或者较少与外界交流信息的人来说，确实提供了一个自艾自怨，可供幻想的天地。但是这样的小说写得多了，连张恨水自己都感到厌倦。从三十年代到四十年代，他小说中才子佳人的幻境一天天减少了，而现实生活的情愫一天天增强。三十年代他写的《啼笑姻缘》《夜深沉》《热血之花》就表现了逐步走向现实、向现实主义靠拢的趋势。抗战胜利前后，他写了像《八十一梦》那样揭露时弊的作品，已具有现实主义作风。实际上，到了四十年代，一方面是旧的"鸳鸯蝴蝶派"的衰落，而另一方面则是新的言情小说的产生，二者是同时进行的。作为一种历史过程来说，旧的"鸳鸯蝴蝶派"的终结，是由于直接承袭旧文学艺术体式的封闭性已经逐渐被打破，而新的言情小说的产生则是由于中国传统的通俗化艺术形式的重新复活。

这实在是一个奇异的过程。"五四"以后新旧文学形成的沟壑，最后

---

① 芮和师、范伯群、袁沧州编：《鸳鸯蝴蝶派文学资料（上）》，福建人民出版社，1984年，第 340 页。

需要二者齐心协力来填它。新文学开始在旧文学中寻找通向大众化、通俗化的形式，开始寻求民歌、章回小说的帮助；而旧文学则不断从现实中寻求新语言、新内容，并把旧的意识、封建情调除去，由此产生了在四十年代二者互补、沟通的可能性。当时上海的《万象》杂志就表现出了这样一种文学姿态，就是在倡导通俗文学的名义下，"是想把新旧双方森严的壁垒打通，使新的思想和正确的意识可以藉通俗文学而介绍给一般大众读者"。① 1942 年 10 月《万象》杂志发表了一篇题为《通俗文学运动》的文章，作者署名陈蝶衣，以杂志编辑的口气提倡通俗文学。作者在描叙了旧文学的优点和缺点之后指出：

> 再从新文学的缺点方面说，则那种佶屈聱牙的欧化体裁和倒装句法，实足使一般初和新文学作品接触的读者莫明其名，而大多数作者的讲究词藻，注重描写，以及不能把新的思想意识用活生生的具体的形象表现出来，而生硬地把一些公式、术语、教条，堆砌在他们的作品里面，使他们的作品成为新文言，成为使人看不懂的天书，只能为极少数高深的知识阶级所欣赏，也未始不是造就新文学作品和大众隔离的一因。但我们也不能因此便抹煞新文学的优点，新文学作品不但在思想意识方面高出于旧文学一筹，而且新文学作家中有几位第一流作家的作品，如鲁迅先生的《呐喊》《彷徨》，茅盾先生的《幻灭》《动摇》《追求》，巴金先生的激流三部曲《家》《春》《秋》，都写得很通俗，所拥有的读者数量也是极广大的，这些都是值得我们珍视的文范里的奇葩。
>
> 面临着当前这样的大时代，眼看着一般大众急切地要求着知识的供给，急切地要求着文学作品来安慰和鼓舞他们被日常忙迫的工作弄成了疲倦而枯燥的生活，但因知识所限，使他们不能接受那些陈义高深的古文和旧诗词，也不能接受那些体裁欧化词藻典丽的新文学作

---

① 芮和师、范伯群、袁沧州编：《鸳鸯蝴蝶派文学资料（上）》，福建人民出版社，1984 年，第 159 页。

品，因此我们要起来倡导通俗文学运动，因为通俗文学兼有新旧文学的优点，而又具备明白晓畅的特质，不但为人人所看得懂，而且足以沟通新旧文学双方的壁垒。①

这位对旧文学，首先是对言情小说抱有好感的作者，在回顾从《金瓶梅》至张恨水旧文学发展过程的基础上，还指出了章回小说和西洋体裁长篇小说渐渐合流的可能，"至于出于旧文学家之手的短篇小说，则早都采取了新形式，和新文学家的作品分不出什么不同来了。"

以上这些文学事实除了造就了新的市民文学及"新言情小说"之外，还告诉人们，历史在突兀转换的时候，也许造就了新旧文学发展过程中的"断层"，但是历史却不会允许这种"断层"存在，它将用后来大量的工作来抹平这个"断层"。

但是，尽管随着时代的发展，很多旧文学家开始转向新的方向（同时也有很多新文学家开始迷恋旧文学），老一代作家难以承担起建设新的市民文学的任务，这个任务自然落到了新的一代作家肩上。因为他们具有现代生活的真实体验，能够用现代意识去把握和理解生活，从新的审美方式来观照生活。"社会言情小说"就是其重要的代表。

"社会言情小说"向文坛贡献的最重要的代表是张爱玲。张爱玲，曾用笔名梁京，1920 年出生于上海。她的家庭背景是引人注目的。她祖父曾是清代名臣张佩纶，当年曾极力反对李鸿章和洋人议和，力主与法军作战，但是后来朝廷命令他督师开战，他却兵败基隆，结果被贬到热河七年。归京听候起复须见昔日对头李鸿章，意外地得到了李鸿章的小姐的青睐，与其结成夫妻。不过，当张爱玲出生之时，已是辛亥革命过后十年了，这个清朝贵族世家已失去往日威风，如过日黄花一天天败落下来，虽然在表面上还要拼命支撑昔日的排场和尊严，但悲剧的阴影一直笼罩着这个家庭。

① 芮和师、范伯群、郑学弢等编：《中国文学史资料全编·现代卷·鸳鸯蝴蝶派文学资料（上）》，知识产权出版社，2010 年，第 146—147 页。

这个家庭显然对张爱玲思想创作产生了绝大影响，从小培养了张爱玲贵族式的自尊和自信，并让她在相应的家族环境中接受了古典式的艺术熏陶。当时老一辈清朝遗老中很多人失去了社会地位，无所事事，整日研磨于诗琴书画之中，并以此互相得到慰藉，表达情思，自然也免不了影响后人。张爱玲 1939 年写了《天才梦》一文，其中就曾写道："我是一个古怪的女孩，从小被目为天才，除了发展我的天才外别无生存的目标。"① "我三岁时能背诵唐诗。我还记得摇摇摆摆地立在一个满清遗老的藤椅前朗吟'商女不知亡国恨，隔江犹唱后庭花'，看着他的泪珠滚下来。"② 她还回忆道，她八岁那年试作过一篇类似乌托邦的小说《快乐村》，"快乐村人是一好战的高原民族，因克服苗人有功，蒙中国皇帝特许，免征赋税，并予自治权。所以快乐村是一个与外界隔绝的大家庭，自耕自织，保存着部落时代的活泼文化。"③

这篇幼女写的小说到底如何以及为什么写这样一篇小说，现在已无法得知，但是这透露出张爱玲小时候受到过新思想影响。张爱玲毕竟不是生活在一个上升的家族之中，她心灵上也不能不承担一份悲剧的阴影。她目睹了大家庭走向败落的种种景象，老一辈整天唉声叹气，家人不断变卖首饰珠宝，小一辈游手好闲，沉醉于声色犬马之中等等，这些都使她不断增强脱离自己原来生活圈子的意向。最后，她并没有随同这个家庭一起走向沉沦，而是成为一个冷眼旁观者，用自己的笔记录了这一切。

张爱玲的文学创作是从 1942 年开始的，这时候她已经接受过良好的现代教育，毕业于香港大学。她四十年代的主要作品有《传奇小说集》《倾城之恋》《金锁记》《连环套》《小艾》等。中华人民共和国成立后，张爱玲于 1952 年辗转香港，又移居美国，写了《秧歌》《赤地之恋》等作品。她最不走运的事，大概是她的婚姻，1944 年，她由苏青的介绍结识了胡兰成，并和他结婚。胡兰成是一个名声很不好的人，曾出任南京伪政府宣传

---

① 张爱玲：《张爱玲精选集》，北京燕山出版社，2006 年，第 281 页。
② 同上。
③ 同上。

部副部长，这场婚姻维持了大约一年时间。

张爱玲的小说创作主要表现一些没落大家庭中男男女女的生活，基本局限于她所熟悉的生活圈子。这个圈子在时代的风潮中，类似一个"孤岛"，以租界作为背景，用清王朝给它的遗老遗少留下的积蓄和珠宝首饰维持生存，死守着旧的一套生活方式，不肯承认新纪元。在这个圈子，保存着一些旧时代的"活化石"，一些清朝的遗老遗少不问世道变迁，依然留辫子、纳妾、抽鸦片，或者种花养鸟、词诗绘画、麻将赌博，而小辈已深感生活的危机，尤其是女性，毫无在社会上立身的本领，唯一出路是嫁人做太太，在社会上扮演着可悲的角色。张爱玲的成名作《倾城之恋》就表现了这种人生现象。在创作中，张爱玲和当时大多数作家不同，她没有去摘取时代斗争的浪花，没有那种表现大时代的气魄和宏大的眼光，也没有表现出激烈的感情，而是专心致志于她所熟悉的市民生活场景，细致入微地去理解、去刻画那些被世道冷落，但依然有痛苦、有挣扎、有情趣的人物，冷静地描画了他们的生活情景。

《金锁记》是张爱玲一部为人称道的小说，写于1943年。作者在这部小说中完成了一次对于整个旧家庭生活的深刻批判，从日常生活中挖掘出人性的悲剧。作品中的主人公曹七巧原是一个贫苦人家的女儿，后来被卖给了一个残废男人做妻子。残废的男人因为有钱可以买去她的青春和爱情，锁住她的人生追求。而她一旦悟出了这一点，便用金钱去锁别人。她曾经被非人性的生活剥夺过，有朝一日她会用更不近人情的方式去剥夺别人，获得心理上的补偿和满足。于是，一幕幕变态的报复在人们眼前发生：曹七巧阻挠儿子娶亲；儿子娶亲后又千方百计折磨他们，说媳妇坏话，晚上强留儿子给自己烧鸦片烟，不让他们夫妇呆在一起，从儿子口中套媳妇的秘密，而后到处宣扬；她从小给女儿说男人坏，给女儿裹脚、诱使她抽鸦片，并且出来说女儿的坏话，阻挠和打击女儿上学堂，变着法儿破坏女儿的婚姻等等，这是一个心灵已被黄金锁成畸形的人物形象，而这种变态的人生恰恰来自她畸形的旧家庭生活。作者正是在这种更为深刻的悲剧意识基础上，写出人物人性变态的悲剧过程，并在人物暴虐生活中留下了一些未完全泯灭的人性温柔的回忆。《金锁记》隐含一种悲剧的象征意味，金钱在造就着罪恶的人生。从这个意义上说，张爱玲首先是一个社会意识很强的小说家。

张爱玲的艺术触角冷静而又细致，她常常喜欢伸向别人都不注意的生活角落，揭示出鲜为人知的生活事实。她不喜欢概括，也不喜欢做结论，但是她能在时代的口号、标语之下展示出人在现代城市生活的真实图景，并把自己的道德理想和人道主义悄悄地融入其中。在她的作品中，我们可以看到中国城市生活一种独特"生态"，它介于封建文化和资本主义文化之间，也介于才子佳人和现代文明生活之间，色调复杂，意蕴独特。例如，张爱玲1944年写的《连环套》就别具一格，这部作品描写的是广东一个乡下女子霓喜到城市之后的姘居生活。但是，张爱玲并不是为了好奇，而是敏锐注意到了中国社会中这种特殊形态，她认为姘居介于夫妻和嫖妓之间，"比高等调情更负责任，比嫖妓又是更人性的。"她在《自己的文章》中写道："这种姘居生活中国比外国更多，但还没有人认真拿它写过，鸳鸯蝴蝶派文人看着他们不够才子佳人的多情，新式文人又嫌他们既不象爱，又不象嫖，不够健康，又不够病态，缺点主题的明朗性。"① ——从这里透露出作者一副冷静细致的社会学家眼光。正是这副眼光，使她在日常生活中看到了新生活来临的必然趋势，她在上海写的最后一篇中篇小说《小艾》（连载于1951年11月4日至1952年1月24日《亦报》）就表达出了这一点。无疑，这是现实主义艺术的胜利。但是，正如张爱玲对姘居生活所发的议论一样，她的小说创作夹杂在鸳鸯蝴蝶派和新式文学之间，长期以来很少人认真研究过，大概也是"缺乏主题的明确性"的缘故。

"社会言情小说派"如果从政治上来评价，确实是这样一个"缺乏主题的明确性"的文学流派。这么一个流派竟然能够在四十年代中国文坛上出现并站住脚，也自有它奇特的地方。不过，我们还要继续提到上海"孤

---

① 张爱玲：《张爱玲精选集》，北京燕山出版社，2006年，第308页。

岛"这个文化背景。在这里云集了一大批欣赏文学的人,他们有茶前饭后读书看报的习惯,属于一批城市通俗化文学的读者群。在当时革命文学难以长足发展的时期,自然成为"社会言情小说"滋生的基础。他们从张爱玲等人的作品中看到了和自己生活切身相关的一些场景,在艺术中获得心灵上的慰藉和交流。因此直到四十年代末,张爱玲的小说还拥有大量读者。1950年,有人在《亦报》上撰文,还这样称赞张爱玲:"梁京不但具有卓越的才华,他的写作态度的一丝不苟,也是不可多得的。在风格上,他的小说和散文都有他独特的面目。他即使描写人生最黯淡的场面,也仍使读者感觉他所用的是明艳的油彩。"①

从艺术上看,"社会言情小说"自有独特的方面,使之成为四十年代文坛上的一支重要流派,其一,他们所描写的虽然是家庭琐屑和日常生活,但已完全脱去了才子佳人的气味和趣味,而是真实的市民生活,是现代城市生活的风情画和工笔画。其二,具有通俗化、民族化的特点。他们虽然也受到了西洋文学的影响,但明显地承继了《红楼梦》《金瓶梅》等中国传统现实主义的因素,尊重中国读者的审美心理,保存中国传统的美学意韵。其三,表现了一种现代思想意味,即对于现代城市生活中人的命运的悲剧性思考。以上这几方面的内容不仅说明了"社会言情小说"的独特之处,同时也表现了它和四十年代生活相通的一方面,它同样是中国文学趋同于现实主义,趋同于民族化、通俗化浪潮中的一簇浪花。

显然,"社会言情小说"的美学特征首先是社会的,其次才是言情的。其对于现实生活冷静的分析观察所显示出的社会学意义,使这个流派进入了新文学的大雅之堂,成为一种新的言情小说。这种新的言情小说和旧文学,特别是"鸳鸯蝴蝶派"小说并非没有关系,但代表了一种新型的市民文学。随着城市生活的扩大和展开,一种由此滋生的"城市文化圈"也在不断得到充实和扩大,要求创作反映城市日常生活的"生态"和"心态"的文学也成为必然。在这方面,张爱玲以及产生于上海的"社会言情小

---

① 叔红:《推荐梁京的小说》,《亦报》1950年3月24日第3版。

说"并不是孤单的，他们有很多不谋而合的伙伴，例如欧阳山（1908—2000）就是其中的一位。也许正因为早期受到"鸳鸯蝴蝶派"的影响，欧阳山的创作一直没有受到重视。其实，他在二十年代末期和三十年代初，就以描写城市青年恋爱生活而闻名。之后，他虽然一度转向写工人和农民，但一直对于表现城市家庭生活抱有强烈的兴趣。他在新中国成立后写了《三家巷》《苦斗》等作品，实际上延续了以往的美学追求，创造了一种新的革命的言情小说世界，至今，他所完成的鸿篇巨制《一代风流》，使人们能够再睹这位作家的风采。当然，这种现代言情小说的发展，更明显地表现在台湾和香港的文学创作中，在那里，有很多喜欢张爱玲作品的作家，现代言情小说也已经分成了各种不同的派别。如琼瑶、亦舒的创作都受到这位作家的影响。

第六章

在生活中扎根的"山药蛋派"

在前一章中，我们可能暂时忘记了中国农村。当文坛上兴起向大众化和民族化回归的潮流时，很多作家开始有意识地运用民间文学的形式，甚至方言进行创作，不过大多都是属于浮光掠影式的努力，并没有真正把文学推广到最广大的人民——首先是农民之中。实际上，谁也无法否认：就整个中国现代文学来说，我们上面所讲的一切，实际上只是一部中国城市文学史，广大的农民依然持续着读《水浒》的文学时代。在这种情况下，把新文学推广到最广大的农民之中，不仅是文学发展的一种责任，而且成为一种需要，它直接关系到新文学是否能够继续存在和发展。四十年代以后，几乎所有作家都开始意识到这个问题。这时，最光辉的事件发生在延安，毛泽东同志发表了《在延安文艺座谈会上的讲话》，把历史的要求转换成文学的自觉意识，从生活出发，提出了文学大众化和民族化的根本途径。一时间，很多作家豁然开朗，投入中国农村宽广的生活，而生活以母亲的胸怀，以自己永远甘醇鲜美的乳浆，接纳和培育了他们。在这个过程中，新文学创作中涌现出一束绽开在农村生活土壤上的文学之花，这就是最引人注目的，起源于四十年代初期的"山药蛋派"。

我们所说的"山药蛋派"是一个以小说创作为主的文学流派，以赵树理、马烽、束为、西戎等作家的创作为代表，他们以农民喜闻乐见的艺术形式，来反映中国农民生活，以农民的思想感情和眼光来描写农民的命运，体现农民的愿望，讽刺和嘲笑农民生活中的落后面；它扎根于解放区太行山区、汾水流域的生活沃土之中，散发着黄土高原泥土的芳香，深为广大群众，首先是农民所喜爱。所谓"山药蛋派"这个名称，是后来人们起的。据说，五十年代末，《山西日报》曾大力宣传过山药蛋的意义，认为它产量高，经济实用，一时影响很大。凑巧，不久《文艺报》发表文章，介绍以赵树理为代表的一群作家的创作，两相不谋而合，人们就开始称赵树理等为文学上的"山药蛋派"了。不管这个称谓是否合适，"山药蛋派"扎根于农民文化土壤上，并适合于农民"食用"却是实事求是的。

这里有必要重申的是，新文学从产生那天就显示出它与人民大众相结合的方向，用白话文取代文言文在文学中的正宗，是中国文学民主化过程的第一步。就此来说，整个新文学的发展史，就是一部文学与工农大众相结合的历史。但是，由于中国薄弱的现代文化基础，大众百分之九十以上没有接受书面语言的能力，使之成为一个漫长的历史过程，而且基本上成为一种由上向下，由城市向农村的扩张。这个过程先后经过由内容（从描写知识分子生活到描写工农生活）向形式（从表现工农生活到运用工农喜闻乐见的艺术形式）的转变，但是直至四十年代，文坛上虽然多次讨论过大众化、民族化问题，也确实有很多作家借鉴和运用民间文学形式，有的甚至投入农村生活，但是真正把自己全身心投入农民生活，从审美趣味上来一次根本转变的作家并不多。我们看到，中国文化结构内部巨大的差异，同时由于和外国文学交流状况的不同，形成了两个彼此相隔很远的审美世界，一个是接受了西方文学和新文学影响的知识分子世界，另一个则是基本上依然生活在封闭文学环境中，主要接受传统古典文学和民间文学影响的工农群众，首先是农民。沟通这两个世界，不仅仅是口号问题，而是一个实践问题，需要探索一条切实可行的途径。

在这个过程中，有一个踏踏实实地创造大众化文学的实践者就是赵树理。三十年代初，赵树理就抱定了为农民群众写作的决心，宁愿不当文坛文学家，也要闯出一条文学大众化、民族化的新路。从 1933 年写了章回小说《蟠龙峪》到 1943 年创作《小二黑结婚》，这整整十年时间，赵树理进行了长期顽强的探索，付出了辛勤劳动，终于走出了自己的路子，成为独树一帜的作家。周扬同志当时说赵树理"是一个在创作、思想、生活各方面都有准备的作者，一位在成名之前已经相当成熟了的作家，一位具有新颖独创的大众风格的人民艺术家"，① 一点也不为过。如果说毛泽东同志是在总结了新文学发展的实践经验，从理论上解决了文学大众化问题，那么赵树理则是一个在实践上卓有成绩的作家。

赵树理（1906—1970）是新文学普及活动中的一个真正的播种人。他把新文学的种子从城市带到农村，播在农村生活的沃土中，并精心培育出土色土香的文学新花。在这个过程中，农村生活对于他的创作，不仅是形成他独特风格的基础，而且是美学意味的源泉。王春在《赵树理怎样成为作家的》② 一文中告诉我们：

> 赵树理是山西沁水县人。他的家庭并不是吹鼓手，而是一个贫农家庭。这个家庭和他生长的农村环境，给赵树理同志带来了三件宝，保证他一辈子使用不完：头一宝是他懂得农民的痛苦。他家原先种着十来亩地，但地上都带着笼头，就是说指地举债，到期本利不还，地主就要拿地营业。从有他到抗战开始的三十年间，他的家和他自己是一直呻吟在高利债主的重压下的。被地主扫地出门的威胁，他经过。不得已几乎卖掉妹妹的惨痛，他经过。大腊月天躲避债主的风寒，他受过。总而言之，他是穷人，他是穷人的儿子，他真正知道农民的艰难是什么味道。懂得农民，自然也就懂得地主，懂得农民的经济生活，知道农村各阶层的日子都是怎样过着的。第二宝是他熟悉农村各方面的知识、习惯、人情等等。他的父亲除了种田，还可以编簸箕，治外科，拉扯奇门遁甲等为副业，《小二黑结婚》上的"二孔明"在

---

① 周扬：《论赵树理的创作》，《解放日报》1946 年 8 月 26 日。

② 王春：《赵树理怎样成为作家的》，黄修己编《赵树理研究资料》，北岳文艺出版社，1985 年，第 11—12 页。原载《人民日报》1949 年 1 月 16 日。

迷信和强调弄钱这两点上就是取得他父亲的影子。但不管怎样说，这位聪明的父亲，确是精通农村"知识"的；从有用的缠木权、安镰把，到迷信的捏八字，择出行，无不知晓，无不告诉给他。赵树理自己上过村学，放过牛驴，担过炭，拾过粪，跟着人家当社头祈过雨，参与过婚丧大事，走过亲戚拜过年，总之是他在农村实顶实活了那么大，再加上他父亲遗给的那些"知识"，他就算得是真正熟悉农村了。第三宝是他通晓农民的艺术，特别是关于音乐戏剧这方面的。他参加农民的"八音会"，锣鼓笙笛没一样弄不响；他接近唱戏的，戏台上的乐器件件可以顶一手；他听了说书，就能自己说，看了把戏就能自己耍。他能一个人打动鼓、钹、锣、镲四样乐器，而且舌头打梆子，口带胡琴还不误唱。有多少次群众大会上，碰上了他这种表演，使得人民情绪高扬到十分。他的三件宝，极度高涨的农民求解放的义愤，非常丰富的农村生活的知识，熟悉与爱好农民艺术的热忱，这是他后来创造作品的不尽源泉。

王春这段话，活脱脱地把一个农民艺术家形象摆在了人们面前。毫无疑问，是生活给赵树理铸造了一座桥梁，一把钥匙，通过这座桥梁，赵树理把握了中国文化最底层的传统情愫；通过这把钥匙，打开了通向文学大众化的大门。我们同样能够通过它们理解赵树理的创作。

显然，这种生活给予赵树理的首先是感情，使他从实际生活中理解中国文化，懂得农民的心理，理解他们和自己的土地和中国传统民间艺术的血缘关系。理解农民的感情和文化素质，构成了他创作的基调，这也是他不同于当时丁玲、周立波描写农民生活的重要一点。赵树理没有用居高临下的眼光，也没有用情愿俯首向下的姿态来写农民，而是以一个地道的农民眼光来观察和评判生活。当然，这里所说的农民，不是依然生活在封闭的生活环境中，在地主高利贷者剥削下呻吟或者铤而走险意义上的农民，而是已经接受了新思想的影响，已有鲜明的政治意识，正在走向解放的农民。赵树理是带着农民的愿望，带着农民自然流露的感情来描写农村生活变化的；

是用农民式的讽刺幽默口吻来嘲笑农民中落后人物和事物的，因此他能够抓住农民最关心的问题，用农民最喜欢的方式表现出来，使人们，首先是农民，感到格外亲切和开心。赵树理的风格就是中国农民感情艺术化的个性表现。

《小二黑结婚》是赵树理最有影响的作品，也是"山药蛋派"的奠基作。小说所表现的中国农民祖祖辈辈对自由美满生活的善良愿望和勇敢追求，显示了赵树理对农民精神状态和审美心态的深刻了解。作品中的小二黑和小芹，一个是年轻英俊的特等射手，一个是勤劳美丽的农家少女，作者在他们身上寄予了美与善的力量，也寄予了自由幸福的理想。这天生的一对青年，在自己的劳动生活中产生爱情，正如《天仙配》中董永、七仙女般的天然姻缘一样，表现了一种浓郁的传统理想境界，是中国农民上千年以来从生活中产生并梦寐以求的境界。而当这种理想一旦和新的政治生活联系在一起的时候，就能唤起广大农民内心深处的认同感。在这个基础上，小二黑和小芹的爱情愈显得合理美满，就愈见其封建势力的丑恶。也许正是出于对农民传统审美心态的理解和尊重，赵树理对于这篇小说的素材进行了处理和改造。据说，作品的故事原型原来是一个悲剧：某村19岁的民兵队长岳冬至由于和一个姑娘自由恋爱，不仅没有获得幸福，反而被把持政权的守旧的村干部活活打死了。但是在小说中，赵树理却安排了小二黑和小芹终成眷属的美好结局。而这个结局无疑是和当时新政权的建立密切联系在一起的，它不仅表现了中国农民的愿望，而且给这种愿望的实现提供了现实归宿，使农民看到新生活的希望和光辉前景。在这里我们看到，赵树理在作品中把农民在长期受压抑和剥削生活中幻化出来的生活理想变成了一种可以接近的艺术现实。这个现实明显地带着传统文化的痕迹和局限，过去的文学家曾经千百次地把这种理想的实现归结于"清官"，归于神仙和因果报应，而在赵树理小说中，我们看到了新的寄托和依靠，这就是政府和上级领导。因此，所谓"大团圆"的结局不再是一种理想，而成为一种现实。

这种寄托给赵树理的小说增添了现实政治色彩，正如赵树理自己所说过的："我在做群众工作的过程中，遇到了非解决不可而又不是轻易能解决了的问题，往往就变成所要写的主题。"① 他写《小二黑结婚》《李有才板话》《登记》等作品都是在生活中对某种问题深有感触而创作的，它们来自生活，同时又为生活服务，真正起到文学在革命事业中"齿轮"和"螺丝钉"的作用，这是赵树理创作显示出的另一个重要特点。不过，赵树理毕竟是站在与农民息息相通的平等地位上写作的，不可能是一味训导式的，也不可能是一味歌颂式的，他热情歌颂了自己同胞中的新人物，但并没有把他们美化成英雄；他热爱农村，理解农民，但是并没忘记他们的缺点和落后之处；他所描写的不过是婆媳不和、父子争吵、家庭纠纷，不过是农村平凡的生活场景，农民有关切身利益的实际打算，但是就是通过这些，沟通了农民的心灵，反映了广大农民走向解放的艰难步履。在创作中，他对自己同胞身上勤奋、耐劳、淳朴、厚道的优秀品质很清楚，同时对于他们保守、自私、迷信、愚昧的方面最了解，他写了许多像二诸葛、三仙姑（《小二黑结婚》）、李成娘（《传家宝》）、小飞蛾（《登记》）、吃不饱（《锻炼锻炼》）等落后人物形象。对这些人物，赵树理的态度是"劝"，他把自己的小说也称为"劝人小说"。所谓"劝"，就是站在同辈人立场上给予开导和劝告，帮助他们进步。

由此可见，赵树理是一个从农村生活中成长起来的真正的新文学作家，是农民文学的代表者。在1946年8月26日《解放日报》上，周扬撰文指出："作者在处理人物上，还有一个特点，就是明确地表示了作者自己和他的人物的一定的关系。他没有站在斗争之外，而是站在斗争之中，站在斗争的一方面，农民的方面，他是他们中间的一个。他没有从旁观者的态度，或高高在上的态度来观察与描写农民。农民的主人公的地位不只表现在通常文学的意义上，而是代表了作品的整个精神、整个思想。因为农民是主体，所以在描写人物，叙述事件的时候，都是以农民直接的感觉、印象和判断为基础的。他没有写超出农民生活感觉想象之外的事件；没有写他们所不感兴趣

---

① 赵树理：《也算经验》，《人民日报》1949年6月26日。

的问题（当然写别的主题的作品，又是另外一回事）。他把每个人物或事件在群众中的反映及所引起的效果，当作他观察与描写这个人物或事件的主要角度。农村的事情还有谁比农民了解得更深的、更透彻的吗？对于地主，有谁比农民更熟悉底细的吗？就是对于农村中干部们工作的好坏，农民也是最正确的批评者。"① 这就是赵树理所拥有的真正的艺术优势。

如果理会了这种根深蒂固的感情根源，就不难理解赵树理为什么不去攀援俯就高雅的文苑，甘愿把创作的摊子铺在乡村，写"不登大雅之堂"的通俗化作品。其深刻意义就是要完成新文学和传统旧文学的历史联结，把现代化和传统化统一起来。赵树理这样说过："一种看法是先看基础，也就是说先看看群众现在吃的是什么精神食粮，再看看自己供给的精神食粮群众能不能吃进去，顺口不顺口。从这里出发，不论思想性也好，语言也好，技巧也好，都要考虑到群众的接受程度，尽管想办法使群众能够接受，然后在这个基础上逐步提高。"②

抱着这种态度，赵树理对于中国传统文学遗产，对于农民群众的文学欣赏习惯，给予了特别的倾心。他懂得，中国最广大的农民，长期在艰苦条件下生存，终年劳累，缺乏精神生活，他们没有养成去欣赏大段风景和心理描写的习惯，他们要求作品简朴明了，从生活中有趣味的事直接说起，跟随故事发展获得精神享受。在创作活动中，赵树理不仅深入了解农民的审美习惯，而且不断探寻形成这种习惯的原因，寻找提高和改造它们的方法。他从民间评书、戏剧和传统小说中吸取艺术营养，找到了和农民群众相通的艺术血缘。赵树理的小说，不论是长篇还是短篇，都具有很强的故事性，情节连贯，有头有尾，用人物行动来交待人物和表现人物。例如《小二黑结婚》一开始就用故事引出人物，人物又引出新的故事，形成环环相扣的故事系统；人物性格发展和情节交织在一起，相辅相成，并行不悖，再加上作者经常采取评书中"扣子"的写法，造成悬念，然后"花分两朵，各表一枝"，更有推波助澜的作用，造成引人入胜的艺术效果。

---

① 周扬：《论赵树理的创作》，《解放日报》1946 年 8 月 26 日。
② 赵树理：《当时创作中的几个问题》，《火花》1959 年 6 月。

这对于终年劳苦又少余暇的农民来说，是有特殊吸引力的。

如果说文学是一种整体性活动，那么欣赏者的状况必然对创作产生绝大的影响，在某种意义上来说，什么样的欣赏者往往造就什么样的文学。赵树理的创作显然是有意识地顺从中国农民文化状况的实际情况。然而，赵树理不仅是一个传统的继承者，也是传统艺术新的开拓者。且不说他作品中所表现出的新的时代生活，在结构和描写手法上也有推陈出新之功。如果说在中国传统叙述艺术中还存在着铺张、戏谑、松散的特点，那么赵树理的小说则以简练、严肃、谨严著称，赵树理擅长白描，善于用人物行动表现人物性格和心理活动。就说赵树理小说中常出现的"扣子"，在旧评书中，常常是由此及彼，漫无边际，往往过分渲染或者故作惊奇，而在赵树理的小说中，"扣子"则紧紧围绕着作品的主题和人物，无哗众取宠、插科打诨之处。因此赵树理小说的艺术意义不仅在于继承了传统艺术，给农民提供了精神食粮，而且把传统艺术提高到一个新的层次。他和很多作家一起走向大众，共同创造了中国传统文化的一个新的阶段，为中国文学继续发展创造着一个新的台阶。过去，中国新文学很多追求无法持续下去，就是因为没有这个台阶。就这个意义上来说，赵树理向传统艺术的学习不是封闭和保守的，有开放和创新的一面。这一点，赵树理在《〈三里湾〉写作前后》一文中曾说过："同时我这种写法也并不能和大多数作家的写法截然分开，因为我虽出身于农村，但究竟还不是农业生产者而是知识分子，我在文艺方面所学习和继承的也还有非中国民间传统而属于世界进步文学影响的一面，而且使我能够成为职业写作者的条件主要还得自这一面——中国民间传统文艺的缺陷是要靠这一面来补充的。"①

在新的层次上再造中国传统文学，赵树理尤其对于文学语言建设非常敏感，成就也尤为突出。赵树理长期生活在农村，对语言不协调所造成的感情上的隔膜深有感触，做了很多努力。他在《也算经验》中谈道："说话如此，写起文章来便也在这方面留神——'然而'听不惯，咱就写成

---

① 赵树理：《三里湾》，作家出版社，1963年，第214页。

'可是';'所以'生一点,咱就写'因此';不给他们换成顺当的字眼儿,他们就不愿意看。字眼儿如此,句子也是同样的道理——句子长了人家听起来捏不到一块儿,何妨简短些多说几句;'鸡叫''狗咬'本来很习惯,何必写成'鸡在叫''狗在咬'呢?"① 在赵树理作品中,不仅人物语言有声有色,就是叙述人的语言也具有农民风味,平易,朴实而又幽默诙谐,符合山西农民敦厚而机智的口吻,例如在《小二黑结婚》中写三仙姑一段,用"老来俏""顶门上的头发脱光了"等富有表现力的群众语言,就带有浓郁的文化心理色彩。本来,如果就西方观念来说,四十几岁打扮自己很正常,但就中国人的审美习惯就不同。赵树理有心要嘲笑一下三仙姑,并不直说,只一笔"只可惜官粉涂不平脸上的皱纹,看起来好像驴粪蛋上下了霜"② 就表现得淋漓尽致。这样的妙言妙句在赵树理作品中俯拾皆是,它们看起来未加任何修饰,随口流出,没有丝毫雕琢的痕迹,却具有独特的艺术表现力,也表现了作者很深的语言功底。"山药蛋派"的另一个作家孙谦曾这样说过:"捧读赵树理的作品,就像久别归乡吃到了家乡饭菜。饭菜极简单,原料就是大队生产和制作的粮、油、蔬菜和调味品。没有山珍海味。很适口,很解馋,很有味道。放下饭碗,余味在口,往事的回忆和未来的憧憬,便一起向心头涌来——赵树理同志的作品太诱人,太美妙了!"③(《思念赵树理同志》,1978 年 10 月《汾水》)

赵树理的创作在新文学史上具有开拓新路的意义。如果说,赵树理1933 年写《蟠龙峪》时,他在文坛上还默默无闻,未被人们所注意,那么十年之后发表《小二黑结婚》,立刻引起了文坛强烈的反响,被认为是大众化、民族化文学创作一个真正成功的开端,一次珍贵的收获。如果说这个开端也就是"山药蛋派"文学的开端,那么这个流派获得了一个良好开端,时代为它的发展造就了很好的条件。1943 年,赵树理《小二黑结婚》

---

① 复旦大学中文系编:《中国当代文学研究资料·赵树理专集(上)》,1978 年,第79 页。
② 赵树理:《小二黑结婚》,陕西人民出版社,2009 年,第 3 页。
③ 高捷编:《回忆赵树理》,山西人民出版社,1985 年,第 11 页。

发表后，立即受到解放区党和群众，受到文坛的热烈欢迎和扶植。当时担任八路军副总司令的彭德怀是第一个赞赏赵树理作品的人，他给《小二黑结婚》亲笔题词"象这种从群众调查研究中写出来的通俗故事还不多见"，并安排出版发行。此后，郭沫若、茅盾、周扬等人又大力推崇赵树理的创作。郭沫若 1946 年 8 月写了《"板话"及其他》一文，其中说："我是完全被陶醉了，被那新颖、健康、素朴的内容与手法。这里有新的天地，新的人物，新的感情，新的作风，新的文化，谁读了，我相信都会感觉兴趣的。"① 茅盾称赵树理的创作是"走向民族形式的一个里程碑"。这一切，都为"山药蛋派"的发展创造了良好的条件。

在这种情况下，山西很多作家在创作民族化和大众化过程中不谋而合，学习和追随赵树理的艺术风格，形成了一个文学群体，马烽、西戎、束为等，都是这个群体的作家。他们都长期生活工作在农村，对农民的生活、语言和文化心理都比较了解。在创作中，他们认定了文学大众化、通俗化的方向，认定了文学应该在普及基础上提高，在提高下普及的道路，学习中国传统文学中的精华，吸取民间艺术的营养，向人民群众学习活的语言，努力创作农民群众听得懂、感兴趣、能接受、所喜爱的文学作品，取得了一定的成绩。

马烽算是"山药蛋派"早期的作家，他的创作一开始就沿着大众化、民族化方向发展。他后来曾写过一篇文章《不要忘了读者对象》，其中写道："不管写什么样的文章，作者在动笔之前，都应当考虑到读者对象。也就是说你的作品是打算写给什么人看的？怎样才能使他们看懂，感到兴趣，得到益处？一句话，必须为读者们着想，否则即使作品内容再好，'艺术性'再高，读者看不懂，还是白搭。"② 这就是马烽创作的出发点。1945 年，马烽和另一位"山药蛋派"作家西戎合写的长篇小说《吕梁英雄传》，就是采用章回形式写的（这时，也许读者还记得，上海的文坛上一些杂志也在为章回小说恢复名誉）。这部描写吕梁人民在共产党领导下建立革

---

① 　郭沫若：《郭沫若论创作》，上海文艺出版社，1983 年，第 772 页。
② 　马烽：《马烽文集》（第八卷），大众文艺出版社，2000 年，第 167 页。

命武装，配合八路军，消灭汉奸维持会的作品，通篇由大大小小的故事联缀而成，情节曲折生动，语言通俗活泼，是一部通俗化的好作品。此后马烽写的《村仇》《一架弹花机》等作品，也具有浓厚的"山药蛋派"气息。不过，和赵树理相比，马烽的小说更显得明快自然，具有抒情意味。特别是新中国成立后创作的《三年早知道》《我的第一个上级》等作品，表现了马烽在创作上更上了一层楼。小说《我的第一个上级》写出了一个朴实无华的性格——县农建局副局长兼防风副总指挥老田，在艺术上收到了光彩照人的效果。

应该说，"山药蛋派"第一个黄金时期是在五十年代，这时，除了赵树理、马烽等作家之外，又有一批文坛新秀，例如孙谦、韩文洲、胡正、义夫、成一等加入了"山药蛋派"的行列。在"山药蛋派"创作中，又涌现了一批像《赖大嫂》（西戎）、《南山的灯》（孙谦）、《两个巧媳妇》（胡正）、《长春岭》（韩文洲）、《老贫农的来信》（义夫）等新作品，这些作品写的几乎都是农村生活，又几乎都是他们所熟悉的人物和事物，反映了农民生活和精神面貌。随着生活的发展，"山药蛋派"所写内容也更加丰富了，逐渐从家庭写到合作社，从农村写到城镇，从农民写到技术员和县委书记等等，在艺术上也向成熟多样的方向发展。但是，正当"山药蛋派"发展的盛期，遭到了"左"倾政治风暴的袭击，文艺的百花园普遍萧条凋敝，"山药蛋派"也不能例外。不过，"山药蛋派"扎根于生活沃土之中，生命力还是相当顽强的。至粉碎"四人帮"之后，文坛复苏，"山药蛋派"一度又有生机勃发之势，文坛上不仅出现了像马烽、孙谦合编的电影剧本《泪痕》那样的优秀作品，在1979年的《汾水》杂志上，人们还一度争相传看着潘保安的小说《老二黑结婚》，人们都期望这是"山药蛋派"又一个新的开端，而不是终结。我们还是留下这个后来的话题吧。

"山药蛋派"是新文学中很有影响的一个文学流派，它体现了从"五四"新文学产生到1942年毛泽东《在延安文艺座谈会上的讲话》发表新文学与工农大众相结合，与中国传统文化相结合的实绩，也体现中国多样化的新民主主义文学向社会主义文学发展的转机。"山药蛋派"作家意在为农民群众"雪中送炭",但成为新文学史上的"锦上添花",为我们提供了一个新的文学流派类型。

第七章

小说创作中的"出水芙蓉"

——"荷花淀派"

正当"山药蛋派"和"新民歌体诗派"在文坛上花开叶艳之时，在毛泽东同志曾称誉是"抗日模范根据地"的晋察冀边区，一支新的文学流派——"荷花淀派"，正在含苞欲放。

要谈"荷花淀派"，首先要从孙犁谈起。

很多年之后，有人曾这样写他所见到的孙犁："人们常说：文如其人，人如其文。这话大概有一定道理吧。我面前的这位作家，他的风度，气质，与我由文而想象出的人，似乎有点吻合。他身材较高，因为年龄和多病的缘故，面容清癯消瘦，头发已显苍白，但两眼颇有神采，总是温和地、满含深情地微笑着。他举止稳重、文雅，透露着一种诗人的气质。"①这段描写也许会使我们联想到有人曾这样评价孙犁的作品：

> 如果打个比喻的话，我们觉得孙犁的作品宛如一朵朵丰鲜的荷花。"出污泥而不染，濯清涟而不妖，中通外直，不蔓不枝，香远益清，亭亭净植。"（宋·周敦颐《爱莲说》，《古代散文选》中册）孙犁作品似荷花，不仅是"不蔓不枝，香远益清"，而且是开放在朝霞

---

① 袁振声：《论作家孙犁》，《河北文艺》1980 年 1 月。

如染的白洋淀里，那里波平如镜，荷箭高挺，一朵朵荷花上露珠晶莹，色香宜人，细看起来别有一种"美"的滋味，虽说它没有牡丹那样妩媚娇妍，也没有兰草那样幽洁雅致，然而荷苞初放，朴素而葱俊，洒脱又秀丽，在我们的文艺百花园中确是独具一格，惹人喜爱。①

看来，孙犁确实和"荷花淀派"有不解之缘，可是，如果我们不是停留在这种表面印象上，而是深究这种缘分背后的内容，就会发现孙犁和"荷花淀派"文学的缘分首先来自他和他生活工作过的地方的关系。

孙犁1913年生于河北省安平县农村的一个小康家庭，幼年经常和小伙伴到离村二三里远的镇上去赶庙会、赶年集、看年画。参加革命后，他奔波于滹沱河岸、白洋淀边，熟悉农民生活的风土人情，理解在这块土地上所孕育的优美、细致的艺术情趣，他从自己生活过的村庄，走过的路，路过的石头，越过的水溪中吸取了艺术意韵，陶冶出了一颗清洁秀美的心灵。

把孙犁和"荷花淀派"的名字永远连在一起的是他的作品《荷花淀》，在这之前他已经是一个小有名气的作家。1945年，《荷花淀》在延安《解放日报》上发表，立刻以其浓郁的地方色彩、清新优美的笔致不胫而走，引起了人们注目。从这篇小说中，人们才发现了荷花淀，发现这里蕴藏着那么美好的生活和艺术情致，发现这里具有一个诗情画意的艺术世界。《荷花淀》表现了从乡土生活中陶冶出的一种优美艺术情致。它所写的故事并不复杂。一个游击组长——水生——的妻子在丈夫参军走后，和村里的几个妇女（她们的丈夫和水生一样参了军）一起乘船去看自己的丈夫，不料不仅没有看上，而且在回来路上遇见了日本鬼子的船，正在危急时刻，在荷花淀里伏击敌人的游击队突然出现，消灭了敌人，这些妇女们转危为安，同时又见到了思念的丈夫，更是转惊为喜。通过这一次遭遇，她们决心也回去成立武装，配合自己的丈夫作战。这篇短小的小说作品，使

---

① 周申明、邢怀鹏：《孙犁的艺术风格》，河北人民出版社，1980年，第4页。

孙犁成为一个风格独树一帜的作家，也成为一个文学流派的开山鼻祖。

这也许并不偶然，因为孙犁并非一个思想上毫无准备的作家，他立足于乡土生活之中，对于文学创作有自觉的独立意识。告诉我们这一点的重要材料，是孙犁在 1942 年写的《文艺学习》一书，这是一本很小的文艺理论小册子，却昭示了许多文学创作的新观念和新意识，其中有些思想不仅长久地溶化在孙犁的创作中，成为其艺术风格的理性基础，而且表达了一种新时代的文学意识。孙犁当时创作并不算丰盛，但是一位自觉的作家，正因为如此，他的思想和创作才能代表一种倾向，一种愿望，成为一个文学流派的种子。可惜，这本小册子至今没有引起人们应有的重视。

《文艺学习》最重要的是突出了"新"字。描写新现实，表现新人物是他这个册子的论述核心。如果说现实生活是文学创作的基础，那么孙犁的这个基础是"五四"以来很多作家所追求的，属于一种崭新的生活：在共产党领导的人民革命斗争中，到处都是"新人的创造、战斗的力量和智慧的发现，人的力量和精神最有价值的发挥"。[1] 由此他认为，文学创作就应当主要去"表现政治文化的力量，人民从愚昧走到有理解的认识；表现女性的解放的过程，男人对女人的新的态度；表现孩子；表现新的家庭关系，新的道德；表现这个时代生和死的意义"。[2]

作为一种对生活独特的理解和感受，《文艺学习》最引人注目的地方，就是对于新现实所做的种种解释和说明，这里不妨摘录如下：

> 新现实里第一引人注目的是新角色的上场。以前，在庙台上，在十字街口，在学校，在村公所，上城下界，红白喜事，都有那么一批"面子人"在那里出现，活动，讲话。这些人有的是村里最有财富的人，有的是念书人，有的是绅士，有的是流氓土棍，这些人又大半是老年人，完全是男人。而今天跑在街上，推动工作，登台讲话，开会

---

① 孙犁：《关于文艺作品的"生活"问题》，孙犁《孙犁文集》（第五卷），百花文艺出版社，2013 年，第 414 页。

② 孙犁：《孙犁文集》（第四卷），百花文艺出版社，1983 年，第 120 页。

主席的人，多半换了一些穿短袄、粗手大脚，"满脑袋高粱花子"的年轻人。出现了一些女人、小孩子。……

新现实第二引人注目的是这些新人的新认识、新感情、新见解、新愿望，由此而来的一切新行动。这些人重新估计了自己的力量和命运，从自暴自弃，受人轻视，宿命观点救出自己来。他们对新的接近、吸收、爱、拥护，对旧的拒绝、仇视、痛恨、克服，他们确定新的美和新的善，扩大正义的感情和热情，扩大他们的关心到世界国家和人民，这些人记起旧日的悲惨，加紧追求新东西的脚步，比别人看的现实更清楚，因此他们的工作积极也繁重，这些人内心充实自己，在外表武装自己，投身在汹涌的波涛里前进。他们应付问题，完成工作，有那样一套使人惊异的智慧、机警和毅力。

……

新现实里第三个引人注目的是人和人的关系的改变和合理化。比如我们研究一下，父子、母女、婆媳在今天的关系；兄弟朋友在今天的关系；夫妻、相恋的人们在今天的关系；老师和学生在今天的关系。……

新现实里第四引人注目的是社会风俗习惯的改变，伦理道德观念的改变。……

新现实里第五引人注目的是新环境、新景物。……

新现实里第六引人"注耳"的是新语言。①

这种独特的现实决定了孙犁创作的美学意蕴。他的创作正是在这种新现实中产生出的新的文学，用他自己的话来说，这是一件"用新的血液代替旧的血液，用新的肌肉代替腐陈的肌肉；好比在荆棘丛里，培养花朵，在血汗痛苦里，接产婴孩，是复杂曲折艰苦的工作"。② 孙犁的作品是他满

---

① 孙犁：《文艺学习——给〈冀中一日〉作者们》，作家出版社，1964 年，第 129—133 页。

② 孙犁：《孙犁文集》（第四卷），百花文艺出版社，1983 年，第 121 页。

怀革命的喜悦之情，把笔触伸到乡土生活之中，摘取的新时代晶莹的露珠和盛开的朝花，它们辉映着新时代、新生活的曙光，散发出新思想、新道德、新感情的芬芳。可见，这个"新"就是孙犁艺术风格的精神之魂。

事实上，这种对于"新现实"的强烈兴趣，说明新文学美学倾向的变化，这就是文学开始由批判和暴露现实向赞美和歌颂现实的方向转变，创作已渐渐由愤怒、批判、战斗的现实主义向乐观、歌颂、理想的现实主义转变。诚然，这种变化呈现在整个解放区的文学创作中，赵树理、周立波、丁玲、草明、李季等作家都在描写和歌颂着这种新的现实新的人物，但是，孙犁和他们相比依然别具一格，其新的色彩更加浓厚艳丽，他的作品中已难以见到新旧社会生活的双重叠影。不同于赵树理作品中的破旧立新之意，也不同于周立波、丁玲作品中旧中见新的创新之举，而是新中出新；他是一个全心全意去描写新现实，赞美新现实的作家，他并不着重于表现旧人物是怎样变成新人物，旧生活怎样变成新现实的，而是在表现新人物、新现实新在何处，展示出"新的美和新的善"来。早在写《文艺学习》之前，孙犁就表现了对描写新现实的一往情深。写于 1940 年的小说《邢兰》就明白地告诉了我们这一点，作者用"藏在胸膛里的一颗煮滚一样的心"描写了一位革命的"拼命三郎"，就是千千万万新现实造就的新人物之一。小说中的邢兰，"矮小、气弱、营养不良"，却担负着村里代耕团和互助团两个团的工作。他赤着脚，穿着单衫，整天东奔西忙，帮助同志捆行李、找驴子、带路，给合作社扛木头、打坯。他家里穷得小女儿连裤子都穿不起，却能慷慨地把时价很贵的草、木柴送给不相识的同志取暖，把自己的黄菜、干粮送给同志们食用。在这篇作品中闪烁着新现实、新人物的火花。

在此基础上，孙犁的可贵之处在于构筑了一种新的美学理想和审美现实。在《荷花淀》里，我们看到的是新人物和新环境的统一，新感情和新行动的交织，新生活和新关系的融合。一个普通的家庭妇女，在旧社会的命运无非是整天围着锅头转，只知道丈夫儿女，油盐酱醋，但是水生妻赶上了新社会，新现实不仅使她获得了安乐生活，而且在她家庭关系中增加了新的因素。丈夫革命积极，使她在家庭生活中的地位也相应提高，虽然她舍不得丈夫水生离开家去参军，但她仍然为丈夫而骄傲。她尊重丈夫，也知道丈夫尊重她，这个家庭离不开她，虽然还是一句"你有什么话嘱咐嘱咐我吧"的顺从之语，里面却包含着责任、权利和勇气，包含着一种新的夫妻感情，应该说，孙犁在表现新现实的过程中，着重表现了新的人物，而在表现新人物时，又着重表现了他们美好的内心世界和美好品质，无论是《荷花淀》中的水生妻，还是《女保管》中的刘国花、《山地回忆》中的妞儿、《风云初记》中的春儿、《光荣》中的秀梅，都是新现实中涌现出的新人物，他们虽然没有做出惊天动地的大事，但是在平凡的日常生活中显示出感人至深的精神品德。例如《光荣》中的秀梅就是这样。她耐心地调解参军在外的原生的家庭关系，劝解闹着要和原生离婚的媳妇小五，甚至不计小五出口伤人的私怨去帮小五家干活，最后和原生结成良缘，这首先或许不是出于爱情的力量，而是高尚的集体主义精神。因为她知道，原生参军打仗是为了他们共同的利益，正如作品中所写到的，"我们给前方的战士助劲，胜利就来得快；我们不助劲，光叫前方的战士们自己去打，那胜利就来得慢了。"① 秀梅善良、宽宏、美好的心灵品质是和新时代、新现实的道德要求相一致的，为此作者情不自禁地赞美自己笔下的主人公："她好象在大秋过后，叫大家看她那辛勤的收成；又好象是一个撒种子的人，把一种思想，一种要求，撒进每个人的心里去。"② ——实际上，担负起这种"撒种子"职责的人，首先是孙犁自己，他用自己的创作在播种着新思想和新观念。

显然，孙犁的文学创作是在一片光明的背景中展示的。这个光明的背景赋予孙犁的另一重美学意韵则是喜剧色彩，不，应该说是一种喜剧意识。这种意识对于整个文坛来说，是一种新时代文学精神开始觉醒并统领一代创作的艺术象征，它在无意识之中宣告着新文学悲剧时代的衰落和喜剧时代的到来。所谓特定的"新现实"的观念基础，必然产生出与之相适

---

① 孙犁：《孙犁文集》（第一卷），百花文艺出版社，1992年，第203页。
② 同上，第205页。

应的文学形态。在孙犁的创作中，"新"和"喜"是互相关联的，"新"是"喜"的基础，"喜"是"新"发展的必然结局，革命新现实和乐观的喜剧气氛是相辅相成的。孙犁描写新现实，意在表现它的美好，它的魅力，它的强大的生命力，这是和文学的喜剧精神相吻合的。后者是从孙犁所谓理解的"新现实"之中脱胎而出的。孙犁曾在《作品的生活性和真实性》一文说过："什么才是现实呢？不脱离群众并能引导群众向上。"① 这是因为他坚信在现实中，美的东西必定战胜丑的，善的必然战胜恶的，这是历史发展的必然趋势。孙犁的创作伴随着一个蒸蒸日上时代，这种乐观的美学理想获得持续存在的可能性。直到八十年代初，孙犁依然是一个文学上的"喜剧主义者"，他曾在《关于〈大墙下的红玉兰〉的通信》中对从维熙表示了这样的意见："但是，你的终篇，却是一个悲剧。我看到最后，心情很沉重。我不反对写悲剧结局。其实，这篇作品完全可以跳出这个悲剧的结局。也许这个写法，更符合当时的现实和要求。我想，就是当时，也完全可以叫善与美的力量，当场击败那邪恶的力量的。战胜他们，并不减低小说的感染力，而可以使读者掩卷后，情绪更昂扬。"② ——当然，《大墙下的红玉兰》的悲剧结局是否逊色于喜剧结局应该另当别论。

不过，读孙犁的作品，是可以称得上"喜读"二字的。喜剧意识不是一种观念，而是一种意韵，一种情致，它浸透在作品的字里行间，成为一种风格的标志。这不仅表现在叙述内容中，旧事物的灭亡和新事物的胜利同样不可避免，而且表现在叙述者的情调上。例如在《荷花淀》中，水生妻等几个女人摇船归来，作者写她们途中遇见鬼子，情况万分危急，却有下面突出一笔：

　　她们奔着那不知道有几亩大小的荷花淀去，那一望无边际的密密层层的大荷叶，迎着阳光舒展开，就象铜墙铁壁一样，粉色荷花箭高

---

① 孙犁：《孙犁文集》（第四卷），百花文艺出版社，1992年，第347页。

② 同上，第478页。

高地挺出来,是监视白洋淀的哨兵吧!①

这段话一语双关,充满喜剧色彩,首先给人一种欣慰的感觉:有这铜墙铁壁似的密密层层的大荷叶,有这高高挺出来的白洋淀哨兵,这几个女人必能安然无恙。这与后面游击队出现消灭敌人互相呼应。显然,孙犁小说创作中这种喜剧意味,不是作者粉饰现实的主观臆想,而是和一个正在上升的社会生活相联系并且就是在这种生活中滋长的。孙犁和时代一起在成长,直接体验着旧的一切迅速被摧毁,新的东西迅速在成长的过程。他曾经在《文学和生活的路》中说过:"善良的东西,美好的东西,能达到一种极致。在一定的时代,在一定的环境,可以达到顶点。我经历了美好的极致,那就是抗日战争。"② 孙犁创作中的喜剧意识大概就是在这种"极致"中建立起来的,它给孙犁的作品带来了一种浪漫气息和诗一样的情调。

作为一个艺术家的孙犁,最可贵的品质之一是对美的追求。这使他成为一个并非仅仅跟随形势而粗制滥造的作家。读过孙犁作品的人,难免为一种独特的艺术美所打动,其表现在描叙上的诗情画意,构思上的精巧别致,语言上的简洁秀美,都有独特之处。例如《荷花淀》中,我们就能处处看到这种韵味悠扬的描叙,他写的女人编席有情有景,有色有香,"她象坐在一片洁白的雪地上,也象坐在一片洁白的云彩上",③ 既是一副浓淡相宜的水墨画,又像是一首情景交融的抒情诗,优美的画面和浓郁的抒情共同构成一种美的意境。

营造这种优美的意境,取决于作者的艺术功底,更取决于作者潜心于美的追求之中。在同时代的作家之中,孙犁不是一个盲目创作的艺术家,而是对于创作有着认真研究和自觉追求的人,例如他曾这样谈论过创作构思的境界:

---

① 孙犁:《孙犁文集》(第一卷),百花文艺出版社,1981年,第95页。
② 同上,第392—393页。
③ 同上,第90页。

因为你是摘取事情中的一段，它的过程中的一段，或者是它的场面中的一角，所以你就会把精神集中起来对付它，你会观察的详细，感触的丰富，你会把它展开、扩大，润饰光彩，使你的故事越发美丽优秀。因为你是摘取一段，你当然是摘取那精彩动人的一段，和你那故事内容的思想要求相切合的一段，所以你格外注意了那真实性、表现性最大的部分。这些部分对你的感情最深厚，对读者有引人的特征，它在你笔下充满了力量，它象一团红绸突然降落在人们的面前，鲜艳夺目。

……使读者深深地感动，投入到故事里，感受到一种大的生活的刺激。读者用心灵抚摸这一鲜明夺目的小环，也就捉住了那上面的环节和下面的环节，捉住了这整个鲜明的环练了。就是：读者因为你这一段生活的记载，看到了全面的生活，受到全面生活的感动。

——《文艺学习》

这些出自孙犁手笔的话是值得注意的，因为它表明了孙犁对于艺术特有的追求，这种追求不仅富有生气，具有革命内容，而且表达了一种文学的进步，其中蕴含着十九世纪以来现实主义文学发展的经验。它给予孙犁创作一个较高的美学起点。他善于选择生活，把自己的感情之光、艺术之光聚集在生活某一片段上，这一片段又是他认为最重要、最特殊的一点，是他最熟悉、最有感情的，然后强调它、实现它、反复提示它，贯注于生气，使之鲜明地凸现出来，发亮射光，照人眼目。《荷花淀》就是这样，这似乎是那个时代"家家户户的平常故事"，但在作者整个感情世界中占据着重要位置。孙犁曾谈论过，自己难以忘记在抗日战争到解放战争的十几年里，有多少妻子送走丈夫，多少母亲送走儿子，担负起养家度日和教养孩子的责任的动人情景。为此，他从千家万户的事情中，选择了水生这一家的生活，又着重描写了水生参军前后的情景，写出了精彩动人的一章。它的艺术魅力，正如孙犁在《关于长篇小说》中评价曹雪芹时所说的那样，"他写一个中心事件，总是像在平静的湖面上投一大石，不只附近的水面动荡，摇动荷花，惊动游鱼，也使过往的小艇颠簸，潜藏的水鸟惊起，浪环相逐，一直波及四岸；投石的地方已经平息，而它的四周仍动荡拍击不已。"①

应该说，从流派角度来说，孙犁的创作自觉创造着属于自己的艺术世界，他不仅在现实生活中为自己划定了疆界，使很多进入这个疆界的人成为自己的文学伙伴，而且在艺术描写上也试图实践自己的理论，归纳出艺术美的特殊规律。例如他说："短小精悍是文学艺术的一种高度境界。"②他在创作中也讲究简洁的笔致，写人状物，惜墨如金，却处处妙笔生花。在《芦花荡》中，作者在为人们描绘了一幅清悠淡远的画面之后，是这样描写出场的人物的：

撑船的是一个将近六十岁的老头子，船是一只尖尖的小船。老头子只穿一件蓝色的破旧短裤，站在船尾巴上，手里拿着一根竹篙。

老头子浑身没有多少肉，干瘦得象老了的鱼鹰。可是那晒得干黑的脸，短短的花白胡子却特别精神，那一对深陷的眼睛却特别明亮。很少见到这样尖利明亮的眼睛，除非是在白洋淀上。③

简练的白描手法，清晰明细，能够产生传神动情的艺术效果。而在这里，孙犁确实以自己富于诗意而又浅显动听的语言圈定了自己与众不同的艺术世界。

对一个作家来说，最重要的莫过于有意识地锻造自己的语言，因为这是建造艺术世界最重要也是最基本的建筑材料，孙犁一开始创作就没有忽视语言因素，他把语言的锻炼看作是思想的锻炼，认真向前辈作家、向口语学习，艰苦积累磨练。他在《文艺学习》中说："从事写作的人，应该

---

① 孙犁：《文艺学习——给〈冀中一日〉作者们》，作家出版社，1964 年，第 81—82页。

② 孙犁：《孙犁文集》（第四卷），百花文艺出版社，1992 年，第 291 页。

③ 孙犁：《孙犁文集》（第一卷），百花文艺出版社，1981 年，第 113 页。

像追求真理一样追求语言，应该把语言大量贮积起来，应当把你的语言放在纸上，放在你的心里，用纸的砧，心的锤来锤炼它们，要熟悉你的语言，像熟悉你的军队，一旦用兵，你就知道谁可以担任什么角色，连战连捷。"① 他对好的文学语言提出过下列要求：（1）明确；（2）朴素；（3）简洁；（4）浮雕；（5）音乐性；（6）和现实有密切的联系。不管孙犁在多大程度上实现了这些要求，他洋溢着浓厚乡土气息和感情色彩的文学语言赢得了称誉。他的语言文而不涩，雅而不俗，具有"清水出芙蓉，天然去雕饰"的仪态，获得了自然如话、悠扬如曲、鲜明如画的美誉。

我们如此长久地谈论孙犁创作的特点，并非仅仅为了了解孙犁，而是意在表现很多属于那个文学时代的共性因素。除了强烈的地方色彩之外，在文学求同意识逐渐增强的氛围中，一个作家是否能够自觉地把握文学新的趋势，成为能否造成气势、形成流派的重要条件，孙犁完全具备了这种艺术条件，足以成为一个文学群体的代表。在晋察冀地区，我们并不难找出和孙犁同一方向努力的作家，例如康濯、沙千里、梁斌、柳杞、李满天等，都是在新现实基础上走上文坛的作家，在他们的创作中有许多和孙犁创作相同的东西。他们代表了一种新的乡土文学。他们的创作基本取材于冀中农村生活，描绘在党领导下新生活的乡村画面，描写新人物的感情、智慧和力量，在中国现代文学史上自成一派，如果说孙犁的创作是和白洋淀连在一起的，那么"荷花淀派"则是冀中人民生活琼浆培养出来的文苑之花。

由于孙犁有意识地培养后人，联络作家，"荷花淀派"在五十年代获得了更大发展，作为一个流派的形象也更为鲜明，像刘绍棠、韩映山、从维熙等都是这个流派向文坛贡献的不可多得的作家。他们大多对冀中农村生活有深刻了解和深厚的感情，乡土文学是他们共同的旗帜。他们能够在乡村生活中找到别人难以找到的美好事物，发现别人难以发现的珍贵感情。例如韩映山就从小生长在白洋淀，他自己说过，他对那里的一草一木

---

① 孙犁：《文艺学习》，新文艺出版社，1956年，第38页。

都无比亲切，感到乡土生活中有一种诗的、美的东西时时在冲击着他，他尽力捕捉它们。他笔下的人物带着冀中人民朴实忠厚的性格，作品浸染着白洋淀水和庄稼的色泽，写得朴素、自然、亲切、感人，孙犁曾赞扬他说："他对人民的生活和他们的命运，有一颗质朴善良的心。他对于家乡人民思想的进步和生活的美满，有着崇高的赞颂热情。"①

无疑，作为一个乡土文学流派，"荷花淀派"和以往乡土文学有所不同，批判和暴露色彩淡漠了，悲剧意识削弱了，突出了生活中的新和美，在艺术上具有现实主义和浪漫主义合流的倾向。刘绍棠是"荷花淀派"中很有特色的一位作家，他说过："孙犁同志的作品唤醒了我对运河家乡的母子连心的感情，打开了我认识生活和表现生活的美学眼界。孙犁同志的作品唤醒了我对生活强烈的美感，打开了我的美学眼界，提高了我的审美观点，觉得文学里的美很重要。"② 刘绍棠创作中最引人注目的地方，就是善于挖掘和表现乡土生活中的美和乡村人民心灵的美。这种美深深溶解在民族生活的风土人情之中，带着传统文化的优美色彩。从他早期写的《青枝绿叶》《摆渡》到后来写的《蒲柳人家》都延续着他对农村生活和自然风光的浓厚兴趣，他善于从一般生活中找到时代精神的旋律，在艰苦的生活中展示美好理想的前景。他的作品一直充满着喜剧亮色，表现了美与善的互相结合和渗透。

实际上，"荷花淀派"的独特之处就是把乡土文学推到了一个新的美学境界，这个境界是雅致的、明朗的、清柔的。孙犁的创作点笔轻松、运语淡净、清新洒脱，被很多人认为是新的婉约、阴柔派作品。应该说，"荷花淀派"所描写的美，不是泰山之宏、江河之阔，也不是金戈铁马、大漠风情，而是细枝嫩叶、湖水悠悠、小溪流水、潺潺私语，是传统生活中隽永的美德，常存的意韵，在艺术上也显示出洁柔俊秀的格调。他们的作品就犹如一条小河，犹如一座精巧的花园，犹如阳光温柔的春日，流动

---

① 孙犁：《"作画"》，孙犁《孙犁文集》（第四卷），百花文艺出版社，1992年，第474—475页。
② 刘绍棠：《一个农家子弟的创作道路》，四川人民出版社，1985年，第160页。

着感情的细流，开放着美与善的花朵，蕴藏着深厚的生命活力。

　　"荷花淀派"标志着新文学新的发展，它所表达的民族特色和传统美学意韵别具一格，体现了真、善、美的一种新的结合，为后来社会主义文学的发展提供了经验。孙犁所说的一段话也许是值得人们引长思之的：

　　　　不应该把所谓"美"的东西，从现实生活的长卷里割裂出来。即使是"风景画"吧，"抒情诗"吧，也应该是和现实生活，现实斗争，作者的思想感情，紧紧联系在一起。美，绝不是抽象的东西，也绝不是孤立的东西。必须在深刻反映现实并鲜明表现着作者的思想感情，即他的倾向性的时候，美才能产生，才能有力量。美永远是有内容的，有根据的，有思想的。①

---

　　① 　孙犁:《"作画"》，孙犁《孙犁文集》（第四卷），百花文艺出版社，1992年，第475页。

第八章

新文学向民族传统文化回归与"新民歌体诗派"

　　"新民歌体诗派"和当时国民党统治区的文学流派明显不同，它不再生长在一种紊乱自由的文学状态中，而是在中国共产党领导下的文学运动中滋生出来的，它的价值取向也发生了重大变化，要求文学直接为新生的政治集团服务，能够在党和人民大众之间起到桥梁作用。在这种情况下，与以人民群众为主体的革命实践保持一致关系，是一个文学流派赖以存在和发展的基础。一个流派确定自己存在和实现自己价值的过程就是被大众所理解、所接受的过程。于是，这样的文学观念被自然而然地确立了：一个作品愈是被大多数人所接受，愈是在广大人民之中引起共鸣，就愈能证明它存在的价值，最广泛的人民性和最易于接受的普及性成了同义语。这个新颖的文学观念，实际上包容着最深厚的传统文化基因，贯穿在民族化和大众化文学实践中的是文学向传统文化回归的历史过程。显然，这个过程不是一种重复，而具有一种重建的意义。文学以一种和时代要求合拍的步伐向前迈进。

　　这时候，在整个现代文学中求同意识在不断增强。文学创作不仅在内容上存在着由表现个人生活、内心世界向表现现实生活、大众实践转变的趋势，而且在形式上、写作手法上也有由西方文学转为向东方（主要是苏俄）文学，由外国文学转为向传统文学借鉴学习的变化。几乎文学创作的各个领域，都在掀起对于旧形式、旧手法研究和学习的热潮。这在解放区文学中表现得最为明显。延安文学在这方面为全国树立了建立中国气派、民族风格的榜样。就旧形式的运用问题，抗战以来解放区就进行过广泛深入的讨论。茅盾、周扬、萧三、艾思奇、何其芳、林默涵、冼星海、贺绿汀、沙汀、柯仲平等都曾著文参加了这个讨论。这个问题甚至引起党的领导同志的重视和注意，毛泽东、周恩来、朱德、聂荣臻、陆定一等都曾发表了自己的看法，在整个解放区的文艺界，形成了比较一致和系统的理论观念。艾思奇曾在1939年《旧形式新问题》一文中就指出："……旧形式的提起，决不是要简单地恢复旧文艺，也不仅仅是为着暂时应付宣传的要求，而是中国新文艺发展以来所走上的一个新阶段的标帜。这一个阶段是要把'五四'以来所获得的成绩，和中国优秀的文艺传统综合起来，使它向着建立中国自己的新的民族文艺的方向发展，是为着建立适合于中国老百姓及抗战要求的进一步的发展。"①

正是在这种文学潮流中，解放区诗歌创作中形成了向民歌、民谣、小调学习借鉴的风气。很多诗人开始放弃了学习西洋诗歌形式的方法，开始在中国民间艺术形式中重新确定自我，所谓学习民间的歌谣、小调，说到底，并不仅仅是艺术形式和手法问题，而是传统的文化和审美意识问题。因为正如光未然在1940年《文艺的民族形式问题》中所说的："据我的解释，一个民族有一个民族自己的生活，有自己的生活传统和生活方式，因之形成这个民族所特有的风格和气派；表现在文艺上，便需要通过一种能够适合此民族风格和民族气派的特定的手法和样式，以构成一种特有的，是以表现其民族生活特色的，为自己民族的绝大多数所喜爱的文艺形式，即文艺的民族形式。"②

在这个过程中，学习民歌最显眼的一种活动——采风，引起了很多诗人的兴趣。很多诗人带着浓厚兴趣走村串乡，搜集大量的民歌民谣，从中获取艺术营养。例如，延安就在此基础上出版了《陕北民歌选》，田间在

---

① 艾思奇：《旧形式新问题》，《文艺突击》1939年第1卷第2期。
② 光未然：《文艺的民族形式问题》，《文学月报》1940年第1卷第5期。

晋察冀编选了《民歌杂抄》等等，有些报刊上也时有一些新民歌登载，这都反映了当时采集民歌的成绩。很多诗人通过采风获得了新的艺术表现手法，并有意识地学习、借鉴和模仿民歌形式来写作，逐渐形成新诗发展中一个新的流派——“新民歌体诗派”。其中做出突出成绩的有李季、阮章竞、张志民、田间、贺敬之、严辰等诗人。在他们的创作中我们看到，受西方文学直接影响产生的新诗，曾经爆裂过、彷徨过，而后又是怎样在民间艺术的怀抱中畅快地呼吸着，诗人又是怎样摆脱了西化的自我形态，在民族文化和传统艺术中重新建构着自己。

　　“新民歌体诗派”最重要的成绩表现在叙事诗方面，主要代表作品有李季的《王贵与李香香》，阮章竞的《漳河水》，贺敬之的《太阳在心头》，公木的《岢岚谣》《风箱谣》，严辰的《新婚》，张志民的《王九诉苦》等。这个事实本身就说明了“新民歌体诗派”在文学史上的一部分意义。在新诗发展中，此时出现长篇叙事诗创作的繁荣不是偶然的，是伴随着抒情诗走向社会现实，走向大众化而出现的，当诗歌的自我越来越走向渺小的情况下，在社会化的群体意识空前增强的状态中，诗人几乎都站在了抒情诗的边缘，活动的现实和活动的人物不可避免地加入了抒情的王国，并逐渐改变抒情诗的内容结构。开始，叙事仅仅作为一种抒情手段和途径出现，但是当这种成分越来越重要时，就形成了向叙事诗的过渡。实际上，在解放区的抒情诗中，有很多诗已不再是单纯的抒情诗，而或多或少加入了叙事成分，和二十年代、三十年代的抒情诗在内容构成上已有很大不同。从情与景的关系来说，过去，一向是代表抒情主人公的情占统治地位，驾驭着各种客观生活的景的画面，但是到了四十年代，“景”的地位愈来愈突出，价值也愈来愈高，诗歌所描写对象的客观意义在一定程度开始决定作品的思想意义。这就意味着，诗歌的题材在创作中占据了越来越重要的地位。

　　正是在这种情况下，在抒情诗大众化色彩最浓厚的地方，叙事诗出现了，而且成为民族化、大众化诗歌创作中最精彩的一幕。“新民歌体诗派”无疑最完美体现了传统文化中两方面因素的结合，一方面是体现人民大众利益的群体意识，另一方面则是传统的民间文学的审美方式。

李季（1922—1980）是"新民歌体诗派"中最重要的作家，他1946年发表的长篇叙事诗《王贵与李香香》是这个流派贡献于文坛的优秀作品之一，当时受到文坛的热烈称赞，被誉为"一个卓越的创造，说它是民族形式的史诗也不过分"（茅盾）。这篇作品由此成为被载入史册的解放区诗歌创作中重要的代表作。如果仅仅从个人才华来考虑，也许李季突然成为诗歌创作中的桂冠诗人有些事出偶然。当时诗坛云集的并不乏功底深厚、才华过人的诗人，例如艾青、何其芳、卞之琳、田间、郭小川、徐放等，他们都是很重要的诗人，当时李季还名不见经传，而且并没有多少文学方面的特别训练。他读了一年初中，后来于1943年在延安抗日军政大学学习，算不上正式科班出身。然而当我们理解了那个时代对文学的要求，而且知道了李季是一个懂得并醉心于从生活和民间艺术中汲取艺术营养的诗人时，一切偶然都会化为必然，成为可以理解的事实。从他的生活和创作中，我们不得不承认他具有比一般诗人更优越的条件，他本身和大众生活有紧密联系，使他能够更直接地把自己投入到民间艺术之中，较少障碍地去熟悉它和把握它。根据同样的道理，李季在大众化文学创作中，能够比别人获得更充实、更属于他自己的文学台阶，他不必从欧化文人的高台上走下来，也不必从低俗的文盲文化谷中攀上去，而能够非常自然地找到一种与时代合拍的旋律。

李季的创作灵感几乎都来自民间歌谣。尤其对于陕北民歌"信天游"，李季到了入迷的地步。在陕北工作期间，他就收集了近三千首"信天游"。当他身临一种民间艺术氛围中时，他不仅获得一种极大的满足感，就像进了童话中所说的宝山一样，惊叹民歌这个艺术宝藏的丰富无比，而且能获得一种诗意的遐想，他的整个身心在民歌的旋律中飘荡，他曾这样告诉我们：

　　我将永远不会忘记，当我背着背包，悄然跟在骑驴赶骡的脚户们的队列之后，傍着一眼望不到头的长城，行走在黄沙连天的运盐道上，拉开尖细拖长的声调，他们时高时低地唱着"顺天游"，那轻快明朗的调子，真会使你忘记了你是在走路，有时它竟会使你觉得自己简直变成了一只飞鸟……①

这本身就是一幅充满诗意的图景，李季诗的灵魂就是在这优美旋律中苏醒的。"信天游"是陕北人民所喜欢的一种民歌体，一般二行为一韵，歌词大多是一些抒情或叙事短诗，一般较多运用比兴手法，旋律明快悠扬，具有黄土高原的风情趣味。

《王贵与李香香》就是李季学习"信天游"形式创作的硕果。不过，李季已经把原来比较简单的形式扩展了，由抒情或叙事短诗发展成为有对唱、有独白，抒情和叙事相结合的长篇叙事诗，具有丰富的故事情节，复杂的生活场面和完整的人物形象。在《王贵与李香香》中，信天游清新明快的格调和别具一格的语言相结合，营造了一种带有浓郁民族特色的情景。例如：

> 山丹丹开花红娇娇，
> 香香人材长得好。

> 一对大眼水汪汪，
> 就象那露水珠在草上淌。

> 二道糜子碾三遍，
> 香香从小就爱庄稼汉。②

这些精美诗句的不同凡响之处，在于它们来源于中国民族生活的审美

---

① 李季：《我是怎样学习民歌的》，李季《顺天游》，上海杂志公司，1950年，第272页。
② 李季：《李季文集》，上海文艺出版社，1982年，第12页。

经验之中，吸取了在民族生活长期孕育的艺术精华。

中国民族文化向来是把美和善结合起来的。《王贵与李香香》就是一个美与善相结合的故事。王贵和李香香都是贫苦农民后代，勤劳勇敢、心地善良、相貌俊美。他们的爱情是纯朴的，包含着农民追求幸福的理想和愿望。作品所描写的"三边"地区农民群众在中国共产党领导下开展的激烈斗争，正是和农民实现自己的理想与愿望紧密相联的。因此，王贵和李香香的爱情之美满与革命紧紧相联，忠于爱情必然走上忠于革命之路，保存美好的东西必须扬善惩恶。王贵和李香香爱情的实现和革命斗争的胜利是统一过程。在作品中，王贵与李香香的爱情之美符合中国农村的传统理想，得到了善的支撑。就这篇作品所描叙的故事模式来说，就潜在包含着中国民族审美经验的积淀。

当然，"新民歌体诗派"最引人注目的还不在这里，而在于他们成功地借鉴了中国民族表达感情的形式和方法。在中国民歌民谣和古典文学中，往往写景、叙事和抒情浑然一体，人物的行动和感情活动难解难分，自有一种境界，例如《木兰辞》中通过"唧唧复唧唧，木兰当户织；不闻机杼声，唯闻女叹息"来表达木兰见军帖后的复杂心情，借事写情，写事叙情，很有感染力。李季在民间艺术与歌谣中深得这种艺术神韵。他善于通过人物行动来表现人物内心感情。他在作品中所展示的人物的有限的行动，总是成为内在情感的外化形式，例如作品写到王贵参加游击队，李香香思念他的情景：

> 房子后边土坡坡，
> 瞭见寨子外边黄沙窝。

> 沙梁梁高来，沙窝窝低，
> 照不见亲人在那里。

> 房子前边种榆树，

长的不高根子粗，

手扒着榆树摇几摇，
你给我搭个顺心桥！①

　　这一连串是指事，同时又是抒情，女主人公站在土坡坡上，一次又一次向村外张望，只望见梁梁，看不到王贵归来，手扒着榆树摇几摇，反映出一次次失望后的复杂心情。

　　应该说，用人民群众熟悉的民歌形式来写作，其艺术意义并不在于去模仿它们的音调和诗形，而在于熟悉民族的情感形式和思维方式，它们是长期的历史生活的结晶，不仅成为一种感情表达的方式，而且本身就是某种感情的象征，例如在汉族生活中常见的绣鸳鸯荷包，旅人月夜独步，对酒当歌等，都已经成为一种独特的审美情愫，是不同情况下担负沟通人们心灵的艺术载体。通过它们，人们获得了一种共通的中介，辨认自己和他人的思想感情。李季的诗歌创作就在中国民族传统的审美经验中获得了营养，他让自己笔下主人公最大限度地用民族方式表达自己，使自己作品根植于民族生活之中，具有浓郁的历史文化色彩。《王贵与李香香》中的许多画面富有民族特色，能够唤起人们对于历史生活深远的回味。以下的诗句足以引起读者的共鸣，并从中获得感情上强烈的认同感：

看罢香香归队去，
香香送到沟底里。

沟湾里胶泥黄又多，
挖块胶泥捏咱两个，

---

① 臧克家：《〈中国新文学大系·诗卷〉序》，《中国新文学大系·诗卷》，上海文艺出版社，1990年，第424页。

捏一个你来捏一个我，

捏的就象活人脱。

摔碎了泥人再重和，

再捏一个你来再捏一个我；

哥哥身上有妹妹，

妹妹身上也有哥哥。①

　　这种极富有民族气息的描写自然能够和广大人民群众沟通。因为"捏泥人"这种意象早已经成为比喻爱情的一种表象形式，和中国一部分人民的生活紧紧地胶合在一起，能够在群体意识中获得共同的认识基础。其实，这是民歌艺术中所保留的最纯粹的民族情愫成分，形式本身常常已超越了具体内容，在长期形式的审美经验中编织着相通的经纬。在"新民歌体诗派"创作中，比和兴手法的运用，往往是实现诗歌民族化、大众化传播的有效途径之一，同样包含着这方面的意义。粗看起来，在诗歌中比喻与被比喻的对象，虚引的物体与实际被描写的事物只是一种修辞关系，但在其深层结构中蕴含着一种个性描写与群体审美意识、已知和未知、新知与旧识彼此相连相融的关系，从而达到一种审美认知关系。例如写"香香人材长得好"，前句用"山丹丹开花红姣姣"起兴，被描写的对象是个体的，具有明显的个性特征，但是"山丹丹"是当地人民随时可见的，具有普遍的意义，二者结合构成了鲜明的形象，把个体、人们并不熟知的对象引渡到了群体的、人们容易感知的境界之中。"新民歌体派"诗人正是通过这种形式的运用，把革命的新思想、新人物传达到了人民群众之中，把自我的艺术创作和人民大众的群体意识结合起来，走出了一条现代文学和传统艺术相互认同的道路。在他们的创作中，我们能够看到很多大众很快

---

① 李季：《李季文集》，上海文艺出版社，1982年，第37页。

就能接受的诗句,例如严辰《新婚》中"万里的黄河水不清,当年的苦处说不尽",① "没有雨水怎长苗?没有共产党哪有今朝",② 张志民《死不着》中"老汉我翻身笑哈哈,千年的铁树开了花"③ 等等。

也许历史赋予"新民歌体"的文学使命,就是把"五四"以来创造的新文学和旧文学结合起来,他们的创作是带着明确的指向性的,人民大众普遍的文化水平和接受能力成为一种价值尺度,决定了诗歌表现形式的选择。显然,"新民歌体诗派"创作完成了这个使命,他们从民间歌谣之中获取了一种可靠的中介,把新文学信息输送到了大众之中,在人民大众长期形成的经验世界中引起了共鸣。

"新民歌体诗派"另外一个重要作家阮章竞(1914—2000),他很早就意识到了学习民歌俚语的重要性,这位只上过四年小学的诗人在农村的实际工作中获得了诗歌创作的基础,1937年初,他连续创作了长诗《圈套》和《送别》《送喜报》等短篇诗作,以生动活泼的群众语言得到人们的称赞。然而他最出名的叙事长诗是1947年3月写的《漳河水》。这首长诗所描写的内容是很吸引人的,三位在农村生活中时运不佳的妇女荷荷、苓苓和紫金英,在旧社会封建传统习俗压迫下,被迫接受了不幸的婚姻,从此陷入了痛苦生活之中,新社会来了,她们有机会改变自己生活并获得了成功。全诗用富有生活气息的语言写成,自然风趣,是一部用民歌形式写成的杰作。

作为一个民歌体诗人,阮章竞显然更为善于描叙人物的命运,而这种命运是纠合在农民民情时俗之中的。《漳河水》的成功,并非仅仅因为诗人所描绘的事件,而且得力于诗人对民俗人情的极其熟悉,得力于他描叙的民族生活气派,诗人从大量的日常生活经验中提取了符合人物性格的语言,生动展示了人物的内心活动。例如,诗人在描叙三位女性婚姻愿望时写道:

---

① 严辰:《晨星集》,作家出版社,1955年,第148页。
② 同上,第149页。
③ 林默涵编:《中国解放区文学书系·诗歌编》,重庆出版社,1992年,第2700页。

　　　　荷荷想配个"抓心丹"
　　　　苓苓想许个"如意郎"

　　　　紫金英想嫁个"好到头"
　　　　毛毛小女不知道愁。①

　　这样的愿望反映了中国农村妇女对生活的一种传统理想，她们总是希望找个可心的郎君做终身的依托，诗人所用的"抓心丹""如意郎""好到头"都是人民生活中流传的称谓，具有典型化的意义。这些称谓符合于农民生活的民间时俗，已逐渐成为一种类型化的表达，有特定的文化色彩。在《漳河水》中，我们明显地看到，传统的民族文化因素远远多于诗人的个性因素，诗人所描写的人物性格是通过群体意识的方式表现出来的，不仅仅是在表达人物本身，而且是在表达这一类型的人甚至这一代妇女的共同命运，在这些人物性格的背后是整个社会生活的变迁。

　　实际上，诗人在《漳河水》中描叙的最精彩的场景是与最富有民俗色彩的人及其表达方式连在一起的，往往属于生活中习惯化的类型，来源于人们普遍化的经验范畴。例如诗人对于三个妇女婚前复杂的心情采用了统一的描叙：

　　　　不敢打听姓，不敢打听名，
　　　　不敢问是老汉还是后生。

　　　　押宝押个孤注宝，
　　　　来黑来红天知道！

　　　　偷偷烧香暗许愿，

---

①　刘川鄂、聂运伟编：《新编中国现当代文学作品选》（第二卷），武汉出版社，2002年，第101页。

炕上合掌把观音念。①

虽然这三个妇女性格有很大不同，但是她们的一些愿望和行为都出自一种经验模式。这种模式虽然比较单一，遮盖了人物心理的很多差异，但是它能够唤起很多人心灵的回忆，获得普遍性的效果。由此来说，诗人首先在选择类型并注重这种类型所代表的普遍意义。人物和事件的意义都必须在反映社会变化的整体意义中才能显示出来。个性是作为社会生活或者集体共性的表达者出现的。荷荷、苓苓和紫金英都是在这种明朗和强大的群体和共性背景下生存的。在劳动妇女生活中，她们代表了三种不同的类型，作者为她们指出了同一种获得解放的道路。而这种以大众日常生活经验为基础的创作，之所以能够受到大众欢迎，是因为它比较适合大众普遍的文化基础，符合大众理解事物的方式。

由此我们能够看到"新民歌体诗派"同时存在的两方面特点，一是他们扎根于中国民族生活之中，获得了更切实地接近中国传统艺术和历史生活的机会，这给他们的作品增添了浓郁的生活气息和民族特色；二是由于他们较大程度上依赖于传统文化基础和大众习惯，所以不能不受到这种文化基础和习惯的制约，这使他们的艺术创作不可能超越同时代的其他诗人，在艺术形式上有明显的创新，这两方面彼此难分难解，共同建构了这个流派整体的艺术面貌。从他们的创作中，我们一方面欣喜地看到了新文学是怎样大踏步地走向了民间，走到了目不识丁的民众之中，并在这些人中间生根开花。一些文化水平很低甚至目不识丁的人开始成为新的诗人，例如王老九、孙万福等登上诗坛就是明显的例子，现代文学愈来愈显示出自己的活力。另一方面我们也会有所困惑，这就是新文学不得不从鲁迅、郭沫若、巴金、沈从文等所创造的艺术境界中暂时退下来，或者停下来，付出更大力量来提高人民普遍的文化水平。由于这种时代要求，当时很多

---

① 刘川鄂、聂运伟编：《新编中国现当代文学作品选》（第二卷），武汉出版社，2002年，第101页。

知识渊博、才华横溢的作家不得不放下了笔，或者从自己熟悉的生活中归属到不熟悉的生活中，充当文坛上的配角。

显然，"新民歌体诗派"的出现再一次向人们提醒注意中国实际的文化状况，也再一次强调了文学在中国社会生活中应该承担的历史责任。在一个百分之八十以上是农民或者文盲的国度里，文学不能仅仅去追求高层次的艺术境界，必须时时刻刻顾及大众需求以及爱好。就此来说，"新民歌体诗派"获得了一个很好的历史发展时机，它要比现代诗歌发展中任何一个流派都幸运得多，很快受到了整个诗坛的拥戴，直到新中国成立后十几年光景，都是诗坛上最富有影响、最红火的流派。长篇叙事诗的创作在新中国成立后继续发展，方兴未艾；学习民歌、创作民歌的风气也空前兴盛起来，直到1958年形成了空前的新民歌运动，郭沫若发出了"遍地皆诗写不赢""宇宙充盈歌颂声"的欢呼，涌现出一大批工农诗人，例如工人诗人有温承训、李学鳌、韩忆萍、福庚、郑成义、董声孝、孙友田、李青联、李志等，农民诗人又有刘章、刘勇等。长篇叙事诗方面，我们又能看到李季的《五月端阳》《当红军的哥哥回来了》《杨高传》，阮章竞的《金色的海螺》，田间的《赶车传》，李冰的《赵巧儿》，郭小川的《将军三部曲》，乔林的《白兰花》，戈壁舟的《山歌传》，张志民的《金玉记》，徐嘉瑞的《望夫云》，梁上泉的《红云崖》，马萧萧的《石牌坊的传说》等作品。这正如袁水拍1959年在《成长发展中的社会主义的民族新诗歌》中所言，这是"解放前'五四'新诗运动以来的任何一个阶段所没有的现象"。在这篇文章中，他还援引了周扬的一段话：

"五四"以来的新诗打碎了旧诗格律的镣铐，实现了诗体的大解放，产生了不少优秀的青年诗人，郭沫若就是其中最杰出的代表。新诗有很大成绩。为了同群众接近，革命诗人作了很多的努力。但是新诗也有很大缺点，最根本的缺点，就是还没有和劳动群众很好结合。群众感觉很多新诗没有真实地反映他们的生活、思想和情感，在这些诗中感觉不出群众自己的声音容貌，更不要说表现劳动群众的风格和气魄了。群众不满意诗读起来不上口，特别不满意那些故意雕琢、晦涩难懂、读起来头痛的诗句，总之，群众厌恶洋八股。有些诗人却偏偏醉心于模仿四洋诗的格调，而不去正确地继承民族传统，发展新的创造，这就成为新诗脱离劳动群众的重要原因。诗人只有向群众学习，向民歌，特别是向新民歌学习，才能为我们的诗歌打开一个新局面。①

无疑，就新诗发展来说，从郭沫若早期的《女神》以及"浪漫派"诗歌创作，到四十年代末兴起的"新民歌体诗派"的创作，我们能够看到整个现代文学的历史发展线索，看到新文学如何突破了旧文学和传统文化的硬壳生长发展起来，又是如何沿着历史的曲线在传统的民族文化中找到了自己的归宿。在这曲折的文学发展中，中国文学完成了一个历史转换过程，进入了一个新的历史发展时期。唯一使我们感到遗憾的是，当"新民歌体诗派"处于最繁盛的时代，象征派、现代派、七月派，甚至包括艾青的创作都被指责为"陈腐货色"，遭到了批判和否定。

---

① 周扬：《新民歌开拓了诗歌的新道路》，杭州大学中文系现代文学教研组编《建国十年文学参考资料》，1962 年，第 241 页。原载《红旗》1958 年第 1 期。

第九章

并没有消失的河流

——关于"现代诗派"

如果以一个文学史家眼光来看待四十年代文学发展的话，也许会感到历史已经把一切必然的结果都安排就绪。虽然各个流派在个性风格上都有着自己的特点，自己的奥妙之处，但是我们只要把眼光牢牢盯住中国现实生活需要，投射在本国的历史民族文化形态之中，一切都会一目了然。其实，这种历史归宿早在抗日战争爆发后的文学创作中就已经显示出来了，尽管有时还有例外，例如四十年代出现的"新浪漫派"和张爱玲的小说创作，但是我们完全可以把它们归为一种文学发展的惯性力量，因为它们仅仅存在过而已，似乎并没有对以后文学的发展产生明显的影响，在中国这片神奇的土地上，历史好像突然中断了它们，它们在文坛上销声匿迹。若要再现自己，也只能等待着新的历史时刻。

在这种情况下，文坛上的一切迹象都会使人们相信，一切不符合中国现实生活需要，不符合人民大众审美要求的文学，首先是现代主义文学思潮，在中国已经完全失去了存在的必要，甚至是存在的可能性。三十年代为期不长的"现代派"诗歌和"新感觉派"小说的衰落，更使一些人相信，我们已掌握了判断历史的充足的文学证据。这种情形遮蔽了很多文学史家的耳目，加上由于主观尺度和信念造成的认识障碍，使他们不能也不愿看到在主要文学潮流之外的文学现象，不愿把眼光投向主流之外，捕捉中国文学和正在发展的西方现代主义文学的关系，看到新的萌芽和新的派别，而这是在一种开放的文化境界中不可避免会出现的事实。

二十世纪四十年代，正当几乎所有文学史家和评论家都在注视着一种新的文学形态——社会主义现实主义文学逐渐产生之时，文坛上却默默地生长着一个颇带现代主义文学意味的流派"现代诗派"——由于1981年由江苏人民出版社印行了一本四十年代九个年轻诗人的合选集《九叶集》，它也常被人称为"九叶派"，它在现代文学史上写下了独特的一章。《九叶集》所收集的九个诗人的作品共154首，比较集中地显示了这个诗歌流派的艺术特色，辛笛、陈敬容、杜运燮、杭约赫、郑敏、唐祈、唐湜、袁可嘉、穆旦等都是这个流派的重要诗人。[1]

"现代诗派"的形成经历过一段曲折历程。时代并没有给它的产生安排太好的条件。就这九个诗人来说，当时他们并没有机会集合在一起，而是长期分隔在不同地方。由于战争的关系，穆旦、杜运燮、郑敏、袁可嘉当时是西南联大的学生，他们的诗艺多少受到学院空气的影响；而其余五人一直在上海进行文学活动，其艺术创作也多少受到当时文坛形势的影响。如果从纷乱的文学活动中理出一条线索的话，"现代诗派"的形成和四十年代后期的两个刊物《诗创造》和《中国新诗》有密切关联。《诗创造》创刊于1947年7月，每月一期，共出了16期。但是其并不是纯粹的"现代诗派"的阵地。当时主要由臧克家、杭约赫、林宏、方平等人编辑，实行兼收并蓄的方针。在首辑的《编余小记》中就有如下文字：

> 今天，在这个逆流的日子里，对于和平民主的实现，已经是每一个人——不分派别，不分阶级——迫切需要争取的。因此我们认为：在诗的创作上，只要大的目标一致，不论它所表现的是知识分子的感情或劳苦大众的感情，我们都一样重视。不论他是抒写社会生活，大众疾苦，战争惨象，暴露黑暗，歌颂光明；或是仅仅抒写一己的爱

---

[1]　王圣思编：《"九叶诗人"评论资料选》，华东师范大学出版社，1995年，第355页。

恋、悒郁、梦幻、憧憬……只要能写出作者的真实情感，都不失为好作品。同时今天不是一个理想的社会，每一个诗人都有他不同的生活习惯、生活态度，对现实问题的看法也有着程度上的差异。能够放弃自己的阶级立场，个人的哀怨喜乐，去为广大的劳动大众写作，象某些诗人写他的山歌，写他的方言诗，极力想使自己的作品能成为老百姓所喜闻乐见的，这种好的尝试，都是可喜的进步；但象商籁诗，玄学派的诗，及那些高级形式的艺术成果，我们也该一样对其珍爱。

仅仅从字面上看，这是一种四平八稳、包罗万象的宣言，颇有一点不偏不倚的态度，但是如果我们顾及一下当时文坛、诗坛的情形，就会意会到其中别有一番滋味。当时文坛要求作家描写现实，走向大众已成潮流，而《诗创造》继续容忍描写个人情致的作品，把追求"高级形式"与反映现实、大众化一视同仁，其中已经隐含着与众不同的意向，这当然是非常难得的。也许正是这种兼收并蓄的态度，使得"现代诗派"有了滋长的机会和可能性。很多具有现代主义文学倾向的人参与了编辑和撰稿，例如徐迟、辛笛、唐湜、陈敬容等在这里聚集起来。《诗创造》刊物本身也显露出明显的现代主义文学风味，例如当时出了一期特大的翻译专号，刊登了艾略特的长诗《燃烧的诺顿》（《四个四重奏》之一）；还出了一期诗论专号《严肃的星辰们》，专门评论了穆旦、杜运燮、郑敏、唐祈、莫洛、陈敬容、杭约赫的诗作，这几乎等于推出了一个流派的阵容。与此同时，《诗创造》创刊稍后，由臧克家主编了一套《创造诗丛》，共计12册，其中包括唐湜的《骚动的城》、黎先耀的《夜路》、苏金伞的《地层下》、吴越的《最后的星》、李抟程的《婴儿的诞生》、沈明的《沙漠》、杭约赫的《噩梦录》、方平的《随风而去》、青勃的《号角在哭泣》、田地的《告别》、康定的《掘火者》、索开的《歌手乌卜兰》，由星群出版社出版。

而这只是"现代诗派"艰难的开始。《诗创造》所表现的现代主义艺术意味，所表现出的对诗歌艺术"高级形式"的追求，不仅在当时诗坛上就受到了一些责难，被指责是"唯美"故弄玄妙，而且更由于编辑内部在艺术观念上本来就存在分歧，从而导致了《诗创造》刊物的分化。唐湜在《关于"九叶"——从〈诗创造〉到〈中国新诗〉》中曾谈到过"现代诗派"艰难的持续，他在谈到他们从《诗创造》进而到《中国新诗》时期时说道："比《诗创造》创刊稍后，星群出版了一套十二册《创造诗丛》，……这诗丛与《诗创造》应该是配套的，也是在'大方向一致的前提下兼容并蓄'的，可后来在敬容、唐祈和我的参与下，刊物上显现了一些'现代派'的倾向，引起了一些人的非议。臧老说这刊物是他创办的，第二卷起'收回'，交林宏、方平、田地负责编辑。"① 我们在第二年的《诗创造》上能够看到这样的"新的起点"："从本辑起，我们要以最大的篇幅来刊登强烈地反映现实的作品，我们要和人民的痛苦和欢乐呼吸在一起，我们这里要有人民的痛苦的呼号、挣扎或者战斗以后的宏大的笑声。我们对艺术的要求是：明快、朴素、健康、有力，我们需要从生活实感出发的真实的现实的诗，不需要仅仅属于个人的伤感的颓废的作品，或者故弄玄妙深奥莫测的东西，我们提倡深入浅出，使一般读者都能接受的用语和形式，我们要在普及的基础上提高，要在提高的指导下讲求普及（不是迎合或滥调），我们不是抛却了艺术性，或者说降低了艺术的水准，而是要使诗的艺术性和社会性紧密地配合起来，有个更高度的统一和发展。"②

　　如果从当时文坛实际情况出发，如果考虑到臧克家一贯的现实主义诗风，《诗创造》的这种转变完全可以理解。对"现代诗派"来说，这显然是一个不大不小的波折。然而，这时候他们已经培育起自己相当的力量，这个波折促使他们创办了自己的杂志《中国新诗》，唐湜接着上面告诉我们：

　　　　这时候，辛笛对我们说：我们再办一个吧，艺术水平高一点的！
　　在他家吃了顿饭就组成了由在重庆的方敬领衔的编委会，编委六人，

---

① 唐湜：《关于"九叶"——从〈诗创造〉到〈中国新诗〉》，《文艺报》1986年11月12日。
② 林宏：《新的起点》，《诗创造》1948年。

以笔划为序是"方敬、辛笛、杭约赫、陈敬容、唐祈、唐湜",仍由辛之主编。这刊物的流派色彩很浓,定名《中国新诗》,我给它起了个英文名 *Contemporary Poetry*。我们九人自然成了主力,也请蒋天佐、袁水拍、戈宝权、卞之琳、刘西渭(李健吾)、金克木、方敬、冯至、徐迟、罗大冈诸前辈,甚至冯雪峰同志也为我们写了或译了一些作品;而李瑛、杨禾、方宇晨、羊翚、孙落、莫洛、汪曾祺也为我们写了些诗和散文诗。刊物的水平是提高了,挨的骂也多了些。①

《中国新诗》1948 年 6 月创刊,出了 5 期,到 1948 年 10 月因星群出版社遭到查封而停刊。但是这也许是"现代诗派"活动最旺盛的时期,在《中国新诗》第 1 期上,发表了代序《我们的呼唤》,鲜明地表明了他们自己的艺术态度,其中宣称:

> 我们现在是站在旷野上感受风云的变化。我们必须以血肉似的感情抒说我们的思想的探索。我们应该把握整个时代的声音,在心里化为一片严肃,严肃地思想一切,首先思想自己,思想自己与一切历史生活的严肃的关连。一片庞大的繁复的历史景色使我们不能不学习坚韧的挣扎,在中心坚持,也向前突破,对生活也对诗艺术作不断地搏斗。我们的工作要求一份真诚的原则,毅然不动的塑像似的凝聚,也要求一个份量恰当又正确无误的全局的把握。我们应该有一份浑然的人的时代的风格与历史的超越的眼光,也应该允许有各自贴切个人的突出,与沉潜的、深切的个人的投掷。我们首先要求在历史的河流中形成自己个人的风度,也即在艺术的创造中形成诗的风格,而我们必须进一步要求在个人光耀之上创造一片无我的光耀——一个真实世界处处息息相通,心心相印,一个圣洁的大欢跃,一份严肃的工作,新

---

① 唐湜:《关于"九叶"——从〈诗创造〉到〈中国新诗〉》,《文艺报》1986 年。

人类早晨的辛勤的耕耘。①

　　这个宣言式的序尽管写得有点空洞，但不论在语言上，还是气势上都显得与众不同，而且更重要的是，他们通过《中国新诗》获得了尽情表现自己追求，表达自己艺术理想的机会，在这期间，"现代诗派"诗人们不仅发表了大量的作品，而且以森林出版社名义出版了8册诗集，题为《森林诗丛》，其中有方敬的《受难者的短曲》、辛劳的《捧血者》、杭约赫的《火烧的城》、田地的《风景》、陈敬容的《交响集》、莫洛的《渡运河》、唐祈的《诗第一册》、唐湜的《英雄的草原》。差不多在这时期"现代诗派"出版的诗集还有文化生活出版社出版的穆旦的《旗》、杜运燮的《诗四十首》、郑敏的《诗集1942—1947》、陈敬容的《盈盈集》等。而唐湜通过《中国新诗》《诗创造》《文艺复兴》等刊物评论了冯至、杜运燮、陈敬容、辛笛、唐祈、杭约赫、郑敏、汪曾祺等人的作品，后来都收入评论集《意度集》，其中的《论风格》《穆旦论》《论意象》等都在不同程度上扩大了这个流派的影响。

　　由此可见，"现代诗派"四十年代在文坛上出现并不是孤立的，作为一个流派，它的存在不仅不限于《九叶集》的作者，而且有一个比较大的文学圈子作为基础。在这个圈子里，现代主义文学的气味比较浓厚。实际上，在三十年代的文坛上，虽然现代主义文学存在的流派很快星流云散，难以继续存在下去，但是作为"流"却依然潜在地流动着，很多作家仍然持续着现代主义创作，在文学史上留下了不间断的痕迹。例如冯至、徐迟、卞之琳、朱光潜等人的文学创作和文艺评论，都能够明显表现出现代主义文学的色彩。废名、林庚、婴子、罗寄一、俞铭传、南星等也几乎一直保持着自己的诗风，不断在追求诗的意象美，在很长一段时间里，中国现代主义文学虽然成不了群，成不了派，但在为适宜的条件下成群成派造

---

　　① 王圣思编：《"九叶诗人"评论资料选》，华东师范大学出版社，1995年，第367页。

就着历史的可能性。因此四十年代"现代诗派"的崛起首先提醒了我们重新注意这一文学现象，现代主义文学是一条并没有消失的河流。应该说，从历史发展角度来看，有人把"现代诗派"称为中国现代文学中的"后现代派"或"新现代派"也并非没有道理。

"现代诗派"虽然承袭了新文学发展中一些历史因素，在创作上明显地受到了前辈作家戴望舒、卞之琳、何其芳、艾青、冯至等人的影响，但是在艺术创作上明显地有所创新。就从他们和外国文学的横向联系上来说，"现代诗派"并没有停留在以前法国象征主义和英美格律诗的基础上，而是继续受到了西方现代派诗人里尔克（Rainer Maria Rilke，1875—1926）、艾略特（Thomas Stearns Eliot，1888—1965）和奥登等人的影响，更接近于当时世界现代主义文学潮流，加之他们在生活中的亲身体验，他们的创作显示出了新的特色。

八十年代，当袁可嘉谈及"西方现代派诗与九叶诗人"关系时说："在诗与生活的关系上，他们认为诗是生活经验的转化、升华或结晶，不是它的临摹或复制；诗不是情绪的'喷射器'，而是它的'等价物'（庞德）；诗既有表现生活的功能，又有相当独立的美学价值，它不是简单的宣传工具。""在诗歌艺术上，他们要求发挥形象思维的特点，追求知性和感性的融合，把官能感觉和抽象观念、炽热情绪结合为一个孪生体，使'思想知觉化'（艾略特）；他们注重象征和联想，让幻想与现实交织渗透，把思情寄托于活泼的想象和新颖的意象，通过烘托对比来取得总的效果，借以增强诗作的厚度与密度；在意象营造上，他们强调较大跨度的跳跃性，'把极不相同的形象用蛮劲硬拉在一起'（约翰逊），使之产生'陌生化'的功效；在语言上，他们主张在现代口语和书面语的基础上大量使用具体词与抽象词的嵌合，以增强汉语的活力和韧性，因此具有不同程度的欧化倾向。"[①] 这段话虽有些笼统，但多少表达出了这个流派在创作上的共同点。

---

① 袁可嘉：《现代派论·英美诗论》，中国社会科学出版社，1985 年，第 375 页。

如果和"现代派"诗作一番简单的比较就不难发现，"现代诗派"的创作已不再停留在单纯追求感觉、印象瞬间的真实了；也不再徘徊于主观与客观之间，营造朦胧的意象了，而是表现出了强烈的理性色彩。他们在纷乱的世界面前思考着生活和自己，冷静观照着这个世界，在具体的描写中熔铸着对于整个生活的思索，往往隐含着抽象化的意味。例如穆旦（1918—1977）的诗歌给人这种突出感觉。他用理性给自己搭了一个高台，他在上面指划着人生；他并不回避一切，但是又从来不把自己全部交出来，更不会自己纠缠在对象世界中不能自拔。他的《诗八首》是一组情诗，我们所感受到的却是对爱情理性的解析，而且是一种超然的解析，试看其中最后一首：

　　　再不能有更近的接近，

　　　所有的偶然在我们间定型，

　　　只有阳光透过缤纷的枝叶

　　　分在两片情愿的心上，相同。

　　　等季候一到，就要各自飘落，

　　　而赐生我们的巨树永青。

　　　它对我们的不仁的嘲弄

　　　（和哭泣）在合一的老根里化为平静。①

这里，写的是爱情的归途，没有遗憾，也没有眷恋，一切都被充分理解过，理性已经承受了一切，滤去了狂热，也滤去了失望，在整个诗中我们能够领略到一种人生的抽象意味，诗人在偶然之中写出了必然。实际上，诗人在描写爱情过程中，从来没有进入爱情境界，他是在描叙一种对爱情的整体感受。千姿百态的爱情，落叶缤纷的印象，像"所有的偶然"在诗人经验世界中凝聚，通过理性的抽象而"定型"，显示在人们面前。

---

① 穆旦：《穆旦诗文集》，人民文学出版社，2018 年，第 79 页。

无怪乎袁可嘉称他是"最能表现现代知识分子那种近乎冷酷的自觉性的"，他的诗有时会迫使人们在自我存在背后去寻找自我，重新思考自我，打破一向认为是自我完满的状态。这里再录一首《幻想底乘客》：

> 由幻想底航线卸下的乘客
> 永远走上了错误的一站
> 而他，这个铁掌下的牺牲者
> 当他意外地投进别人的愿望，
> 多么迅速他底光辉的概念
> 已化成琐碎的日子不忠而纡缓：
> 是巨轮底一环，他渐渐旋进了
> 一个奴隶制度附带一个理想。
> 这里的恩惠憎恨陌生，
> 而婉留他的是临别的赠言，
> 那使他自由的只有忍耐的微笑
> 秘密地回转，秘密地绝望。
>
> 亲爱的读者，你就会赞叹：
> 爬行在懦弱的，人和人底关系间，
> 化无数的恶意为自己营养，
> 他已经开始学习做主人底尊严。①

　　诗人没有告诉我们"他"从何处来，到何处去，但是诗人告诉了我们"他"一直在被动地活着，在不知不觉之中编织着人生困境的悲剧。

　　始终以一种理性的思考去把握整个人生、自然和生活，这实际上是"现代诗派"创作中的共同特点，尽管不同诗人所表现的形态、方式和侧

---

① 穆旦：《穆旦诗文集》，人民文学出版社，2018年，第83—84页。

重点有很大的差异性。这不仅和他们接受西方现代主义文学影响有关，而且和他们自己所处的生活环境，他们个人的思想状态有紧密关联。"现代诗派"的诗人们大多毕业于西南联大，而且都是学外语的，自然容易接受西方文学影响，文学视野比较开阔，创作的起点也比较高。同时，四十年代，他们面临一个动荡不定的年代，尽管有些人身在学府，也不可能回避社会激烈搏斗情景而生活在真空之中，不可避免地感受到生活的动乱；而他们又不能自己把握这个动乱时代，在生活中确立自我，因此很容易和西方现代派一些思想情绪发生共鸣，求之于内心的自我反省。这时候，我们常常能够透过他们描写的纷乱生活，感受到隐藏在背后的理性挣扎。例如，唐湜 1948 年写的《交错集》的"尾诗"，会使人想到艾略特的《荒原》，其中有：

> 我们背后有一片荒凉的岁月，
> 荒芜的城，飘忽又寂寥，
> 一阵风忽吹上二十四桥；
> 夜晚，桥上风月无边，
> 一片笛声给如花的少女
> 送走了一段如水的流年；
> 那个苍白的皇城里，
> 有御沟中一片红叶，
> 哀泣着青春的囚禁；
> "一春梦雨常飘瓦"
> 诗人有感于季节的干旱，
> 乃走向了多风雨的江南；
> 空有长爪生怅望着白玉楼，
> 哪儿有四季长春的三神山
> 在海上飘流？
> 击铜琶，舞铁板，

长安市有凄凉的尺八声唏嘘，

关西大汉唱不出"大江东去"！

任凭楼头明月高照，

胡珠量去了采桑的罗敷；

哪儿找去年的燕子檐下舞？①

　　这是一串串中国传统色彩的意象，描叙着一个现代人心灵的流浪。画面由一些浮光掠影式的片段组成，之间并没有亲密的联系，而是异己和陌生的排列，形式本身就表现了一种世事交错的抽象意味。诗人自我和现实生活之间处于一种矛盾、交错的状态中，这也许正如穆旦在一首诗中所写的，"相同和相同溶为怠倦，在差别间又凝固着陌生。"②

　　也许在这里我们能够感觉到，"现代诗派"创作中有一个新的特质，就是诗意并不依靠或者讲究意象的巧妙安排和具体营造，表现出一种整体的象征意味或者是一种富有哲理的感受。例如辛笛的《航》，我们就会感受到从具体的意象之中结晶出一种对整个人生的隐喻：

从日到夜

从夜到日

我们航不出这圆圈

后一个圆

前一个圆

一个永恒

而无涯的圆圈③

　　显然，这是一种超越具体事物描叙的构思，所表现的不是某一次具体

---

① 唐湜：《我的诗艺探索》，生活·读书·新知三联书店，1990年，第196—197页。
② 穆旦：《穆旦诗文集》，人民文学出版社，2018年，第78页。
③ 辛笛：《手掌集》，浙江文艺出版社，1996年，第11页。

的航行，而是对整个人生过程的一种探究，一种抽象。与辛笛相比，陈敬容的理性色彩也许浅漠一点，她的第一本诗集《盈盈集》融入了许多个人情愫。《交响集》里已揉进了一些对于生活的探索性思考，在具体描叙之中表达出一种对人生境界的领悟，例如她写下了这样的诗句：

> 在熟习的事物前面
>
> 突然感到的陌生
>
> 将宇宙和我们
>
> 断然地划分①

> ——《划分》

由此可见，在创作中，"现代诗派"的诗往往包含着一种多层次意味，诗人所描写的具体生活往往只是内容的表层结构，其深层意义是诗人对整个人生的思考和感悟，这已经超出了一般现实的具体描写，进入了哲思和抽象化的意境。郑敏（1920—2022）的诗就极富有这种意味。她是冯至的学生，非常爱好歌德和里尔克的诗歌。作为一个诗人，她对哲理有特殊的偏爱，甚至把哲理看作是诗的灵魂，认为这个灵魂必须寓居在感性的意象之中，好诗要凝练如雕塑，流畅如素描，色彩丰富如油画。她的诗往往呈现出一个多姿多彩的世界，具有多层次的涵义，我们必须从其表面具象世界中走出去，去领略另外一个世界，即诗人对生命的体验和对客观世界的把握的心灵过程。例如郑敏的《云彩》一诗：

> 为什么偏说行云流水
>
> 假如却指着说是：
>
> 昨儿的山，石
>
> 昨儿的日，月，和

---

① 陈敬容：《中国现代诗歌名家名作原版库·交响集》，中国文联出版公司，1998年，第23—24页。

这站在你面前的也就是

昨儿里你所怀念我呢?

我曾对着黄昏的云彩想

它昨夜月光里的睡态。

任这个世界不停如一章

音乐的变去吧。变去吧。

但自一个安静里可以

看见多少个昨夜

我的心是深山里的一口井

天空永远卧在它的胸上

假如有一只苍鹰忽地

自郁黑的林里飞起

在蓝天盘旋,盘旋,

它一定也和我一样想那云彩吧。①

　　这首诗充满纷乱的意象,如果我们仅仅停留在表面形象上,也许会一无所获,但是我们一旦进入它的深层意义之中,就会发现另外一种意味,诗的前几行就表现了一种疑惑和探究,用"行云流水"和山、石、日、月对比,把彼此隔离开来,形成了一连串可识而又陌生的意象,也构成了"云彩"的神秘境界。因为"云彩"并非一般之物,而是和"我"的心灵有着特殊的联系。由此整个诗具有了一种象征意味,每个意象都站立在诗人心灵的周围,具有不同层次的意义,而云彩对诗人更有一种神秘的吸引力。从现实的幻象中,诗人在为自己的心灵寻找归宿,探究着自己主观的真实,由一个层次跳跃到另外一个层次,又显示着一种心灵的精神历程。

　　这种对于诗多种意味的追求同时意味着艺术形式上的创新,况且"现代诗派"本来就颇有"纯艺术"的意味,比较注重于追求高级的形式。具

---

　　①　郑敏:《诗集 1942—1947》,湖南文艺出版社,1986 年,第 5 页。

有强烈的艺术创新意识，这是"现代诗派"创作中的一个重要特色。袁可嘉在《〈九叶集〉序》中曾说："这九位作者忠诚于他们对时代的观察和感受，也忠诚于各自心目中的诗艺，通过坚实的努力，为新诗的艺术开拓了一新的途径。比起当时的有些诗来，他们的诗比较蕴藉含蓄的，重视内心的发掘，又与人民的情感息息相通，因而避免了空洞的抽象议论和标语口号式的叫喊；比起先前的新月派、现代派来，他们的视野比较开阔，比较接近现实社会；在艺术上，……他们在古典诗词和新诗优秀传统的熏陶下，吸收了西方后期象征派和现代派诗人（如里尔克、艾略特、奥顿）的某些表现手法，丰富了新诗的表现能力。"① 实际上，这种创新意识不仅增强了整个流派的生命活力，而且也创造了丰富的个性。"现代诗派"诗人们的创作是各具特色的。就不同境况而言，穆旦、袁可嘉、杜运燮、郑敏在西南联大，受西方现代派的影响更深一些，在创作中抽象化的意味和理性的机智较浓烈和明显，往往表现出多层次的构思，而辛笛、杭约赫、唐祈、陈敬容、唐湜较多地接受了新诗传统艺术和现实主义文学的影响，注重于感性的形象思维，而且从古典诗和艺术中吸取了一些营养。他们当然也接受了西方现代派的一些影响。同时，在这之中，又有很大的不同。例如杜运燮（1918—2002）深受奥登的影响，他创作中那种幽默轻松的笔触，心理分析的机智敏感，是在郑敏、穆旦诗中所不能感受到的，唐祈在创作中注重理智和感情相结合，杭约赫（1917—1995）自然而又变化无穷的语言构造，也是别具一格的。

"现代诗派"的历史并不长。1948 年 10 月《中国新诗》和《诗创造》同时被查禁，杭约赫流亡香港，穆旦、郑敏不久赴美留学，写诗的人也不

---

① 辛笛、陈敬容等：《九叶集》，作家出版社，2000 年，第 12—13 页。但本段引用与本注所标 2000 年作家出版社版本差距较大，现将有差距的部分在此抄下，以作对照："这九位作者忠诚于自己对时代的观察和感受，也忠诚于各自心目中的诗艺，通过坚实的努力，为新诗艺术开拓了一新的途径。比起当时的有些诗来，他们的诗是比较蕴藉含蓄的，重视内心的发掘；比起先前的新月派、现代派来，他们是力求开拓视野，力求接近于现实生活，力求忠实于个人的感受，又与人民的情感息息相通。在艺术上……。"

多了。1949 年 3 月，杭约赫在上海出版了长诗《复活的土地》，算是这个流派向文坛献出的最后一份礼物，诗中似乎预言一个新的文学时代的到来：

> ……
> 日子走到了
> 它的边，
> 一阵轻微的北风
> 也会向你说：
> 快到了；快到了！①

其实，就在这时候，继续在创作中去追求"高级的形式"，继续容忍个人情致的表现，保持与西方现代主义文学类似的特色，已经毫无出路。中国现代主义文学思潮的日子，也许也走到一个新时代的边沿上了。

就在曹辛之（杭约赫）《复活的土地》出版几个月后，中华全国第一次文学艺术工作者代表大会在北京举行，"现代诗派"中的王辛笛赴京参加了这次大会。

---

① 杭约赫：《复活的土地》，森林出版社，1949 年，第 51 页。

结束语

当我们随着文学流派的脚步行进到二十世纪五十年代的时候，按照过去流行的观念，我们也许已经感到一个新的文学时代的到来和一个旧的文学时代的自然终结，作为一本从文学流派角度来描述文学历史的小书，这也许是一个最恰当不过的终结。尽管我们跨过了历史的千百条沟坎，来到新时代的门扉之前，尽管还没有人责问这本书到底说明了什么，为我们提供了什么新东西，我们也不可能对本书所说的一切拂袖而去，放弃最后说明历史的责任。

我想，无论从什么角度来论述历史，大概有两种最基本的方式，一种方式是以一种深刻的历史洞察力，选取这个时代最有代表性，最能体现历史整体面貌的事实进行阐述，以非常精炼的内容完成对整个历史过程的观照；另一种方式则是尽可能地收集和列举各方面的材料，力求能够把各个方面的事实汇集起来，在无法对历史进行准确评价和把握之时，首先把尊重客观存在放在第一位，尽量完整地描述历史过程。虽然这两种方式各有利弊，但都包含着一种虚拟的主观理想，这就是想给予人们一个完整的历史世界。我相信，没有一个想了解历史的人愿意接受一个残缺不全的历史世界，尽管人们描叙的历史永远都是残缺不全的，人们希望接受和了解一个真实的和整体性的历史世界，目的在于能够在历史中更真实和完整地找到自己，理解现实和未来。在这两种方式中，由于自身条件的限制，我挑选了后一种方式，希望能够在充分尊重历史的基础上去描叙历史，虽然有许多流派的事实对于说明历史不十分重要，甚至是多余的，但是为了弥补洞察力的不足，我依然保留了历史的事实，希望尽可能减少残缺不全的程度。

我之所以这样做，一部分是属于缺乏自信的缘故，另一部分则是出自对于文学历史和理论的反省。虽然我们具有丰富的历史文化遗产，具有悠久的历史，但是由于长期封建思想的禁锢，由于单一的历史观点，我们长期被迫接受着一部残缺不全的历史。在过去，统治阶级为了自己需要，按照自己传宗接代的观念去设计历史，很多民主和民族文化内容在观念形态中悄然隐逸，我们本来是多样化的丰富的历史，落在字面上成了单一和单调的。文学史同样如此。就拿现代文学史来说，在一段不正常的时期内，成为一种文学、一个作家的简单描述，仿佛其余是一片空白。

这无疑是对中国文化的一种侮辱。因为这无非是表现中国文化是单调的，它的涵括力和创造力是极有限的，中国民族生活只能接受单一和刻板，不能容纳丰富和多样，只能求同，不能存异。这显然是极不尊重历史的做法。中国民族文化的魅力之一，也是其生命活力最根本的内在原因之一，就是它的多样化。这种多样化形成了文学广阔的历史跨度，使多种多样的风格和流派都有自己存活的历史空间。描叙和研究它们，尊重它们的历史存在，实际上是对中国整体文化的爱护和尊重，从中我们不仅能获得一种比较完整的文学历史观，而且能够获得一种民族的自信心。因为在文学史上多种风格流派并存现象，最直接表现了中国文化宏大的包容性和涵括性，说明它是世界上最丰富，也最有生命活力的一种形态。由此，我常常感到困惑，为什么我们嘴头上强调中国民族文化的丰富性，但是在描叙历史的时候，常常表现得过于疏忽或者苛刻呢？为什么会常常把大量的事实存在的历史现象那么轻易地一笔带过或者一笔勾销呢？无论如何，我们应该首先有一个整体的历史观念。

显然，描述历史的过程同时也意味着描画现在。当我们在无意识之中掩遮和肢解了历史，同时也意味着在摧残和毁坏着现在。这我们已经有了充足的历史教训。我们应该警惕在冠冕堂皇名词掩护下的新的民族虚无主义，因为它常常使我们处于一种被动的地位，现代文学史中很多优秀的遗产往往首先被外国学术界发现尔后我们才去研究，就是明显的例子。不要以为把历史限定在最纯洁的范围内，选取合乎某种观念的最纯粹的事实，是最保险的历史描叙方法，这常常会把人们带入歧途。为此，在描叙中国现代文学流派发展史的时候，我时时在告诫着自己，虽然任何笔写的历史都不可能面面俱到。

然而，当我将要完成全书的时候，我依然感到了莫大的不安。有诗云"茫茫九派流中国"，中国现代文学纵横三十年，流派林立，岂能如此一览无余，况且很明显，我在本书所谈及的流派现象基本上是以上海、北京以及天津、广州等少数几个城市为中心的，对于中国其他城市（不要说各少数民族文学）的文学状态几乎没有涉及，其重要原因首先在于我所做的准备并不充分。这必然会造成本书的一个缺陷。我不想让人们产生中国现代文学仅仅是在这几大城市中发生发展的感觉，我自己也并不这样以为。

然而，使我进一步感到不安的是，即便在现在的基础上，本书对中国现代文学流派的描叙还有许多重要的遗漏，有些甚至是不可容忍的。例如在三十年代文坛上继"第三种人""自由人"出现的"中间作家群"，几乎是当时最强有力的文学流派之一，重要作家有巴金、曹禺、靳以、郑振铎等，他们学习和承继了鲁迅的现实主义文学精神，排除干扰，潜心创作，在创作上成果累累，为丰富和发展中国现代文学做出了卓越贡献。除此，我情不自禁还要提及的是四十年代中期出现的"学院派"作家群。抗日战争胜利后，李健吾、郑振铎在上海创办的《文艺复兴》，联络了朱光潜、钱锺书等一批学者作家，写出了不少好作品，其中最引人注目的是钱锺书的《围城》。

当然，这并不是我所要补充的全部。文学流派是文学史上一种复杂现象，很多迹象需要经过一段比较长的历史时期才能确立，至于在文学流派内部，风格的流变也是千姿百态、千变万化的。显然，对此，本书也只是承担了一种简介的责任，对很多作家的创作还没有展开细致的研究。古人说，亡羊补牢，犹未晚也，我在这里所提到的种种遗憾，不可能完全弥补本书的过失，只是为了使人们更好地了解中国现代文学的整体面貌。如果生活会再次提供机会修改这部小书的话，我希望能够获得各位学人先生的指教，使这部小书更为完善。

1987 年 2 月 15 日

后　记

　　经过一段时间的紧张工作，拙作《中国现代文学流派发展史》总算脱稿了。这虽然还是一部幼稚的，不十分成熟的书稿，但是在我又一遍看它的时候，不禁想起了很多、很多，我想到了一段不算短的人生道路，想起了许多曾指导过我、帮助过我、鼓励过我、爱护过我的可敬、可亲、可爱的面孔。

　　说起这部书最初的手稿，那是在七年前写成的，那时我在一个偏远的省城里读大学。记得当时我经常去图书馆读书，图书馆里的老师们跟我相当熟，经常帮助我查书、找书、借书。至今我还清楚地记得，在我就要做毕业论文、准备选题的时候，有一天，一位图书馆的老师走过来，问起了我的选题，当时我只想搞现代文学方面的，但心里头绪全无，一时真不知从何入手，他询问我是否愿意搞一下中国现代文学流派，并说这是一个很好的课题。这件事很快过去了，以后我也很少见到他，但是这位老师的面影我是永远忘不掉了：中等个儿，面目清瘦且黑，身着一件灰色的、半旧的中山服，看人的时候，眼睛放出一种温柔、鼓励的目光。……

　　我就是在这种目光的注视下开始准备论文的。当时新疆大学的陆维天先生也热情指导我攻克难关，校图书馆的各位老师总是热情地提供便利，至今使我难忘。记得当时图书馆存在的一些 1949 年前的文学期刊，尚未整理。但了解到我的情况后，破例为我开放。阅览室的几位老师体谅到我的困难，总是在闭馆之后，或者星期六休息后，"违反条例"让我抱回宿舍十几本书，第二天或星期一再还……就这样，在很多相识、不相识的人帮助下，三个月后，我完成了毕业论文《中国现代文学流派谈》，总共谈了 9 个流派，13 万字。也许是对于这段历史温情脉脉的缘故，本书有关章节还基本保持着过去的面目。

毕业后，我考上了华东师范大学中文系研究生，带着这部书稿去拜见了导师钱谷融先生。这也许是我文学道路上一个转折点。因为从钱先生那里，我看到了一个博大的文学世界，而我只像是一条小鱼。钱先生不仅热情鼓励了我，而且把书稿推荐给了上海一家出版社。书稿当时虽然没有出版，但我仍然得到了来自出版界老师的热情鼓励。当时出版社的高国平先生不仅热情鼓励我继续充实内容，而且把其中一章"新文学运动的一对双生子——文学研究会和创造社"发表在《文艺论丛》上。这对当时的我来说，也是一种很大的鼓励。不过，在后来很长一段时间里，我希望能在其他方面加强自己，只是在偶尔注意一下有关现代文学流派研究情况。

此后，又是迁徙。从上海来到暨南大学任教。在这里如果没有饶芃子先生的热情鼓励和支持的话，这部书稿恐怕还在"沉睡"状态。是饶芃子先生重新唤醒了它，鼓励我完成它，并列入她主编的《传统文学与当代意识丛书》计划的第一批书目。每当我想偷懒的时候，总觉得又多了一对期待的目光，在注视着我，有一种无形的力量在催促着我。

这本书就是这样完成的，从某种意义上来说，它并非我个人的创作，而是熔铸着许许多多人的心血和期待。这里还应感谢的是华南师大的黄新康先生，就在今年最炎热的时节，他放弃自己休息时间审阅书稿，并提出了宝贵的意见，我是非常感动的。在终审中黄先生在对本书作者热情鼓励基础上，提出以下几条意见对我是非常有益的：（1）对那些成就卓著，影响颇大而又未能归入某一流派的作家作品，最好能在绪论或引言部分有所交代说明。（2）书稿所涉及的作品多为小说、诗歌、戏剧，散文涉及较少，可能的话，愿能有所补充。(3) 在体例上，把新格律诗和象征派的李金发，放在第二编第一章，合适不合适？《新青年》的分化，似不只是因为文学上的自我选择。冯沅君是否参加过创造社？(4) "鲁迅与中国现代文学流派"这一章，内部确实单薄些。当然，由于种种原因和考虑，本书作者尚未能完全弥补这些缺陷。但是，我愿意向各位读者求教，愿意把这只作为一个开始，在以后的日子里继续进行完善它的工作。

作者

1987 年 10 月 1 日

补记：这部著作 1987 年完稿，1989 年 3 月出版，已经过了很长时间，为了方便读者阅读，这次印行对于资料来源以及注释进行了一些修订，有的改用了新近出版的书籍，这难免出现一些差异和错误，请各位专家多批评指正。

作者

2021 年 9 月 25 日